INK
文學叢書
317

潮人

郭啓宏◎著

目錄

自序

潮，沒有時尚的含義，本意所指粵東潮汕韓江一帶，是個地理概念。推義所及，操潮汕方言者均為潮人。潮人以拓殖聞名於世，境外、海外潮人人數幾與本土等量，有一種浪漫的說法，凡有潮水的地方即有潮人。

我曾經為所謂潮人精神尋找過教科書式的定義，結果是徒勞；倒是路德維格的《尼羅河傳》給了我啓迪，我想寫《韓江傳》。十多年後，當我走近尼羅河，發現眼前的情景迥異於我原先的想像，說不清自己哪來的膽量，敢以尼羅河為比照來寫韓江？我又暗自慶幸，到底寫了，好賴寫了！

說來不容易，困擾在寫作期間屢屢發生。書中寫到主人公從大陸偷渡到香港，有人向汕頭市委「彙報」，書記一聽，這還了得，歌頌叛逃分子，不拍電視劇了！原來地方政府打算投資拍攝電視劇，以彰顯政績。我依舊寫我的小說，小說終於出版了，我卻漸漸失去歡愉，我開始反省，不為失去電視劇，為失去文學應有的尊嚴。

審視那部作品，我發現自己受制於體制內的觀念。我讓主人公不是按照自身內在的邏輯行動，而是迫使他回歸體制內。他冒著殺頭的危險逃離大陸，自有其性格的依據，在歷盡創業艱辛之後，我卻讓他以待罪之身更名易服報效大陸政權。這一形象最終失去生氣，失敗由茲而來！文學反映現實麼？不，文學追問現實！文學之於現實，只能是質疑和批判，文學拒絕歌功頌德。

是書發行不久，我便思謀著重新修改。作爲寫作者，個體的生命有無可能獲得一種超越體制的廣闊的視野？人能否尋找到一種貼近生命本身的生活？比如，在域外遠遊時節，我彷佛有所體驗，似乎有一種絢麗而綿密的光華，瞻之清晰，忽焉模糊，觸手可及，交臂失之，虹收青嶂雨，鳥沒夕陽天……文學史並不眷顧當代人，只有歷經歲月篩汰、風雲磨礪，才有可能沉澱而爲經典。對於寫作者來說，有生之日能得再造舊作，實在是一種幸運。這一改，悠悠十年過了。

本世紀初，一件小事的刺激，使我這個有了一把年紀的人，眞正意識到生活並不公正。北京有一家出版社收了我的書款，簽了出書合同，拖了好幾年不出書，審稿的人讓青年責編通知我，該書有一篇文章內容涉及文化大革命，是故該書不能出版。我解釋說，中共中央早有檔「徹底否定文化大革命」，爲什麼不能涉及？那篇文章也已經在公開刊物發表過了……青年責編說，審稿人下了最後通牒，要麼撤下該文，要麼退回該書，他勸我隱忍，捨卒保車，我妥協了，不，屈從了，交了書款還要屈從！

深文周納，是我所能想到的一句成語。翻開史料，如斯深文周納的審批制，英國於一六九五年廢除了，法國於一八八一年廢除了，五六十年前的《中華人民共和國憲法》第三十五條白紙黑字不是也寫著公民「有言論、出版、集會、結社、遊行、示威的自由」嗎？可是五六十年來無異於一紙空文，幾曾施行過？一個小官僚可以剝奪寫作者的出版自由，不是他有三頭六臂，他倚靠著體制的高牆！

我對於文學上的事功長期奉行一種行爲方式，即在可以接受的範圍內盡量發揮自己的才能。然而範圍並不總是可以接受，其量和質、關係與樣式始終變動不居，誰能做到以不變應萬變？我想起北京俚語，「活人還能讓尿給憋死？」話糙理不糙，用漢語寫作的人，好在還有一個華文世界，未必定要一棵樹吊死。

近日頗無聊，思考過「得意忘形」的眞意。停留在儒學道統上，得意不可以忘形；若從寫作論，則得其意而忘其形方是眞正的創造。

【楔子】紅頭船的沉沒

這是內外海交界處。狂暴的波濤似乎倦了，無心炫耀它的偉力，喘息著，噓出白沫。一艘三桅五層的巨型紅頭船，卻如服了興奮劑，高昂著紅漆船頭，鼓浪駛向內海。

半年前，這艘恒昌號滿載著潮州的陶瓷、蔗糖、鹹菜、菜脯等土產從南浦港出發，經南中國海，到堤岸、廊六甲、新加坡、盤谷，在湄南河邊卸完最後一罈鹹菜。如今又滿載著暹米、洋藤、胡椒、檳榔、牛染木歸來。這一往一返，獲利顯然十分可觀。陳英士望著危乎高哉的中桅，眉宇間溢出笑意。恒昌的中桅近年來已經成爲高大的象徵，南浦人有一句口頭禪：「高不過恒昌的中桅！」

「不好了！」甲板上有人失聲驚叫。

不遠的海面上一支船隊急速駛來，大大小小不下二三十艘。

「是海盜船……」

紅頭船的甲板上早聚著一個個赤裸著古銅色肌膚的舵工水手。

「阿濤，掛三蓑！」陳英士低聲命令。

「是，六舍！」

一個小個子水手出列。他掀起一塊木板，拽出一團棕織物，抖落開來，原來是三領用麻繩連在一起的棕蓑。他提著三蓑的繩頭咬住，腦袋一甩，三蓑齊刷刷貼在後身，彷彿魚貫著三隻肥碩的金槍魚。他略略一望桅頂，縱身向上一躍，及杆盈丈，雙腳夾杆一登，雙手上伸抱杆，雙手抱杆一攀，雙腳上縮夾杆，一伸一縮，一登一攀，猿猱般的敏捷。不一會兒，人已經到了桅頂。桅頂上倏然飄起一串棕蓑。船上的人屏聲靜息，只見阿濤從桅頂上緩緩下移，未及中腰，忽然滑落下來，速度越來越快，舵工水手們急忙上前，眼看距離甲板未及一丈，阿濤猛然煞住，只一手抱杆，身子橫陳，紋絲不動。大家這才知道阿濤在獻技，提到嗓子眼兒的心放了下來，一時掌聲大作。

「逞能！潮州人無臉當死父！」①陳英士笑罵著。

一陣笑聲緩解了緊張的氛圍。

在風中漫捲著的三蓑是個特殊的標誌，那形象不像是金槍魚了，卻彷彿古代使者的符節。迎面而來的船隊明顯放慢了速度，還是近了，擺開一字兒長蛇陣。紅頭船主動靠了過去。

「是二兄嗎？」陳英士招呼著頭船船首的頭領。

「發大財了！」

「託二兄的福，沒虧本。」

紅頭船伸出跳板，一袋袋暹米馱了過去。

「六舍，今天頭家要見你。」

陳英士心中一緊！頭家，海盜頭子，海霸王，他，要見我……

乾隆年間，南浦海邊住著情同手足的兩戶漁家，蔡家有一子，叫阿流，潘家有一女，叫阿花。阿花長阿流一歲，青梅竹馬，兩小無猜，兩家的大人盼著他們長大成親。不料一次出海打魚，兩家大人雙雙喪生。從此十二歲的阿流獨自討海，十三歲的阿花也擔起家務。數年之間，阿流儼然一條漢子，阿花是熟透了的水蜜桃！嘉慶年間夏天，阿花正在做飯，門外來了一個大漢討水喝。按照此地習俗，阿花送上一椰瓢水。那大漢接過椰瓢，看了一眼阿花，愣了。阿花急忙低頭進屋，心猶怦怦亂跳。那人說聲謝謝，又看了阿花一眼，走了。阿花覺著不祥，等阿流歸來，便一五一十告訴了阿流。

「大高個子，四十上下，四方臉，紅鬍子，脖子上有個疤……是海盜頭吳發旺！」阿流做出準確的判斷，囑咐阿花，「往後來人不要開門。」

當天夜裡，睡夢中的阿流被一聲尖叫驚醒。他馬上意識到了什麼，抄起魚叉，跑出門去，只見潘家的門敞開著，不見了阿花，他朝海邊一望，一條黑影，扛著麻袋樣的東西，那東西似乎還在蠕動，他不假思索，馬上追了過去，眼看黑影已經上船，他舉起魚叉奮力一擲！一聲淒厲的慘叫過後，海邊復歸沉寂。

荒島岩洞內，酒宴已經擺開，海盜們等得好不耐煩。楊二又裝上一袋水煙。一個小嘍囉悄悄走來。

「頭家還沒上手？」

「不知道。來了一對男女，要見二兄。」

「叫他們進來。」

彎彎曲曲的岩洞內，火把高燒，數步便有一個皂衣嘍囉。阿流和阿花被領了進來。阿流昂然前行，

---

①潮州方言的直譯，意爲潮州人看重臉面，追求臉面，一旦失去臉面，就像是死了親爹一樣痛苦不堪。潮州人似乎過分重視「臉面」，潮州人的「臉面」觀有著明顯的「雙重性」：既能自強不息，創建業績；也能盲目好勝，招致毀損。自古至今，對於潮州人的「臉面」觀不可用「是非」「黑白」「好壞」等等一言以蔽之。

阿花顫抖著靠在阿流身上。

「想入夥？」楊二淫邪一笑，「拐走了良家婦女，怕官府抓你了吧？」

阿流搖了搖頭。

「那你想做什麼？」

「想當你們的頭家！」

一陣沉默過後，岩洞內爆發出狂笑。

「你憑什麼？」

「憑『無法王』的頭！」原來海盜頭吳發旺被官府稱作「無王法」，他自稱「無法王」。阿流說罷，將手中的包袱一抖，「無法王」的頭顱便滾落下來，他一腳踏上海盜頭那把交椅。

岩洞內頓時鴉雀無聲，良久，轟然陣陣歡呼聲。現成的頭家，現成的壓寨夫人，現成的婚宴！這一年，阿流十五歲。

今年，時過八個春秋，蔡頭家該二十三歲了……陳英士對蔡頭家又欽佩又畏懼，又似乎還有幾分好奇。既然蔡頭家要見面，即使硬著頭皮也要過船，何況他私心裡很想看看，這位十五歲就當上海盜頭的人究竟是如何三頭六臂。在南浦一帶，除了他三叔，誰也沒見過這位神秘人物。

陳英士由楊二領著，過了一船又一船，每個炮位都立著一個剽悍的大漢。陳英士覺著自家頭皮有些發麻發緊，終於來到大船艙口。楊二撩起艙簾，陳英士驚呆了！踞艙一位魁梧而文雅的後生，手中握著一本書。他？他就是阿流？海霸王蔡若流？

蔡若流放下手中的書，輕聲呼喚：「進來坐吧！」

陳英士答應著坐下，有些侷促。

「三爺近來可好？」

「我三叔他……好，好。」

陳英士說著便取出一小袋暹羅的紅寶石，還有三盒麻六甲的「冬革阿里」，恭恭敬敬地奉上。

「這些小木頭是什麼？」蔡若流手揑著「冬革阿里」。

「叫冬革阿里，又叫麻六甲人參。」

「大補的？」

「壯陽有奇效……」

蔡若流哈哈大笑。

「眞的，浸酒喝，有人試過，很管用的……」

「留給三爺吧，他快五十了，用得著。」

「那……」

「你該知道，海上生意最要緊的是三件寶貝，水，米，還有……」

「火藥。」

「對！你回去告訴三爺，今天夜裡子時，弄這麼多火藥到鮀灣。」蔡若流伸出三個指頭。

「三百……」

「三千！」

「……好，好。」

蔡若流擺一擺手。

陳英士起身告辭，忽然抑不住好奇心，偷偷瞟了一眼案上的書，什麼？《達信大帝全傳》！他又吃了一驚。達信大帝姓鄭名信，原籍潮州澄海縣，三十年前暹羅被寇，鄭信率軍打敗外敵，統一暹羅全境，建立吞武里王朝，人稱鄭昭王。

紅頭船重又起航，駛向南浦港。陳英士吩咐阿濤取下三蓑，猶自呆呆地想著海盜頭和達信大帝……

陳恭綸站在碼頭上眺望。紅頭船上有什麼貨物值得三爺親自出馬？

得從南浦港說起。這個地方五十年前還是個小漁村，不過百十戶人家，只陳、林、蔡三姓。雖然也有墟市，貨物集散，但屬季節性互通有無，規模也小。那時的大港是距此地百里之遙的雙林港，檣櫓如林，人聲鼎沸。西方國家的海圖上，粵東海域只標一個雙林港，未有其餘。然而勢有盛衰，明末的海禁至清初因鄭成功踞台灣而更甚，比鄰閩台作爲正稅口的雙林港無可奈何地衰落了，咄咄崛起的就是這個名不見經傳的南浦港。因爲海禁實際上促進了民間海上走私貿易的發展，南浦接近府治潮州，又是韓江出海口，優越的地理位置使它一躍而爲粵東民間私貿中心。康熙以來，海禁稍寬，南浦藉機發展。僅僅四五十年光景，南浦作爲正稅口取代了雙林。紅頭船隊，也稱洋船隊，每次出海，可達百艘之多。隨著洋船業的興旺，碼頭、貨棧、客店、酒樓、商業街、私第區，甚至娛樂場所，不斷開發興建。南浦被譽之爲「潮之巨鎮」。在這個巨鎮裡，擁有十八條紅頭船的陳家稱得上首屈一指的富商。

陳家開山祖原是窮漁戶。自明代開基至今傳了十三世。十世全興公棄漁從商，置了五肚船，在韓江上跑運輸，從此發跡。十一世宏遠公把五肚船換成紅頭船，走出韓江，駛向大海，遠航南洋，成爲粵東海上私貿的大戶。宏遠公膝下有四子，恭經、恭緯、恭綸、恭綿。四子中唯三子恭綸最得宏遠公寵信，也唯三子恭綸中過舉人，最有出息。眼下宏遠公墓木已拱，掌管這個赫赫有名的洋船家族的正是陳恭綸，人稱三爺。陳恭綸最得力的助手就是他此刻等待著的六侄陳英士。

陳英士第一個上岸，急急趕到陳恭綸跟前：「三叔！」

看著六侄眉梢溢笑，陳恭綸面生春風：「順手？」

「六門，英國造。」

「我到鮀灣看貨。」

陳英士又低語了幾句，只見陳恭綸眉頭輕輕一皺。

鮀灣距南浦港九里，是一個天然良港，岩岸，深水，無淤積，吞吐量大。因爲離韓江口稍遠，除非臨時避風，商船從不光顧，倒是海盜船時有出沒。這裡一片荒蕪，唯一的建築物是陳家的修船工場。南浦人背地裡議論，三爺聰明一世糊塗一時，修船要跑這麼遠的地方？

暮色蒼茫。當陳英士駕著恒昌號來到鮀灣，陳恭綸早已坐在工場喝工夫茶。

「三叔，卸在哪兒？」

「後庫。」

修船工場裡有個秘密貨倉，陳家準備私鑄炮位的物資儲藏在這裡，蔡若流的火藥也從這裡出取！阿濤掌著油燈，陳恭綸在倉中仔細察看陳英士運來的這批大英帝國的「最新武器」，他取過陳英士手中的尺子，量一量炮口的口徑……

「好了，原箱裝好。」陳恭綸走出工場，舒了一口氣，望著滿天星斗，彷彿船隊夜航的標燈。

「三爺！」一個沙啞的聲音。

陳恭綸大吃一驚，不知從哪裡冒出一個人來。

「哦，是福林兄！」

「三爺，讓我好找呀！」潮嘉惠道劉希炎道台的長隨周福林詭秘一笑，「想不到三爺還有這樣的雅興，夜昏了還到這荒郊野外來！」

「恒昌號剛回來，得馬上維修。」

「三爺親自動手？」

「那倒不必。不過，這船老了，萬一報廢，陳家就垮了！」

「三爺說笑話，就是南浦港沉了，你陳三爺也垮不了！」

幾響冷澀的笑聲。

「福林兄，打哪兒來呀？一定有吩咐！」

「到府上喝杯茶好嗎？」這位周長隨笑著提議。

潮州人喝茶相當講究，以陸羽的《茶經》爲典範而追逐精緻，從茶具的選擇到用茶、用水、沖泡、品嘗，都有一整套嚴格的規範。僅沖泡一項，即有納茶、候湯、沖泡、刮沫、淋蓋、燙杯、洗杯、篩點的所謂「八步法」的範式。潮州人喝茶稱作喝工夫茶，講的就是工夫！一些特殊的場合，工夫更及於茶外，就在溫文爾雅的茶道中，做成了心照不宣的交易。眼下正是這樣。當周福林喝完工夫茶懷揣著五十兩「借」來的銀子出門後，陳恭綸一直坐在花廳的藤椅上，不聲不響，望著廳中一副楹聯，那是劉道台的題贈：

可談白雪人皆雅，
能坐春風客亦佳。

有頃，他叫來陳英士，吩咐：「夜裡把蔡頭家交代的事情辦了。明天去潮州，給劉道台送去一對花瓶，就是清心堂擺著的那一對。」

「景德鎮的宋瓷？」陳英士驚呼。

「唔，上次他在清心堂當場贈聯的時候，接連看了三次。」

陳英士明白陳恭綸的意思，不由望了一眼廳中楹聯，答應著走了。

陳恭綸的內心何嘗願意！他不定期供給蔡若流火藥，只求海上行船不受騷擾；他主動給劉道台送禮，只求官府睜一眼閉一眼。他面對官和盜的勒索，多次決心洗手不幹走私，卻又無法抗拒巨大利潤的誘惑。他還沒敢走私鴉片呢，要是幹那買賣，那才叫發大財哪！今天合該倒楣，百密一疏，私買洋炮竟讓周福林這傢伙撞見，「借」錢是難免的！他又有些憤然，官府幾時剿過海盜！他在蔡若流的默許下準備私設炮位，也只是為了對付小股海賊，絕無作亂之心。

陳恭綸一夕無眠。

半個月後，周福林再度踏進陳恭綸的花廳，剛一落座便哭喪著臉：「三爺，兄弟我流年不吉呀！開春死了族叔，端陽節前死了丈母娘……」

「前些天，老泰水不是還……」

「死了丈母娘的表姐。雖說是表，比親的還親呢！哦，三夏時節，老家顆粒不收，老父親急出病來，眼下就剩一口氣了，蓋張紙，哭得過！還有，上次跟三爺借的錢又讓賊給偷了，你說，倒楣不倒楣？」

陳恭綸算準他又要「借」錢了，也一副愁眉苦臉的樣子：「福林兄家遭不造，恭綸深表同情。唉，這年頭難呀！就說我們老陳家吧，做事的人不多，吃飯的人倒不少，如今賺點錢也太難了，稅是不能不上繳的，海賊來了，我們生意人惹他不起。瞧！」他雙手一攤，又歎了一口氣。

周福林沒有搭話，只「嘿嘿」地笑著。

「當然嘍，福林兄借的錢嘛，好說好說。」

「三爺話好說，福林日子不好過噢！錢讓賊給偷了，兄弟手頭還是沒錢呀，還得打擾三爺你啊！」

陳恭綸眉頭顫動了一下，心中罵了一聲「狗奴才」，可臉上還是堆著笑，生意人講和氣生財，也講和氣消災：「福林兄，哎呀，眞是的……外邊的人是不知道哇，總以爲老陳家是金山銀山吃不完，其實是海螺肉吃沒了，只剩個空殼，吹起來還山響！」

「空殼？哎呀呀，南浦鎭上的首富就算不是金山銀山，也是一條大大船呀！就算是船破了還有板呢，板破了還有幫呢，幫破了還有三千六百個釘子呢！隨便拔一個釘子，都比我們的大梁大柱粗呀，還是銅的鐵的！」

「福林兄，看你說的，唉，恭綸實實在在是愛莫能助啊！」

「哦，噢，喔，那就告辭了！」周福林站了起來。

「呃，再坐一會兒吧！」分明是客套話。

「哦，也好。」周福林似乎想起什麼，又坐了下來，「三爺，還眞有一句話要告訴你呢，近時外邊的人傳說三爺私鑄炮位，不知道要做什麼哪！」

陳恭綸臉色煞白，但他似乎早有準備，哈哈一笑：「傳說終歸是傳說，恭綸樹正不怕影斜！」

「只怕是無風不起浪吧？」周福林毫不客氣。

「那只好請林知縣來清查了！要不，劉道台親自走一趟！」

聽這口氣，周福林曉得對方已有準備，但他話已出口，豈能善罷干休，便幽幽地說：「我是爲三爺著想啊！眞的當面鑼對面鼓，場面可就熱鬧了！老朋友了，有事能不提個醒嗎？」

「謝謝福林兄的提醒。」陳恭綸輕輕咳嗽三聲。

陳英士手持帳單走了進來，一見客人在座，故作躊躇狀：「哦，打擾了！」

「不妨事，自己人，說吧！」

「哎哎，三叔，有十幾筆借款已經好幾年了，你看看！」

「你念吧！」

「嘉慶八年三月十九白銀十兩，八月初三白銀十五兩，十月二十一白銀十兩，嘉慶九年二月初一白銀二十兩，四月十七白銀三十兩……」

「好了，別再念了，是哪家商號？」

「不是商號。」

「那是哪家親戚？」

「不是親戚。」

「那是什麼人？」

「劉道台的長隨周福林。」

陳恭綸忽然站起身來，打了陳英士一記耳光：「混帳，你給我滾！」

陳英士佯作莫名其妙，捣著臉跑了。

「福林兄，小侄有眼不識泰山。俗話說，不知者不怪罪，你宰相肚裡能撐船，請多多包涵！」陳恭綸急忙上前作揖。

半晌，周福林才緩過勁來，心中罵道：「好呀！你唱了一齣戲給我看！」臉依然鐵青著，卻竭力裝出笑容：「三爺，我會還債的。」

這次，似乎也喝了工夫茶。

潮嘉惠道道台劉希炎是個文武雙全的能臣，有文才，也會拳腳。早年做過幾個月的軍機章京，曾經替皇帝起草過諭令。因爲能幹過了頭，在京師站不住腳，外放到了地方；又因爲過於嚴酷，老百姓敬畏有加，近時還多了些微詞。此刻，他似若無心地聽著他的長隨周福林的稟報。

「……俗話說，打狗還要看主人呢！他那些話是衝著大人你來的……」

劉希炎不置可否，揮手叫周福林退下。主子熟知他的奴才。周福林言過其實，更可惡的是把陳家的矛頭從奴才自己身上巧妙地移向主子身上，意欲借刀殺人。僅此，就不能讓他長隨！劉希炎按常規有三種選擇：或教訓刁奴，或威脅奸商，也可以刁奴奸商各打五十板。但這三種選擇都讓他給否定了。劉希炎覺得這裡最重要的關節是那份帳單。陳恭綸既然留著周福林的帳單，就一定藏有他劉希炎的帳單。周福林的帳單不過有數的幾百兩銀子，劉希炎的帳單可就不同了，古董器玩無價，單單那對景德鎮花瓶至少也值幾百兩銀子！他只需幾秒鐘的思考，便下了一個大決心，一個可怕的大決心。

似乎有一種感應，陳恭綸在一番痛快之後一直芒刺在背。他必須請教高人，請教一位又有地位又有謀略又有交情的人。三天後的深夜，一提燈籠把陳恭綸引進澄海縣縣衙的後門。

知縣林睿默默地聽著陳恭綸的敘述，忽然站起身來，打斷對方的話頭：「文謙兄，你不誠實！」

陳恭綸愣怔著。

「你們潮州俗話說，雞蛋密密，也有痕縫！你買洋炮的事，周福林早就給你通街市傳遍了。當然，你可以埋起來，叫人家找不到。」林睿踱著步，「其實，爲防海盜，置幾門洋炮，算不得罪，就算是看家護院養幾條會咬人的狗吧……」

「是呀！可是劉道台可以定我一條私鑄炮位的罪啊！」

林睿笑著搖頭：「不，比這更大的罪。」

「什麼？更大的罪？」

「通匪。」

「啊？」陳恭綸頓時大驚失色，緊張地望著林睿。

這個林睿，原是一介書生，福建莆田人，嘉慶六年進士，先當翰林院編修，後來外放知澄海縣事。他曾經上書嘉慶皇帝廢除海禁，建議官府統籌民間船隊，效仿三寶太監下西洋，開展海上貿易。一時朝野震動，群起口誅筆伐。誰知嘉慶皇帝不但沒有治他的罪，反稱他「語涉無稽，心懷忠愨」，而且實際上竟也放鬆了海禁，似乎部分地採納了他的建議。因此，這個林睿雖只七品縣令，卻頗有名氣，京中刑部主事林思倫尤為賞識，同他聯宗，認了盟兄弟。

「你被蔡若流抓過，為求得他的保護，同他做了交易，為他提供水米火藥，桅篷器具……」林睿瞭若指掌。

「這？我也是不得已呀！如果官府能提供保護……」

「不錯，這正是我當初上書的措施之一。」

「可事實上官府都做了些什麼？遇著海盜，自家先跑了，跑得那根辮子直過離弦箭！」陳恭綸說著激動起來，「就會盤剝我們生意人！稅外有稅，捐上加捐！像貓一樣，聞著魚腥味就撲過來！」

林睿不作聲。

陳恭綸後悔失言：「我不是說林大人……」

「你沒有說錯。」林睿長歎一聲，「是我無力清剿，啊，也不想清剿蔡若流！」

知縣大人竟說出這樣的話來！陳恭綸一時目瞪口呆，儘管他早就曉得對方生性率直。

「蔡若流至少算得半個義盜。他侵陵富豪，可他不擾民，他信奉兔子不吃窩邊草的江湖信條。他保護了你的紅頭船隊，事實上就是保護了南浦的興旺發達！他有功啊！爲什麼要清剿他？何況我只握有一個縣的兵力！」

陳恭綸半張著嘴，半天說不出話來。

「我知道你一直在走私！我睜一眼閉一眼，背地裡給你放目。我讓緝私隊幹十天歇一個月。」林睿又長歎一聲，「海禁和走私是孿生兄弟！海禁越猛走私越烈。當今的海港，沒有走私就成了死港，南浦的興旺多半靠的走私。文謙兄，你有功於南浦，有功於大清國！」

陳恭綸聽得冷汗淋漓。林睿石破天驚的這番話，他不曾聽過，細細想來果然是千眞萬確的道理！他頓感安慰，芒刺除了一半，急著向林睿討計：「那我該……」

「你應該去找劉大人，狀告刁奴勒索！」

陳恭綸滿懷信心走了。然而，極有見地的林睿也失算了，因爲他並不知道陳恭綸與劉希炎之間有著更大的行賄與敲詐。陳恭綸接連三次上潮州，劉希炎藉故不納。

與此同時，省府廣州，巡撫鄭處厚的案頭上，出現一道奏摺。曰：「奏審辦潮州府澄海縣南浦鎮土豪陳恭綸通盜濟盜私設炮位。」是劉道台的手筆。

鄭巡撫粗粗一覽，即送京城。有司轉呈，到了皇帝龍案。

「又是粵東！」嘉慶閱卷，眉頭緊皺，半晌，長歎一聲，「沿海通盜濟盜，數粵東最難辦！」

原來，清廷自平定台灣鄭氏反抗勢力後，其海防政策重心是對付海盜而非反擊外寇。嘉慶十分讚賞「從來有海防而無海戰」的戰略主張。他容許小知縣林睿開通海上貿易的異說，海禁鬆而不廢，是因爲他旨在平盜，他要禁絕的是「刁民」通盜濟盜。他下過這樣的諭令，以爲「其道總在編查保甲，嚴杜接濟。如果一切水米火藥及桅篷器具之類無一出洋，則盜船雖各處奔逃，自足制其死命」。然而「刁民」出於經濟利益上的考慮，不以海盜爲患，甚至與海盜「久相浹洽」。這就出現海禁寬而復嚴，嚴而復寬，或寬或嚴，寬嚴皆誤的局面。寬的時候，官商盜三位一體；嚴的時候，片瓜可以獲罪。粵東一個瓜農就因「販賣西瓜，偷運出洋」，被加上「濟盜」的罪名，判發黑龍江爲奴。嘉慶在歎息「數粵東最難辦」之後，不假思索，取過朱筆，匆匆批下八個字：「情節屬實，依律懲處。」

陳恭綸還蒙在鼓裡。他第四次上潮州時，總算見到了劉道台，也告了周福林的刁狀。劉希炎當場教訓了周福林。周福林諾諾連聲。陳恭綸以爲事情就此了結，心滿意足地過了三個月，生意眼瞅著紅火。

這天，六侄陳英士的新居落成。這是一座「下山虎」②民居，前低後高，狀如猛虎下山。屋頂穿斗式，架梁蓋瓦「硬山頂」，屋脊飾鳴鳳，飛簷立蹲獸，鐵馬迎風，叮噹作響。酒筵將開，陳恭綸以長輩身分居上首，宗親們紛紛落座。剛要舉箸，族內一個後生慌慌張張跑來，上氣不接下氣：「三，三爺，要，要抓……三爺……」

言語不甚分明，事態卻很明白。陳恭綸一眼看見周福林帶著兵勇遠遠走來，一閃身溜了。兵勇們把「下山虎」裡裡外外搜了個遍，又返回陳恭綸的清心堂，還是不見蹤影。周福林忽然靈機一動，喊一聲：「走！」

②下山虎：潮人傳統建築形式之一。屋頂爲穿斗式、架梁蓋瓦的「硬山頂」結構。進門爲天井，天井直進爲大廳，大廳兩側是大房，天井兩側有小房（俗稱「伸手」）與大房相連。整體格局前低後高，狀若下山猛虎，因此得名。多爲平民人家所建。

果如民間所傳言，陳三爺有一條秘密地道！周福林在九里外的鮀灣陳家那修船工場裡找到了一個秘密出口處。他十分興奮，叫兵丁們下去搜查。這些兵丁循著地道一直摸到清心堂，卻一無所獲。怪，難道他有遁地術？周福林不甘罷休，一連三天三夜派人在兩頭株守著。

離南浦港不過十幾里的海面上，上弦月勾出一座荒島的輪廓。波瀾不興，隱隱有讀書聲傳來。荒島岩洞內一處僻靜的石室，明晃晃的燭光下，一位老先生正襟危坐，兩個長得幾乎一模一樣的小男孩正在背書，朗朗然，如瓶中瀉水。蔡若流引著一個人悄悄行來……老先生發現來人，示意兩個小男孩止讀。兩個小男孩一齊回過頭來，齊聲喊著奔跑過來：「爹！」蔡若流蹲下身來，摟著兩個兒子：「我們大人有事。找你們阿娘去。」兩個小男孩聽話地走了。

「陳老先生，這位就是陳三爺。」蔡若流介紹著。

「陳恭綸，字文謙。」

「老朽陳尤良，字太善，別號浪谷散人，又號無相干伯，室名水沫齋，是泡沫的沫，不是文墨的墨。」

「你們認個本家吧！一筆寫不出兩個陳字。」

「三爺是錦繡堆裡人，老朽怎敢高攀？」

「老先生說到哪裡去？恭綸如今是亡命人了！」

「同是天涯淪落人，相逢何必曾相識？」陳尤良念了白香山的兩句詩，「廣漢，上茶呀！」

「對！」蔡若流高喊著，「上茶！」

「廣漢？」陳恭綸低聲念叨。

「哦，這是陳老先生給我起的字。」

「廣，宏大也；漢，河川也。扣若流之義。」

「原先我還以爲誇我是廣東的好漢呢！」

一陣笑聲伴著工夫茶香，氣氛融融。

「三爺你看，有吃有喝，有妻有子，我這日子過得怎麼樣？」

「很自在呀！我還眞的羨慕你呢！」

「羨慕？話說過頭了吧？」

「眞的！我，陳恭綸，中過舉人，如今又造就了一個南浦，可是一個道台的長隨就可以置我於死地！你呢，一葉扁舟，四海爲家，皇帝老子也奈何你不得！」

蔡若流一聽笑了。他在鮀灣無意中救出了陳恭綸，心裡盤算著拉他入夥，當今之世，有錢有槍就能橫行天下！幾番暗喻明示，陳恭綸就是不吐口。他想借助陳老先生的高論，便拉著陳恭綸到石室來。這時候眼見著時機似乎成熟，乾脆把話題挑破：「既然這樣，三爺就不要猶豫了，你我做個並肩王吧！你在陸上，我在海上，你有銀錢，我有槍炮，你我合夥，北走日本，南行暹羅，明是商，暗是盜，高興就幹，不高興就歇，那才叫逍遙自在呢！」

陳恭綸不作聲。

「怎麼樣？」

陳恭綸抬起頭來，輕輕搖了搖。

蔡若流看了看陳老先生，老先生卻如木頭人一般。

「爲什麼？」蔡若流追問。

「不爲什麼，我根本就沒想過要落草。」陳恭綸不自覺地流露出一絲不屑。

蔡若流沉不住氣了！「嘿，我曉得你的心思，你到今天還是看我是賊吧？」

「不，我不是……」陳恭綸有些惶惑，解釋著，「我的意思是……」

「不必解釋了！」蔡若流忽然惱羞成怒，「你打娘胎裡就是富人，你用不著去做賊！是嗎？」他脹紅著臉，大聲斥問，「可你是怎麼富的？是走私！是誰保護你走私的？是賊！」

「頭家……」陳恭綸仍然急欲解釋。

「不，聽我說。是賊保護你走私的，不是官府！官府沒有保護你，官府還要敲詐你勒索你！一個道台的長隨就勒索了你好幾百兩銀子，再勒索不成就要害你。這是你親口說的，也是我親眼見的，是不是？」

「是。」陳恭綸的語調變得平靜了。

「事到如今，你還跟官府一個心眼！」

陳恭綸不語。

「你爲什麼不說話？」

「你要我說什麼？」陳恭綸頑強地望著蔡若流，「頭家，山有山路，水有水道，你做你的生意，我做我的買賣，何必相強？」

蔡若流不語。

「反正人在你手裡，是走是留，隨你的意。」

場面僵了。少頃，蔡若流忽然笑了起來：「三爺，請放心，我不勉強你。你一定要走，明天就可以送你回南浦！」

「全憑頭家安排。」

看著對方無可奈何的樣子，海盜頭又有些不忍，便幽幽地說：「我是賊，免不了賤骨頭，我還眞是擔心你的仇人放不過你呢！」

陳恭綸眉毛輕輕一揚：「頭家不是說楊二兄派人找到了英士，英士說已經疏通了劉道台，潮州的官兵早就撤走了……」

蔡若流哈哈大笑：「走了就不能再來嗎？」

半晌，陳恭綸離座，對蔡若流深深一揖：「頭家，那天在鮀灣你救了我一命，我永世忘不了你的大恩大德！我又在你這裡住了半個月，將來一定加倍報答你！你的盛情我領了，但是我的家業在南浦，陳氏四個房頭五六十口人靠我一人掌門，我有牽掛，我身不由己啊！還請頭家包涵，一定包涵！」

蔡若流雙眉如虯。

「至於回去後會怎麼樣，唉，死生有命啊！」

大概是漲潮吧，海水拍打著岩石，發出嘩啦嘩啦的聲響。

「不早了，陳三爺該休息了。」當了好半天啞巴的陳尤良終於開了金口。

蔡若流打發一提燈籠送走了陳恭綸，回頭對陳尤良悻悻地說：「老先生，老夫子！你倒好，半天不說一句話，說一句話又把人送走！」

陳尤良笑了：「你是瞎子點燈白費蠟！他不會入夥的，我料定他只有砍頭的命。」

「什麼？」

「他只有砍頭的命！」

蔡若流緊閉著嘴唇。

「頭家說過的，富人和窮人不一樣。我看，富貴人家就是蒙冤了，落魄了，他也不會反叛朝廷的……」

「你不也是富貴人家嗎？」

「噢，究竟不一樣。他們家走上坡，我們家走下坡；他本人是掌門人，我本人是敗家子。」

「既然他不肯合夥，那就……」蔡若流話說半截。

陳尤良大吃一驚：「你想殺……」

蔡若流沉默。

「我知道你總想圓一個夢！」

「你說說什麼夢？」

「達信大帝的夢！」

「你說對了。如果我有陳恭綸的船隊，有他的經商術，我就到暹羅，先做個大富豪，等到風吹草動，用我的錢財招兵買馬，怎麼不能有第二個達信大帝？」

陳尤良哈哈大笑。

「你笑什麼？達信大帝是澄海人，我也是澄海人！」

陳尤良搖了搖頭：「就因爲他是澄海人，是唐人，他才在一次宮廷政變中讓暹羅人殺死，雖然他建立了一個前無古人的呑武里王朝……」

「這我知道！」

「廣漢，這個夢你圓不了，唐人的事業在唐山。」

「在唐山……也得看唐山行的是什麼王法……」蔡若流彷彿自語，「啊，這半個月來，他知道了我的內情，除了阿花，他什麼沒見到？連你也現身了！如果他想戴罪立功，向官府告密，給官府帶路……不，這個人不能留！」

陳尤良走了過來，拍著蔡若流的肩膀：「不要做傻事。他的罪名是通盜，他如今和你是一根線上縛著的兩隻草蜢，他不會出賣你的。你向來舉著義字旗，不要壞了你的名聲。」

「義字旗……」蔡若流忽然衝動起來，「義，什麼叫義？我活這麼大，就沒有人對我義過！陳恭綸對我有義嗎？他是同我做交易！他供我火藥，我保他走私，一個捨財，一個捨命，誰也不領誰的情！義，哼，義是騙人的！」

「說得對！義是騙人的。可是你別忘了，這世上就有人願意受騙！既然有這樣的人在，爲什麼不去滿足他們呢？」

蔡若流一愣怔，想了想，改容相謝：「老先生，這話說得對！好吧，我讓他回去。不過，我確實擔心他的性命，官府是不講義的！」

「婦人之仁！」陳尤良歎息著，「我說過，他只有砍頭的命，只爭來早與來遲！」

一陣輕輕的腳步聲。蔡若流的妻子潘蓼花提著籃子走了過來。

「阿花，你還沒睡哪！」

「給老先生做夜宵。」

「是蠔烙！」蔡若流揭開籃子高喊，若稚子。

陳尤良長揖：「多謝夫人！」

「咳，什麼夫人？賊婆！」潘蓼花自我調侃。

三天後的傍晚，海面上一條五肚船順風順水向北駛去，於沉沉夜色中抵達鮀灣。

陳家修船工場地下的秘密地道其實有兩條。周福林發現了其中一條，還有另一條是直接通海的，出口處只有三爺和六舍知道。這天，陳英士就從這條秘密地道把陳恭綸接到清心堂。

不敢大聲說話，走路踮起腳尖，生怕下人知道，連婦人小兒都得瞞過。陳恭綸成天躲在大老婆的房間裡，似乎髮妻更靠得住，只是憋悶得難受，厤六甲的「冬革阿里」偏偏生出奇效，大老婆樂得抖擻精神使出渾身解數曲意逢迎，彷彿梅開二度。然而，三天過後，陳恭綸對這種鼠語貓行的生活徹底地厭煩了。他打發大老婆去傳六侄。

正巧陳英士帶來一個消息。

「三叔，劉道台剛剛把我找去，要我勸你別躲了，躲得過初一，躲不過十五，他說他要同你面談……」

「面談？他要談什麼？」

「是呀，我也這麼問他。他說，朝廷下狠心了，要在今年年內蕩平沿海盜寇，不叫一人漏網，粵東第一名要犯就是蔡若流，他希望你能協助他……」

「我協助他？笑話！」

「他要你提供蔡若流的船隻、炮位、兵力的情況，行劫線路和秘密窩藏所……」

「混帳！他把我當作蔡若流一夥人了！」

「看樣子倒不是……他說他知道你和蔡若流有來往，你是被迫無奈，他不追究，是你誤會了他的用心。」

「誤會？他派周福林帶兵來捉我！」

「這事我也說了，他說他原是請你到潮州，想不到周福林挾怨報復，他已經處罰了周福林，扣了周福林三個月的餉銀了。也不知道是眞是假，不過，他倒是說了一句很不平常的話。」

「什麼話？」

「他說他要是眞對三叔下毒手，那麼你的那些古董就是置他死地的炸藥！」

陳恭綸沉吟著。這最後一句話好像是眞的。劉希炎也怕我陳恭綸來個魚死網破啊！可這劉希炎畢竟有個田螺心，誰知道田螺殼裡有幾個彎呢？他不敢輕信劉道台的話。陳恭綸無意間拿起桌子上的那瓶藥酒，隨手晃動著。瓶中泛起已經變成深褐色的小木頭，「冬革阿里」，鬼東西，還眞靈驗，不是春藥，勝似春藥！這麻六甲的奇貨！麻六甲，新加坡，盤谷，暹羅……

「暹羅！」陳恭綸一聲驚叫，「英士，我到暹羅去！」這的確是一條去路，既可以拒捕，又不必落草，待幾年時過境遷再回南浦。

這天夜裡，陳恭綸莫名其妙燃起一股欲火，悄悄摸到如夫人的房間，嚇得那女人失聲怪叫，以爲歹徒。他急忙捣住小妾的嘴，抑著怒火，低聲地說：「我是三爺！」女人定睛一看，果然不假，既驚又喜，問長問短。他不讓她說話，只說了聲「以後再說」，便寬衣解帶……

大老婆上了幾歲年紀，覺輕，一翻身，不見了丈夫，慌了。「準找那花狐狸去了！」即使笨得出奇的女人，在這些方面的判斷，依然出奇的準確。她趿著花屐桃③，悄悄摸到花狐狸的房門前。她豎起耳朵細聽，猛然推開房門。

③潮州人稱木屐爲屐桃，有花紋圖案並上色的，叫花屐桃。

吵嚷聲，廝打聲，棍棒聲，啼哭聲……

可巧，一個長工起夜小解，聽得個不亦樂乎！

第二天，南浦鎮的街頭巷尾，人們不無驚奇地小聲傳遞著新聞：「陳三爺溜回家來了！」新聞反饋到了陳家。大老婆站在大門口破口大罵：「哪個天追的、短命的、殺千刀的說三爺回來了？誰說的老娘我找誰要人！我還不願意當寡婦呢！誰說的？誰說的？有種的站出來！天雷劈了你的頭！」

陳恭綸在屋裡氣得行不得罵不得，咬牙切齒團團亂轉。虧得陳英士及時趕來，勸回了三嬸。陳恭綸也顧不上同大老婆理論了，立馬吩咐六侄準備船隻提前出逃，免得夜長夢多。

「我去看看皇曆，定個日子。」

「不必了，明天就走。」

潮州人過番，一條水布，一只市籃，一包甜粿④，一雙木屐，搭上紅頭船，便任由命運飄蕩了，雖說吉凶難卜，倒也一輩安然。擁有十八條紅頭船的富商陳恭綸此番遠走南洋，別有一番滋味。他坐不得自家的紅頭船，只能偷偷乘坐五肚船，然後腆顏去求助海盜頭相送一程，到了遠海，再設法搭乘別人的洋船。

此刻，又是薄暮，五肚船飄搖在鮀灣的海面上。陳恭綸心中湧起悲涼，怎麼落到這步田地呢？突然，海面上飛也似地駛來三隻小船。他轉悲涼為欣慰，謝天謝地，這麼快就遇到海盜船！他叫阿濤趕緊快划迎上前去，自己為此番不期而遇打著腹稿。

「不對呀！三爺，那是官船！」阿濤盡量壓低聲音。

陳恭綸這一驚非同小可！未等他想出對策，三隻官船已經到了跟前。三支竹竿長鉤一齊伸了過來，鷹爪似地抓住五肚船。三隻官船上，燈籠火把一齊點亮，映紅了一泓水域。

阿濤高喊：「幹什麼的？你們是兵是賊？」

官船上的兵勇並不答話，一個個跳上五肚船，見籮筐就劈，見口袋就挑，搜，再搜，搜個底朝天……

「你們有王法沒有？打魚人惹了你們了？我又沒有走私，你們翻什麼！毀了我的東西，我要你們賠！」還是阿濤的聲音。

「閉嘴！」官船上發出一聲怒喝。

兵勇們掀開艙口，對著黑洞洞，面面相覷。

「下去！」官船上一聲命令。

三個兵勇握刀走下底艙。鴉雀無聲，叫人窒息。好在沒過多久，三個兵勇一個個爬出艙口。

「連個鬼都沒有！」

「再下去！帶著燈籠火把！」官船上又發出命令。

又三個兵勇走下底艙。還是沒過多久，又一個個爬出艙口，回話異曲同工。

「有幾條魚，都臭了！」

---

④甜粿，潮州食品，以糯米為原料攙入紅糖製作而成，類似年糕。因為不易發霉變質，極耐貯藏，時常派作乾糧。甜粿與市籃、水布、木屐等物一起成為潮人「過番」「下南洋」的象徵性符號，諺云，「無可奈何舂甜粿」，是潮人迫於生計離鄉背井出洋過番的生活寫照。

「怪！難道不是這條船？」官船上的人心中納悶，無可奈何把手一揮。

兵勇們一個個跳回官船。

有人嘀咕著：「晦氣！連條魚都沒撈著！」

有人望著水面打趣：「瞧！那不是一條鰻魚嗎？」

「什麼？鰻魚？饞死你，那是草繩！」

「胡說！草繩有黑的？」

「在水裡泡久了就黑了嘛！」

一番吵嚷驚動了那位一直發號施令的「長官」，他奪過火把，往水面一照，驚叫起來：「一條辮子！」

兵勇們如同吸足了鴉片個個興奮起來。陳恭綸被兵勇們提著辮子，拉出水面，拖上了官船。官船上爆發出歇斯底里的嚎叫。原來陳恭綸口銜一根蘆管從後艙悄悄潛入水中，整個身子匿在船底，只露一小截蘆管在船尾水面上，以陳恭綸的水性，這樣待它個把鐘頭不出水面，原本尋常事，想不到那根長辮子被暗流湧出了船底，讓人抓住。

「長官」露出了廬山眞面目，是劉道台的長隨周福林。他陰陽怪氣地說：「早就聽說三爺的水性南浦第一，今天總算見識了！可惜這根豬尾巴藏不住，害了你了！」

陳恭綸被押在潮州監獄，南浦鎭如同發生了規模八級的地震，震央是煌煌赫赫的陳家清心堂。大老婆披頭散髮，小老婆也無心梳洗。陳英士走進清心堂，喊了聲「三嬸」，又喊了聲「玉嬸」。大小老婆一見六侄，一齊哭了起來：「阿六，慘啊！」「六舍，救救老爺吧！」

陳英士無言以對，只好問一聲：「吃飯了沒有？」

大老婆掠一掠頭髮：「吃飯？那些沒良心的下人、夥計、長工、廚子、走鬼（婢女），男男女女，全都溜光了！」

「怎麼會這樣？」陳英士目光一掃，庭中花木枯黃，雜物零亂。呀，剛剛三天，便露出敗家跡象。

「他們說，過幾天要來抄家了！」大老婆說著又哭了起來。小老婆也隨著嗚咽不止。陳英士聽得心煩，礙著輩分不便發作。有頃，號哭變成啜泣。

「三嬸，玉嬸，不要聽外人亂說……」

「那你說！」大老婆搶白。

陳英士沉吟著。

「你說呀！你說呀！」兩個女人可以開多半個墟市。

「是這樣的，我們長房、二房和四房三個房頭參詳好了，老陳家拚著破家，也要救出三叔！」

「眞的？」兩個女人喜出望外，涕淚交迸。

「三個房頭公推我到北京告御狀。我這是跟三嬸和玉嬸辭行來了……」陳英士說著，想起此行吉凶難料，或許便是永訣，不由傷感起來。

女人們又哭個不停。還是大老婆硬朗些，先收了淚：「阿六，佛祖保佑你，平平安安！」

小老婆也跟著收淚：「六舍，順順，順順！」

陳英士叮囑：「少出門，有難事到我家。」

大小老婆頻頻應聲。

「呀」的一聲，未上門的大門被推開了。走進來一個人，劈頭就問：「你是陳英士嗎？」

陳英士點點頭。

「跟我到縣裡去。」來人是個差役。

大老婆突然衝動起來，彷彿是頂得住天塌的大個子了：「你們不能抓他！有什麼事我頂著，我跟你去！」

「有什麼事我也不知道。」來人轉對陳英士，「快，別耽誤工夫！」

陳英士想了想：「走！」隨來人去了。

「阿六，不能去呀！」大老婆追了幾步，氣喘吁吁，轉頭吩咐小老婆，「玉秀妹妹，快去告訴阿六娘子！」

「哎，我去！姐姐你別著急。」小老婆急急走了。

只三個時辰，陳英士再度走進清心堂。

老姐兒倆驚疑不定，看見六侄精神很好，心中納悶。

「三嬸、玉嬸，你們放心！林知縣給了我一封他的親筆信，要我到了北京，去找林思倫林大人……」

「林大人是什麼人？」

「刑部主事，是林知縣的宗兄！」

老姐兒倆眉梢溢笑，望空合十：「佛祖保佑林知縣世世代代在澄海做官！」

上京告御狀的消息瞞不過劉道台的耳目。這位劉道台熟知運籌於帷幄之中，決勝於千里之外的道理。他覺得不必去半路截殺陳英士，那是莽夫蠢漢的行爲；他也不必去疏通京城各道關節，起碼目前不必。他做過京官，深知如此要案，只有嘉慶一人說了算，而嘉慶的御筆批件已經由巡撫鄭處厚轉到他手裡了，眞及時，下午剛剛收到。此際，夜已深了，他面對案上的批件，毫無倦意，思考著那八個字：

「情節屬實，依律懲處」。那意思是，如果情節屬實……皇上省略了「如果」二字，文義自然也是通的。關鍵是個「實」字！他微微搖頭，歎了一口氣。時至今日，還沒有抓到一件「實」的證據！英倫三島製造的洋炮肯定早就讓陳恭綸給埋了，蔡若流同陳恭綸的往來根本就不留痕跡，要能捉個內奸也好呀，哎，何不套一套陳恭綸的口供？

陳恭綸禁在單監，人倒不見消瘦。劉希炎看著地上粗糲的食物，搖了搖頭。

「吃不慣吧？」

「還行。行船人在海上也常常餓一頓飽一頓。」

「可那到底是自由的。」

「也就甲板上那點屁大地方。」

「總比這裡好哇！船一靠岸你就能回家……」

「回家？是的，不過，如果整天大氣不敢吭，門也不敢出，活不如死。」

劉希炎歎了一口氣：「文謙啊，你不明白，朝廷的矛頭所向，在盜不在商！你不會有什麼事的，你何必同蔡若流講義氣？我想這樣好不好，呃，不用你出頭，你把蔡若流的老窩……」

陳恭綸搖搖頭：「大人，我確實不知道嘛！」

「誰都知道你被蔡若流抓過又放了……」

「是呀！破了一回大財！」陳恭綸說罷轉身向隅而坐，那意思自然是不再說話了。劉希炎看著陳恭綸的背影，突然湧出莫名的感慨。這個人中過舉人，仕途上再邁一步，也會授官的，如果他做了潮嘉惠道台，哪怕是澄海知縣，他怎麼會成了今天這個樣子？這個人確實很講義氣，他不出賣蔡若流，對海盜都能這樣，何況對朋友！啊，當初在他的清心堂，我曾經揮筆贈聯，還同他吟過詩聯過句，雖說他那方面的天分不算高。唔，如果眞的剿滅了蔡若流，我或許可以同他重歸於好，他的財富確實激活了一方沃土……劉希炎悵然走出監獄。

夜裡，劉希炎在道衙門內面燭獨坐，心緒不寧。忽然，屋頂「嘩啦」一聲，似有腳步響。「不好！」他驀地一驚，迅即吹滅蠟燭，喊了一聲「有賊」，一個箭步，躥出中庭，再一躍，上了房頂。這劉希炎自幼習武，未仕前學過三年武當，更兼膽大，儘管不是武林中人，但要對付三兩蟊賊，還是綽綽有餘的。等到衙役畢集，火把高燒，早已不見賊人蹤影。

「這賊好大膽，偷到道台衙門來！」

「他覺著他有三條命吧？」

衙役們一陣哄笑。

「回去吧！」劉希炎揮手叫屬下走人。

劉希炎慢慢踱回寢室，剛一進門，大吃一驚！案上赫然在目是一根長長的辮子！他下意識地摸一摸自己的後腦勺，長長的還在。他拿起那條油光鋥亮的髮辮，細細審看，粗的一頭，分明是一刀齊齊切下的。是誰割了誰的辮子？

三天後，南浦鎭上演繹著一個傳奇。說是義盜蔡若流星夜獨闖道衙門，一人打通街，九十九個衙役，三十三個拳師全部跪地求饒。劉道台且戰且走，溜進鐵閘門內，保住了性命。周福林不會武功，又跑得慢，剛過鐵閘門，門就關死了，那長辮子留在門外，拽又拽不動，只好用刀切了。繪聲繪色，越說越玄。言之者鑿鑿：「我阿娘的妹妹的姐夫的獨生子親眼看見的！」聽之者藐藐：「你阿娘的妹妹的姐夫不就是你爹，獨生子不就是你……」不管山聊海說，無論南浦潮州，人們好幾天不見劉道台升堂，這是實事；周福林丟了辮子更是千眞萬確，他眼下掛的髮辮是從隆興祥商號買來的，因爲要得急，老闆拆了三把破二胡弦弓上的馬尾，又湊了些粗線、棕絲、麻縷，好歹染染黑，還不夠，臨時揪些榕樹氣根、攙點蜘蛛絲什麼的，所以特不結實，一扯就掉毛。

劉希炎自然猜出是蔡若流幹的好事，意欲脅迫他放出陳恭綸。「哼！我堂堂朝廷命官，豈能聽你擺布！」這一來，劉希炎不再悵然了，想像中那份帳單重又浮現出來。一定要捉一個活口！有了活口，通盜濟盜的情節就屬實了，就可以依律懲處了！

上京城告狀的陳英士斷斷想不到三叔的案件會引出這一系列枝節。他在北京節節順利，先找到了林思倫，呈上《告潮嘉惠道劉希炎及其長隨周福林勒索未遂監禁鄉賢陳恭綸狀》，併劉希炎、周福林二人歷年勒索銀錢、珍寶、器物的清單，後到刑部大堂正式告狀。刑部以「情有蹊蹺」，由林思倫拿著狀紙和清單，叩見嘉慶。嘉慶沒有忘記這宗案子。他看了文本，默不作聲，自覺著從前批覆有些草率，好在沒有判斬，尚可挽回，便諭令「重查複審」，著新任兩廣總督桂春辦理此事。陳英士得知消息，拜謝了林思倫，吩咐阿濤雇輛馬車，迅即南下。

這天，劉希炎正在廣州城拜會巡撫鄭處厚。二人原是同榜進士，兼有私誼。鄭處厚望著那對宋瓷景德鎮花瓶，考慮再三，還是給劉希炎透露了皇上要「重查複審」的風聲。劉希炎大出意料，他，神仙打鼓也有錯時候！

「三日內，總督到，是眞實是誤傳就清楚了。」鄭處厚說。

劉希炎無語，有頃，起身告辭。

從廣州到潮州，快馬只兩三天。劉希炎夤夜回衙，也顧不上盥洗，匆匆找出那件御批，「情節屬實，依律懲處」。他對著那八個字沉思，有頃，狠狠拍案，決心冒一次大風險。

次日，劉希炎親率士卒，把陳恭綸提出監牢，押上囚車。大隊人馬開往南浦。

南浦鎮外，韓江邊，渡口旁，有一株大榕樹，枝葉正茂。此時派作了用場。陳恭綸被押在榕樹下。

劉希炎叫人宣讀了陳恭綸通盜濟盜的罪狀。照例讓犯人喝一碗「送行酒」，但陳恭綸拒絕了。劉希炎熟知陳恭綸的性情，他料想陳恭綸會臭罵他一頓，他等待著。

陳恭綸沒有罵。他望一望在場的人，除了士卒，看客寥寥，本家的人一個也沒有。他望一望韓江，不太遠的江面上，有一隻五肚船，祖父當年就是開著這樣的船走內河發家的。他望一望大海，漠漠濛濛，父親當年三艘紅頭船到了他手裡翻了六倍，變成十八艘，特別是恒昌號，那中桅眞叫氣派！他露出一絲不易覺察的笑意，又迅即收斂。他彷彿看到荒島上的岩洞，鮀灣上的官船，又彷彿看到衙門內的景德鎭花瓶，還有監獄裡的自己……他不看也不想了！忽然間，他認出一個人，一個乞丐！他曾經施捨過這個乞丐一口棺材，還派人幫著收葬乞丐的老娘。他示意乞丐上前。

那乞丐果然走上前來，叫了一聲：「三爺！」

士卒要驅趕乞丐，被劉希炎制止。

「你還記得我？」

「哪能忘了恩人！」

「好！你替我帶個話。」

「什麼話？」

「叫陳家把十八條紅頭船都沉了！」

那乞丐含淚點頭。

劉希炎嘲諷：「不用你擔心，你的浮財都要充公！」

「充公？充公？充公？充公？哈哈哈！」陳恭綸神經質地笑個不止，笑得劉希炎惶惶然。

「開刀！」劉希炎急急喊了一聲。

陳恭綸的頭顱滾落地上。

「曝屍三天！」

陳恭綸的頭顱被高掛在大榕樹上，正對著韓江出海口。

帶著好消息的陳英士和阿濤日夜兼程，半個多月已到嘉應州，自梅江買舟東下，經松口，過留皇，船至潮州也不小留，直奔南浦，棄舟登岸，望「下山虎」疾走，一心想著給家族一個大驚喜！剛進家門，見一大屋子人，他高喊一聲：「我回來了！」

眾人抬頭，並不答話。男人們發著愣，女人們「哇」的一聲哭開了。

陳英士眼前一陣發黑，差點站立不住。聽完家人和宗親泣不成聲的哭訴，陳英士不語，也無淚。當天夜裡，陳英士和阿濤一個揣著麻袋一個扛著鋤頭悄悄出門。韓江堤上，月黑風高，又飄著雨。阿濤飛快上樹，解下陳恭綸的腦袋。陳英士打開麻袋，把屍身和腦袋一起裝了進去。神不知鬼不覺到了藤蘿山，挖個坑埋了。兩人對著墳頭大哭一場，之後，直奔大海……

第二天，陳英士和阿濤失蹤了。

屍首被盜，六舍失蹤，劉希炎已經無心追查，他遇著麻煩了，他將要爲自己的冒險付出代價！先後兩道公文叫他心慌。第一道果然是皇上的「重查複審」，第二道是新總督桂春要他去省城廣州「述職」。近幾年來，凡被召「述職」的後果都不大妙，從行文的字裡行間揣摩，桂春對他似有懷疑，大概是澄海知縣林睿說了些什麼。他有些後悔，他向來對這個屬下太寬容了。但是眼下，他必須去向上司「述職」。

桂春是個頗精漢文化的滿人，三言兩語之後，便曉得劉希炎是個不易對付的對手，但他不露聲色，靜靜地聽著劉道台「述職」。

「……皇上御批情節屬實，自然就是無誤；依律懲處，通匪正是斬梟。嘉慶五年、八年、十年都有聖諭，卑職唯御批行事。」劉希炎把先行斬決的責任輕輕一推，竟推到皇帝那裡去。

桂春曾經看過林思倫呈上的那份劉希炎勒索陳家財物的清單，他有一種直覺，先行斬梟是欲滅其口，俾無質證。劉希炎狡猾地推卸責任，更證實了他直覺的判斷，他看準劉希炎的要害是拿不出通盜濟盜的確證。他心中有數了！此刻，他隱而不發。

「好了，路上辛苦了，歇息吧！」

不表態的上司最讓下屬難受。劉希炎深感不安。

果然，桂春的密奏上達嘉慶。嘉慶看了密奏，曉得劉希炎鑽他文字上的空子，臉上一陣發燒，登時拍案：「猾吏！猾吏！」

劉希炎回到潮州，左思右想，只有剿滅蔡若流，才能擺脫困境。他召見林睿，責令他三個月內務必生擒蔡若流，不然自家提頭來見。林睿知道劉希炎挾怨報復，一面操練兵馬，一面上書朝廷辭官。

一波未平一波又起！一夜，劉希炎正與幕僚、偏將談兵，突然闖進三個蒙面人，直奔劉希炎而來。一場格鬥過後，雙方都倒地了。等到州府官兵趕來，受傷活著的只有二人：劉希炎和一個蒙面人。清點死者，幕僚、偏將五人皆斃，另兩個蒙面人傷後氣絕。經過辨認，死者是據稱失蹤了的陳英士和阿濤，傷者是蔡若流的二頭目楊二。後來又報，周福林早一個時辰在自己家中被人勒死，用的是那條假辮子。

桂春得知消息，派人前來問傷。劉希炎滿面春風望空拜謝，高喊一聲：「皇天不負我！」弄得來人莫名其妙。原來劉希炎傷癒後，用大刑逼降了楊二，得到了他一直求之不得的「活口」。

冬至這天，潮俗家家老幼圍坐一室搓湯圓。不言而喻，有團圓之意。身處荒島的海盜頭蔡若流一家四口，加上陳老先生，也在搓湯圓。潘蓼花揉著糯米麵，蔡若流捏了個小鴨子，兩個小孩爭著搶著，把一笸籮糯米麵撞了個底朝天。潘蓼花揚起眉毛，小傢伙傻了眼，蔡若流和老先生哈哈大笑。忽然，一個小嘍囉氣咻咻跑來稟報：「頭家，我們被包圍了！」

「啊？」

「劉希炎帶著三州官軍殺過來了！」

「入伊母！」蔡若流低聲罵了一句。

「一定有人反水！」

蔡若流定了定神：「吩咐弟兄們不要亂動，等我的號令。」

小嘍囉應聲走去。蔡若流把陳尤良叫進密室，一臉淒然：「我把兩個孩子託付給你……」

「你怎麼想到這些？」

「你心裡比我有數，這回逃不了啦！我把官軍引到外海，你帶著孩子逃回陸上。你是外鄉人，平常又不露面，除了陳三爺，誰也沒見過你。阿流拜謝你了！」蔡若流說畢，猛然一跪。

陳尤良急忙扶起，老淚縱橫：「廣漢，當年是你救了我這個死囚，這些年來你待我如師如父，我應該同你一起赴難的……」

「老先生，當今世上，赴死容易求生難啊！你就揀難的挑吧！」

潘蓼花闖了進來，怒容滿面：「還有什麼商量的！官船都靠岸了！」抄起魚叉，喊一聲：「走！」

蔡若流經妻子一激，毅然衝出密室。陳尤良追著問：「給孩子改個名吧？」蔡若流痛苦地低下頭：「改！一個叫蔡耕，一個叫蔡讀！」說罷飛跑出洞。

眾寡懸殊，搏殺是一邊倒。蔡若流夫妻戰死，五千子弟半死半降。

劉希炎凱旋潮州，當即表奏朝廷。奏章中不但誇大了戰功，而且忘不了給他屬下澄海知縣林睿捏造個「臨陣脫逃」的罪名。

嘉慶覽卷，龍顏大悅。儘管陳恭綸先行斬梟情有蹊蹺，畢竟粵東第一寇的覆滅，多虧「猾吏」。他提揑著朱筆，擢升劉希炎為福建巡撫，令其「再建殊勳」。不多久，劉希炎以「無建樹」調任貴州主考學政。越一年，劉希炎被處死，罪名是「暗結苗彝，圖謀反叛」，自然是「莫須有」之類。

林睿呢，由於林思倫等多官說項，只落個「削職為民」。他寫下「永不問政」四個大字，離開縣衙，啓程欲回福建莆田隱居，不料剛剛走到南浦便病倒了，竟一命嗚呼。南浦人懷念林睿，尤其是鎮上林姓，對其孀妻弱子多有照顧，與之聯宗，未亡人也就率子在南浦定居了。

繁盛的南浦歷經一年的劫難，元氣大傷。恒昌號的中桅變成潮嘉惠道衙門前廣場上的旗杆，港灣的紅頭船不見了，海上貿易幾近絕跡，加之港口逐年淤塞，海岸線外移，南浦港優勢的喪失甚於當初的雙林港，只好更加無可奈何地衰落了。

過了五十餘年，滿清政府的欽差大臣桂良、花沙納與英國政府的全權代表額爾金簽訂了中英天津條約。條約規定中國開放牛莊、登州、台灣(台南)、潮州、瓊州、漢口、九江、南京、鎮江等通商口岸。後來開埠時，牛莊擇地營口，登州擇地煙台，潮州擇地出乎潮州人的意料，就在當年義盜蔡若流出沒、豪商陳恭綸置場的鮀灣上，有一個小漁村，名叫汕頭。

又過了將近一百年，汕頭龐然海港城市，南浦脫離了澄海縣，成為汕頭郊區一個小鎮。

一切都在變化，盛極而衰，否極泰來。一百五十年前那宗轟動一時的大案，只留下幾許模糊的傳說。陳恭綸的名字早被人們遺忘，清心堂擴建成一所中學，「下山虎」破舊不堪，住家好幾戶擁擠著，也有陳姓，是不是陳英士的後代，人們懶得去稽考。唯一閱盡滄桑猶然生機勃勃的，是那株當年掛過陳恭綸腦袋的大榕樹，它依舊默默地俯視著韓江，遙望著南海。聽，一陣陣歌謠傳來：

洋船到，
豬母⑤生，
烏仔豆，
纏上棚；
洋船沉，
豬母眩，
烏仔豆，
生枯蠅……

⑤豬母，即母豬。

第一卷 出花園

1 騎樓一景

二十世紀五〇年代已經過去六七個年頭，南浦這個曾經的「潮之巨鎮」，還只是一個鎮。中心區平行著兩條水泥地面的馬路：一條短些，有二三百號門牌，叫中山路，因爲較寬敞，又叫大街；另一條長些，五六百號門牌，一九三六年建成的，叫丙子路，因爲後建，又叫新街。兩條馬路之間，有若干橫路相連，最大的一條叫復興街，是商店最爲集中的地方，一九五〇年以後連續幾屆城鄉物資交流大會都在這條街上舉行。每逢盛會，人山人海，本地人相約「到橫街看熱鬧去」，這橫街就是復興街。

橫街日間熙往攘來，肩摩踵接，景致多多，似乎什麼事情都可能在這裡發生。最近幾個月，上下班時候，橫街上常有穿花布衫的小男人昂然走過。閒在家裡的女人們每逢這一時刻，便放下手上的活計，躲在屋門後吃吃地笑著。小男人們憑著直覺也知個八九不離十，步子更加堅定，相互間還打著招呼，「安德烈吃了沒有?」「謝爾蓋上哪兒去?」竟是蘇聯老大哥的尊諱!旁若無人的小男人們大都是店員工會的積極分子，堅信自己是在移風易俗，呵呵，是以革命的名義。

橫街的夜似乎更熱鬧。不但許多店鋪仍在營業，而且夜市燈火連綿，三更不滅，五鼓闌珊，潮人有詩贊曰：

燭天燈火三更市，
海角風流別一州。

最具特色的是潮州夜粥。原籍南浦的香港作家阿鵠這樣描寫：「……橫街兩旁商店的騎樓下亮著一盞盞溫暖的燈，燈光總被一團騰騰的熱氣籠罩得有些朦朧，幾米見方的地面上只簡單地擺著矮矮的小桌椅。當你走過去時，攤主就像家裡人一樣輕聲招呼你坐下，問你愛吃些什麼。那簡短的問答、親切的聲調和這古樸的街巷，這溫暖的燈光一樣和諧、柔美。不知不覺，夜深了，原先哪幢樓裡隱隱約約的『嘭嚓嚓』的舞曲消逝了，從街角那邊悠悠飄來閒間樂社的潮州弦詩聲，是《月兒高》？是《平沙落雁》？優雅婉約，脫俗出塵，於是乎陶陶然中添了一份風露清愁……」

近來，橫街的夜又有一番熱鬧。大祠堂在大鳴大放。明晃晃的燈光下，有攢動的腦袋，脹紅的臉。直到深夜散了會，又要熱鬧一陣子，那是橫街上一片木屐聲。

盛夏雖過，粵東沿海天氣依然炎熱。騎樓是一道奇異的風景！店鋪前騎樓下是人行道，晴天擋得熱毒的日頭，雨天便是避雨的廊子。這天晚上，住在橫街與新街轉角處蠡廬的林家吃完了晚飯，林姆照例從後院井裡打了一桶井花水，往騎樓下地面上一沖，暑氣悄悄退卻，不大一會兒工夫，地面上竟也生出絲絲涼意。林姆剛剛鋪上一領舊草席，兩個小孫子建中建華就跳了上來。林姆一手搖著破葵扇，一手拉著小建華唱那老掉牙的童謠：

挨呀挨，
挨米（碾米）來飼雞。
飼雞叫喔嘎，
飼狗會吠夜，
飼豬還人債，
飼牛拖犁耙，
飼兜仔（男孩）來落書齋，
飼走仔（女孩）來雇人罵……

小建華不來勁，掙開手跑了。

老鄰居番客嬸說過，林家這幢二層半的蠡廬風水好，坐北朝南不說，正對著韓江渡口，向江又向海，一到夏天，江風海風一起來，好涼爽！因此，熱天晚上林家騎樓下，總有一幫婦女小孩聚著，絮絮叨叨又鬧鬧烘烘。這天，街坊四鄰的大小女人洗完浴，照例抱著孩子搖著扇子陸續過來納涼，唯獨少了番客嬸。林姆叫孫子小建中去請，這孩子偏懶，不肯去。林姆哄著說，臨江三巷不過百步遠……正哄著，番客嬸來了。

「林姆呀，我家阿木又鬧脾氣了，晚飯不吃就睡了，硬說肚子不餓。」番客嬸說著連聲歎氣。

「唉，也難怪他！無影跡一場病叫他生生地上不了大學。」林姆跟著歎息。

「番客嬸，勸勸阿木再忍一年吧。」

「嘿，陳奇木是汕頭中學生數學競賽第三名，還怕考不上大學？」

番客嬸生性豁達，聽了女人們的勸，不再歎氣了，她望著林姆：「是呀！我也是這麼勸他的。我這兒子天生犟牛脾氣，可不如阿文啊！」

阿文是林姆的小兒子林海文，剛剛考上了南國大學物理系。

「嗨，阿文也不省心，犟牛倔馬損犁耙！」林姆嘴上這麼說著，心裡卻是美滋滋的。

小建中和弟弟小建華打了起來，又哭又鬧。林姆說好說歹哄著，這小哥兒倆總算安靜下來。女人們的話匣重又打開。

「哎，你們知道嗎？穿花衣服的那幾個後生仔都是頭頭的紅人呢！那高個子叫謝爾蓋……」一個小女人說。

「怎麼名字怪怪的？」

「是蘇聯名兒，人家自己起的大號，他姓謝嘛，是塗虱巷謝木匠的兒子。還有那幾個，叫什麼華西里、安德烈，什麼伊萬……」

「什麼一萬，還二萬呢！打麻將啦？」

女人們笑了起來。

「聽說國家的花布生產太多了，穿不完，政府號召男人也穿……」

「不對吧？我可聽說是蘇聯老大哥白送的，讓中國人學蘇聯，男的要穿花上身，女的要穿布拉基……」

「什麼？女的都開拖拉機？」林姆直搖頭。

那女人笑了：「阿姆，不是拖拉機，是布拉基，布拉基就是連衣裙。」

女人們一起笑了。

「五十好幾，耳朵不中用了！」林姆自家也笑了。

又一個小女人神秘地說：「你們知道嗎？大祠堂辯論，瑞祥茶莊的老大一人辯全堂呀！什麼謝爾蓋、安德烈、一萬二萬的，還都辯不過他！」

「這老大膽子也太大了！」

「聽說曲鎮長笑咪咪的，沒駁他。」

「你說那個北佬呀？他是副的，正鎮長是黃東曉，從前的游擊隊長，阿東！」

「就是『天頂雷公，地上阿東』？」

「是呀！剛調來不久。」

「那麼大名頭，才鎮長？犯錯誤了吧？」

林家騎樓下是個信息場，舉凡菜價高低、房租貴賤，婦姑勃谿、兄弟鬩牆，乃至瓜棚風片、豆架雨絲，寡婦門前、鰥夫床上！無論官場顯貴，還是市井細民，陳年舊事，還是近日新聞，眞假消息一鍋燴，還越說越玄。

「聽說大榕樹最近又鬧鬼了，夜裡子時正，就『唉』的一聲歎了一口氣，聽得人頭髮根兒都立了起來。」

「聽老輩人講，大榕樹上，早年間掛過一個人頭……」

「是誰家的祖先呀？」

林姆衝發問的小女人眨眨眼：「誰知道呢！」

番客嬸隱約知道南浦陳家祖上的傳說，可她不願意相信：「掛過人頭就能鬧鬼呀？孫大炮孫中山鬧革命那時候，攻打大衙門，死多少人呀！現在鎮政府就蓋在大衙門上，怎麼什麼鬼也不鬧了？」

小女人倒吸了一口涼氣：「還是躲遠點好。我聽我舅公說過，種葡萄的，要是葡萄的根頭比人頭大，家裡準要死人。」

又一個小女人接碴：「我在鄉下時候聽說過鬼打牆，遇見鬼了，走了一夜就是走不出去！這大榕樹八成是成精了，會不會……」

一個小小孩帶著哭腔：「媽媽，我怕……」好幾個小小孩紛紛投入媽媽的懷抱。

街燈因爲電力不足驟時暗淡下來，南來的風帶來一股海腥味。忽然，遠處傳來「噠噠噠」有節奏的聲響，且由遠而近。女人們誰也沒有出聲，心吊了起來……原來是一個女人！她趿著紅屐桃，風擺柳般走過來。騎樓下的心一個個放了下來。

「晦氣！遇著這路貨！」一個小女人輕聲低語，抱起孩子，對林姆說了一聲「奴仔目澀（孩子犯睏）了」，逕自走了。

另外的小女人們也紛起效尤。騎樓下，剩下林姆和番客嬸。紅屐桃似乎習慣了尷尬，並不計較，她坐了下來，誠心誠意討教：「林姆，番客嬸，我家碧君今年十五歲，該『出花園』①了，我沒操辦過，怕錯了規矩。」

林姆有些驚訝：「楊姐，你自己沒出過花園呀？」

紅屐桃楊姐，更普遍的稱呼是楊寡婦，小鎮上一個很有知名度的人物。她歎了一口氣：「那時候家裡窮，出是出過，不大清楚，就記得出花園那天要拜公婆神，穿紅皮屐，要躲在屋子裡，不能出門。」

林姆接著說：「是呀，是呀，拜花公花媽要辦三牲果品，要湊成十二件……」

「哇！把我賣了都湊不齊！」楊姐驚呼。

番客嬸笑了：「八件可以，四件也成，不能多就少唄！」

「是呀，把三牲果品放在『膠掠』（竹製笸籮）裡，請出花公花媽的神爐，叫碧君跪拜……」

「用一碗米，插上香，就可以拜了。」

「這不難，我辦得到。」

「楊姐，『膠掠』放在眠床裡，碧君就坐在床上吃，糯米糍要吃二十四粒，熟鴨要吃『四點金』……」

林姆邊說邊比畫。

「『四點金』？」

「『四點金』就是兩翅兩爪。」番客嬸插話。

「別的就隨意了，雞蛋、甜麵、鯪箭魚，吃多吃少都可以。還有，要讓碧君洗浴。照南浦的規矩，是用十二樣東西泡水給奴仔洗。」

「哪十二樣？」

「吺，榕樹枝、竹枝、石榴花枝、桃樹枝、狀元竹和青草。」

楊寡婦屈著手指：「才六樣呀！」

「一樣一對，不就十二了嗎？」兩個過來人笑了。

「這十二樣都不用花錢！」楊寡婦習慣地放浪笑了起來。

林姆忽然想起：「不能出屋，過天井時候一定要戴竹笠！」

---

①出花園：潮人俗禮，一種近似古代成年禮的習俗。花園者，乃受神明庇護的嬉樂之所，十五歲已成年，自當告別溫軟，跳出園牆，踏上人生風雨之途。

楊寡婦一聽越發浪笑起來：「我那間破屋子，轉身碰著牆，我上哪兒找天井呀？哈哈哈！」

楊寡婦笑得林姆和番客嬸都默不作聲。

2 風流楊寡婦

南浦人可以不知道書記、鎮長姓甚名誰，沒有不認識楊寡婦的！即使外鄉人初來乍到，只消到新街中段去，有一爿賣香煙糖果的小鋪，坐著一個三十上下歲的女掌櫃，就是楊寡婦。要問楊寡婦為什麼出名，南浦人無論白髮垂髫，準得笑著說，風流唄！不知從什麼時候開始，楊寡婦的頭上就冠上這個二字定語，成了「風流楊寡婦」。她的眞名反倒沒人知道！只有一位曲鐵杜副鎮長，偶然從戶口名簿上看到她的芳名，叫楊翠環。

楊翠環不是南浦人，她的家鄉是距南浦百里之遙的芳洲村。十幾歲上，已經是遠近聞名的小美人。四鄉八里的大小男人無不垂涎三尺，登門提親的人比夏天草坑裡的蚊子還多。翠環的父母並不著急，思謀著挑個好人家。他們熟知此地衡量女人的三字標準：富、雅、賢。翠環長得漂亮，占得雅字，聰明伶俐，又占得賢字，單單缺個富字！所以一定要嫁上富貴人家，還不能是為富不仁的人家。

父母打著如意算盤，女兒卻另有主見，她和鄰村辛家的阿偉好上了。阿偉魁梧英俊，渾身力氣，又心靈手巧，是百裡挑一的好後生，所缺的也是那個富字！那時候，這對金童玉女還來不及領教富字的威力，由著天性，隔三差五，桑間濮上。就在翠環「出花園」那年的一天晚上，他們在村邊竹林裡被人發現了，儘管他們基本上「止於禮」，四鄉八里還是鬧得沸沸揚揚，閒人嘴裡唾沫星子亂飛，把「姦情」渲染得有聲有色，居然編造出這對男女隱私處彷彿異於常人的生理特徵，男的行貨如驢樣，平時只好纏在腰間，女的花心有顆大黑痣，能伸縮，可大小，信不信由你，也不由你不信！如此這般，翠環沒來由成了二手貨，被父母遠嫁到閩南東皋鄉，給大財主佘大鼻作妾。儘管翠環像個冷美人，佘大鼻對她寵愛有加。佘氏族叔警告：「這個姿娘不是好貨，從前……」佘大鼻只笑笑，沒答話，他心裡比誰都清楚，納妾那天晚上，這個姿娘分明是黃花女，更無大黑痣。

冷美人心裡一直想著昔日情郎。有一日清晨，佘府「駟馬拖車」②大屋的「火巷」外，並排著一溜馬桶，名義上的如夫人事實上的使喚丫頭楊翠環正低著頭刷馬桶，旁邊站著收糞水的鄉下漢子，破竹笠遮住了半個臉。忽然，漢子嘴裡吐出兩個字：「翠環！」楊翠環即時傻了，東皋鄉不會有人這樣叫她，憑聲音，她知道來人是誰。漢子拍了三下自家的後背，挑著糞桶走了。這是廢棄已久的暗號：三更，屋後。

始料不及的是這天的後半夜，「駟馬拖車」大屋內，後堂變成刑室，楊翠環披頭散髮倒在地上，辛阿偉血跡斑斑吊在梁上。族叔大吼一聲：「沉塘！」佘大鼻擺了擺手：「放他走吧！」

辛阿偉回到粵東老家，落下一條殘腿。楊翠環仍在佘家，自然更加抬不起頭了。多少年後，南浦鎮的閒人對楊翠環的這段「風流」史依然津津樂道。有人奇怪：「佘大鼻甘心戴綠帽子？」有人釋疑：

---

②駟馬拖車：潮人傳統建築形式之一。一種多層次、對稱、平衡、結構完整的平房式宅第，因整體建築格局恍若一乘馬車，故曰駟馬拖車。在潮汕民居中堪稱豪宅。

「余大鼻自己說的，捨不得她那個風流窟！」繼起淫邪的笑聲。

楊翠環成了楊寡婦是在一九五〇年。閩南農村土改，余大鼻理所當然成了鬥爭對象，這主兒不堪折磨，自殺了。一日，天蒙蒙亮，楊寡婦懷揣著幾件沒被搜走的首飾，拉著女兒，逃離了像蛋糕一樣被切割成若干小塊的「駟馬拖車」，那是十多戶貧雇農住進了這座大厝。

當她回到老家芳洲村，才知道雙親早已病故，她忍著淚從楊家走向鄰村辛家，她猜想辛阿偉一定是好成分，如果還沒有成家，她好歹跟定了他……大老遠望見辛家草寮，她猛然一陣情熱，拉著女兒快步疾走，到了門前，忽然停步，屋裡坐著一個女人！仔細一看，還是一個瞎女人！

「她是……」她沒能把問話說完。

辛阿偉沒有答話，只點點頭，而後衝她擺手。

原來盤算的一切化爲烏有，她很想狠狠地罵一通這個男人，一轉念，罵他什麼，他哪兒錯了？到底誰負了誰？生爲潮汕女人，命該嫁雞隨雞嫁狗隨狗！我只有走，走遠遠的，遠離這個地方！她發狠地咬了咬牙，拖著疲憊的身軀，不再回頭，茫茫然向西行去，行著行著，實在行不動了，只好落下腳步，一問是南浦，心想，這裡好歹是個城鎮，按理說討生活要容易些。

一個二十多歲的孀婦，還帶著一個弱女！她想來想去，還是得找個男人才有依靠。南浦的男人一個個同她好過一陣又一陣，一旦知道她的身世，便都偉丈夫般棄之如敝屣，更有一些男人不過貓兒沾腥，壓根兒就沒想要娶她。她開始是認認眞眞找婆家，後來竟然變成逢場作戲，就這樣，一來二去，明裡暗裡，楊寡婦成了「風流楊寡婦」了！

如今，楊寡婦似乎收心了，全副心思都在女兒身上。她偷偷找算命瞎子老六，取定了八月十五中秋節這天給小碧君「出花園」。

小碧君是南浦潮劇團學員班的學員，虛齡十五，實足不滿十四。或許遺傳基因起著作用，或許菊界習藝耳濡目染，儼然大姑娘了。這天正是中秋節，她還算聽話地任由母親擺布，洗浴，穿紅皮屐，拜花公花媽，吃糯米糍，吃「四點金」……只是一天不能出屋，她實在憋得難受，先是默默背著戲詞，背著背著乏了心思，想看排練不成，想看電影也不成，她嘟囔著：「眞無聊！」

「砌瓦塔嘍！砌瓦塔嘍！」隱隱傳來孩子們的喊聲。小碧君下意識地往屋門走去。楊寡婦趕緊攔住：「給我回床上去！」小碧君噘著嘴，「哼」的一聲。

喊聲來自曠埕，那裡有人在砌瓦塔。

曠埕盡頭，便是韓江渡口。古榕遮天，扁舟自横。

渡口堤岸稱韓堤，相傳是韓愈治潮時候興修的水利工程，全稱韓公堤。現代學者考證，此說乃無稽之談，唐代韓江三角洲濱線在新溪、白沙一帶，是時南浦尚在汪洋之中，何來韓堤？事涉無稽，卻有來由，原來潮人崇拜韓文公，視之若神，潮人有詩日：

民心如鏡長相映，
山水於今皆姓韓。

又有聯語：

溪石何曾惡？
江山喜姓韓！

於是乎韓山、韓江、韓祠、韓木、韓山書院……無處不韓！唐人柳宗元談到蘭亭的「清湍修竹」未有「蕪沒於空山」，是有幸遇著王羲之的緣故，提出了「美不自美，因人而彰」的美學命題。潮州似若蘭亭，韓愈有如王羲之。千百年來，潮人崇韓已經成爲一種心理定勢。江山都改姓韓了，能不編排出許許多多的傳說？諸如眼下的韓堤。

韓堤上走著兩個少年：十九歲的陳奇木和十七歲的林海文。他們原是夢谷中學同班同學，如今隔著一條大學的門檻，分別不過個把月，卻有隔世之感。陳奇木又瞥了一眼林海文胸前的校徽，「南國大學」的小牌牌彷彿有些刺目。他奮力扯下一縷倒垂的榕樹氣根，下意識地揪成一段段，抛入江中。「想不到一場小病毀了我的大學夢！」他信手將一塊石子抛擲出去……

石子不偏不倚落在小船船篷上。

「入伊母！」一個中年漢子罵著走出船艙。林海文趕忙上前賠禮。漢子悻悻地走回船艙。

「阿木，明年再考，你一定能考上名牌大學！你是高材生嘛！你一定能！」

「算了，不說這些了！」陳奇木揮了揮手，「哎，你母親的病好些了沒有？」

「好了。過幾天我該回廣州了。其實，我這趟回來也爲看看你。」

陳奇木沒有回答，只默默地走下韓堤，走向曠埕。

月亮悄然升起，淡淡的月白灑落在曠埕上，恍如無聲的小溪緩緩流淌。三一群五一夥，都在砌瓦塔。林海文頓時興奮起來：「阿木，我們也燒瓦塔！」

砌塔燒塔是本鄉特有的遊樂民俗：中秋夜，月在天，人們用磚瓦砌起高可二三米的中空塔形，實以杉木柴草，點火燃燒，至塔體通紅，輔以煙花爆竹，於是皓月丹塔，聲光色影，蔚爲奇觀。陳奇木似乎沒什麼興趣，搖了搖頭。林海文頗感遺憾：「以後怕沒機會了！」

不知從哪兒冒出一群小孩，高喊著跑來：「阿木哥！燒瓦塔！」陳奇木一看，有蔡家姐妹蔡霞、蔡鶯和她們的小弟怒飛，有自己的小妹奇蘭，有阿文的侄子建中、建華，還有一個不認識的小黃毛丫頭。陳奇木原是橫街一帶的孩子王，架不住孩子們的哀求，加上林海文的攛掇，便把煩愁拋一邊，指揮起來：「分兩隊，小男孩一隊，找磚頭瓦塊，小女孩一隊，揀杉頭柴草！」

「是！」小孩們轟然一聲散開了，又爲爭奪小黃毛丫頭吵了起來。

蔡鶯毫無商量的餘地：「小符是姿娘仔，當然跟我們一個隊！」

小怒飛偏有歪理：「小符是黃伯伯的孩子，黃伯伯是爸爸的戰友，爸爸是男的，小符跟我們一個隊！」

這邏輯太怪了，陳奇木和林海文一聽都笑。蔡霞、蔡鶯和小奇蘭不由分說把小黃毛丫頭拉走。小怒飛倒也達觀，撫慰著比他大些的建中建華：「沒事的，到我家去。我家要修房，整磚整瓦都有！」

蔡家也是南浦鎮上的老住戶，房子坐落在橫街的一條小巷子裡，是舊式院落，或許是風雨磨洗，牆皮剝落，看不到蔡氏郡望，依稀可辨的是門楣上三個字，像是「耕讀第」字樣。這是地委副書記蔡方蘇祖居老屋。蔡書記平時住在地委宿舍，只休息日偶爾回來住住。今天中秋節，新任南浦鎮長黃東曉是多年的老戰友，二人難得一聚，潮式月餅工夫茶，敞開的心扉說不盡的話……

小怒飛搬著磚瓦領著建中建華躡手躡腳路過小客廳門外，只聽裡邊大吼一聲，不由得停住腳步。

「我算什麼地方主義！」是黃伯伯的聲音。

「哎哎，同志哥，老戰友，坐下坐下……」是爸爸在勸，「我理解你。幾年之間，你從省委降到地委，從地委降到縣委，如今又降到南浦鎮鎮長……」

「嘿嘿，也好！到了你的老家，可以照顧你的家眷！」

「算了吧！照顧你自己吧，管住自己那張破嘴！」

「北方農村人說，豁嘴的騾子賣了個驢價錢，虧就虧在這破嘴頭子上頭！哈哈！」是黃伯伯在笑。

一陣沖茶聲，又一聲「請」……

蔡怒飛雖然聽不大懂他們的話，但他特別崇拜黃伯伯，如果是叫黃伯伯生氣的事，那一定不是好事！「天頂雷公，地上阿東」啊！他正在想著，建中建華催著快走，一不小心，磚頭瓦片嘩啦啦掉了下來，這下子，三個人全傻了！

「做什麼？」蔡方蘇走出屋門。

建中建華低著頭。怒飛只好硬著頭皮：「燒瓦塔……」

「燒瓦塔，得找碎磚破瓦，哪能用好的！」蔡方蘇晃晃腦袋。

「看，已經破了，碎了，就拿走吧！」黃東曉笑著解圍。

三個孩子走後，兩個大人回到屋裡。

「你呀，挺會打圓場的！誰說阿東不靈活？」

「我喜歡怒飛這孩子，將來一定有出息。」

「太淘！可比不上小符懂事啊！哎，你發現沒有？小符越長越像她媽媽。」

黃東曉驀地黯然。

「小符還小，你不考慮再結婚？」

「這世上不會再有符英芬了！」黃東曉長歎一聲。

符英芬原是廣州一家電池工廠的童工，十多歲就參加了東江縱隊，鑽過山草，打過硬仗，是個女英雄；解放後調到省裡做婦女工作，也幹得有聲有色，受到省委的表揚。這樣一個剛強的女性，內心世界偏又十分豐富，尤其善解人意。「她細膩到一縷目光！」黃東曉曾經這樣談到他的妻子。不料想僅僅活到二十六歲，死於難產。蔡方蘇曉得黃東曉對妻子感情至深，不便再說什麼，只默默地喝著茶。

月亮升至中天。曠埕上，孩子們的瓦塔已經砌成，高可一人許。

「阿木哥！」楊碧君高喊著跑來，果然是學戲的料，一副好嗓子。

「你今天不是『出花園』嗎？」陳奇木有些吃驚。

「管它呢！我媽前腳一走，我後腳就溜！」楊碧君說著，抓起枯枝稻草往瓦塔的「灶口」裡塞。

小黃毛丫頭黃小符怯生生地問：「怒飛哥，砌瓦塔做什麼？」

「燒唄！」

「為什麼要燒呀？」

小怒飛摸摸腦殼，求援的目光向著陳奇木。陳奇木一笑，娓娓道來：「聽老輩人說，從前，蒙古人占了我們潮州，三家養一個兵，這些兵欺壓百姓，姦淫婦女，無惡不作。潮州百姓恨之入骨，學著烽火台的樣子，約定中秋夜燒瓦塔，以火光為號，一齊殺了這些兵……」

「都殺了？」

「都殺了！不過，這些兵陰魂不散，時常作祟……」

「那怎麼辦？」

「以後還燒瓦塔，祭他陰魂，講定各不干擾。不然的話，跟他血戰到底！後來就相安無事了。」

楊碧君崇拜地聽著，眼睛裡流出朦朧的愛意。蔡霞與林海文竊竊私語，蔡鶯湊了過來，其他孩子也跟著……忽然，大家都望著楊碧君，齊聲起哄：「阿木嫂！阿木嫂！」楊碧君紅著臉追打著蔡霞……

陳奇木領袖似的制止：「別鬧了！該燒塔了！」

「燒塔嘍！燒塔嘍！」孩子們高喊著。

一時間，連同其他幾個瓦塔一個接一個燒了起來。火光中一片歡聲。南浦才多大一個小鎮，歡聲傳遍半條街，就像潮州大鑼鼓，敲打起來叫人心肝噗噗跳，雙腳如踏順風船，不知不覺走出家門，放眼望去，明月清輝流瀉，韓江邊一片火樹銀花，啊，誰能安然穩坐家裡？

「方蘇，我們也去看看！」

「這個時候你還有興致？活像個孩子！」

「這個時候怎麼了？中秋節！再說，三十五周歲還不算老吧？」

蔡方蘇欲言又止。黃東曉笑著拿起照相機，拉著蔡方蘇一起來到曠埕。孩子們一見，都愣了神，他們感到太意外了。

黃東曉先發話：「小怒飛，愣什麼？回家拿把鹽來！」小怒飛答應著跑了。蔡鷙問：「要鹽做什麼？」黃東曉神秘一笑，沒有回答。不一會兒工夫，小怒飛邊跑邊喊：「鹽來了！」黃東曉接了過來，將鹽一撮撮撒向瓦塔。瓦塔驀地騰起火焰，發出「畢畢剝剝」清脆的聲響。孩子們歡呼起來。

「哈哈！二十年沒玩過這玩藝兒了！」黃東曉開心地朗聲笑著，「方蘇，來，我給你照張相！」

「算了，我又不是演員……」

「哎，照相館專給演員開的呀！這相機是蘇聯老大哥的新產品，別看笨點，結實，保證你照出來不是個女的！」黃東曉拉著蔡方蘇照了一張，轉向孩子們：「誰照呀？」

「我照！」「我照！」「我照！」蔡鷙和怒飛喊得最響，欲爭一個先。

黃東曉故意作弄：「功課五分的優先！」

蔡方蘇笑著對小兒子：「傻了吧？」

「我還不照呢！」小怒飛一揚頭，眼珠子一轉，「燒塔嘍！燒塔嘍！」

「來個合影吧，怎麼樣？」黃東曉提議著。

蔡霞拉過一旁噘嘴的蔡怒飛，蔡鶯推著一旁仿明星狀的楊碧君……

「卡嚓」一聲。

「哎呀，你怎麼能跑出來呢？」人未到，聲先聞，一個女人尖細的嗓音給中秋夜劃了一道印痕，是楊寡婦。她從人堆裡薅出楊碧君。楊碧君哭著不肯走。

「阿嫂！」黃東曉走上前去。

楊寡婦認出黃東曉，大吃一驚，有些尷尬：「啊，黃鎮長，不知道鎮長在這裡，啊，是這樣的，碧君她今天……今天『出花園』，不能出門的……」

「啊，是呀，『出花園』是不能出屋門的。」

「碧君你聽聽，這是黃鎮長的話！」她拉著楊碧君，給鎮長鞠一躬，道謝而去。

「東曉，你也迷信？」

「呃，這可不是迷信！」黃東曉和蔡方蘇邊走邊談，上了韓堤。

韓堤上，一輪朗照，花影拂地。

「『出花園』實際上是成人禮，把未成年的生活環境比作溫馨的花園，眞妙呀！成年了就必須走出花園，去經受嚴酷的磨洗。誰都留戀花園，誰都不能在花園一輩子！這就是辯證法！」黃東曉一路說下去，「再說燒瓦塔，那是和平共處，萬隆精神……」

「什麼？和平共處？還萬隆精神？」唯一的聽眾發出疑問。

「燒瓦塔，一個設祭，希望安居樂業；一個受祭，遊魂有所安歸。燒瓦塔象徵和平共處……」

「哎！你一個共產黨員，瞎扯什麼呀？」

「我是說我們潮州的風俗非常美好。就說我們的潮州話吧，也那麼獨特，那麼精彩！女人叫姿娘，美女人叫雅姿娘，古樸，優雅，有韻味！」

「哼，潮州話罵人照樣難聽！比哪兒的話都難聽！」

黃東曉並不理會蔡方蘇的反駁，閘門既已打開，那水便如韓江滔滔東去：「一九五二年我去蘇聯，才一個星期就想念我們潮州！嘿，從前打游擊到哪兒都不想，你說怪不怪？有一天我擰開收音機，莫斯科電台正播著潮州音樂《寒鴉戲水》，我聽著聽著渾身直發抖，一個人在屋子裡嗚嗚地哭了……」

「怪不得人家批你地方主義呢！」蔡方蘇笑著說，「你這人不該搞政治，該去當藝術家！」

「可惜，搞政治本人不行，搞藝術嘛……大概……更不行！」

二人相視一笑。蔡方蘇似乎又想起什麼，一揮手：「走，回去再沖一泡工夫茶！」

黃東曉笑了：「你一定有要緊事！」

蔡方蘇確實有要緊事。小客廳裡，蔡方蘇站著遠望，瓦塔的火光紅了一角天。他感歎著：「這種風俗，恐怕以後不會再有了！」

黃東曉正在沖工夫茶，覺得奇怪：「爲什麼？」

「你呀，你好像不是生活在中國，你沒有看到全中國現在在做什麼？」

「做什麼？前一段大鳴大放，現在開始反右。」

一個大運動已經展開，而蔡方蘇心中卻失去往常的興奮：「地委傳達了中央的精神，反右運動全面鋪開了，看來規模相當大，也不管黨內黨外……」

「不管黨內黨外？」黃東曉頓感失落，「我大概又跟不上形勢了！越革命越糊塗，說不定哪一天要革到自己頭上來！」

蔡方蘇耐心地開導著，半晌，黃東曉朗聲一笑：「方蘇你放心，我不會信口開河的。再說，運動由鎮委張書記抓，我管政府這一攤，南浦的生產建設上不去，我著急呀！」

「生產建設……」蔡方蘇無可奈何一聲苦笑。

月斜了，夜靜了。忽然，從大街那個方向傳來嘈雜的木屐聲，大概是大祠堂的辯論會散場了。

3 蠡廬

大祠堂是先前的林氏宗祠，如今闢作南浦鎮工人俱樂部，本地人仍習慣稱作大祠堂。中秋節的第二個晚上，月亮似乎更圓了。大祠堂灑滿了月光。從前廳到天井，委地星星點點的煙頭，間有廢棄的舊報紙。一個人愣愣地站著，不知道會散人離祠堂空。

今晚的辯論會比哪天都散得早。實際上會只開了一半，通訊員小劉把曲鐵柱副鎮長叫走了，因爲有緊急情報。主持會議的是鎮工商聯主席，一時沒了主心骨，趕緊上前請示曲副鎮長，會議提前結束。

站著的這個人叫林耀祖，公私合營前百盛瓷器店的老闆，橫街轉角二層半蠡廬的主人。此刻，他的耳邊依然縈繞著謝爾蓋他們質問的聲音，他鬧不清楚自己怎麼會成了辯論對象！前幾天，林耀祖私心裡還在歎惜瑞祥茶莊的老大，那傢伙是個絕頂精明人，解放前做生意就有一套花活，是那種七分笑面三分賊的買賣人，解放後又愛說些怪話、牢騷話、刻薄話，爲人處事「龜龜蛇蛇」，弄得個聰明反被聰明誤。我怎麼也和他一樣成了辯論對象？林耀祖想起曲副鎮長約他談過一次話。事先，他聽說曲副鎮長不過三十幾歲，山東即墨人，當兵時候挺能打仗，現在是副鎮長兼武裝部長。見面時候，他必恭必敬，未免有些緊張，後來看見對方和顏悅色，也就漸漸鬆弛了。他竭力回憶那次談話，自己似乎沒說過什麼不得體的話，如果有，那就是把傳達室叫作門房，把郵遞員叫作郵差，可這算不得什麼大問題呀，而且自己當時就改正了，曲副鎮長也只是笑笑，沒有責怪。他又追憶平時的言論，不合時宜的話在家裡是說過的，可在外頭好像沒說過……

一陣風來，天井一側的龍眼樹沙沙作響，他望著這株龍眼樹，忽然想起小時候曾經偷偷爬上去吃龍眼。他又望一望月光下這座林氏宗祠，聽祖父說過是道光年間蓋的，那時他們這一支外來林早已歸宗，成為南浦林了，所以這祠堂也有他祖上的一份，記得解放前逢年過節，他總要帶著長子林海陽、次子林海文到這裡參加祭祀，他以小有資產頗受族人的尊敬，想到這裡，他驟時感到難堪，今晚真丟人呀，就在這曾經是祭祀祖宗靈位的地方！

「回家去吧！要關門了！」是俱樂部值夜班的老人。

「哎哎！」林耀祖彷彿醒轉過來，急急離去。

中秋節後，一連好幾天，橫街轉角這幢二層半的蠡廬內，幾乎聲息全無。秋陽灼灼的下午三四點鐘了，全家人都在等待林耀祖的消息。樓下，病後乏力的林姆倚門懸望，叨念著，什麼會呀，從早上開到這時候！林海陽悶坐著，一支接一支地抽煙，像一隻吐著黑墨的章魚。林海文躺在床上看書，一本據稱是「干預生活」的力作，蘇聯小說《拖拉機站站長和總農藝師》，他大力揮手驅趕煙霧，嘟囔著：「哥，別抽煙了！」林海陽望著弟弟，沒有說話，把煙頭掐滅了。樓上傳來小孩子的喧鬧聲夾雜著樓板響動聲……「別鬧了！」林海陽衝著樓上高喊。

林海陽的妻子張青筠夾著課本、作業本匆匆走了進來，緊張地問：「媽，爸爸還沒回來？」林姆搖了搖頭，返身進屋。

牆上的掛鐘敲了四下。林耀祖悄然出現在門口。一屋目光集於一身。林姆趕緊上前爲林耀祖更衣，脫下開會專用的幹部服，換上家居中式上衣。家道不振，禮儀如昔。她終於開口：「劃上了？」

林耀祖搖頭。

「不劃了？」

仍舊搖頭。

「那……到底怎麼回事？」

「我怎麼知道！」林耀祖顯然沒好氣。

林姆看著丈夫的樣子勸慰著：「說不定挺幾天就過去了！中午飯吃了沒有？」

「上哪兒吃去！」

林姆趕忙去米甕裡量米……

「媽，我來做飯。」張青筠搶著下廚房。

林耀祖眼前仍是批判會的景象，他因爲低著頭，只聞聲不見人：

「他在家裡散布反動思想！」

「他叫耀祖，就是想光宗耀祖，他就是這樣教育兒子！」

「他留戀舊社會，他說在舊社會他能蓋上二層半樓！」

這是一種奇妙的現象，時間像流水一樣打了一個漩渦，無論歡樂還是悲苦，彷彿片時定格。借用物理學概念，叫作視覺暫留現象。林耀祖斜睨著林海陽，迸出一聲冷笑：「城狐社鼠，城狐社鼠呀！」

林海陽抬抬頭，欲言又止。

「去揭發吧，賣身求榮的時候到了！」林耀祖又甩出一句。

「我還沒你想的那麼卑鄙！」林海陽抗言。

「阿陽，你揭發你爹了？」林姆愕然。

「我，沒有……」

「阿陽，你說實話！」

「我只是說，他的思想體系和黨不一樣……」

「思想，還有什麼戲？」林姆鬧不明白。

「怎麼不一樣？」林耀祖質問。

「你的思想體系是剝削階級的……」

「什麼？剝削階級？我做生意，人買我賣，我算什麼剝削？」

「中間剝削，資本流通的中間剝削。」

「混帳！」林耀祖似乎無法容忍，「沒有中間剝削，能養活你這麼大！」

林姆兩邊勸說。張青筠不敢言語。林海文不知所措。

「我承認我是吃剝削飯長大的，」林海陽感到一種說不清的屈辱，爲什麼會出生在剝削階級家庭，但他早已下定決心背叛生身的階級，「正因爲這樣，所以更要思想改造，堅決跟黨走！」

「好，好，你跟，你跟！」林耀祖氣急敗壞。

「告訴你，跟定了！」林海陽也激動起來，似乎多年的話要做一時說，「一九四八年，我在『聿懷』讀高中，已經約好上山打游擊，你硬是讓店員找我回家，騙我說媽媽病重……我一想起就覺得終身遺憾，到現在我還是個白丁……」

林耀祖又一聲冷笑：「現在來個火線立功吧！」

林海陽猛然站起：「劃你右派，一點不冤！」

家裡人大驚失色。不料林耀祖卻不動聲色，慢悠悠用出怪話：「你看看報紙，北京有多少大人物也當了右派，同他們爲伍，我……光彩！」

太不可思議了！林海陽愕然說不出話來。

林耀祖猛然暴怒：「你給我滾！」

林海陽不假思索，抬腿就走。

「阿陽！」林姆攔住去路，「你們父子這樣大吵大鬧，叫外人聽見，好看嗎？」

過了一會兒，林耀祖幽幽地說：「人到了這步田地，還顧得了什麼面子？」

林姆無可奈何歎了一口氣：「不是還沒劃上嗎？劃上了再吵也不晚呀！」

「劃上了也就不吵了！」林耀祖依然冷笑。

忽然響起一片童聲：「打壞蛋啊！打壞蛋啊！」蔡鷲、蔡怒飛手拿玩具手槍棍棒之類衝了進來，直奔林耀祖。林耀祖驀地一驚。

林姆擋了過去：「小怒飛，哪兒有壞蛋呀？」

「我媽說，抓著一個特務了！」蔡鷲搶著說。

「我們叫建中建華一塊去打壞蛋！」蔡怒飛也不甘落後。

一陣樓梯響，林建中、林建華衝了下來，在阿公面前收住腳步。林耀祖把手一揮。孩子們歡快地跑了。

一室闃然。街邊電線杆上的大喇叭猛然震響：「請注意！請注意！通知！通知！今年第八號颱風近日內將於粵東海面登陸……」

4 颱風

颱風夾裹著驟雨君臨大地，盡情地肆虐著。街邊的樹成了半禿，街面卻披上一層綠衣。現代科學認爲，颱風是洋面上局部積聚的濕熱空氣大規模上升至高空，周圍低層空氣趁勢向中心流動，在科里奧利力的作用下形成的空氣大漩渦。地處亞熱帶的粵東南浦的老百姓，則只知道颱風是一種可怕的災害，特別是稻穀、果樹揚花時候，往往一風毀全年。這次颱風看樣子不是強颱風，不會造成太大損失；但舊屋破、破屋塌在所難免。

陳家祖居「下山虎」早就成了「病大蟲」，這一回後山牆裂了幾道縫，作怪，若爪狀，於是傳說紛紛，說是陳家老祖先鬼魅作祟。原來陳氏的末代早已星散，解放前的「下山虎」只剩下番客嬸的丈夫陳昌發和他的弟弟陳昌盛兄弟一支。兄弟倆十幾歲上藤箱市籃、甜粿水布去了暹羅。陳昌發克勤克儉積蓄錢財，回唐山置地娶妻，以後便往返於唐山南洋之間。番客嬸爲他生下二子一女：陳奇石、陳奇木和陳奇蘭。陳昌發最後一次回唐山是一九四九年，時逢國民黨胡璉兵團潰敗潮汕，瘋狂抓兵，他雖然躲了過去，卻也付出代價，十五歲的大兒子奇石被抓走了。他住了一年多，又去了暹羅，從此音信日稀，竟至杳然。陳奇蘭是在陳昌發去後生養的，父女沒有見過面。一九五一年，南浦城鎮民主改革，因爲陳家有地，又出租，評了個「華僑地主」成分，這「下山虎」也切了蛋糕，大廳兩側是大房，分給貧民成分的人，番客嬸只占著天井左側的兩小間「伸手」（小房的俗稱）。這番颱風帶來的裂縫不在「伸手」，偏在大房後牆，也就帶來了鬼鬼神神、玄玄虛虛的流言。

流言不止於「下山虎」，焦點似乎永遠是渡口那株大榕樹！據傳，樹下的地面上滴出無數小坑，小坑裡的水暗紅色，有腥味，不是雨水，竟是血水！於是，血水和鬼爪聯繫在一起，蠡測紛紜。南浦中學的丁校長是學物理的出身，出面破除迷信，以龍捲風相類比，說是強烈的積雨雲呈漏斗狀下垂，遇到紅土地面，會把紅土帶走，再降，就變成紅雨，有時候吸了海面上的魚群，還會降下魚雨呢！閒人們笑著挖苦，那就不用出海討食了，坐在家裡等著天落魚雨吧！有人居然編出謠言，丁校長講完課回家路上摔傷了右膀，平平道會摔傷，準是得了大榕樹的報應！

流言自然是止於智者。南浦人力爭把颱風造成的損失降到最低程度。這天夜裡，南浦還在「颱風尾」，空無一人的街巷，忽然響起急促的腳步聲。黃東曉身披棕蓑，領著幾個公家人，匆匆地走著。他在臨江三巷巷口附近一處倉庫前面停住了腳步，只見土牆坍塌了一小段，一棵樹歪了，虯根暴露，電線杆倒是完好，電線卻斷了……

「先把電線修好！」黃東曉四顧，大家面面相覷，呀，一路來的電工剛剛到別處去，眼前這幾位沒有一個會電工的。

忽然一個聲音：「我來！」

大家循聲望去，一個少年正向他們走來。他剛剛補完「下山虎」後山牆的「鬼爪」，一身泥塗外污的，還沒換洗。

「你會電工？」黃東曉問。

「會！」少年攀上土牆，躍上電線杆。他既無安全帶又無助手，艱難地操作著。

黃東曉不時囑咐：「小心，安全第一！」

「放心吧，我會做礦石收音機呢！」少年似乎沒費多少工夫，興奮地高喊，「修好了！」隨著他的喊聲，燈亮了。

黃東曉情不自禁帶頭鼓掌。

少年縱身一跳，落在土牆上。土牆忽然沉悶地坍塌了，把少年埋在土裡。這下子全都慌神了！大家一陣忙亂，終於把少年從土裡刨了出來，送進了醫院。在醫院的病床上，少年醒了過來，一眼發現黃東曉，撐起身來，不好意思地叫了一聲：「黃鎮長……」

「不要動。叫黃叔叔吧！哎，我好像在哪兒見過你……」

「中秋夜裡，燒瓦塔。」

「對，對！你叫……」

「陳奇木，阿木。」

「昨天晚上天黑，沒認出來，臉上又都連水帶泥的，我是老泥猴，你是小泥猴！」黃東曉笑了起來，「阿木呀，醫生說頭部受點輕傷，養些日子就會好的。」

「那我回家養吧！」陳奇木說著，掀開被子就要下地。

「你倒急性子！」黃東曉又笑起來，回頭對身旁一個公家人說，「回去寫篇表揚稿……」

陳奇木回家養傷了，可他卻躺不住。天井裡擺著好多盆花，芝蘭、茉莉、鳳仙、石榴、剪春羅、美人蕉……花盆表土上覆蓋著鋪地錦，還雜生著一種俗稱「鹹酸仔」的小草。他採了一棵「鹹酸仔」放進嘴裡輕嚼……

番客嬸把兒子叫進屋裡，樂呵呵地問：「阿木呀，你看得出來，黃鎭長眞的喜歡你呀？」

「嗯！黃叔叔還說……」

「什麼？黃叔叔？」

「他讓我這麼叫他的呀！黃叔叔說還要表揚我呢！」

「眞的？」

「說不定還要上光榮榜呢……」

正在小飯桌上做功課的小奇蘭抬起一雙大眼睛：「哥哥要戴大紅花了！」

「可能吧……」

小奇蘭高興得直拍巴掌，番客嬸也咧開了嘴，一種期待的喜悅使陋室陡然生輝。

番客嬸連眉眼都帶著笑：「黃鎭長可是個了不起的人物！我們潮汕一帶從前有句俗話，叫『天頂雷公，地上阿東』，阿東是游擊隊長，就是黃東曉呀！」

「我知道！」

番客嬸忽然嗅了幾下，喊著：「壞了！飯糊了！」急忙跑向廚房。

南浦鎭三位主要領導幹部的工作會開了好一會兒了，正說到此次抗颱風救災搶險的好人好事。黃東曉拿出幾份稿子給張書記和曲鐵柱。本來作爲鎭長的他有權把這些稿子送到廣播站廣播，爲愼重起見，他覺得還是應該讓他們二位過過目。張書記閱後點點頭，徵詢曲鐵柱的意見。曲鐵柱提起筆來，把表揚名單中陳奇木的名字勾掉，用十分堅決的口氣說：「這人不能表揚？」

黃東曉一愣：「爲什麼？」

「他家是華僑地主！」

「這孩子現在剛剛十九歲，我們不能把他當作地主看待……」

「我沒有說他是地主，可他是地主崽子！我們黨的鬥爭對象就是地主，你倒去表揚一個地主崽子！你走的是什麼階級路線！」曲鐵柱毫不客氣。

「曲鐵柱同志！用不著你來給我講階級路線！當年我在鬥爭地主的時候，你還給地主當順毛驢呢！」黃東曉顯然火了。

「哎哎哎，都不要著急。」張書記忙打圓場。

曲鐵柱明顯降低了調門，卻軟中帶硬：「東曉同志，你大概還不知道吧？農曆八月十六那天夜裡，我去執行任務，親手抓到一個特務！這個特務後來招供了，同他一起登陸的還有另一個人，那個人後來跑掉，溜回台灣了，他的名字叫陳奇石！陳奇石就是陳奇木的大哥！」

一聽這話，黃東曉像洩了氣的皮球，他沉吟片刻，問張書記：「台灣特務的供詞為什麼不和我通氣？」

張書記解釋著：「呃，是這樣的，那天晚上，大祠堂在批判林耀祖，上級來了緊急通知，要我們民兵配合，我讓小劉去叫鐵柱……」

「這行動我事後知道了，可那供詞……」

張書記拍拍黃東曉的肩膀，把話題扯回到表揚稿：「老黃呀，我看表揚的事就算了，聽說陳奇木的傷也不重。」

「是輕傷。」黃東曉點頭認可了。

曲鐵柱意猶不足：「這戶人家該列入反革命家屬了！」

張書記點點頭。他站起來，是散會的意思。

曲鐵柱笑著對黃東曉說：「東曉同志，俺山東漢子性子直，你別怪我忠言逆耳，你是老游擊隊，立場更要站穩啊！」

黃東曉揚眉怒視。

張書記又打著圓場：「鬥爭複雜，大家都要站穩腳跟。」

蔡鶯、蔡怒飛、林建中、林建華一幫孩子耍槍弄棒呼嘯而來。「打壞蛋啊！打特務啊！」噪音不絕於耳。張書記一聽，趕緊走出屋去。

「孩子們，你們前幾天不是來過了嗎？我告訴過你們了，這裡沒有狗特務。怎麼你們今天又來了？」

「張伯伯，你又要騙我們！人家都說狗特務就關在這裡後院！」蔡鶯小嘴呱呱叫。忽然間，她發現黃東曉和曲鐵柱走了出來，高興地飛跑過去：「黃伯伯，快告訴我們吧！狗特務在哪兒？」

黃東曉還未開口，曲鐵柱大吼一聲：「哪兒來的野孩子！誰告訴你們這裡有特務？」

「我媽！怎麼著？」蔡鶯毫不示弱，雙手扠腰，一副挑戰的樣子。

曲鐵柱正要發火，張書記對他耳語幾句……曲鐵柱頗爲尷尬，悻悻地揮一揮手：「狗特務早就押走了！」

黃東曉蹲下身來，爲蔡鶯撣撣身上的土：「瞧，小花旦改大花臉了！快回家吧！」

蔡鶯在黃東曉臉上印了一吻。

「回家吃飯了！」孩子們一窩蜂跑了。

「我這個老游擊隊變成了立場不穩，笑話！」黃東曉走出鎮委大院，想起曲鐵柱的話，很不舒暢。坦誠地說，他欣賞曲鐵柱是條漢子，勇敢，不怕死，辦事決斷，從不拖泥帶水，也能諒解他尚存的小農意識，但是他難以忍受這個人有意無意流露出來的那種征服者的盛氣凌人的姿態。他走出鎮委大院，不覺來到大街。迎面走來一個小姑娘——楊碧君，她低著頭，邊走邊唱潮曲：

……西臚舊夢已闌珊，

不堪回首金玉緣……

兩個同樣心中有事的人差點撞個滿懷。

「黃鎮長！」楊碧君先認出來人。

「你是……」

「我叫楊碧君。你忘了中秋夜給我們照相了？」

「哦！出花園的……一邊走還一邊唱？」

「黃鎮長，我是潮劇團的學員，將來我們實習演出，你來看我們的戲好嗎？」

「將來……」

「哦，很快的，差不多排好了。」

「唔……好的，只要有時間。」

「謝謝黃鎮長！」楊碧君略帶討好地說，「黃鎮長，我媽說你是個游擊隊大英雄，阿木哥也說你待人特別好……」

「阿木？陳奇木呀？」

「是呀！我這就到他家去。」

「噢！那我託你辦一件事。」黃東曉靈機一動，掏出幾塊錢，交給楊碧君，「給阿木買些營養品，補一補。」說罷逕自走了。

楊碧君呆呆地望著，突然，一溜小跑起來。臨江三巷對她來說，顯然是熟道。她一進門便氣喘吁吁地說：「阿木哥，黃鎮長讓我捎給你的，」她取出錢來，放在陳奇木手裡，「讓你補養補養身體。」

「我怎麼可以拿他的錢？」

「那你叫我怎麼辦？總不能退回去吧？其實，錢是小事，阿木哥，你成了搶險英雄，明年考大學會優先錄取的！」

「不，我靠成績！」

「聽說以後考大學要看政治表現。」

「我表現不好嗎？」他得意一笑。

「阿鬼③，你狂吧！」她笑著敲了他的腦殼。

他「喲」地一聲。她慌了：「打你傷口了？賴我，賴我！」心疼地查看。他「噗嗤」一笑。她發現上當，揚起手來。他笑著求饒。

番客嬸端飯菜走來，招呼楊碧君吃飯。楊碧君堅決辭謝，卻又不忍遽去。

天色暗了下來。番客嬸望天，掌燈，忽然想起什麼，自言自語：「糟了！居委會要開會，我該遲到

③阿鬼是五六〇年代潮汕一帶中學生的流行語，類似「這人」、「這傢伙」，有雅謔無惡意，「鬼」前加「阿」，女生叫來，平添幾許親暱。

了……」

「阿娘，你去吧，吃完飯我收拾。」陳奇蘭馬上收起功課。

「也好，開完會再吃。」番客嬸拿起小板凳，望門外走去。

過了一會兒，楊碧君也走出陳家，她怕回家晚了母親盤問個沒完。她剛剛走出巷口，可巧，碰見林海文，不由臉上泛紅：「黃鎮長讓我給阿木哥送……營養錢。」

林海文心不在焉地「哦哦」兩聲。

「阿文哥！」楊碧君知道林海文和陳奇木是好朋友，「黃鎮長對阿木哥可好呢！他還要表揚阿木哥呢！」

林海文聽清了，心裡有點酸，又「哦哦」兩聲，走入巷子。

楊碧君呆呆望著林海文的背影，猜測著林家的變化。

林家果眞有大變化：剛剛宣布，林耀祖劃爲右派分子了！

「阿文，路是靠自己走出來的。我們家是華僑地主，可黃鎮長並沒有……」

「黃鎮長還要表彰你呢！」

「你聽說了？」

「呵呵……」

沉默，難堪的沉默。林海文似感話不投機，悄悄走了。

「阿文，你爹劃右派是你爹的事，你可不要背包袱，你現在是……阿文，阿文！」陳奇木從床上坐了起來，發現林海文已經走了，忽然覺得自己對朋友少了些理解，不能將心比心。唉！人在希望和夢想中總是排斥災難的。他想到這裡，惘惘然若有失。

番客嬸提著小板凳走進家門，一點腳步聲都沒有。

「阿娘，開完會了？」陳奇木覺得奇怪。

番客嬸點點頭。

「這麼快？」

陳奇蘭端出飯菜：「阿娘，快吃吧！粥還是熱的。」

番客嬸搖搖頭。

「阿娘，你不舒服了？」

番客嬸轉過臉去，輕聲抽泣。兒子急急下床，女兒也走了過來。

「阿娘，你怎麼了？出什麼事了？」

番客嬸哽咽著：「居委會把我轟出來了……」

「爲什麼？爲什麼？」

「因爲阿石，你大哥阿石！他是台灣特務！老陳家往後華僑地主又加上反革命了，這日子可怎麼過呀……」

陳奇蘭撲到番客嬸懷裡，發出撕心裂肺的一聲喊：「阿娘！」

「……阿石，你死了吧！挨千刀的阿石！你讓人家抓兵給抓走了，你走就走吧，怎麼能回頭害我們呢？你這逆子，逆子呀！挨千刀的阿石！你死了吧！你死了乾淨，免得今天害人哪！阿石！挨千刀的阿石啊……」番客嬸一把鼻涕一把眼淚，痛不欲生。

陳奇木兩眼發直，喃喃自語：「我的大學……」

小飯桌上，一粥一菜，透著冷清。

5 散夥飯

林家蝸廬二層半樓的那個「半」，是只有十平方米的小閣樓。閣樓有窗，面江向海，憑窗望去，沿江片片竹林，鳳尾迎風，搖擺不定，沙洲上幾隻小鳥在啄食著什麼，飛去又飛來。林海文躺在床上，書本委地，望著小窗外一角藍天。明天就要返校了，已經超假兩天，不能繼續待在南浦，也不想繼續待在南浦了！明天，父親要去一個什麼地方集中，交代問題；哥哥一家要搬出去住，和父親脫離關係。他有生以來第一次想到「人生」這個詞，有些茫然，且有一絲莫名其妙的奇異感覺。這不，今天的晚飯將是這個不大不小的七口之家最後的晚餐，父親對母親是這樣說的——散夥飯！

八仙桌上，擺著豐盛的酒菜。全家七口人圍坐著。林耀祖依然是一家之主，坐「大位」，一邊是林海陽和林姆，一邊是林海文和小建中，張青筠和小建華「打橫」。大人們執著箸，卻未大快朵頤；兩個不懂事的孩子則甩開腮幫子如蝗蟲大嚼，他們不曉得什麼散夥飯，只見得未曾我聞的佳餚，你一言我一語，超常發揮。

「奶奶炒菜眞好吃！」

「媽，我要吃那個肉！」

「小叔快吃呀！」

「阿公吃！」小哥兒倆爲祖父夾菜，又爲其他人一一夾菜。

林耀祖端起酒杯，抿了一口。

林姆開了口：「吃吧，一會兒菜涼了。」

大家象徵性地夾了一口菜。有頃，兩個孩子放下筷子，摸摸小肚皮，「咚咚咚」上樓去了。

「明天一早，阿文要回廣州，我也要去集中學習，呵，去交代問題，怎麼處理還不知道，反正這把老骨頭就交給人家了！」林耀祖長歎一聲，「吃了這頓飯，各奔東西吧！阿陽，你要脫離關係，我認可，你好自爲之。是我拖累了你們，你們要恨就恨，要罵就罵，只要對你們的前程有好處，無論什麼我都可以擔待。我是半百的人了，來日無多，唉，人生自古誰無死？遭橫禍是個死，享天年也是個死，既然橫豎遲早都是死，暴病、車禍、投河、上吊，沒什麼兩樣！」

林姆低聲飲泣。張青筠去勸慰，自己也落淚。林海陽忽然離席，有點生硬地對父親深深一躬。一家人都莫名其妙。

「爹，兒子感激你養育之恩！可是，我們只能分手，你屬於你的階級，我背叛了這個階級。讓我最後一次拜謝你的養育之恩吧！」

林海陽猛然跪地，磕頭。大概自解放前隨父親到大祠堂祭祖以來，這是頭一回，他相信也是最後一回。儘管做來生疏，卻是發自內心的舉止。女人們又哭泣起來。林耀祖上前扶起林海陽。

「阿陽，不必了。現在也不時興這些了！我願意後人比前人好。我說過的，你要脫離關係，我認可，大庭廣眾，你儘管批判我好了，只是……」他把後半截話嚥了下去。

「哎，不就搬到外頭住嗎？什麼脫離不脫離呀，親爹親兒子，斬斷了骨頭還連著筋呢！」

「我們男人說話，你老姿娘不要插嘴！」林耀祖厲聲呵叱，少頃，重對林海陽，「那邊安排好了？」

林海陽點點頭。

「什麼時候過去？」

「我想吃完飯就過去……」

「不是說好明天走嗎？」林姆又忍不住插嘴。

「也好。」

一個鐘頭後，鑫爐消停了。有心事的人四周太靜了也不容易睡著。林海文在床上翻來覆去。寂靜中，輕輕的樓梯聲響，他曉得是父親上小閣樓來了。

「阿文，睡著了嗎？」

「沒有。」林海文坐了起來。

「不，你躺著，也不用點燈。爹有幾句話想對你說。」

「你說吧。」

做父親的無法丟開兒子，做兒子的同樣無法拒絕父親。黑暗中，只聽林耀祖在囑咐，林海文偶爾回答一二句。

「最要緊的是學業！你天資不錯，只要肯用功，將來肯定有成就！潮州人最講面子，發憤成就一番事業，爲的是爭個臉面，俗話說，潮州人無臉面輸過死！可潮州人又最不怕丟面子……」

「這……怎麼說？」

「爲了成就一番事業，就得忍受艱難困苦，就得忍受屈辱！你看海外那些富豪，當初什麼下賤的活計不做？根本不怕丟面子。」

掛鐘敲了一下。不知是一點還是半點。

「還有，找對象不要圖漂亮的，也不要攀高枝，有才無才不要緊，賢慧不賢慧要品一輩子，最要緊的是健康！」

黑暗中的林海文頭一次聽父親對他說這樣的話，自覺著呼吸有些急促。

「好了，你明天要趕早車，我更得起早，睡吧！」

輕輕的樓梯聲消失了，復歸寂靜。林海文更睡不著了，家庭的驟變使他茫然不知所措，他竭力想弄個明白，卻越想越糊塗，或者是物極必反吧，糊塗到了頭，忽然清晰起來，他竟然理出一條思路，啊，父親的思想本來就反動！父親在家裡經常發牢騷、說怪話，罵稅務局，罵工商聯，連工人穿花上衣都要挖苦，說什麼「小人而兼女子，尤難養也」……他開始怨恨自己的父親，怪不得哥哥要說劃他右派一點也不冤他呢！林海文想著想著，昏昏沉沉，半睡半醒，似夢非夢，忽然，樓下傳來鍋碗瓢勺一類的聲響，還有父母的說話聲：

「我去叫阿文起來……」

「不用了！也不是以後就見不著了，讓他多睡一會兒……」

隨著是開門關門聲，他知道父親走了，突兀一陣莫名的衝動，他悄悄起床，踮起腳尖走到小窗前，向外張望。後半夜才升起的月牙兒只有幾分光，周遭薄薄淡淡的，遠處，一個人背著行李趲行著，那本已微駝的後背越發顯出畸形，宛如反扣著一口大鍋，又似龐大的甲蟲在奮力前趕……林海文一陣心酸，滴下了眼淚，隨即感到惘然……哦，我也該走了！

林姆堅持要送小兒子上路，林海文只好依從。

還是幾分光，還是薄薄淡淡的。二人出橫街，過新街，來到曠埕，林海文忽然「喲」的一聲站住了。

「忘帶什麼東西了？」

「你看！」

原來颱風過後，中秋夜的瓦塔統統倒塌了，委地一堆堆瓦礫，全都蓋滿了樹葉，宛若一丘丘新墳。

林海文如受禁咒，靈魂出竅，彷彿從時間隧道裡傳來幾聲小男童「格格」的笑聲，又傳來一個老女人似歌似吟的古老的潮州民謠：

月娘月光光，
秀才郎，
騎白馬，
過陰塘。
陰塘水深深，
船仔載觀音。
欲食好茶哩來煮，
欲娶雅嬤（美妻）哩去冠隴山。
冠隴姿娘會打扮，
打扮兒夫去做官。
去時草鞋共雨傘，
來時白馬掛金鞍……

「媽，你聽見了嗎？有人在唱『月娘月光光』！」

「沒有呀！」林姆豎耳諦聽，搖了搖頭，「你昨晚沒睡好吧？興許媽耳朵聾……走吧！趕頭班車！」

頭班車還早。林海文讓母親回家，林姆就是不肯走，還一個勁地囑咐，冷呀熱呀餓呀渴呀，說得兒子不耐煩了，林姆笑笑，轉了話題。

「哎！阿木知道你今天走嗎？」

林海文讓母親給問住了。

「你應該去看看他！他們家成了反革命家屬了！」

「啊？」林海文驚得目瞪口呆。

長途車的馬達猛然一聲吼叫，司機高喊：「上車了！上車了！廣州的！」

車內，林海文兩眼無神地坐著；車外，林姆一臉悲愴地望著。車開了。林海文探出頭來，揮一揮手。林姆臉上掛著淚珠。

6 無風三尺浪

曲鐵柱和黃東曉的「不團結」，終於有了結果，出乎意料之外又合乎情理之中，曲鐵柱升任南浦鎮黨委副書記兼鎮長，黃東曉調任夢谷中學教導處主任。當然，升與降有多種因素，是否表揚小青年陳奇木，充其量是根導火線。這天，曲鐵柱坐在黃東曉還沒坐熱的那把舊藤椅上，察看著這間略大一些的並不陌生的辦公室，地是掃過了的，桌子擦得乾乾淨淨，辦公用品擺放得整整齊齊，一切有條不紊！他忽然一陣情熱，這是一種部隊作風！他不由得佩服起他的前任來，降了職還能這樣做！只是這個人思想太右……他的目光無意間落在一封信上，信是打開了的，微微露出幾張戲票，「南浦潮劇團學員班實習演出」……南浦原屬澄海縣，澄海縣是潮劇藝人的沃土，當今享譽全國的名演員姚璇秋就是澄海縣人。曲鐵柱知道南浦的潮劇是很出名的，儘管他看得很少。是誰送來的戲票？哦，楊碧君！信上寫得清楚，請黃鎮長看戲。可是黃鎮長走了，得，曲鎮長去吧，反正都是鎮長！

南浦鎮早年間有過戲園，在被《潮州府志》稱作「潮之巨鎮」的那段輝煌歲月裡，戲園多達三處（一處遺址尚存，在中山路北柯厝鋪，另一處後來改成妓院，就是現在市後池的大公共廁所，還有一處湮沒不可考了），但很快就消失了，好多年來都是野台子唱戲，在大衙門廢墟或江邊曠埕上，用比海碗碗口還要粗的長竹竿搭起戲棚。一直到了解放後，人民政府在中山路鬧市區蓋了解放戲院，南浦才有了眞正像樣的戲園。傳達室的火炭伯（這是綽號，因爲長得黑，又熱心）熱情洋溢地爲曲鎮長追述南浦戲園的歷史，曲鎮長聽來味同嚼蠟。今晚，他換上漿洗一新的幹部服，兜裡揣著好幾張戲票，他女人要同他一塊兒看戲，他不批准，理由是家屬不得占公家的便宜，實際上是嫌那女人土得掉渣，又病病歪歪，影響觀瞻，帶不出去。他寧可一個人去看戲。

解放戲院舞台上方掛著橫幅：「南浦潮劇團學員班實習演出」。「呋嘟櫥」（號頭）沉悶而遼遠的聲音響了又響。邊幕「裂」開一道縫，一雙眼睛往外瞧。這是化了妝候著場的楊碧君。她的目光正射向前排座位……只見前排座位上，坐著曲鐵柱，旁邊的幾個座位空著。邊幕的另一側，學員班主任姚乃剛在把場，他端坐不動，似乎正閉目養神。

弦歌聲起。舞台上演著《井邊會》。這是來源於「荊、劉、拜、殺」中的「劉」——《劉知遠白兔記》裡的一折，是潮劇著名的傳統折子。楊碧君飾演李三娘，正與咬臍郎對白……

觀眾席上，曲鐵柱的目光有意無意落在李三娘微微隆起的胸脯。舞台上，李三娘的目光向台下一掃，在曲鐵柱的臉上略作停留，迅即移開去。這細微的「做功」，一般觀眾很難覺察。

大幕閉，掌聲起。楊碧君笑吟吟謝幕。她因出盡風光而陶醉，翩翩然若彩蝶，飄回後台，準備卸妝。

「過來！」姚乃剛陰沉著臉，默默地吸煙。

「姚老師，叫我呢？」

「不叫你叫誰？」

楊碧君四顧，果然沒有別人。

「李三娘和咬臍郎那段對白，該怎麼演？」

「我念錯了？」

「沒念錯，做功錯了！」

楊碧君無語。

「李三娘的眼睛該看咬臍郎呢，還是該看前排觀眾？」

楊碧君心中明白，紅著臉低著頭，不敢說話。

「小小年紀，藝不到家，倒學會飛眉吊膀！」

這話確實重了些。楊碧君頓時覺得委屈，強忍著淚水，低聲分辯著：「黃鎮長說好要來看我的戲來的，可他沒來，換了曲鎮長……」

姚乃剛一聽楊碧君的分辯，勃然大怒：「不管張鎮長李鎮長，一進劇場，統統是觀眾！」

話音未落地，劇團蕭團長領著曲鐵柱走進後台。後台的人嚇得直吐舌頭。蕭團長爲人圓熟，場面上向來應付自如。他裝作沒聽見，緩步上前，笑著高喊：「碧君呀！曲鎮長誇你戲演得好啊！」

楊碧君不知說什麼好。蕭團長見狀，很自然地轉向姚乃剛，把劇團內這位德高望重的老藝人介紹給曲鐵柱：「學員班姚主任，也是碧君的奶師，哦，奶師就是開蒙老師，戲班叫慣了。」

「嘿，名師出高徒！」曲鐵柱誇獎著，特豪爽。

「名師不敢當，倒是個嚴師。」

「對對，嚴師出高徒！」曲鐵柱轉向楊碧君，又拉手又拍肩膀，大加讚賞，「小姑娘，唱得好呀！眞叫人喜歡呀！」

楊碧君渾身不自在，又不敢掙開，直低著頭。

「小姑娘，要不是我們黨講階級不講人情，我就收你做乾女兒了！」

「你多大呀？」楊碧君不高興地撇嘴。

「三十六！生得起你！哈哈！」那握手的手沒放鬆，另一隻手又去撫摸楊碧君的肩膀，似乎有了年齡的差距就可以公然獵色了。

蕭團長附和著笑起來，姚乃剛卻厭惡地走開去。

當晚回家，楊碧君一五一十告訴了媽媽，楊寡婦沒有說話，嘴角微微一動，辨不清喜怒哀樂。隔天，楊碧君又告訴了陳奇木，陳奇木心中正煩悶，也沒有說話，他把書本推一邊，不想溫書了。楊碧君猜不透媽媽的心思，卻似乎明白阿木哥的感情，立刻跑到大街，買了一對大橘子，叫阿木哥好好溫書，高考「大吉」，此地方言，「橘」和「吉」同音。

陳奇木因爲心中正煩，聽到曲鐵柱的舉動，著實老大不高興；不過，他不想溫書的主要原因，還不在楊碧君帶來的信息，而在這信息所引發的家庭繫累。他由曲鐵柱想到抓特務，想到大哥陳奇石，想到阿娘被轟出會場……自從大哥的事情被抖落出來後，他就認定上大學是他唯一的出路，而家庭出身又是他唯一的障礙。他沒有人可以討教，更得不到誰的幫助，他知道楊碧君對他好，可碧君不過是個姿娘仔。他想到他最敬仰的人黃東曉，卻不敢貿然求助。他等待著機會。就在黃東曉離任那天，他怯生生地提出幫助搬家，想不到黃東曉沒有拒絕。黃東曉到夢谷中學任後，他又放膽去過兩次，第二次恰好小符病了，黃東曉又要開會，他便帶著小符上醫院。這樣一來二去，也算熟了，可就是不敢說出心裡的想法。

陳奇木接過橘子，叫碧君不用爲他操心，好好學戲演戲，將來當姚璇秋第二。他送走了楊碧君，思謀著應該儘快把心事向黃東曉和盤托出。

第二天，陳奇木又一次登黃東曉的門。黃東曉耐心地聽完這個青年人的敘述，半晌沒說話。陳奇木心裡直打鼓，後悔自己太莽撞了。沒想到黃東曉沒有批評他，反倒勸他放下家庭出身的包袱，一心複習功課，知識在身不會沒有用處。陳奇木一時間自覺著高考似乎又不成問題，高高興興地走了。

黃東曉望著小青年蹦蹦跳跳的背影，歎了一口氣。以黃東曉的政治鬥爭經驗，他十分清楚當今大學是不會錄取阿木這樣的考生的，他又直覺到這個小青年是可以造就的有用人才，與其讓他再受一次落榜的打擊，莫如讓他在工作實踐中鍛鍊。於是，他想到給阿木安排個工作。恰好汕頭地委開會，他帶著這個想法，找到了蔡方蘇。

蔡方蘇很痛快地把事情應承下來。誰知二人說著說著說到了曲鐵柱，這下子糟了，本來是很融洽的氣氛，突然變得不和諧了。

蔡方蘇站起來爲黃東曉續水：「好了，消消氣。今天說的話，到我這兒爲止。明天起一句也不要說……」

黃東曉站起就走。

蔡方蘇急攔：「你這是什麼意思？」

「我要問你的是是與非，不是說與不說！」黃東曉勉強坐下。

「哪那麼多是是非非的！」蔡方蘇歎了口氣，「都是黨內同志嘛！再說，小是非還有一個大是非管著呢！東曉，在眼下這段時間裡，我送你兩個字！」蔡方蘇撕一張便條，寫上「死魚」兩個字。

黃東曉一看，搖頭：「不懂！」

「死魚，不張嘴。」

黃東曉輕輕搖頭：「你變了！」

「變了？」

「對！變得像個官了！不，更像個官場不倒翁！」

蔡方蘇無語。有頃，他主動緩和氣氛：「東曉呀，夢谷中學是省重點中學，要是從夢谷書院算起，有二百年歷史了，還是我的母校！你不是總想照顧我嗎，那就照顧我的小校友吧！」

黃東曉對蔡方蘇這種所謂幽默意緒全無，他拿起桌上的車鑰匙：「感謝蔡副書記的栽培！」逕自走了。

蔡方蘇呆望著，一屁股坐在藤椅上，破舊的藤椅發出「吱吱」不堪重負的呻吟。他站了起來，將「死魚」紙條揉成一團，扔進紙簍，一想，又撿出紙條，劃根火柴，燒了。他看看腕上的錶，又推門看看外邊，同志們都回家吃飯了，他稍稍整理一下房間，鎖上抽屜、屋門，騎著單車回南浦。

蔡方蘇的妻子方淑雲獨自坐在飯桌旁。桌上，菜盤上反扣著碗。她聽見單車的響動聲和熟悉的腳步聲，馬上站了起來，迎了上去：「怎麼這麼晚？」

「哦。」蔡方蘇似乎很累。

「我再熱一熱。」方淑雲取下扣碗。

蔡方蘇摸一摸飯缽：「溫的。」便盛飯低頭吃了起來。

妻子看在眼裡：「你好像有心事。」

蔡方蘇搖頭。

妻子歎息著：「你這個人哪，有委屈總憋在心裡。我看得出來，你心裡不痛快。有委屈說出來，我也好同你分擔。」

蔡方蘇望著妻子，停箸：「東曉不明白我的苦心啊！」

「不會吧？當年在鳳凰山打游擊，你們是出生入死的戰友。」

蔡方蘇沉吟片刻：「東曉和曲鐵柱積怨很深，爲一個小青年，呶，就是巷子裡陳家的阿木，兩人的矛盾公開化了……」

「東曉眞是糊塗了！爲一個地主仔，現在又是反屬，値得嗎？」

「當然，阿木只是個導火線。曲鐵柱高升了，他降職了，他心裡不痛快，可他不知道曲鐵柱……曲鐵柱已經給地委打了報告，說東曉喪失階級立場……」

方淑雲大吃一驚：「啊？天頂雷公，地上阿東，喪失階級立場……」

「在地委書記擴大會上，我保了他，南浦張書記也抹了稀泥，把大事化小，這才把他調到夢谷中學。這細底，田螺十八彎，我怎麼能跟他說？」蔡方蘇歎了一口氣，「我叫他當『死魚』，是怕他又給自己湊材料啊！」他忽然覺得不該對妻子說這些話，急忙叮囑，妻子頻頻點頭。

院門外一陣急促的木屐聲，他們的兩個女兒蔡霞、蔡鷺一陣風似的吹來。

「爸，你才吃飯哪！我們都看了一場電影了！」蔡鷺喳喳叫喊。

「什麼名字？」

「喲，忘了。」

「印度電影《流浪者》。」到底蔡霞大幾歲，明白得多。

「特別好看！」

「小鶯看懂了嗎？」

「怎麼不懂？又唱歌，又跳舞！」

「行了，不早了，睡覺吧！」方淑雲轟趕著女兒。

蔡方蘇叫住大女兒：「阿霞，明天你去叫阿木過來一下。」

蔡霞脆聲答應著。

方淑雲一臉驚訝：「怎麼？你也想引火焚身？」

蔡方蘇搖搖頭：「我是想，東曉很賞識這個小青年，東曉的眼光多半沒錯，要真是一塊好料，毀了，弄不好還要危害社會，對黨的事業沒有好處。」

「這個阿木還真有福呀！東曉是從正面培養，你是從反面挽救，你們兩個配合很好嘛！還鬧什麼意見？」

「哎，你是誇獎我呢還是諷刺我呀？」

「你自己想去吧！」

妻子笑著走開了，蔡方蘇也舒心地笑了。

7 無夢之谷

陳奇木到夢谷中學圖書館當了臨時工，管借書還書。夢谷是他的母校，他離開母校才半年，好多人還以爲他是畢業留校的，有的還以爲他是留級的學生。有一次教工「鐘聲」隊和學生「夢中」隊賽籃球，「鐘聲」的林海陽摔傷了，沒人替換，陳奇木毛遂自薦上場。沒球衣，依然「臨時」。有幾次好機會，隊友眼睜睜瞅著他就是不分球給他，原來隊友把他當作學生隊的人。

夢谷是一所著名的學校，省級重點中學。前身是夢谷書院，創辦於乾隆年間。原在潮州，後來搬到汕頭。因爲歷史悠久，館藏圖書稱得上汗牛充棟。陳奇木剛來那天，在同學們借還圖書之餘，望著一座座書山，如行山陰道上，興奮不已。

「我能借書嗎？」他悄悄問老館長。

「當然可以。我還希望你多讀書呢！」老館長是個老學究。

又一天，一老一小正說著話，教導主任黃東曉走了進來，老館長一見，趕忙站起迎接，又主動介紹了陳奇木。

「我們是老相識了。」黃東曉一笑。

老館長愕然，對陳奇木另眼相看。

黃東曉拿出書單：「阿木，這些書，你替我找找，找到了送教務處。」

陳奇木諾諾連聲。

等黃東曉走後，老館長好奇地拿起書單，一看，《文心雕龍》、《昌黎集》、《王文公文集》、《李璟李煜詞》、《海上述林》、《貴族之家》、《沙恭達羅》、《魯迅雜文集》……他驚愣著，自語，「有學問呀！想不到……阿木，你來！」他熱心地爲陳奇木介紹，「昌黎就是韓愈，王文公是王安石，這本詞是我們潮州人、中山大學教授詹安泰先生編注的，這本書是瞿秋白的翻譯集子，這些是外國名著……」

這幾天，天氣預報降溫，據稱是西伯利亞寒流的餘威，到圖書館借還圖書的人比往常明顯減少。快下班時候，辦公室的徐秘書匆匆進來，匆匆通知，匆匆出去，老館長點點頭，他聽清楚了，「明天下午三點，全體教工開會，不能缺席，不准請假。」

「老館長，我參加麼？」陳奇木邊找書邊問。

「你不是正式的，你就不用來了！」老館長忽一想，「要不，你也來吧，幫忙擺擺桌椅打打水，青年人聽聽會也長見識。」

「好嘞！」

下班了，陳奇木又抱著一摞書興匆匆回家，一進門就喊：「阿娘，我回來了！」

番客嬸沒有回答。她手裡攥著一把香，牆腳立著一個小香爐。

「阿娘，你這是做什麼？」

「拜你的恩人！」

「蔡書記呀？」

「還有黃主任。」

「阿娘，不用這個，用工作成績報答他們，絕不辜負他們的期望。」

「你用你的，我用我的。」

陳奇木並不堅持勸阻，他奇怪這香的來歷：「阿娘，這迷信品哪兒來的？這年頭，政府取締迷信活動。」

「不用你管。這是碧君從她家拿來的。」

「她媽媽還藏著這些東西？」

「她媽媽還偷偷賣呢！」

「啊？她還敢賣？」

「有人敢造，就有人敢賣；有人敢賣，就有人敢造。」

「都因爲有人敢用！」

「這個死阿木！要鬥爭你親娘呀？」

「我知道阿娘爲我好。可別讓人看見，這『下山虎』裡眼雜。」

「我懂！用你來教？」番客嬸不理會兒子了，只顧自家燒香磕頭，口中念念有詞：「一炷香，保佑……」

陳奇木也自去小飯桌旁聚精會神地讀書。

一會兒，番客嬸事畢，站起身來。

「阿木，你去夢谷剛幾天，街道居委會就有人傳閒話了！說老陳家到底是朝裡有人好做官……」

「這叫朝裡有人哪？」陳奇木笑了起來，「唉，南浦就是閒人多，閒話多！」

「所以，阿娘就是不爲你，也得爲兩個大好人著想啊！求神保佑他們！」

「嗯！阿娘，現在關鍵是要看我自己了！」他指著書本，「這兩句古詩說得眞好，看！」

玉經琢磨多成器，

劍拔沉埋便倚天！

「不懂！我該做飯了！」番客嬸走開去。

陳奇木繼續讀書，忽然一雙小手蓋住書本。他頭也不回，拿開這雙小手：「阿蘭，別搗亂了！」

「格格格」的笑聲。陳奇木回頭一看，是楊碧君：「你呀？」

「怎麼？不歡迎？」

陳奇木搖搖頭。

「那你晚上去看我的戲！」

陳奇木看著一大堆書，兩手一攤，無可奈何：「還是《井邊會》呀？」

「團裡給我排了別的戲了，一齣花旦戲《桃花過渡》！」

「嘿，我當什麼戲呀，老掉牙了，我都會！」陳奇木連說帶比畫，竟唱了起來——

……大水缸，

伊個肚越更大，

伊個嘴越更闊，

伊做呢就不會呀不會叫歌？

……大水缸，

伊是塗來做，

火來燒，

伊就不會呀不會叫歌！

「你會好呀！我演桃花，你演渡伯！」

「不好！」

「怎麼不好？」

「那不就砸了劇團老丑的飯碗了！」

「壞蛋！」楊碧君笑了起來，「哎！劇團培養我，想讓我青衣花旦兩門抱呢！」

「什麼叫兩門抱？」

「這你就外行了吧？兩門抱就是兩個行當都能演。晚上去吧！要不，明晚也行，一連三場呢！三場後歇一天，再連演三場！」

「哎呀，這麼多書，一天二十四小時都不夠用！」

「你不去，我打你了！」

「讀累了，正好放鬆筋骨。」

「哼，我不讓你讀書！」

楊碧君把書一本本搶走，陳奇木只好求饒，一對小兒女嘻嘻哈哈……

第二天，似乎又降溫，還飄著小雨，陳奇木冷得縮著脖子。按理說，這裡冬春之際並不寒冷，最冷也在攝氏零上五六度。但是遇著小雨天，臨江靠海，八面來風，冷颼颼，濕漉漉，屋裡屋外一個樣，無處藏無處躲，也夠人受的！午飯後，陳奇木早早來到一個空教室灑掃，這是下午開會用的臨時會場。他發現教師們三三兩兩也來得很早，他們等待著三點鐘的會，都懶得說話，瑟縮作一團，大概因爲冷。陳奇木覺得奇怪，是什麼重要的會呀？領導沒到，群眾全齊了！

「阿木哥！」林建中拿著一封信跑著過來，「我爸爸病了，要我把信趕快交給李書記，你帶我去吧！」原來林海陽是初三的語文教師，正害痢疾，軟在床上。陳奇木拉著林建中就往書記辦公室跑……

李書記看著林海陽的信，眉頭皺而復舒，他指著信上的一段話，對旁邊的徐秘書說：「你看看。」徐秘書似乎沒看出什麼名堂，李書記低聲講解……

小雨飄飄忽忽，播寒流冷，地委副書記蔡方蘇偏感到渾身燥熱。他一個人在辦公室裡來回踱步，忽然站住，望著牆上的馬恩列斯肖像，一臉凝重。辦公桌上擺著幾份文件，隱約有「機密」字樣。他走到桌旁，把文件收進抽屜，拿起電話：「夢谷中學嗎？找李書記！……地委，蔡方蘇！……我是！老李呀，你叫東曉馬上到地委大院來，有重要任務……那就叫他接電話吧！……喂，東曉，馬上到我辦公室來……我不管學校有什麼重要的會，你必須來！」他把電話猛然掛上。

二十分鐘後，黃東曉趕到蔡方蘇的辦公室。蔡方蘇馬上打發走其他人。

「方蘇，大事？」

「今天最後一批……」

「你怕我劃上……我現在是『死魚』了……」

蔡方蘇一揮手：「不細說了！你的情況很不好，你還蒙在鼓裡呢！我有意讓基層知道你在地委是有後台的，他們就不敢打你的主意了……」

黃東曉十分意外：「原來這樣……」

蔡方蘇顯然很激動：「我擅自運用手中的權力去保護一個人，這樣做，表面看來是違背了組織紀律，但我保護的是一個眞正的布爾什維克，我對得起黨，對得起人民，我問心無愧！」

黃東曉熱淚盈眶：「同志！」

兩雙大手緊緊握在一起。

與此同時，夢谷中學的會也開始了。教室前方原來的講台移了位，擺著一桌二椅，坐著主持會議的李書記和做記錄的徐秘書。他們正低聲問答：

「李書記，黃主任怎麼沒來？」

「地委蔡書記有重要任務。」

「呵，眞有來頭！」

「呃，人家是老黨員！又是老戰友！」

除了陳奇木不時爲大家續水，走來走去，教師們大都正襟危坐，他們似乎打聽到今天的會非同尋常，不敢亂說亂動，他們或平視，或旁視，或俯視，所有目光都迴避著李書記的注視。彷彿大家做著擊鼓傳花的遊戲，李書記的目光就是無聲的鼓點，鼓點停在哪位身上，哪位就要接彩頭了！會場氣氛沉悶，煙霧悄然婀娜起來。李書記力圖打開局面：「大家要抱著治病救人的精神，幫助同志嘛，自然是對事不對人。」

表面看來是冷場，誰都不打頭發言，事實上這些知識分子們心裡打著亂槌，倘有一種心音擴大器，揚出聲來，未始不是貝多芬的第五交響樂，或竟就是金山寺的水陸道場！爲了表示心中無事，有幾位易靜爲動，爭著替陳奇木打水，他們突然羨慕起這個臨時工，他是唯一的局外人。這一來，又有幾位效尤者活動起來，有的報告上廁所，有的裝咳嗽，說煙嗆，走到室外……李書記著急了：「都回屋裡來！」

眼看教師們又都回到屋裡，李書記說：「幫助同志提高認識嘛，到會的可以面對面幫助，沒到會的也可以背靠背幫助。」

教師們一下子想起林海陽！於是發言的人漸漸多了起來，竟至七嘴八舌，認識相當一致。

在一旁為大家續水的陳奇木猛然提心在口，大冷天額頭沁汗珠，他在老館長耳邊悄悄說：「趁人家不在場……」

老館長狠狠瞪了他一眼：「打水去！」

日子在不知不覺中過去。陳奇木照常上班，下班。這天，夜已深了，他還在油燈下讀書，做筆記。番客嬸端過一碗白粥，幾粒菜脯，催著兒子趁熱吃了。她一邊看著兒子吃粥，一邊說些閒話，一說說到老林家。

「今天林姆全家又哭成一團了。」

「又怎麼啦？」

「小建中小建華在學校裡跟小同學玩，玩玩玩急了，小同學罵他倆是右派仔，右派孫。他倆哭著回家，林姆和海陽嫂一聽也哭成淚人……」

陳奇木下意識推開書本，他曾經去林家看望過林海陽，那是林海陽劃右派後不久的事。當時，林海陽三天不吃不喝，夢谷的教師們給他開了幫助會，大家掰開揉碎地講道理，循循善誘，讓他認識到不吃不喝是自暴自棄，鼓勵他振作起來，在勞動中脫胎換骨，重新做人。

「要是阿文知道了他哥哥也成了右派……」

「是呀！林姆和海陽嫂商量好了，說還是不要告訴阿文的好，還囑咐我不要露這個底。」

「可阿文哪兒來錢上學呀？他爸他哥都勞改去了！」

「是呀！海陽嫂說，她白天教書，晚上刺繡，十指養五口。」

「十指養五口！」

「林姆一聽又哭了，說，『老林家拖累你了！』海陽嫂說，『媽，這都是命呀！』婆媳倆都哭了！唉！這家人成了無腳蟹，怪慘的！」

陳奇木沒有說話，好半天迸出一句：「只怕她教書也不成了！」

8 墳場當花園

自從看了《井邊會》，曲鐵柱迷上了潮劇。蕭團長格外高興，說這是劇團的福氣，劇團本是後娘養的，往後有人疼了。曲鐵柱每次來看戲，蕭團長總要抽空陪著看戲。倒是曲鐵柱過意不去，生怕影響劇團工作。「老蕭呀，我雖然是外行，可也知道後台的事不簡單。俺老家有句口頭語，『寧管千軍萬馬，不帶唱戲雜耍。』你忙去吧！我看『白戲』的人，悄悄來悄悄走好了。」蕭團長見曲書記說得在理，道聲「是」，便回後台坐鎮去了。誰知事有湊巧，第二天把門的換了人，不認識曲鐵柱，硬是不讓他進場，最後還是蕭團長出了面，將把門的訓了一通算完事。從此，蕭團長改為送票，而且指定楊碧君去送票。曲鐵柱對這種變通辦法很滿意，劇團上演什麼劇目他也瞭若指掌。

今天晚場又有楊碧君的《桃花過渡》。這齣傳統折子戲成了剛剛出師的楊碧君的看家戲了！曲鐵柱照例坐在頭排正中的座位上。蕭團長說過，「坐頭排得仰脖子，還容易吃塵土，最好的座位是五六排，音響效果也好。」曲鐵柱笑著回答，「頭排看得眞切，當兵出身的人還怕塵土？」頭排正中的座位便成了曲鐵柱的專座。老龜聽經也成佛，何況悟性不差的曲鐵柱！他一個山東人居然能體會出劇中一些潮州方言的韻味！遇到小花旦和老丑逗笑的地方，他同本地觀眾一樣忘情大笑。或許因爲潮劇的魅力，他開始喜歡這塊土地了？

戲曲改革後的演出不像從前的野台子戲要演通宵，九、十點鐘就散戲了。楊碧君卸完妝，急急出門。剛剛上路，可巧，遇到曲書記。

「哦，小楊呀！」

「曲書記又來看戲了？」

「是呀！我迷上你們潮劇了！我還能唱兩口呢！」

「你的潮州話還說不準呢！」楊碧君笑了。

「那你教我呀！當我的老師。」曲鐵柱並不尷尬。

「我才不呢！」楊碧君本來想說「我可不敢當」，誰知蹦出了這麼一句，至少不夠禮貌，便又補充了一句，「等我有時間吧！」邊說邊走。

「小姑娘，我送你回家吧！」

「哦，不用了！我還有事呢！」楊碧君急步前行。

曲鐵柱有點尷尬了。他望著楊碧君的背影，那長長的辮子，那細細的腰肢，那搖曳多姿的長裙，啊，那迥異於山東女人的柔弱軀體，卻又是綻放著青春氣息的軀體……忽然，他看見倚著電線杆看書的青年人收起書本，踅進小巷，楊碧君也跟著踅進那條小巷。他認出那青年人是陳奇木，華僑地主的崽子，台灣特務的兄弟，他不由得怒火中燒，更有一種無法言喻的屈辱，他掏出香煙，連劃幾根火柴都沒點著，氣得他低聲開罵：「他娘的！」

一連幾天，曲鐵柱沒有好情緒，剛好這段時間會議不多，有時也上街走走，買包香煙茶葉什麼的，可一雙腳不由自主往那邊走。

那邊有楊寡婦的小鋪。臨街一個小門臉，賣些香煙糖果之類。偏是廟小神靈大，池淺王八多，生意算不上興隆，來來往往的人倒不少，紛紛攘攘說不上是蜂釀蜜，是蠅爭血，小鋪成了準「閒間」。烏鼻和塗溜，是兩個熟客。買了香煙，照例尋幾句開心。

「楊姐，多大年紀了？保密是不是？我知道，細皮嫩肉的，也就二十出點頭……」

「沒有二十了！我看三十有餘，四十不足吧？」

「呵！三十賽如狼，四十賽如虎！楊姐正是如狼如虎時候呀，夜裡一個人，沒著沒落，床板冰涼，不難受？」

「難受！怎麼著？」楊寡婦不慍不惱，「門開著呢！就怕你們兩個天生來沒那個『八字』！哼，也不撒泡尿照照自己那副『五形』，癩蝦蟆想吃天鵝肉！」

「天鵝肉？哈哈哈！」兩個無賴越發來勁。

「當我們稀罕哪！就是進了你家的門，也不到你房裡去！」

「到你女兒床上去！」

「對嘛！寧吃鮮桃一口，不吃爛杏一筐！」

「天殺的！短命仔！死淵仔！我是你老娘！」楊寡婦破口大罵，抄起雞毛撣子，追出櫃台，不提防把一個人撞倒地下。一看，是曲鐵柱！楊寡婦慌了，急忙去扶曲鐵柱。烏鼻和塗溜一吐舌頭，泥鰍般溜走了。

曲鐵柱正要發火，一見楊寡婦尷尬地站在面前，怒氣立消，說了聲：「翠環同志！」

楊寡婦簡直不敢相信自己的耳朵，「翠環」？還「同志」？除了那個沒良心的辛阿偉，沒人叫過她「翠環」，更別說「同志」了，那是公家人的專稱，得幹部才配得上這「驕傲的稱呼」！她的伶牙俐齒驟時不管用了：「曲鎮長，曲書記，是我，我不好，你，你摔疼了吧？」

曲鐵柱笑著搖頭。楊寡婦把他迎進小店，給他撣衣服，又端來一盆熱水。曲鐵柱擦了擦臉。楊寡婦乘其不備，往他的衣兜裡塞進一包煙。

「你女兒就是潮劇團的楊碧君吧？」

「是，曲書記。」

「我看過她的戲，好！扮相好，唱腔好，做功好，兩隻眼睛會說話，臉上有春夏秋冬，我看將來賽過姚璇秋！現在就有人管她叫小姚璇秋呢！」曲鐵柱彷彿挺內行。

「看你把她誇的喲……一朵花似的。」楊寡婦心裡美滋滋的。

「本來就是一朵花嘛！嘿，也不知道哪位有福氣把她摘了去？哈哈！」

楊寡婦心中有數，更兼久慣風月，怎不曉得醉翁之意？她臉上只陪著笑：「才多大的姿娘仔，還沒主呢！」

「啊，碧君在家嗎？」他似乎忽然想起。

「哦，好像去看球賽了……」

「哪兒？」

「八成是夢谷中學。」

「好！青年人興趣廣泛一點好！」

「書記說得對！」

曲鐵柱站了起來，掏出二角錢，放櫃台上：「一包煙錢。」逕自走了。楊寡婦癡癡的，直出神，不知想起什麼，漸漸地，眼角滲出淚珠。

曲鐵柱剛走不久，楊碧君就回家了。楊寡婦看著櫃台正清靜，想跟女兒談談心。

「碧君，媽想跟你說說話……」

「說話？說唄！」

「你說曲書記這人怎麼樣？」

「什麼怎麼樣？」

「爲人唄！」

「不知道。」

「我看這人不錯……」

「他錯能當書記？」

「這死丫頭怎麼這樣說話！」

「我該走了，晚上還有戲呢！」

楊寡婦看著女兒遠去的身影，喃喃自語：「她今年十六了……」

戲院裡黑壓壓的一片，不露半點空，行話謂之「爆棚」。還是那齣盛演不衰的《桃花過渡》，自然是楊碧君飾演的桃花。在中國，地無南北，觀眾看戲都奔角兒去。同曲鐵柱喜歡坐頭排的習慣相反，陳奇木喜歡坐最後一排，而且是邊上；也有相同的，都目不轉睛地望著舞台。當然，觀眾花錢買票，眼睛能不看台上嗎？但是，此看與彼看到底有不同！陳奇木連看帶想，腦際居然演著另一齣活劇……「《桃花過渡》，我都會！」「會好呀！我演桃花，你演渡伯！」「不好！」「怎麼不好？」「那不就砸了劇團老丑的飯碗了！」「壞蛋！」……陳奇木望著台上的渡伯「噗嗤」一笑，竟出了大聲響。前邊的觀眾回頭怒視，陳奇木急忙低頭忍笑。一會兒，隨著台上老丑的逗樂，觀眾席上爆發出笑聲，陳奇木乘機放懷大笑，就像淘氣的孩子尿急了，趁著天下大雨撒個痛快。又過一會兒，旁邊的觀眾低聲談論著演員，陳奇木不由得支稜起耳朵偷聽。「這個小桃花雅絕，又會做戲！」「人家是尖子，小姚璇秋！聽說省團早看中她了！南浦不放……」「瞧瞧，那眼神！」「得迷死多少人哪！」「也不知道哪個後生仔有福氣！」……陳奇木聽得心裡樂開了花，恨不得當眾宣布，「那後生仔就是我！阿木！陳奇木！」

又是那根電線杆，又是一前一後踅進小巷。他們穿過小巷，越過紫荊樹遮掩的小徑，上了韓堤。陳奇木顯得格外興奮，才如奔馬，舌似粲花，引出楊碧君串串銀鈴……

「哎，你猜老館長跟我說什麼來著？」

「說什麼啦？」

「他說，阿木呀，你是在談戀愛吧？」

「死老頭子！」她低聲罵了一句，臉上飛紅雲，幸好是夜裡，月也朦朧。

「他又說，注意影響，咱這小地方不比北京、上海、廣州，風氣不開通……哦，阿木呀，你也不必有什麼思想負擔……其實，老館長這人心挺好的，他給我介紹了好多好書。哎，有一回，他說，阿木呀，功夫不負有心人！毛主席當年也不過是北大圖書館管理員！」

「喲，眞的呀？」

「眞的。老館長說完忽然一愣，趕緊說，當然了，毛主席那是從事革命活動！」

「喲，這老頭子怕打右派吧？」

銀鈴般的笑聲隨著江水跳盪。

「今天上哪兒去？」楊碧君問。

「老地方。」

「不，換個新地方。」

「那好，今天我帶你到一個沒人的地方。」

「沒人更好！」

「你可不要害怕。」

「你自己怕不怕？」

「我能怕嗎？」

「我更不怕！」那神情彷彿現代荒江女俠。

他們走下韓堤，走向一處荒野，忽然沒了言語，除了天籟，唯聞腳下窸窣草響。路難行，她似若無意地拉著他的手，他心中怦然驚跳。

「我累了，坐一會兒好嗎？」她說。

他答應著，找到一處隆阜，掏出手絹，就往地上鋪，她急忙攔住，他感到不解。

「把手絹弄髒了！」

「嗨，反正我的手絹也不很乾淨。」他笑著把手絹鋪好。

「你們男的呀，不講衛生！」

「誰說的？」

「我說的，怎麼著？」她用挑戰的口吻。

「很對！很對！」他嘻皮笑臉。

「你壞，你壞……」她笑罵著，輕輕捶打身旁的「壞人」。

「藝術家，請坐！」他學著外國電影的樣子，做了個手勢。

兩人坐下了，可又沒了話。過了一會兒，他忽然癡癡地望著她……

「看什麼？不認識？」一聲嬌嗔。

「呃呃，我想起一句話，說了你別生氣。」

「嗯！」

「月下看美人。」

「去！」

「其實是一本書上的話。」

「什麼書？」

「忘了書名了。」

「你騙人！」

兩人的身子越挨越近，似乎聽得見對方的心跳。

「碧君，要是你自己一個人……你敢到這裡來嗎？」

「不知道。」

「這裡是墳場。」

「我不信。」

「你看，還有墓碑呢！」

他拉著她走過去。她一看，果然！「哎喲」一聲驚跳起來，順勢倒在他懷裡，他笨拙地摟著她，她低聲，「你壞死了！」卻抬起頭，閉著眼，他止不住一陣衝動，俯下頭，嘴唇上一種奇異的感覺，突然，她猛地推開他，兩行熱淚滴落下來，他惶惑不知所措，顫抖著，「碧君，碧君！」她搖搖頭，「該死的眼淚！」重又投入他的懷抱，「阿木哥，我是你的人了！」雙手摟著他的脖頸，嚶嚶哭泣著，兩人緊緊抱吻……

一道光柱彷彿從天外射來！兩人突然受到驚嚇，驟時分開。陳奇木首先清醒過來，大聲質問：「幹什麼？」

一個聲音反問：「幹什麼？該問你們自己！來人！帶走！」

好幾道手電筒的光柱一起射來！朦朧中，似有穿花布上衣的人，又恍惚烏鼻、塗溜兩副面孔。楊碧君挺身向前，立於光柱之中：「你們是什麼人？」

「民兵！」

「流氓！」

愛傳閒話的南浦閒人這下子可有事幹了，他們如同服了興奮劑，唾沫星子濺滿天，半個南浦沸沸揚揚。閒人們無不斬釘截鐵，牙崩口臭：「哪會是閒話？這回可是眞的！人就扣在派出所呢！」

不錯，兩個人都被押到派出所。隔天一大早，楊碧君先由蕭團長領回劇團。上午十點多鐘，夢谷中學的李書記帶著老館長來到派出所。所長發表了一通宏論：「……未婚先搞嘛，屬於道德品質問題，是人民內部矛盾的範疇，自然是要加強教育的。行政處分嘛，目的也是爲了教育，懲前毖後，治病救人！當然嘍，怎麼處理就交給學校了。」

「所長，那，我們就把人……」李書記探詢著。

「領走吧！」所長一揮手。

李書記和老館長推著單車，陳奇木走著，一起上了大街。

「老館長，我來騎，你坐著，行嗎？」陳奇木提議。

「坐單車尾？行！」老館長很爽快。

「不，不，陳奇木，今天你不用到學校了，你先回家吧。」李書記不批准。

「那明天呢？」陳奇木遲疑。

「等候通知。」李書記說罷，騙腿上車。

老館長同陳奇木擺擺手，隨後蹬車上路，過了一會兒，去路邊車鋪打氣，回頭一看，陳奇木還愣在那裡，他歎了一口氣，又蹬車上路，去追趕李書記。

「李書記，這小青年工作表現不錯，業務上也熟練了……」

「不錯也不行，出了這種事！」

「他也不是眞的那樣……」

「眞假誰鬧得清？反正讓人捉住了！」

「後生仔談戀愛，就是眞的那樣，也不過超越……」

「超越？」李書記笑了起來，「老孔，你這孔夫子的後代還挺開通呀！」

「超越階段嘛！封建社會沒有經過資本主義，就直接進入社會主義了嘛！」老館長居然活用了馬列。

「超越！」李書記哈哈大笑。他看看手錶，時候不早，便猛力蹬車，想超過前面的單車，沒想到前車往外一擺，他趕緊急煞車，還是碰著行人，再三向人家道歉。他尷尬一笑，忽來機鋒，「看！超越不行吧？」

老館長也笑了。李書記忽又嚴肅起來：「我們夢谷是省重點……陳奇木不過是個臨時工，當初來的時候，局裡也只是說臨時安置，再說，他出了這種事，繼續留在夢谷，自己也不光彩呀！我這也是替他著想的啊！」

大概同樣出於替當事人著想的動機，曲鐵柱讓蕭團長叫楊碧君到他辦公室來，由他單獨做她的思想工作：「青年人難免會摔跤，爬起來就是！再說，你是受害者……」

「不！他沒害我，我們誰也不害誰！」楊碧君抗聲。

「你很善良，可你並不瞭解陳奇木的政治表現！主席講過農夫與蛇的故事……」

「你不要說了！陳奇木好與不好，我心裡有數。」

「哦！不，你沒數，組織上才有數。告訴你吧，夢谷中學把他開除了！」

楊碧君大吃一驚，站起就走，曲鐵柱急忙上前攔住，雙手把住她的臂膀，按著她坐下。楊碧君鼻子一酸，落下淚來。曲鐵柱掏出手絹，溫和地哄著。楊碧君推開他的手，自己掏出手絹。曲鐵柱並不勉強，來回踱步。

「人犯點錯誤算不了什麼，斯大林說過，只有兩種人不犯錯誤：肚子裡的嬰兒，還有棺材裡的死人。我是副書記、鎮長，總要給人出路的！」

「眞的？」楊碧君頗感意外。

曲鐵柱點點頭，上前爲楊碧君拭淚……門被人冒昧地推開了，推門進來的是姚乃剛，他呆住了，進退不得。曲鐵柱和楊碧君一齊回過頭來。姚乃剛遲疑了一下，還是把話倒了出來：「曲書記，你可不能聽那些民兵胡說啊！一個女孩子的名聲要緊啊！」

曲鐵柱陰沉著臉：「不用你操心，組織上自然會處理。」

「那……」

「難道你不相信組織？」

「不不，因爲我是碧君的師父……」

「我認識你，我們見過面的，你是……」

「姚乃剛。姚璇秋的姚，有容乃大無欲乃剛的乃剛。」

「姚乃剛。」

「是。眞冒昧，告辭了！」

曲鐵柱一笑，莫測高深：「有容乃大，無欲乃剛……」

楊碧君不聲不響走了。她出了鎮委大院，低著頭溜邊走路。街邊的閒人們投出鄙夷的目光，或竊竊私語，或嘖嘖連聲，甚至指槐說柳，暗含譏諷，似乎不這樣做便無以表明自身的高潔。一個孩子故意高喊：「看花娘啊！」另一個孩子擲出一塊土坷垃……楊碧君猛然驚跳，幸未擊中。她忍淚急行……

楊寡婦的小鋪今天關門停業。女兒出了事，當娘的能不受牽連？門外的閒話是說給門裡人聽的：「唉，有什麼娘就有什麼女唄！」「上梁不正下梁歪！」「老話說，娶女看娘，可一點不假！」要在平時，楊寡婦會衝出門去，大鬧一場，可今天，把柄讓人攥著，能有什麼招數？她想起二十年前芳洲村竹林裡那一幕，眼淚如串珠，女兒呀，你怎麼也走上了這條路？難道這就是命？是我栽下的苦果？她搖搖頭，不，我不能讓她跟我一樣！女人反正是嫁人，講什麼情不情的！就得找有錢財有權勢的人，日子不受癟，行走不受氣！

楊碧君猛然衝進屋裡，伏床痛哭。楊寡婦鐵下心，不去安慰。

「哭什麼？敢做就得敢當！」

「我做什麼了？我做什麼了？」女兒又哭又喊。

「有本事外頭喊去！你什麼都沒做，是我做了，是不是？」

「你？」

「唉！去年出花園，你跑去燒塔，我說了你，你還不服氣，說我迷信，看看，出事了不是？」楊寡婦看著女兒沒有反駁，便接著說，「事到如今，許個人家吧！」

「不，我才十六！」

「十六怎麼？我十八生你！」

楊碧君忽然愣神，漸漸地，竟然生出浮想，恍惚身在陳奇木懷裡……

楊寡婦走上前來，低聲細語：「碧君，曲書記的心思在你身上呢！」

楊碧君驀地一驚，急了：「胡說！」她對曲鐵柱的態度似乎很複雜，有時討厭，有時敬重。曲鐵柱誇她捧她，她有時很膩味，有時又很舒服……

「他瞞不過我！男人，哼！不管是官是民，是窮是富，脫了那層皮，都一個鳥樣！聽說他老婆病殃殃的，活得不耐煩了！姓曲的是個癡哥色鬼。有一天，他跟我說他喜歡潮汕姿娘，又漂亮又牢靠，給我透信呢！不如就靠了他，早晚他會娶你，你就是書記太太了，起碼不受閒氣……」

楊碧君氣得半死：「你？……無恥！」

楊寡婦「啪」的一記耳光摑在楊碧君臉上，破口大罵：「給臉不要臉！那陳奇木有什麼好？學校開除了不說，他成了曲鐵柱的對頭星，往後他過日子都不得安生，混口飯都不會順當！你想跟他受窮受苦一輩子？」

「我的事不要你管！」楊碧君挨了打依然嘴硬。

「我不管誰管！我是兩片嘴皮磨出繭，你倒好，三斗芝麻沒一粒倒進耳朵去！」

楊碧君不再理會，端盆洗臉，梳頭換裝，便往外走……

「上哪兒去？」楊寡婦急喊，她不能讓女兒再去找陳奇木。

「劇團！」楊碧君頭也不回地走了。

楊寡婦望著女兒的背影，艱難地關上了門。

9 別了花季

楊碧君彷彿變了一個人，不再是無憂無慮的少女，而是出了花園的成人，經一事更陡增十歲！她一個人在練功房裡拚命練功！練功服上深一塊淺一塊，是汗水的漬痕。她練了腿功，踢腿、耗腿、扳腿、撕腿，練了腰功，下腰、涮腰、鷂子翻身，又練了台步、圓場、山膀、雲手，又練了毯子功，翻筋斗、摔搶背、竄撲虎、吊毛……這些功夫戲班裡稱作「幼功」或「童子功」，是基本功。她練功的目的很明確，基本功不扎實，將來沒有出頭之日，小苗要成大樹，不吃苦不行！記得姚師父講過梅蘭芳，講過蓋叫天，梅先生為了演好梁紅玉擊鼓，用大腿代替堂鼓，練得腿都腫了，蓋叫天更狠，練兩腿挺直，他把削尖的竹筷子綁在腿彎部位，練雙目瞪圓，他用火柴棍兒支起眼皮，不小心摔傷骨折，骨頭沒接好，硬是自家打折了重接！啊，如果我是梅蘭芳，是蓋叫天，南浦人誰還敢給我氣受？我恨南浦人，恨他們鄙夷的目光，恨他們背地裡指指畫畫，還有那個死凋仔的土坷垃！連續三天，楊碧君把滿腔憤恨發洩在練功房。劇團裡的人有意無意躲著她，沒人同她一起練功，她咬著牙自己練。這天，她一個人偏偏練開了把子功。花槍一支在手，她恨不得把武旦、刀馬旦的功夫都拿過來，豈止「兩門抱」，她要「三門抱」、「五門抱」！儘管她怨恨媽媽勢利眼，但她信服她的一句話：「靠自己的骨頭長肉！」

姚乃剛悄悄看著。當楊碧君練著練著轉換了一個角度，突然從練功鏡裡發現了站在門口的姚乃剛，她馬上轉過身來，心中一陣情熱：「師父！」

「花槍是要練對手戲的。」姚乃剛臉上依然沒有寒暑。

「沒人願意和我對練……」

「我來！」

師徒對練了幾招。姚乃剛搖搖頭，收起槍把子。

「先練到這裡。到我家去，今天阿菊請你吃飯！」

「師母？」

姚乃剛家是一個單門獨院。餐桌上，早已擺好了一桌菜。謝丹菊熱情地爲楊碧君夾菜：「碧君呀，這幾天瘦多了！演員不能胖了，可也不能太瘦，你得增加點營養。」

「剛才，她一個人還練對花槍呢！」

「是呀！那更得吃好的嘍！」謝丹菊又爲楊碧君夾菜。

「來來，這是阿菊專爲你燉的金龍魚膘，大補的，快吃！」

楊碧君眼淚汪汪的，沒有說話，忽然撲向謝丹菊，哭了起來。謝丹菊似乎觸景生情，也流著淚，把楊碧君緊緊抱在懷裡。過了一會兒，姚乃剛輕聲說：「別哭了，先吃吧！這金龍魚膘還是熱著吃好。」

「對！你要不吃可就對不住我的手藝了！」謝丹菊有意轉換氣氛。

「師娘，有一招花槍我總學不會，我不配吃師娘的金龍魚膘！」

「學不會再學，吃了就配了！」謝丹菊笑著餵了楊碧君一口。

「哎！功夫不是三天兩早晨的事！別著急，吃飽了，我給你請個名師指點。」

「名師？誰呀？」楊碧君一臉驚訝。

「不著急，吃飽了再請。」

「我吃飽了！」楊碧君立即放下筷子，「是誰呀？」

「急性子！走，到院子去！」姚乃剛一笑，隨手抄起兩根花槍，扔一根給謝丹菊。謝丹菊也不答話，兩人便練了起來，配合默契，功架到家，形神兼備。楊碧君看得目瞪口呆，她想不到一直當家庭婦女的師娘竟是一位演員，可能還是一位大演員，而劇團裡竟然無人知道！

三個人回到屋裡喝工夫茶。求知欲加上好奇心，楊碧君「打破砂鍋問（璺）到底」！謝丹菊莞爾一笑，「我的事情，沒什麼好說的。」

楊碧君撒嬌地歪纏著，「一定有好多故事！」

謝丹菊被纏不過，也只淡淡地說了幾句，「我的故事其實很簡單。當年我和乃剛在福建南邊一個戲班唱戲，地方上一個大人物要我嫁給他，我不願意，他就狠命地整治乃剛，我連戲都不唱了，就隨乃剛來到你們南浦。就這樣。」

姚乃剛淺淺一笑，「你說得也太簡單了！得！以後再細說。不過，碧君，要保密！」

楊碧君點點頭，她想起自己和陳奇木，神情黯然。

謝丹菊明白她的心事，悄聲說，「聽說陳奇木日子過得很艱難……」

楊碧君點點頭。

陳奇木的日子確實很艱難！那天，他蒙受羞辱走出派出所，夢谷的飯碗也砸了，大學夢跟著粉碎。晚上，油燈下，妹妹奇蘭在小桌旁做作業，他和阿娘相對無言。半晌，番客嬸勸慰兒子：「大學不上了，過些日子，託人找份工作……」

陳奇木猛然爆發：「我去拉板車，去踩單車，去打石，去當小工！我有一身力氣，不信掙不了錢！」輕輕的敲門聲響。

陳奇木說起了怪話：「嘿，還有人敢上陳家來！華僑地主，反革命家屬，流氓，壞分子……」

番客嬸直衝他擺手，悄悄走去開門。

原來是林姆。林姆一進門，隨即把門關上，神情慘怛。

「阿姆，出事了？」陳奇木慌了。

「阿木呀，有人說阿文在廣州也給劃了右派了！林家上輩子造了什麼孽呀？一門三右派，這日子可怎麼過呀！」林姆說著，哭了起來。

「阿姆，誰說的？阿文才十七周歲，不會的。」

「爲什麼不寫信問問阿文呢？」

「青筠寫信了，阿文也回信了……」

「阿文怎麼說？」

「他說不是，可我怕他不說實話。」

「不會吧？」

「難說呀！阿陽劃右派，我不是還瞞著他嗎？說不定他也瞞著我們。」

陳奇木思緒紛紛。他想起去年的那個晚上，因爲自己不理解朋友，阿文不辭而別，後來就沒了消息，他覺著自己有負朋友……

「阿姆，別著急。過幾天我就去拉板車，做一二個月，湊足路費，我去廣州看看，阿文是不是右派，到時候就清楚了。」

「阿木，累你了！阿姆這就給你磕頭！」林姆感激涕零，欲行跪拜大禮。

「你糊塗了，怎麼可以這樣，他是晚輩，又是阿文的朋友，應該盡力的！」番客嬸急忙攔住。

「我現在是無事人，到哪兒都自在。」

「那就多謝了！等青筠繡花的工錢發下來，給你湊點路費。」

捎帶補上一句，一如陳奇木所擔心，張青筠果眞被學校遣退，只能在家做繡活，眞個是「十指養五口」了！

幾天後，陳奇木出現在蜈蚣嶺的山道上，拉著滿滿一板車山草，吃力地爬坡，呼哧帶喘，終於到了坡頂，他解下那條墊肩的水布，那是一條線紗織成的花格子布，全中國唯潮汕特有，落田可做圍裙，洗浴可做浴巾，紥在頭上是頭巾，鋪在樹下是席子，買東西用它來包紥，背嬰兒又派作背條。此刻，驕陽似火，陳奇木打開來擦汗，喘口氣，繼續上路。日中時分，到了南浦集市。

集市上，只有可數幾個攤位，少量的農副產品。外加幾個掛著「市場管理」袖標的人來回游弋。因爲此地無煤，做飯燒柴草，所以陳奇木剛剛把板車放下，便有幾個買主過來打聽價錢。正討價還價時候，市管們走了過來，臉上若有寒冰：「哪個鄉的？」

「本鎭的……」陳奇木滿臉堆笑。

「有營業執照嗎？」

陳奇木笑著搖頭。

「是自產自銷？」

「是山草，割來的。」

「哦，割來的就不用執照了？買賣沒有執照，那不成了資本主義了嗎？這草從哪兒割來的？」

「荒山……」

「什麼？荒山？國家的山！」

陳奇木語塞。

「充公！」

「我，我這是頭一回，下不爲例……」陳奇木慌了，懇求著。

「不成！」市管斬釘截鐵。

陳奇木急了，指著鄰位的山草，慌不擇語：「他們有沒有執照？」

「別人的事不用你管！」

「你怎麼瘋狗亂咬人！」鄰位也急了。

「拉走！」市管們拉著一車草揚長而去。

陳奇木呆立著，說不出話。買主和看客低聲議論。一個老頭似乎頗識此中門道：「唔，這後生仔，準是得罪什麼人了！」茫然中的陳奇木忽然想起他的板車：「板車！板車！板車是租的！」急忙追了過去。那老頭直搖頭：「一個稚仔（雛兒）！」

板車是討回來了，可賣草的路也堵了！陳奇木打聽到單車載客是市管允許的，便把自家的舊單車來一番改造，後架綁上一塊加長了的木板，木板上墊著大小相當一塊棉墊，零件該修的修，該換的換，鈴也響了，閘也靈了，居然舊貌變新顏，他頓時生出一種創造的喜悅，我換個方式上路！

這天清晨，他興匆匆來到汽車站。南浦畢竟是個大站，附近不通公路地方的旅客都在南浦站集散，往返的交通工具只有載客的單車，即使是通公路地方的旅客由於班車車次的制約，也只好求助於載客的單車，於是，單車載客因填補了交通空缺而興旺起來。車站出口處散列著以單車載客討營生的車手。陳奇木守著單車，置身於車手間。只見一個旅客從車站走出來，車手們馬上迎上去。捷足的車手同旅客講價，幾個回合之後，旅客認可，坐上後架，「二等」，也稱「單車尾」，一陣鈴聲，走了。又一個旅客走來，又一個車手上前，又成功了一次交易。連續來了幾個旅客，陳奇木都攬不到生意。這時，斷斷續續也有從外鄉載客到南浦站的本地車手歸來，他們從旅客手中接過鈔票，點著數，眉宇間洋溢著喜氣……陳奇木看得心煩，扭過頭去。

近午，一個辦事員模樣的人匆匆走來，眾車手「呼啦」一下圍了上去。陳奇木抑捺不住心中的焦躁，奮力上前，高聲喊：「這回該輪到我了！」眾車手一齊轉向陳奇木，一頓搶白，一陣奚落：

「你是誰？從哪兒鑽出來的？」

「會帶人嗎？別把人家摔溝裡！」

「別看韓江水不深，也能淹死人！」

陳奇木憤怒了：「你們講理不講理？我都等了一個上午了！一趟也沒我的！」說著拉開拚命的架式。

眾車手捋袖揎拳，一步步逼上來……

突然間，那辦事員排開眾人：「後生仔，我就坐你的車了！我會水，不怕淹死。」

這一來，劍拔弩張變作煙消霧散。

陳奇木感激地連聲道謝，請乘客坐穩，蹬車上路。

一路上，乘客催促著：「後生仔，快點，我有急事！」

陳奇木應聲，火急蹬車。只見道路兩旁的樹木，楊、柳、鳳凰木、大葉桉、台灣相思……呼呼往後倒！離了江岸，穿過田疇，又是木橋，又是石子路，陳奇木大汗淋漓。目的地的小村落終於兀立眼前。乘客高喊一聲：「小灣到了！」

陳奇木煞住車。乘客跳下車，說聲「多謝」，走了。

陳奇木追了上去：「同志，你忘了給錢……」

乘客不慌不忙，掏出一份公函，一揚：「我是民兵大隊部的，到小灣村送一份急件。你辛苦了，謝謝你呀！」

陳奇木拽住那人胳膊不放行：「什麼？說一聲謝就完了？我從南浦蹬到小灣，累得只會呼豬不會吹火！早過晌午了，連飯都沒吃……」

「我不也沒吃飯嗎？」

「笑話！你坐我的車！坐車付錢，天經地義！」

「你要錢呀？」

「你想賴嗎？」

「後生仔，你不是叫陳奇木嗎？」乘客一笑。

陳奇木一愣，啞巴了，他怎麼知道我的名字？

「奇怪嗎？我指給你一條路，到台灣找你大哥陳奇石要錢去！」那人說罷揚長而去。

陳奇木茫然失神，少頃，仰天痛呼：「我活在這世上做什麼呀？我應該去死！」疲勞、饑餓統統讓位給了屈辱，他望著不遠處滾滾韓江水，推著單車，一步一步向韓江走去……

番客嬸在家裡突然心驚肉跳，她跪在牆角小香爐前燒香禱告。陳奇蘭匆匆進屋：「阿娘，車站一輛單車都沒有了！哎，說不定我哥碰上一個遠道的，還能多掙點錢呢！」

「我囑咐過他，頭一天，別貪晚。」番客嬸搖搖頭。

「我再去打聽打聽！」陳奇蘭重又出門。

臨江三巷巷口的街燈壞了，夜間黑漆漆的。陳奇木推著單車行來，沒有看見妹妹，倒是妹妹眼尖，發現了哥哥：「哥！哥你累壞了吧？我來推車！」

陳奇木無語，任由妹妹把單車推走。

番客嬸看見兒子回來，懸著的心放下來了，再看兒子的神情，放下來的心又吊了起來，可她什麼也沒說，趕緊去廚房熱粥。陳奇蘭是個極懂事的女孩，心中也猜出幾分，也趕緊去打熱水。一會兒，熱水端上，熱粥擺上，陳奇木還是坐著不動。番客嬸著急了，只怕不是錢多錢少的事……

「阿木，你怎麼了？」

「哥哥，你不舒服了？」

「又有人欺負你了？」番客嬸已經感到不祥。

陳奇木「哇」的一聲哭了起來，「阿娘！我受不了啦！我活著做什麼呀！」他斷斷續續的述說著，止不住串串男兒淚。

「天哪！為什麼不給人一條活路？」番客嬸淚如雨下。

「阿娘，我已經走到堤下水邊了，我沒有再走下去，我不能對不住你二十年的養育之恩，我才又回來了。」

「兒呀！你可不能糊塗！你看過番的人只要還有一口氣，他就活下去！」

「可是我不能再待在南浦了！我想好了，我只能走！我到廣州當小工！」

「哥！你不要走！是窮是苦，我們和阿娘都在一起吧！」陳奇蘭又哭了起來。

「阿蘭，哥只能這樣。」陳奇木撫摸著妹妹的頭。

番客嬸沒有反對，唯流淚而已。

三天後，阿蘭替哥哥給楊碧君遞條子，又帶來楊碧君的回條。陳奇木打開一看，只有幾個字：「十點鐘，新地方。」陳奇木有自己的苦衷，自從那件事情發生後，他沒再找過楊碧君，不是變心，不是膽小，他怕影響碧君的前程。明天就要離開南浦了，他必須見她一面。他又端詳著這字條，十點鐘是散戲後，新地方是出事的地點，她爲什麼偏要到這個地方？那是墳場，更準確說是亂葬崗！「哦，我得早點到路口迎她！」他這麼想著。晚上八點多鐘，他正要出門，林姆來了。林姆帶來十元錢給陳奇木當車錢，陳奇木告訴林姆不坐汽車了，一路打工到廣州。林姆硬是把錢塞進他的枕頭下，「帶上吧，窮家富路嘛！老話說，一分錢難倒一個英雄漢！」陳奇木想了一想，「也好，我給阿文帶去。」抹身走出家門。

當他走到「新地方」邊緣，大吃一驚，楊碧君已經站在隆阜上，在微茫的夜色中，宛如《聊齋》裡美麗的狐女！他們靜靜地走到一起，面對這個令他們歡樂、也令他們悲傷的地方，似有千言萬言，卻又無法作一語。楊碧君取出用手絹包好的錢，交給陳奇木。陳奇木推拒。

「這是我的私房錢，你拿著。」

「不不，我怎麼可以花你的錢呢？」

「怎麼不可以呢？」她把錢塞進他的衣兜。

「我堂堂七尺，落魄到如此地步……」他哽咽著。

「阿木哥，我懂得你，你一定會有出頭之日，我等著你！我等著你！」

「碧君，我不是沒有血性的人！」他狠狠的一腳，踩凹了鬆軟的土地，「我永遠記著這個地方！」

「我成心要到這裡來的！這裡不是墳堆嗎？人到急了的時候，墳堆也敢當大路走！我讓他們再來捉我！」楊碧君忽然高喊，「你們來呀！來呀！」她撲進陳奇木懷裡，瘋狂地擁抱、接吻，又痛哭起來，帶著哭音，挑戰地高喊：「來呀！來呀！」

陳奇木淚流滿面，他體驗到的豈止是女性的柔情，更是女性的勇毅！

走出「新地方」，陳奇木把楊碧君一直送到楊家門口，看著她進屋才走。

楊碧君摸黑進屋，摸到自己床上，和衣躺下。忽然，黑暗中傳來低低的飲泣聲。她悄悄來到母親身旁，輕聲呼喚媽媽。楊寡婦止泣，掏出五元錢，說了一聲，「給阿木。」

「媽！」楊碧君哭著撲到母親懷裡。

原來楊寡婦親眼目睹眾車手擠兌陳奇木的情景，眼前的陳奇木彷彿就是昨天的辛阿偉！她不住地念叨著：「姿娘人命苦……」

第二天，南浦的太陽依然暖烘烘的，街道依然熙熙攘攘，只有一點小變化，蔡方蘇要搬家了，蔡家老屋散亂著一包包、一捆捆。黃東曉不請自來，一進門，故作驚訝：「怎麼？大觀園抄家呀？」

「阿東盼著分浮財哪！」方淑雲笑著迎了出來。

「搬地委大院裡，工作方便些，來，沖一泡！」蔡方蘇說著，拉黃東曉進屋。

蔡怒飛跑著進來，一見黃東曉，煞住腳步，問聲好，又急急把一封信和一對橘子遞給蔡方蘇：「爸爸，阿木哥送來的。」

蔡方蘇讀信，順手把信遞給黃東曉，又對蔡怒飛說：「叫陳奇木進來吧！」

「是阿蘭送來的，說阿木哥一清早就走了。」

一時無話。黃東曉端詳著橘子：「按照潮汕習俗，橘子有吉祥的意思……」這時，如帶如練的韓堤上，陳奇木腰紮水布，心無旁鶩，快活地哼起潮曲《胡惠乾》：

……胡惠乾，（依依媛）

……胡惠乾，左衝右突無路進，

心戰膽寒（啊安），

無可施行（呃英）……

這扮相，加上作派，儼然一個流浪者。

江水奔湧，浩浩蕩蕩，匯入汪洋，橫無際涯。南浦陳、林、蔡三個不同背景的家庭，走的走，散的散，搬家的搬家，他們在南浦寫下的文字，另起一行了！

第二卷　路漫漫

1 一個盲流

陳奇木沿韓堤溯流而上，抵達潮州城。

潮州是一座歷史文化名城，在古代，先是路之都，後是府之治，最神氣的時候，管轄著當今粵東的全部和閩南的部分，清代一段時間裡，潮嘉惠行署就設在潮州。隨著汕頭的崛起，潮州逐漸失去其領先地位，只有歷史文化，魯殿靈光之耀，依舊熠熠煌煌。陳奇木站在湘子橋邊，時而仰望高聳的東門城樓，時而俯視奔騰的韓江流水，他從小就聽過「十八梭船廿四洲」的傳說。說的是兩位仙人夜裡驅石造橋，天亮未完工，留下江心一段湍急的流水，人們只好用十八條梭船連成浮橋。又說是韓湘子寫了「洪水止此」四字，立碑橋畔，故稱湘子橋。事實上，這是中國最早的一座開關活動式的大石橋，始建於南宋，重修於明清，本名廣濟橋。陳奇木聽見本地人在議論，說這座橋不適應形勢發展的需要，很快就要改建了，改成直通大橋。他在橋上留連了不大一會兒工夫，摸一摸橋頭的鉎牛，踏過十八條梭船，望橋東韓文公祠行去。

韓文公祠祭祀韓愈。這位當年官拜刑部侍郎的大文學家，因爲諫阻唐憲宗迎佛骨，被貶到潮州當刺史，所謂「一封朝奏九重天，夕貶潮陽路八千」。他到潮州的心情是沉鬱的，但他相當盡職。旅潮僅有八個月，卻做了不少造福潮人的好事。最出名的是驅鱷除害。千百年來，韓愈一直被潮人奉爲神，南宋淳熙年間潮州知州丁允元爲紀念韓愈而主持修建的祠堂，便成了潮人頂禮膜拜的聖殿。陳奇木跟在幾個遊人身後，聽他們高談闊論。

「韓愈驅鱷傳爲千古佳話，其實是迷信！鱷魚怎麼會聽人的話呢？韓愈是搞武裝鬥爭，捕殺鱷魚！」

「鱷魚絕跡是氣候的變化！根據記載，韓愈之後，鱷魚還繼續爲害呢！留皇那裡就有捕殺鱷魚的傳說。」

「留皇離海口多遠呀！」

「古代潮州城是出海口，漲潮時候，鱷魚隨著潮水到留皇，完全有可能。」

「哎！潮州人把韓愈當作神來供奉，不全是迷信。韓愈整治鱷害，造福一方，老百姓才紀念他。要不，怎麼會有韓江韓山，『從此江山改姓韓』？」

「旅潮八月，遺澤千秋，有文化背景的。」

像是一些文化人，邊說邊走，遠去了。

陳奇木獨自瞻仰著韓愈神像，假如眞像傳說那樣，鱷魚吃了韓文公的祭品，聽了韓文公的勸告，離開了潮州，不再爲害百姓……鱷魚到底仁義！

他邊走邊想，折回湘子橋，從東門入城內。他得找點活計做，糊口塡肚子！他來到一條小巷巷口，藍底白字的鐵皮巷牌赫然在目——玉茗巷。他頗爲感慨，到底是古城！連巷名都透著古雅。巷口有一口水井，一個女人在打水，或許用力過猛，或許桶繩太糟，繩斷了，桶掉進井裡，她呆呆地望著井口。陳奇木看在眼裡，主動過去打撈。潮州的水井口小膛兒大，下去上來都不容易，好在井不深，後生仔身手又敏捷，一會兒工夫就把桶撈上來。女人連聲道謝。他一想，幫人幫到底，乾脆把一擔水挑到人家的小庭院裡。女人越發感激，掏出二角錢來，陳奇木堅決推辭。女人過意不去，趕緊端盆拿毛巾，請陳奇木洗臉。

忽然間，有吟詩聲從裡邊屋內漏了出來，怪，反反覆覆，只一句：「玉經琢磨多成器……」陳奇木邊洗臉邊細聽，他讀過這首詩，大概吟詩人一時想不起下文吧，便隨口應了一句：「劍拔沉埋便倚天！」內室闃然。少頃門開，走出一個文弱男人，年紀在四十上下，白皙，無鬚。他來到陳奇木面前，彬彬有禮：「適才是足下續了下聯？」

陳奇木頗惶惑：「冒昧了！」

那人盛情邀請：「可否賞臉到書房品飲一杯？」

陳奇木不便拒絕，便隨那人進了書房。書房不大，卻雅致，匾上有「市隱齋」三字。兩人分賓主坐下。

「鄙人姓白，賤字玉令……」

「白玉令？不是一種珍貴的茶具嗎？」

「哎呀，年紀輕輕，如此學問！真是『芳林新葉催陳葉，流水前波讓後波』！」

「不敢不敢！」陳奇木連忙起身遜謝。

「鄙人平生有三嗜：書、畫、茶。別號三嗜客。哦！適才那一聯詩，我得前忘後，覆鹿遺蕉，閣下既然對答如流，肯定知道它的出處。」

「我只是偶然讀到的。」

「謙謙君子！」白玉令感慨。

陳奇木看了一眼「市隱齋」三個字，好奇地問：「請問，這市隱齋……」

「哦，是在下的室名。取《文選》中《反招隱》詩，『小隱隱陵藪，大隱隱朝市』。所以詩兄詞長們也稱在下『白市隱』。敢問後生俊彥，尊姓大名？」

「姓陳，叫奇木，老家人都叫我阿木。」

「好！好！這個名字起得好！奇乃異乎尋常，木係五行之一。好！只是……這個奇字不可讀成ㄐㄧ，ㄐㄧ，是術數上的意義，又有奇零之意，千萬當心！當心！」

陳奇木唯唯，忽感腹饑，隱隱有腸胃蠕動之聲。白玉令未察秋毫之末，一個勁意興飛揚。他取出工夫茶具，燃爐煮水，又小心翼翼地取出一個精緻的錫茶壺，開壺抖出茶葉，神秘地說：「宋種，單叢，人間極品，名字取得極妙，叫鷗鷺忘機。這種茶必須中夜子時採摘，經過前七後七一共一十四道工序製成……」邊說邊行茶道。

陳奇木依舊諾諾。

白玉令唏噓感慨：「唉！本來潮州工夫茶應該是潮式竹爐欖炭，潮州西湖處女泉！茶聖陸羽的《茶經》寫得明白，『山水爲上，江水爲中，井水其下』，可如今，連井水也變味了！可憐，可憐哉！奇木兄，請！」

兩人飲罷，白玉令期待著讚賞：「如何？這色、香、味……」

「呵，呵，好，好……」陳奇木的捧場十分勉強。

白玉令面呈不豫之色，未能如鷗鷺之忘機。

陳奇木自知失禮，便說了實話：「白先生，實不相瞞，我還沒吃午飯呢！」

「哦，原來如此！」白玉令畢竟豁達，「眼下午飯已過，晚飯未到，奇木兄若不嫌棄，寒舍尚有餅乾若許，聊充糗草。」說罷便去取餅乾。

「多謝了！」陳奇木吃完餅乾，似乎得寸進尺，「白先生，可以幫我一個忙嗎？」

「奇木兄有難處儘管說來。在下乃隱逸之士，官場上，余無能耳……」

「不是官場。」

「哦，是吟詩苦索枯腸？是作畫偶有敗筆？是墨寶不翼而飛？是奇書四處難覓？」

「都不是。」

「那是……」

「我想找個掙錢的差事。」

白玉令一臉驚訝，頓覺對方俗氣逼人，便說：「讀書豈爲稻粱謀哉！」

陳奇木還不死心：「白先生可不可以留我在府上做些雜役？」

白玉令一臉寧靜淡泊：「鄙人陋室五間，山妻一名，何雜役之有？」

陳奇木只好告辭：「多謝先生一飯之恩！」

「哎！何足掛齒！不過餅乾一包而已，貴乎不貴，尚不及鷗鷺忘機之一葉哉！得暇請來敘談。」

「豈敢騷擾！」陳奇木出門，喃喃自語，我怎麼也變得文謅謅酸溜溜的？哦，不知道這位白先生靠什麼過日子？

豈止陳奇木，許多人都不知道，在中國的一些城市裡，有爲數極少的一類人，其先家世顯赫，至今雖然沒落，猶有餘潤，他們如同古代失去領地寄居他國的貴族，彷彿與世隔絕地閒居著，吃喝不愁，稻粱不問，舊學根柢頗深，琴棋書畫也多來得，他們的雅號叫寓公。白玉令似乎是潮州城極少見到的一位寓公。清高的寓公白玉令似應諒解俗人陳奇木肉眼凡胎，不識滄海遺珠，為轆轆饑腸白白糟蹋了宋種單叢鷗鷺忘機。

陳奇木出了潮州，來到一座山腳下。這裡有一個大工棚。粗竹做的柱子，竹葉編成的頂棚，敞亮而通風。這是一個碎石工場。陳奇木遠遠走來，望著工棚門上的大字，百思不解……那上面寫的是「江西宮光明碎石場」，無名書法家過於龍飛鳳舞，成了春蚓秋蛇，致使陳奇木有別風淮雨、魯魚帝虎之誤。他上下打量，左右端詳，自言自語：「怎麼叫『紅面官……先吃……破右……』不明白……」

一個人走過來：「什麼不明白！此地叫江西宮，哪兒來的紅面官？還洪熙官呢！那寫的是光明碎石場，什麼先吃破右！什麼叫破右？你吃？你認字不認字？」

陳奇木雖然挨了一頓搶白，卻一點也不生氣，反倒覺得好笑得很，再一看那字，越發大笑起來。那人也被感染，跟著笑了起來。陳奇木忽然看見一張招工告示，默讀著。

「想掙錢嗎？」那人問。

「錢不扎手。」陳奇木嘻笑著。

「得賣力氣。」

「有的是！」

「那就幹吧！」

「你是……」

「這工場歸我管。」

那人說著領陳奇木走進工棚，介紹著：「這裡加工碎石，專為鋪路用的。」

他遞給陳奇木一把錘子和一個籃筐，領他到一個大個子跟前：「喂！大個子，這人編到你們組，歸你了。」

大個子點點頭，沒有吭聲，挪挪身子，騰出一塊地方。陳奇木坐了下來，學著別人的樣子，敲打起來。一下用力過猛，石屑四濺，粉末紛揚，引得眾人側目。他這才明白大家所以緊閉一張嘴的原由。

收工後，這幫臨時工都跑到溪水邊來洗臉，因爲清一色男性，有的人乾脆脫得精光，以天地爲房屋、以溪流爲衣裳了。

陳奇木來到大個子跟前：「同志，我叫陳奇木，有什麼做得不好的地方，你多多批評。」

大個子白了一眼：「批評什麼？這個活兒，有點能耐的人誰稀罕！」

「做這個活計呀，日子多了會得矽肺的！這裡沒有長主，都是短工！」一個瘦子女聲女氣。

陳奇木客氣地點點頭，又轉向大個子：「請問貴姓？」

「免貴，姓曾。」

入夜，工棚便是睡鋪。一種極節省的通鋪，人挨人排列，如沙丁魚罐頭，文雅些說，可稱獺祭。

陳奇木迷迷糊糊睡著了，忽然一陣嘩嘩的響聲。陳奇木以爲下雨，卻怪，響聲轉爲滴答，終至杳然。他下意識地坐了起來，看見月光下大個子猶在提抖不休。似乎是傳染，他也去解手。他猛然發現，有幾個鋪位是空的！他好奇地問：「曾師父，他們哪兒去了？」

「抄肥去了。」

「抄肥？」

「偷偷唱戲去了。」

「偷唱戲？」

「你不曉得，那幾個人是唱潮州戲的，流浪藝人。」

陳奇木耳際驟然響起弦歌聲，還有觀眾的讚歎聲……

「想什麼？」曾大個子坐著抽煙，那是自製煙捲，俗稱捲「喇叭」。

「我想……想他們爲什麼不到劇團？」

「劇團？他們早就讓劇團給刷出來了！」

「爲什麼？」陳奇木聽到劇團，彷彿愛屋及烏，很想探詢他們的底細，他邊問邊給曾大個子捲「喇叭」。

曾大個子呑雲吐霧，慢悠悠地說：「那老的，姓梅，那個三十多歲的，叫阿笙，聽說是歷史反革命，勞改釋放後，地方上不給安排工作，還有那個女聲女氣的，叫金石宮……」

「他也是反革命？」陳奇木驚呼。

「他倒不是，可比反革命也強不了多少……」

「那他是什麼？」

「他最沒出息，是相公。」

「相公是什麼？」

「就是……同性戀！」

陳奇木一聲驚叫，他覺得噁心。

「不過，最受氣的也是他！」

「活該！」陳奇木毫不同情，心裡罵著，「哎，他們從前會唱戲？」

「什麼從前？現在也會呀！」

「唱得好嗎？」

「沒聽過。不過，聽說梅老闆還會唱漢劇、正字戲，還會唱北邊的京戲、崑曲，還會武戲呢！人稱南腔北調文武崑亂好戲梅來興！」

陳奇木忽然想起「兩門抱」這個戲班術語，竟然生出幾分得意，他望著曾師父，脫口而出：「師父是出家人，怎麼也曉得這麼多戲班俗事？」他特別強調這個「也」字，可惜曾大個子不理會「也」不「也」的，他只敏感於「出家人」三個字，一下子跳了起來：「你是搞情報的？」

陳奇木笑著解釋：「是師父頭上幾個小點點告訴我的。」

曾大個子摸摸自己並不濃密的頭髮，笑了：「小機靈鬼！」他接過陳奇木遞來的「喇叭」，對自己的青燈古佛生涯來幾句輕描淡寫，「我原在四流寺，當地修建四流水庫，把四流寺當作工程指揮部，准許僧人還俗，我便蓄起頭髮，四處混飯。」

「四流寺？我上小學時候去過，我還記得廟很大，香火很旺……」

「三百年歷史了！比美國還大一百歲！」曾大個子長歎一聲。

陳奇木在溪水邊已經發現了曾師父的這個秘密，想好了一副對聯，這時候正好用上，便笑著說：「曾師父，我送你一副對聯好不好？」

曾大個子頗感意外：「好啊！」

陳奇木念道：

雲中有寺誰人住？

塵裡無家何處歸！

曾大個子大吃一驚：「呵，很不錯啊！」

的確可以稱上不錯！潮汕一隅遠離中原，人皆以爲蠻荒，殊不知潮人多是敢於冒險拓荒的中原世族的後代，古文化的遺存不比中原地區少，吟詩作對，唱曲猜謎，並不作難。陳奇木原本高材生，又喜歡古典文學，於此道並不生疏。

曾大個子想了想：「我也送你一副如何？」

「太好了！」

只聽大個子念道：

雙腳踢開風雨路，

一肩挑盡古今愁。

陳奇木鼓掌。兩個人忘情而笑。

「呵！撿到錢了？這麼高興！」一個尖細的嗓子。隨著金石宮一聲喊，老梅、阿笙一個個冒了出來。

曾大個子問：「深海？」

有答：「淺水。」

「是草？」

「給紙。」

「風雨？」

「晴天。」

陳奇木聽傻了。

金石宮熱情地解釋：「這是我們的行話，那意思是小收入，給鈔票，平安無事。」半輪在天，清輝似水。老梅取出米酒、花生、酥糖、「風吹餅」之類，招呼曾大個子和陳奇木。

「今天的戲碼……」曾大個子問。

「還是《薛平貴別窯》。」

「今天是我的王寶釧！」金石宮很得意。

「你們才幾個人，怎麼唱得了一台戲？」陳奇木覺得奇怪。

「後生弟，你外行了！」金石宮永遠樂於回答問題，即使被專政部門提審的時候，「我們在外頭還有幾個搭檔，來配角的，請唱戲的村子裡也有好幾個好這玩藝兒的，可以湊湊數！場面慘點，鑼齊鼓不齊，也對付了。再說，這路戲好將就，少一個半個的，不要緊。」

阿笙呷了一口酒，想起日間的事，笑了起來：「後生仔，那門上的字，你是怎麼看的？」大家一聽，也都笑了起來。

「從前汕頭出過一本書，編書人說編書的目的是免得大家認錯字，把土地爺看作士他爹，太古棧看作大吉錢，通津街看作道律術，泰山石敢當看作秦川右取富，江西何瑞奇醫科看作紅面阿端哥醬料……」

這是潮汕人熟悉的掌故，經阿笙這麼一說，大家便又笑了起來。

「想不到還眞不是笑話！今天後生仔就把江西宮看作紅面官，江西宮光明碎石看作紅面官先吃破右，破右，破右派呀……」阿笙自己笑了起來。

金石宮搶過話頭：「你怎麼沒把我金石宮看作會升官呀？」

「金石宮，會升官，差哪兒去了？」老梅直搖頭。

「差得不多。」金石宮強辯。

「算了吧！你還升官哪？不把你抓進大牢就算便宜你了！」

大家哄然一笑，又都喝了一口酒，這或許就是古代文人所謂浮一大白吧？

老梅端詳著陳奇木，一副認眞的神情：「後生弟，你的嗓子不錯，適合唱老生，我教你，你跟我們一塊混吧！」

「對！哪兒的飯不能吃！你來薛平貴，管保比這個『歷史反革命』強，我和你配戲，怎麼樣？」金石宮的尖細嗓子總是不甘寂寞。

陳奇木忽然嚴肅起來，似有一種使命感：「多謝你們了！我過幾天就走，我要打工到廣州。」

「廣州有事？」

陳奇木點頭，無語。大家恪守江湖規矩，不再動問。幾天後，陳奇木果然離開了碎石場，臨走時候竟也有些依依……

2 大石山

從大石山向西南方向俯視，海灣中有一個小漁村，是蔚藍的瀲灩；從小漁村向東北方向仰望，雲天裡有一座大石山，是青黛的巍峨。大石山上的山石奇形怪狀，卻是上好的花崗岩。看那劈開的岩體，有月白色，也有肉紅色，美觀而堅固。

簡陋的小工棚裡，鍾老漢正在雕刻一隻石獅子。他小心翼翼地鑿著獅口內的石球——一種最稱高難的工藝技術。忽然間，他停下手上的活計，雙眉泛起水波紋，兩眼散出餘光，專注的沉迷變成警惕的清醒，他感到身後有人悄悄行來，是偷藝的賊？他驀地轉身，面對來人。來人始料未及，後退一步，有些惶然。來人正是陳奇木。

「做什麼？」鍾老漢顯然惱怒。

「給你幫工，掙口飯吃。」陳奇木喃喃解釋。

鍾老漢上下打量著陳奇木：「你會什麼？」

「我在碎石場打過石頭……」

「鋪路的？」

陳奇木點點頭。鍾老漢哈哈大笑。

「眞的！我有一身力氣。」

「我要的是手藝！」鍾老漢把鑿、錛等工具給了陳奇木，「你來刻獅子嘴裡的石球，要能在嘴裡滾動，又不能滾出來！」

陳奇木愣然，深深鞠一躬：「老伯，我是過路人，只想掙點工錢，好上路……」

鍾老漢冷笑一聲：「我憑手藝掙官府的錢，你憑什麼掙我的錢？」

「力氣加上志氣。我能學得會。」

「走吧！你要學會了，我就得餓死！」鍾老漢一揮手。

一個光腳的姑娘提著飯甑上山。她是鍾老漢的女兒阿娥。她把竹籃擱在地上，取出一缽粥、一盤「菜脯卵」①，還有幾塊油煎鹹帶魚。天午，日高，口渴，饑腸轆轆，陳奇木難抑如此美餐的巨大誘惑！他後退了幾步，又似乎不甘遽去。阿娥發現了陳奇木，看他襤褸中透著書卷氣，迥異於她素常所見任何男人，憐惜之心油然而生。她低聲問父親：「爹，他不是你新找來的幫手呀？」

「我什麼時候告訴過你，我要找幫手？」話是橫著出來的。

「我記得你好像說過……」

「好像？」

「爹，這人怪可憐的，八成還沒吃飯……」

「你想招呼他吃飯？」

「嗯！」

「他吃飯，你吃什麼？」

「我吃過了，不餓。」阿娥不假思索。

鍾老漢望著陳奇木漸漸遠去的身影，默不作聲，片刻，他輕輕點一點頭。阿娥如飛而去。

崎嶇的山道上，陳奇木踽踽獨行。

「喂！人！」

他慢慢回過頭來。少女站在一塊大石頭上，如一尊石雕，更比石雕生動。

「叫我呢？」

「難道我叫石頭？」

他四顧，果然盡是石頭，連一棵樹都找不到。

「我爹問你吃飯了沒有?」她走下大石頭。

他搖了搖頭。

「一塊兒喝粥吧!」

他目光一閃,又復搖頭。

「噢!你怕那一缽粥不夠吃?」

他不好意思起來,她卻朗聲笑了,如風中一串鈴聲……

那一缽粥確實不夠陳奇木吃的,鍾老漢心裡也明白,他只吃了一碗粥,便推說飽了,撂下筷子,去一旁抽水煙。那水煙筒不同於潮汕本地的山柑煙筒,是先前一位廣州客商送的珠江三角洲一帶的竹煙筒,他初始抽不慣,漸漸適應,後來竟離不開了,他樂意看著彷彿異乎尋常的縷縷青煙,更樂意聽著「咕嚕嚕」如歌如吟的水音。

陳奇木風捲殘雲,吃個精光,趁著阿娥低頭收拾碗筷,偷偷用手擦一擦嘴,上前謝過鍾老漢,抹身要走。

「等一等!喝杯茶再走不晚。」鍾老漢發話。

陳奇木只好坐下。阿娥搬出工夫茶具,像模像樣地行茶道。工夫茶三巡未過,鍾老漢磕著水煙筒,淡淡的一句話,卻如投石衝開水底天!

---

①菜脯卵,潮州家常小菜,將菜脯(醃漬的蘿蔔乾)過油,攤上雞蛋(即卵)。潮人最喜以此下粥。與之相似的潮州小菜還有橄欖菜、酸鹹菜之類。

「後生仔，我看得出來，你遭了大難了！」

眞是一語鑽心。陳奇木停下手中的茶杯，眼含著熱淚，只說了一聲「阿伯」，便哽咽著說不出話來。

「別著急，慢慢說。」

陳奇木彷彿遇著親人，把自己和家庭的苦水一五一十地倒了出來，只略去他和楊碧君的交往，也許因爲那類事情不便啓齒？也許因爲阿娥在座說來不宜？即使略去那些撕心裂肺的糾葛，當阿娥聽到陳奇木單車載客被人欺負想要跳河自盡的時候，這個善良的少女竟然落下眼淚。

鍾老漢臉上堆著烏雲，走出小工棚。滿山青黛色的岩石連綿起伏，未完成的石獅躁動不安……

「阿木！你留在我這裡吧！我教你吃飯的門道！」

「師父！」他雙膝跪地，淚流滿面。

小工棚旁邊多了一個簡易的草寮。草寮內，兩張條凳上鋪著幾塊木板，是陳奇木的床。他日間運石頭，做粗活，晚上住草寮，守石雕。這天晚上，月光大好。陳奇木藉著月光，給楊碧君寫信，他設想著這辰光楊碧君一定在卸妝，不知道是否也在思念？

不錯，南浦解放劇場夜戲已經散場，演員們正在後台卸妝。劇團秘書悄聲告訴楊碧君，「卸了妝，到團長辦公室，有好事！」她兩眼頓時閃爍著喜悅的光芒。她有一種預感，厄運已經走到頭了！這些天來，她沒日沒夜地練私功，業務上大有長進，省團的歐陽光導演看戲後當面誇獎她，向來冷臉的姚師父也多次向歐陽光推薦自己的女弟子；猜不透的蕭團長在全團大會上居然兩次公開表揚她，同行們對她也有說有笑了；曲書記近來很少看戲，依舊關心她的成長，讓蕭團長帶話，希望她加強政治學習，爭取早日加入共青團，做到又紅又專；還有人向她透露，說是偷看了團支書的筆記本，支部今年計畫第二批發展團員名單上有她的大名，催促她趕緊寫思想彙報。不出楊碧君所料，蕭團長告訴她的正是她夢寐以求的大好事！她走出團長辦公室，回家路上，快活地哼著蘇聯歌曲《紅莓花兒開》……

楊寡婦看著女兒的神態，猜出幾分：「碧君呀，有什麼好事？」

楊碧君沒有答話，對著粉牆上自己的大劇照出神。

「我看得出來！又要排新戲了？讓你當主演了？」

「比這還要好！」楊碧君神秘兮兮。

「是呀，快告訴娘！」

「蕭團長說，未正式宣布以前對誰也不要講，這是組織紀律。」

「喲，連親娘也瞞呀？跟三合會一樣，六親不認！」

輕輕的敲門聲響。

「這麼晚了……」楊寡婦嘮叨著去開門。

「眞對不起！這麼晚了！就說一句話。」

「你是誰？」

「我是省團的導演，姓歐陽。」

楊碧君急忙走出來：「媽，是歐陽老師！」

「哦，老師請坐！」

「不，不用了，碧君，我想告訴你，已經確定叫你參加地區會演了……」

「蕭團長剛剛告訴我。」

「這是一次絕好的機會，一定要抓住。我們幾個人都歡迎你去！當然，最後還得服從組織安排。好了，不打擾了。」

「歐陽老師，你慢走！」

「碧君，你要到省團了？」

「保密！」

「對，三合會！」

這辰光，楊碧君似乎沒想起南粵大地上有那麼一個盲流。

大石山的小草寮裡，陳奇木還在寫信，這是他給她的第一封信，他希望寫得特別有文采，特別有詩意，特別有哲理，他低聲念著：「……我失去了明窗淨几，卻獲得了藍天白雲。生活是公正的，失去的同時意味著獲得，遺落與補償永遠是生活天平上的兩只等量的砝碼……碧君，我要讓你因我而自豪。史詩之所以撼人心魄，就在於它謳歌了堅苦卓絕！」這情書，夠發表水平！

夜海漁火點點，如青天倒影；山上一隻隻石獅子在明月清輝下，恍若童話世界裡的精靈。他走出小草寮，爲大自然的詩意所感染，舉頭望月，大聲朗誦：「但願人長久，千里共嬋娟！」彷彿隨風飄來輕輕的鈴聲，又不是鈴聲。他大喝一聲：「誰？」

阿娥走了上來。

「阿娥？是你？」

「你當是賊呢！」

他笑了：「夜裡，這麼晚了，敢上石山？」

「我可不像你們城裡的姑娘，嬌滴滴，我看是裝的！大月亮地，怕什麼？」

「不怕有人欺負你？」

「敢？」

「你會拳腳？」

她嫣然一笑：「過來！」

他不知何意，緩緩上前……她猛然伸拳，他一躲，她一個掃堂腿，只聽「哎喲」一聲，他倒在地上。她急忙扶起，「失禮了！」他瞠目結舌，驚得說不出話來。

「老爹常說，害人之心不可有，防人之心不可無。其實，女孩子要防身，男孩子學會武功也能自救。」

「阿娥，你教我？」

她但笑不語。

「你不肯教？」

「得我爹點頭。」

他深感失望。

「不過，我爹好像喜歡你了，他想收你做個徒弟，他一輩子不收徒弟的。」

他看著月下的少女，矯健而婀娜，那雙眼睛教他想起楊碧君……

「看什麼？不認識？」她有些靦腆。

「哦，沒什麼……」

「你在想什麼？」

「沒，沒……哦，有一封信你替我寄，好嗎？」

她點點頭，拎起放在地上的一領薄被，「我爹說山上後半夜涼，怕你著涼了。」他謝過，送她下山。

陳奇木頗有悟性，又肯學，長進很快。鍾老漢嘴上不說，心裡高興。近晌午了，日頭發威，小工棚裡一點也不陰涼。鍾老漢站在石獅子跟前，擺弄著獅子口內的石球，對陳奇木細細講解，徒弟不時發出驚歎聲。

「工夫不是三天兩早晨的事兒，要細心琢磨。」鍾老漢說著手藝人常說的話，陳奇木聽來卻十二分親切，「人也一樣，不經千災百難，成不了氣候。」

陳奇木十分專注地鑿刻，鍾老漢不時指點。阿娥送飯來了，她默默取出飯菜，盛飯，等兩個男人吃完，收拾碗筷，提著飯籃下山，終無一言。兩個男人都覺得奇怪，可誰也不吭聲。這樣連著好幾天。鍾老漢覺得一件大事到了應該同女兒挑破的時候了。

晚上，海陬村的小瓦房裡，一燈如豆。鍾老漢的水煙筒發出「咕嚕嚕」的響聲。

「這幾天送飯時候怎麼不說話？」

沒有回答。

「我想招贅阿木。」

還是沒有回答。

鍾老漢不再問話，小屋裡依舊是「咕嚕嚕」的響聲。

阿娥走進裡間，躺在床上，滿面淚痕。那天，她去耕濤鎮郵局爲阿木寄信，貼郵票時候，忽然發現信未封口，頓時生出好奇心，一轉念，信是寄給他妹妹阿蘭的，正要封口，忽又發現信中有信，又給誰呢？她把信中信抽了出來，楊碧君？沒聽他說過這個人呀！她隱隱有不祥的預感，急急把信打開，信的第一行「親愛的碧君」，她臉紅心跳……夢醒了，她又羞又恨，欲撕不忍，欲寄不甘，一咬牙，封上口，貼上郵票，把信投入郵筒。她茫然走出郵局。

鍾老漢不知道女兒心中的隱秘，他根本就不想知道她有什麼隱秘，是老爹在相女婿，不是女兒在相丈夫！他從眠床「蜘蛛頂」取下一個小鐵盒，打開，拿出十元錢，應該添置些東西了。誰知，他的希望也落空了！

「師父，我已經有未婚妻了，她叫楊碧君，在南浦潮劇團……」

陳奇木惶惑不安。鍾老漢默然無語。

「再說，我不能長久留在海陬，我還要到省城去，爲自己，也爲阿文……」

半晌，鍾老漢終於自家解開了疙瘩，男婚女嫁靠的是緣分！他仰天長歎，「阿木，既然這樣，也要爲阿娥著想，我不能留你了！」他取出十元錢，遞了過去，「這十元錢夠你坐車到廣州……」

「不，不，師父！我有錢！」陳奇木推辭。

鍾老漢登時惱怒：「你看不起我！」

「不，不，師父！我……」

「哼，你有錢還能一路打工嗎？」

「師父，我眞的有錢！」陳奇木從上衣暗兜裡掏出三十元，雖然大都是碎錢，沒幾張整票，湊起來是同等的面值。

鍾老漢驚呆了！他搖搖頭，疑惑不解：「三十元可以買三張到廣州的車票！你爲什麼守著酒席挨餓呢？」

陳奇木解釋著：「師父，這三十元是給阿文留的，他還有三年的學業，我一分錢也不能花。」

鍾老漢歎息一聲：「仁義！」

陳奇木只好拜別海陬，悵然上路，身後是蔚藍的瀲灩，青黛的巍峨。他懷揣著一份情義，一份理解，繼續向西行去。山迴路轉處，他驀地站住了，阿娥突兀出現在面前！誰也沒有開口。幾隻小鳥啾啾掠過。

「阿娥，我……」他打破了沉默。

「不要說了！都是命！」她取出一包甜粿，幾乎是命令式，「帶上它！從前，從你們南浦港坐紅頭船，過番下南洋的人，都帶著甜粿。」

他苦笑著：「我也不是過番下南洋……」

她厲聲：「你比過番下南洋還慘！」

他黯然神傷，顫著聲音說了聲謝。

她忽然落淚：「阿木哥，你認我做妹妹吧！往後但有三災兩難，你就到海陬來！海陬就是你的家！」

他也哽咽著：「阿娥妹妹！我一輩子也忘不了你！」

「你走吧！」她背過臉去。

他應聲繼續趕路。她立於大石頭上，久久地凝望著，彷彿傳說中的望郎石。

3 足球也引禍

雖說流言止於智者，但流言畢竟可怕，即使是無稽之談。比如南浦人傳說南國大學物理系一年級學生林海文是右派。大概因爲南浦閒人多，一些閒人或許看到林家成了「右派世家」，希望「一門三進士」，編派些閒話，製造出轟動效應；又有一些閒人愛傳閒話是出於孜孜不倦追求極致的心理，如同足球賽，同樣是獲勝，一比零，小勝不過癮，二比零，差強人意，三比零，方可稱完勝。陳奇木不相信林海文會是右派，但他也不敢打保票，他此番打工到廣州，固然爲生活所迫，也想來探詢個究竟。

廣州是一座美麗的大城市，南國大學坐落在珠江之濱。這所華南最高學府簡直是一座皇家大園林！林海文去年入學時候，一進校門，望見紫荊樹掩映的大道，隨即升起一種亢奮，一路上，綠茵茵的芳草地，長柄指天的棕櫚林，中西合璧的教學樓，偉人的銅像，懸鐘的亭台，滾珠濺玉的噴泉，還有草地足球場！他感到綠色的生命在湧動，綠色的文明在召喚。中秋節回南浦探親，對比之下，南浦竟如小孩子手中一堆積木！今年春天，他接到嫂嫂來信，他對信中詢問右派一事，一笑置之，南浦呀南浦，什麼時候能變得略微大器一些！他依然到圖書館讀他的書，到綠茵場踢他的足球。

說起足球，林海文眉飛色舞。他與師兄球友潘新偉看法完全一致！廣東是南派足球的代表，腳法細膩，盤帶過人有一套，跑位飄忽，傳球到位，善於捕捉戰機，射門意識好，即使是一支學校的球隊，與外省同一等級的球隊相比，也往往在技術上占優。

這天，物理系的兩支球隊又賽上了。前鋒林海文接得隊友妙傳，單刀赴會，猛力施射，卻打了高射炮，球離大門八丈遠飛出底線。倒好聲頓起：「丟！臭腳！」林海文難過地跪倒地上，一失足成千古恨了！

「嘀！嘀！嘀！」隨著裁判三聲哨響，球賽結束了。對方門將潘新偉叫住林海文，調侃著：「小鬼，快建議國際足聯修改章程，球門加寬三倍、增高五倍！」

林海文無力反駁，只有悻悻：「老鬼！你神氣什麼？」

「我說過嘛！足球，潮汕人沒那靈氣！得看我們客家人的！李惠堂，一代球王，五華的，是我們客家人！」

林海文不願服輸：「你們客家人游泳行嗎？跳水行嗎？田徑、籃球、體操、舉重，比得上我們潮汕人嗎？你們有蔡藝墅嗎？有林錦珠嗎？」

「呵呵！好鬥的小公雞！」老鬼笑了，他是高年級同學，總要放小師弟一馬，「其實，我們都是韓江人。我在江之頭，君在江之尾……」

林海文高興了：「同飲一江水！」

林海文賽完球沒有回學生宿舍，徑直進了宿舍旁邊的簡易浴室沖涼。他一邊沖涼一邊扯開嗓子，他曉得自己的歌聲不算美妙，只覺得唱著痛快：

到處流浪……到處流浪！

我沒約會也沒人等我前往……

到處流浪！

孤苦伶仃，飄流四方，

我看這世界像沙漠，

那四處空曠沒人煙……

是印度電影《流浪者》的插曲。

隔著木板，從另一浴室裡傳出聲音：「海文，鄭兆銘到處找你，好像有事……」

「哎！他能有什麼事？他要找一個聽眾，聽他聲情並茂地詠歎他同他表妹的感傷的羅曼史！」

「夠味嗎？」

「百分之九十五是虛構，照著《歐也妮·葛朗台》仿造！」

「要是巴爾札克活著，準告他剽竊！」

浴室裡，笑聲和著潑水聲。

晚飯後，林海文照例來到物理系資料室。九點鐘過後，漸漸有人離開資料室，翻書聲之外又加上了走路聲，尤以皮鞋的「嘎嘎」聲最叫人討厭。林海文回頭怒目而視，原來是老鬼。老鬼做了個鬼臉，「我明天讓你進一個！」

上課，下課，踢球，讀書，平平常常卻又溫溫馨馨的一天過去了。林海文睡得香甜，他想不到一場無妄之災正等待著他。

就在林海文賽球的時候，班裡正開著會。學生宿舍八人一室的房間裡，中間兩排書桌前的椅子上，坐著級主任吳老師和幾個班幹部；靠牆立著兩排有上下鋪的床，俗稱「鴨仔鋪」的，鋪上已經人滿爲患；還有幾個同學胡亂搬把椅子坐在門口過道上。班長巡視一遍：「鄭兆銘來了沒有？鄭兆銘！」

「到！」鄭兆銘急急忙忙從過道那邊跑來，往下鋪一擠。

班長又問：「林海文呢？林海文！」

無人應聲。

「可能踢球去了。」有人猜測。

班長或許要治一治鄭兆銘的懶散，「你去叫他回來！這會很重要，明天又是他的值日！」

吳老師看一看手錶，「算了，不要再等了！已經過一刻鐘了！鄭兆銘，你負責把會議結果告訴他。」

鄭兆銘答應著。

吳老師清清嗓子：「最近，有些同學向黨支部反映，右派教授莊醍一上講台就得意忘形，擺出權威的架式，好像講台是他的世襲陣地。這些同學提出上課前該不該向他起立的問題。黨支部認爲這是一個值得同學們認眞討論的問題。希望大家各抒己見！」

鴉雀無聲。大概是一種慣例，似乎從韓非子賽馬妙法裡借鑒過來的，不爲最先。

眼看無人發言，吳老師點名了：「鄭兆銘，你說！」

鄭兆銘冷不防嚇了一跳，結結巴巴：「我，我服從黨支部決定。」

吳老師一笑：「黨支部沒有決定，要走群眾路線。」

又一陣沉默。

「我說！」班長打破沉默，「莊醍受批判後內心不服，以知識做資本，鼓吹『白專』道路，我贊成上課不起立！」

有幾個人附議，或補充，或表態。吳老師把目光轉向一位大幾歲的學生，那是一位復員軍人、調幹生，「大施，你理論有一套，你來分析分析！」

大施只好發言：「莊醍政治上有問題，我們要同他劃清界限；不過，在講課時候，他是以傳授知識的身分出現的，這一點同其他教授是一樣的，好像應該同等對待。」

有人支持大施：「課上課下應該有區別……」

班長當即反駁：「怎麼區別？課下有問題，課上就沒有問題了？」

有人支持班長，譏諷大施和他的支持者，大施等人顯然已處下風，吳老師眼見時機成熟，高聲：「表決吧！」

「吳老師，就這樣決定吧！不起立！」班長認爲應該集中了。

「不！要表決。」吳老師神情嚴肅，「贊成不起立的舉手！」

儘管有著時間差，畢竟是參差錯落的臂之林。

「反對的舉手！」

沒有公然出頭的鳥。

「大施，你沒贊成，也沒反對，什麼意思？」吳老師明察秋毫。

「我棄權。」大施低著頭，聲音很低。

第二天，物理系階梯教室裡，一派莊嚴肅穆。全級同學無一遲到，都已坐定，屏聲靜息，等待著即將到來的一刻。林海文坐在第一排的位置上。他今天是值日生，不時望著門口。莊醍教授一身便服，趿著布鞋，夾著教案走來。林海文站起，高喊一聲：「起立！」沒有慣常的桌椅響動聲。林海文大惑，偷眼旁顧左右，全都靜靜地坐著。他不知道發生了什麼事，頭腦發懵，站也不是，坐也不是。

莊教授愣在講台上。他同樣不知道發生了什麼事，茫然失神，說不出「坐下」兩個字。足足過了半分鐘，他似乎意識到了什麼，從上衣口袋裡摸了好一陣子，摸出了老花眼鏡，遲鈍地戴上了眼鏡，緩緩地打開教案，那手微微有些顫抖，眼鏡片後彷彿閃著茫昧的光。

一室學生如受禁咒，全無聲息。林海文悄然坐下。大施低下了頭。幾個女同學忍著淚水。

莊教授終於開口講課：「今天講物質系統狀態變化的可逆過程。」然後去黑板上寫上兩個大字：「可逆。」

下課電鈴聲響。莊教授默默走出教室。同學們一個個魚貫而出。班長來到林海文座位前：「午飯後去系黨總支辦公室。」

林海文臉色煞白，望著黑板，「可逆」二字突然由小變大，大到可以充塞宇宙。

在系黨總支辦公室裡，林海文低垂著頭，心跳得厲害，他不敢接觸吳老師的目光，那目光是倫琴射線，會洞穿他的五臟六腑。有人輕輕敲門，是鄭兆銘。「吳老師，昨天我沒找到林海文，今天早上又起晚了，忘了告訴他……」他誠惶誠恐。

「你回去吧！」吳老師一揮手。

鄭兆銘如釋重負地退出，順手將門掩上。

「好了，上課喊起立的事不必再解釋了！」吳老師有更重要的話題，「我們一直認爲你年紀輕，相對單純些；可你把組織上的寬容，當作無原則的放任，這就不對了！」

「我……沒有……我感謝組織，我父親出問題後，組織上還給了我乙等助學金。」林海文低聲表白。

「所以，你的做法就更不對了！你隱瞞了你的家庭問題！」

「我，我寫了檢查，決心同父親劃清界限……」

「你哥哥呢？」

「我哥哥是教師，挺積極的，他在家庭裡還經常同我父親展開思想鬥爭……」

「哼！」吳老師一聲冷笑，「時至今日，你還爲他辯護！你哥哥也是右派分子！你家鄉早就發來公函了！」

林海文驟時心驚膽戰，腦袋轟然一響，彷彿開裂，喃喃自語：「怎麼會呢？」

「我們所以不馬上找你，是耐心等待你主動交代，可是你，你把組織的等待當作一無所知，你想隱瞞下去！」吳老師似乎在反省自己被林海文「單純」的假象所蒙蔽，「回去寫檢查吧，要深挖思想根源！」

林海文走出系辦公室，頭更低了。宿舍在西南區，他回宿舍得越過半個校園。校園眞美！高聳的是棕櫚，沁香的是茉莉，如茵的綠地誘人去上面打滾。大鐘亭透著悠久，噴水池顯得現代，豔陽照不到亭裡古鐘，卻使池上懸空一道彩虹。被好事人稱作「愛情之路」、「浪漫之旅」的林蔭夾道，此際又有一番風景，樹與樹之間牽著繩子，繩子上垂掛著紅紅綠綠的大字報。林海文無心欣賞奇文，匆匆走回宿舍。

兩天後，林蔭夾道上那道大字報風景線增加了一個新景點，沒沒無聞的林海文居然成了大字報中的主角！一篇篇批判文章花團錦簇，理科生的文采絕不遜於以未來文豪自居的文科生。僅僅大標題已然犖犖大觀：《林海文是資產階級的孝子賢孫》、《揭開「單純」的畫皮》、《林海文的白專道路》、《拔白旗》、《翻開林記家譜》、《又一個「林家鋪子」》……

新大字報照例吸引著老讀者。林海文是誰？似乎大家都不認得。老鬼和幾個球友一路顛著球，嘻嘻哈哈，猛一下把球顛飛，落到大字報前。老鬼急忙撿球，忽一眼看見「林海文」三字，他脫口而出：

「林海文？小鬼？」

老鬼的聲音並不大，卻讓一個過路人聽得清清楚楚。他是來南國大學尋友的陳奇木。陳奇木四處張望，不見林海文的影子，目光落在大字報「林海文」的名字上，嚇了一跳。

「老鬼！快走呀！」球友催促著老鬼。

「我不踢了！你們走吧！」老鬼把球扔了過去，看起大字報來。

陳奇木站在邊上，也一張張地讀著，大學生真是厲害，大字報果然是投槍匕首，看得人心驚肉跳！陳奇木邊讀邊想，不管怎麼說，我千里迢迢來到南國大學，一定要找到阿文！他悄悄來到老鬼身旁：

「你認識林海文吧？」

「你認識？」老鬼看著對方，不大像大學生，反問。

「我是他中學同學。」

「你要找他？」

兒，有人走出來了……」

「是呀！可我不認路。」

老鬼想了想：「我帶你去！」

順著彎彎曲曲的甬道，來到一幢學生宿舍前。老鬼用手一指：「這是一年級的宿舍。瞧，就是那

「請問，林海文是住這兒嗎？」

陳奇木道聲謝，趕緊跑上前去。那人端盆提桶正要去洗衣服。

「是……」鄭兆銘忽然警覺起來，「你找他幹什麼？」

「我是他中學同學。」

鄭兆銘上下打量著這個衣衫襤褸的人：「他不在。」

陳奇木刨根問柢：「那他到哪兒？」

「勞動去了」鄭兆銘不耐煩了。

「在哪兒勞動？」

鄭兆銘簡直生氣了：「我哪兒知道？在工地唄！」說罷逕自走了。

陳奇木呆立著，喃喃自語，工地，工地在什麼地方？這不是勞動改造嗎？他眞的是右派了！陳奇木無可奈何地離開了南國大學。眞不巧，陳奇木後腳出校門，林海文前腳就進校門，用楊碧君他們的行話說，這叫「殺過合」。然而，戲台上的「過合」，演員相互看得見，生活中的「過合」，往往誤事。

林海文回到宿舍，渾身痠疼，沉沉地往下鋪一躺。今天是星期日，家在廣州的還沒有返校，正在「序天倫之樂事」——這是李白的話吧？有女朋友的大概還在越秀山，要不就在永漢電影院，香港人叫拍拖；衣兜裡有點錢的可能下了小館，一快朵頤……這詞是聽右派老爸說的，通俗點叫作甩開腮幫子

吃。好嘛，宿舍裡只剩我一個人，倒也清淨！反正批判也挨了，前程也縹緲了，除了讀書，還能做什麼？他無意中看見那只足球還在牆角那兒蹲著，他想起自己似乎有好些天沒踢球了，便起身揀起那黑白相間的玩藝兒，端詳著，突然，他好像發現了新大陸，球面上的黑塊原來是五邊形！嘿，踢了這麼些年的球，還眞沒注意到它是五邊形！再看看黑塊和白塊，既聯結又分離，眞是絕妙呀！透出那麼辯證法！靜止時候，黑白分明；運動起來，卻分不清哪兒是黑哪兒是白，一籠統是渾沌的灰！何必向儒、釋、道去參點什麼，眼前這足球就「足」以讓人探「求」了！他把 football 一腳踢出門外，今後再也不上綠茵場了！

4 獨輪的哲理

陳奇木回想起他這一趟到廣州實在不容易！他離開海陬後，在稔山當架子工，不小心從腳手架上摔下來，虧得那樓不高，下面又有一塊帆布擋著，只受點輕傷；在增城好奇看熱鬧，當地痞子欺負外鄉人，硬說他是小偷，「丟」「丟」「丟」的罵聲不絕於口，虧得派出所來人，要不，縫在衣服暗兜裡的錢眞要丟了！他從此特恨這個「丟」，還有操這個單音詞的人！他腰紮方格子水布來到廣州南郊鶴翔小莊工地求售一身力氣。操粵語的畢竟好人多！工頭看他一身腱子肉，三角肌尤其發達，便留下了他，派他推獨輪車，工錢計日，一天一塊二角錢。臨時工倒也自由，星期天下午，他不幹了，決定到南國大學找林海文。他用無法標準的普通話問路，一個本地人看了一眼，不屑的口氣蹦出三個字：「我唔知。」另一個本地人用同樣無法標準的普通話嘲弄：「去買一張廣州地圖睇嘍！無幾多錢！」陳奇木笑著臉，用潮州話罵了一句極難聽的話：「×你母！」那兩個本地人跟著笑笑：「好，好嘢……」傲慢的本地人遇著粗野的外鄉光棍。陳奇木好不容易找到了南國大學，卻落得那樣一個結果。那天晚上，他給阿娘寫了一封信。

郵路暢通。南浦臨江三巷「下山虎」「伸手」裡昏黃的燈光下，陳奇蘭爲阿娘讀完了哥哥的來信。半晌，番客嬸囑咐陳奇蘭：「這件事千萬不要告訴老林家，就說你哥哥還沒見著阿文……」

忽然，輕輕的敲門聲。

「誰呀？」

「是我，林姆。」

眞不巧，番客嬸和陳奇蘭面面相覷……

「番客嬸，阿木有消息嗎？」林姆進門便問。

「沒有呀！」

林姆瞥見桌上的信：「那不是阿木寄來的？」

「哦，不是。那是阿蘭的同學寄的。姿娘仔，鬧著玩，都在鎭上住，寄什麼信呀？阿姆，你放心，阿木有消息，我會上你家去的。」番客嬸急忙把信交給陳奇蘭。

林姆半信半疑回家，她猜想那封信多半是阿木寄來的，番客嬸不肯承認，必定是凶多吉少，我過半百的人，今生今世就指望這個小兒子了，他要有個閃失，我這把老骨頭還留在世上做什麼！她越想越慘，不由落下淚來。

樓梯響，是張青筠下樓來，林姆急忙拭淚。

「媽，番客婸怎麼說？」

「哦，她說，阿木見著阿文了，挺好的，大學裡老師同學對他都好！」

張青筠沒有馬上答話。她是一個稱得上蘭心蕙性的潮州女人，柔弱的肩膀扛得起世俗的重壓。去年，小學校辭退了她，也沒給退職金。眼下家庭收入除了一季度領幾塊錢的股息②，全靠她十指繡花所得。

說起繡花，潮汕人沒有不熟知的，潮繡是中國四大名繡之一，以浮雕般的釘金繡爲特色而標異於其他繡種，潮汕姑娘向來以手巧著稱，一位外省詩人不無誇張地說，不會刺繡的就不是潮州姑娘！當是時，街道辦起抽紗社、繡花組，集中了刺繡的姑娘媳婦，一起做繡活。女人愛花，時尚茉莉，髮髻上插著，衫襟上別著，更在刺繡的花規上放上幾朵，一室茉莉香。唯獨張青筠素面輕衫，遠離了茉莉。因爲丈夫有問題，街道繡花組的頭人對她的繡活特別挑剔，時常剋扣她的工錢，她總是默默忍受。一起繡花的女人原先都躲著她，後來漸漸同情起來，悄悄送幾朵茉莉到她的花規上。有一次，那頭人實在剋扣得太無理，犯了眾怒，以前常到林家騎樓下納涼的幾個小女人終於忍不住發了難，頭人搬來街道居委會的劉主任——一個極能幹極有辯才的老女人，總算平息了風波。此後，那頭人倒也沒敢做得太過分。小女人們說，「天地良心！欺負老實人，叫雷公殛死！」張青筠的花規上從此天天擺滿了茉莉花！

②此股息非一般意義上的股息，非指企業的股東由企業所取得的利潤。此係中共政權對私營工商業採取「贖買」政策，對其進行「社會主義改造」的名目之一。工商業者的企業被「合營」後，只能領取定量的「工資」，隔一段時間還可領取少量的「股息」。「股息」的發放和領取有政府規定的標準和期限。

張青筠逆來順受，心裡卻明鏡也似的清亮。此刻，她看著婆婆的神情，心知小叔子凶多吉少，她聽著婆婆的話語，分明慰人也自慰，便裝作放心的樣子附和：「這就好了，不用惦記了！阿文人機靈，平時不多說話，比他哥哥會處事。」

林姆點點頭：「青筠呀，睡覺去吧！」

林家婆媳倆想不到千里之外的陳奇木正為他那封信深感不安。

這天，陳奇木在鶴翔小莊工地推著獨輪小車，車上裝著土，還插著一把鐵鍬。他邊推邊想，我沒見到阿文本人，怎麼可以肯定他已經是右派了呢？如果阿文不是右派，阿娘和妹妹又走漏了風聲，那不害了林家了嗎？啊，無論如何我一定要儘快見他一面，那三十塊錢還在我手裡握著呢！對，明天再去南國大學！

幹體力勞動，不管賣力不賣力，總是枯燥的。陳奇木又想找點事想一想，偏偏找不到！他研究起手中的獨輪車。似乎看過哪本書，說是春秋戰國時候就有獨輪車了，當然沒有輪胎，也沒有膠皮，是木頭輪子。為什麼獨輪呢？看車站、碼頭的人力車，三個輪子，三點定圓，穩穩地定在那兒；街上跑的小汽車，四個輪子同樣定的是面，理論上講不止一個面；單車是兩個輪子，靜止是兩個點，運動是兩條線。唯有這獨輪車簡單，站著是點，走著是線，別看簡單，倒是方便，不用為它專修馬路，不管道寬道窄，有地面就行得，只要駕馭得好，非菜葉上照樣跑車，亞賽雜技表演，嘿，「獨」有「獨」的好處！也許這就是獨輪車幾千年來沒被淘汰的緣故吧？

他想著想著，對面一輛獨輪車擦肩而過，他無意一瞥，猛吃一驚，彷彿林海文，卻戴著眼鏡。車如流，他無法停歇，琢磨著如何看個明白……又一往返，眼看到了跟前，他故意翻車，來到那人跟前，說了聲：「勞駕！幫個忙。」

兩人對視片刻。

「你是阿木！」

「阿文！」

兩人高興得跳了起來。

「我怕認錯人，故意……」兩人都樂了。

「我去大學找你沒找著，倒在這裡找著你了！」陳奇木忽然想起什麼，「你到這裡勞動，是……」

林海文歎口氣：「當小工！掙點錢補貼生活唄！」

陳奇木疑團未解：「怎麼？跟我一樣，自願的？不是勞動改造吧？」

林海文遭批判後倒豁達了，有意賣關子：「也可以說是勞動改造……」

「怎麼講？也可以說是……」

「勞動可以改造人的思想！」

「那……你沒給打成右派？」

「沒有呀！我媽讓你來問的吧？」

陳奇木點點頭。

「就爲這個，你千里迢迢跑一趟廣州！」林海文深深感動。

「也有別的原因，慢慢再說。南浦鎮上有傳言，林家『一門三進士』……」

忽然有人大喝：「嘿！磨牙哪！」

陳奇木忙用鐵鍬鏟土：「你走吧！」

「我是星期天出來打工的。收工後一塊兒去小館，那裡的貓肉湯價廉物美！」林海文推車而去。

這是一家店號「大世界」的小飯館。「大世界」裡，只兩張桌子，幾把長凳。林海文和陳奇木邊吃邊談，啊，幾乎是林海文的獨腳戲，他微微一笑：「……就這樣挨了批判。」

倒是陳奇木感慨萬分：「大學裡也這樣……想不到！」

「我也想不到！」

有頃，陳奇木仍不放心：「阿文，你眞的不是……」

「我敢說假話嗎？上面有精神，大學一年級學生不劃右派。」

「太好了！」陳奇木端起貓肉湯，「阿文，爲你不是右派乾杯！」

就在林海文站起仰著脖子喝湯的時候，陳奇木把三十塊錢一封信塞進他的褲兜裡。

陳奇木回到鶴翔小莊。在這裡當臨時工的大都不是五羊城裡人，他們在廣州無家無業，吃在工棚食堂，住在未完工的樓房裡，粗糙的水泥地板上鋪著一領席子，一床薄被，還有領來的勞動工具、保護用品之類。工餘無以消遣，只有撲克象棋。

這天午飯後，陳奇木和一個外號肥仔的民工在下象棋，另外幾個民工圍觀著。下棋的聚精會神，一聲不吭，觀棋的高談闊論，七嘴八舌。

「退車不好！」

「丟！你懂不懂棋？不退車就『鐵門栓』③了！」

「阿木要輸了！」

「肥仔看過《梅花譜》、《橘中秘》，還有《夢入神機》，殘局有一套。」

「肥仔這招跟楊官璘④學的吧？太極推手？」

「肥仔這傢伙含鋒不露、綿裡藏針，夠陰險的！」

「阿木投降了吧？」

「阿木這傢伙總要戰到最後一滴血。」

有人發現林海文站在陳奇木身後看棋，欲叫阿木；林海文示意勿語。陳奇木終於推枰認負。他發現林海文，便站起來，去一旁席子上坐下。林海文隨著走去，說起剛才的棋：「人家車馬炮三子歸邊，你又少了一匹馬，這棋肯定贏不了！還下？」

「肯定贏不了不等於肯定要輸！」

「想和棋？」

「對！敗勢可以走成敗局，也可以走成和局，走成敗局，沒有遺憾，走成和局，就是勝利。反過來，勝勢不等於勝利，贏棋在望不等於贏棋在握，一旦大意失荊州，就要敗走麥城了！所以，不到最後一刻，絕不說贏，更不說輸！」

「高論！」一個民工插話，「阿木有這股勁，不到黃河不死心……」

「不撞南牆不回頭。」另一民工說。

「不！」正同另一人下棋的肥仔忽然冒出一句，「不見棺材不落淚！」

眾人哄笑著。

一會兒，那民工對林海文說：「大學生，你們宿舍幾人一室？」

③鐵門栓，中國象棋術語之一。

④楊官璘，廣東人，中國象棋國手，二十世紀五六〇年代多次全國冠軍。

「八個人。」

「看我們這裡，一幢樓六個人，首長待遇！還四面透風，特涼快！」

「再好的大樓，都是我們先住！」又一個民工說。

「你的棋還不如阿木呢！不跟你下！」肥仔推枰走過來，「說眞的，得感謝我們的父母，讓我們有幸生在廣東！不下雪，不結冰，日子最好混！從來只有餓死的鬼，沒有凍死的人！」

突然，幾聲爆響，幾個民工在砸酒瓶，未乾透的水泥地上起了幾個坑。

陳奇木看不過去：「你們幹什麼呀？」

「有氣！」

「這樓房得罪你了？」

「你管得著嗎？你是黨員？團員？」

「你怎麼不講道理？」

「誰不講道理？」

「你！」

「你！」

吵著吵著，要動武。肥仔和林海文急忙勸架。

「丟！一般的苦命人嘛！何必呢？」肥仔轉向陳奇木，「大家都上不了大學，混到這地步，夠可以的了！有什麼好打的。阿木呀，他們有氣我明白，就是古詩上說的那種心理嘛，丟！什麼養蠶人來著，語文課本上有的……哎，大學生！」

「是不是『遍身羅綺者，不是養蠶人』？」

「對！還有，『爲他人做嫁衣裳』！」

砸瓶子的民工忿忿然：「看我們吃的穿的住的！累死累活幹一天，一塊二！」

肥仔眼尖：「嘿！頭兒來了！」

砸瓶子的民工慌了，想掩蓋破壞的痕跡，偏偏急中無計。陳奇木拿一張舊報紙把起坑的水泥地蓋住。

「陳奇木！」頭兒上樓來了。

「頭兒，坐。」陳奇木迎上前去。

「這是你的工錢！」頭兒給錢，「明天起你不要幹了。」

陳奇木驚呆。

「爲什麼？阿木做不好？」肥仔問。

「做好做不好都一樣，上頭下來文件，不讓農村閒散勞力盲流城市，沒戶口的臨時工一律回原籍。」

民工們沉默了。

「其實，我不願意叫你走。我也沒辦法！唉，你看這些建築，城裡人不願幹，農村人又不讓幹。說是本市郊區的可以留用，你家在潮汕，我留不了你。」說罷下樓。

林海文走了過來：「阿木，明天我陪你到別的工地試試。」

民工們圍著陳奇木，紛紛出謀畫策。

按理說，東方不亮西方亮，黑了南方有北方，縱然是銅牆鐵壁，也總有夾縫可鑽；但是，陳奇木決定放棄大城市，他要到珠江三角洲闖一闖。臨走這天，陳奇木和林海文再一次到那個「大世界」小飯館品嘗貓肉湯。分別在即，談來說去，竟扯到詩詞上來。原來他們倆在夢谷讀書時候，都不希望將來從事文學，都認爲文學不過工具而已，但他們又都非常喜歡文學，還不時試試身手，甚至給報刊投過稿，可惜未能變爲鉛字。

「哎，阿文，你還寫詩填詞嗎？」

「你呢？」

「我哪兒有那心思？寫詩必須半饑不飽或者半飽不饑，饑了寫不成詩，飽了詩就發臭！」

「哈哈，阿木呀，我發現你是個理論家！」

「理論家？那就壞了！理論家不是餓死，就是撐死！」

兩人又笑了。

「阿文呀！快賜我幾首新作，免得我路上太寂寞。」

「我眞的好久不寫了。想起從前寫的那些玩藝兒，多半是無病呻吟，『爲賦新詞強說愁』。我覺得自然科學才是眞正的詩！大至天體，小至原子，那結構的美妙是那些押韻的玩藝兒無法相比的！」

「哎，眞是這樣！就我們肉眼能見的晶體，鹽、雪花，不就很美嗎？」

「是呀！分子在晶體中的空間排列的對稱性，就是一種詩的格律！」

陳奇木望著林海文，讚歎著：「阿文，分別不到一年，你學問大多了！」

林海文笑了笑，取出一個小包，塞到陳奇木手中：「你拿去用吧！我這裡還有助學金……」

「不！你的助學金已經從乙等降到丙等了！」

「我平時給學校刻蠟版，在校園鋤草、剪枝，每天也是一塊二毛……」

陳奇木生氣地站了起來：「我千辛萬苦帶來的，哪裡有帶回之理！再說，陳奇木如果沒有本事養活自己，那就不是陳奇木了！」

肥仔等六七個民工匆匆走來。還是肥仔眼尖，大喊一聲：「在這兒！」

陳奇木回頭：「肥仔！」

「我們給你送行來了！」肥仔取出一網兜東西，「一人一件！多少、好賴、厚薄、貴賤，全不論，只是一點心意，不枉我們相交一場！」

陳奇木激動地握著肥仔的手，眼眶濕潤。肥仔一夥也鼻子酸酸的。好肥仔！故意開了一句玩笑：「阿木呀，罵『丟』的也不都是壞人吧？」大家破涕爲笑。

陳奇木告別了這幫患難弟兄，背著挎包，沿公路行去。打工也不易，他碰了好幾個釘子。這天，過了晌午，他實在餓得發慌，只好走進公路旁一家小店，要了一盤河粉。店主剛剛忙完午間生意，正好消停，一家四口也在吃飯。店主的小孩夾不住鹹魚，鹹魚落地，正待撿起，被老貓閃電般叼走。店主大怒，舉手便打。不是打貓，貓早溜了，是打孩子，孩子正愣神。陳奇木看著過意不去，上前勸解：「一塊鹹魚……」

店主解釋：「這東西很貴的……」

陳奇木笑著調侃：「比鮮魚貴？」

店主哈哈大笑：「那當然！」

陳奇木搖頭：「在我們那邊，沒鮮魚吃才吃鹹魚呢！很便宜的。」

店主又笑了起來：「在酒席宴上，鹹魚也是貴菜呀！油烹鹹魚，多味鹹魚酥，靚茄鹹魚煲，鹹魚蒸肉餅，魂斷龍門……」他報了一串菜名。

「什麼？魂斷龍門？這是菜名？」

「是呀！魚跳不過龍門，死了，成鹹魚了，這不就魂斷了嗎？其實，這道菜是爆炒蛇皮，加上鹹魚鬆。」

「眞的？」

「嘻嘻，我也是聽說的，沒吃過，誰知道眞的假的，反正鹹魚是好東西！」

陳奇木聽傻了，猛然觸動心思，兩地的價格差，不正是行商販運的必備條件嗎？他一拍大腿，二話沒說，紮水布，背挎包，上路了，急匆匆望東而行。店主嚇了一跳，這回輪到他傻了，過了好半天，他搖了搖頭：「這人有毛病……」

5 鹹魚販子

陳奇木屈指一算，離開南浦近半年了！他在街上轉了一圈，發現南浦究竟有些變化，橫街向西北延伸，直抵老城牆，原先由中山路、復興街和丙子路構成的「工」字形變成了「土」字形，眼下老城牆在拆，同城外的城邊路連在一起，「土」字形又將變成「王」字形了。他回到「下山虎」的「伸手」，這裡舊貌依然。

番客嬸很麻利地殺雞，退毛，又很麻利地燒飯，炒菜，不大一會兒工夫，「伸手」裡彌漫著飯菜的異香。陳奇木做個深呼吸，裝傻充愣地問：「阿娘，你在做什麼？」

「紅燒雞塊呀！」

「什麼叫紅燒？什麼叫雞塊？」

「這孩子！你是傻是呆，你不懂？」

「我已經三月不知肉味了，不，一年不知肉味了！」陳奇木邊說邊擠眉弄眼。

「這回讓你吃個夠！」

林姆和張青筠提著活雞進門。陳奇木上前：「阿姆阿嫂，何必破費？」

番客嬸走出廚房：「我們這兒有了，帶回去吧！」

「帶回去？」林姆佯作生氣，「阿嬸不領情？」

「領了領了，帶回去吧……」

林姆眞生氣了，返身欲走。陳奇木趕緊攔住。他知道，他帶回林海文「平安無事」的消息，曾使這婆媳倆高興得一宿沒有合眼。

「阿木，這是我媽的一點心意……」

「說來不好意思，就這一點，多了我們老林家也拿不出。」

「海陽定了四類，算輕的，從上個月起，有工資了，每月二十九塊五。這些日子去四流寺修水庫，除了抽煙，沒什麼開銷。我繡花也有收入，日子還過得去。我媽這點心意你們就收下吧！」張青筠把雞放進廚房。

陳奇木一看，眞不好拒絕，忽一想：「哎，乾脆，叫建中、建華也過來，兩家合一家吃，怎麼樣？」

林姆看著張青筠：「這……」

「好，好……」陳奇蘭拍著小手，自告奮勇，「我叫他們去！」

有頃，「伸手」小屋子熱鬧起來。

「下山虎」正廳兩側的鄰居側目而視：

「倒高興！」

「魚找魚，蝦找蝦唄！」

「也對！一個麻子，一個吊眼，誰也不嫌誰！」

入夜，陳家母子悄聲商量日後生計。

「阿娘，我打定主意了！販運鹹魚有得賺，鹹魚這東西不怕壞，損耗少，價錢也便宜。」

「嗯，頭一趟少運點，探探銷路。」

「最好那邊有熟人，能掛上鉤……」

「頭回生，二回熟。阿木，要丟開讀書人的面子！」

「反正兩個肩膀扛著一個腦袋！人窮極了，也就不管什麼面子不面子了。」

番客嬸心疼地摸著兒子尖尖的下巴：「我的兒，你瘦了！睡覺吧！」

陳奇木答應著，吹燈上床，卻睡不著。他自覺著生計無虞了，另一個念頭便頑強地冒了出來。他先後給楊碧君寫了三封信，因爲自己居無定所，沒讓對方回信，自然不知道對方的情況，回到南浦，又聽說碧君下鄉演出去了，失之交臂。他苦笑了一聲，這小半輩子怎麼總像是在戲台上「殺過合」？高考時候病了，和大學「殺過合」；搶險英雄遇著特務案，和光榮花「殺過合」；患難中交上楊碧君，難道又要和朝霞般的愛情「殺過合」？碧君，你在哪兒呀？你不是等我回來嗎？

楊碧君沒有走遠，就在鮀灣的一個小漁村，距離南浦鎮不過六公里。

戲台搭在海岸邊，觀眾站在漁船上。蕭團長說，是深入農村基層，送戲上門，越是尖子演員越要下去。楊碧君在地區文藝匯演中，以一齣《桃花過渡》獲得了表演二等獎，自然是尖子演員了，團組織正在考驗她，看她有沒有爲工農兵服務的精神。楊碧君納悶，她寫了決心書，積極要求「深入」，爲什麼

「深入」之後卻不叫她唱戲?只演個丫嬛彩女之類，即使《桃花過渡》也派了別人演!其實，楊碧君應該明白，原因很簡單，就爲著她申請調離南浦去省潮劇團。

夜闌珊，戲台上演著潮劇《蘇六娘》。只聽蘇六娘在唱：

春風踐約到園林，
悄立花前獨沉吟。
表兄邀我爲何故?
轉過了東籬花圃來到垂柳陰。
但見那亭榭寂寂，
甚緣由有約不來臨……

淺淺的後台，楊碧君在打盹。前台換了武場鑼鼓，她突然驚醒，揉揉眼睛，又一次去衣兜裡摸出「調動工作申請書」，打開來，翻到最後一頁，上面有幾個字的批語：「加強思想改造。蕭」。後台管梳頭的老女人走了過來，低聲提醒：「快散戲了。」楊碧君輕輕點頭，飾演丫嬛彩女的她還兼有搬布景道具的差事。

陳奇木哪裡曉得楊碧君這些曲折，一覺醒來，最切要的還是肚皮問題。他忙活了好些天，終於踩著單車上路。他依然腰紮一條水布，單車後架掛著兩筐鹹魚。這副扮相在潮汕大地相當普遍，因而並不引人注目。日出東方，廣汕公路上多了一個投影而已。

又是一天晌午後，又是珠江三角洲那間路邊小店。店內依然冷冷清清，店主依然無精打彩。陳奇木把單車停在門前。店主看見陳奇木，似曾相識。陳奇木主動上前打招呼：「同志，我上個月路過你這裡，我吃了一盤河粉，不記得了？」

店主卻想不起來，小店生意再冷清，上個月來吃河粉的人也不會一個兩個。

「哎，我們還說到吃鹹魚的事呢！魂斷龍門……」陳奇木設法喚起店主的記憶。

「哦！想起來了！說起鹹魚，你兩眼發直，抬腿就走，我還以為你是……」店主不好意思說出他的猜想。

「以為我是神經病？」陳奇木先自笑了起來。

店主也隨著笑了，他看了看對方：「你到底做什麼的？」

「賣鹹魚。」陳奇木指著綁在單車後架兩旁的竹筐。

店主警覺起來，手指著店名「紅星合作河粉店」的字樣，很有分寸地說：「我這小河粉店不是私營的。我這小店只賣沙河粉。」

「我這鹹魚也不是私營的，是合作社的。」陳奇木撒了個謊，「同志，你幫我找個買主，也算支援了我們合作社了！」

店主詭秘一笑：「不知道你們合作社肯不肯表揚我？」

陳奇木心領神會：「那是當然！」

「好！這叫作城鄉交流，互通有無！」店主引著陳奇木轉過一處似乎廢棄的農村墟市，小巷子裡有一間小屋。剛一進屋，便有鹹魚味兒撲鼻而來。店主同鹹魚販子用粵語低聲嘀咕了幾句。鹹魚販子面無冬夏，品嘗著陳奇木送上來的鹹魚。有頃，鹹魚販子搖了搖頭：「味道不一樣……哦，味道不一樣，是因為製作方法不一樣……哦，製作方法不一樣，是因為當地人口味不一樣……我們這一帶人喜歡的是廣州鹹魚！口感是那樣的……好極了……」

陳奇木頓感失望。鹹魚販子拍了拍陳奇木的肩膀：「小老弟，貨不對路呀！」

「貨不對路？」陳奇木沉思著。

「嗯！你這一趟來得不容易吧？我也不收你的酬金了！我倒是很想知道，你這一路怎麼沒人查你？讓你大搖大擺過來……」

陳奇木十分驚訝：「怎麼？這犯法？」

店主插話：「就看管事人怎麼個說法了！」

鹹魚販子笑了起來：「那些戴袖箍的，不查你，他喝西北風呀？我給你指一條明路吧！你上客家地區去，山裡人吃不到海鮮，鹹魚也算腥味了，你起碼不會虧本！」

「謝謝老哥！」陳奇木取出好幾斤鹹魚來，分送他倆。

兩個人都假意推辭。

「二位不要客氣，就算是讓我增見識、長學問的學費吧！」陳奇木毫不氣餒，告辭而去。

鹹魚販子望著陳奇木的背影，頗為感慨：「這個後生，要是遇著好年頭，準能發財！瞧他那精神，那度量，絕非凡俗！」

陳奇木一路上曉行夜宿，賤價拋售，回到南浦。番客嬸安慰著兒子：「頭一回，沒虧就算賺。阿木呀，我是想，攢點錢，給你買一架縫紉機，你給人家裁剪衣服，也能過日子……」

「不，我還要幹！」陳奇木從床上跳下來，「阿娘，從前，我只看到地區差價，不曉得貨要對路，也就是市場供求關係。看來市場第一，只要有市場，差價不大也有錢賺。對！要調查市場。就像毛主席所說，搞調查研究。孫子兵法上也講，知己知彼，方能百戰不殆。看來知彼要比知己更重要，我來改一改孫子兵法，知彼知己，百戰百勝。」

番客嬸喜在心裡，笑在眉梢：「看你這樣子，眞像你爹當年……」忽然收口，不願說下去。

陳奇木也不便深問，他盤算著大幹一場。韓江上游是客家地區，陳奇木把那裡看作大幹一場的新天地。

韓江翻滾著泥沙，向東南流去。這裡是中游一個路段，從這裡往北，就是客區。這天，就在這裡的山迴路轉處，停靠著幾輛舊單車。烏鼻和塗溜一夥人抽著劣質香煙，雲山霧罩擺開龍門陣：

「陳奇木這傢伙發了！聽說跑一趟大埔、上饒，就能賺幾十塊！」

「媽的！不能便宜他！我們領這份差事，一個月才十塊錢！跟他一比，差到哪兒去了！」

有人！烏鼻塗溜們忽有發現，隱蔽起來。

果然，韓江水面上，溯流而上一隻小船。船上，陳奇木不時探頭張望。船靠岸，陳奇木推出單車，架穩，再搬下兩筐貨，置單車上，悄然上路。就在這山迴路轉處，烏鼻塗溜們跳將出來，大喝一聲：「站住！」彷彿舊小說裡翦徑黑松林的好漢。陳奇木觀前復顧後，煞住了單車。不用說，只有繳械。

幾個小時後，市管會的王主任走進南浦鎮委辦公室。辦公室裡，曲鐵柱默默地抽著香煙。辦公桌上，一份紅頭文件，題目赫然：「堅決打擊投機倒把活動」。

王主任向曲鐵柱彙報：「……貨已經充公了，人還在押，不知怎麼處理？」

曲鐵柱不假思索：「四流水庫工程吃緊，勞力不足，就把他送到水庫工地勞改吧！」

王主任答應著，欲下又回：「什麼身分？」

「投機倒把分子。」

又幾個小時後，陳奇木投機倒把被當場捉拿的消息成了南浦的社會新聞。烏鼻塗溜以當事人的身分，率先在楊寡婦的小鋪裡海說山侃。第二天上午，剛好楊碧君「深入」歸來，聽母親一說，顧不得避嫌，急匆匆跑到「下山虎」的「伸手」來，進門就問：「阿姆，阿木哥走了？」

番客嬸神情麻木，彷彿無動於衷：「走有一刻鐘了。說是先集合，再到水庫。」

「在哪兒集合？」

番客嬸搖搖頭。

楊碧君扭身出門，騙腿上單車，直奔鎮外一個叫蝦蟆石的地方，那裡有個路口，是通向山內的唯一通道。她停車立於路旁。往來的行路人都看著她，她只當是台下的觀眾，沒有理會。有頃，滿載著勞力的卡車一輛輛駛過，只是，過盡千輪皆不是！她幾乎急出眼淚。也許，同樣淪落的境遇使心貼近了，她忽然覺得她所熱中的聲名是那樣虛幻，人世間最可貴的其實不是唱戲，而是一種生死不滅的情分！

「碧君！」迎面而來的一輛卡車上，陳奇木高喊著。

楊碧君一眼看見卡車上的陳奇木，高喊著：「阿木哥！」分明帶著哭音。

車上的勞力和路上的行人都投來怪異的目光，在這個小鎮上，居然有這樣肆無忌憚的男女！楊碧君目送著卡車漸漸遠去，無可奈何地推著單車往回走。一輛吉普車在楊碧君面前猛然煞住。楊碧君嚇了一跳。從吉普車裡探出一個腦袋，是曲鐵柱！

「小楊！」

「你……曲書記……」

「上車吧！」

「不了，我騎著單車。」

「單車放進吉普裡嘛！」

「太麻煩。」

司機顯然不樂意：「放不進去！」

「那就算了。」曲鐵柱只好作罷，「小楊呀，聽說你對蕭團長有些意見……」

「沒有呀！」楊碧君急忙否定。

「蕭團長不讓你去省團，是愛護你！省團那個什麼導演受批評了！」

楊碧君一驚：「歐陽老師受批評了？」

「調動工作是組織上的事，他私下去找你，那是非組織活動，聽說還三更半夜去你家，影響很不好啊！」

「不，不是三更半夜！那天散戲後，歐陽老師就在門口，連三分鐘都不到。」

「曲書記，一會兒該遲到了！」司機催促著。

「小楊，回頭見！」曲鐵柱轉向司機，大吼一聲，「走啊！」

吉普車一溜煙而去。

楊碧君有滿腹苦水想傾吐，她沒有回家，騎車來找謝丹菊，眼淚汪汪對師母訴說：「我們總是碰不到面！他回南浦，團裡派我下鄉；我回南浦，他又去了水庫！」

「你不覺得這裡頭有點什麼名堂嗎？」

「師母，你是說這裡頭有人成心……」

謝丹菊不語，她心裡也有苦水。

「師母，是誰？」

謝丹菊搖搖頭。

楊碧君不便再問，望著空空四壁，忽然發現姚乃剛不在家：「師母，我師父上哪兒去了？」

謝丹菊目光呆滯，嘴角漏出幾個字：「四流水庫。」

「啊！」楊碧君驚呼，「爲什麼？」

謝丹菊沒有答話，望著自家小院。小院裡，姚乃剛手植的那盆雅稱「十丈珠簾」的名種菊花，暗香沁冷，疏影獨搖。

6 車大炮⑤

四流水庫工地一派熱氣騰騰！鋤頭畚箕，小車大旗，三萬人日夜奮戰，揮灑自己壯麗的青春。這是潮汕歷史上空前的大工程！大場面！工程指揮部設在四流寺。山門楹聯已經刷上大標語：「總路線萬歲」、「大躍進萬歲」。步履匆忙的人們進進出出，與時間賽跑。西廂房門上掛著木牌，上寫「四流水庫工程指揮部」。室內，總指揮歐陽景輝在接電話。一個幹部模樣的人匆匆進屋。歐陽景輝示意稍待，復

⑤車大炮，潮州俗語，義同吹牛皮。一九五八年是一個「車大炮」的年分，大躍進、大煉鋼鐵、大興水利、大放衛星、趕英超美……幾無一顆清醒的頭腦。

對電話筒高喊：「質量第一，安全第一，後勤要保證一線！」他放下電話筒，猶忿忿然：「亂彈琴！」

「總指揮……」

「哦，老廖，補充勞力調來了沒有？」

「調來了！」老廖遞上材料。

「好！」歐陽景輝約略一看，「我們機械化程度差，只能講『人海戰術』了！主席說，人多熱氣高。老廖，你把這些勞力按體力和技能馬上分到各隊去！」

老廖答應著，卻沒有遽走，往山門外望了望。

「老廖，還有問題嗎？」看著老廖的樣子，歐陽景輝問。

「呃，還有一個小問題不大好處理。南浦送來的這批勞力裡頭，有一個小青年，是投機倒把分子……」

「投機倒把分子？」

「他死活不肯到五類分子隊裡去，可別的隊又不肯要他。」

「他怎麼說的？」

「他說他剛剛二十周歲，什麼分子也夠不上！」

「哦？」歐陽景輝沉吟片刻，「帶他到這兒來！」

老廖應聲出門。電話鈴聲又響。歐陽景輝拿起電話筒。老廖走出廟門，向山門外的陳奇木招手。陳奇木趕緊跑了過來。老廖頗爲同情地叮囑了幾句，便領著陳奇木來見總指揮。歐陽景輝放下電話筒，打量著陳奇木，清秀的面龐，健壯的體魄，還未脫盡學生模樣，爲什麼一心想著掙錢？

「你，剛剛二十周歲？」

「是。」

「可你搞投機倒把！」歐陽景輝一雙劍眉立了起來。

「總指揮，我……」陳奇木爲歐陽景輝英豪之氣所震懾，不知從何說起。

「你說，不必緊張，但要簡明扼要！」

陳奇木一想，事已至此，豁出去了！他居然侃侃而談……

同一時刻，後殿耳房內發生了一件意想不到的怪事。幾個幹部到耳房開臨時碰頭會，幾乎同時發現一本《金剛經》和一張字紙，紙上工工整整寫著一首詩：

雲中有寺孰人住？
塵裡無家何處歸！
暮鼓晨鐘猶有咎，
大千世界屬阿誰？

大家味其含義，覺得大有問題。於是，碰頭會改成評詩會……

這裡，歐陽景輝聽完陳奇木的敘述，默然無語。忽然，他站起身來，高喊一聲：「陳奇木！你跟我走！」陳奇木不知是凶是吉，急忙隨之出屋。兩人一前一後走著，忙碌的人們用驚奇的目光望著他們。

歐陽景輝沿著山路走到後山丘的最高處，用手一指：「你看看！這就是我們今天的人民群眾！」

陳奇木遠遠望去，工地上紅旗招展，喊聲震天，幾萬人的勞動大軍在挑土，在推車，你追我趕，熱火朝天，不是在跑，簡直在飛！一種力的競逐，一種生命向極限的挑戰，一種人定勝天的意志的昂揚！

陳奇木看著看著，覺得自身的熱血也沸騰起來。

「你剛剛二十周歲，可是你已經高中畢業，你讀過不少書，你想一想，中國歷史上，哪朝哪代，有我們今天這樣偉大的人民！有這樣戰天鬥地的英雄氣概！他們哪一個一心想著賺錢，賺什麼地區差價！他們全是義務工！他們在爲黨爲社會主義盡自己應盡的義務！因爲他們知道，這個國家是他們自己的，他們是這個國家的主人翁！而你呢？一心營造個人的小天地，你不覺得比起這些勞動著的人民群眾，你於心有愧嗎？」

一個場面一番話，陳奇木深深地感動了，愧悔交加，熱淚盈眶：「總指揮，你處罰我吧！」

「處罰？不必了！勞動既創造了人類自身，勞動又是改造思想的必經之路！去吧，投身到人民群眾的火熱鬥爭中去吧！」

「總指揮，我一定聽黨的話，在勞動中好好改造自己。分配我到哪個隊都行，請組織上放心！」

「去吧！在今天偉大的時代裡，人民群眾誰不意氣風發，鬥志昂揚？只有剝削階級的殘餘分子才會感到孤獨、空虛和絕望！」

就在這時，後殿耳房裡的評詩會有了結果：「這是一首反詩！」

「馬上報告總指揮！」幹部們心中湧起一股立功的豪情。

「互相證明，是一起發現的！」激昂之際又生出一絲隱慮。

當歐陽景輝走回總指揮部辦公室，這幾個幹部也正好來到。歐陽景輝聽完彙報，又看了「反詩」，內心很不平靜，焦躁地來回踱步。

「這本《金剛經》是和詩一起發現的，那麼，這本《金剛經》是誰的呢？」

大家搖了搖頭。

歐陽景輝繼續思索：「詩的口氣，像是原來四流寺的和尚……」

有一人忽然想起：「對了，前幾天是來了一個人，大個子，潮州話說得有點生硬，想找總指揮談談，說是希望保存這座寺廟，還說壁畫和木雕都有文物價值。」

「為什麼不報告我？」

「你去工地勞動，我們把他趕走了。」

「是呀！這座四流寺是有點歷史的，大概是明末清初建成的，這些壁畫和木雕也是有文物價值的，這些都沒有說錯。問題是我們的感情究竟向著什麼事物？是向著舊時代的舊事物，還是向著新時代的新事物？」歐陽景輝雖然竭力控制著自己的情緒，但他的聲音不由得高亢起來，「不！我們今天正在創造著無愧於前人、也無愧於後人的光輝業績！同志們，你們知道的，我們的四流水庫很快就要建成了，建成後的庫區預計占地面積三四萬畝，集雨面積八百平方公里，年進水量六億多立方米，總庫容四億五千萬立方米，正常庫容三億五千萬立方米，有效庫容三億三千萬立方米。同志們想一想，這是一座前無古人的大建築啊！同四流水庫建成後灌溉二十萬畝良田、年發電量五千萬千瓦小時相比，一座四流寺沉入水庫又算得什麼？為了這座四流水庫，庫區三十個自然村，兩千戶居民讓出了自己的家園，他們的高風亮節譜寫了一曲新時代的凱歌！一曲共產主義的凱歌！而這個寫詩的人居然向我們質問：『大千世界屬阿誰？』笑話！屬阿誰？還用說嗎？屬於人民，屬於創造歷史、同時也創造這座四流寺的人民！到了大躍進的年代，居然還有人提出這樣荒謬的問題，豈有此理！豈有此理！豈有此理！」

室內室外，爆發出一陣陣暴風雨般的掌聲。

傍晚，勞動大軍吃完飯各自休息去了，今晚無夜戰。

山坡上有一個簡易的大草棚。棚內地上鋪著長長、厚厚的草墊子，上面是一領領草席，排列有序。

這是右派們的一處駐地。這些被摒棄於人民隊伍之外的人，勞累一天之後，一個個精疲力竭，都把身子放平。一個名叫侯廣智的青年右派悄悄進來，從褲兜裡掏出一個瓶子，在眾人面前一晃，一個個放平的身子直了起來。隨著酒的異香，他們的話多了起來：

「今天我是拚了老命了！比昨天多領了三支籤！」

「多推了三車土？有點不信。那獨輪車可不是戲台上的道具！」

「怕不是撿人家的籤吧？」

「誰丟了籤讓你撿呀？盡想美事！」

「哎！說不定還真是我丟的呢！」

「去你的吧！評你四類右就算便宜你了！」

「呃，呃，你們聽我說呀！」侯廣智喝了一口酒，先自笑了起來，「今天我推著一車土，還沒到終點呢，兩個隊就爭著要我的土，一隊是老黃忠，一隊是穆桂英，你們猜他們叫我什麼？」他忽然不說了。

「說吧，別賣關子了！」

「放心吧，不會叫你『親愛的』！」

「嘿！比『親愛的』還親！」侯廣智又喝了一口酒。

「別喝了！快說吧！」有人奪過酒瓶。

「他們都說，『右派同志，把土卸在我們這兒吧！』」

右們一聽開心地笑了起來。

「猴仔，那你把土卸在哪兒了？」

「當然是穆桂英嘍！」

「這小子到這分上還色迷迷的，想當花蝴蝶？不怕北俠歐陽春逮你？」

「花蝴蝶？我敢嗎？我長幾個腦袋？不過，到底是姿娘仔叫得好聽，叫得甜！」

「媽的！二兩酒就叫你暈成這樣！」

「哎！教哲學的也罵人呀？」

正說著，陳奇木提著行李走了進來。也許太年輕的緣故，右派們都瞪大眼睛看著他。陳奇木如同戲台上演員「亮相」一般，但他並不怯場，他也巡視著右們。忽然，他發現了認識的人：一個是很熟悉的林海陽，另一個是不很熟悉的姚乃剛。

林海陽又黑又瘦，臉上彷彿多了一道氣，是晦氣？是冷氣？說不清。姚乃剛怎麼也到了這裡？陳奇木當然不曉得。姚乃剛是被清查出來的歷史反革命！這個「無欲乃剛」的人，原本是新加坡一個潮商的兒子，從小喜歡吹拉彈唱，尤其酷愛潮州戲，十幾歲時候就是新加坡瀛風儒樂社的中堅分子，四〇年代初隨一幫閩南人回唐山唱戲，有一次到潮安金塘老家祭祖，被國民黨潮安縣長洪之政發現會說幾句新加坡英語，當時正好有美國人到潮州觀察，洪之政硬拉他去當翻譯，誰知他只譯了兩句話就譯不下去了，弄得洪之政很尷尬，一怒之下把他轟走，從拉來到轟走，前後不過一刻鐘。一刻鐘的投敵留下了一輩子的污點！

姚乃剛見到陳奇木也很驚奇，又撐起疼得沒有一塊好肉的身子。

「你怎麼……」雙方不約而同地說了半截話。

「你們認識？」侯廣智顯然是個「無事忙」。

陳奇木點點頭。

侯廣智自我介紹：「我，侯廣智，十八中體育教師。你呢？」

「他叫陳奇木。」林海陽代爲介紹。

侯廣智指著席地而坐的另一個人：「這位『四眼』，叫鄒哲生，大學哲學講師。這裡一共四個人，三右一反，加上你，『五虎上將』，還空著一個位置，我們等待著第六位的出現，湊個『六君子』……」

陳奇木喃喃地說：「我不是右派……」

「哈哈呵呵！」侯廣智發出怪笑，「那你當我們的領導！」

陳奇木不知該說什麼……

「你以爲你比我們高一截嗎？」侯廣智忽然翻臉。

「不，不是……」陳奇木急忙解釋。

「侯廣智！」鄒哲生厲聲制止，「不要這樣。能到這裡的都是階級的棄兒。」

「哦，說得對！棄兒，棄兒……」侯廣智不無痛楚。

林海陽招呼著陳奇木，陳奇木走了過去，二人低聲談論著什麼……

幾天來，工程指揮部多了幾許緊張的氣氛。發現「反詩」的事，作爲階級鬥爭新動向，層層上報，級級領導都十分重視，責令工程指揮部一定要清查到底。歐陽景輝一手抓清查，一手抓工程進度。他囑咐手下幹部，要做到兩不誤，反詩是壞事，處理得好，壞事可以變成好事，這是主席說的話。

這天，高坡上的高音喇叭播放著革命歌曲《社會主義好》：

……共產黨好，

共產黨好，

共產黨是人民的好領導。

說得到，做得到……

草棚內，正在閉目養神的姚乃剛忽然蹦出一句話：「又要開大會了！」

「你怎麼知道？」右們頗爲怪異。

「一放這歌，準開大會！」

「無事忙」的侯廣智跳了進來，臉上掛著幾絲幸災樂禍，更透著神秘：「我又有新聞了！」「無事忙」更兼「包打聽」！

「什麼新聞？」右們圍了上來。

侯廣智儼然新聞發布官，清清嗓子：「總指揮部出現反標了！」

「反標？什麼叫反標？」

「反動標語。」

「爲什麼？」

「你當是好事呢？最後倒楣的還是我們！」鄒哲生瞪了侯廣智一眼。

「聯繫反動思想，寫檢查，沒完沒了的檢查！你不是猴仔，你屬老鼠，撂爪就忘！」

「包打聽」一下子啞巴了。

揚聲器果然傳出命令：「開大會嘍！」

會場在另一側山坡上，自然是簡易的，主席台一桌一椅而已；然而，漫坡紅旗，迎風招展，其間，生產突擊隊的大旗格外顯眼，有「穆桂英」、「武松」、「老黃忠」、「小羅成」等等字樣，委實壯觀！三萬人的大會，名副其實的人山人海。五類分子被指定集中在一個角落。只聽主持人銅錘也似一條好嗓子：

「……反動分子高曾仁污蔑社會主義，攻擊黨的領導。把反動分子高曾仁帶上來！」

兩個民兵押著高曾仁出場。陳奇木一看，嚇了一跳，這個高曾仁就是他在江西宮光明碎石場遇到的那個曾大個子！他眼睛發懵，腦袋發脹。

「……高曾仁這首反詩的頭兩句，說什麼『雲中有寺孰人住，塵裡無家何處歸』，他把攻擊的矛頭指向黨，指向社會主義！」有人在批判。

陳奇木「啊」的一聲，急忙摀嘴。這不是我的詩嗎？我寫了反詩？怎麼又成了他的反詩？要是他說出眞相……他低垂著頭，生怕這個高曾仁眼尖從人群中認出了他。記得《三國》上說，關公在百萬軍中取上將首級如探囊取物，高……不會是關……探囊取物！他嚇壞了，把頭垂得更低。

「……後兩句『暮鼓晨鐘猶有……』什麼……」批判者不認識「咎」字。有人低聲提詞：「讀ㄐㄧㄡˋ！」

「ㄐㄧㄡˋ！還有什麼『大千世界屬阿誰』？」批判者的口才忽然長進，激昂慷慨，「還用說嗎？屬於人民，屬於創造歷史的人民！到了大躍進的年代，居然還有人提出這樣荒謬的問題，眞眞豈有此理！豈有此理！豈有此理！」儘管批判者抄襲了總指揮的原作，憤怒的口號聲依然如引爆了的開山炮：「總路線萬歲！」「大躍進萬歲！」「人民公社萬歲！」「共產黨萬歲！」「毛主席萬歲！」山陵震動，川谷盪波。

會散了，果然生出敲山震虎、宰雞訓猴、打騾子馬也驚、燒了板凳嚇得床兒跳的奇效！右們哪兒也不敢去，乖乖地躲在草棚裡寫思想彙報。連準右的陳奇木，也不敢亂說亂動，他望著那個空鋪位，誰是第六個人？心中十五個吊桶打水，七上八下。只有教過體育的侯廣智，彷彿心無城府的慘綠少年，依舊是火燒屁股，坐不住，他低聲問著鄒哲生：「那首詩寫得怎麼樣？」

鄒哲生反問：「什麼怎麼樣？」

「我是說，藝術上怎麼樣？」

「我沒寫過詩。」

「哎！林老師教語文的，能分析。」

林海陽反問：「你說呢？」

侯廣智低聲：「我覺得挺有藝術性的，當然，政治上反動！很反動！」

林海陽冷語斜出：「內容越反動的作品而又越帶藝術性，就越能毒害人民，就越應該排斥。」

侯廣智質問：「誰說的？」

「毛主席！」

侯廣智吃了個大窩脖，還不甘心：「毛主席在哪兒說的？」

「《在延安文藝座談會上的講話》。」

侯廣智「哦」的一聲，不再言語了。

門口傳來走步聲，近了，有人走進草棚。頓時鴉雀無聲。來人正是高曾仁！陳奇木的頭低得更厲害了。高曾仁默默走向第六個鋪位，那鋪位正好挨著陳奇木。陳奇木只好赧顏相見。

「阿木！」高曾仁驚呼。

「你們認識？」侯廣智又來興致。

高曾仁點點頭：「有緣。」

當天的後半夜，陳奇木翻來覆去睡不著，他看見高曾仁起夜小解，馬上滾下地鋪，隨著走出草棚。他努力壓低聲音：「曾……啊，高……我對不住你……」他等待著高曾仁的怒罵。

高曾仁微微一笑，用同樣的低聲：「你那一聯寫得很好，『雲中有寺誰人住，塵裡無家何處歸』，用語雖然平淡，完全是本地風光。我把『誰』改成『孰』，是為著後面有『阿誰』的『誰』字，怕犯複。後兩句不過狗尾續貂。」

陳奇木感到十分意外，世上竟有這樣的人！癡詩迷詩一至於此！他想起古代的詩僧，諸如齊己、賈島之流亞……

「唉！也是我太粗心了。把詩夾在《金剛經》裡，那《金剛經》是隨身帶的，居然會丟了！看來也是命裡該有這一劫！」

「可是，事情是我起的頭……」

高曾仁忽然又笑了，彷彿很開心：「當眾發表詩作，我還是頭一回。從前嶺東佛門有個刊物，叫作《人海燈》，我的詩詞總是名落孫山後！得，睡覺吧！」

朦朧的月光漏進草棚，右們靜靜地睡著，一動不動，卻原來一個個屏住呼吸，豎起耳朵偷聽。唯有姚乃剛，發出時斷時續不規則的鼾聲，可有誰知道他是真睡還是假寐！他們究竟出於好奇心，還是有窺私癖？是要吸取教訓，還是想打小報告？無從蠡測。右派，是一個什麼樣的群體啊？

半年後，工程總指揮部一派喜氣洋洋，人們忙碌地準備著鑼鼓、鞭炮、彩旗、橫標之類。老廖向歐陽景輝請示：「大壩落成典禮，那批五類分子參加不參加？」

「地委已經下達任務，轉戰田螺洲，圍海造田。叫他們先期到達。哦，給他們放十天假吧！」

右們走了，準右們也走了，草棚內除了地上的草墊子，空空如也！幾個女民工進棚驗收草墊子。

「啊？」一個女人尖聲驚叫。

「怎麼了？」

「你看！」

原來鋪著草墊子的地面上，現出六個深淺不一的人模的暗痕！「六君子」也夫？

山路上，陳奇木獨自背著行李走著。青山綠水，林鳥啾啾。他忽起雅興，停步觀賞。遠處隱隱傳來鑼鼓、鞭炮之聲。他三竄兩竄爬到樹上眺望。那是水庫工地在開慶功會！他悵然若失，跳下樹來，艱難地繼續上路。

7 一個群體

韓江從重巒疊嶂中奔突而出，咆哮千里，到了下游，分明懈怠，漫漶成榕樹根狀，幾乎分不清主流支流，多道出海口側畔，泥沙冲積的海灘造成大片大片的淤積地，潮汕人稱洋，稱洲，稱埭。潮汕一帶地少人多，歷史上的潮汕人早就在這些洋、洲、埭上圍海造田。到了全民意氣風發、鬥志昂揚的大躍進年代，與海爭田的豪舉得到了空前的張揚。就在那年秋天，五萬勞動大軍開進最大的一片淤積地田螺洲。圍墾工程的重點是在田螺洲的南面和東面構築兩條各長數千公尺的攔海大壩。

夕陽西下，綺霞滿天，海鳥低飛，海風習習。一隊隊勞力荷鋤擔筐而歸，落日的餘暉給他們披上一襲血花紅。屈指一算，當初四流水庫的那批右派，作爲補充勞力來到田螺洲，也已經半年多了。上級宣布，放他們三天假。

陳奇木依然準右，待遇與右同。天剛蒙蒙亮，他便起床，第一個上路。固然回家心切，也爲著避開右們同路。他自覺著比右們乾淨得多，儘管在四流水庫曾經被侯廣智當面搶白過。他整整走了六個鐘頭，終於望見南浦渡口的大榕樹，突然間，他的心蹦得厲害，彷彿要蹦出胸懷，蹦向那樹。他站在樹下，仰望著龐大的樹冠，一陣風來，吹落無數榕籽，天女散花一般，砸在身上，竟有一種從未體驗過的舒適。他覺得奇怪，榕籽從來不是這樣散落的。他曾經查過書，榕籽其實是生於葉腋的隱花果。他彎下身子去撿拾榕籽，猛然嚇了一跳，虯根糾紛中隱隱插著幾炷香！這年代，還有人敢燒香？他繞著這株四五個人才能合抱的大樹，走了一圈，回到原地，又嚇了一跳，那幾炷香不見了！他愣愣地站著，又渾渾噩噩，好半天才定了神，是我犯病？抑或幻覺？他溜邊兒過了曠埕，走向新街，原先鱗次櫛比的商店，如今寥若晨星，有關閉變爲民居的，有停業內部整頓的，有合併改爲倉庫的，也有危房待拆的……明顯的蕭條景象。他無心觀看，加快腳步奔家門走去。「下山虎」的破敗更超乎想像，屋瓦居然長出雜草，簷楹幾乎讓白蟻掏空，彷彿輕輕一擊便要散架！天井裡的花木也七零八落，只有兩盆茉莉依舊慷慨流香。

陳奇木只住了一夜半天，便乏了興致。「伸手」小屋裡，清鍋冷灶。他躺在床上，聽母親絮絮叨叨。

「街道居委會訓話，說是國家遇到一時經濟困難，要大家夥勒緊褲腰帶……」

「聽說是蘇聯撕毀合同，撤走專家，還向我們逼債……」陳奇蘭插嘴。

「阿蘭，可別亂說呀！」番客嬸趕緊囑咐。

「沒有亂說……」

「阿蘭，你怎麼知道的？」陳奇木問。

「學校組織我們到市裡義務勞動，遇見蔡怒飛，他聽見他爸爸說的。」

「蔡書記怎麼樣？還有黃主任？」

「不知道。」

陳奇木下床，正要往外走，番客嬸也站起身來。

「你想去找楊碧君？」

陳奇木不語。

「阿木，你不要去了！就爲跟你好，她在戲班沒少受氣，在家裡沒少挨罵！楊寡婦見著我都目鋼鋼的，鼻子不是鼻子，臉不是臉。你要閒著沒事，不如去老林家，他們父子倆都回來了，去看看吧！」

「在田螺洲圍海造田，和林海陽睡一個草棚，天天見面，還看不夠？」

番客嬸見兒子沒好氣，不敢再說話。陳奇木抹身往外走。番客嬸摸了摸米甕，存糧可數！她歎了一聲：「蘇聯，蘇聯，蘇聯，蘇聯不是老大哥嗎？不明白……」

夜幕乍降，街燈多有毀損，殘存的也因電力不足而昏昏然。這個向來有著夜市傳統的曾經的「潮之巨鎮」，如今失去了活力，街邊巷口，小攤上礦石燈幾星微光，恍若夜海孤帆，人們以低水準的需求，追懷昔日的繁華。陳奇木獨自在街上徜徉，昏昏然，如那燈。

橫街轉角那幢二層半的蠡廬還在，早年間的好風水卻不知哪裡去了！騎樓下此刻隱隱有暗香浮動，不是早梅沁芳，是烤番薯。屋裡，林耀祖坐在小飯桌旁吃番薯，人更瘦，臉更黑，背更駝。桌子上只剩下一些焦炭，他吃得相當乾淨。林姆看著丈夫，嘴巴動了動，把話嚥了下去。林海陽從樓上走下來，半梯間，發現番薯已被吃光，便冷冷地說：「吃得眞叫乾淨！也不想著給孩子留一個！」

「誰給我留一個？」林耀祖不動聲色地反問。

什麼話！攏共才三個番薯，你全都吃了，還有理嗎？林海陽憤然：「自私！也不想想，他們也是你的孫子！」

「你心疼你兒子了？」語調變得陰陽怪氣。

「自己的兒子能不疼嗎？」

「好，說得好！你現在疼你的兒子，我當初也疼我的兒子；可現在我恨我的兒子，將來你也會恨你的兒子！」

簡直不可理喻！林海陽猛然上樓梯，被林姆攔了下來。

「吃就吃了吧，說些不三不四做什麼？」林姆勸說丈夫。

「不三不四？」林耀祖騰地一下站起來，「他養的什麼兒子！我昨天回來，走到後巷，遇著他的兒子，我半年多沒見著他了，我眞想抱抱他、親親他，你猜這小王八蛋說什麼？」

「他，他說什麼了？」林姆感到不妙。

林耀祖怒火暴升：「他說，你是老右派，我們和你劃清界限！」

林姆登時衝樓上大喊：「這小冤家呀，還不下來，給阿公跪下！」

張青筠神色慘怛，拉著林建華下樓。

「劃清界限？好呀！這幢樓是民國二十二年，我花了一千龍銀蓋起來的，到現在還是我的私產。你們要劃清界限，好呀，統統給我滾蛋！滾！」林耀祖痛徹肝腸，捶胸頓足。

林姆趕緊扶林耀祖坐下，爲他撫胸：「別生氣，你本來血壓高，別氣出個好歹，唉，十歲的小孩子懂得什麼？」

「小孩子不懂，大人也混蛋嗎？」

張青筠趕緊上前：「爸爸，是我沒管教好……」

「哼哼！」林耀祖慘笑了幾聲，「不，你們管教得很好！你男人當初就在這裡口口聲聲要和我劃清界限！」

「你這刺仔！給阿公跪下！」林姆喝令林建華下跪。

林建華哭喊著想上樓，張青筠拽住不讓走。林建華又去抱林海陽的腿，可憐巴巴地哀求：「爸爸！爸爸！」

林海陽百計莫施，忽然狠心抬腿一踢：「去！跪下！」

林建華倒在地上，大聲哭開了。張青筠背過臉去。林姆老淚縱橫。林耀祖心中酸痛，可面上還要撐持：「行了，不必做樣子給我看了！」又復喃喃自語，「我早就打定主意了，我只有一條路……死！」

一家人號哭著。

門外，一直猶豫著的陳奇木終於走開去。

新街中段楊寡婦的小鋪還開著，除了香煙，別無什物。烏鼻和塗溜走了過來。這對活寶也瘦了，像兩條覓食的野狗。他們至今也沒混上個老婆，依舊光棍兩條，儘管有時當上張龍趙虎，有時做了薛霸董超，卻始終夠不上孟良焦贊的檔次，敢望雅姿娘？

「楊姐，買包煙！」

「拿煙票！」楊寡婦伸出手來。

烏鼻裝傻充愣：「噢，楊姐的手怎麼這麼小？這麼尖？跟嫩薑似的！」說著伸出爪子去摸嫩薑。

「啪」的一聲，楊寡婦一記耳光打了過來。

「怎麼了？怎麼了？」烏鼻嘻皮笑臉。

「手上沒得便宜，臉上倒有福氣！」塗溜哈哈大笑，復對楊寡婦，「楊姐，我買包煙行吧？」

「煙票！」楊寡婦不伸手了。

「我們是民兵！好辛苦的，抽煙……哦，是鬥爭的需要！你想，犯睏了，不抽煙，階級敵人從眼皮底下溜了……」

「跟塗溜（潮語對泥鰍的叫法）一樣溜了！」楊寡婦放浪地哈哈大笑。

「對對，跟塗溜一樣！哎！知道了吧？我們是民兵，民兵！」

「民兵怎麼了？什麼兵都得煙票！」

烏鼻和塗溜死皮賴臉歪纏著。

「關張了！不營業了！」楊寡婦抱起立在牆邊的鋪板。

「我們幫幫忙吧！」

「不用！」

烏鼻塗溜若無其事地走了，一前一後，保持著距離，原來他們在巡邏，果眞是執行著保衛南浦鎭免受階級敵人破壞的任務。

陳奇木不由自主走到楊家門前，他猶豫片刻，輕輕敲門。

「誰呀？」是楊寡婦的尖聲。

「是我。」

「你是誰？」楊寡婦明知故問。

「我，陳奇木。」

「有事嗎？」

「我找碧君。」

「碧君不在。」

陳奇木無力地倚在門旁。

「你爲什麼不讓我出去？」楊碧君問著母親。

「就是不讓你出去！那年他去勞改，你騎車到蝦蟆石，惹出多少麻煩！還不長記性呀？」楊寡婦歎了一口氣，「跟他斷了吧！他是勞改隊的人，這輩子翻不了身啦！」

門外，陳奇木腦際轟然一響，他想衝進去，想了想，卻又慢慢走開去。

屋內，楊寡婦循循善誘：「你知道蕭團長爲什麼總跟你過不去？評工資你拿最低的，下鄉演出你去得最勤，省裡培訓卻沒你的份……」

楊碧君低頭不語。

「不讓你走，又不讓你演，讓你演了，不演小姐演丫嬛，前頭走個過場，後頭來一報，前後滿打滿算三分鐘，你一個晚上不能動彈，那編戲的老白毛江之驪也夠缺德的，怎麼編出這種××戲來……」

「媽，你別說了！」

「不說你不知道鹽從哪兒鹹，醋從哪兒酸！你就像人家手裡的鳥，也不捏緊，也不放鬆，捏緊了怕死了，放鬆了怕飛了，你就這樣下去吧！死不了，也飛不走！」

「我告他去！」楊碧君感到屈辱。

「你告誰去？告蕭團長還是告老白毛江之驪？」楊寡婦忽然哈哈一笑，「女兒呀！你不明白，姓蕭的不是眞要整你，他也就是人家手裡頭的鋤頭畚箕！」

「你說人家……這人家是誰？」

「你還沒數嗎？就是曲鐵柱！」

「不！不！」

「曲鐵柱那個病女人死了好幾個月了，這你是知道的，他現在再娶老婆是合理合法的了！不是娶小，是續弦！」

「我告訴過你，我還小，不想結婚！」

「小？小你跟刺榴仔談『亂愛』？」

「什麼叫『亂愛』？胡說八道！」

「好！不是『亂愛』，是對象！碧君，你都十八了！男二十、女十八，婚姻法……」

「不！我虛歲十八，實歲才十七！」

「南浦人不講實，就講虛！」

「十七！」

「十八！」

「十七！」

「好好好……俗話說，十七十八正當年！」

楊碧君不再說話了，往床上一倒。

可巧，烏鼻和塗溜又巡邏到楊家門口，聽到了這最後一句話。烏鼻馬上來神，高聲唱起潮州小調：

十七十八正當年哎，
遇著狂漢相糾纏嘞。
褲頭拔出眞傢伙唷，
幹到流血還要錢咧！

「你唱的什麼呀？」塗溜彷彿很正經。

「這是謎語，潮汕謎語。」

「這叫什麼謎語？聽著不對味……」

「正經謎語！」

「還正經呢！」

「當然嘍！謎底是……」

「是什麼？別賣關子！」

「閹雞！你懂嗎？」

「哦，哦……」塗溜一琢磨，「還眞是的，幹到流血還要錢……」大聲唱了起來，「幹到流血還要錢咧……」

街上透著冷清。陳奇木像個夢遊人回到「下山虎」，他睡不著，盤算了多半宿。第二天一早，他來到南浦鎮委大院，一定要找到張書記。辦事員轟了好幾次，沒有辦法，只好向張書記彙報。張書記沉吟著：「看來，他不見到我，不肯善罷干休……算了，叫他進來吧！」

有頃，陳奇木走進張書記的辦公室，恭敬地叫一聲：「張書記！」

「你有什麼事，比我的公事還要緊？」

陳奇木搖搖頭：「我只想請教一個問題。」

「問題？嗯，問吧！」

「一個人有幾條命？」

張書記一愣，過了一會兒說：「當然只有一條。」

「不！兩條。」

「兩條？爲什麼？」

「一條是生理的，一條是政治的。對嗎？張書記！」

張書記「噢」的一聲。

「你說是哪一條更重要？」

「如果說有兩條的話，那當然是政治生命更重要嘍！」

「我想找張書記說的就是一個人最重要的政治生命！」陳奇木終於破題兒。

張書記有「入轂」之感，卻也不乏雅量，他笑著：「你說吧！」

「請問張書記，爲什麼把我打入勞改隊？」

「你搞投機倒把，擾亂國家市場，該不該在勞動中改造自己？」

「投機倒把算不算專政對象？」

「自然是有區別的嘍！」

「那爲什麼叫我跟專政對象一起勞改？」

咄咄逼人的提問幾乎衝決了雅量的堤壩，張書記頗有些不快。

「情況還要調查研究嘛！」

陳奇木看出端倪，轉換口氣：「張書記是揭陽人吧？張書記在南浦口碑很好，我找你，是希望遇著清官！」

「什麼？清官？舊思想！」張書記訓斥著，內心並不反感，「書記也是公僕，勤務員！這樣吧！你先回去，再幹一期工程，爭取好表現，解決你的問題。」

陳奇木想了一想，深鞠一躬：「張書記，古人說，人以信爲本，人無信不立。你是鎮委書記，希望張書記不要食言。」緩緩退出。

張書記望著陳奇木的背影，自語：「很有心計啊！」

陳奇木抱著希望又回到田螺洲。依舊是右們的駐地，也就是說，草棚。

這天晚飯後，右們的肚子裡塡了些碳水化合物或近似的代用品，精氣神略微堅挺了些，三三兩兩聊起天來。侯廣智總是最活躍，無愧「話癆」的雅號。

「……不騙你們，今天什麼新發現也沒有……」侯廣智頗為遺憾。

「你美稱『話癆』，再沒發現也有的說！」林海陽語含嘲諷，臉上依舊一道冷氣或者晦氣。

「對！你向來妙語聯珠！來兩段！」鄒哲生也來興致。

侯廣智直擺手：「今天確實沒有！幹活時候，又累又渴又餓，恨不得一鐵鍬把日頭打落西山！」

「很有詩意嘛！誰說你不會作詩？」說不清林海陽是讚賞還是諷刺。

侯廣智不明究竟，他顯然爲自己無意間咳唾珠玉而竊喜：「林老師，可詩意不能解乏解餓解渴呀！」

林海陽搖搖頭：「可以的。至少是暫時可以。」

「眞的？」侯廣智不理解。

「林老師一定有體會！」鄒哲生說。

林海陽一本正經：「我一琢磨寫詩，就不覺得日頭走得太慢。」

「林老師今天琢磨出什麼詩來？」鄒哲生問。

「只有十二個字。」林海陽說著，找塊石頭在地上寫起來：

借來滄海一角，

眼底紫霄千重。

「前一句說田螺洲圍海，後一句說摩天嶺造梯田……」

「好！有氣魄，蘇辛詞風，豪放！」鄒哲生大聲稱讚。

「就是『借來』和『眼底』對仗不工……」

「有道理……」

「哎，鄒講師，你琢磨什麼？」

「我什麼也沒琢磨。我心裡在同大海對話。」

「到底是幹哲學的！」侯廣智讚歎一聲，轉向姚乃剛，「『無欲乃剛』先生，你在想什麼？」

姚乃剛體力最差，也最怕幹活，他沉默片刻，說：「想老婆。」

一座哄然大笑。

「笑什麼？你們別笑，我能想什麼呢？我只能想老婆！一想老婆呀，還眞的不覺得那麼累了！」

「唉！想也白想！想了又得不到，更難受！」侯廣智直搖頭。

「畫餅充饑，望梅止渴。」向來忌談「性」字的林海陽巧用了兩句成語。

鄒哲生慢吞吞地說：「饑能充，渴能止，是精神之於物質的反作用，精神變物質了！」

「妙！妙！」一座喝采。

鄒哲生即興發揮：「一個人只要沉醉在思念心上人，或者追求心上物的思維裡，他就可以享受到最大的喜悅……即使只是倏忽的瞬間。『無欲先生』顯然是最成功的，他心上的影像非常具體，非常清晰，非常生動，他能夠借助這個影像，度過淒苦的歲月，度盡命運的劫波。」

侯廣智歡叫著：「今天的紅旗讓『無欲』扛走了！」

姚乃剛默然無語，他的腦海裡果眞浮現出戲裝的謝丹菊，一會兒是青衣，一會兒是花旦，一會兒是閨門旦，一會兒是刀馬旦，一會兒竟反串了扇子生、雉尾生，甚至衰派老生，無不栩栩如生！他更想到謝丹菊的眉、眼、鼻子、嘴、肚皮和臍下……

孤寂的高曾仁在草席上盤腿而坐，閉目養神，心中或許似禪語所云，一默如雷。

陳奇木驚奇地望著這一群人，這是一個充滿智慧和機趣的群體啊！冰雪聰明，妙舌粲花，他們不該成爲社會的精英嗎？

「猴仔，你要是能弄來二兩酒，我給你講一個海盜的傳奇！」鄒哲生將著軍。

「眞的？」

「大丈夫一言既出，駟馬難追！」

「開弓沒有回頭箭？」

「當然！」

「騙人是小狗！」

「你去不去弄吧？」

「我……不去！」

右們正失望著，侯廣智從草席下「嗖」地掣出一瓶酒來，頓時歡聲大作。陳奇木顯然被感染，也慷慨獻出從家裡帶來的五香花生仁。竟是一頓盛宴！連高曾仁也坐不住禪了。有酒有饌，鄒哲生半史實半虛構，講了一個海盜傳奇……

「清朝嘉慶年間，閩南粵東一帶海面上出了一個海盜王，姓蔡，行六，叫蔡六。北至琉球、日本，南至安南、暹羅，所有船隻沒有一艘他沒光顧過的。不過，蔡六一向劫富濟貧，老百姓不但不怕他，還時常保護他，所以官府多次清剿也奈何他不得。這蔡六也怪，最大的心願不在金錢，只求一個好老師……」

「老師？老師有什麼用！這海盜有病，神經病！」右們哈哈大笑。

「話分兩頭。閩南同安縣有一個姓李的讀書人，不知道名字，就叫李生吧！李生品學兼優，還娶了美妻，很幸福的。想不到結婚第三天母親死了，他夫妻都謹守禮法，三年不同床……」

「那受得了嗎？」侯廣智怪叫一聲。

「好好聽，別插嘴！」

「三年未過，大舅子帶著丈母娘來了，房間少，夫妻只能分床。丈母娘還沒走，科期到了，又只好上京赴試。偏偏半路病了，誤了科期，白跑一趟。誰知回到家裡，妻子死了三個月了，喪事還是大舅子幫著料理的……」

「這人比我還倒楣！」侯廣智「話撈」又犯了。

「李生本來家貧，只好賣字爲生。有一天，來了一個偉丈夫，誇獎他的書法，願以年薪三十兩白銀聘他當書記……」

「怎麼？那時候就有書記？黨委還是支部？」又是「話撈」。

「你小子成心搗亂是不是？」

「不明白嘛！」

「那時候書記就是文書。李生一聽，喜出望外，就跟著那漢子上船了，原來是海盜王蔡六！李生一想，既來之，則安之。蔡六果然拜他爲師，執弟子禮甚恭。蔡六見李生好人品，時常引他到內廳喝工夫茶，還引見了自己的嬌妻張氏。這下子可熱鬧了！得！時候不早了，明晚再聽下回分解！」鄒哲生說著便要上床睡覺。

右們哪能放過他？把他拉回原地。鄒哲生也不反抗，只用手指著酒瓶子。右們笑著把酒瓶子遞了過去。

「李生和張氏兩人一見面都大吃一驚！張氏以爲見了前夫，李生以爲妻子復活……」

「哎哎，怎麼回事？」

「先喝口酒！」

「得，該你神氣了！」

「是這樣的！」鄒哲生呷了一口酒，「在李生趕考時候，蔡六率領海盜攻入同安，他無意中發現張氏，便擄走了，張氏開始不從，後來見蔡六是條好漢，也就依從了。這邊呢，大舅子覺得妹妹被海賊擄走有辱家風，就謊稱已經死了……」

「那怎麼辦呢？」

「蔡六到底是個英雄，他對李生說，兩樣寶貝任你挑，一樣是張氏，一樣是荒島石洞裡的財寶……」

「姓李的挑哪一樣？」

「他考慮了半天，最終還是挑了荒島上的財富！蔡六看他愛錢財勝過愛妻子，就給了他一張假的路線圖。沒多久，蔡六讓官軍殺死了，那筆財富也就成了一個謎。你們知道這荒島在哪兒嗎？」

「在哪兒？」

「就是鮀灣上的蟹嶼！」

「啊？」一座驚呼。蟹嶼有石洞，盡人皆知；石洞有財寶，鮮有人知。

「眞的？」侯「話癆」打破了沉默。

鄒哲生笑吟吟：「說眞亦眞，說假亦假，我思故我在！」

田螺洲的日子並不總是有說有笑，但右們相信將來總有一天能夠回歸人民的隊伍，那就是摘掉右派分子帽子的時候。這一天並不遙遠，儘管姍姍來遲。

荒灘上一個土台子。土台子上，擺著一張桌子，權當主席台。台下，坐著各式人等，自然，也包括全體五類分子。

主持人高聲宣讀中央關於給改造好了的右派分子摘掉帽子的文件。接著，另一個人宣布第一批摘帽名單。會場鴉雀無聲。特別是右們，全都支稜著耳朵。

「……沈雲卿同志……錢受之同志……宋少連同志……吳駿公同志……洪亨九同志……吳漢槎同志……」

怎麼？沒了？只有六個人！會場中的鄒哲生、侯廣智、林海陽等人的面部表情極其複雜，希望，失望，羨慕，嫉妒。他們看著這六個人，有的認識已久，有的只有一面，有的約略耳聞，這六個人有什麼突出表現？他們改造好了嗎？眞見鬼！右們冷眼看著「摘帽右派」代表跳到台上，又側耳聽著他的發言。

「……今天，我很激動，剛才主席叫我錢受之同志，就像是一股暖流！同志，這是一個多麼偉大、多麼崇高的稱呼！黨和人民沒有拋棄我，而是改造我重新做人！啊！同志，同志……我感謝黨！我感謝毛主席……」他忽然哽咽不能成聲，至於痛哭流涕。一起摘帽的人觸景生情，一齊痛哭起來。主持人勸說也不是，阻止也不是。那位錢受之同志忽然振臂高呼：「共產黨萬歲！毛主席萬歲！」摘帽者高聲應和。其他人也跟著呼口號。

會散了。小路上，出義務工的人民隊伍中人在議論：

「眞他媽的會演戲！」

「瞧他們那神氣，好像跟我們一樣了！」

「就算是改造好了，也不等於從前的事就一風吹呀！」

「不就是摘帽右派嗎？」

「別忘了帽子還在群眾手中呢！表現好，摘下來；表現不好，照樣戴上去！」

草棚內，右們靜靜地躺著，誰也不願開口。

忽然，廣播喇叭裡傳來領導的講話：「……希望你們徹底清算自己的資產階級思想，同時幫助別人清算資產階級思想，在圍海造田的戰鬥中，努力改造，重新做人，爭取早日回到人民的隊伍中來。第二批摘帽工作將於今冬明春進行……」

右們一下子坐了起來。

幾天後，南堤工程指揮部辦公室的桌子上，一份份材料清晰可見。「揭發」、「揭發」、「揭發」……那字樣掩蓋了其他諸如「交代」、「檢討」之類的字樣。

又一天傍晚，在右們的草棚內，鄒哲生、林海陽、姚乃剛各自忙活著各自的事，又似乎坐立不安。他們知道，侯廣智被找去談話，已經有兩個鐘頭了！只有陳奇木和高曾仁顯得超脫些，他倆用樹枝在地上畫著什麼，似乎很投入。

侯廣智遠遠走來了，一進門便破口大罵：「混蛋！我×他八輩祖宗！」

「你不要命了？」鄒哲生上前勸說。

侯廣智一甩胳膊：「不要了！老子活得不耐煩了！」

「到底怎麼回事？」

侯廣智不理睬，來到高曾仁和陳奇木跟前：「就你們兩個沒有右派帽子，我信得過你們倆！」

「我也沒有呀！」姚乃剛趕緊表白。

「你？反革命！」侯廣智啐了一口。

鄒哲生和林海陽面面相覷。

「侯老師怎麼了？上面要你寫檢查？」高曾仁問。

「老高，你記得四流水庫那首反詩嗎？」

高曾仁不語。

「有人給指揮部寫材料揭發我，說我誇你的反詩，還同你一唱一和，攻擊黨的領導，反對三面紅旗，你是明的，我是暗的。」侯廣智怒不可遏，「我他媽的會寫詩嗎？我和什麼！這事只有會寫詩的人才幹得出來！」

「哎！你不要亂咬人！」林海陽急了。

「你吃什麼心？」

「你這話是衝著我來的！」

「就衝你了！怎麼著？」

「你混蛋！我敢發誓，這事跟我不相干！」

侯廣智看見林海陽情急了，半信半疑。

「一屋子的人，你怎麼單單懷疑我？憑什麼？」林海陽力圖轉移目標。

「嘿！聽你的話茬，我也成了懷疑對象了？」鄒哲生跳了起來。

「誰怎麼樣，誰自己心裡明白。」林海陽並不示弱。

「混蛋！我什麼揭發都沒寫，一個字都沒寫，我鄒哲生根本就不願意寫！你們到指揮部查去！」

「好！有種的！走！現在就去查去！全都去！誰不敢去誰就是孬種！」林海陽一揮手，「走呀！」

姚乃剛急忙攔住：「哎！算了，算了，別再惹事了……」

「吵什麼！」棚外有人大吼一聲。

棚內頓時鴉雀無聲。棚外人進棚，巡視一遍，發令：「侯廣智！林海陽！鄒哲生！跟我到指揮部去！」說完逕自走了。

侯廣智、林海陽、鄒哲生頓失盛氣，再不能「囂塵上」了，一個個乖乖地走出草棚。

陳奇木看了一眼姚乃剛，復與高曾仁交換了眼色。

這是個不幸又不爭的群體。除了洗刷自己，誰也不去想想歷史進程的是非與正誤！這幫人承認強權哲學，意識之中早已融入奴性，一旦覺得能得坐穩了奴隸，便會爭先恐後向統治者效忠輸誠，以陷害同類去換取一碗紅豆湯！

第二天清早出工，右派隊裡少了一個人，侯廣智失蹤了！田螺洲這一驚非同小可！是自殺？是在逃？指揮部下了鐵命令，一定要找到這個人的下落！不管是死是活。右派們心驚膽戰，惶惶不可終日，侯廣智的今天未始不是自己的明天？右們在心中祈禱著侯廣智，但願他還活在世上，實在不是爲著侯廣智，而是爲著自己，爲著一條微不足道卻又不敢輕言拋棄的性命！

近午時分，指揮部來人到草棚前，右們等待著侯廣智的消息。來人沒有進草棚，只在棚外高喊：「陳奇木！」

陳奇木應聲而起：「在！」

「三大隊有個老右派受傷了，你拉他回南浦工商聯去。」

「是！」

「馬上走！」

「是！」

陳奇木隨來人走出草棚。

「老高，那小子撈到一趟回家的機會了！美差呀！」姚乃剛低聲嘟囔，不無妒意。

「從田螺洲到南浦，六十華里，過三道河……」高曾仁依舊閉目養神。

姚乃剛點頭稱是。

「……板車上還躺著一個人，你願意拉嗎？」

姚乃剛語塞。

8 蟹嶼

崎嶇的土路上，到處是土坷垃，陳奇木艱難地拉著板車。一陣顛簸，他停下板車，把顛落的薄被撿了起來，輕輕蓋上，掖好……忽然間，他發現這個頭上纏著紗布、臉上猶有血污的老右派原來是林耀祖！他大吃一驚，指揮部叫他把老右派送到南浦工商聯，他心想一定是瑞祥茶莊的老大，沒想到卻是林耀祖，他輕聲呼喚：「林伯！」林耀祖閉著眼睛，一動不動。陳奇木見他沒有醒來，也就不再呼喚，繼續上路。六十里路，三道河，辛苦可知。入夜才望見渡口那株大榕樹，好在今晚月光朗照，不用摸黑。

此刻的林耀祖如同死人一般。他覺得自己在慢慢地隨風飄蕩，當飄拂到一片黑暗中的時候，他感到極度的平靜、安詳和輕鬆。他確信自己的身體形象已經脫離了自己的軀體，他俯視著板車上自己的軀體，頭上纏著繃帶，臉上血污，他看見陳奇木吃力地拉著板車。他問自己：「我還活著？」他自己回答：「恐怕死了！」他無心一望，大榕樹的樹冠上站著一個中年男人，腦後一根長長的辮子，對他友善一笑。他心裡清清楚楚，這是南浦老陳家的祖先，大榕樹上掛過他的頭顱。眼前的景象消失了，他覺得自己被推進一個黑洞，心緒依舊保持著無比的安寧。黑洞很長，很長，突然，前方出現一絲光亮，瞬間變得燦爛輝煌。他早已死去的雙親身披七彩霞光，笑吟吟向他走來。接著，一個甲子裡的生活經歷一幕幕演示出來，都是歡樂的場面。啊！當年在香港同別人合股做生意時候邂逅的一個雅姿娘來了！她是省城人，家在西關，說一口十分好聽的正宗粵語，她幾乎通體透明，頭上環繞著一束光輪。他迎了上去，他與光融合在一起，一種無法形容的心醉神迷！在他面前，宇宙沒有奧秘……

南浦工商聯把林耀祖退給他的家屬。在二層半蠡廬樓下的木板床上，林耀祖忽然睜開雙眼，他竟神奇地活了過來。當陳奇木第二天來看望他的時候，他居然能對陳奇木談他受傷的經過……

田螺洲附近海面上，有一個無名小荒島。勞改隊三大隊的頭人聽說小荒島上有海鳥下的蛋，他怕別的隊知道了秘密，便先下手爲強，大清早就派些老右派、女右派去撿鳥蛋，爲的是改善生活，打牙祭。

小荒島原是珊瑚礁，除了怪石，就是亂草。右派們四散尋覓著，多少有點收穫。林耀祖尋著尋著，忽然一陣腹痛，捣著肚子要解大手，他慌慌張張走入茅草叢中，剛一蹲下，只見前方不遠處白光一閃，彷彿一團白肉！老花眼正在納悶，那白肉一晃，沒了，草叢中站起一個女人。她繫著褲子，用手抹抹嘴，又用腳踩踩地下，回頭衝林耀祖似笑非笑，走了。林耀祖看了看自己手中的二粒鳥蛋，心中猜出了幾分。他解完手，繫好褲子，走到剛才白肉閃亮的地方，地上除了一攤尿，還有陷進泥裡的幾瓣碎蛋殼。他點點頭，何不如法炮製？他不敢都吃，只偷偷吃掉了一粒鳥蛋。

集合哨音響。右派們一個個交出拾得的鳥蛋。輪到林耀祖，他交出一粒。看管人員用懷疑的眼光打量著林耀祖：「別人最少兩粒，你就一粒？」

「我老了，腿腳不利索，眼神也不好……」

「哼！偷吃了吧？」

「沒有！沒有！」

「沒有？你算準了我們不能開膛剖肚，看個明白。」看管人員習慣地看看四周，等待著有人揭發。

林耀祖也下意識看了周圍，他發現了有著一團白肉的她。

「快說實話！」看管人員聲色俱厲。

白肉，自然也是右派，與林耀祖一樣，同屬三類右。她慌了，生怕殃及池魚，只一瞬間，她決定先發制人：「我看見了，他裝作拉屎，躲在草叢裡偷吃！」

林耀祖猝不及防，竟語塞。眾人的目光一齊射向他。他終於緩過神來，高聲怒喝：「卑鄙！是她！我看見了，地上還有蛋殼，你們不信，我帶你們去看！」

眾人的目光又一齊射向白肉。她更慌了，一狠心，使出撒手鐧：「這老東西，老色鬼！他反咬一口！我在草叢裡解小手……」欲說還休，未語淚先流。

這類勞什子話題最能勾起人們的低級趣味，性饑渴者尤感興趣，都豎起耳朵聽，生怕漏掉任何一個細節。

「……沒提防他悄悄跟上來，他從後面伸手就摸，還嘻嘻地笑著，說什麼……什麼玉樹後庭花……」

白肉說著說著，傷心地哭了起來。

也許因爲女人的眼淚最具感染力，又觸及人所不齒的獸行，同情的天平一下子偏向白肉一方。

「無恥！」林耀祖氣得發抖，衝上前去，一記耳光打得白肉踉蹌了好幾步。

「老右派翻天了！」隨著看管人員一聲高喊，眾人一通南拳北腿，把林耀祖打得一佛出世，二佛升天。

「原來這樣！」陳奇木聽罷，長歎一聲。

「那不是人待的地方！阿木，你年紀輕輕的，爲什麼不逃？」林耀祖雙目無神。

「逃？」陳奇木大吃一驚，他從來沒想過。

「到泰國，找你父親。」

陳奇木心中一震，我怎麼從來沒想到這一層呢？是呀，父親在泰國，按政策規定，應該是可以出國的，可是我這種身分能讓我出去嗎？唉！還是聽張書記的話，幹完這一期，洗淨了身子，再申請出國吧！他對林耀祖搖了搖頭。

他離開了林家，可林耀祖的話仍在耳邊迴旋：「到泰國，找你父親，到泰國，找你父親……」中泰沒有建交，要到泰國先得到香港，取得三年居留權……可是我？說不清道不明一個投機倒把分子！他一夜沒有合眼，他想，趁著這兩天人在南浦，應該再找張書記討個說法！

這一回，陳奇木大模大樣走進了南浦鎮委大院。他在田螺洲聽鄒哲生說過，進這樣的單位，越是老實規矩越是進不去，應著一句俗話，「閻羅王好說話，小鬼難纏」。今天一試，果然不爽。他懷著出師告捷的好心情，輕輕敲響張書記辦公室的門。

「進來！」室內有聲。

他推開門，呆住了！坐在張書記位置上的是曲鐵柱。他一時木訥：「我找張書記……」

「老張調走了。你有什麼事？」

意外的情勢打亂了原先的部署！他欲走不得，只好硬著頭皮：「曲書記，我想問個明白，我算個什麼分子？」

曲鐵柱故作驚訝：「不是早就定性了嗎？投機倒把分子呀！」

「那也不是五類分子吧？右派分子不是還可以摘帽嗎？」

「當然！那是因爲改造好了。」

「我從水庫幹到海邊，我哪兒不好？要有不好，你給我指出，我好改呀！」

曲鐵柱狡黠一笑：「主席說過，有的人，改也難！還說過，頑固不化，最終還是要化的，化成不齒於人類的狗屎堆！」

「你！」陳奇木欲發作，又忍了下去，可那臉卻緊繃著。

曲鐵柱咄咄逼人：「怎麼著？別忘了，這裡是共產黨的機關，這裡是共產黨的天下，除非你跑到海外去！還是乖乖回田螺洲勞改去吧！」

陳奇木愣了半天，忽改容：「曲書記，我是想……」

「哼！你還嫩呢！剛才想發火，這會兒又裝笑臉。」曲鐵柱嘲諷著，猛然把臉一拉，大吼一聲，「出去！」

陳奇木強忍著淚水，走出門去。他沒有回家，在韓堤上踽踽獨行，到了一個沒人的地方，傷心地哭了一陣。他望著滾滾韓江水，思緒如浪翻。韓江，潮汕人的母親河！你從這裡流入南海，奔向太平洋。幾百年來，數以百萬計的潮汕兒女從這裡走向全世界！人們說，國內有一個潮汕，海外也有一個潮汕。

韓堤上，留下了祖先的腳印，也留下了陳奇木的腳印。他走著走著，不由自主走到那處荒塚，呀，屈辱和災難就從這裡開始！手電筒的光柱射在我的臉上，穿花上衣的謝爾蓋們，還有烏鼻塗溜兩個無賴，他們受誰的指使？沒收我一車山草的「市管」，坐「單車尾」到小灣的送信人，他們又受誰的指使？是誰給我定了個「投機倒把分子」？是誰讓我沒完沒了地勞改？都是曲鐵柱！他為的是一個楊碧君！他專看楊碧君的戲，他專到楊家小鋪買煙……楊碧君親口說的，他在後台拉她的手，摸她的肩，兩眼色迷迷……陳奇木忽然心中驚跳，楊碧君為什麼讓他拉手摸肩？為什麼不跟他翻臉？我離開南浦前後好幾年了，他能不找她？她能不跟他來往？她為什麼不來找我？她為什麼不給我開門？她一定變心了！他越想越心亂，越心亂越想，怒火中燒，妒火中燒，飛步下韓堤，直奔楊家，舉手敲門：「開門！我是陳奇木！」

楊寡婦猛然開門，正要發火，看陳奇木臉色不對，嚇得躲在一旁。

陳奇木推門而入，高喊：「楊碧君！」

楊碧君在浴室裡應聲：「我在洗浴呢！過一會兒我去找你……」

「不！我現在就要你一句話！」

「什麼話呀？」

「我問你，你是跟我還是跟姓曲的？」

浴室裡沉寂了潑水聲。

「我問你，你是跟我還是跟姓曲的？」

浴室裡平靜的答覆：「你瘋了？」

「我是瘋了！墳堆當大路走了！」

有頃，浴室裡的聲音變了調子：「你願意走墳堆，誰攔著你？」

「好呀！你眞的把我當作勞改隊的人了！你想當官太太了！你這楊花水性的女人！你這忘恩負義的女人！」

浴室內冷冷的聲音：「罵夠了嗎？」

「沒夠！」

「沒夠你再罵！」

陳奇木頓時無話。

「罵夠了吧……」楊碧君大吼一聲，「滾！」

陳奇木砰然關門，忿猶未釋：「你聽著！你當官太太去吧！我陳奇木要是混不出個人樣來，絕不姓陳！」

屋內，楊寡婦急忙插門，隔著門跟陳奇木叫陣：「哼，混吧，混吧！不姓陳？你還不如你陳家老子呢！人家十五歲背個市籃過番下南洋！」

陳奇木怒目蒼天，憤然回家。番客嬸看出兒子心不順，卻不知道究竟爲什麼，多半還是田螺洲的事吧？本來想勸慰幾句，一轉念，明天吧，等他氣順點再說不遲。陳奇木躺在床上，冷靜下來，回想自己一時的衝動，頗生悔意，楊碧君似乎不像是無情無義的人，她剛才還說洗完浴要來找我……

敲門聲響。陳奇木猛然站起，他希望敲門人是楊碧君：「誰？」

「是我，居委會！」一個老女人的聲音。

「三更半夜的，敲什麼門？睡覺了，有事明天再說！」陳奇木顯然沒好氣。

番客嬸一面制止陳奇木，一面走去開門。老女人走進來，她是居委會的劉主任，極能幹極有辯才也極有權威的劉主任。南浦閒人編出「歌仔」：

老姿娘當街一站，

臨江巷兩頭亂顫。

「歌仔」裡的「老姿娘」指的就是這位劉主任。

「陳奇木，打擾你睡覺了！可這事明天再說就晚了！」劉主任的話外圓內方，剛柔並濟，果眞好口才，傳說不虛！

「劉主任，你說，你說。」番客嬸趕緊搬椅子。

劉主任依然站著，依然面對著陳奇木：「你假期滿了，明天就回田螺洲！要是不走，後果自負！到時候可別怨我又來打擾你睡覺了！」她說完就走。

「你慢走！」番客嬸追了過去，回轉身責備著兒子，「你呀！惹她做什麼？她權大著哪！我們躲都躲不起！」

兒子沒有答話，他眼前浮現一幅幅畫面，耳邊響起一個個聲音：「你年紀輕輕的爲什麼不逃？」林耀祖在鼓動。「除非你跑到海外去……」曲鐵柱在嘲諷。「罵夠了吧？滾！」楊碧君變心了！「還是乖乖回田螺洲吧！」曲鐵柱欺人太甚！「要是不走，後果自負！」劉主任落井下石。「還不如你陳家老子呢！人家十五歲背個市籃過番下南洋！」楊寡婦狗眼看人低。「到泰國，找你父親。」林耀祖指了明路……

第二天一大早，陳奇木離開了家門。他沒有回田螺洲，他去了蟹嶼。

蟹嶼距離南浦不過十幾里，一百年前還沒有名字，後來漁民們看它形狀像大蟹，便叫它蟹嶼。蟹嶼不宜耕作，卻多海產，兼有淡水，人煙日稠。尤爲難得的是，它的兩隻大蟹爪形成天然避風港灣，解放後經水文探測，竟是個深水港，於是地位日趨重要，如今成了汕頭港的外港。

陳奇木假裝在蟹嶼港碼頭上觀風賞景。港灣裡停泊著一艘來自香港的英國船——EUROPA & REGINA（歐洲女皇）號。他似若無心地聽見了海員們的隻言片語：「這艘船下午六點開走……」不知觸動了哪根神經，他忽然想起鄒哲生講的海盜傳奇，他不相信眞有那麼一筆財富藏在蟹嶼的石洞裡，但無妨去觀賞一番石洞，便信步行來。未到洞口，遠遠望見圍著幾圈圈人，不知在看什麼。等他到了跟前，掃興，是一具屍首！閒人處處有，聽他們議論，是一個到石洞尋寶的人，自己摔死的，還沒人認屍。陳奇木擠向前去，那人死得可憐，竟然血肉模糊。他看著看著，猛然一驚，是侯廣智！他一下子懵了，傻了，心驚肉跳，生怕有人認出自己，他急急離了人群，好半天恍恍惚惚。

夜幕降臨了，青天碧海間，航燈點點。

EUROPA & REGINA（歐洲女皇）號的底艙，一片漆黑，黑暗中藏著一個人，陳奇木。眞有他的！怎麼混進來的？這時候，舷梯口傳來說話聲。陳奇木側耳細聽，是廣州話。他慌忙藏進一口空棺材裡。兩個海員手執手電筒，順著舷梯來到底艙檢查貨物。他們走到那口棺材跟前，停下腳步。棺材內的陳奇木緊張得屛住呼吸。他們用手輕敲棺木，他驚怖至極。「上等棺木呀！」他們歎息著走開。一陣上舷梯聲過後，復歸沉寂。他放下一顆懸著的心，輕輕頂起棺蓋，爬了出來，驚魂未定。

「嗚！嗚！嗚！」汽笛聲響。「突突突突……」船開了。

他終於鬆了一口氣，雙眉舒展。有頃，雙眉漸漸緊皺。他想到自己走後，阿娘一定讓烏鼻塗溜們押走，曲鐵柱一定拍桌子大怒，劉主任一定大發雌威，阿蘭一定被同學欺負，而楊碧君一定笑嘻嘻走向鎭委大院……

又一陣汽笛聲過後，輪機聲歇，船停了，拋錨了。他心裡納悶：「香港這麼快就到了？」漸漸有人聲傳來，不甚清晰，說的彷彿潮州話。正在困惑，舷梯口被人打開，有人在喊話：「卸貨嘍！」分明是潮州話！他大驚失色，原來沒出汕頭港！船從外港駛入內港，靠碼頭了。他趕緊藏進棺材裡，剛剛放下的一顆心又吊了起來。

這是內港碼頭。一簇簇昏黃的燈光，夜市已經開始。一位老者焦急地等待著什麼。四個搬運工抬著那口棺材走來。老者望著棺材點頭，表示滿意。

「這『大厝』（棺材的敬稱）可眞有分量呀！我們四個人抬都……」

「你們不曉得，這是上等棺木，印尼出產的，熱帶硬木，叫『邁爕』木！一百年都不會有蟲蛀！」老者頗爲得意。

「每年塗上一遍漆……」

「那是當然！」

「如今也只有你老人家有這樣的福氣！」周圍的看客奉承著。

「他弟弟是印尼愛國僑領，全國政協委員，每逢過年，政協都要派人到他家裡去看望他。」有人低聲嘀咕。

「老人家，要不要打開看看？」抬棺人徵詢著。

棺內的陳奇木十分緊張。

老者沉吟片刻，一擺手：「抬回民權路！」逕自走了。

抬棺人在商量：「還是找一輛大板車吧！」

聲漸杳。陳奇木覺著四周無人，心想，趕緊溜吧！他慢慢撐起棺蓋。一個叫賣青橄欖的小孩偏是眼尖，驀地驚呼：「有鬼！有鬼！」陳奇木急忙停止動作。

一個水手走過來，轟趕著：「去！瞎嚷什麼！」

小孩堅持所見：「棺材蓋會動！」

水手笑罵一聲：「那是個空棺材！」

小孩揉揉眼睛走開去，吆喝著：「青橄欖……」

陳奇木再次努力，撐起棺蓋，爬了出來。也是他合該倒楣，那水手無意回頭，猛然發覺！陳奇木跳進水裡，水手也跟著跳進水裡……

後果不難想像，卻又出人意表，陳奇木被投入監獄，刑期是五年。不消說，閒人們有事幹了！南浦鎮上街談巷議達幾天之久，故事從陳奇木編到楊碧君，又從楊碧君編到曲鐵柱！

這天，番客嬸獨自一人，正哭得傷心，楊碧君來了，她來向番客嬸檢討自己。番客嬸是個堅強的女人，街坊四鄰都說她「嚴硬」。她擦乾眼淚，又似開導，又似表態：「碧君呀，你不必跟自己過不去！這『刺榴仔』是自作自受！你想想，他敢逃跑，還有什麼壞事他幹不出來？姿娘人怎麼能把自己交給這樣的『刺榴』呢？隨他老子那個根啊！解放那年，是哪一年來著？」

「一九五〇年初，潮汕全部解放。」

「對！就是一九五〇年，他老子自己一個人跑回暹羅，跟誰也沒說一聲！我還以爲他死了呢！過了好幾年，有人從暹羅回唐山，才知道他還活著，可他，連一封信、一張『番批』（即僑匯）也不寄呀！他走後的轉年，我生下阿蘭，到今天，阿蘭也不知道她生身父親長得什麼樣……作孽啊！」

林姆悄悄進屋。楊碧君一見，告辭走了。

林姆取出一包菜脯，帶著歉意：「番客嬸，你帶給阿木吧！我們這樣的人家，不敢到那地方去呀！」

番客嬸聞言黯然。

忽然，張青筠慌慌張張地跑來：「媽，阿公怕是不行了！」

第三卷　愛河恨海

1 續弦

南浦鎮委書記曲鐵杜自喪妻後一直單身，似乎有兩年了，大院裡的人都感到奇怪，曲書記不像是閉戶不納的魯男子、坐懷不亂的柳下惠，對那位病殃殃又不能生育的妻子也沒有多少感情，他爲什麼不續弦？部隊上的老上級知道後頗爲關心，恰好部隊上一位參謀死了，老婆成了孀婦，老上級雷厲風行，把曲鐵杜找來，將事情一說，安排了見面。曲鐵杜感激老上級的關心，心裡卻很彆扭，也許在地方待的時間長了，不習慣部隊作風。孀婦也是山東人，看樣子很樂意這門婚事。孀婦一出屋，老上級便拍了板！

「很般配嘛！又都是老山東，美不美，家鄉水，親不親，家鄉人！找個日子把事辦了！我當大媒！」

曲鐵杜慌了：「不！不！我現在還不想結婚……」

「爲啥？」

「工作很忙，老婆剛死……」

「毬！杜子你小子是不是搞上了本地人，把人家的肚子弄大了？」

「沒，沒有……」

「那為啥？」

曲鐵柱低下頭來：「我，我不喜歡這娘們……」

「不喜歡這娘們？」老上級這才明白了柱子的心思，倒也十分爽快，「那就拉倒吧！強扭的瓜兒不甜，是這個理兒不？」

打那以後，隔三差五地還眞有人到曲書記家裡來提親，有上級的關心，更有下級的巴結。曲鐵柱乾脆搬到鎮委大院辦公室來住。

大院裡有個女辦事員，二十幾歲，姓戴，取了個彷彿男性的名字——寒水。據說她的當股長的父親因為沒有兒子，就把她當男孩子養。戴寒水和楊碧君一樣，也是學戲的出身，只不過比楊碧君大，又是省團學員，自然見多識廣，遺憾的是早熟過了頭，藝未學到家，風流陣裡倒是演習了好幾仗。學員班畢業後，理所當然被省團淘汰了。她心有不甘，又到南浦潮劇團來，意欲投奔蕭團長麾下。蕭團長是個淺嘗輒止的精明人，同她纏綿了一陣，卻不敢用她，把她推薦到鎮委辦公室。張書記見她能說會道，父親又是個股長，出身成分料無問題，也就留下了她。

自從曲鐵柱搬到鎮委大院，戴寒水對曲書記尤其殷勤，不但替他打水，掃房間，洗衣服，而且教他唱潮州戲，自然，大都在八小時之外，並不影響日間工作！有一天晚上，戴寒水又來了，說是教曲書記沖工夫茶。

曲鐵柱直擺手：「免了吧！現在是供應困難時期，你們的工夫茶賽過刀子，刮不著油水，盡刮腸子了！」

戴寒水甜甜一笑：「曲書記要是娶個潮汕姿娘怎麼辦？」

怎麼?娶潮汕姿娘就得沖工夫茶?曲鐵柱忽然間望著戴寒水發愣，她長得有點像楊碧君，他眼中看的是戴寒水，心裡想的是楊碧君，啊，唱戲，工夫茶，潮汕姿娘……

戴寒水誤讀了曲鐵柱的表情，輕輕地往他身上一靠，曲鐵柱也把此她誤作彼她，忘乎所以，一把摟住，也許用力過猛，她「唷」地一聲，摸著曲鐵柱的褲兜，「是鑰匙吧?」又指著自己的大腿根兒，「硌疼了我了!」

這輕輕的話語把曲鐵柱從夢中喚醒，此她不是彼她!他猛然推開戴寒水:「你走吧!」

戴寒水一愣，嗲聲嗲氣:「人家也沒有怨你，說一聲都不行呀……」

曲鐵柱忽然暴怒:「你走不走?」

戴寒水一愣神，遲疑地退出門去。

曲鐵柱猛力關上房間門。他突然感到，他一直愛著的是那個姿娘仔楊碧君，任誰也無法取代她!戴寒水怎麼能同她相比?可笑!這風流娘們的大腿根兒長過一個大瘤子!雖說是良性的，到底長的不是地方!他忘了是誰當笑話告訴過他，那瘤很大，做手術的女醫生都大吃一驚，似乎緊連大腿根兒的某些風流部位也異乎尋常，潮汕人迷信，說什麼「破了相」呀，「三煞白虎」呀……他當笑話聽的時候壓根兒沒在意，現在回想起來偏偏生出疑竇，娘們的隱私怎麼在爺們中傳遍?邪門!誰親眼目睹了?這樣的娘們怎麼能當書記的愛人?笑話，笑話!他由此及彼，越發癡想著楊碧君，覺得戲班裡難得有這樣的女人!甚至她一直忠誠於陳奇木，此刻也讓他覺得可敬，啊，是這樣可愛的一個小娘們!不，此地人叫姿娘仔，他情願等待她!

這天，曲鐵柱照常開會，上傳下達，卻有些打不起精神，他想著楊碧君。蕭團長來請示工作，他忽然眼睛一亮，恐怕要拜託這個人了!他悄悄關上門，從抽屜裡取出一口袋黃豆……

楊寡婦的手叫人羨煞，不僅僅又白又尖像嫩薑，更在於巧！比如說，她的手能把一種黃豆做成好幾樣美味：豆腐、豆乾、豆漿、腐竹、豆豉、豆瓣醬，還有豆芽菜。

楊碧君對母親的手藝讚譽有加：「吃遍了南甜北鹹東辣西酸，就我媽炒的菜好吃！」

楊寡婦笑著罵：「拍馬屁！還吹牛皮！你都吃過什麼了？還南甜北鹹東辣西酸哪！」

「哦，人家誇你，你還不樂意呀？」

「樂意！樂意！哎，今天的豆乾好吃不？」

「好吃！媽，哪兒弄來的？」

「媽自己做的唄！」

「哪兒來的黃豆？」

楊寡婦一笑：「偷的。」

「我不信你有這膽子！」

「死丫頭！是人家送的。」

「這年月，誰有這麼好心？誰呀？」

楊寡婦慢騰騰說出三個字：「曲書記。」

楊碧君愣了半天，放下碗筷，走回自己的房間。楊寡婦追了過來，與女兒面對面坐著。

「你不願意我收他的東西？」

「嗯！他是有目的的！」

「我懂！如今困難時期，有錢都買不來的東西，沒目的誰送？」

「明知他有目的，爲什麼還要收？」

「我願意。」

「我不願意！」

「爲什麼？你說說，曲鐵柱怎麼不好？」

要說曲鐵柱怎麼不好，楊碧君一時還眞的想不出個子丑寅卯，說他爲了愛她而整治陳奇木，兩人本來就是情敵，說他爲了愛她整治她，又似乎缺少證據，她喃喃地說：「我討厭他看人的眼神！還有他的笑聲！」

楊寡婦一聽樂開了：「人浪笑，貓浪叫，牛浪吧嗒嘴，狗浪跑細了腿……他那是愛你！惜你！」

「我受不了！」

「你知道嗎？那黃豆是國家照顧高幹的營養品，全南浦只有曲鐵柱一個人夠享受的格！傻姿娘仔，你該懂點世事了！姿娘人不能沒有依靠啊！」

楊寡婦說罷，忽然想起自身，黯然走開去。楊碧君無話可說，過了一會兒，站起身走了。她應約去蕭團長家。

蕭團長的家沒有楊碧君想像的那樣寬綽，難怪他要嫉妒姚乃剛的小院！小桌子上擺著少量水果、點心之類，楊碧君想著，難爲他弄來了這麼些吃的。

「吃吧！吃吧！」蕭團長客氣地招待著楊碧君，「碧君，聽說你對我有些意見？」蕭團長似乎在徵求意見。

「沒，沒有……」楊碧君顯得侷促不安。

「有意見是正常的，劇團這樣大一個家，當家人沒有得失過人那才怪呢！」蕭團長談笑風生，又復神秘兮兮，「碧君呀，這次全省戲曲會演，團裡要爲你爭取！」

「眞的?」好像得了「戲癌」，楊碧君一聽演戲立時兩眼放光。

「當然，更重要的是看你自己的表現!藝術上的表現，還有嘛，政治上的表現!」

楊碧君心中重又燃起希望，她又在構築新的輝煌……

半個月後，楊碧君果然去廣州參加會演，可惜這一炮打啞了，工夫生疏加上過分緊張，竟然出現荒腔走調，連原先看好她的行家也大跌眼鏡，結果，連個三等獎都沒有得到!消息傳來，劇團裡自然多了好些閒話。蕭團長在全團大會上公開批判那些閒話，希望楊碧君不要氣餒，繼續努力。楊碧君很感激蕭團長爲她解憂排難。她有什麼理由埋怨別人?她只能埋怨自己，她流下悔恨的淚。就在劇團沸沸揚揚的當口，曲鐵柱適時地找楊碧君談話，多半是鼓勵，希望她好好總結經驗教訓，完全出自公心，沒一句工作之外的曖昧話。楊碧君望著曲鐵柱，他換了一個人……

南浦的閒人實在厲害!劇團內的閒話無非「小小貓，跳跳跳」，社會上的閒話往往關乎名譽。這回連圓熟的蕭團長也有體會了。他爲曲書記的囑託常到楊寡婦家走動，南浦人居然傳出閒話，說他和楊寡婦勾搭上了。蕭團長自然十分氣惱，只因楊寡婦名聲不好，他想，還不如傳他跟碧君好呢!可一轉念，又暗自慶幸，多虧沒傳他跟碧君，不然，他在曲書記面前難做人了!這天，他又找上門來，卻不進屋:

「碧君呢?」

「沒回來呢!蕭團長有事?」

他想了想:「跟你說也一樣。啊，長話短說!你叫碧君死了那條心吧!陳奇木出事了!」

楊寡婦一驚:「怎麼?他殺人了?」

「哎!那種事他不敢。」

「那怎麼了?」

「他越獄潛逃，給抓了回來，判了十五年！」

楊寡婦「呀」的一聲。

不多久，曲鐵柱和楊碧君結婚了。困難時期，一切從儉，連部隊的老上級老山東也不過喜酒喜糖而已。那天夜裡，楊碧君走了，楊寡婦關起門來，思前想後，淚流不止。

2 不期而遇

林海文所在的南國大學物理系三年級的師生們，結束了在茂名油頁岩礦為期一個月的勞動鍛鍊，乘坐火車從黎湛線轉湘桂線轉京廣線回到廣州。學生宿舍裡有一封家信等待著林海文。是嫂嫂的來信。他拆開一看，父親死了，而且已經草草埋葬了。他顯然感到意外，卻似乎不很悲痛，但又很想家，想母親。時值暑假，同學們紛紛準備回家，他大概也受到這種氛圍的感染，他已經將近三年沒回南浦了！不為別的，只因沒有路費。每逢寒暑假，學生宿舍往往人去樓空，他害怕孤寂，總是躲進圖書館。有一次實在想家，他對即將還鄉的好友潘新偉說：「老鬼，你這次坐船到汕頭，再由韓江北上，路過南浦的時候，請你替我望一望我的家鄉，古渡口那裡，有一株大榕樹……」潘新偉黯然神傷，歸途中特意在南浦停留了半天，可惜只見到林姆一人。這次喪父，林海文特別想回家，即使是破碎的家。

他拿著家信去找班裡的團支書，團支書不敢做主，讓他去找已升為系黨總支書記的吳老師。吳老師想了想：「你寫個申請報告吧！」林海文喜出望外，當場寫了申請報告。吳老師在申請報告上批了幾個字，囑咐著：「到教務處辦一下手續，就可以領到路費補助了。」又看了一眼腕上的手錶：「哦，五點了，趕緊去！」林海文十分感激，連連稱謝。「我們黨是講革命人道主義的，你父親死了，你當兒子的回去看看是可以的，但是，思想上一定要劃清界限！」林海文頻頻點頭。

南國大學的教務處是一幢中西合璧的建築，巍峨，氣派！林海文第一次踏上這高高的台階，走進大學的權力機關，心中有些忐忑，要是追問起亡父的政治面目，不給我補助，再批我一通呢，他突然想打退堂鼓，哎！既然系裡批准了，想必不會出問題，他又自我安慰著。一個似乎管事的人接過申請報告，撥拉幾下算盤：「兩段路，來回程，加上住宿費……三十六塊八，給你整數吧，四十塊。」

林海文接過錢，眼睛濕潤了，竟不知說什麼好。

「你可以走了！」

「哎哎！」林海文手裡攥著鈔票走下台階，又把手揣進褲兜裡，不敢稍微鬆手，天哪！我活這麼大，還沒拿過這麼多的錢！

一輛長途汽車在廣汕公路上慢悠悠地向東爬行著。車內成了各種氣味的淵藪，煙味、酒味、汗臭味、口臭味、狐臭味、屁味、小孩尿布味、「三鳥」（雞鴨鵝）臚臊味，那無與倫比的惡濁，任疾徐有致掠過車窗的風也驅之不走。林海文坐在靠窗的座位上，面向窗外。鄰座的胖女人隔著過道壁立著的包包袋袋，箱箱籠籠，同一個瘦男人交換著社會新聞，車中的同路人誰也不去考究是否真實，都聽得津津有味。

「慘呀！現在買什麼都要票！一斤糧票賣多少錢知道嗎？」

「各地價錢不一樣，二角，三角，五角……」

「農村裡，三十斤糧票可以娶一個老婆！」

「這比『打野食』合算！」

一陣哄堂大笑。說那話的瘦男人為自己一鳴引得百鳥喧而顧盼神飛。

「哎，哎……還有人偷渡到香港……」

「那麼容易？海上巡邏艇吃素的？」

「是呀！潮陽峽石有人偷走了公社的機帆船，快到公海了，讓巡邏艇追上，抓回來，先打個半死，再判五年監獄！」

「五年也太多了！」

「這叫殺一儆百！」

「沒人？更多！」

「再沒人敢逃港了！」

「起碼從監獄出來的人不敢了吧？」

「嘿嘿，你猜出監獄的大佬怎麼說？」

「怎麼說？」

「他說，死了不逃！」

忽然鴉雀無聲。

過了一小會兒，有人低聲歎息：「從前去香港是來去自由的呀！」

「嗐！那是什麼時候的老皇曆了？」

長途汽車突然停在路旁。旅客們嚷嚷起來：

「這是什麼站呀？」

「沒站怎麼停車了？」

「司機！司機！」

司機端坐不動。

助手大吼一聲：「喊什麼？死了爹還是死了娘了？發動機燒熱了，懂嗎？」

一時噤若寒蟬。

有頃，有人探詢地問：「為什麼不到河溝裡打桶冷水？」

助手不耐煩：「風吹吹就涼了！」

從小路上走來兩個人，對司機小聲嘀咕幾句，然後把路邊存放著的雞鴨鵝「三鳥」籠子一個個搬上汽車頂上，又悄悄塞給司機一個小包包，留下一條「銀球」牌香煙。於是，人走，車開。

旅客們耷拉著腦袋，像洩了氣的氣球。

胖女人將小木箱放在她與林海文之間。林海文被擠得難受，喊了一聲：「別擠我呀！」

胖女人沒有發怒，反倒笑嘻嘻，「學生弟，怕擠呀？」她故意停頓一下，「坐小轎車去！」

車內爆發出一陣開閘決堤般的笑聲，剛才被司機助手數落的悶積全都宣泄出來了。

林海文回家的第二天，由侄子林建中帶著，到了一處山坡。林建中指著一抔黃土：「這就是阿公的。」

林海文看了看，只一塊無字白石，別無墓碑。他忽然想起他與父親的最後一面，不料竟成永訣，而且是在黑暗中，連油燈都沒點！他默默無言，過了好半天，放眼一望，山是青的，水是綠的，遠處升起一縷炊煙……

二層半的蠡廬的小閣樓上依然舊觀，似乎變大了些，因為空蕩。林海文倚窗望去，依舊曠埕、江水、沙洲和鳥。他看看就厭了，一個人上街，漫無目標地走。遠遠的，有一個人迎面走來，他認出是一位親戚，是他父親童年時結拜金蘭的同年兄，他叫作同年伯的。同年伯從前一直是家中的頻來客。聽母親說，同年伯不善經營，做生意總是失敗，父親經常接濟他。他似乎很有學問，很會講歷史故事，哥哥那部商務版的《辭源》就是他送的。林海文想到這裡，便興匆匆迎上前去。同年伯顯然也發現了他，卻佯裝無見，扭頭踅入一條橫巷。他頓感失落，緩緩前行，至巷口，藍底白字的巷標寫著三個字：「淡水巷」。他無精打彩地走到曠埕，眼前幻出那年中秋夜燒瓦塔的情景，幻象過後，定睛一看，當初燒瓦塔的地方，如今堆著小山似的垃圾。他又來到古渡口，大榕樹仍在，艄公的渡船仍在，他心中湧起一絲絲欣慰，望著那狀如美髯的氣根，那幢幢如車蓋的樹冠，竟有一種難以言喻的親切。忽然，艄公低啞的嗓音唱起古老的情歌：

哎——！
蜜柑跌落古井心，
一半浮來一半沉。
你要沉來沉到底，
半浮半沉傷人心。
哎……

林海文走開去，腳步不由自主來到蔡家舊宅門前。一個女人在淘洗、晾曬衣裳。他上前詢問：「這裡是蔡書記家嗎？」

女人回答：「蔡書記早搬家了，住地委宿舍了！」

林海文「哦，哦」應著。

女人很愛說話：「其實，我老叔根本用不著搬家，這裡離地委不算遠，騎單車騎快了也就十五分鐘。不過，地委那邊房子大，也氣派，這裡終歸是小城鎮，土氣……」

林海文喃喃自語：「我應該去看看！」

「你要去看我老叔呀？」

「哦，不，不……」林海文走開去。

女人覺得奇怪，「這後生仔沒見過。」

陳奇木入獄的事，林海文早就知道。趁著這次回家，他帶著一個包袱前去探監。包袱裡有一支筆，一個筆記本，三本書……《資本論》、《牛虻》和《教育詩》，還有陳家託他帶上的衣服、食物之類。

看守高喊：「拿過來！」

林海文一愣。

陳奇木低聲：「他要檢查。」

林海文把包袱呈上去。

二人相對無言。

在南浦還住不到一個月，林海文就想回學校了。

「不是離上課還有好些天嗎？」林姆很驚訝。

「媽媽，我待不下去了，我想走得遠遠的。」

林姆一臉悲戚：「阿文呀，你還有一年就畢業，快熬出頭來了。」

林海文一臉冷漠：「將來畢業，我絕不在這裡工作！就是死了，骨頭也不埋在這裡！」

林姆急忙摀住兒子的嘴，老淚跌落：「兒呀！祖宗保佑你，順順，順順啊！」

「祖宗？」林海文蹦出一聲冷笑。

林姆心中發冷，我的小兒子怎麼啦？

林海文就要離開南浦了，他自己也不知道什麼時候能再來，他無意望了一眼汽車站。

汕頭汽車站的候車室裡，少有衣冠楚楚，大都粗服亂頭，更有鶉衣百結的乞丐。背包的，挑擔的，空手的，爲幾秒鐘的捷足，爭擠於進出口處。整個車站雜亂而骯髒。

停車場上，一輛長途汽車裡，已經坐上了大半車人。因爲票買得早，林海文坐在第一排第一號的座位上，正靠著車窗看書……

車站是個歡喜和悲傷的集散地。蔡家的大女兒蔡霞進了停車場，對候車室那邊高喊著：「回去吧！阿鶩，怒飛，叫媽媽回去吧！一到廣州，我就寫信，你們放心吧！」

方淑雲望著第一次出遠門的大女兒淚眼模糊。蔡霞心裡也酸酸的，眼眶泛紅，掉頭往汽車這邊走。

「快呀！檢票！檢票！」司機助手高喊，他攔住蔡霞，檢票，「一排二號，上！」

蔡霞上車，找座位。

林海文一回身。只一瞬間，兩個人驀地一驚，幾乎同時高喊：

「阿文！」

「阿霞！」

「太好了！」

「怎麼這麼巧？」

「真是天意！」

「天意……」

「阿文呀，我正發愁這路上沒伴呢！嘿，一定是上帝派你來的！」蔡霞朗聲笑了起來。

「萬能的主！阿門！」林海文頓時活潑起來，在胸前劃了個十字，那故作虔誠的樣子，把蔡霞逗樂了，「哎，你考上哪個大學？」

「嶺南醫學院。哎，你怎麼知道我考上大學了？」

「潮汕沒有大學，這幾天上廣州的學生肯定是上大學的！哎，哪個系？」

「醫療系。」蔡霞忽然想起，「你回家了，怎麼不來找我們呀？」

「你們搬家了。」

「是啊！可我很想念南浦。」

車站，又是個命運的中轉站，希望和失望的出發點。

汽車在廣汕公路上向西奔跑。車內的空氣似乎淨化了，彷彿走失了那些令人窒息的惡濁。秋陽灼灼，嶺南依然生機勃勃。林海文望著蔡霞，數年前那個瘦削的小姿娘仔，如今變成一個健美的少女，滿溢著青春的活力，多麼不可思議啊！

「阿文……」蔡霞輕聲呼喚。

「不叫阿文哥了？」

「你比我大不了幾歲！」

「大一天也是大呀！」

「哼，美得你！哎，渴嗎？」

「比沙漠強。」

「誰問你沙漠了？」蔡霞順手用扇子輕敲林海文的腦殼：「我問你渴不渴？」

「秋老虎！渴又有什麼辦法？」

蔡霞狡黠一笑，從挎包裡取出一瓶荔枝罐頭！呀，在整個大陸經濟困難時期，這玩藝兒不啻奢侈品！蔡霞又取出開罐頭的傢伙，動作起來，一個左撇子！

林海文禁不住要去看她！她，兩條長長的辮子，穿著新款衣裳，胳膊裸露著，光滑細膩，左手撬著罐頭，稀疏的腋毛清晰可數……林海文莫名地心跳，彷彿是一種褻瀆，急忙移開目光。爲了掩飾自己的慌亂，他說，「阿霞，我來吧！」他很快便撬開罐頭，得意地笑笑，「怎麼樣？」

「不怎麼樣！是蠻力，不是巧勁！」

「反正證明是最終目的，求證可以有多種方法。」

蔡霞笑了。他們邊吃邊談。

「哎！廣州很大吧？比汕頭強多了吧？」

「那當然！省會嘛！」

「我就知道有一個越秀山，一個海珠廣場，一個黃花岡七十二烈士墓，一個紅花岡烈士陵園，一個農民運動講習所……」

「那就夠多的了！我還不知道這麼多呢！」

「阿鬼！你諷刺我！我打你了！」蔡霞揚起那把扇子。林海文低頭縮頸，等了半天，等來的只是輕輕的一響。

這趟車很順，路上沒有拋錨，從汕頭直抵樟木頭。樟木頭是個小站，但又是廣汕公路與廣九鐵路的交叉點、轉運站。汽車進站，甫停，旅客們紛紛下車，爭先恐後湧向不遠處的火車站。林海文背著蔡霞的行李，二人隨人流而去。蔡霞看著人們一路小跑，不斷超越他們，有些著急：「阿文，我們也快點走！」

林海文卻不為所動：「不用著急，火車上座位很鬆的，再說，火車進站還早著呢！潮汕人就是這個討厭的樣子，什麼都要爭搶！」

林海文和蔡霞走進火車站候車室，剛剛坐定，蔡霞情不自禁地拉起林海文的手，往月台方向走。

林海文納悶：「上哪兒去？」

蔡霞興致勃勃：「看火車！」

林海文笑著說：「行李不要了？」

蔡霞不好意思，撒著嬌：「人家第一次出遠門嘛！」

林海文又笑了：「一會兒讓你看個夠！」

二人重又坐下。在林海文的心目中，蔡霞彷彿貴族小姐，他只能用想像去描繪蔡家的生活場景，推測他們的行為動機。「阿霞，我到樟木頭轉車，是火車比汽車票價便宜，難道你也是……」

「我就是想看火車嘛！」蔡霞「格格」笑了起來。

林海文心想，原來這樣！他頗為感慨地說：「說起來，我們潮汕也夠落後的，連火車都沒有。」

「可不是嗎？我還是從電影上看到火車的！」

「其實，我們潮汕一九〇六年就有火車了……」

「真的？」

「嗯！潮汕鐵路是中國第一條華僑集資創辦的鐵路，創辦人是印尼華僑，原籍梅縣松口的張榕軒張耀軒兄弟。一九三九年，先是國民黨，後是日本人，把全線軌道拆除了，只剩下路基，就是現在的潮汕公路。」

對家鄉歷史不甚了了的蔡霞頗爲驚訝：「阿文，你怎麼知道的？像背書一樣！」

林海文坦白承認：「就是從書上背下來的！」

蔡霞笑了：「你這個學物理的眞有意思！喜歡看小說嗎？」

「喜歡。」

「喜歡哪一部？」

「哎呀，好多呢！」

「最喜歡的？」

「最喜歡的……」

「是《安娜·卡列尼娜》嗎？」

「當然喜歡。」

「告訴你吧，這本書我看了三遍！」

「眞厲害！哎，你看過雨果的《悲慘世界》嗎？」

蔡霞搖搖頭。

「那本書寫得太好了！可惜只翻譯過來兩部，芳汀和珂賽特。我特別想知道那個冉阿讓的結局，託中文系的老鄉去他們資料室找……」

「找到了嗎？」

「他找到蘇曼殊的一個翻譯本，叫《慘世界》……」

「有結局了？」

「沒有。蘇曼殊翻譯的更少！」

「無可奈何了！」

「不！我總算在圖書館找到了解放前的一個電影劇本……」

「夠頑強的。有結局嗎？」

「有是有，太簡單！」

「阿文哪，你不該讀物理，該讀中文！」

林海文搖了搖頭：「物理和中文並不矛盾，我總覺得它們是孿生姐妹。愛上了姐姐，能不喜歡妹妹嗎？」

蔡霞一笑：「就怕愛上了姐姐，結果呢，娶了妹妹！」

林海文亦笑：「那也說不定！」

車站播音驟然震天價響：「……列車晚點一個小時……」候車室裡頓時一陣騷動，有歎氣的，也有罵街的。

林海文有些擔心：「到廣州說不定燈火闌珊了！」

蔡霞卻很興奮：「晚十個小時才好呢！」

不知爲什麼，聽到蔡霞的話，林海文心裡泛起一股暖流，但他不敢胡思亂想，便順著她的話說：「那我們就得在這裡蹲一夜了！」

「蹲就蹲！」蔡霞一副挑戰的神情。

林海文望著蔡霞，傻傻地說：「不上大學了？」

「誰說不上了？」蔡霞嬌嗔，復低聲：「阿文哥，我愛聽你說話。」

「哦，哦，眞的？」

聰明人未必處處敏感。此刻的林海文正是這樣。他已經對蔡霞產生了一種朦朧的感情，也覺得蔡霞似乎也有點那個，但他過於怯弱，缺乏自信，一個念頭剛剛升起，便被自己壓抑下去，他竟然沒有留意到蔡霞對他稱呼上的變化，而在早上見面時，他曾經爲這個稱呼開過玩笑呢！

「哦，剛才說到哪兒了？」林海文問。

「說到愛姐姐娶妹妹！」蔡霞笑著回答。

林海文也笑了：「其實，我最喜歡的是天文！蔚藍色的天空最具吸引力！」

「爲什麼？」

「因爲它神秘！」

「這跟文學沒有關係吧？」

「有關係。天文和文學一樣需要靈感和想像力，甚至更需要！牛頓從蘋果掉地發現萬有引力，就是靈感和想像力的經典之作！哎，你讀過屈原的《天問》嗎？」

蔡霞搖了搖頭。

「屈原用藝術的語言推測天和地的形狀，裡面包含著幾何學和天體力學，涉及到天文座標和對稱性。天文學裡的普遍與特殊，如同文學裡的共性與個性，天文學裡的靜止與運動，如同藝術裡靜態的雕塑與動態的影劇，天文學裡的對稱與非對稱，如同詩歌裡的對仗與排比……天文和文學如出一轍啊！」

蔡霞聽傻了，眼前是一尊偶像！林海文自己也不曾想到，在蔡霞面前他會變得這樣自由自在，這樣才情洋溢，妙語聯珠，簡直神了！

汽笛長鳴，火車進站。旅客湧向月台。蔡霞跟在林海文身後向月台走去。從樟木頭到廣州，路程太短了！他倆都覺得，似乎眨個眼，廣州車站就到了。果然是闌珊夜景！疏落的霓虹燈是夜的倦眼。又是汽笛長鳴，火車進站。旅客湧向出口處。

林海文領著蔡霞在尋覓。

「阿文你看！」林海文順著蔡霞的指向望去，前面不遠處立著一面上寫「嶺南醫學院」的紅旗，那是新生接待站。

「這麼晚了還有人接待！」二人載欣載奔。

接待站前，一個新生在新生花名冊上查找自己的名字，他找到了：「在這兒呢！醫療系，翁財旺！」

接待站的老生打趣著說：「財旺，有錢呀！」

翁財旺頗尷尬：「沒錢。」

老生們笑了。

翁財旺急急退出，差點撞著蔡霞，他愣住了，是仙女？蔡霞說了聲「對不起」，便和林海文走到接待站。

翁財旺幾步一回首，慢慢走向學院接運新生的大卡車……

3 來也匆忙去也倉皇

廣州的越秀山作爲遊覽勝地，大概可以追溯到漢初，南越王趙佗曾在山上營建越王台。二千年來，此山無論盛衰興廢都有遊客前來觀光，新景點固然賞心悅目，舊勝跡猶堪泫然一弔。如今闢作越秀公園，山一座，水三泓，台榭精雅，林木清幽。即使經濟困難時期，人們餓著肚子，這裡也少不了雙雙對對。山上的木殼崗頂矗立著高十一米的五羊石像，造型含蓄而富有詩意，是這座城市的象徵。

石像下，蔡霞爲林海文照相，左一張，右一張，又讓林海文爲她照相。林海文爲難了，他沒擺弄過那玩藝兒。蔡霞只好自家對好光圈，教林海文如何按快門。林海文接過相機，像抱著個初生兒，不敢稍動，戰戰兢兢照了一張。蔡霞邊說邊笑：「說不定把我的腦袋切下一半來！」林海文賠著笑，他爲自己的手藝而愧赧。蔡霞收好相機，忽然興頭十足：「聽我們班的女同學說，美華百貨商店有一個女售貨員，百分之百的靚女，人稱羊城第一美人，去看看！」

他倆走出園門，上了電車。在匆忙和擁擠中生出了尷尬：蔡霞的長辮子掛纏在林海文的上衣鈕扣上。林海文心慌手亂，怎麼解也解不開。看著林海文滿臉通紅的樣子，車上乘客友善地笑了。還是蔡霞大大方方，若無其事地解開了。然而，如此近距離的接觸，又在稠人廣座，這對青年男女免不了有一番心跳，而且，各自感到對方情感的脈衝，一種呈鋸齒形的脈衝。

美華百貨商店，是一家大商店。蔡霞領著林海文在櫃台間蝴蝶穿花般鑽來鑽去，然而，蓖子式搜尋的結果不如人意，也就一二位薄有姿色，欲稱第一美人，未免看低了羊城。如此勞師遠征，一無斬獲，二人相視而笑。「走這麼遠，遺憾嗎？」蔡霞問。

林海文搖搖頭，又說：「不過，十步之內有芳草，何必迢迢到美華？」

蔡霞看著剛才的書呆子忽又口角春風，便問：「什麼意思？」

林海文一聳肩膀。

蔡霞忽然明白過來，佯裝著生氣：「阿鬼！我打你了！」心裡卻是甜滋滋的。

偌大的五羊城處處有他們的履痕，海珠橋畔，荔枝灣裡，白雲山麓，流花湖邊……孰知樂極而悲生！有一天，在南國大學學生宿舍的公用電話機前，林海文正接蔡霞的電話：「……出了什麼事了？身體複查……什麼？好，我不問，不問……我馬上就去……知道……」

老地方，五羊石像前，蔡霞愁眉不展。林海文安慰著：「肺病如今已經不是可怕的病了，能治好的。」

「學校讓我休學一年，要是一年後還治不好呢？」

「不會的！」林海文納悶，「你身體挺好的，怎麼會……哦，要不，到市立醫院再複查一次。」

蔡霞搖搖頭，忽然，她抬起頭來，叫一聲「阿文哥」，又低下了頭，「要是我的病好不了啦，你還能跟我好嗎？」

「我侍候你！」林海文堅定地說，不假思索。

蔡霞望著林海文，頓時流下了熱淚。

看見蔡霞激動的樣子，林海文自己卻低下頭來：「阿霞，我是怕你嫌我……」

「我嫌你？」蔡霞疑惑地問，「嫌你什麼？」

「我出身不好，父兄都是右派，比人矮一截……」林海文忽然委頓。

「右派？」蔡霞竟笑了起來，「知道嗎？右派都是有本事的人，我喜歡！」

石破天驚！報紙上理論家的全部文章，各種各樣的統計數字，數不盡的批判會，沒有眼前這位少女的這句話更接近眞理。林海文驚呆了，他見慣了好親戚鎖重門，頻來客成路人，蔡霞的這句話他連想都不敢想，他捣著臉嚶嚶哭泣。蔡霞柔聲安慰：「阿文哥，不要難過……你不比誰矮一截！」

林海文哭得更傷心。

「其實，不是人人都把右派看作敵人。我爸爸就說過，可惜了這一大批人才！怎麼一夜之間都成了階級敵人呢？」

林海文大爲驚訝，抬起頭來，由衷地感慨：「你爸爸眞好！」過了一會兒，又問：「你媽媽呢？」

「我媽媽……她沒說什麼……」

從蔡霞嘴裡，林海文略知蔡家近幾年的情況。蔡霞的爸爸蔡方蘇一直擔任地委副書記，在黨內外都很有威信，只是也有人背地裡說他的「俏皮話」，諸如「非正統的馬克思主義者」啦，「黨內的民主人士」啦。自然，沒有人當他的面說這些「俏皮話」！蔡方蘇的妻子方淑雲在婦聯工作，是個普通幹部，工作本來就稀鬆些，加上丈夫的背景，同事們視她作「官太太」，很少同她計較，因此方淑雲有更多的時間和精力操持家務。蔡家從南浦舉家搬進地委宿舍，已有二年多了。因爲是地委宿舍，總有些森嚴，除了黃東曉時或帶著女兒小符來串門，平民百姓往往望而卻步。近時黃東曉當上了工作隊長，去農村搞「社教」（社會主義教育運動），串門的人更少了。蔡方蘇常常感歎自己脫離群眾，而方淑雲卻覺得沒人打擾好。

蔡霞因爲體檢複查查出肺病，休學一年，回到汕頭家裡。蔡方蘇和方淑雲不約而同地活用了毛澤東對待養傷治病的名言，所謂「既來之，則安之」，勸說大女兒。誰知大女兒偏不聽勸，一心想回廣州讀書，又是補習功課，又是鍛鍊身體。

這天，方淑雲下班一進門，看見蔡霞又寫又算，二話沒說，沒收了書本和紙筆，還不住地叨嘮著：「你這是做什麼？晚一年就晚一年，你上學早，怕什麼？今年十七，明年十八，五年畢業，也不過二十三歲，著什麼急！身體是最要緊的，身體是革命的本錢！」

蔡霞上前奪過書本，直嚷嚷：「我不嘛！我要回廣州！」

方淑雲生氣了：「回廣州，回廣州，你病沒好，哪兒也去不了！」

「我下個月去檢查，好了就走。現在我要補習功課……」

方淑雲斬釘截鐵：「不行！」上前爭搶書本。

正在不可開交，小弟蔡怒飛跑來：「大姐，信！牛伯叫我親手交給你！」扔下信就走。

蔡霞一聽，丟下書本，立時拆信，讀信，頓時喜氣溢眉梢。

方淑雲覺察到大女兒心理上微妙的變化，關切地問：「誰來的信？」

蔡霞坦蕩蕩：「林海文。」

「林海文？你跟他通信？」方淑雲眉頭微微一皺，宛若小水蛇游過。

「哦！」蔡霞應了一聲。

「信上說什麼？」

「他們畢業班要到汕頭超聲波廠實習。」

方淑雲若有心事走開去。

蔡霞輕聲哼起蘇聯歌曲《喀秋莎》：

正當梨花開遍了天涯，
河上飄著柔漫的輕紗，
喀秋莎走在峻峭的山上，
歌聲好像明媚的春光……

「別唱了！」方淑雲大喝一聲。

蔡霞愣怔著，結結巴巴：「媽媽，我怎麼了？」

過了好一會兒，方淑雲才說出了原因：「蘇聯歌曲……我們的電台不播了。」

離見面的日子還有一個星期。這個星期特別長，眞難熬！蔡霞日夜思念著林海文，恨不得一早醒來，阿文哥就出現在眼前。她還在補習功課，有時候想起阿文哥，學習效果特別好，有時候想起阿文哥，什麼書也讀不進去。林海文又何嘗不是這樣！他清晨早操，見的是早霞，傍晚自習，見的是晚霞，無論黑板上手寫的漢字，還是書本上鉛印的漢字，個個漢字一個樣，是一模一樣的「霞」字！他無心翻開一本詞集，跳出這樣一行字：

長記綠羅裙，
處處憐芳草！

這一天終於來了！林海文與他的同學來到汕頭超聲波廠。晚飯後，可以自由活動了！林海文一路小跑……

蔡霞晚飯前已經洗完澡——潮汕人因爲天氣炎熱每日必浴，她今天提早做了這件事，換上新衣裳，等待著門鈴被撳動的一剎那。七點整，果然門鈴聲響。蔡怒飛剛要出屋，蔡霞說了聲：「我去！」飛快地衝到院子裡……

原來是牛伯！牛伯笑容可掬：「喲，阿霞，穿得這麼漂亮……」

蔡霞興致頓消：「牛伯，有事嗎？」

「哦，送報，今天《南方日報》來晚了！」牛伯遞過報紙。

蔡霞懶洋洋接過報紙，重又關門，正往回走，門鈴又響，不由一陣興奮，再開門，還是牛伯，蔡霞涼了半截，不言語了。

牛伯笑嘻嘻：「阿霞，還有一份《參考》！唉，歲數大了，記性不好，做事丟三落四的。哦，你這是去跳舞吧？」

蔡霞沒好氣：「我哪兒也不去！」

牛伯「嘿嘿」地走了，自個兒叨嘮著：「十七八的姿娘仔就像此地的天氣，一會兒晴，一會兒雨……」

蔡霞慢騰騰地關門，無力地倚在門旁，忽然一激凌，查看自己的衣裳是否弄髒，剛要走開去，鈴聲又響！她低聲罵了一句：「糟老頭子！」猛地一開門，門外空無一人。她望了望，眞的生氣了：「搗亂！誰呀？」

「我！」林海文從牆根跳了出來，嘻嘻地笑著。

「討厭鬼！」蔡霞雙手握拳捶打著林海文，「都什麼時候了？」

「超聲波廠食堂開飯晚了，不賴我，再說，我又沒有手錶。」

「哼，自己說過，決定的因素是人，不是物！說過沒有？」

「說過說過，我認罰！」

「我打你。」

「認打！認打！」

兩人嘻嘻哈哈打鬧著。

「誰在門口鬧呀？」屋子裡忽然傳來高聲責問。

兩個人都變成了啞巴！林海文吐著舌頭，蔡霞做了個鬼臉。他們一先一後進屋。林海文恭敬地叫一聲：「阿嬸！」

方淑雲不冷不熱：「來了，坐吧。」轉身走入內室。

林海文感到尷尬。妹妹蔡鷲、小弟蔡怒飛卻迎上前來。林海文同蔡鷲、蔡怒飛有三年多沒見過面了，自有一番驚奇！

「小怒飛長高了，比阿鷲還高！」

「沒錯！」蔡怒飛改用普通話說，「咱是男子漢了！」

「去！四肢發達，頭腦簡單，管什麼用？」蔡鷲不服。

「那也比『五分加綿羊』好！」

「誰是『綿羊』了？」

「那你踢足球嗎？」

「有女子足球嗎？」

「阿文哥的足球踢得漂亮！」

方淑雲獨坐內室，聽客廳裡說得熱鬧，越發心煩。她喊了一聲：「怒飛！你還做不做作業了？」

蔡怒飛在客廳裡回答：「我一會兒做作業不行嗎？」

方淑雲分明帶氣：「不行！」

林海文心裡明白，對蔡霞說：「別影響怒飛的功課，我們出去走走吧！」

蔡鶯是個初中生，而且早熟，便攛掇：「大姐，帶阿文哥去海濱看夜景吧！那裡現在是海濱公園了！」

蔡霞想了想：「也好。」

汕頭海濱公園一帶，原來幾乎是個大垃圾場，前幾年開始改造，如今已經成了一處可供休憩的場地。此際，海風浩浩，夜海茫茫。同越秀公園一樣，這裡也少不了情侶儷影，對對雙雙。林海文和蔡霞倚著欄杆，望大海，望星空。蔡霞看林海文很少說話，便問：「你在想什麼？」

林海文勉強一笑：「沒有。」

「你騙我！」

「哦，我在想雨果的一句話，好像就是《悲慘世界》裡的話。」

「哪句話？」

「比大海更遼闊的是天空，比天空更遼闊的是人的內心。不一定是原話，大意是這樣。」

他們一盼再盼的見面，顯然沒有想像中那樣歡樂。他們是否意識到，想像總是豐富的，現實總是簡練的，而「繁」永遠讓位於「約」。

方淑雲獨自一人在客廳裡打毛線。鐘敲十一下。方淑雲站起身來，走到院子裡，想了想又走了回來。著睡服的蔡鶯起夜小解，邊走邊說：「媽，你去睡吧，大姐有鑰匙。」

方淑雲沒有答話，又做起毛線活。

蔡鶩不滿地嘟囔：「眞是的！」

院門開鎖聲響。方淑雲急起。蔡霞走來，林海文後隨。

「媽，我們回來了。」

「都幾點了？你看看！」方淑雲滿臉不高興。

「是晚了點……」

「晚了點？快十二點了！」

「十一點過九分。媽！我跟你說……」蔡霞拉母親至一旁耳語。

「那怎麼行？」方淑雲走到林海文跟前，強裝笑容，「海文呀，這麼晚了，本該留你住一晚，可是他們一人一間，都占滿了，方蘇下鄉去了，說不定夜裡還要回來，又抽煙，又喝茶，也影響你休息。好在這裡離南浦不遠。再說，你母親還等你回去呢！」

蔡怒飛從房間裡探出頭來：「跟我睡一床吧！」

方淑雲怒喝：「睡覺去！明天還要上早自習呢！」

林海文謙卑地說：「阿嬸，我回南浦去吧！」

蔡鶩在房間裡喊：「那騎我的車吧，還能快點，鑰匙掛在巴基斯坦酒瓶上。」

方淑雲頗爲遺憾：「可你的車沒氣了，這時候上哪兒打氣呀？」

蔡鶩覺得奇怪：「沒氣？怎麼會呢？」

蔡怒飛又探出頭來：「牛伯傳達室那兒有氣筒！」

方淑雲上前把兒子的腦袋塞進房間裡：「牛伯早睡了！」

林海文躬著身子：「阿嬸，不用爲難了，我這就回去。」

林海文告辭出門，蔡霞送到大門外，二人默默無語。

「你回去吧！」林海文一揮手，大踏步向黑夜走去。

蔡霞難過地望著心上人的背影。

客廳裡，方淑雲還坐在沙發上等候著。蔡霞入室，不理睬母親，逕自走向自己的房間。

「回來！」方淑雲喊住蔡霞，「你不高興了？」

「你幹什麼對他那樣？」

「我問你，你是不是愛上他了？」

「我……沒有……」蔡霞臉一紅，低垂著頭。

「沒有，那你留他過夜，外人知道了該怎麼說？什麼影響？」

蔡霞忽然勇敢地抬起頭：「我要是跟他好了呢？」

「不行！」方淑雲斬釘截鐵，「我們是什麼家庭？他們是什麼家庭？」

蔡霞失神地站著，少頃，搗著臉跑進自己房間。

方淑雲追了過去：「阿霞，你眞糊塗，媽媽這是爲你好哇……」

蔡霞以被蒙頭。

通往南浦的路上，林海文急急趲行。不知誰家的座鐘敲了十二下，沒完沒了地敲，那麼響，敲得人心煩。方淑雲的話至少有一句是說對了的，林姆確實在等兒子回家。

南浦橫街轉角，二層半的蠡廬裡，林姆從晚飯後等到十一點。黑燈瞎火中，林姆問著兒媳婦：「青筠，今天是禮拜五吧？」

「是呀!」

「阿文不是說禮拜五到汕頭嗎?」

「是呀!可他沒說一定要回家住。許是有別的事絆住了。你去睡吧!要是阿文來了,我去開門。」

「還是我來等門吧,人老了,覺少。」

又過了一個多小時,蠡廬終於響起敲門聲。林姆點燈開門,張青筠下樓來。

「怎麼這麼晚?」林姆問。

「媽,我睏了,明天還要早起,趕早班車到超聲波廠。」

林姆不敢問個爲什麼,張青筠爲小叔鋪床放蚊帳。林海文躺在床上,閉著眼睛,卻睡不著,她媽媽嫌棄我,準是因爲我的家庭出身……過了一會兒,林姆端著那盞煤油燈,悄悄走上小閣樓,隔著蚊帳,偷偷看著她的小兒子,那是她全部的希望、全部的歡樂。林海文懂得母親的愛心,眼睛雖然閉著,卻看得見母親花白的頭髮、眼角的魚尾紋和那因爲沒牙而發癟的嘴巴,他佯作熟睡,眼角卻滲出淚來……

幾聲雞啼,林海文急急起床洗漱,坐在小飯桌旁。林姆爲他盛粥。一個吃著,一個看著。「媽,你看看幾點了。」

「有六點了吧?」林姆猜測。

林海文望著那面空牆:「怎麼?座鐘也賣了……」

林姆點點頭。林海文心頭一陣悲涼襲過。

林姆忽然想起,彷彿大事:「楊碧君嫁人了!」

「嫁誰了?」

「曲書記!」

林海文忽然有噁心之感，停箸罷食。

「唉！也難怪她，阿木判了十五年！」

「不是五年嗎？怎麼變成十五年？」

張青筠悄悄下樓，低聲：「阿文，小點聲。聽說他越獄潛逃給抓了回來。」

「越獄？」

「轉移到粵北山區瑞德監獄，那麼遠，番客嬸想探監都去不了。」

林海文背起挎包出門。

「還早呢！」

「我趕頭班公共汽車。」

石板路上一層清霜。林海文踏出第一行腳印。他來到曠埕，忽然間，耳邊又隱隱響起那老女人古老的童謠：

月娘月光光，
秀才郎，
騎白馬，
過陰塘……

怪！又是三年前那個聲音！他尋聲前行，彷彿夢遊，到了韓堤。「咿咿……啊啊……」不是歌吟，是呼喊。眼前依稀一個人形，穿著異於常人的衣褲，執一柄長劍，立於薄露零霜之上、煙波水氣之中。是人？是神？是鬼？他遲疑地向前走去……

人形無意回身，啊？是楊碧君！她身穿練功服對著韓江水面喊嗓子。她發現了林海文，正要相認，林海文卻走開去。已為人妻的楊碧君頓生惆悵，呆立片刻，拿起練功用的木劍，離了江渚，走下韓堤。

林海文在超聲波廠實習很緊張，難得空閒；蔡霞又不便去工廠找他，不為工廠遠，怕人笑話。於是同在一地，竟成天涯！幸好地委副書記家有電話，即使寫信，隔天也能收到，資訊尚通。

這天，蔡霞去醫院檢查肺部，林海文焦急地等待著她的消息。他偷偷溜出車間，往蔡家撥了個電話。恰好是方淑雲接的電話。她聽出林海文的聲音，只說了「她不在家」四個字，便掛上了電話。

這邊，蔡霞正往家走，滿面春風來到地委傳達室：「牛伯，有我的信嗎？」原來，地委宿舍的往來信件也歸牛伯收發。

「沒有啊！」

「好幾天了，還沒有？」

牛伯笑了：「阿霞，牛伯藏你的信做什麼？這些天你媽自己來取報紙，我想藏也藏不住呀！」

「謝謝你！」蔡霞難免有些沮喪，但她心中有更多的欣慰。

「媽，告訴你一個天大的喜訊！」蔡霞如飛進了家門。

方淑雲不冷不熱：「什麼喜訊？」

「媽！我去醫院複查了，醫生說根本就沒有肺病！」

「真的？」方淑雲喜出望外，「是病好了，還是……」

「不！根本就沒有！不是鈣化，根本就沒有！」

「那是怎麼回事？」

「醫生說，準是學校那台X光機有毛病！」

「該死的！哪個廠出的機器，害人呀！」

「媽，我要復學！」

「哎，媽支持你。省教育廳有個副廳長是你爸的老戰友，請他幫個忙。那不是我們的錯，是他們的錯！可是，落下了那麼多功課，你趕得上嗎？」

「我想不該有大問題。哼，當初你還不讓我補課呢！」

「死丫頭！秋後算帳派！」方淑雲笑罵著，「我這就去找你爸……」

「不，我去！」

「好！媽聽女兒的！」

蔡霞做個鬼臉，跑了。

電話鈴聲又響。

方淑雲拿起電話筒：「喂！你好！……知道，我知道你是誰。她不在家。她有肺病……知道就好。她要養病，不要打擾她……什麼時候也不要打電話。她說了，天大的事也得等病好了再說，對誰都一樣！」「啪」的一聲，掛上了電話。

地委副書記的辦公室裡，蔡方蘇正在接待著幾位來訪者。蔡霞悄悄進屋，悄悄坐在一旁。蔡方蘇不悅地瞟了一眼，蔡霞調皮地眨一眨眼。蔡方蘇終於送走最後一個來訪者，轉過身來，訓斥著：「我告訴過你們，不要到辦公室找我。」

蔡霞嘻皮笑臉：「爸爸，我有急事，好事，難事，麻煩事……」

蔡方蘇讓女兒逗樂了：「你這傻丫頭也調皮起來了，到底什麼事？」

「爸爸！」蔡霞故作神秘，學著戲台上的樣子，「附耳上來！」

蔡方蘇揚起眉毛：「哎！這裡是機關辦公室！」

蔡霞高聲：「爸爸，我沒肺病了！」

「眞的？」蔡方蘇高興地摸著女兒的頭，「告訴你媽，晚飯我回家吃！最好來一小杯酒，小小的慶祝一下！」

蔡霞答應著，忽然想起應該馬上告訴林海文，便說：「爸爸，你給家裡打個電話不就行了嗎？我還有事呢！」說完騎車走了。

汕頭超聲波廠的食堂裡，林海文無精打彩吃著飯。明天實習結束，他要回廣州了，畢業後又不知道分配到什麼地方！他從今天的電話想到第一天見面的情景，啊，不就因爲我的父兄是右派嗎？可我是老師同學公認的優等生！即使不是優等生，我不該有自己獨立的人格嗎？他感到一種無法忍受的屈辱。

同班同學鄭兆銘走過來：「喂，有一個姑娘找你來了！」說完竟唱了起來：

那裡有個姑娘，

辮子長哟，

兩隻眼睛眞漂亮……

林海文心裡正煩：「別開玩笑！」

「不騙你，騙你出門讓狗咬！哎，本地人，姓蔡。」

林海文想了想，一賭氣：「就說我不在！」

「傻瓜！」鄭兆銘走了。

林海文恨恨地想著，信不回，電話不接，還來幹什麼？忽一轉念，可她到底找我來了，明天，我就要返校，是好是壞總該見一面……他急忙追了出去，工廠門口，空無一人，只有自己像一根木頭戳在那裡。怎麼辦？他似乎預感到這一分手很可能無法重圓……不，不能！我愛她！他顧不得實習紀律了，連假都不請，向大街走去。

林海文一路打著腹稿，好幾篇，有對蔡霞的，也有對她父母親的，甚至有對她姐妹兄弟的。他來到蔡家門前，猶豫著，徘徊著，終於下了決心，按響門鈴。沒有回音，難耐的空寂。他豎起耳朵，努力捕捉任何一聲響動。來人了！門開，是蔡霞！林海文心中歡喜，卻忘了說話，那腹稿飛到爪哇國去了！他們倆一個立於門裡，一個立於門外。突然，蔡霞猛力關門。「嘭」的一聲，震碎了林海文的夢！他木立片刻，猛然震怒，不就因爲我是右派子弟嗎？難道右派子弟就不是人！思考只有秒把鐘，他頭也不回地走了。

關門後的蔡霞其實沒有返身回屋，她倚在門後落淚，難道不能再見一面嗎？她想了一想，又悄悄開門，可是門口空空如也。她艱難地走回屋裡。

方淑雲明知故問：「誰呀？難道是林海文？」

蔡霞委屈地哭了：「媽媽！」

「怎麼了？我女兒受委屈了？」

蔡霞哽咽著訴說：「……他不給我寫信，也不給我打電話，下午我去超聲波廠找他，本想告訴他複查的事，我先打了電話，廠裡說他在，我去了，他……」

「他怎麼了？」

「他不肯見我……」

方淑雲的委屈似乎更甚於女兒，氣憤有加：「他這樣的脾氣，你眞嫁給了他，將來還怎麼得了！一個右派子弟，他敢藐視高幹家庭！」

蔡霞愕然，止泣。

一段雙人浪漫曲告終了！蔡霞很快復學，功課上多虧同班同學翁財旺的幫助，總算跟上進度。林海文呢，馬上面臨畢業分配，他毫不猶豫地在志願表上寫著：「第一志願——北京，第二志願——北京，第三志願——北京……」

4 乘龍婿

幾年一輪次，蔡霞如今成了畢業班學生，再有幾個月，她也要走上社會了。女大學生到了這般時候，大都有一種緊迫感：選擇對象。所以稱「選擇」，是因爲女生少，男生多，應上「有剩男無剩女」這句老話。自然，校花、系花、級花、班花乃至室花，有榮銜的，早已名花有主了，更有超前的，事實上「羅敷自有夫」了！方淑雲從蔡霞的信件中猜度，這位「使君」叫翁財旺。

因爲停課搞運動，蔡霞和翁財旺相約回潮汕。蔡霞到了汕頭家裡，翁財旺去了潮州鄉下。那天在汕頭汽車站，方淑雲匆匆見過翁財旺一面，印象不錯，但她堅持要蔡方蘇過目、圈點。蔡方蘇腦袋靠在沙發背兒上，笑了：「這又不是批文件覆報告，孩子們自己的事，讓他們自己做主吧！」

方淑雲急了：「自己做主？那父母做什麼？不能放任自流呀！」

「這是哪跟哪呀？你還是老腦筋，總想包辦。」

方淑雲不說話，走進臥室。

蔡方蘇知道妻子生氣了，想起她又工作，又理家，半輩子爲兒女操勞，頓生歉意，便掐滅煙頭，跟著進了臥室。

「你也不想想，這是孩子一生的大事，一個女孩子家就要交給一個陌生人了，往後是好是歹，是享福是受罪，不是一天兩天，不是一年兩年，是一輩子！當父母的能不操心嗎？」方淑雲說到動情處，不由哽咽起來，「可你呢，一門心思撲在工作上，你什麼時候管過孩子？從前在南浦，你一星期回一次家，孩子幾歲了你都記不住！如今在汕頭，你又管過什麼？是功課？是身體？」妻子說得在理，蔡方蘇慚愧地低下了頭，他是應該好好反省自己啊！

「淑雲，我是個不稱職的父親！」

方淑雲原諒了丈夫，兩人商量好，要品一品翁財旺的人品。

蔡方蘇說：「我把東曉也找來！」

這天，方淑雲做了一桌子菜，好滂霈！誰知蔡鷲和怒飛草草吃了幾口就走了，說是怕誤了看電影，蔡霞也急急忙忙拉著翁財旺上街，說是怕商店關門。酒席上看不出什麼名堂，翁財旺吃飯斯斯文文的，時或吧嗒嘴，發出響聲，算不得大毛病，就算是毛病，改也容易。飯桌上剩下兩個老傢伙，邊吃邊喝邊抽，自覺著老戰友難得一聚，興致倒高，耗時足有兩個多鐘頭！方淑雲心想，你蔡方蘇是相女婿還是會哥弟？她氣不得惱不得，一言不發，低頭收拾飯桌。

黃東曉看在眼裡，一邊吞雲吐霧，一邊誇獎著：「要說吃海鮮嘛，還得尊夫人的手藝！」

方淑雲只好笑著說：「瞧你說的！潮州菜的名廚師裡可沒有我的名兒。」

蔡方蘇卻另有見解：「要我說，關鍵是得有好東西。前幾年困難時期，有好手藝也沒用。這幾年物資供應比從前好多了，日子也好過了！」

「日子好過了，又該折騰了！」黃東曉快人快語。

「你這人哪，什麼話到了你嘴裡都變味！」蔡方蘇笑著遞過一支煙。

「你是高高在上，不瞭解下情。這幾年我在鄉下搞『社教』，跟當年土改差不多，鬥走資派就像當年鬥地主。」

「不會吧？」方淑雲表示懷疑。

「怎麼不會？文件寫得明白，重點是整黨內那些走資本主義道路的當權派！」

「東曉，走資派是該整！我們今天的社會主義社會還有資產階級法權殘餘，走資派用人民給他的權力做資本，換取個人利益，不整怎麼得了？可這是黨內，怎麼能當地主鬥呢？要真像你說的那樣，那是你們『社教』工作隊掌握政策有問題。不過，東曉，我還是要……」

黃東曉打斷蔡方蘇的話：「我知道，你還是要提醒我，禍從口出，是不是？方蘇呀！這回該我提醒你了，『死魚』！你別笑，你不信？你想想，這一陣子，批《海瑞罷官》，批『三家村』，都衝著誰來的？衝著你們這些掌權的人來的！我就不信一齣戲、幾篇文章能改變中國的顏色！」

方淑雲搬出工夫茶具：「老黃，眞是這樣？」

蔡方蘇沉吟：「啊，不過，東曉，你這脾氣還是要改一改，每次運動總要捎上你。」

黃東曉一笑：「我？死老虎！什麼時候想打，就來三拳兩腳。在我面前，誰都可以當武松！」他看見方淑雲要動手沏茶，忙說：「我來我來！炒菜我不如你，沏茶你不如我。茶葉換我今天拿來的『黃枝香』，那是我的房東老茶農送的。可不算多吃多占！」

蔡方蘇笑了：「明明拿了人家的茶葉，還說不多占？」

「是呀！人家好幹部是『拒腐蝕，永不沾』，我是『拒腐蝕，不永沾』……」

「不永沾？」

「對！偶爾沾點茶葉，還不老沾！」

蔡方蘇和方淑雲一聽都笑了。

蔡鷺、蔡怒飛一陣風似地進屋。

「看完電影啦？什麼片子呀？」黃東曉正往茶甌裡裝「黃枝香」茶葉。

「內部批判的片子，《早春二月》。」

「又是偷偷溜進去的吧？」蔡方蘇責問。

看見蔡怒飛不敢說話，蔡鷺挺身而出：「爸爸，我們有批判能力了！不會中毒的！」

蔡方蘇搖搖頭：「你們能批判什麼呀？」

黃東曉對蔡怒飛說：「這片子我看過的，孫道臨演的蕭澗秋，謝芳演的陶嵐。」

「他們演得還真叫……」蔡怒飛忽然發現父親的眼睛正盯著他，想了半天，終於找到一個詞，「『毒』呀！」

一座開心地笑了，連蔡方蘇也抿著嘴。

小院子一陣單車響。

蔡霞和翁財旺走進客廳。眾人讓座。翁財旺客氣了一番，從茶几上的香煙盒裡抽出一支香煙敬給黃東曉，又劃燃火柴給他點上。

黃東曉說：「你也抽吧！」

翁財旺辭謝：「黃伯伯，我不抽煙。」

「小翁，當醫生的一般都不抽煙，是嗎？」

翁財旺微微一笑：「西方有個醫生說過，吸煙者做著一筆不上算的生意：吞進黃金，吐出生命。」

方淑雲看著蔡方蘇說：「你聽聽！戒了吧！」

蔡方蘇歎了一口氣：「就剩下這麼一點嗜好了！」

黃東曉幫腔：「就算公有制下保存一點自留地吧！」

翁財旺一聽這話，又往回找補幾句：「如果吸煙史比較長，猛然戒掉效果也不好，容易產生病變，不如少抽，再少抽，最後戒掉。」

黃東曉大加讚賞：「這辦法好！是改良，不是革命。啊，小翁，你的名字是哪兩個字？」

「黃伯伯，我是財富的財，旺盛的旺。」

「我想著也該是這個財！來，喝杯家鄉的工夫茶！」

「黃伯伯，我來沖茶。」翁財旺說罷，熟練地續水、涮杯、澆蓋、篩茶，「關公巡城」、「韓信點兵」……然後說聲「請！」眾目睽睽下，利索更兼瀟灑。

蔡霞十分驚訝，湊在翁財旺耳邊，低聲問：「你哪兒學來的？」

翁財旺似若無聞，精神只在酬酢間。

「小翁，請！」

「黃伯伯，你請！你忘了我們潮汕的習慣，沖茶人不能喝第一巡。」

黃東曉點點頭：「對對。哦，快畢業了吧？」

「今年畢業。眼下停課搞運動，我和阿霞就回來探親。」

「老家在哪兒？」

「潮安縣江左大隊，家裡三代貧農。」

黃東曉稍稍一愣，莫非自報家門是當今的時尚？「啊啊，好！三代貧農出了一個大學生，了不起！啊，除了學醫，業餘喜好……」

「我的喜好太廣太雜，不好意思。」

「廣，雜，好呀！歡迎雜家嘛！」

「黃伯伯，歡迎雜家可是『三家村』鄧拓的話，不好隨便引用的。」翁財旺說罷友善一笑。

黃東曉一想，也笑了：「到底是年輕人，政治嗅覺靈敏！方蘇，眞是小將在挑戰嘞！」

蔡方蘇未置可否。

「黃伯伯取笑了！我們年輕人幼稚、不成熟。」

「小翁呀，看來你對文學藝術一定很喜歡的。」

翁財旺笑著點頭：「我還會點篆刻呢！黃伯伯要是看得上，我給你刻一枚閒章。」

「太好了！謝謝你！」黃東曉是個書法愛好者，驟來興致，「不知你治印師從哪一派？」

這句問話極易產生誤解，以爲是在面試考生。蔡方蘇忽來興趣，專注地等待著回答。方淑雲卻頗爲光火，這個老黃！是我們蔡家選女婿，不是你們黃府挑姑爺！用得著你唱一齣《三難新郎》嗎？

翁財旺其實胸有成竹，他打一開始就認定黃東曉負有特殊使命，是代表蔡家來考察他的，他打疊精神，加倍炫耀自己的才學。只見他口若懸河：「我師從浙派，西泠八家。浙派宗秦、漢，兼取眾長，特別講究刀法，善於運用切刀。一般人很推崇閩派，我以爲浙派的藝術成就，高於莆田派。不知道對不對，請黃伯指教！」

耿直漢子黃東曉顯然很興奮：「對！我也是這麼看的。來來，敬你一杯！」他爲翁財旺端上一杯茶。

翁財旺急忙擺手：「不能，不能……」

方淑雲彷彿心中一塊石頭落地：「財旺，你就喝吧！」

「謝謝黃伯伯！」翁財旺飲了那杯茶。

氣氛明顯地鬆弛了。蔡鶯也來插嘴：「黃伯伯，財旺哥還會唱潮劇呢！」

黃東曉一驚：「哦？這更難得了！當今小青年能唱潮劇的簡直鳳毛麟角！小翁，唱一段，讓大家飽飽耳福！」

「財旺哥，唱《蘇六娘》吧！」

翁財旺沒有推辭：「《蘇六娘》哪一段？」

「逼親那段。」

「西臚舊夢已闌珊？」

「對對！」

翁財旺笑一笑：「眞應著一句成語，駱駝獻舞了！」接著，大大方方唱起女腔：

愁恨滿懷，

問蒼天，天無言。

西臚舊夢已闌珊，

不堪回首金玉緣！
從來好事多磨折，
自古薄命是紅顏……

字正腔圓，聲情並茂。黃東曉帶頭鼓掌，蔡鶯、蔡霞、方淑雲也跟著鼓掌，蔡方蘇和蔡怒飛只是應付。蔡鶯端上一杯茶：「財旺哥，敬你一杯！」

「謝謝！」翁財旺飲畢，得體地告辭：「黃伯伯！伯父！伯母！不打擾你們了，我們到那邊說話去。」年輕人走了，黃東曉看看手錶：「哎喲，不早了，我也該走了！晚了，小符該惦記了！」

「也好。」蔡方蘇送黃東曉到了院門外，低聲問：「你覺得這孩子怎麼樣？」

黃東曉打趣：「乘龍快婿啊！」

蔡方蘇不作聲，少頃，又問：「怎麼樣？不開玩笑，說眞話！」

黃東曉只說了兩個字：「有才！」

院內客廳裡，方淑雲正在下達指示：「阿霞、阿鶯擠一床，怒飛把房間騰出來！」

蔡怒飛問：「我睡哪兒？」

「你睡行軍床。」

「床搭在哪兒？」

「過道。」

蔡鶯、蔡怒飛忙活開了。

一切就緒，方淑雲把蔡霞叫到自己的臥室裡，語重心長：「我本不同意你這時候去他家裡，既然你想去，看看也可以，到了農村，不要耍城裡人的脾氣，特別是驕嬌二氣；但有一條，最要緊的，絕對要檢點！要給自己留餘地！你聽懂了嗎？」

蔡霞點點頭：「媽媽，我懂，我聽你的。」

蔡方蘇走進臥室，蔡霞離去。

「方蘇，你看財旺怎麼樣？」

蔡方蘇默默地抽著煙：「你說呢？」

「唉！我原想找個幹部家庭的，可就是找不到！財旺出身好，三代貧農。阿霞說他功課很好，我看他確實精明能幹，人長得也滿精神的。」

「人品怎麼樣？」

「比較成熟……」

「怕是成熟過了頭啦！」

「你不滿意？」

「我說不清楚。」

「我也覺得他好像很有心計，可這世道，老實不中用啊！你說阿霞眞是嫁給他，將來會不會受委屈呀？」

「那誰能保證！」

「那就讓他們交一段時間看看，候選人之一！」

「候選人？」蔡方蘇笑了，「選人大代表哪？隨阿霞自己吧！不論什麼樣的路，都是人自己走出來的。」

「當父母的也得管啊！我說過了，特別是我們這樣人家的女兒，哪能隨隨便便就交給了別人？」

蔡方蘇不再說話。

「你在想什麼？還想女兒的事呀？」

「不，比這大得多的事！」

「什麼事呀？」

「我在想東曉的話。也許他說得對，這次運動的矛頭同過去……不大一樣……」

確實不一樣！一個月後，彷彿世界翻了一個個兒。大街小巷，處處貼滿大標語、大字報，街面商店的柱子都漆成朱紅，不知哪裡的高音喇叭，成天響著。地委宿舍已經失去往日的森嚴！不少目光盯著這一個個小院。

這天，蔡家的小院裡，滿地狼藉著線裝書、字畫，甚至古玩。蔡鷲、蔡怒飛一個月間似乎陡長了十歲！綠軍裝，紅袖章，標準的紅衛兵打扮。他們正在家裡造封、資、修的反。

方淑雲挎著菜籃從外面回來，大驚失色：「你們要做什麼？」

「破四舊！」回答得乾脆。

「不行！不行！」方淑雲放下菜籃，上前干涉，「這些都是蔡家祖輩留下來的，不能亂動呀！」

蔡鷲激動地說：「都是封資修的東西，全在掃蕩之列！」

倒是弟弟客氣一些：「媽！這叫爭取主動。我們不破，同學來了，也要破的。」

蔡鷲正氣凜然：「我們是革幹家庭，哪能留這些東西！」

方淑雲抱起一個瓷瓶：「不行不行！」

雙方僵持著。只見蔡方蘇悄悄走進來。

「方蘇，你看……」方淑雲求助的目光可憐兮兮。

蔡方蘇默默地撿起地上的線裝書，低聲念著：「《佩文韻府》、《淵鑒類涵》、《太平廣記》、《通典》……」

妻兒們靜靜地看著他。他又撿起兩軸字畫，低語呢喃：「康有爲的字……高劍父的畫……唉，身外之物，罈罈罐罐！當年在鳳凰山鑽山草，我們什麼東西也沒有，更不想繼承什麼書香門第……康有爲、高劍父，對不起，顧不上你們了！」把字畫一扔，返身走進屋裡。

蔡怒飛猶豫起來，蔡鶩喊聲「走」，姐弟二人抱起「四舊」走出家門。

方淑雲趁兒女未注意，偷偷藏起那個景德鎮宋瓷。

傍晚時分，西邊的太陽特別大，特別紅。方淑雲坐在台階上，望著落日出神。她憶起自己做姿娘仔時候，也見過這樣的落日，外婆說，趕緊回家，黑風怪要來了。果然，當天夜裡沙飛石走，樹倒屋塌。當過水手的舅舅卻告訴她，那是龍捲風……

「媽！媽！」蔡霞喊著走進院子。

翁財旺挑著一擔青菜蘿蔔什麼的，隨後走進，也高喊著：「伯母！」

方淑雲急急迎上前去：「你們回來了！財旺，快放下！這麼重！」

「不重，不重！」

「阿霞，快給財旺打洗臉水！」

蔡霞答應著，賢妻般張羅著。

方淑雲想了想：「你們走有一個月了吧？」

「三十五天。媽，過幾天我們該返校了！」

院子外邊傳來懾魂奪魄的口號聲：「……革命無罪，造反有理，一反到底，就是勝利……」聽著這口號聲，方淑雲惶惑不安，蔡霞茫然失神，翁財旺卻無限神往。

蔡鷲和蔡怒飛披一身國防綠，英姿勃勃回家，脹紅的臉上透出一種興奮，前所未有的興奮，他們儼然新世界的締造者！不僅方淑雲似乎不認識自己的兒女，蔡霞、翁財旺看著也發呆。

「眞痛快！萬人大會，批判黑幫。」蔡鷲揮舞著拳頭，「翁財旺！你見過這陣勢嗎？」

翁財旺見蔡鷲直呼姓名，不由愣了一下，但很快鎮定下來。他根紅苗壯，響噹噹革命接班人！他得鎮住這兩個小毛孩。於是，他侃侃而談：「今天，我們一路走過來，到處是革命造反的隊伍，浩浩蕩蕩，勢不可當！你們知道，這說明什麼嗎？」看見小毛孩回答不上，他很得意，便把答案留給自己，「這說明一個偉大的眞理！」他接著把毛澤東的名言當作自己的話，來一番即興朗誦，「唯獨共產主義的思想體系及其社會制度，正以排山倒海之勢，雷霆萬鈞之力，磅礴於全世界，而永葆其美妙的青春！」

果然被鎮住了！小毛孩不過是又青又澀的小毛桃。翁財旺心中更加得意，他的革命理論同樣噹噹響，他要讓這兩個小字號領略他雄辯家的天賦：「這是二十世紀六〇年代的巴黎公社！當年巴黎公社委員歐仁·鮑狄埃在血與火的戰鬥中寫下了偉大的詩句：『起來，饑寒交迫的奴隸！起來，全世界受苦的人』……」

蔡怒飛一愣，插話：「這不是《國際歌》嗎？」

「對！後來由巴黎公社另一個委員狄蓋特譜成曲，這就是《國際歌》！從此，英特納雄耐爾的旋律回響在地球的上空！列寧同志講，無產者憑著《國際歌》的音符，就可以找到自己的同志！」

蔡鷲和蔡怒飛聽傻了，崇敬地望著翁財旺。翁財旺提議去看大字報。

蔡霞搖搖頭：「我有點不舒服，我不去了。」

翁財旺一揮手：「蔡鷺同志，蔡怒飛同志，我們走！」

三人意氣風發地出了院門。

方淑雲忽然覺得翁財旺，還有自己的兒女，一下子陌生了！

蔡方蘇從屋裡出來，正要往外走，方淑雲把他攔住：「上哪兒去？」

蔡方蘇拍打著手上的材料：「交檢查！」

方淑雲有話想說，礙著蔡霞的面，欲言又止，蔡方蘇明白她的意思，便說了聲：「回來再說。」走了。

地委辦公樓近在咫尺，樓前牆上貼滿各種各樣的大字報，還有幾盞電燈照明，供人們閱讀。蔡鷺、蔡怒飛領著翁財旺在看大字報。有一張大字報不很顯眼，不大引人注意，但它很有分量，雖然沒有點蔡方蘇的名，卻顯然與蔡方蘇有關，可惜他們三人誰也沒有發現。蔡鷺提議到夢谷中學看大字報，翁財旺點頭。他們連晚飯都不想吃了。

蔡家小客廳裡只有方淑雲和蔡霞母女二人，她們似乎也不餓。

「阿霞，好些了嗎？」方淑雲摸摸大女兒的額頭，「倒是不熱。」

蔡霞沒有說話。

方淑雲忽然發現藥片仍在，覺得奇怪：「給你的藥你沒吃？你到底是什麼病？」

蔡霞還是沒有說話。

方淑雲著急了：「你怎麼了？」

「媽，你別問了！」蔡霞抬腿要走。

方淑雲預感到某種不祥，拉住女兒：「阿霞，有什麼難事不能跟媽媽說？」

蔡霞抬起頭來，又低下頭去。

「阿霞，你信不過媽媽？這世上除了親娘，誰能幫你？」

「媽！」蔡霞又抬起頭，卻不敢遭遇母親的目光。

「阿霞，你……」

蔡霞終於鼓起勇氣，卻顫著聲：「媽，我，我懷孕了……」她把頭埋在胸前，等待著母親的暴風雨。

方淑雲恍若五雷轟頂，站起身來，卻悄悄走進自己的臥室。蔡霞等了好一會兒，沒有聲音，她抬起頭，發現母親房門已經掩上。她提心吊膽，挪動著步子，來到母親房門前。她不敢推門，她怕見到母親的面容，不論是怒容，還是淚容。

房門開了。母女相對無言。蔡霞戰戰兢兢挪步到母親跟前。方淑雲遞過兩雙布底繡花鞋：「皮鞋不好，這是我懷你時候穿過的布鞋，很軟。」她的臉上分明掛著兩串淚珠。

「媽……！」蔡霞「噗咚」跪下，抱著母親的雙腿，淚如雨下。

半晌，方淑雲輕輕抽出雙腿，重回自己房間，又輕輕帶上插銷。蔡霞摟著繡花布鞋，呆立著。院門聲響，單車聲響，蔡霞知道父親回家了，急急走進自己的房間。

方淑雲擦乾眼淚，拔開插銷，急問：「沒事吧？」

「進去說！」蔡方蘇走進臥室。他意識到眼下是非常時期，再沒有「不倒翁」了！說不定哪一天出了大事，甚至身首異處！為讓家屬有個思想準備，他竹筒倒豆子一般，全都告訴了妻子。

方淑雲似乎並未認識到局勢的嚴酷，她猶然憤憤：「方蘇，他們怎麼可以這樣顛倒黑白呢？當初鬧革命，明明腦袋掖在褲腰上，怎麼倒成了國民黨的別動隊？」

「有人偷偷告訴我，說是黃永勝要搞臭廣東地下黨……」

「那中央不管了？」

「唉！……哦，差點忘了告訴你，明天，地委幹部集中黨校學習……」

「多長時間？」

「一個月。」

昏暗的燈光下，夫妻相對無言。

夜，多麼不平靜！蔡家小院的小耳房，堆放著雜物，又黑暗又窄小，此刻卻派了用場。蔡霞流著淚，絮絮地說著。翁財旺若無其事：「這有什麼好商量的？人工流產。」

蔡霞張口結舌。

翁財旺趕緊換了口氣：「我們都是學醫的，知道人工流產不是什麼了不起的事，你不放心？現在要緊的是早日回廣州！你沒看見當前的形勢？」

「可我……怎麼能在廣州做手術？」

「啊，這樣吧！你跟汕頭的醫生不是很熟嗎？剛一個月，小手術，明天就去，歇兩天，回廣州。」

蔡霞忽然淚流不止。

翁財旺急忙哄著：「霞，我愛你……」

蔡霞投入翁財旺懷裡，嚶嚶有聲。

翁財旺吻著蔡霞帶淚的臉：「我愛你，我一定娶你……」

過不了多久，回廣州的走了，集中學習的回不來，在家的也「大串聯」去了，蔡家院子冷冷清清，只有方淑雲一個人，上班應個卯就回家，除了掃掃院子，偶或澆花。

5 大釋放

儘管蔡方蘇不斷地寫檢查，他心裡明白，走資派的帽子遲早要扣在他的頭上；可他的子女們少年血氣，一味狂熱，依然以革幹子女雄視一切。蔡鷟成了夢谷中學一支紅衛兵的頭頭，人稱蔡司令。蔡怒飛是司令手下的一員幹將。

這天，在紅衛兵的司令部裡，一個紅衛兵跑來報告：「蔡司令！昨天發現黑幫分子有潛逃海上的，沙灣那邊的戰友要求配合海上巡邏。」

怪事！海上巡邏是武裝部隊的職責，向來只有沿海民兵做些配合……哦，大概因爲現在是特殊時期，紅衛兵就是特殊時期的特殊民兵了！蔡鷟想了想，指著身旁兩個學生：「你們去吧！」

那紅衛兵補充說：「得會駕快艇的。」

那兩個學生犯難了：「我沒玩過那玩藝兒。」

「我會！」蔡怒飛一副英雄狀，「我開過摩托艇！」

「好！」蔡司令批准了，「再配個副手，誰去？」

「我！鄭小軍！」

南粵大地一派壯懷激烈，偏有特殊的角落。陳奇木不在所謂粵北瑞德監獄，而在汕頭附近一個小山坳的地方監獄裡，這天刑滿釋放。他屈瞇著眼睛，陽光太強烈了。他站了一會兒，回頭望望獄門。從門裡扔出一個包袱。他打開包袱，是幾件破舊的衣服，他連包袱皮一塊兒扔在路旁。他向前走去，再也不回頭。他走了不知多少個鐘頭，居然走到了汕頭街上。他驚疑不定：到處是標語和大字報，漆成紅色的柱子和牆壁，高喊著口號的遊行隊伍，高音喇叭震耳欲聾。他喃喃自語：「這世界怎麼啦？」從汕頭到南浦一段路，畢竟熟道，陳奇木很快走到了。暮色中，「臨江三巷」的巷牌依然。他站在巷口，看了看巷牌，走進巷子裡。

陳奇木輕輕敲著「下山虎」「伸手」的門。

一個老女人看在眼裡，她是原先居委會的劉主任，現在是個什麼小組的組長。

「誰呀？」

「我是阿木。」

「你是誰？」

「阿木。」

番客嬸，還有陳奇蘭，都不敢相信自己的耳朵。門開一道縫，果然是陳奇木！

「阿娘！阿蘭！我回來了！」

番客嬸急忙關門：「你怎麼回來的？」

陳奇木覺著問得怪：「走回來的唄！」

番客嬸忽然嚴厲起來：「你說實話，是不是逃跑出來的？」

「我爲什麼要逃跑？」陳奇木苦笑一聲，「五年刑滿，釋放了！」

「什麼？五年？」

「我有上面開的證明。」陳奇木取出證明。

「怎麼都說你越獄逃跑，判了十五年，關在粵北瑞德監獄？」

「笑話！這證明上有公章，大紅官印！」

番客嬸點起煤油燈，照看大紅官印，再照看陳奇木，發出淒涼的呼喚：「阿木，我的兒呀！」

陳奇蘭也哽咽著：「哥哥！」

母女倆強忍著不敢哭出聲來。

一燈如豆，相對如夢寐。

忽然一陣急促的敲門聲，番客嬸不由得驚慌起來，陳奇木若無其事前去開門。幾個紅衛兵闖了進來！「陳奇木，到紅衛兵總部，接受審查！」

消息眞叫快！陳奇木二話沒說，馴服地跟著紅衛兵出門去。

月光如水，比水更淡。番客嬸倚門而望，又走到牆腳，緩緩跪下，這裡原先有過本宅土地爺的神位，如今只有供香燻過的痕跡，她口中念念有詞，她相信神靈沒有遠去。前幾天，南浦哄傳渡口的大榕樹出了一大片黃葉，必有大禍降臨。她偷偷去看了一眼，果然！一定是祖先報警，諸事小心啊！

沒多久，陳奇木閃身進屋。番客嬸和陳奇蘭急忙迎上：「沒事吧？」

陳奇木一笑：「比監獄裡客氣多了！」

番客嬸囑咐：「別惹他們……」

陳奇木自我解嘲：「阿娘，你放心吧！我誰也不惹，重新做人嘛！」

番客嬸又一次端詳著兒子，個頭似乎比從前高，皮肉倒比從前白，她覺得奇怪：「阿木呀，你整天幹活，風吹日曬的，怎麼不黑？」

陳奇木解釋：「頭幾年是風吹日曬，後幾年做活都在屋裡。」

「在屋裡勞改？」

「嗯，做襯衫，做褲子，還做贋品字畫！」

「什麼叫贋品？」

「贋品就是假貨，假古人的字畫。」

「假東西，誰要呀？」

「洋人要。」

「人家看不出來？」

「看不出來，跟眞的一樣！」

「那是怎麼弄的？」

「嘿，招多了！用煙燻，灑茶水，在火上焙，成心濺點墨，流點口水在上邊，嘿，還就它爲國家創匯多……」說得番客婶和陳奇蘭都笑了。

陳奇木在和母親和妹妹的閒聊中得知，林海文在北京天文館工作了好幾年，林海陽留在農場就業，還沒摘帽。兒子受父親連累，老大建中前年高中畢業考大學沒取上，一生氣，跟家庭脫離關係，當工人去了，老二建華有了前車之鑒，初中畢業連高中也不讀了，到鄉下落戶去了。番客婶歎息著：「這家人死的死，走的走，散了！」

陳奇木忽然問：「楊碧君嫁人了吧？」

番客婶沉默良久：「阿木，你就忘了她吧！」

陳奇木似乎心如槁木死灰，他只想證實自己的一個判斷：「阿蘭，楊碧君嫁誰了？」

陳奇蘭看了看阿娘，見阿娘沒有阻止，便說：「嫁曲鐵柱了。」

陳奇木猛然哈哈大笑：「果然是他！果然是他……哈哈哈哈！」

一陣大笑過後，他在心中說，過去了，過去了，一切都過去了！事實上，他在欺騙自己，他恨曲鐵杜，也恨楊碧君，他的感情沒有過去。

第二天清晨，陳奇木欲出門走走，番客嬸把他攔住。

「阿娘，我總得出去找點事做呀！不做事吃什麼？」

「外面不太平，等幾天再說。」

正說話間，門外大喝一聲：「陳奇木！」

陳奇木隨即高聲出列：「到！」

一看，是那位極能幹極有辯才的劉主任，啊不，是劉組長！劉組長下令：「馬上到鎮委大院集合！」

陳奇木隨即應聲：「是！」同時做了個立正的動作。

鎮委大院裡，早已集合著一群人，每個人脖子下都掛著一塊大木板，大木板上寫著「走資派」、「黑幫分子」、「國民黨特務」、「反動學術權威」、「現行反革命分子」等等「頭銜」加上各人的名字，名字上無一例外都打上叉。

陳奇木被劉組長帶到這裡。他偷眼一看，曲鐵杜竟在其中，木板上寫著「走資派曲鐵杜」，他心中湧起一陣快意，曲鐵杜你也有今天，墳地改成菜園，我們兩人拉平了！他望著周圍的造反派和紅衛兵，竟生出感激之情！他又看見烏鼻和塗溜這兩個無賴也在此間，都掛牌「壞分子」，他覺得好笑，忍著不敢笑出聲來。原來烏鼻塗溜在曲鐵杜隔離審查期間，主動爲曲鐵杜和楊碧君遞條子，通風報信，楊碧君說了幾句感謝的話，這二位竟想入非非，討功念勞，強行求歡，嚇得楊碧君喊救命，紅衛兵及時趕到，結果可想而知，皮帶影中，烏鼻變紅鼻，塗溜變塗虱。陳奇木繼續偷眼窺人，劇團的蕭團長也在其間，「小爬蟲」……「小爬蟲」算什麼東西？隱約聽說，姓蕭的同那個戴寒水好過一陣子，這娘們眞有股狠勁，全不顧惜床笫纏綿，就爲姓蕭的幫過曲鐵柱、楊碧君的忙？忽然間，他的目光滯住了，楊碧君和楊寡婦！卻怪，沒掛木板，都掛著一雙又破又髒的鞋，女兒掛的是眞鞋，母親掛的是假鞋，特製的，碩大無朋！莫非取下鞋店的招牌鞋……陳奇木正在琢磨，一塊大木板掛上了他的脖子，上寫「勞改犯、反革命分子陳奇木」，竟比曲鐵柱多了一個「頭銜」，他興致頓消！

偌大的南浦，幾萬人口的小鎮竟能出產這麼多「走資派」、「黑幫」、「特務」，還有「學術權威」！眞不得了！果眞是一塊風水寶地地靈人傑？不用問，這要歸功於一個叱咤風雲的人物——戴寒水！她是第一個在鎮委機關內「大鬧天宮的孫悟空」，是她貼出全鎮第一張「炮打南浦司令部」的大字報，揪出了「黑司令」曲鐵柱，由於她的「炮打」，才引來一系列的「砸爛」、「火燒」、「水煮」、「油炸」、「清蒸」、「紅燜」、「爆炒」、「侉燉」……曲鐵柱八成是水族！戴寒水於是當上了鎮文革領導小組組長，潛能得到釋放，今天這個行動就是她一手策劃的。

南浦人不能不佩服戴寒水的能力。她讓南浦人看到南浦史無前例的場面——遊鬥黑幫！騎樓下擠滿了人，齊聲高呼革命口號：

「打倒黑幫！」

「打倒三反分子！」

「打倒走資派！」

「文化大革命萬歲！」

「共產黨萬歲！」

「毛主席萬歲！萬歲！萬萬歲！」

遊街示眾的隊列中，首當其衝的是曲鐵柱，他沒有低頭，每每被紅衛兵來一番「牛不喝水強按頭」。

緊跟著曲鐵柱的是「黑幫」、「三反分子」之類。烏鼻、塗溜抖機靈，總想溜邊，彷彿他們也是看熱鬧的群眾，結果機靈沒抖成，被皮帶趕回隊列。

忽然，看熱鬧的人群中一陣騷動，眾目睽睽盡向母女胸前的破鞋。楊碧君和楊寡婦把頭埋得更低。人們似乎義憤填膺，紛紛投來唇舌刀槍：

「母女一路貨！」

「那老騷貨外號公共汽車，誰都能上，還不用打票！」

「那小騷貨是貨郎擔，走街串巷，服務上門！」

在南浦這樣的地方，謾罵也是一種釋放，分明帶來快感！

楊寡婦早已麻木，楊碧君苦淚交流。

陳奇木臉色煞白，本來上天無路，入地無門，忽然聽到這些穢語，恨不得上前抽他們的嘴巴，當然，他不會這樣做。

遊鬥結束，都放回家。曲鐵柱在自家屋裡活動活動筋骨，叫楊碧君爲他打洗腳水。他洗完腳，見楊碧君還在一旁流淚，大喝一聲：「哭什麼？」

楊碧君沒有理會。

曲鐵柱自言自語：「這比當年當兵打仗差遠了！不就是皮肉受點苦嗎？別看現在鳳凰無毛不如雞，等運動結束，官復原職，鳳凰還是鳳凰，雞還是雞！哼，到那時候，我曲鐵柱可就不客氣了！誰個好，誰個賴，我心裡記著一本帳！」

楊碧君仍舊不言語。

「哎！你怎麼了？想什麼？」曲鐵柱問。

楊碧君抬頭：「你沒看見陳奇木？」

「看見了！」

「你說他判了十五年，怎麼五年就放出來了？」

「誰說十五年？」

「蕭團長說你告訴他的。」

「瞎說！是四五年！要不他說錯了，要不你聽錯了。」

「你騙我！你眞卑鄙！」楊碧君終於吐出心裡的話。

「混蛋！我不揪你的辮子，你倒來勁了！我問你，你這破鞋是怎麼掛上的？」

「什麼？他們侮辱我，你……你也信？」

「無風不起浪！你早就跟了陳奇木，是不是？」

楊碧君感到屈辱，罵了一聲：「流氓！」

曲鐵柱一巴掌打了過去：「你個臭娘們！跟我睡覺的頭一晚上就沒有處女膜了！你說你跟誰？」

楊碧君愣了，她不明白：「處女膜……我不知道……」

「你不知道？你騙誰呀？」

「我從小練功，會不會……」

「哼！練功？練少林練武當，都練不破！」

「你？你這般時候還要冤枉我……」

「冤枉？你是我老婆，我想幹什麼就幹什麼！這般時候怎麼著？這般時候照樣吃喝拉撒睡！老子今天來勁了！你給我脫光！脫呀！脫！」

楊碧君不再辯解，沒有眼淚，一臉漠然的神情，一件件脫衣裳……

天上一輪冷月，慘白的月光照著慘白的她。

還是天上這輪冷月，陳奇木躺在床上，睜著眼睛，哈哈，三期勞動改造，五年鐵窗折磨，換來了今天遊街示眾！哈哈哈，他心裡在笑，一個念頭已經醞釀成熟……

第二天近午時分，番客嬸在煮粥，陳奇木搗著薑……把薑搗成泥狀，和上食鹽，當菜吃。「阿娘，兒子跟你商量點事……」

「你又想出門？」

「阿娘眞聰明！別看斗大的字認不了一升。」

「這孩子！老話說，知子莫如母。阿娘不糊塗！」

「阿娘，你同意我出門了？」

「誰說的？唉！你剛回來沒幾天，椅子還沒坐熱，被窩還沒睡暖，又要走？先在鎮上找點事做吧！」

「阿娘，我一誇你，你又糊塗了！你想，我一個遊過街的人，誰敢用呀？不出門到外地，怎麼辦？這張大嘴……啊！對了！我記得你說過，我小時候嘴巴就大，相面先生說是福相，『嘴闊食四方』，是不是？食四方，就得東西南北走嘍！」陳奇木竭力把事情說得輕鬆些。

番客嬸卻輕鬆不起來，她歎了一口氣：「你要走多久？」

「少則兩三個月，多則一年半載……」

陳奇蘭撿拾柴草回家，剛好進門，一聽這話，大吃一驚：「哥，你又要走呀？」

陳奇木點點頭。

番客嬸猶豫著：「要不，再住些日子看看。監獄裡不是還給了你一筆錢嗎？」

「阿娘，那點錢是留給阿蘭上學用的。」

陳奇蘭猛然站起來：「不，我不能用這筆錢。」

「爲什麼？」

「那是哥哥的傷心錢。」

陳奇木一激凌，心裡酸酸的，卻故作達觀：「哎！傻傻的姿娘仔！錢就是錢，不管怎麼來的，不管帶笑，帶淚，還是帶血，都一樣地花！就看花的是不是地方。阿蘭，你『一枝流』（一向来）功課好，是哥哥拖累了你，上不了夢谷那樣的好學校，上了南浦這樣的次學校。是哥哥對不住你！」

「哥你別那麼想！好學校也有次學生，次學校也有好學生，全憑自己。」

「嘿！好！有志氣！那筆錢更應該供你上學了！」

番客嬸把話岔開：「阿木，你執意要出門，阿娘也不攔你。一個人出門在外，自己要愛惜自己啊……」說著哽咽起來。

「阿娘，又苦了你和妹妹了！」

番客嬸拭淚：「我們母女苦慣了，五年都過去了，還在乎這幾個月。」

三口人坐下來喝粥。陳奇木忽然惶恐不安，似乎想起什麼，他問：「阿娘，你是哪天生日來著？」

番客嬸脫口而出：「臘月初八，臘八你忘了？」

「阿蘭呢？」

「阿蘭是臘月初七，就差一天。」

陳奇木自家低聲說：「記住了……」

番客嬸歎息著：「說起來，我和阿蘭的命都不好！算命先生說過的，我屬羊，阿蘭屬兔，臘月沒青草吃……」

陳奇木故意說笑：「阿娘，你不用擔心，算命先生說得不對，潮汕四季都有青草！」

陳奇蘭也跟著說：「阿娘就是迷信！我們臘月沒青草吃是吧？哥哥屬虎的，老虎一年四季都吃肉，可哥哥呢，天天喝稀粥！」

陳奇蘭的話把母親和哥哥都逗樂了。爲了讓母親高興，陳奇木更信口開河：「那就屬蛇吧，冬天的蛇不吃不喝就睡覺，多好！」

懂事的陳奇蘭知道哥哥的用心，也來湊趣：「不好，蛇過了冬天就咬人！」

「那就屬狗……」

「也不好，狗吃屎！」

「屬馬呢？」

「讓人騎。」

「屬牛呢？」

「讓人打。」

陳奇木想了想：「哎呀，乾脆屬貓吧！有魚吃！」

番客嬸認眞起來：「阿木盡瞎說！十二屬相哪有屬貓的？」

陳奇木耍貧嘴：「那就十三屬相！」

「沒聽說過！一年才十二個月。」

「阿娘，就不能有閏月呀？閏月生的人就屬貓！」

母子三人又開心地笑了起來。

番客嬸看著兒子有說有笑，一反常態，驀然悟到什麼：「阿木，你問我和阿蘭的生日做什麼？」

陳奇木忽然結巴起來：「哦，沒，沒什麼，記住阿娘的生日，我，我好趕回來給你做壽啊！」

番客嬸黯然：「還做壽哪？不餓死就算命好。」

陳奇木頓時戚然。

第二天，陳奇木出門走了，街道的劉組長沒來查問。第三天，還是沒有動靜。番客嬸暗自慶幸，老虎也有打瞌睡的時候！番客嬸哪裡知道，街道上出事了，楊寡婦上吊，已經死了兩天！

自打楊碧君結婚後，楊寡婦陡然變老，彷彿一下子越過了「不惑」，直接滑向「知命」。她那間曾經是準「閒間」的小鋪也門庭冷落。因爲曲鐵柱不願意她還留著私營的資本主義尾巴，小鋪改成合作商店。楊寡婦原本有貧血症，身子骨日見虛弱，這小鋪有時開，有時歇，沒個準譜。楊碧君倒是經常回家看看母親，可極少過夜。曲鐵柱從不到小鋪來，但楊寡婦每次去看楊碧君，曲鐵柱總是熱情款待，甚至親自下廚房。楊碧君勸說母親搬來一起住，曲鐵柱也贊同，可楊寡婦就是不肯，她怕南浦的閒人說閒話，影響了曲鐵柱的前程。「文革」一起，她看見曲鐵柱落難，主動過來幫他倆做飯洗衣服。可她萬萬沒有想到「文革」把她也捎上了！她心裡明如鏡，就是那個戴寒水，因爲恨煞楊碧君，連當娘的也一起成了眼中釘。今天遊街前，那雙破招牌鞋就是戴寒水親手給她掛上的。她想，我讓人潑了一輩子髒水，都在背後，今天讓人掛上的這雙破招牌鞋，卻在胸前！她在街上走著的時候，就想到應該徹底地釋放自己了。

街道的劉婆子劉組長發現楊寡婦一連兩天沒來街道「文革」小組彙報，便氣勢洶洶找上門去。她見楊寡婦不開門，又搬來紅衛兵砸門。這一砸不要緊，嚇得她綠了臉子，啞了嗓子，軟了腿子，麻了膀子，還尿了褲子，好幾天渾渾噩噩，不多久竟添了怪病，不是打嗝不止，就是放屁沒完，後來轉成熱病，睜著眼睛說胡話。街談巷議都說是她逼死了楊寡婦，楊寡婦的鬼魂附在她身上了。可惜這位極能幹極有辯才的劉主任劉組長劉婆子竟然莫名其妙「無疾而終」。這是後話。

紅衛兵闖進曲鐵柱家，通知楊碧君去收屍。楊碧君一聽，登時昏倒在地。曲鐵柱扶起妻子，正要出門，紅衛兵攔住曲鐵柱：「你是黑幫，不能去！」

曲鐵柱把眼一瞪，大喝一聲：「她是我丈母娘！」

紅衛兵怕他玩命，只好跟在他們後邊，一起到了楊寡婦的小鋪。

楊碧君一見楊寡婦的屍身，號啕大哭。

曲鐵柱安慰著：「人死了，不能復生。看看她留下什麼話沒有？」

楊碧君搖搖頭：「她認不得幾個字……」

一個紅衛兵拿過來一本潮劇曲譜，上面還眞有歪歪扭扭幾行字。曲鐵柱一看，共三行，寫的是「落浪」，「好好司侯」，「不要裡開」，「落」字前面畫了一個箭頭，「侯」字、「開」字後面也都畫了一個箭頭，三個箭頭合在一起，指向曲譜。曲鐵柱看不明白，遞給楊碧君。

那紅衛兵說著怪話：「是黑指示吧？」

曲鐵柱又瞪了他一眼。楊碧君端詳了半天，忽然明白了，嗚嗚咽咽哭了起來。曲鐵柱急問：「她說什麼？」

楊碧君斷斷續續地解釋：「三個箭頭指著曲譜，那指的是你……」

「是我？曲譜，潮曲，曲鐵柱的曲……」

「她是說，你落難了，要我好好伺候你，不要離開你……」楊碧君說罷掩面而泣。

曲鐵柱猛然大慟，撲向楊寡婦的屍身，高喊一聲：「娘！」這是他第一次喊她「娘」！儘管她已經聽不到了，可是高天厚土聽得清清楚楚，天地間回響著這個七尺漢子雄渾的呼號！

收葬了楊寡婦，曲鐵柱對楊碧君說：「我發誓，我這一輩子永遠對你好！」

楊碧君摟著曲鐵柱的脖頸，嚶嚶哭泣。

流言不脛而走。

起先是流布著楊寡婦的穢語：

「一輩子臉早丟盡了，還在乎一次遊街！」

「一個大破鞋還有臉去死？」

「說不定讓誰家的老婆當場捉了姦？」

「咳，死了也就是臭塊地！」

後來竟傳出曲鐵柱的「緋聞」：

「聽說楊寡婦死了，曲鐵柱哭得死去活來，比死了親爹還慘，太蹊蹺了！」

「這裡邊一定有名堂！」

「聽說曲鐵柱和楊家母女三個人做了一頭。」

「是一馬雙跨，還是臭皮匠兩邊抽？」

南浦的閒人們找到開心果了！

無論從哪個方面說，「文革」都是一次「釋放」，各種各樣的「釋放」。

6 縱一葦凌萬頃

沙灣的海，碧波萬頃，海鷗自在飛。

陳奇木舊笠遮顏，站在大石山高坡上，海陬村在望。

正日暮時分，海陬村鍾家的小屋子裡，鍾老漢、阿娥和阿娥的入贅丈夫金水在吃飯。敲門聲輕輕響起，金水把門打開，門外是陳奇木。金水問：「你找誰呀？」

陳奇木疑惑自己走錯了門：「請問，府上姓鍾嗎？」

只見阿娥聞聲一驚，是久違了的熟悉聲音！她急急來到門口：「你是……」

陳奇木驚呼：「阿娥！」

阿娥驚喜萬分：「阿木哥！你眞的來了！爹！阿木哥來了！」

鍾老漢撂下飯碗，猛地站起來：「阿木！」

陳奇木急奔上前：「師父！」倒身便拜。

多少往事湧上心頭，浮在眼前！記得就在大石山上小工棚外，鍾老漢仰天長歎：「既然這樣，也爲阿娥著想，我不便留你了！這十元錢夠你坐車到廣州！」記得就在山迴路轉處，阿娥忽然落淚：「阿木哥，往後但有三災兩難，你就到海陬來！」往事是那樣眞切，卻又如夢如煙！陳奇木、阿娥和鍾老漢都強忍著淚水。只有金水默默地在一旁靜觀。

鍾老漢把金水拉了過來，爲陳奇木介紹：「他叫金水，是你妹夫。」

陳奇木客氣地點點頭：「妹夫好！」

阿娥嫌不親熱：「就叫金水吧！」

陳奇木又點點頭。

金水看見岳父和妻子興奮的樣子，知道陳奇木是個不尋常的客人，便熱情地招呼：「阿木哥，吃飯吧！」

鍾老漢這才想起來吃飯：「對！吃飯！」

大家重新入座。阿娥為陳奇木盛飯、夾菜。

陳奇木又到了山上。舊地重來，別是一番滋味！草寮裡依舊是木板床，依舊是未完成的石獅子！夜色朧明，恍如從前。鍾老漢和陳奇木喝著工夫茶。茶過數巡，鍾老漢依舊抽起水煙來，水煙筒裡發出「咕嚕嚕」的響聲，也一如既往。生活是一本九宮格的界格紙，寫過的一頁廢了，新的一頁還是九宮格，不知道還要寫什麼字。陳奇木慢慢離座，雙膝緩緩跪地：「師父，我有事求你！」

鍾老漢厲聲一喝：「阿木，站起來說話！」

陳奇木不為所動：「不！你要不幫我，就送我進監獄！」

「你一定胡思亂想了！」鍾老漢既不走開，也不去扶，只摩挲著那未完成的石獅子……

如同天上出現魚鱗雲，海邊人知道，不是要下大雨，就是要颳大風。在海陬村鍾家的小屋子裡，一盞豆油燈下，阿娥對金水講述陳奇木的遭遇。金水沉吟著：「他一定有難事，來求我們。」

阿娥試探著問：「那……你肯幫他嗎？」

金水惱怒：「什麼話！你認他做哥哥，他就是我大舅了！一家人還說兩家話嗎？」

山上草寮裡，鍾老漢聽完陳奇木的訴說，長歎一聲：「想不到你這些年混得比先頭還慘！世上有千條路，爲什麼就不給你留一條？起來吧！我幫你！你說，你要什麼？」

陳奇木起身，再拜：「師父，我想借條船。」

「船？我是石匠，不置船的。」

「那就偷！」

鍾老漢目光炯炯：「你想出去？」

陳奇木點頭：「除非死了。」

「你想過後果？」

「想過一百遍。」

「不覺著冒險？」

「世上沒有十足把握的事。」

「要是眞的死了呢？」

「死而無怨。」

鍾老漢不再問了，他深知陳奇木的爲人，他走到草寮門口，仰望著夜空：「你來了，我頭一眼看見你，就知道你必有大逆不道的事……」

陳奇木驟時緊張起來。

「不用慌。我鍾老漢做事一是一，二是二，說話從來算數。」

「那師父你……」

「我幫你走，可你得依我三條！」

「哪三條？」

「你要走成了，頭一條，一定要做成一番事業。」

「我答應。」

「二條，一定要孝敬你的老娘親。」

「我答應。」

「三條，你聽著！一定要報答唐山，絕不能叛逆！」

陳奇木想了想：「我答應！」

鍾老漢直盯著陳奇木的眼睛：「現在發誓！」

陳奇木毫不猶豫，就在草寮門口，面北而跪：「陳奇木，戊寅年生，廣東南浦人，在海陬鍾氏師父面前，指天發誓，此去如若成功，一定信守三條約法，倘有違背，必遭天打雷轟，刀劈斧剁，死無葬身之地！」

鍾老漢扶起陳奇木。

忽然寮外一聲響動。鍾老漢抄起傢伙，一個箭步過去。

「爹！」是阿娥的聲音。

「還有誰？」

「爹，我！」是金水的聲音。

鍾老漢一臉冰霜：「你們在偷聽？」

阿娥沒有反駁：「爹，進去說。」

金水退後：「我在外頭。」

朝霞驅散了夜霧，漁港露出一灣綠瑪瑙，從漁港出發的機帆船如犁一般切割著，濺起玉屑般的浪花。陳奇木幫著金水解纜，二人上船。一個隊長模樣的人問金水：「船上是誰？」

「我表哥。」

「哪兒的？」

「澄海雲塘村。」

「突突突」一陣馬達聲響，又一把犁切割著綠瑪瑙，濺起玉屑。

海面上，漁船點點。陳奇木從小看慣了海，今天忽然發現，海是一個瑰麗而寧靜的世界，又是一個神秘而威嚴的世界。它高興的時候可以給你一派生機，它發怒的時候可以讓你葬身魚腹！他在駕駛室掌著方向盤，聽金水耐心地講解：「……駕駛其實不難，要緊的是要學會看風、看潮！老話說，『夜昏東，早起北』①，就是說，東南風從中午吹到傍晚，西北風從午夜吹到天亮。要看雲，老話說，『鬼頭雲在北，大雨淋頭殼』，『魚鱗天，不雨也風顛』，馬尾雲，就更厲害了，要起颱風、龍捲風，所以老話說，『天頂馬尾雲，勸君勿行船』……」

幾天的操練，陳奇木可以單獨駕駛機帆船了。這天傍晚，金水和陳奇木一路《漁舟唱晚》歸來。阿娥端出清蒸金槍魚，還有一大盆珠蚶。四個人圍坐在小飯桌旁，一邊剝吃珠蚶，一邊聊閒天。阿娥找金槍魚肉厚的地方夾了一大塊給陳奇木，陳奇木直推辭，鍾老漢說：「阿木，你吃吧！」

「不，不，阿娥吃吧！」

「咳，這魚她吃多了，不給她。」

金水敲鑼邊：「對，不能給她，她頓頓吃魚都嫌不夠！」

鍾老漢笑著說：「阿娥是屬貓的，十三生肖！」

陳奇木不由得一愣神。

阿娥其實嘴尖舌仔利：「爹，我屬貓也比你屬老虎強呀！我倒是有魚吃，沾點腥，你倒好，素的，一年四季沒肉吃，天天喝稀粥！」眞是妙語解頤，鍾老漢和金水都開心地笑了起來。陳奇木開始也陪著笑，笑著笑著，眼眶濕潤，竟自落下淚來。一座愕然。

「阿木哥，你怎麼了？」

陳奇木沒有回答。

還是鍾老漢明白他的心事：「阿木，你想起你阿娘和你妹妹了吧？」一語道破，陳奇木止不住哭了起來。鍾老漢撫摸著陳奇木的肩膀：「吃吧！吃完飯，我們四個人好好參詳。明天你回南浦看看你阿娘。」

「阿娘！」陳奇木興匆匆回到南浦，一腳踏進「下山虎」便高喊一聲。番客嬸和陳奇蘭都愣了。

「你怎麼回來了？還不到一禮拜？」

「這……阿娘，我想家了！」

「看你，幾年不回家都不想，幾天不回家倒想了！」

「阿娘，人就是這麼怪嘛！阿娘，大嘴餓了，弄點飯吃。」

「好，好……哎！對了，這兩天紅衛兵天天問你怎麼不去彙報。」

「你怎麼應付他們？」

---

①「夜昏東，早起北」一類，是潮汕一帶漁民的諺語。夜昏，即夜晚。早起，即早晨。

「我後來說實話了，說你去打工。」

「那我趕緊去彙報，免得他們找你麻煩。」

「吃完飯再去不晚。」

「不，彙報完再吃踏實！」

「那就快去快回！」

「阿娘，你當我願意住他們那兒呀！」陳奇木急忙出門。

番客嬸去廚下，摸摸米甕，所剩無多，掏了又掏，乾脆倒轉米甕，全倒出來，淘洗，煮上。不到一個鐘頭，飯桌上擺著一小鉢米飯，還有鹹菜、「薑鹽」之類。

陳奇木一進門，就嚷餓：「阿娘啊！餓死狗了！兩頓飯當一頓吃了！」

陳奇蘭趕緊爲哥哥盛飯。陳奇木緊吃幾口：「香極了！阿娘，妹妹，快吃呀！」

番客嬸看著兒子狼吞虎嚥的樣子，心中湧起一陣辛酸：「阿木，慢慢吃吧，別噎著。我和阿蘭都吃過了！」

陳奇木漫不經心：「呵！你們吃得夠快的……」一眨眼工夫，陳奇木將一小鉢米飯掃蕩淨盡。然後，往床上一躺。

陳奇蘭收拾碗筷，和母親同入廚房。母女盛著米湯輕輕喝著。

陳奇木靜靜地思索著，口中念念有詞：「……天頂馬尾雲，勸君勿行船……魚鱗雲在天，不雨也風顛……初一、十五子午潮……」忽然，從廚房裡傳來輕輕的吮吸聲。陳奇木豎耳細聽，似覺異常，他悄悄下地，來到廚房。呀！眼前的情景讓他震驚，他腦際轟然一響！原來母親和妹妹正站在那裡喝米湯！那噴噴香的大米飯就是從這一大鉢米湯裡撈出來的。

「阿娘！」陳奇木哽咽著喊了一聲。

番客嬸和陳奇蘭驀然回首。

「阿娘，你和妹妹就喝這個！」

「阿娘不餓，就是口渴。」

「哥哥，米湯營養價值可高哩！」

陳奇木登時淚流滿面，不能自已。這時候，他只有一個念頭：今生今世不發大財，絕不回家！他猛然一拳砸在廚房門上。

番客嬸顫聲：「阿木，你怎麼了？」

陳奇木迸發出悲天愴地的呼喊：「阿娘啊！」「撲通」一聲跪在地下。

「下山虎」狹小的「伸手」在悲咽。

海陬村鍾家的小屋在等待。

已經是後半夜，約定的時辰就要到了！小屋裡，一個小紅點忽明忽暗，伴隨著時續時斷的「咕嚕嚕」聲，鍾老漢在抽水煙。阿娥和金水摸黑走來，低聲說：「爹，差一刻兩點了！」把鬧鐘舉到鍾老漢面前。鍾老漢吩咐著：「金水，你到坡上，東邊第三頭石獅子的嘴裡，我放了一個橄欖核，如果橄欖核不在了，那他就已經來了。你照計畫行事。」金水答應著，正要出門，阿娥爲他披上一件黑色的褂子。

金水消失在夜幕中。

漁港碼頭，潮水拍岸。夜色無意給機帆船一個朦朧的輪廓。「嘎！嘎！嘎！」西邊三聲水鳥叫，是金水。「嘎！嘎！嘎！」東邊三聲水鳥叫，是陳奇木。兩條人影合在一起，還有一個黑乎乎的大包包，都進了機帆船。少頃，一條黑影回到岸上，急速解纜，離開碼頭，他是金水。只見阿娥推著單車，從黑暗中竄了出來，金水坐上後架，轉眼間無影無蹤。漁港碼頭，依然潮水拍岸，似乎什麼事情都沒有發生過。

幾個鐘頭後，初陽漏入鍾家小屋。一夜沒睡的鍾老漢還在「咕嚕嚕」地抽水煙，藉著曙色，他發現牆腳有一個大鐵罐子，上前細認，大驚失色：「金水！」

金水聽見呼喚，急忙起身：「爹，怎麼啦？」

鍾老漢指著鐵罐：「你看！」

金水驚呼：「啊？柴油？阿娥，你忘了……」

阿娥急忙過來，嚇得面如土色。

鍾老漢老淚縱橫：「阿娥，阿娥，阿木死在你手裡了！」

金水想了想，上前安慰：「爹，你別著急。〇八二五是最好的機帆船，大油量，阿木哥也學會了觀天測雲，辨潮認水……」

鍾老漢搖搖頭：「要是遇著巡邏快艇，可就……」

正說話間，遠處隱隱傳來沉悶的吼聲。鍾老漢豎起耳朵：「金水，你聽！」

金水驚叫：「是快艇！」

阿娥面南而跪，淚流滿面：「阿木哥，是我害了你啊！」

遼闊的海面上，「粵陬〇八二五號」平穩地航行著。駕駛室裡，食物拋擲一地。陳奇木已經發現少了大鐵罐子柴油了。後面隱隱傳來快艇的沉悶吼聲。陳奇木一陣緊張過後，反倒平靜了。他想，強跑是跑不掉的，怎麼辦？他望著渾然一體的海天發愣，一隻海鷗掠過他的船頭，斜向飛去，卻兜了一個大圈，又掠過他的船頭，似乎在觀察他，他覺著不祥，忽然眼睛一亮，啊不，牠在啓示我，一個躲避天敵的招數——「老水雞，倒旋！」他眼前突兀出現多年前的一個畫面：少年陳奇木和少年林海文走在田埂上，他們在釣青蛙。「咚」的一聲，一隻大青蛙從田埂跳入水田裡，攪起一攤渾水，有頃，渾水變清，那大青蛙沒有遠去，卻旋回田埂下，水田裡青蛙回游的弧形痕跡十分清晰。陳奇木打定主意，馬上掉轉方向，朝大陸駛來，口中念念有詞：「夜昏東，早起北，現在已經過午，該起東南風了！」

那艘快艇果然是在巡邏。艇上人立即做出判斷：「這條船返航了，那條船肯定還在前面！」快艇加足馬力，如飛而去。

「粵陬○八二五號」返回大陸港口，當然不是海陬港，是比它大得多的西濠港。這條船此刻正擠在漁船叢中，陳奇木呢，趁著入夜，上碼頭，到西濠鎮去了。他順利地買到了柴油，又買了一些工具，食品、衣服都不用添，阿娥給他備了足足半個月的乾糧，還有禦寒的棉襖！趕在燈火闌珊之前，他提著一個大旅行袋，回到船上。他打開旅行袋，取出柴油，添足，又檢查了發動機，然後靜下心來，若無其事地吃著餅乾，吃著吃著，無意間發現了一副工夫茶具，還有煤油燃燈，他笑著自語：「到底是書記自己開的船！」於是，動手沖起工夫茶來。

又是後半夜，在南海沉沉的海面上，「粵陬○八二五號」向西南航行著，一路順風。忽然間，又是那熟悉的沉悶吼聲由遠而近，迎面駛來一艘快艇。快艇裡，掌方向盤的蔡怒飛對他的副手說：「小軍，一艘機帆船！」

「別管它了，趕緊回去吧！睏著呢！」

「不行！」蔡怒飛向機帆船發出信號。

「粵陬○八二五號」只好停船。

「你等著，我上去。」蔡怒飛說罷，飛速上了機帆船。

陳奇木走出駕駛室，與上船的蔡怒飛打招呼。二人相對，不由一愣，似曾相識……

「是哪兒的？」

「海陬漁業生產大隊。」

「機帆船只能在內海打魚，難道你是遠洋捕撈？」

「只要輪機性能好，天時好，技術好，越遠捕撈越多。」陳奇木想了想，又做了補充，「再說，這裡不是公海呀！」

說話間，蔡怒飛已經認出對方，便嘲諷著說：「我看你不像是漁民！漁民長年累月，吃海風騎海浪，皮膚是古銅色的，你看你，倒像是長期關在小黑屋的人！」

陳奇木一笑：「我確實是新近才到海陬的……」

蔡怒飛亦一笑：「你不用說了，我認識你！」

「怎麼會呢？」

「你叫陳奇木！」

陳奇木並不驚慌：「我也認識你，你是蔡怒飛。」

蔡怒飛一言中的：「你冒充漁民想跑出去？」

苦心孤詣慘澹經營的人生路毀於一旦了！陳奇木望著無際滄波，坦然承認：「是！」

蔡怒飛板著臉：「可是你跑不了啦！」

陳奇木雙手併攏，做出被扣的樣子：「是！」

「這次會判你十五年的！」

「甚至更多！」

蔡怒飛走到船邊，想叫上鄭小軍，不知爲什麼，忽然停步，往回走，面對陳奇木：「陳奇木，你已經有過教訓了，爲什麼還要這樣做？」

半晌，陳奇木仰天歎息：「我只能這樣做！我不是沒有理由……」

蔡怒飛搖了搖頭：「每一個像你這樣的人，都會爲自己找出一些理由來的。」

陳奇木忿忿然：「你以爲我是在找理由嗎？我不用找，只憑一個事實就夠了！我親爹在泰國，我爲什麼不能去找他？如果有正常渠道，我何必這樣過番下南洋！」

確實，在廣東僑鄉，三個人中至少有一個人有海外關係，其中有不少是直系親屬關係。解放後，因爲父親在海外而獲准出國的也大有人在。蔡怒飛生長在潮汕僑鄉，自然清楚，他沒有反駁對方的辯解。

陳奇木歎息一聲：「唉！說這些做什麼？跟你們紅衛兵是無理可講的！走吧！這條船是你來開，還是我來開？」

蔡怒飛沉吟片刻：「你來開。」

「開到哪兒？海陬？西濠？汕頭？」

「不，香港。」蔡怒飛說罷，扭頭離開機帆船。

陳奇木驚得瞠目結舌，眼看著蔡怒飛駕著快艇走了。忽然，快艇又掉頭回來。陳奇木的心一下子揪了起來。蔡怒飛重新登上機帆船。陳奇木冷冷地問：「你後悔了？」

蔡怒飛板著面孔：「我要留下一句話，你到了泰國，要活得堂堂正正！」說罷下船，駕起快艇，飛也似的駛去。陳奇木望著漸漸遠去的快艇，涕泗橫流。

快艇上，鄭小軍好奇地問：「剛才上去做什麼？」

蔡怒飛若無其事：「哦，找我的綠軍帽。」

鄭小軍莫名其妙：「你的綠軍帽不是在這兒嗎？」

蔡怒飛沒有回答，開足馬力返航。

「粵陬〇八二五」眞如一葦，終於到了九龍海面，就在筲箕灣附近，悄悄靠岸。幸好，四外並無一人。陳奇木拋錨上岸，想了想又下船。〇八二五是一條好船，我要完整地歸還海陬！算是借吧，未經主人同意的借，人家可以看作偷！唉，偷就偷吧！我把船送回去，心裡會好受些。他站在船頭，抬頭看天，天上雲霞變幻，他忽然發現掃帚雲，啊，要起西南風了！巧咧，正好給〇八二五送行！他起錨，校正方向，開足馬力，放空船歸去。

他回到岸上，目送〇八二五在西南風的護送下，向著東北方，鼓浪前進。他忽然感到背後有人，正要轉身，卻被兩個人左右夾住，原來是兩名香港警察！

「你們幹什麼？」陳奇木抗聲。

「你非法越境！」一副手銬銬住了陳奇木。

7 聖者郭姐

陳奇木被領到筲箕灣收容所，有幾個大陸來的非法越境者把他包圍起來，問長問短。陳奇木大致說了說經過，歎息著：「我只想打工掙些錢，湊夠路費，到泰國找我父親……」

有人說：「打工？香港討食不那麼容易！」

有人說：「你有心掙錢，爲什麼把那條船放回去？你要是把那條船賣了，還怕沒錢去泰國！」

陳奇木搖搖頭：「那條船本來就不是我的……」

坐在門口的「白面書生」冷笑了一聲：「又想當婊子，又想立牌坊！放心吧！大陸不會表彰你的。」

這群人哈哈一笑，七嘴八舌說開了。

「哎！就是賣了船，也去不了泰國！要有香港居住權，還得滿三年！你不是香港永久居民，你哪兒也去不了！」

「白面書生」向陳奇木招手：「潮州佬，我給你指一條明道！」

所謂明道，就是出賣。陳奇木不明就裡，第二天，照著「白面書生」的吩咐，溜出收容所，好不容易找到美國駐香港領事館。一個老外迎了上來：「你有什麼要求？」

陳奇木滿懷希望：「我想到泰國找我父親，請求幫助。」

「NO！NO！我幫不了你的忙。這裡是美國，不是泰國！」

陳奇木站著發愣。

老外打量著陳奇木：「你從大陸來的！」

陳奇木點頭承認。

老外忽然改變口氣：「我可以幫你到美國，轉道泰國……」

陳奇木驚喜：「眞的？」

老外拿出一張表格，叫陳奇木塡寫。陳奇木一看表格，明白了。表格分兩欄：是否中共？有何情報？他毫不猶豫地退回表格，走了出來。

老外追了上來：「你在大陸受到政治迫害嗎？紅衛兵批鬥你了嗎？」

陳奇木故意說潮州話：「聽唔識你個話！」聳一聳肩，攤一攤手，走了。

陳奇木渾身疲憊地回到筲箕灣收容所。他一進門，便要找「白面書生」說個明白。同屋的人告訴他，「白面書生」是個政治犯，剛剛被引渡回大陸了！他一聽不由打一冷顫，過了一會兒，悄悄溜出收容所，急急如漏網之魚，忙忙似喪家之犬。

這時，沙灣耕濤鎮的集市上，阿娥挎著菜籃子走著。阿木哥是死是活？她一直放心不下。今天早上，金水說海陬漁業大隊的大隊長讓耕濤鎮派出所所長找了去，一定爲粵陬〇八二五的事。

果然，派出所裡，所長和大隊長正在分析敵情。大隊長想了半天，補充說：「再有，就是金水的表哥了，可出事前人家已經走了，走了好幾天了。」

所長說：「你再想想，還有什麼可疑人？」

「哎呀，你問過支書沒有？」

「當然問過！他是當事人，〇八二五是他開的嘛！」

電話鈴聲響。

所長懶洋洋接電話：「喂！……是我！……」他忽然振奮起來：「……啊？太好了！……是，是……」

他放下電話，興奮得跳起來，對大隊長說：「〇八二五找到了！在大亞灣稔山附近的海面，是空船，整條船完好無損！明天，你帶人去認領！」

大隊長更是高興，長出一口氣：「託毛主席的福！〇八二五是海陬最好的一條船！」

大隊長離了派出所，特意轉到集市上買了一瓶酒。他驀然發現正在買菜的阿娥，抑不住激動之情：「阿娥，〇八二五找到了！在稔山海邊！你回去告訴金水，明天跟我一塊領船去！」

阿娥一聽，半憂半喜，故意做低調：「那還不成了一堆木頭呀！」

大隊長連連擺手：「空船一條，完好無損！」

「空船一條，完好無損！」在大石山草寮前，鍾老漢眉頭漸漸舒展，又漸漸蚪曲。阿娥和金水都注意到老爹表情上的變化。

「爹，不是好事？」

鍾老漢搖搖頭。

「那是好事？」

鍾老漢又搖搖頭。

「爹，怎麼回事？你急死人了！」

鍾老漢摩挲著石獅子，彷彿自語：「阿木到香港了！」

「爹，你怎麼知道？」

鍾老漢眼望著大海：「沒遇著海難，船才會是好的；人上了岸，才會放空船。我懂得阿木，八年前我就說過他仁義，放空船的事只有仁義的人做得出來！換一個人，〇八二五可以賣個大價錢啊！可是，這事壞就壞在這仁義上！」

「怎麼講？」

「人行有腳跡，鳥飛有落毛！船回來了，阿木的證據也回來了！他阿娘、他妹妹該遭難了！」

一如鍾老漢所預料，耕濤鎮派出所經過一番內查外調，眞相大白。於是，南浦街上，天蒙蒙亮，便有一個老女人在掃街，她就是番客嬸。鍾老漢料事如神，卻沒有料到自己的臧否吉凶，啊不，他肯定料到了，俗話說，雞蛋密密有痕縫，他知道籬笆擋不住颱風，即使出事當天誰也沒見著陳奇木，陳奇木與他鍾家的牽連也是明擺著的。他「呼」地一聲吹開紙媒花，「咕嚕嚕」地抽著水煙袋，一個隱秘的念頭逐漸成形，而且凝固了！當然，他不會把這個念頭告訴阿娥和金水。

陳奇木對家鄉發生的事情一無所知，他又一次淪落到糊口苟活的地步。有一天，他過街走巷，來到淺水灣。這裡有鎮海樓，有媽祖宮，有觀音、月老，有福、祿、壽神。他為遊客賣苦力，討些貼士（小費）。他順著車道上山，不時遇見豪華的別墅。聽人說，從這一帶到深水灣是富人區。他站在山上，對著那一幢幢見所未見的建築，讚歎不已，忽然想起當年在夢谷圖書館，老館長對他講過秦始皇出巡的場面，劉邦讚歎著說，「大丈夫當如此」，項羽也讚歎著說，「彼可取而代之」，何等的氣概！入夜了，他在山上俯視香港島，燈如星布，層層疊疊，是天宮垂下珠簾？是銀河瀉下盈盈水？看海天一派璀璨！聽遊人說，此地和義大利的威尼斯、日本的札幌合稱世界三大夜景，不知是真是假。他逶迤下山，路邊能睡便睡，睡醒即行，無日無夜，更無目標地走著。

又一天，他來到西環摩星嶺海邊。這裡參差錯落著許多木屋——用木板和鐵皮搭成的簡陋小屋。迎面走來一個中年婦女，背上背著一個小孩，手上拉著一個小孩，另一隻手還提著一個塑料袋。恰好一輛單車疾馳而來。婦女為躲避單車，摔倒地上，小孩哭了，塑料袋散了，袋中大米撒了一地。騎車人溜之乎也。陳奇木看不過去，上前扶起中年婦女，還幫著撿大米。那婦女連聲道謝，陳奇木沒有回話，只默默地撿米。過了一會兒，米撿完了，陳奇木也悄悄走了。婦女想再道謝，一抬頭，人已走遠了，她只好折向小路，回她那小木屋。

陳奇木繼續走著，一個髒兮兮的人攔住他的去路：「朋友，大陸客？」

陳奇木搖頭。

「想打工嗎？」

陳奇木點頭。

「跟我來！」

陳奇木略有遲疑，還是隨來人走了。

來人領陳奇木到了一間大木屋。陳奇木一看，不像住家，不像課室，不像工棚，不像倉庫，想不出是個什麼所在。屋內，七八個人，或坐或躺，或喝或抽。「老大，你看怎麼樣？個頭、力量、靈敏、柔韌性……」那人誇獎著。有人喊：「中級班！」那位被稱作老大的慢呑呑地說：「還是從初級班開始，老規矩。」

陳奇木覺得不妙，便問：「你們是什麼人？」

老大一笑：「原先跟你一樣！看，寶安的，惠陽的，普寧的，潮陽的，三水的，還有北佬。現在我們有大號了！」

「什麼大號？」

「老百姓叫爛仔，警察叫人渣！」

大木屋爆發出一陣狂笑。

陳奇木問：「你們都做什麼呀？」

老大慢悠悠地說：「偷摸、搶劫、販毒、殺人，什麼活兒都做！」

又一陣狂笑。

陳奇木扭頭就走。有人早已把住門口，大聲吼著：「你今天豎著進來，就別打算再豎著出去！」

老大一聲令下：「把他放平了！」

爛仔們圍住陳奇木，大打出手。陳奇木被迫還擊，一來未經訓練，二來眾寡懸殊，三下五除二，被人打翻在地，血跡斑斑。

忽然一聲警笛響，警察們包圍了大木屋。人渣們且戰且走，頃刻間作鳥獸散。警察們搗毀了木屋，把躺在地上的陳奇木也帶走了。陳奇木掙扎著呼喊：「我不是……」

警察們不由分說，強行拉走。

路中央，一個中年婦女叉腿站著，正氣凜然。陳奇木認出她就是剛才遇到的那位大姐！只聽她衝著警察高喊：「我要控告你們，侵犯香港公民的人身自由權！」

她出示香港居民的身分證。警察們一愣怔。

「他是我阿弟，讓爛仔打了，你們不去抓爛仔，倒抓好人！你們是什麼警察？」

一個警察轉向陳奇木：「她是你阿姐？」

陳奇木下意識應了一聲潮州話：「是啊！」

不是香港話的「係」，而是潮州話的「是」！中年婦女心中一陣歡喜，便說起潮州話來：「阿弟噲，你做呢四散走呀？跟阿姐返去厝內（家裡）！」

陳奇木心中感激，落下熱淚：「阿姐啊！」

傷情當此際！這潮州話的「姐」字令人喜，令人泣。

警察們面面相覷，說一聲：「走！」

阿姐扶著阿弟走進了小木屋，爲他敷傷，又問了問他的情況。「哦，說了半天話，我還沒有告訴你呢！我家祖籍潮陽，姓郭，你叫我郭姐好了。」

「郭姐，謝謝你救了我。我姓陳，叫陳奇木，汕頭南浦人。」

這時候，一個男人走了進來。郭姐爲陳奇木介紹：「我先生。」

陳奇木恭恭敬敬叫一聲：「郭哥！」

那男人笑了：「我不姓郭，姓張。」

陳奇木也笑了：「張哥！」站起來要走。

郭姐趕緊攔住：「等一等！」她去一旁和張哥低聲商量……

張哥十分爽快，對陳奇木說：「就先住我家裡吧！等你傷好了，我想法兒給你領一份差事。」

陳奇木喜憂參半：「香港打工也不容易啊！」

張哥點點頭：「嘿，想想辦法嘛！現在，大陸『文革』，越南打仗，香港市場倒是看好。我要不是有病，我就鬧它個小作坊。阿木，工還是有的打的，當個跑街仔，你不會嫌下賤吧？」

陳奇木搖頭一笑：「張哥，你是不知道哇，阿木什麼下賤的活計沒幹過？」

郭姐插話：「是呀！銅錢出自苦坑。我們潮汕人再苦再慘也能活下去，還要活出個人模樣來！什麼苦活計慘活計不能幹？提夜壺，撿豬糞……」

張哥笑著說：「從前還有牽豬哥！那是給豬配種，通街市人認作最下賤的活計了，人家不肯幹，我們潮汕人幹！阿木，你還記得『天頂飛雁鵝』嗎？」

陳奇木點點頭：「記得，從小就聽我阿娘唱過。」

於是，郭姐起頭，張哥、陳奇木跟著，連兩個小孩也來學舌。小木屋裡響起古老的潮州歌謠：

天頂飛雁鵝，
阿弟有嬤（老婆）阿兄無。
阿弟生仔叫大伯，
大伯聽了無奈何。

打起包裹過暹羅，

欲去暹羅牽豬哥……

三人哈哈大笑，眼角卻滲出眼淚。

8 射文虎

張哥給陳奇木領了一份跑街仔的活兒——兜售牛仔褲。陳奇木記住郭姐「銅錢出自苦坑」的話，天天早出晚歸，路在腳下鋪開了。

晚上九點多鐘，阿木還沒有回家。小木屋裡，孩子們已經睡下，煤油燈前，張哥撥拉著算盤，偶爾搖搖頭，郭姐做著繡活，不時望一望門口。

「阿木這麼晚還沒回來，不會出事吧？」郭姐叨念著。

「不會。你不知道，阿木給自己訂了份額，一天要賣掉五條牛仔褲，賣不夠數不回家。別看他到香港沒多久，還眞有香港人那股勁！」

摩星嶺下，海水「嘩嘩」地響，不捨晝夜。

陳奇木踏著星光，急匆匆興匆匆走進小木屋，輕聲招呼：「哥！姐！」

張哥抬起頭來：「阿木，今天賣了幾條？」

「六條！」

「呵！超額了！」

郭姐趕忙爲陳奇木盛飯。

陳奇木急攔：「姐，我吃過了。」

郭姐調侃：「喲！跑街仔還有人請吃飯，面子比港督還大！」

陳奇木笑了，舉起幾個小塑料袋：「看！」

郭姐看了一眼：「什麼東西？黑乎乎的。」

陳奇木解開一袋：「咖啡檔切掉的麵包皮。一毫港幣買一袋。你們嘗嘗！」

張哥嘗了嘗：「呵，硬過三角鐵！」

陳奇木笑了：「經嚼！」

張哥也笑了：「磨牙！」

郭姐一撇嘴：「那也飽不了肚子。」

陳奇木笑嘻嘻：「給小侄子當零食吃。」

郭姐笑著去盛飯……

深夜，陳奇木躺在木板床上，卻無眠。他從木窗向外望去，海面上升起下弦月，半輪斜掛，又朦朧的白，如薄施粉黛的美女只露半面。潮汕人把月亮叫作月娘，一定是一個美麗而又善良的女神。他想起有生以來遇見過的女人，他想起淺水灣的觀世音，他想起這小木屋的女主人……啊，他們夫妻是天底下最好的人了！一家五口，吃飯的嘴多，做活的手少，住木屋，喝山泉，點油燈，日子那麼艱難，對我還這麼好！可我怎麼能靠在他們身上過日子呢？我該怎麼辦？人常說天無絕人之路，可路是靠人自己走出來的！這「走出來」不就是拚，不就是搏嗎？他一夕無眠。晨曦乍現，他乾脆起床，悄悄挑起水桶，上山汲水。

跑街仔的買賣時好時壞。陳奇木今天在媽祖廟附近舊街區兜售，又是晚飯後了，他還捧著牛仔褲，在騎樓下轉悠，顯然未完成自訂份額。

忽然有鼓聲傳來：「咚……咚……咚……咚！咚！咚！」陳奇木覺得奇怪，分明是潮汕謎棚的鼓聲啊！他不由自主，踵鼓聲至一騎樓下。店鋪已經打烊，他抬頭一看，依約可辨「邢記潮汕蠔烙」字樣，他正納悶，鼓聲又起……

店鋪二樓上，邢記老闆邢伯與獨生女邢茉莉正在射文虎。邢伯手握鼓槌，坐謎板之側；邢茉莉雙手抱肩，立謎板之前。白髮紅顏，陶然有古風。須臾，鶯聲起，鼓聲作，直是天外清音，人間罕聞。聽！

「黃斑十號！」

「咚！」

「步步嬌！」

「咚！」

「商業術語一！」

「咚！」

「行情看俏！」

「咚！」

「行作行路解，看俏扣嬌。」

「咚！咚！咚！」

騎樓下，陳奇木聽得入神。他本來迷過此道！當年夢谷中學開晚會，有一個謎語，謎面一個「龍」字，捲簾格，猜「化學名詞一」，他猜「王水」，中了。領獎時候，製謎的老師得知他是初中部的學生，大爲驚奇，因爲這種由一體積濃硝酸和三體積濃鹽酸混合而成的「王水」，是高中化學課本上的知識。這些年來，他魚游釜中，燕巢幕上，哪裡有猜謎的雅興！他正追懷昔日的盛事，不覺有些兒技癢，鼓聲又作！

「罢！」

「咚！」

「《六才》一句！」

「咚！」

「臨去秋波那一轉！」

「咚！咚！咚！」

「老爸這謎出得好！只是美中有不足，『罢』字是大陸的簡化字。」

「簡化字也得懂，說不定哪天香港歸還呢！閒話休說，繼續射虎。」

「老爸不虛心！」

「嗯？」

「我猜我猜！黃斑十三號！」

「咚！」

「君子固窮！」

「咚！」

「俗語一！」

「咚！」

「斯文掃地！」

「篤篤篤……」

邢伯槌擊鼓沿，高喊：「大跌眼鏡！大跌眼鏡！如果射作斯文掃地，你老爸這個老謎家豈不是徒有虛名了嗎？直白！直白！再說，斯文掃地，是個成語，也不是俗語呀！胡猜！胡猜！胡猜！亂來！亂來！亂來！」

邢茉莉嬌嗔：「人家再想還不行嗎？看你，窮追猛打，犁庭掃穴，沒完沒了，得理不饒人，逮著蝦蟆攥出尿！」

邢伯哈哈大笑：「一個女孩子家，哪兒學來這麼些大俗話、無影跡話！」

邢茉莉笑了：「是俏皮話！」

忽然，騎樓下有人高喊：

「黃斑十三號！」

父女二人大吃一驚。邢茉莉開窗，未見人影。邢伯示意邢茉莉坐定，自己拿起鼓槌擊鼓，「咚」的一聲。

騎樓下人聲又起：「君子固窮！」

邢伯擊鼓：「咚！」

「俗語一！」

「咚！」

「人無橫財不富！」

「咚！」

「潮俗稱斯文人爲君子，底斷讀作『人無橫、財不富』，扣面。」

「咚！咚！咚！」邢伯棄槌，若俞伯牙之遇鍾子期，急急下樓，開門。

猜謎人在焉！邢伯喜形於色：「是……先生猜的？」

陳奇木彬彬有禮：「冒昧了！」

「先生是哪裡人？」

「汕頭南浦！」

「請先生賞光！」

「不好意思……」

「請！」

陳奇木隨邢伯進門，上樓。二人分賓主坐定，工夫茶，家鄉話，從廋辭、隱語，談到燈虎、詩虎，談到啞謎、射覆。陳奇木是一個好聽眾，話雖不多，卻很到位。邢伯談得投機，大有相見恨晚之感，興之所至，心扉洞開：「陳先生……」

陳奇木誠惶誠恐：「不敢不敢，我是晚輩，就叫我阿木吧！」

邢伯一想：「也好。阿木，如果你不嫌棄，在我這個小店做事如何？」

陳奇木一驚：「老伯店裡沒有夥計？」

邢伯解釋：「原先有一位，半個月前去了星洲，看來黃鶴一去不復返……」

一直在一旁沖茶的邢茉莉突然接了下聯：「白雲千載空悠悠！」

邢伯哈哈大笑，陳奇木忍俊不禁，邢茉莉自己也不好意思起來。座鐘突然響了十下，陳奇木急忙起身，與邢伯道別：「多謝老伯提攜，我回去交代一下，明天就來上班。」

邢伯叮囑：「一言爲定！」

陳奇木匆匆跑回摩星嶺海邊，大吃一驚：原來的小木屋不見了，委地一堆鐵皮、木板，張哥和郭姐呆立著。陳奇木走過來：「張哥，這是……」

「當局的鏟車剛走，說是違章搭建，強行拆除。」張哥苦笑，「比一九六〇年『溫黛』颱風還徹底！『溫黛』颱風不過掀去鐵皮屋頂，這回是連根刨！」

陳奇木默默地走向廢墟，把柱子重新立起來。

張哥吃驚地問：「再搭？」

陳奇木點點頭。

「他要再拆呢？」

「再搭！」

於是，三個人吞下眼淚，咬住牙關，重新搭起小木屋。

當然，又是一夕無眠！清早，陳奇木上山汲水，早飯後，告別了張哥郭姐，來到邢記潮汕蠔烙食店。

此後，他日間穿梭於廚房與餐桌之間，夜間就在店堂搭床睡覺。他慶幸自己終於得到一份穩定的工作，天不負人，人豈能負天？他決心追回逝去的光陰，找回消失的大學，他夜夜苦讀，果眞是三更燈火五更雞！現代人曉得青燈黃卷，焚膏繼晷，寒窗十載，韋編三絕麼？曉得孫敬懸梁，蘇秦刺股，匡衡鑿壁，車胤囊螢，劉綺燃荻，李密掛角，孫康映雪，江泌追月，董仲舒目不窺園麼？無妨看看陳奇木！

一天深夜，陳奇木一如既往坐在木板床上看書。邢茉莉端來一碗白粥、一碟鹹菜。「阿木哥，這麼拚命，想當教授啊！吃碗夜粥，休息吧！」

「茉莉，謝謝你！」

「不用客氣！」她隨手翻翻床上的書，「《華商巨頭成功之道》，《猶太商人絕招三十手》，《孫子兵法》……你又買了這麼多書！錢都花在書上了！」

「沒有，我把看過的書賣了，添點錢又買了這些舊書……」

「鹹魚販子變成舊書販子了！」她笑了起來。

「倒賣鹹魚賺錢，倒賣舊書虧本啊！」他也笑了，「茉莉，我沒你學問大，不讀書怎麼行？」

「瞎說！我哪有你學問大？」

「你背起《長恨歌》來，就像……像銀瓶瀉水！」

「銀瓶乍破水漿迸！」她隨口而出。

「鐵騎突出刀槍鳴！」他應聲而和。

二人哈哈大笑。

「啊！阿木哥，你不知道，我從小就受我老爸的訓！謎目特多！他要《六才》一句，你不讀《西廂》成嗎？」

「我看有的謎目，《過秦論》一句，《諫逐客書》一句，怎麼得了？」

「這還算是容易的！還有西漢文一句，唐文一句，宋文一句，還有《古文觀止》一句，那才難呢！逼得你不讀書不成！」

「所以就逼出一個香港女秀才！」

「你！」她嬌憨地瞪了一眼。

「看來得建議港英當局，改革教育，推行猜謎教學法！」

「壞蛋！」她笑罵著，心中忽然生出莫名的感覺，臉一紅，急急收起碗筷入內。他呆呆地望著她的後影……

又一個夜晚，邢記二樓上，又是「咚咚」謎鼓響。這回是陳奇木製謎執鼓槌。只聽邢伯高聲：「海陬六號！」

陳奇木擊鼓：「咚！」

「我！」

「咚！」

「雙脫靴格！」

「咚！」

「潮州俗語二！」

「咚！」

「有食成餓鬼，無食自己肥！」

「咚！」

「雙脫靴去掉『鬼』和『肥』，『我』加『食』是『餓』，不加還是『我』，即『自己』。」

「咚！咚！咚！」

陳奇木放下鼓槌：「今天的狀元讓阿伯奪走了！」

「哈哈！我奪走了！我奪……」邢伯笑著笑著，忽然發呆。

陳奇木以為邢伯睏了，便說：「阿伯休息吧！」說罷下樓看書。

邢茉莉也去鋪床，打算睡覺。

「茉莉！」邢伯悄聲叫住女兒，愣頭愣腦切入主題，「你覺得阿木這人怎麼樣？」

「什麼怎麼樣？」邢茉莉明知故問。

「人品怎麼樣？」

「呃……不錯。」

「本領怎麼樣？」

「呃……不錯。」

「我把你嫁給他怎麼樣？」

邢茉莉低下頭來，不說話了。

邢伯自答：「呃……不錯！」

邢茉莉嬌嗔：「看你！我要睡覺了！」嘴上說著，身子卻不動彈。

邢伯認真起來：「我一世為謎，家業不思興，斷弦不思續，人都說我耽於文虎，癡及局外！如今聘女兒，也要擇個猜謎的行家！如果阿木能破我一個謎，我就把女兒給了他！」

邢茉莉一驚：「什麼謎呀？」

邢伯笑了：「茉莉呀，你想摸底？還沒出嫁，就護著夫君了！」

邢茉莉佯作氣惱：「說什麼呀？這麼大歲數了，沒正形！」

邢伯自語：「夜長夢多，乾脆……」他下樓去。

邢茉莉欲攔又止，愣愣地發呆。她苦苦思索著老爸可能製出的謎語，躡手躡腳地打開老爸的箱子，翻出老爸收藏的謎冊和各種資料。忽然樓梯響，她急急收起謎冊，關好箱子。

未來的翁婿上樓來。

邢伯樂呵呵地說：「阿木，該你蟾宮折桂了！」

陳奇木似乎胸有成竹：「阿伯，你就出謎吧！」

邢茉莉搬出紙、筆、鼓、槌等用具。

邢伯一揮手：「收回去！」

邢茉莉與陳奇木相視愕然，他和她都不知道邢伯的悶葫蘆裡賣的是什麼藥。他們只見邢伯慢悠悠地取出一尊牙雕，約一寸高的一個小美人，放在桌子上。

邢伯說：「這就是我的謎語！猜吧！」

陳奇木與邢茉莉都大驚失色，不由得走至牙雕前。

邢伯厲聲一喊：「茉莉！你回來！」

邢茉莉不好意思地歸位。陳奇木獨自站在牙雕前，冥思苦想……

一室靜極。小鬧鐘的「滴答」聲恍若雷鳴，傳入三個人的鼓膜裡，就像是槌擊鼓沿的「篤篤」聲。十分鐘過去了！又十分鐘過去了！邢茉莉神色慘然，心中怨恨著，老爸呀，你好沒意思啊！你一輩子跟謎語過日子吧！邢伯也後悔不迭，心中怨恨著自己，我是太過分了！猜謎招親，亙古未有啊！荒唐！荒唐！這，這怎麼下台呢？

忽然，陳奇木眼睛一亮，上前拿走牙雕，昂然下樓。邢茉莉惶惑不安，看了看邢伯。誰知邢伯欣喜若狂，連聲高喊：「猜中了！猜中了！」

邢茉莉如丈二和尙，摸不著頭腦。她半信半疑：「怎麼就猜中了？」

陳奇木重又上樓，見著邢家父女，想著關係在變，反而靦腆起來：「這牙雕是一寸佳人！一寸佳人是什麼字？是個『奪』字，所以我就奪走了！」

邢伯頻頻點頭：「正是這樣！」

邢茉莉捧著牙雕，心想，我不就是被「奪」走的佳人嗎？她臉上驀地飛起兩朵紅雲，急急走進自己的房間。

第四卷　忍

1 覆巢恨

近午時分，方淑雲正在廚房淘米，只聽院門一響，蔡怒飛扶著蔡鶯，姐弟相倚，一瘸一拐走了進來。她急忙關上水龍頭，跑出屋門，只見蔡鶯衣服破了，臉上血污，蔡怒飛眼睛也腫了。她心裡已經猜出幾分，流著淚把蔡鶯安頓在床上。蔡怒飛自己去衛生間洗臉。方淑雲端來一盆清水，取出藥棉，給女兒擦傷口。誰也沒有說話，屋裡靜得出奇，只有媽媽的眼淚跌落在水盆裡，在女兒心上發出聲聲清響。

過了好半天，方淑雲顫聲問：「你們倆怎麼……」

蔡怒飛沒有答話，蔡鶯卻有氣無力地反問：「媽，我先問你，我爸是不是被打倒了？」

方淑雲沒有回答。

蔡鶯催問：「媽，你說呀！」

方淑雲哽咽著：「早上你們走後，地委機關的造反派把你爸帶走，關進『牛棚』了……」

蔡鶯閉上眼睛，淚如泉湧。

作……」

方淑雲搖頭歎息：「名目多了！走資派，招降納叛，包庇漏網右派黃東曉，給壞分子陳奇木安排工

蔡怒飛追問：「什麼問題？」

蔡怒飛一愣：「誰說黃伯伯是漏網右派？陳奇木怎麼又成了壞分子了？」

蔡鷺瞪了弟弟一眼。

「最屈死人的，硬說你爸是叛徒，是廣東地下黨叛徒集團……」

「×母！」蔡怒飛破口大罵，「我要他們拿出證據！」

敲門聲響，再響，三響。

方淑雲慌忙開門，一見是幾名公安幹警，惶恐不知所措。

「誰是蔡怒飛？」

蔡怒飛走出來：「我是。」

「跟我們去一趟。」

方淑雲大驚失色，上前攔住：「你們要抓他？他犯什麼罪？」

「哎！要他去說明情況。」幹警們一把推開方淑雲，把蔡怒飛帶走。

方淑雲又哭又喊，撲倒地上：「怒飛！怒飛！我的兒子呀！」

躺在床上的蔡鷺艱難地喊著：「媽……媽……」

孱弱的氣息終於喚醒了方淑雲。她失神地來到蔡鷺床前。

「媽，我知道……」

「怒飛做了什麼事了？」

「有人告密了！」

「告密？告什麼密？」

「怒飛放走了陳奇木……」

「陳奇木又怎麼了？」

「又逃跑了！」

方淑雲頹然跌坐。

敲門聲又起。方淑雲猶豫著去開門。

黃小符匆匆走了進來：「阿姨！」

「進屋去說！」方淑雲把黃小符拉進房內。

「阿姨，我爸爸……」

「怎麼？你爸爸也進『牛棚』了？」

「早就進了……」

「你怎麼不早說？」

「怕連累你們。阿姨，我爸爸又給打傷了，我想求你……」黃小符說著哭了起來。

「哎呀，阿鶩也給打傷了！」方淑雲苦著臉。

黃小符一驚：「二姐姐也讓人打傷了？」

房間裡傳來蔡鶩的聲音：「小符……」

方淑雲引黃小符進去。

黃小符一見蔡鶩，便落下了淚：「二姐姐……」

方淑雲表示出十分為難：「小符你看，方蘇進了『牛棚』，怒飛剛剛……啊，怒飛剛剛出門，阿鷟傷成這樣，我抽不開身呀！」

「媽，你去吧！我一個人能行，你把門鎖好……」

「不行！你給打成這樣，傷口隨時會惡化，身邊離不開人！」

黃小符聽懂了方淑雲的話，不願強求，她轉向蔡鷟：「二姐姐，你好好養傷。阿姨，我走了。」

方淑雲解釋著：「小符呀，沒辦法啊！」

黃小符點點頭：「阿姨，我懂。」告辭而去。

方淑雲趕緊關門，回到蔡鷟床前，見蔡鷟臉朝裡，便問：「阿鷟，你怎麼了？」

蔡鷟沒有回答。

方淑雲一扳蔡鷟的臉，發現蔡鷟滿臉淚痕：「阿鷟，你到底怎麼了？」

蔡鷟傷心地說：「媽媽，黃伯伯和爸爸是幾十年的老戰友，可你……你太自私了！」

方淑雲一聽勃然大怒：「我自私？我自私？我為誰自私？我好好一個家，丈夫打倒了，兒子抓走了，女兒打傷了，誰來過問我？誰來照顧我？我活得容易嗎？我自私……」說著說著，泣不成聲。

蔡鷟失聲痛哭：「媽媽，請原諒我們，我們給你惹事了……」

黃小符離開了蔡家，匆匆趕路，人海茫茫，該找誰呀？她只顧低頭走路，差點撞著一輛單車，一抬頭，是林建華。黃小符忽又燃起希望：「建華，有件事求你幫忙……」

「你說吧！」

「我爸爸又讓人打傷了，你幫我送他上醫院好嗎？」

林建華想了想：「好吧！我載你走！」

黃小符坐單車後架上，林建華蹬車走了。

小巷裡一處小院，門口有「黃宅」二字，是黃東曉的家。誠如黃東曉自己所說，他是死老虎，運動一來，誰都可以當武松！武松們喜得死老虎還有硬骨頭，施展拳腳的機會就更多了！不肯說違心話的黃東曉遍體鱗傷，被造反派「送」回家的時候，依然咬緊牙關不喊疼。此刻，他躺在躺椅上，閉目忍痛。

黃小符領著林建華走來。黃東曉從腳步聲裡聽得出黃小符帶人來了。

「你跑到哪兒去了？我告訴過你，不要打擾別人。我是瘟疫，誰都怕沾！」

林建華上前，恭敬地叫一聲：「黃主任！」

黃東曉睜開眼睛，似曾相識。

林建華自我介紹：「我是夢谷初中部的學生，畢了業就下鄉落戶去了。剛剛在路上遇著小符。我背你上醫院吧！」

黃東曉頗爲感動，卻搖頭：「謝謝你了！去醫院也沒用！現在醫院看病要查出身、查身分，人家要是知道我是批鬥對象，說不定還要把我臭揍一頓轟出門外呢！還是魯迅先生說得好，受傷了自己躲在林子裡偷偷舔自己的傷口吧！」

黃小符勸說：「爸，怎麼能不治呢？醫院裡就沒有好人了？」

「有！就怕好人做不成好事！這樣吧，你到藥店買幾帖跌打損傷的膏藥，啊，還有雲南白藥。」

「我去吧！」林建華接過黃小符的錢，急急出門。

黃東曉略略欠身，黃小符拿枕頭墊在他腰眼上。

「小符，你們倆是同學？」

「他比我高一級，家在南浦，他爸爸是我們學校的語文老師。」

「誰？」

「林海陽。」

「哦，林海陽的兒子！唉，林海陽劃右派眞是莫名其妙！我雖說應名的教導主任，究竟也有責任啊！」

「爸，你沒讓人家劃右派就算萬幸了！」

「那倒是！多虧方蘇呀！可連他也沒躲過這場文化大革命呀！這世界是怎麼回事，我也不想弄明白了！」

林建華很快買回來藥，他因自己能爲昔日崇敬的師長盡點微勞而感到興奮：「黃主任，藥來了！」

黃東曉側過臉來：「建華呀，別叫主任了，現在還有什麼主任不主任的！」

「那叫……」

「叫老黃。」

「這可不成！」

「有什麼不成！老黃總比叛徒、內奸、漏網右派強啊！」黃東曉說著，自己笑了起來。

黃小符點燃煤油燈，取過膏藥在玻璃燈罩上烤著。

林建華覺得奇怪：「我在農村才點煤油燈呢，怎麼你們……」

「常停電，離不開它。」黃小符解釋著。

黃東曉似若無心地說：「社會有時也會倒退……建華呀，你爸爸現在在哪兒？」

「他……還在那個農場就業。」

其實，林海陽已經被勒令退職了！按四類右派處理，退職金的計算公式是月薪（降薪後的工資）乘以教齡。林海陽拿了二百三十六元的退職金，回到南浦家中，買了一台縫紉機學裁縫，日前被右們約去普寧流沙一帶幹建築，收入很不錯。林家怕外人知道他的行蹤，或因犯壞抖落他的老底，便都推說還在農場就業。

「兄弟姐妹呢？」

「只有一個哥哥，也是夢谷中學的學生，高中畢業沒考上大學，當工人了！」

「建華呀，這般時候敢到我這裡來的人，多半是條漢子！」黃東曉忽然傷感起來，「我要是不行了，請你多多照顧小符。」

「爸爸，不許你說這種話！」黃小符又氣又急，眼淚汪汪的。

「小符，你放心，爸爸不會輕易走的，爸爸堅信未來！只是那些造反派太不是東西了，萬一……」

「不許你說！」

「好好，不說不說！小符的話就是我的最高指示！」

一聽這話，女兒瞪了父親一眼：「爸爸，『死魚』！」

「死魚？在哪兒？」林建華不明白。

黃東曉和黃小符開心地笑了起來。

門外傳來小孩子讀字的聲音：「叛徒、內奸、漏網右派……」

黃東曉一聽，知道準又是給他貼標籤了，一時怒從心頭起，掙扎著站立起來。黃小符趕緊攙扶：

「爸爸，不要理睬他們！」

黃東曉突然暴怒：「不！人，不是牛馬！」

黃小符深知父親的稟性，便和林建華一起扶著黃東曉走到門口。

門旁果然又貼著紙條，赫然寫著：「叛徒、內奸、漏網右派黃東曉」。

黃東曉一見，大罵一聲：「混蛋！」伸手一撕，沒能撕掉，氣喘吁吁地接著撕。黃小符和林建華幫著撕個淨盡。

夜深了，月光使原本清晰的一方世界模糊起來。黃東曉依舊躺在躺椅上，傷痛使他無法臥床，也無法入睡，他望著中天淡淡的一輪，彷彿靈魂在飛升，早年的許多記憶飄浮在朦朧的月光裡。他的老家在揭陽鄉下，家門口有個大池塘，小時候看見風過池塘，泛起漣漪，他會想像出那是一池叫人垂涎的草粿！（草粿這玩意兒是粵東閩南一帶特有的小吃，聽說用一種叫草粿草的草料熬製、凝結而成，暑天吃來，分外清爽，小小子尤感興趣。）聽大人們說「盲人騎瞎馬，夜半臨深池」，他會想到所謂「深池」就是家門口這個大池塘，啊，池塘邊有兩株或者三株大榕樹，樹枝彎向水面，他爬到樹梢，讓身子垂掛著，成心掉進池塘裡浸水，還假裝踩水，偷偷在水裡撒尿，沒人知道。

忽然，隱隱約約似斷似續傳來兒時的歌謠：

雅姿娘，
嫁潮陽，
三個囊，
四個箱，
紅眠床，
烏蚊帳……

他覺得奇怪，這年代還會有人唱那樣的歌謠？他側耳諦聽，乖乖，什麼聲音也沒有！莫非是自家耳鳴？一陣夜風襲來，他打了一個寒戰。

2 兄弟夜話

林海陽到普寧流沙鎮當建築工將近半年了。月收入少則四五十，多則七八十，高出一般機關幹部的工資。他自己很滿足，林家上下都很滿足。林姆只覺得自己老來有福，她林家還有兒媳婦繡花的收入，還有小兒子從北京寄來的錢呢！她挎著市籃上街，偶爾也敢買一二尾高價的魚了。

眼看到了年尾，建築隊的隊長想給大家發點錢過個順心年，不敢公開叫獎金，也不敢私下塞紅包，琢磨了半天，想出個名堂，叫補助。補助分三等，六十、五十、四十，相差十塊錢。談到林海陽的時候，幾個隊頭兒一致同意給一等，還決定明年讓他當個小組長。他們覺得老林幹活不惜力，活兒也細，人內向，不多說話，不惹是非，牢靠！想不到跟林海陽一談，他死活不肯當這個小組長，而且堅決不拿一等，二等三等都成，就是不能拿一等。林海陽自有他的考慮！小組長豈是右派當得？自己有多大的犄角，敢抻這個頭？一等二等雖然差著十塊錢，可一等太惹眼了！一旦有人瞄上了我，我是老牛掉進井裡，上下不得勁呀，如果右派露了底，那可就後悔莫及了！隊頭兒們不知道林海陽的心病，反倒覺得老林這人實在難得，勞動好，人品好，再加上風格高。他們正式打報告，要評他做建築隊的紅旗手。上級也很重視，眞是難得有這樣的人！看來土裡埋著金子，倒是自己眼力不濟看不見，趕緊組織筆桿子寫材料。誰知到南浦一調查，原來是個右派！上級嚇出一身冷汗，差點犯了大政治錯誤，隊伍裡混進階級異己分子，還要樹他紅旗！上級把建築隊長狠狠批了一通，限時限刻叫林海陽走人，還囑咐「此事不可擴散」。建築隊長也傻了眼，好事沒做成，倒落了一身不是，還放走了一個好勞力。幾個隊頭兒盡歎晦氣。

林海陽無話可說，不是福薄，是運蹇。趁著天黑，搭夜班車溜回南浦。林家老少一下子從半空跌落深坑，林姆終日懨懨，如同灌漿的晚稻叫寒露風打了一般，提不起精神來。林海陽勸說母親：「多少年的苦日子都熬過來了，這點事有什麼想不開的？我從頭學裁縫，掙多掙少，總不至於餓死。」

林姆點點頭：「媽想得開，媽是歎惜做人難、難做人啊！」

張青筠開導說：「媽你這麼想，那一個月五六十塊錢的活計本不該有海陽的份，能做半年就算是撿了非分了！」

「青筠說的是！」話雖這麼說，林姆終竟病倒了，也查不出什麼病，時好時壞。

裁縫活兒不易，最難是裁剪。林海陽硬著頭皮厚著臉皮到會裁縫的親戚家請教，親戚只敷衍幾句，不肯傳授技藝。林海陽骨子裡原本有些傲，這些年把傲打掉了，卻又化作臉上一道冷。求人如吞三尺劍！他不願第二次登門，便買來成衣，拆開仿樣，還買來一些裁縫方面的書，日夜琢磨。潮諺有云，有心打石石成磚，火到豬頭爛，工夫不負有心人！以他的智商加上刻苦，很快掌握了從設計到裁剪到縫紉的全套工藝。開始是街坊四鄰讚他手藝不錯，後來居然小有名氣，近郊農村也有上門的。

生計剛剛有了轉機，南浦鎮革委會一道令下，爲了戰備疏散人口，鎮上所有「有問題」的家庭一律遷入山區，林家自然在冊。林海陽又一次體會到厄運！然而當他看到同命運的人爲數頗眾，其中不僅有五類分子，而且有本來不算什麼分子的人，甚至有曾經是積極分子的人，僅僅因爲得罪了某些有頭有臉的主兒而被一例橫掃，他深心裡竟生出幾許欣慰，渾忘自身的遭遇！可憐啊，這些早已消解反抗精神的「右派」！

林家落戶在半山區一個叫作長溪的生產大隊，全家住在一間由破廟改成的居所。這間屋子（似乎只能稱作屋子或房子，沒有其他叫法）大約十平方米，可以放下兩張床，沒有窗戶，有「天窗」，地板不是洋灰，不是磚，是泥土，據說培育蘑菇更適宜，可惜林海陽沒能做試驗。安家費除了繳納大隊規定的各種費用，都換成了鋤頭、畚箕、扁擔、水桶之類。第二天，除林姆外，林海陽和張青筠都被趕去修水渠。

林家過起日出而作日入而息的田園生活。雖是田園生活，這位曾經酷愛寫詩的語文教師卻不想做王維、孟浩然，只想「為他人作嫁衣裳」；之子于歸，鳳凰于飛，他那繡活無可挑剔的妻子，也只想做「年年壓金線」的貧女。林海陽向長溪的曹支書提出半天出工、半天以裁縫換工的建議，曹支書斷然拒絕；「四類右」還不死心，又提出讓妻子到南浦領些繡活回來做，申明是晚上做，曹支書一聽乾脆發了火，「你想搞資本主義！」隔天，曹支書開了個地頭批判會，林海陽只有低頭認罪。

沒過多久，有一天晚上，長溪大隊開「普選」的群眾大會。會前，通知了張青筠和林姆去開會，卻不通知林海陽，不言而喻，他是右派。

群眾大會開始不久，林海陽大步走進會場，全場都愣了神。林海陽當面質問曹支書為什麼剝奪了他與會的權利。曹支書一聽，勃然大怒：「你右派翻了天了！你多大的狗膽！」

張青筠嚇得臉都綠了，趕緊拉著丈夫往外走。林海陽似乎豁出去了，一把甩開張青筠，怒沖沖質問曹支書：「我是右派，但是政府沒有剝奪我的政治權利，我還是公民，你憑什麼剝奪我的選舉權？」

曹支書只覺得邪門：「你是右派，你哪有選舉權？」

「有!上次普選，我就參加了投票!」

「你是空口說白話吧?」

「不!我有選民證!」

「在哪兒?」

「你看!」林海陽舉起選民證，高聲念著，「選民證，林海陽!」

曹支書懵了，原來這傢伙是有備而來，他直覺著奇怪，右派怎麼還有選民證?

會場外忽然亂了起來，婦女們嘀嘀咕咕交換著慌張的眼色。原來林姆聽說林海陽大鬧會場，顧不得一把老骨頭，奔會場而來。會場在曬穀埕，地勢較高，路又坑坑窪窪，溝溝坎坎，夜裡漆黑一片，林姆一腳踩空，摔得不能動彈，嘴裡還不住地念叨:「阿陽，你這逆子呀!你讓我先死了吧!」

這時候，曹支書的妻子杏桃來到丈夫面前，低聲說:「林姆摔壞了!」

曹支書一聽不由得有些緊張，可別出了人命!他對林海陽說:「你先去照顧你娘吧，你娘摔了。」

林海陽和張青筠一聽，趕緊跑出會場。

林姆從此癱瘓了!

林海陽和張青筠除了出工，就是照顧老娘，心如死灰，更無他念。在南浦工廠做工的林建中，在南邙村落戶的林建華，也不時來長溪看望祖母。但這小哥倆都不能長住。全家人都知道，老人將不久於人世了!

曹支書聽杏桃說了林姆的病情，半天沒有說話，心裡有些後悔，不就投個票嘛，也不選他，我何必那樣較眞?杏桃猜出丈夫的心事，便說:「這家人夠慘的!唉，人家林海陽當初是教書的先生，有文墨，有身分，如今落難了，到了我們這裡，我們不能對人家那樣。」

曹支書面子上下不來，氣哼哼地說：「那你說該怎麼辦？讓我給他賠禮？磕頭？」杏桃笑著說：「做什麼氣鼓鼓的，誰讓你去賠禮去磕頭啦？」她接著說了個主意。

曹支書不置可否走開去。

修渠工地上，男勞力推車，女勞力挑土。張青筠一根扁擔，兩只畚箕，瘦骨伶仃的身子，彷彿一座天平，不知這天平稱著什麼。她來到杏桃跟前，等著鏟土。杏桃一見是張青筠，僅僅鏟了幾鐵鍬土，也就多半畚箕，就叫她挑走。她心中明白，杏桃有意照顧她。幾趟來回，她們倆聊起了家常，收工後又不約而同落在後面一道走。

杏桃悄聲說：「我跟『牛筋』說了，讓林老師做裁縫，好在家照顧林姆，村裡人做衣服也方便……」

張青筠喜出望外，哽咽著說不出話來。

林海陽又當起了裁縫。他對村裡人從不主動收費，給錢不給錢都行，曹支書家的給錢也不收。杏桃過意不去，不時到林家串個門，送幾斤番薯什麼的。曹支書依然不同林家人說話，而對杏桃的做法，他只做不知道。

正當林家處境略有改善的時候，林姆的病卻日見沉重，她嘴裡反反覆覆只有兩個字：「阿文」。林海陽知道情況不好，趕緊給北京的弟弟打了個電報。

林海文跟單位革委會請了假，又四處借錢，終於來到南浦。他和前來接站的林建中一起走，經過橫街轉角，二層半的矗廬已經易主，騎樓下一個中年婦女在洗衣裳，聽說占著這座厝屋的是縣政府的一個什麼局長。林海文心裡很不是滋味，又忽然莫名其妙的情怯起來，他和林建中叔侄倆匆匆過門而去，徑直出了城北，重又邊走邊聊。林海文從侄子的敘述中，已經讀懂了長溪。他在蒼茫暮色中，來到陌生的家。

林姆已經完全沒有意識了！林海文喊媽的時候，她無聞；林海文沒喊媽的時候，她不住地念著阿文阿文……子欲養，親不待，世上有多少人經歷過這樣獨特的生離死別？林家兄弟叔嫂落下了苦澀的思親淚。

晚飯後，林海文依著哥哥的吩咐，由侄子引路，去拜訪曹支書。

曹支書沏工夫茶招待遠方來客，杏桃更熱情地問長問短。

「阿叔見過金鑾殿啦？天安門特高是吧？聽說皇宮的磚是金的瓦是玉的是嗎？」

曹支書笑著打斷了她的話：「別瞎說了！真是頭毛長見識短！要真的金磚玉瓦，早讓人偷了！」

曹支書說得在理，可杏桃偏不服氣：「誰敢呀？不信你問問阿叔！」

林海文笑著說：「金磚玉瓦那是傳說，不過，故宮的磚和瓦都是特製的，和一般的磚瓦不大一樣。」

「你聽聽！」

「你聽聽！」

夫妻倆都覺得自己說對了。

林海文讓侄子從挎包裡取出一瓶北京同仁堂的虎骨酒，正牌原裝，說是特意從北京帶來送給曹支書。其實原本是給林海陽治寒腿，林海陽轉讓了，啊不，是納貢了。曹支書知道同仁堂的大名，很高興，回贈了三包銀球牌香煙。

林海文扯謊：「我不吸煙。」

曹支書不假思索：「那就給你哥哥！」

林海陽抽著曹支書饋贈的「銀球」，覺得特香。香煙香煙嘛！不香就不是正經煙！在煙雲繚繞中，他問起弟弟這些年的遭遇。林海文盡量把事情說得輕鬆一些，大概受京城人的影響，不時自我調侃幾句；但是，語文教師出身的林海陽總能味出幾許微言大義。

「……我分配到天文館，是我那屆同學中分配得比較好的單位，頭幾年工作很順，我和老鬼，啊，是我師兄潘新偉。」

「就是有一年專程到南浦來看媽媽的那位？」

「就是他。我們合寫了三篇論文，都發表了。後來，上面派我去搞『四清』，當工作隊，在通縣農村，這些你都知道的。後來就遇到文化大革命了。」

「『文革』的事你信裡從來沒說過。」

「信裡不敢亂寫的。你看著是響晴天，你知道哪塊雲彩有雨呀？」

「你沒讓人觸及靈魂吧？」林海陽擔心地問。

林海文但笑不語。林海陽更加擔心，勸導著：「阿文，我知道，你肯定要受我牽連的。往後要是涉及到我，你只管狠批好了，不要有顧慮。我反正已經這樣了，好是好不了的，壞嘛，也不至於槍斃！你雲頭正開，日頭正上，前面的路還長著呢，媽媽、我和青筠，都把希望寄託在你身上，你千萬不能犯糊塗，顧念情面。你毀了，全家就都毀了！你知道嗎？我有多少次想過……可是我不能丟掉媽媽，不能害了你！」

林海文淚在心裡流，默默無語。

「阿文，你說，你在北京沒讓人批判吧？」林海陽又問。

林海文看著哥哥的樣子，覺得不說不行了，他裝作若無其事的樣子：「哥哥，劉少奇、鄧小平都打倒了，還有誰能躲得過？人家說，爲了打狼碰了羊犄角，不算個毬事！我還是羊嘞！」

林海陽一驚：「這麼說，你也……」

「挨過批判。咳，我在大學時候就挨過批，老『運動員』①了，不過很輕，也就對付了幾次會，貼了幾張大字報。我覺得那些人都沒批到點子上，匆匆走個過場，就鳴金收兵。他們忘了毛主席的教導，宜將剩勇追窮寇，不可沽名學霸王。哈哈！」

林海陽卻笑不起來，他知道弟弟有意輕描淡寫，急切地問：「他們到底批你什麼了？是因爲我嗎？」

林海文搖搖頭：「他們偷走了我的筆記本，上面有我寫的詩詞。咳，也是我閒得無聊，信筆塗鴉。其實我很久不擺弄那些玩藝兒了！」

「什麼詩詞？你還記得嗎？」

「那怎麼不記得？我寫給你看。」林海文馬上寫了出來，遞給林海陽。

這是一闋題爲「恬退」調寄《瑞鶴仙》的詞：

文兮愚且懶，
也意氣僨張，
妄爭長短。
年來識何淺！
念旰宵良苦，
滄桑多變，
紅肝熱膽，
但換得、恩恩怨怨。
更誰人知我心期，

空對廬山顏面！
堪歎，
蠅頭微利，
蝸角虛名，
算來都賤！
何須眷戀？
今已矣、且閒散。
有二三良友，
棋枰茗碗，
一任狂情漫捲。
管他娘，
喚雨呼風，
立晨向晚。

「這詞有什麼？值得批嗎？哥，你猜他們批我什麼？批我『立晨向晚』四個字是反對『早請示晚彙

①老「運動員」，是對歷次運動中被批判的人的謔稱，也有自稱者，大都出於自嘲。

報』，就是反對毛澤東思想，就是反對偉大領袖毛主席。」林海文笑了。

林海陽也笑了，卻迅即斂起笑容：「不過，這闋詞調子是太低、太消極了。那首詩呢？」

「那首詩不看也罷！」

「要看的！」林海陽似乎勾起了詩興，「說不定我要和你一首哩！」

林海文只好寫了出來，是一首七律，題爲「中秋」：

異域孤身已斷腸，
哪堪桂子又飄香。
舉觴唯覺家千里，
低首縈思水一方。
事在難言雲有影，
心存隱慮月無光。
人生幾度今宵白，
忍把華年付杜康！

「這詩沒什麼問題呀！」林海陽讀罷，想起弟弟受家庭繫累，身居異鄉，連一個遮風避雨的窩巢都沒有，不覺黯然。

林海文見這情狀，把一詩一詞燒了。

「哥哥，你不要這樣。詩詞這玩藝兒向來是歡樂之詞難好，悲苦之詞易工，事實上，我不會消沉的，在學問上也不會恬退的！這幾年我當了逍遙派，倒是讀了不少書，將來總會有用處的，我絕不相信所謂讀書無用論！古往今來，哪一個成大器的人不經受磨難？」

他接著從臥薪嘗膽的勾踐說到鑽褲襠的韓信，從受宮刑的司馬遷說到目不窺園的董仲舒，從當學徒的狄更斯說到蹲監獄的塞萬提斯，從「科學瘋子」的諾貝爾說到做過小販的愛迪生。儘管這些典故和軼聞，林海陽大都知道，但他從弟弟滔滔不絕的旁徵博引中感覺到一種才華，一種志氣，一種精神。他激動地看著弟弟，找不到適當的話來表達自己的情感。過了好半天，他才想起應該關心弟弟的婚事：「啊，你有女朋友了嗎？」

林海文搖搖頭：「先立業，後成家。『匈奴未滅，何以家爲？』」

林海陽笑著勸說弟弟：「立業是一輩子的事，匈奴雖未滅，何妨且爲家？」

哥哥並不瞭解弟弟第一次愛情失敗的打擊是何等的刻骨銘心！林海文沒有回答。

東方泛起魚肚白。一夕無眠的兩兄弟都沒有睡意，乾脆走出門去，上了鄰近的山。山是很好看的青翠的山，清泉從岩罅流出，叮咚地響……

林海文半個月假期已到。林姆的病情既無好轉，也不惡化。林海陽叫弟弟安心回北京，母親的後事他早有安排。他堅持要送弟弟到南浦坐車。臨走時候，杏桃捎來半斤本地茶，說是曹支書交代的，帶到北京，讓首都人曉得長溪的茶勝過武夷，勝過龍井！林海文感激地謝過。

從長溪到南浦，四十五華里，林海陽只覺得路短，他望著路兩旁的芭蕉樹，正是雨後新綠，仔細一看，芭蕉心裡抽出嫩葉。他猛然一陣興奮，他對弟弟的希望，他對未來的憧憬，正如這新綠的芭蕉，一葉才舒，一葉又生。

3 經風雨見世面

蔡怒飛關了一年監獄，今天是出獄的日子。方淑雲大清早就出門買菜去了。庭院仍在，只是無復舊時觀！西廂房住進一戶人家，是原統戰部辦公室幹事小沈和他新婚不久的妻子小孫；東耳房住進一個老頭，老熟人，是地委機關傳達室的牛伯。院中屋外，搭了些避雨遮陽的小棚，做飯用的，存車用的，堆放雜物用的……還算有序，到底零亂。唯獨花木，得嶺南日暖雨豐的天時地利，況兼有人蒔弄，依然是發而幽香，秀而繁陰。這不，牛伯正提著噴壺澆花。

方淑雲挎著菜籃回家，看見牛伯，帶歉地說：「牛伯，你又替我們澆花！這些花我們都不想種了，枯死算了！」

牛伯笑呵呵：「哎！花有什麼罪？」說完忽然神秘兮兮走過來：「我告訴你……」

方淑雲頓時緊張起來，不知道又是什麼壞消息。

「……大家都叫我牛伯，幾十年了，其實，我不姓牛……」

方淑雲終於鬆了一口氣，只要不牽連蔡家，她對牛伯姓張姓李了無興趣，她順口敷衍了一句：「那牛伯姓什麼？」

牛伯什麼也沒有覺察，只一味的樂呵呵：「跟你們一個姓，姓蔡！你們是汕頭蔡，我是潮州蔡。」

方淑雲彷彿想起什麼，改漠然為欣然：「一家人啦！」

「媽！」蔡鶩在屋裡高喊一聲。

「來了！」方淑雲應聲進屋。

牛伯也走回東耳房，坐在門口抽煙。

蔡鷲提起椅子上的小包袱：「媽，我接怒飛去了！」

方淑雲低聲囑咐：「千萬不要跟人家頂撞，快去快回，別繞到別處去，直奔家裡來。你爸爸今天從幹校請假回家，別讓他等著急了。三河那邊我已經託人告訴阿霞，說不定你大姐也能趕來呢！」

這一年來蔡家變化不小，說不上是好是壞。蔡鷲挨打，怒飛入獄，這都不說了。蔡方蘇被關在「牛棚」裡好幾個月，他是個很懂策略、諳熟忍字眞諦的人，除了叛徒問題拒不承認，其他什麼走資派啦、包庇漏網右派啦、招降納叛啦，一概不與爭論，只一個「是」字。革委會專案組的上報材料中寫著「態度尚可，表現一般」。因爲廣東地下黨的問題必須等待中央定性，問題暫時「掛著」，以此，蔡方蘇出了「牛棚」，下了幹校。

蔡家的另一個變化是蔡霞和翁財旺成家了。他倆畢業那年趕上文化大革命，過了兩年才分配工作。因爲翁財旺是廣州「旗派」造反組織的一個小頭頭，倒了運，不能留在廣州，和蔡霞一起分配到大埔縣三河鎭一個衛生所。蔡霞倒也認命，翁財旺卻憤憤不平，到三河鎭沒多久，便又捲進當地的運動。

蔡鷲聽了媽媽的吩咐，想著今天可能是全家團聚的日子，絕不能小不忍亂大謀，便說：「媽，你放心吧，我快去快回！」她說著走出屋子，推單車上路。

方淑雲絮絮叨叨送蔡鷲出了院門，回來看見牛伯坐在小耳房門口抽煙，忍不住對牛伯說了幾句。

牛伯一聽，也跟著高興起來，連聲說：「唔，唔，炒幾個好菜！」

正說話間，蔡方蘇走了進來。他似乎蒼老了許多，原來很少皺紋的臉上，多了好幾道歲月之溝。事實上，他還未到知天命之年。

牛伯趕緊迎上前去，叫一聲：「蔡書記！」

蔡方蘇「噓」的一聲，急忙制止。

牛伯憨笑著：「嘿嘿，叫慣了。」

「牛伯，你身體好嗎？」

「好！沒災沒病，一條老牛！可造反派不叫我看傳達室了！」

「怎麼？你也有問題？」蔡方蘇問。

「明面上倒沒有人說什麼，誰不知道我牛伯三代貧雇農嘍！說是照顧我歲數大，其實是怕我給你們通風報信！有人背地裡說我沒有……沒有什麼來著，哦，沒有路線覺悟，還有罵我是奴才，老奴才。嘿，由他說去！我只是覺著太清閒了，悶得很。哦，你們進屋去吧！」牛伯說完，轉身出門去了。

蔡方蘇進屋，剛坐定，方淑雲望著院子，憂心忡忡：「你一回來，牛伯就出去，會不會去彙報……」

「哎！牛伯是個厚道人！再說，就是去彙報也沒關係，我是請假回來的。」

方淑雲還是有些不放心：「不知道西廂房那位怎麼樣？整天關著門。」

「小沈呀，原來是統戰部辦公室的幹事，三十二歲了才結婚，一直沒有房子住，也不容易……」

「怕不是來監督我們的吧？」

蔡方蘇聽妻子一說，心裡「格登」一下，沉吟著：「這年月，人心難測啊！」

「可不是嗎？咳嗽一聲都有人錄音！」

蔡方蘇無語，掏出一包劣質香煙。

「等一等！」方淑雲從抽屜裡拿出一包「大前門」。

蔡方蘇喜出望外：「哪兒來的好東西？你不勸我戒煙了？」

妻子但笑不答。蔡方蘇輕輕打開「大前門」，取出一支，先放在鼻尖下聞一聞。方淑雲給他劃火柴，他對妻子一笑，湊上前去……忽然，他把火柴吹滅！

「怎麼啦？」妻子覺得奇怪。

「等怒飛回來再抽！」

「不怕饞壞了大煙蟲！忍得住嗎？」

蔡方蘇一笑：「忍得住！」他不知聯想到什麼，嚴肅起來：「人應該是個無限量的承壓體，現在最寶貴的品格是忍耐。忍耐當然不是逆來順受，不是消極等待，忍耐是對信仰的堅持，對目標的執著，對未來的把握，忍耐是自信心，是魯迅先生所說的韌的戰鬥！」他望著地上的青菜，走了過去，一揮手：

「不說了！我來擇菜！」

方淑雲笑著挖苦：「大老爺頭一次幹家務活，還是到幹校接受教育好哇！」

「那就換換班吧！我當家庭婦男，你去掄鋤頭。」

「掄就掄，你當我掄不動呀？」

「掄得動，掄得動，別說鋤頭，大汽車你都掄得動！」

二人笑著一起擇菜。

幾聲單車響。方淑雲和蔡方蘇一齊朝門口望。

「媽媽！」蔡鶩喊著跑進來，蔡怒飛隨後進來。父子母女，四人相向，百感交集，竟無一語……

有頃，蔡怒飛低聲：「爸！媽！」

「怒飛！我的兒子呀！」方淑雲上前抱住兒子，悲淚拋灑。

「哎！應該高興才對！」蔡方蘇強作歡容。

方淑雲哽咽著應聲。

西廂房探出個腦袋，又縮了回去。

蔡方蘇看了看妻兒，尚有餘憾：「可惜少了阿霞，要不就團圓了！」

方淑雲趕緊糾正：「這就算團圓了！阿霞是嫁出去的人了！」

蔡方蘇馬上認同：「對，對……」

「媽，我要洗浴。」這是蔡怒飛回家的第一件事。

「去吧，熱水早就燒好了！」蔡鷥忙著爲弟弟打水，找衣服，又幫母親端這端那，張羅著。

「二姐，我自己來吧！」

「不，你歇著。姐姐好久沒給你打洗浴水，沒給你洗衣服了！」

蔡怒飛一聽，心裡酸酸的，臉上卻做出笑容：「二姐，在那個黑屋子，我什麼都學會了！你不用總照顧我，你才比我大兩歲，個頭比我還差一截呢！」

蔡鷥笑了：「個頭高怎麼啦？你沒聽人說，冬瓜再大也是菜！洗浴去！」

蔡方蘇聽到姐弟的對話，心裡很不是滋味。他爲自己家庭裡相濡以沫的融融情意而欣慰，又爲自己給家庭帶來不幸而內疚。

只聽廚房鍋碗瓢勺交響聲，一桌飯菜已經齊備。方淑雲在菜盤上反扣著碗。父子母女四人端坐飯桌旁，顯然在等待。

鐘敲十二下。大家不約而同望著時鐘。

蔡方蘇說：「再等一等。哎！先進行我的節目！」

蔡鷥「噗嗤」一笑：「爸呀！你能有什麼節目？」

「抽『大前門』！」大家一聽，只能苦笑。

方淑雲「嗨」的一聲，「這叫什麼節目！」

蔡怒飛表示通融：「就算是吧！如今，『大前門』就是煙民盛大的節日。」

「瞧！還是男性公民能理解香煙的價值。」

「好！我們不理解。爸，我給你點煙吧！」蔡鶯笑著拿起火柴。

蔡怒飛搶過火柴：「你不會點，我給爸點！」

蔡方蘇擺手：「不不不，得你媽點。我們倆向來配合默契，我是搧陰風，她是點邪火！」

一家人都笑了。

蔡怒飛問：「爸，那我們呢？」

「你們？你們是小游魚！」

姐弟倆齊聲唱起來：

一個游魚三個浪！

三個游魚九個浪！

一家人又笑了起來。

笑聲落地，方淑雲徵詢著丈夫：「我看阿霞是來不了啦！」

蔡怒飛冷言冷語：「大姐肯定是想來的！可她得經過上級批准啊！」

蔡方蘇說：「上級？翁財旺？」

蔡鶯憤憤不平：「大姐也不是從前的小媳婦！」

蔡怒飛反駁：「可我們家也不是從前的家了！」

「那倒是！怒飛蹲了一年，翁財旺一次也不去看！」

「怕染黑了嘛！」

「哎！當弟弟當妹妹的，不要說三道四。」蔡方蘇轉向妻子，「你別光叫阿霞，要叫他們兩口子一起來嘛！」

方淑雲頗感委屈：「是這樣的！我不糊塗！」

鐘敲一下。

「一點了！」蔡怒飛說。

「十二點半！」方淑雲糾正。

蔡方蘇發話：「算了，不等了！世上沒有完美的事物，香花不紅，紅花不香！玫瑰花好吧，又香又紅，偏偏帶刺！追求完美徒然傷悲，留點遺憾也好繼續……」

蔡怒飛忽來雅謔：「繼續革命！」

大家想笑，卻笑不出來。

蔡方蘇故作豪爽：「好！開動！」

大家一齊揭開蓋碗，卻又索然。

蔡霞氣喘吁吁地跑來，高喊：「媽媽！」

眾人聞聲齊出。

「阿霞！」是父母的聲音。

「大姐！」是弟妹的聲音。

「爸！媽！妹！弟弟！」是蔡霞的聲音。

一家人有哭的，有笑的，別是一種離合悲歡。

蔡方蘇一改素常作風，高呼：「拿酒來！」

方淑雲趕快取酒，蔡方蘇親自開瓶，蔡怒飛斟酒。全家人舉杯在手。蔡方蘇高喊一聲：「乾！」

「等一等！」聲音自屋外來。全家人都愣怔著。只見西廂房的小沈小孫夫婦端著什麼東西進屋。小沈恭恭敬敬地說：「蔡書記……不不，我私下裡要叫你書記，今天你們家團圓了，眞爲你們高興！請你們嘗嘗我和小孫的手藝。」小孫端盤上桌，打開蓋碗。

「蠔烙！」蔡方蘇噙著眼淚，「謝謝你呀，小沈，小孫！」

一座無不感動。

小沈有意調節氣氛：「還小沈呢？老沈了！」

「喲！你在我面前敢稱老呀？」

一座破涕爲笑。

「蔡書記，我也湊個熱鬧！」牛伯悄悄走來。

蔡方蘇趕緊讓座：「牛伯！快坐下！」

「不了，不了！」牛伯取出兩樣食物，「剛剛弄來的，澄海豬頭粽，普寧老豆醬。本來都是擺不上席面的東西。」

蔡方蘇認眞地更正：「哎！都是名產啊！」

牛伯憨笑著：「什麼名產！」

「眞的，我念給你聽！」蔡方蘇念起《潮汕名產歌》——

澄海出名豬頭粽，
月浦出名獅頭鵝，
海山出名大蝦插，
汫洲出名鮮大蠔，
普寧出名老豆醬，
溪口出名甜洋桃……②

小庭院飛起一片歡笑聲。
方淑雲笑著套近乎：「方蘇，你知道嗎？牛伯也姓蔡！」
牛伯一個勁地點頭：「潮州蔡，祖籍楓溪。」
小沈插話：「我還以爲牛伯姓牛呢！」
方淑雲說：「往後是一家人了！」
蔡方蘇說：「哎，不姓蔡，也是一家人！」
牛伯連聲說是。
說話間，蔡怒飛爲小沈夫婦和牛伯斟酒，蔡霞忙著搬椅子，蔡鶩趕緊遞筷子。
蔡方蘇說：「來，一塊吃吧！」
小沈首先辭謝：「蔡書記，我們心領了！」

小孫也說：「家裡還有蠔烙呢！」

蔡方蘇一想：「也好！可這杯酒得喝！」

「好！我喝！」小沈飲盡。

小孫也抿了一口。

一座都看著牛伯。這條從來不曾爲人注目的老牛，今天彷彿登台亮相，他未覺得風光，反覺得慚愧：「蔡書記，你知道我一輩子沒出息，什麼能耐也沒有，連喝酒都不會……」他說著，眼眶濕潤了。

蔡方蘇頗爲動情，拍著牛伯的肩膀：「牛伯啊牛伯，這世上少不了你這樣的人啊！今天你就抿一口吧！」

牛伯果眞抿了一口。一座鼓掌。蔡霞爲牛伯夾了一大口菜。

「我們不打擾了！你們好好吃吧！吃頓團圓飯！」小沈、小孫和牛伯辭去。

看著他們的背影，蔡方蘇歎息著：「人間畢竟有眞情啊！」

少頃，方淑雲對大女兒說：「要是財旺今天也來了該多好！」

蔡霞解釋說：「媽！財旺原本是要來的，革委會有份材料要他趕寫……」

蔡方蘇一驚：「他進革委會了？」

蔡霞點頭：「革委會政工組組長。唉，要不是受我牽連，他就是三河鎮革委會主任了！」

蔡鶯忿然：「你牽連他什麼！」

---

②澄海、月浦、海山、汫洲、普寧、溪口，均是潮汕地名。

蔡怒飛看著蔡鶩，忽然激怒：「你怎麼不懂呀？受我們蔡家牽連！特別是受我！受蔡怒飛的牽連！」

蔡霞抬起兩隻無神的大眼睛，淒然地解釋：「小弟，大姐沒怨過你呀！」

蔡方蘇默默地抽起「大前門」。

方淑雲知道此刻丈夫心裡正翻滾著怒濤，她能說什麼呢？她也有滿腹苦楚，她能說誰呀？她只能裝糊塗：「方蘇，怎麼抽煙了？」

蔡方蘇故意拍著肚子：「歇一會兒。你們吃呀！」

「也好。」方淑雲心中淒苦，臉上卻掛著笑容。她不偏不倚地爲三個兒女一一夾菜：「快吃呀，一會兒菜都涼了！阿霞，等財旺有空，你們一塊兒到家來，我給你們做海鮮吃。三河坐船到汕頭，半天就到了。」

蔡霞強打精神：「媽，財旺總說你做的菜特別好吃，上星期，財旺到汕頭搞外調，不是還到家來過嗎？」

方淑雲一臉驚訝：「沒有呀！」

蔡霞一愣，情知蹊蹺，急忙圓場：「大概媽媽出門買菜沒遇著吧？」

蔡鶩偏認死理：「不可能！媽媽天天在家，我也在家！就是咱們家沒人，這院子裡還有牛伯呢！」

「哎！說不定趕巧了呢！」蔡方蘇心中有數，他經過自我調整，緩過勁來，把煙頭一掐，舉起筷子，「來！吃菜，吃菜！阿霞，這蝦蛄，當時當令，最好吃！哦，三河能吃到嗎？」

蔡霞哽咽著：「……有……少……」

飯桌上再也沒有說話聲。

入夜，一家人在小客廳裡喝工夫茶。因爲團聚，也因爲肚子裡有點油水。蔡鶩忽然嚴肅地說：「爸爸，媽媽，大姐也在，我和怒飛跟你們商量一件事。」

蔡方蘇放下報紙，方淑雲和蔡霞中止了絮絮談心。

「我和怒飛考慮好了，到海南插隊。」

方淑雲一驚：「什麼？阿鷺，你不是想參軍嗎？方蘇，你沒找軍區那位老戰友呀？」

「找了！人家答應想想辦法，可一直沒有回音。」蔡方蘇搖頭歎息。

「爸，不要再找後門了！媽媽，怒飛和我一起去，我們姐弟也好有個照應。」

家裡人深知家裡人的性格，蔡鷺和怒飛都是很有主見的人，蔡鷺尤甚。方淑雲感到事情難以挽回，不由落下淚來：「好不容易盼到團圓，又要分開……你們不走不行嗎？」

蔡鷺說：「媽！大勢所趨，知識青年不走不行！」

「就不能在汕頭找個工作？」

蔡怒飛的回答出乎母親的意料：「媽，這個城市我待夠了！」

方淑雲和蔡霞聽到這鑽心痛語，相對流淚，蔡鷺也背過身去。

蔡怒飛安慰著：「媽媽，不要難過。兒女總有一天要離開父母的，這是規律。大姐在三河，你平常不也看不到嗎？」

「三河到底近得多！半天的水路，坐汽車更快。」

「可一年也見不了一兩回呀！」

半天沒有吭氣的蔡方蘇說話了：「怒飛，你不曉得，那心理感覺到底不一樣！」

蔡怒飛反詰：「爸爸，你當初去打游擊的時候，還沒有我現在大吧？」

蔡方蘇忽地語塞。遼遠的記憶紛至沓來。當年他才十七歲，父母察知他想「從匪」，對他嚴加看管，說什麼「父母在，不遠遊」，他是偷偷跑出家門的！如今，上輩人早已作古，而他們的觀念卻在他這個號稱老革命的人身上復活！他似乎聽見蔡怒飛說，爸爸，這幾年我們長大了！是呀！人，有時候，一天可以長十歲！他似乎又聽見蔡怒飛說，爸爸，人道是十五十六是人生的花季，我看其實也是風季、雨季、霜季、雪季！兒子說得好呀，彷彿東曉也說過，十五歲「出花園」，出了花園，就要經風雨見世面了！蔡方蘇轉向妻子：「讓他們出去闖闖吧！就說我們南浦的街坊鄰居，陳奇木的父親十五歲背個市籃去南洋闖蕩……」

方淑雲煩躁地喊：「不要再提陳奇木了！」

蔡方蘇一笑：「就說老林家……」

「也不要說老林家了！」

蔡方蘇歎了一口氣：「唉，潮汕人出門闖世界是常事！」

方淑雲十分無奈，搖頭歎息：「俗話說，兒行千里母擔憂……」潸然淚下。

豈止蔡家，千家萬戶都面迎著上山下鄉的大課題！

黃宅小院裡，黃東曉正在爲女兒決策。他的傷早已養好，只是一條腿落下殘疾，走路有點瘸。他的女兒是獨生女，按政策規定，可以不用插隊，但他考慮到自己總是被「衝擊」，女兒一日三驚，說不定哪一天自己給鬥死了，女兒連個落腳生存的地方都沒有，爲女兒著想，與其將來遭橫禍，不如眼下受點苦。

「……我看去海南不如去南邙。山區裡的農民，我是瞭解的，他們雖然窮，可不奸詐。他們從前支持革命，今天也能接受你們。我看林建華去了好幾年，不是挺不錯嗎？老鄉並沒有當他是狗崽子。」

「爸爸，你不用爲我的前途操心。當初你打游擊，誰爲你操心了？」

「哎！時代不同了嘛！我，黃東曉，只有你一個女兒；你，黃小符，也只有我一個爸爸。哎，這話說起來怎麼怪怪的。」

「爸，你說什麼呀！一個人還能有兩個爸爸？」

「對，這話不合情理，也不合邏輯！」

「爸，我同意去南卬，其實只有一個理由！」

「一個什麼理由？」

「離汕頭近一點。」

「好小符，你眞惦記爸爸！可是，近也見不著喲！」

黃東曉捧起女兒的臉，仔細端詳著，記得方蘇說過，小符越長越像她媽媽，對，當年的英芬就是這個樣子！那眉毛，那眼睛，特別是那眼神！英芬！你想不到有這麼一天吧？你的女兒也要離開我了！女兒不曉得父親在想什麼，她只覺得父親的肩膀特別厚實，雙臂特別有力，胸懷特別寬闊。女兒小鳥般偎在父親的懷裡，父親和女兒都想永遠留住這幸福……

半晌，黃小符忽然想起什麼，站了起來。「爸爸，我給你拿一樣東西，你離不開的東西。」

「嗨，除了女兒，我沒有什麼離不開的東西。」

黃小符取出一個舊煙盒，遞給父親：「你自己打開。」

「是煙呀！」黃東曉打開一看，「是你給我攢的！」

黃小符邊數邊念：「南海，銀球，大前門，恒大，椰風，飛馬，還有大中華！」

「呵！多國部隊！小符，爸爸往後更戒不了煙了！」

「戒不了就不戒了！別做樣子！」

「這個姿娘仔！」

黃小符拿出一支煙塞在父親嘴上，又劃燃火柴……黃東曉美美地吸一口。斗室之內，其樂也融融。

少頃，黃東曉問：「小符，你怎麼想起偷偷給我留好煙？」

「爸，你沒計畫。月初，你抽『前門』、『飛馬』；月中，『百雀』、『戰鬥』；到了月底，白皮經濟煙，還要捲『喇叭』！」

「哎呀，我的女兒是好管家……」

「紅管家！」

「對！可怎麼又公開秘密了呢？」

「不公開秘密，我到了南邙，這些煙該留壞了！」

黃東曉聞言黯然。

南浦臨江三巷「下山虎」的「伸手」裡，母女也已經商量好了。本來陳奇蘭因爲哥哥出走，成了實際上的獨生女，但是按照南浦的規定，她必須去插隊。陳家是個苦難凝成的家庭，然而穿透苦難的卻是眞善美的柔光！十八無醜女，陳奇蘭更出落成一個雅姿娘，她集潮汕妹美麗、聰慧、能幹、溫柔、善解人意而又凜然不可侵犯種種稟性於一身，瘦削的肩膀扛得起生活的重壓。此刻，她在收拾行裝：「阿娘，知識青年都得走。我們這樣的家庭，不走又該找你岔子了！」

番客嬸是個嚴硬的母親，她不再流淚了，她反而鼓勵女兒：「阿蘭，你放心走吧！阿娘從三十二歲就守了活寡，什麼難事也難不倒你阿娘！如今，阿娘給人家掃街也掃慣了，居委會還給了點工錢，這就不錯！實在不讓掃街了，阿娘去繡花，人老了，眼神不濟，手頭慢一些，好歹一張嘴好對付，一人吃飽，全家不餓。唉，人活在世上，別人怎麼看你是別人的事，自己不能把自己看低了！」

「阿娘，我懂！別人是人，我也是人！」陳奇蘭把行李捆好了。番客嬸拿出幾張鈔票，放在女兒的行李內，被女兒發現。

「阿娘，我跟你說了，我不要。」

「窮家富路！萬一有個急事……」

「阿娘，我一分錢也不拿！」

「這姿娘仔！不聽話！」

「阿娘，我也有一雙手！」

一個豔陽天，汕頭的知青全部「出花園」了。

汕頭紅衛中學（「夢谷」這所省重點中學如今改了那麼一個流行色般的名字）的校門口，彩旗飄揚，鑼鼓喧天。如兵站，如賽場，如集市。高音喇叭反覆播送著一段著名的語錄。眞理不厭重複啊！一輛輛卡車載著即將奔赴海南島的中學生。他們大都著綠，也有披藍，卻絕無穿紅，儘管他們狂熱地崇拜紅色。

方淑雲正同她的兒女們話別。

不知是誰高喊：「蔡鷙！蔡怒飛！上車嘍！」

「來了！」蔡怒飛應聲，回頭對蔡鷙，「二姐，走吧！」

卡車開始啓動，喘牛一般。送行的人們意識到轉瞬間將地北天南了，原先壓抑的情緒一下子奔突出來。只是中國人畢竟含蓄，也就熱淚盈眶而已。偏有個別家長情感的建構屬外向型，竟然牽衣頓足攔道哭，哭聲直上干雲霄！他們的哭聲成了一種不和諧音。其間，方淑雲最爲突出，她抱住蔡鷙，號啕大哭。

蔡怒飛看見周圍的同學都那樣興高采烈，洋溢著男子漢的豪情，家長們感情分寸的掌握也十分得體，唯獨自己的母親……他感到臉上發燒，很丟面子，他大喝一聲：「媽，別哭了！」然後登車。方淑雲猛然止泣，傻了。蔡鶩也匆忙上車。蔡怒飛不懂得那些「興高采烈」「感情得體」都是強做出來的，隨著車輪滾動，車上車下一片哭聲，連他自己也哭了！他看見大路旁母親欲歡不能欲哭不敢的難堪表情，驟然生出負罪感，我怎麼可以這樣粗暴對待我生身的母親呢？她丟了我什麼面子了？我究竟有什麼面子？難道她為我承受的苦難還少嗎？媽媽！你的兒子是混蛋！

在另一方天地裡，林建華駕駛著手扶拖拉機，黃小符帶著行李坐在拖斗裡。「突突突」的噪音拖拉了一條崎嶇的山路……

南邙村到了，村頭站著生產隊的沈隊長。

林建華高興地告訴黃小符：「是沈隊長接我們來了！」

黃小符正要搬行李，沈隊長攔住了：「去北邙！」

林建華愣住了，半晌才說話：「不是說好在南邙落戶嗎？」

「建華，你來好幾年了，你不會不知道，南邙地少人多……」

「可是……」

「不要『可是』了，黨支部已經決定了！」

林建華無可奈何地看著黃小符。

黃小符低聲問：「北邙離南邙有多遠？」

「三公里。」

「三公里不算遠。」

「遠倒是不遠，可那裡是深山了！」

沈隊長走了過來，對黃小符說：「去吧！北邙的吳隊長要我帶話，說是歡迎你去。」

黃小符忽然感到安慰：「建華，那我就去吧！」

林建華歎口氣：「也只能這樣了！他們從來說一不二！」

「突突突」的噪音又響了起來。

北邙村是個圓寨。圓寨也稱圍寨、圍樓，是一種罕見的建築形式，被建築學家稱之爲世界上獨一無二的神話般的山地建築。黃小符生平第一次看到這樣的建築，感覺十分新奇。她進寨一看，寨有三層，屋相連，廊相通，寨中是曠埕，有公井，有共圃，雞犬之聲相應，融融似一家。她心裡打定主意在北邙村落戶了！

圓寨內第三層有一間空屋，是黃小符要「落」的「戶」。吳隊長開鎖，推門，迎面一股霉味。林建華和黃小符走了進來，屋子裡除了一張木板床，連桌椅都沒有。

「這房間得好好打掃……」林建華轉身，吳隊長不見了，便對黃小符說，「我去交涉一下！」急急追了下去。

黃小符望著這間空屋發呆。忽然，屋頂上刷啦啦直掉土，嚇了她一跳，剛剛緩過神兒，冷不丁從牆腳竄出一隻老鼠，黃小符嚇得驚叫起來。這時候，乍見圓寨時那種興奮已經蕩然無存了！我一輩子就在這裡……黃小符的臉上，兩顆晶瑩的淚珠滴落下來。

林建華氣喘吁吁進屋。他帶來幾捲舊報紙、掃帚、簸箕之類，動手打掃起來。經過林建華和黃小符的一番勞作，小屋總算差強人意。林建華望著黃小符：「你想想，還缺什麼？」

黃小符看著林建華，她缺的東西太多了，但她最缺的是忍耐。她搖了搖頭，沒有說話，她只希望林建華幫她學得忍耐。林建華未察秋毫之末，草草地向她告別：「小符，我該走了！」

黃小符可憐巴巴：「建華，你常來看我呀！」

「我會的，你放心吧！」他走了。

黃小符望著小屋，又落下了眼淚。

如果黃小符不到北邙到海南呢？會是另一種情形嗎？

在海南燎原橡膠種植場的大門口，種植場的老兵敲鑼打鼓，在場長魏軍的率領下，列隊歡迎新戰士。知青們一個個興高采烈地「亮相」。場面熱烈而雄豪。

蔡鶯在新兵隊列中尤其引人注目。她，俏麗的臉龐，成熟的體態，一身綠軍裝，領口處露出花襯衫的領子，更顯得英姿颯爽。她曉得自己被許多眼睛盯著，她心裡覺得好笑。忽然間，她發現陳奇蘭也在隊列中！原來她是南浦中學的知青，趕巧和夢谷中學的知青分在同一個種植場。蔡鶯想起她的哥哥連累了自己的弟弟，不由得發恨了起來。與此同時，陳奇蘭也從隊列中發現了蔡家姐弟，她不知道蔡家也落難了，自覺著門第卑微，不敢貿然相認。但是這一發現，卻教她心緒不寧，一種難以抑制的棠棣之情，使她突然思念起離鄉背井的哥哥陳奇木來！

4 遺產

陳奇木何嘗忘記親人！他和邢茉莉結婚的第二天，便和妻子一起去郵局給母親寄去三百港元，收款人寫上陳奇蘭，匯款人不用自己的名字，而用了邢茉莉的名字。這裡包藏著他的深心，既避開了偷渡的麻煩，又傳遞了成家的信息。不料好幾個月過後，匯款被退了回來，批條上寫著「查無此人」。陳奇木的心一下子沉重起來，是受我連累，阿娘和阿蘭不在人世了？或者阿蘭嫁了人，母女倆離開了南浦？邢茉莉安慰他不要往壞處想，會不會記錯了地址？陳奇木搖了搖頭，生活了二十年的臨江三巷怎麼會記錯！哦，還是想辦法打聽打聽吧！可向誰打聽呢？想來想去，想到了林海陽，橫街轉角的蠡廬。誰知又是好幾個月過去，給林海陽的信一似泥牛入海！

邢記蠔烙店好生意！陳奇木和邢茉莉忙得鼻尖冒汗都顧不上擦。一個中年婦女走進店堂，到了陳奇木跟前，輕輕叫了一聲：「阿木！」

陳奇木一見，喜出望外：「阿姐！」他急忙招呼邢茉莉：「茉莉，郭姐來了！」

邢茉莉早就知道郭姐是陳奇木的恩人，他倆結婚前，陳奇木依潮人習俗，去摩星嶺小木屋給張哥郭姐送糖果，謂之「食甜」，送甜糖、烏豆球，謂之「克紹箕裘」，顯然陳奇木把張哥郭姐當作本家人了，還請他們夫妻屆時帶孩子來「食桌」（吃席）「食滂霈」（吃盛宴），他倆結婚那天，郭姐沒來，只有張哥一人到場，他帶來一塊價格不菲的布料送給邢茉莉，潮俗謂之「添箱」，入席時候，新郎新娘發現張哥已經走了。

今天，邢茉莉頭一次見到「婆家」的「大姑」，十分情熱，趕緊招呼：「阿姐！快到裡邊坐！」轉身對陳奇木說：「阿木，你陪阿姐到裡邊說話。鋪前有我哪！叫老爸給阿姐烙一盤蠔烙，多放些蠔！」

陳奇木引郭姐入鋪內，與邢伯見面。郭姐說：「阿伯，我給阿木送封信來。」

邢伯一邊忙活一邊說：「好，好，郭姐呀，你先坐下喝茶。」

陳奇木一聽有信，更加興奮，猜想是林海陽的信。他接信一看，信封上有中英兩種文體，不是大陸來的！奇怪，他小心翼翼拆開一看，驚呼起來：「爸！是我大哥寄來的！」

邢伯也深感意外：「從台灣？」

「不，從曼谷！」

蠔烙出鍋，邢伯顧不上說曼谷了，高喊：「阿木，蠔烙好了！請郭姐嘗嘗！」

陳奇木回頭一看，不見了郭姐，便去鋪前，更到街上，轉了一圈，沒個人影，他問邢茉莉：「你看見郭姐出去了嗎？」邢茉莉說：「沒有呀！」陳奇木呆立著。

郭姐走了！他們都感到遺憾。陳奇木看著這封皺皺巴巴的信，心想，摩星嶺下該有多少小木屋，還都沒有門牌，這封信怎麼就能到了我的手裡呢？眞是不可思議，又多虧郭姐了！他想著想著，漸漸不安起來，覺得對不住郭姐一家！自打結婚後，他日間營業，夜裡讀書，沒再去過摩星嶺，也沒想過他們的木屋是否拆除，日子是否艱難，張哥的病見好沒有，郭姐的繡活做得如何！自己日間固然很忙，難道晚上也抽不出一點空閒去看望他們？他深深自責。

打烊以後，一家人圍坐喝茶，茶几上擺著曼谷來信。陳奇木對岳父和妻子追述著事情的始末：「當初我住在郭姐家小木屋時候，給曼谷我父親那裡寫過一封信，可一直石沉大海。現在才知道當時我父親已經去世了！我大哥什麼時候從台灣到了曼谷，我一點也不知道。關鍵是信裡最後一段話，他希望同我聯手，向二叔討回我爹的遺產。」

邢伯思考了半天，慢條斯理地說：「我倒是主張你去曼谷，一來弔祭父親，二來兄弟團聚，三來討回遺產，將來可以在泰國經商求發展……」

邢茉莉一驚：「去泰國經商？」

邢伯點點頭。

陳奇木頗爲猶豫：「我父親當初不過小本生意，未必有多少遺產；再說，生意是我父親和我二叔兄弟合做的，我擔心到頭來只是一場家族內部的糾紛。」

邢伯長歎一聲：「你說的也在理，本來嘛，親兄弟，明算帳，又說是人要長交，帳要短結。親家故去這麼些年了，翻舊帳是個麻煩事。不過，情況是個什麼樣子，總是要去了才能知道呀！」

陳奇木去泰國的事就這樣定了下來。走前，他無論如何要再見張哥郭姐一面。這天，他帶著一盒「快活谷」餅食商行的「老婆餅」，來到摩星嶺海邊。故地重行，不免感慨。他想，如果有一天，我眞的發了大財，就在這摩星嶺下給張哥郭姐蓋一幢漂亮的樓房！咦？怎麼眼前沒有小木屋了？原先小木屋的地方成了一片荒地！陳奇木一個人孤零零站在那裡。一個撿破爛的老太婆走了過來：「你找誰呀？」

「原先住這裡的那戶人家哪兒去了？」

「男的病死了，女的帶著三個孩子走了。」

陳奇木愣了，半晌：「女的走哪兒去了？」

老太婆搖了搖頭，走開去。陳奇木追了過去，把那盒「老婆餅」送給了她。老太婆驚呆了，望著陳奇木遠去的背影，半天說不出話來。

該辦的事都辦妥了，陳奇木明天就要登程。這是他和邢茉莉結婚後第一次離別。邢茉莉捨不得丈夫遠走，偷偷地抹了好幾次眼淚。據說是怕明天起晚誤了班輪，小夫妻早早就上床休息。偏又睡不著，斷斷續續竊竊私語：

「……我都六個月了……哎，你到泰國得住多久？」

「我處理完遺產，一個月內準趕回來。」

「要是你趕不回來呢？」

「不會的。」

「哎，泰國盡妓女吧？你可別……」

「胡說！泰國人聽了，準得跟你打官司！」

「……你先給孩子起個名吧！」

「我早想好了，叫陳華夏。」

「要是女……的呢？」

「也……叫陳華夏……」

嗄聲伴著呻吟，簡直是一對哮喘病人。

陳奇木爲遺產到曼谷的消息在陳氏宗親中閃電般地傳開了！

曼谷唐人街區的石龍軍路有一幢三層樓的商行，恒昌有限公司大金行，這是陳奇木的叔父陳昌盛的產業，也是他常住的家。除了大金行，陳昌盛在耀華力路有一家規模略小一些的珠寶行，在老嗒叻還有紙儀店、瓷器店和乾鮮果品店。在萬商雲集的唐人街，陳昌盛是一位排得上號的富商。

這天，陳昌盛去龍蓮寺燒香，捐了香火錢，走出寺門，步行幾分鐘，回到恒昌大金行。客廳裡，好幾位陳氏宗親早就等候著。他們見陳昌盛回來，趕緊迎上前去。陳昌盛剛落座，他們便七嘴八舌，說開了。

「昌盛兄，老話說，善者不來，來者不善。陳奇木是有備而來的。」

「聽說他是逃到香港的，八成是個亡命之徒，我看還是小心提防些好！」

「怕他什麼？二爺是長輩，他敢說半個『不』字，就是犯上！」

「他敢蠻橫，送他到警察局！」

「老二啊，我看還是先禮後兵吧！」

陳昌盛面無表情：「我考慮好了，他昨天到的曼谷，今天如果不來看我，我就可以興師問罪了！你們今天就在這裡用飯吧！」他站起身來，離開客廳。

陳奇木此刻在老嗒叻旁邊一座兩層小樓裡，這是他胞兄陳奇石的家。

陳奇石的妻子一個勁地爲陳奇木夾菜：「阿叔，吃呀！吃飽飽的。」

陳奇石又一次端詳著弟弟，越發興奮：「阿木呀，你有文墨，又有膽量，大哥早就盼著你來打這場官司了！」他給弟弟斟酒。

陳奇木飮了一口酒，卻避開官司：「大哥，你怎麼從台灣來到曼谷的？」

陳奇石也飮了一口酒：「唉！說來話長！一九四九年，胡璉兵團從潮汕撤走，臨走抓兵，把我抓到台灣，那時候你還小……」

「我記得，那年我都十歲了！」

「一九五七年，上峰想派『水鬼』潛入潮汕，專找會說潮州話的兵去訓練，把我拉去了。記得那天是中秋後的第二夜，我還沒有登陸，大陸那邊就發現了我們，我一看架式不妙，趕緊溜了！誰知回到台灣，說我有『通匪』的嫌疑，審查了我三年，又一腳把我踢出軍隊！我退伍以後，做小買賣，賺了點錢，到泰國找爹，沒想到爹過世了……」

妻子打斷了丈夫的話：「別說這些陳穀子爛芝麻了！阿叔呀，二叔公欺負我們長房沒有能人，吞了爹的財產！」

陳奇石說：「虧得這幾年我的小作坊經營得法，日子也還過得去。」

陳奇木想了想：「大哥，吃完飯，你帶我到爹原先那個鋪子去看看……」

陳奇石似乎有些膽怯：「呃，我就不去了，叫你小侄子給你引路吧。」

午飯後，陳奇木在小侄子的導引下，出老嗒叻，到耀華力路，再到石龍軍路，扎扎實實地看了一遍。特別是在耀華力路，他父親和叔父合夥的小鋪已經擴建成一幢三層樓的恒昌珠寶商行。

曼谷的唐人街區是潮人的世界，潮州話暢通無阻，即使不是潮籍的人，也可以用潮語交談。陳奇木問這問那，自如自在，恍惚置身潮汕，油然而生親和之感。他忽然看見一間專賣唐山雜貨的小鋪裡垂掛著水布，這條水布的方格和顏色同他從前打工用過的那條水布幾乎一模一樣，他當即掏錢買了，紮在腰間。

陳奇木的一舉一動沒有軼出陳氏宗親的視野，他們急急跑來向陳昌盛報告：

「陳奇木到你們原先那個小鋪去了！」

「還到昌盛兄現在的商號去了！」

「他去『恒昌』做什麼？」

「反正沒安好心！」

「他買了一條水布。」

「買水布做什麼？」

「不知道他會不會武術？聽說會武術的人，水布沾滿了水，耍起來跟鐵棍似的！」

「沒錯，你看那些武打片，撲克牌一出手，賽過刀片！」

說得陳昌盛竟然有些心慌。

這時候，陳奇木正打發走小侄子，獨自一人向石龍軍路恒昌大金行走來。

又有人慌慌張張跑來報告陳昌盛：「二爺，陳奇木上門來了！讓不讓他進來？」

陳昌盛想了想，乍膽冷笑一聲：「讓他進來，我等的就是他！」

陳奇木隻身走進客廳，除了腰間一條水布，兩手空空。他舉目四望：「我是陳奇木，沒見過二叔，不知哪一位……」

陳昌盛端坐不動：「我就是！」

陳奇木上前行禮：「二叔你好！」

陳昌盛依然不動：「你到曼谷幹什麼？」

陳奇木說：「一來弔祭父親，二來兄弟團聚，三來看望二叔……」

陳昌盛冷笑：「你不是來找我打官司嗎？」

陳奇木反問：「爲什麼要打官司？」

陳昌盛脫口而出：「爲你爹的遺產呀！」

陳奇木緊接著說：「這麼說，我爹確實有遺產了！」

陳昌盛一愣：「誰說的？」

陳奇木笑而不答。

宗親們看見陳昌盛舌戰未占便宜，便一窩蜂上陣：

「你爹一世磽（一輩子窮），當初那個小鋪子，要不是老二會經營，你爹早餓死了！」

「你爹嘴響腳扁，無力靠壤，死前病了好幾年，醫藥費都是昌盛兄花的錢！」

「你爹沒本事，還沒積攢，他死了，一概喪葬開銷全是你二叔擔承！」

「你爹死的時候，你們兄弟在哪兒？你們不思報答，還來討什麼遺產！」

末了，陳昌盛彷彿做總結：「你爹就是有些薄產，早就抵銷了！」

突然靜場，連一聲咳嗽都沒有。

「哦，都說夠了，該我說兩句了！」陳奇木再次向陳昌盛行禮，「我身爲侄子，感謝二叔爲我爹治病、送終！自然，這也是二叔對自己的同胞哥哥有情有義！無論從天理，從人倫，這情這義不是錢能換得來的！我想，二叔是不會找我們兄弟討回醫藥費和喪葬費的，是嗎？」

陳昌盛傲然地說：「我不是那種見利忘義的人！」

陳奇木點點頭說：「所以，醫藥費、喪葬費的事就不必再提了，再提就會讓外人覺得我二叔缺少兄弟情分！至於我爹的遺產那就另當別論了，二叔說是薄產，遺產再薄，也是遺產，總是在我兄弟名下，法律是保障我們的。我怎麼就不能問問呢？想不到我今天登門拜望，還沒說話，宗親長輩就劈頭蓋臉一通搶白，還說了些對我爹極不恭敬的話！我爹也姓陳，還是長房，如今人已經不在了，你們何苦這樣？對得起九泉下的亡魂嗎？二叔，你現在發財了，在本地是有頭有臉的人物，我今天走遍唐人街，沒有人不知道恒昌二爺的，可是你二爺的親侄子上門，你連個座位都不給，未免有失身分！」

一座無言以對。

忽然，座中有人抗聲：「你說了半天，不是還要爭遺產嗎？」

宗親們緊張地等待著陳奇木的回答。

陳奇木先是一笑：「不！你想錯了！」接著慷慨陳詞：「我靠勞動自立！我從小受家庭教育、學校教育，我懂得勞動創造世界的道理。一個人，能勞動，艱苦奮鬥，沒有遺產也能發達；不能勞動，坐吃山空，有遺產也會淪爲乞丐！」

那位宗親一驚，試探著問：「你放棄遺產了？」

陳奇木坦然回答：「是的，我放棄遺產，絕不食言！二叔，告辭了！」他悄然走出門去。

陳昌盛和宗親們驚得目瞪口呆。

此際，連鐘錶聲都顯得多餘。

陳奇木回到哥哥家，話還未說一半，只聽「砰」的一聲，陳奇石一拳砸在桌子上。這位大哥氣急敗壞：「好啊！我盼你來曼谷討回遺產，盼了半天，倒盼來一個『放棄遺產』！好！好！你放棄，我不放棄！」

幾個鐘頭前還緊著為小叔夾菜的大嫂冷笑了一聲：「將來遺產來了，你也別想伸手！」

陳奇木苦笑：「大嫂，放心吧，我說話算數。」

他走到哥哥跟前，希望得到理解：「大哥，爹和二叔合夥的那間小鋪子我去過了，小生意，比起二叔如今的恒昌號，連半個櫃台都比不上！能有多少遺產？何必為這點小錢變親為仇呢？退一步天高地闊，讓三分心平氣和啊！」

陳奇石根本聽不進弟弟的話，怒氣沖沖：「那好，你回香港去吧！」

陳奇木不由一愣：「大哥！」

陳奇石的賢內助更是烈火烹油：「白吃白喝！還不如養條狗呢！狗還能看門！」

陳奇木驀地大怒，舉起拳頭。

嫂氏大喊大叫：「阿石！看你弟弟！」

陳奇木嚥下了這口氣，鬆開了拳頭，垂下了手。

陳奇石一擺手：「你走吧！要上哪兒去，隨你的便！」說罷痛苦地低下了頭。

到曼谷僅僅一天一夜，想不到竟是這樣一個結局！陳奇木提著旅行袋茫然走出哥哥的家，走出老嗒叻，走出唐人街區，漫無目標。一陣陣熱烘烘的風，帶來海貨腐爛後難聞的腥臭，原來旁邊是一個收攤了的市場。他又向前走去，差點撞上一輛汽車的尾部，原來曼谷車多，塞車是常事，除非緊急關頭，司機不按喇叭，他這才發現曼谷街上的車輛、行人都靠左邊走，和香港一樣。他忽然想起似乎還沒有吃晚飯，這一想不要緊，肚子立時餓了起來，嘴巴也跟著叫渴，他去小攤上買了一個椰子，連汁帶肉一塊兒吃了。哎，我今晚住在哪兒呀？還回哥哥家嗎？算了，找個小旅店忍一宿，明天買船票回香港吧！曼谷這個泰語原意是神仙天堂的地方，沒有我這個凡人的立錐之地啊！

第二天一早醒來，直奔碼頭，懶洋洋的泰國人還沒有上班！他順著湄南河邊走，湄南河水量大，水勢壯，彷彿一個精力充沛的中年人。河兩岸有民居，緊貼水面卓立著木欄杆環護的小陽台，茉莉含苞，榴花似火。河中，船頭高高翹起的小舟往來穿梭，兜售著食品和工藝品，是水上市場。他發現河邊一座廟宇，正殿之前更有台榭，龍的柱子，龍的華表，一副對聯寫著：

記昔湄洲昭聖跡，
即今寰宇付慈雲。

是天后宮！仔細一看，是潮人建造！他胸臆間盪起豪情。走出天后宮，又見一處寺廟，大佛塔高聳入雲，小佛塔陪襯左右，十分壯觀。一打聽，原來是鄭王廟！他知道達信大帝原本也是潮人——潮州澄海人，他彷彿受到鼓舞，心想，就這樣離開曼谷？不，氣可忍，聲能吞，曼谷不能白來！岳父說過，將來可以在泰國經商求發展。暹羅錢，唐山福嘛！何不趁此機會，做一番市場調查？一輛輛人力車從他面前走過。他靈機一動，喃喃自語，幹它一個月，事情辦了，旅費也有了……

他又回到唐人街區，在這個潮人的世界裡租賃了一輛人力車，繞曼谷跑了起來。

這天，他拉著一位看來有些身分的人，來到一幢政府大樓門前。坐車人付錢後匆匆入內。陳奇木拉車離去，忽然發現坐車人遺失的公文包，他迅即拉車返回，遠遠看見大樓門前，那坐車人正急得團團轉。陳奇木適時趕到，送上公文包。那人喜出望外，定要重謝，陳奇木堅辭不受。那人取出一張名片，連聲說：「有難事，請找我！」居然說著潮州話，儘管生硬。陳奇木看著名片：「貿易部，部長助理乃利猜！」

對面街上有人招手。陳奇木拉車過街。及至跟前，陳奇木愣了，招手乘車的人正是他的二叔陳昌盛！陳昌盛看見拉車人竟是他的侄子陳奇木，更爲吃驚，半天說不出話來。還是陳奇木先開口：「二叔，你上哪兒？」

「阿木，你怎麼……」陳昌盛哽咽著說不下去。

陳奇木反倒勸慰叔父：「二叔，拉人力車，靠力氣吃飯，並不下作。從前潮汕人過番，還給人『牽豬哥』呢！再說，侄子趕上給叔父拉車，也是應該的呀！二叔，坐上吧！你上哪兒呀？」

陳昌盛想了想：「回家。」

路上，陳昌盛思緒不寧，未作一語。他想，他的這個侄子能如此忍耐，必有一個輝煌的目標昭示著他，他是個不簡單的人物啊！到家了，他強拉著陳奇木進屋，高喊：「客人來了！沖茶！」

陳奇木也便順水推舟，他心中自有盤算。

陳昌盛取出一疊鈔票給陳奇木，陳奇木辭謝。

「就算是二叔的一點心意！」

「不，二叔，我說過了的，要靠勞動自立。」

「那……就算是我的車費！」

「什麼車這麼貴？除非月球車！」陳奇木笑了起來。

下人端茶上來，又退了回去。

陳昌盛飲了一口茶，不解地問：「阿木，有一句話，不知二叔該問不該問？」

陳奇木笑著說：「二叔，你說吧！」

「阿木，你怎麼會弄到這地步？」

「我是想掙一張回香港的船票……」

陳昌盛一聽，「嗨」的一聲：「這還用掙？你哪天走？」

陳奇木明白叔父的意思，解釋著：「二叔，你聽我說，我還想做做市場調查，我想回香港做生意……」

一說到做生意，陳昌盛彷彿來了神：「爲什麼不來問我呀？」

「二叔生意場上很忙，怎麼可以打擾？」

「哎！這話不對！哦，你打算回去做什麼買賣？」

陳奇木探詢著說：「我看襯衫市場是長盛不衰的市場，地無論南北，時無論春冬……」他看著叔父似無反應，沒敢往下說，自己畢竟初涉商海。

過了好半天，陳昌盛才表了態：「你說得對！但是，你要知道，襯衫市場又有更新快速、競爭激烈的特點！品質、做工、品種、款式，哪一個環節都馬虎不得，要有一整套設計、生產和銷售的辦法。凡屬經商，具體經營務求穩妥，總體謀略卻要大膽進取！當然，要靈活機動，有時候人進我退，有時候人棄我取，眼光和膽識最關緊要！還有，不該花的，分文都要節儉；該花時候，千金無妨一擲！所謂『窮由奢裡致，富向險中求』嘛！」

陳奇木一時有茅塞頓開之感，站起身來，恭敬地向叔父行禮：「二叔，謝謝你！」

陳昌盛趕緊扶住侄子，連聲說：「免禮！免禮！」

二人重又落座。

陳昌盛舊話重提：「阿木啊，這樣吧！二叔給你一筆錢做本……」

陳奇木依然搖頭：「不不，二叔，你剛才一番話比錢還寶貴！」

陳昌盛改換方式：「哎！做生意總是要本嘛！你不肯要，就算借，行不行？」

陳奇木神情嚴肅：「二叔，如果我拿了你的錢，生意失敗了，你不說什麼，宗親們也會說你把錢往海裡扔；要是生意成功了，你自然高興，可人家不說這是阿木的能耐，連你的兒女們也會認爲那是家父的恩賜！我信奉自立。二叔啊，人各有志，請不要勉強我。」

陳昌盛長歎一聲：「想不到你有這樣的心胸！你會成功的！阿木，你說，我還能爲你做什麼事？」

陳奇木想了一想：「二叔，我想要我爹當初過番時候那個『藤甲必』。」

陳昌盛一愣，那「藤甲必」，他早扔了！他笑著：「阿木啊！早不能用了！二叔給你一個好箱子！鱷魚皮的！」

陳奇木搖搖頭：「二叔，我是想，那是我爹的遺物，它會激發我『從零做起』的決心！哦，『從零做起』是大陸的說法，就是不計從前，一切重新開始。萬一有一天我能把它帶回唐山，見著我阿娘，也算是了卻一樁心願！」

「哦，哦，我去找！不過，很費事的……這樣吧，你先回去，我隨後再送去。」

「也好。」陳奇木告辭。

陳昌盛沉沉地坐在沙發裡，耳邊響起另一個自己的聲音：「沒有哥哥的小鋪子，就不會有我的今天！我到底欠著哥哥的良心債啊！」他喊了一聲：「管家！」

管家應聲而至。

「去老嗒叻舊貨店買一個『藤甲必』，要四〇年代香港產的，不管價錢多少！」

一個月後，在一艘曼谷開往香港的海輪上，人們看到，一個西服革履紳士模樣的青年人，手提著一個極不相稱的破舊的「藤甲必」，站在甲板上。

5 商場韓信

創業的路上，淌著汗，灑著血，流著淚，點點滴滴，成了字，看似東塗西抹，實則鐵畫銀鉤，分明寫著：「忍」。

陳奇木選擇了製衣行業，固然與他在曼谷的市場調查有關，也因爲他在大牢裡掌握了一套製衣工藝。他回香港後，得到了岳父和妻子的支持，立即行動起來。幾個月來，邢記樓上燈火長明。地板上鋪著一領草席，擺滿圖紙和書籍，陳奇木趴在地板上，時而翻書琢磨，時而提筆修改，似乎總不滿意。邢茉莉在一旁踩著縫紉機，也時斷時續。

邢伯端著白粥、鹹菜上樓，招呼著女婿女兒：「阿木，歇一會兒，吃碗夜粥，補補精神。茉莉，該給孩子餵奶了！」於是，陳奇木放下筆，邢茉莉抱起孩子，全家圍坐吃夜粥，聊家常，也藉以放鬆緊繃著的神經。

邢伯甘願爲下輩人當諮詢，當後勤，固然出自愛心，同時也鑒於自身的人生體驗。他端起碗筷，感慨萬千：「我這一輩子猜謎，製謎，製謎，猜謎，耽於文虎，說到底也是一種玩物喪志！想當初，我可以從政，可以從軍，可以從文，可是我偏偏迷上了燈謎，荒廢了許多才能！到現在，一事無成兩鬢霜！只落得一間鋪面，兩層小樓，糊口而已！你們以我爲前車之鑒吧，眞正幹一番事業！」

「不！」陳奇木搖搖頭，另有見解，「阿爸！人各有志，你不該後悔你的選擇。你不從政，你沒有宦海浮沉的苦惱；你不從軍，你沒有沙場生死的悲涼；你不從文，你沒有時局變幻的憂患！你日間勞作，工餘娛樂，你生活得很充實，生活得很瀟灑呀！要說事業，阿爸，在香港這個寸土寸金的地方，你擁有一間鋪面，兩層小樓，你就是成功者！」

「眞的嗎？」邢伯感到欣慰，過一會兒又搖搖頭，「不，阿木，你是在安慰我！我老了，儘管觀潮之興未衰，可是干世之心已絕，我只能把希望寄託在你們身上，因爲你們是我生命價值的延續！」說罷，放下碗筷，取出一個存摺，「阿木，拿去吧！就算是我給茉莉追加的嫁妝錢。」

「爸，不，不能！我的想法你是知道的。」陳奇木擺手說，「我本來是個趴在地上的人，是你把我扶起來，站直了，現在開始起步了，這已經足夠了！往後走得怎麼樣，是正是歪，是快是慢，就要看我自己的了！」

邢伯把存摺給了邢茉莉，邢茉莉猶豫著。

「拿著！我還有話說呢！」邢伯慢慢喝著粥，「阿木，襯衫的生意，利潤大，周期短，可事情……」他隨手拿起一枚一港元的錢幣，一面是英女皇，一面是獅抱球，接著說，「就像這枚錢幣，它有兩面！剛才說的是這一面，那一面呢，是強手如林，競爭慘烈！商場如同戰場，要殺出一條血路來，談何容易！不是老爸給你們潑冷水，你們要力爭成功，也要準備接受失敗！」

一番話，眞警策！

陳奇木神情嚴肅：「爸，你說得對！眼下我們自己設計，自己裁剪，自己推銷，投石問路。」

邢伯點點頭：「先不急於贏利，先取經驗。阿木，我要你準備接受失敗，但是我更看好你會成功！你這些年的坎坷，就是你將來成功的資本！孟子所說天將降大任於斯人，就是這個道理。你賣過鹹魚，當過跑街仔，拉過人力車……」

不料邢茉莉笑著插話：「還當過圖書管理員，石雕小工匠，還當過碎石工，架子工，搬運工，還騎單車載人，讓人家坑了，還上山割草，沒賣就讓人家沒收了……」

邢伯和陳奇木都笑了。

「我這女兒呀！說說就沒正形了！」

「爸，她說得還不全。我還插過秧，割過稻，掄過大鎬，點過火炮，做過成衣，幹過假冒，我還受過騙，鑽過套，還學過點頭哈腰，請示報告……」

邢茉莉也笑了：「呵，還一套一套的，說順口溜呀！」

「順口溜？要沒幹過，也溜不出來呀！爸，三教九流，七行八作，除了生孩子，我什麼都試過了！」

三個人都哈哈大笑起來。

邢伯先止住笑：「哎！你們別笑。受過騙，鑽過套，可以積累經驗，這點頭哈腰，請示報告麼，在商戰中也是用得著的呀！做生意人，天生就有幾分納氣，講究『和買笑賣』，『和氣生財』，必要時候你要嚥得下氣，忍得了辱。」

邢茉莉拿起一件製作好的襯衫，故意笑嘻嘻地說：「老爸，這『華夏』牌襯衫，價廉物美，香港第一，你穿上它，至少年輕二十歲！快買呀！就剩最後幾件了！來晚了就沒有了！」硬是把襯衫給老爸穿上。

「茉莉呀！你都當媽媽了！」邢伯笑著，卻向穿衣鏡行去，又對襯衫指指點點。

「哇」的一聲，搖籃裡的小華夏哭了，宛如一曲新生命之歌。

「華夏」牌襯衫改進再改進，全家認可後，開始投石問路了。

尖沙咀一帶是九龍最繁華的地區，陳奇木帶著自製的襯衫，陪著笑臉向行人兜售。行人反映冷淡，大都不屑一顧，也有看看問問的，搖搖頭走了，更有嗤之以鼻的：「便宜沒好貨！」一連幾天，一件也賣不出去，竟不如當初兜售牛仔褲！好在家裡人沒有埋怨，他自己也沒有灰心，他認爲自己畢竟不懂推銷術，急急找出美國人卡內基的書來，細細地讀了一遍，書裡有幾處談到推銷，比如「微笑帶來財富」啦，「廣告眞實無欺」啦，「機敏決斷不可逡巡」啦，「遊移不定是時間的竊賊」啦，他記得爛熟，可惜實際操練，又是失敗！

日高天熱，陳奇木滿頭大汗，形骸頗爲狼狽。他在彌敦道上走著，前面有一處洋服店，他忽然觸發了自覺得新鮮的思維，「洋服得有襯衫配套啊！」他急匆匆來到洋服店門前，興匆匆推門進去……

一個中年店員正在接待一位有身分的顧客，似乎要成交了。他一眼看見陳奇木，登時青筋暴起，連聲怒喝：「出去！出去！出去！」

陳奇木呆住了，十分尷尬，結結巴巴：「我……來……」

中年店員更加高聲怒喝：「滾出去！」

陳奇木倒退幾步，撞在門上，襯衫掉地。他撿起襯衫，趺趺撞撞，退出門去。

他渾渾噩噩，走到一處小巷口。小巷極窄，僻靜無行人。他靠在牆上，頭腦昏昏沉沉，失去了思索，只感到一種巨大的屈辱，難道跑街仔就不是人！大街上傳來賣冷飲的小車的「隆隆」聲和清亮的叫賣聲：「雪條！雪條！」他望了望天，日頭更毒了。他又看了看手中的襯衫，那是智慧和血！他忍不住落下男兒淚……過了好半天，他慢慢地擦乾了眼淚，開始梳理紊亂的思緒，我剛剛有一口飯吃，就這樣顧惜自己的臉面？從前受過多少冤屈都不落淚，今天怎麼這樣脆弱？他環顧自身，衣衫邋遢，汗流浹背，比「爛仔」強不了多少！他忽然想起卡內基的話，服務商業的人，尤應注意整潔，這是最有效的廣告！說得眞對，它遠遠勝過那些爲了炫耀商品而編造出來的笑料。他回想起倉卒中只有一二印象的這家洋服店，店堂收拾得整齊清潔，那中年店員更是整整齊齊，堂堂儀表！他驟時明白了，我這副模樣，又攪鬧了人家的生意，也難怪人家要發火！他心態平衡了，抱起襯衫，慢慢走出小巷……

邢記樓上，「軋軋軋」的縫紉機聲伴隨著潮曲《桃花過渡》：

二月是春分，
鬚毛鬢白撐渡船。
裙衫破裂無人補，
無嬷（妻）阿伯淚紛紛。
嚶了嚶，淚紛紛……

邢茉莉一邊踩著縫紉機，一邊輕聲哼唱著，她是個樂天派！

陳奇木依舊健步上樓。

邢茉莉停下手上活計：「阿木，看你這神氣，今天一定比昨天賣得多！」

陳奇木一笑：「錯了！今天一件也沒有賣出去。」

「你騙我！」

「去找個測謊器。」

「老婆就是測謊器！」

「眞不騙你。看，都在這裡，原封不動。」陳奇木拿出襯衫。

邢茉莉納悶：「那是怎麼回事？」

陳奇木十足的認眞：「我得先學做人！」

邢茉莉看著丈夫認眞的樣子，卻笑了：「你還沒學夠？」

陳奇木點點頭：「當然，得學一輩子。」

他凝視著大衣櫃頂上的「藤甲必」。他不曉得這個「藤甲必」同他當年在大牢裡仿造的字畫一樣，都是假冒，他只覺得那是一種志氣的象徵！

尖沙咀彌敦道的洋服店一如既往整齊清潔，那位中年店員依然整整齊齊，堂堂儀表。他剛剛做了一筆買賣，店堂清靜，他心中也清爽。

陳奇木西服革履，推門進來。中年店員一見顧客，臉上即刻浮起會帶來財富的微笑。陳奇木春風滿面走向櫃台。中年店員認出來人正是昨天被他趕走的跑街仔，不由大吃一驚，心裡直打鼓。陳奇木必恭必敬一鞠躬，把中年店員給弄懵了，不知說什麼好。

「先生，昨天對不住你了！攪鬧了你的生意。我今天特地來向你道歉，請你原諒！」陳奇木一臉眞誠，向門外招手。

一個侍者用托盤端來剛剛沖好的工夫茶，把托盤放在店員面前的櫃台上。

陳奇木輕輕一擺手，對驚呆的中年店員讓茶：「先生，這是敝鄉的工夫茶，以茶代酒，表示我的歉意，請先生賞臉，恕我昨天莽撞之罪。先生請！」

那中年店員木然無語，機械地舉杯，盡飲。

「先生或許喝不慣潮州工夫茶……」

「呃，呃，能喝，能喝……」

「潮州工夫茶，入口有些苦澀，餘味卻是甘的。」

或許是潮州工夫茶神奇的效果，中年店員緩過勁來，感慨萬分：「我在這裡九年了，讓我趕走的跑街仔也不知有多少了！有哭著跑出去的，有罵著走出去的，有跺腳的，有甩門的，可沒有一個人第二回登門！」他顯然激動起來：「先生，你是頭一個！大胸懷呀！我看見當今商場中的韓信！受得了胯下之辱的韓信！就憑這個，先生，你能成大氣候！我敢擔保。」

陳奇木謙恭地遜謝：「先生過獎了！錯在我，知錯卻不改，做人都不配！」

那店員深深感動：「敢問閣下怎麼稱呼？」

「姓陳，陳奇木。先生你呢？」

「姓莫，莫兆雄。」

莫兆雄隔著櫃台伸出手來，「如果先生賞臉，交個朋友吧！」

陳奇木緊握著莫兆雄的手：「承蒙先生看得起，我太榮幸了！」

一茶訂交！此後，陳奇木經常到洋服店向莫兆雄討教生意經，莫兆雄也悉心指導。

有一次，陳奇木帶來一小批各類襯衫，請莫兆雄鑒定。莫兆雄仔細審看，挑出來幾件，對陳奇木說：「這幾件還不錯，我收下了，放在櫃台裡試試看！」

莫兆雄的舉動出乎陳奇木的初衷，他有些惶惑：「櫃台是要租賃的……要是讓貴店老闆知道了……」

莫兆雄一笑：「小批量我還做得了主。看！就這幾件，藏都藏得住。」

陳奇木喜出望外：「太謝謝你了！」

一家人聽知莫兆雄肯幫忙試銷的消息，無不歡欣鼓舞。剛好陳昌盛從曼谷寄來一筆錢，邢茉莉高興得手舞足蹈：「阿木，轉運了！」三個人傳閱著陳昌盛的信，他們都盯著這句話：「……我曉得你的心胸和志氣，但在創業時候，資金是必不可少的，懇請笑納……」

忽然，陳奇木默默地走開去。

邢茉莉收起了笑容：「阿木，怎麼了？」

陳奇木搖搖頭：「這筆錢，我不能收。」

邢茉莉不解：「我看二叔是誠心誠意的，這筆錢就收了吧，等我們賺了錢再還他。」

「要是賺不了錢呢？」陳奇木依然搖頭，「還是寄回去的好。我和二叔之間，將來會有生意場上的合作關係，但不應該有銀錢上的信貸關係。阿爸你說呢？」

邢伯沉吟一下，點點頭：「有過遺產那回事，還是留點距離爲好。唉，這親戚之間，親親疏疏，有時候是說不清楚的。」

陳奇木說：「我現在寫封信，明天一早，連信帶錢一起寄回曼谷。」

邢茉莉頗覺遺憾：「可惜失掉了一次機會！」

陳奇木安慰著妻子：「機會還會有的，一定還會有更好的機會。關鍵是看我們自己的貨色怎麼樣！」

幾天後，莫兆雄約陳奇木到他家喝茶，陳奇木心裡明白，那幾件襯衫脫手了。

莫兆雄的家在九龍官塘，一幢高層公寓樓房的四樓Q座，其格局、擺設和氛圍介乎白領與藍領之間。

他們已經成爲好朋友了，說話自然輕鬆得多。

「阿木，總算都脫手了！」

「我眞想不到這麼快！」

「當然，要用點小技巧嘍！」

莫兆雄笑著取出一疊鈔票，交給陳奇木。陳奇木沒有點數，分出一半遞給莫兆雄。莫兆雄堅辭不受。陳奇木沒有勉強，他準備了第二手，取出一個盒子，裡邊是女莊皮鞋：「這點小意思就不要再推辭了，小弟孝敬嫂夫人的！」

莫兆雄打開盒子，一看，開玩笑地說：「呀！你賺的那點錢，還不夠買這雙鞋呢！阿木呀，你可吃虧了！」

陳奇木也笑著說：「做生意嘛，小虧爲大賺！」

二人爽然而笑。

過了一會兒，莫兆雄似笑非笑：「阿木，襯衫是賣出去了，可我要給你潑一瓢冷水！」

「好！我就喜歡洗冷水澡！」陳奇木等待著。

「你這襯衫屬於低檔，款式一般，工藝也一般，花色更單調，最要命的，料子不好！打不進中檔商場，更別想發展。」

陳奇木愣了半天，不得要領：「料子好了，價碼就高了！」

莫兆雄笑著站了起來，向窗前行去。陳奇木心中納悶，也跟著走來。窗外，是熙熙攘攘紅男綠女的世界。莫兆雄指著窗外：「這就是消費者！你還不懂得他們的購物心理。襯衫不爲遮羞，不爲禦寒。襯衫是什麼？是印上口紅的專用白布！」

陳奇木一聽更懵了：「什麼意思？」

莫兆雄復一笑：「襯衫要讓有身分的人來穿，或者說自覺著有身分的人來穿，所以，要高級！」

陳奇木終於明白了，但又疑慮重重：「可我的資金、設備、技術也跟不上……」

莫兆雄苦笑一聲：「阿木，走！我這裡沒有工夫茶，今天請你喝咖啡！」

他們坐車來到彌敦道莫兆雄熟悉的一家咖啡店。

莫兆雄彷彿在給陳奇木上課，叫他興奮的是陳奇木悟性很好，響鼓不用重槌，油燈一撥就亮。兩人越談越投機！

「……這購物心理，經你這麼一說，我有點明白了！前些日子，我在書店裡見過一本書，是司馬光的《資治通鑒》和畢沅的《續資治通鑒》合刊，叫《正續資治通鑒》。莫大哥你猜，定價多少錢？」

莫兆雄想了想：「二千港幣！」

陳奇木神秘兮兮：「你狠點猜。」

「二千！」莫兆雄看著陳奇木依舊神秘兮兮的樣子，愣了：「難道一萬？」

「不！」陳奇木笑了，「三萬！」

「三萬？」莫兆雄傻了，「不可思議！一部書三萬港幣？簡直開了『天價』……這部書有什麼特殊的？」

「羊皮灑金珍藏本，金是真金，只發行八十八套，附有收藏證書，注明書的編號。」

「恐怕第八十八套價錢還要高！香港人迷信八！」

陳奇木點點頭：「我估計成本嘛，至多也就一二千港元。」

莫兆雄沉吟：「算上各項開銷，打上五千，還淨賺二萬五呢！」

「莫大哥！我當時不明白，現在有點明白了，出版商這樣做，絕不是因爲那書本身的學術價值，顯然是一種以贏利爲目的的商業行爲！」

莫兆雄點點頭：「阿木，你開竅了！」

「莫大哥，看起來不論薄利多銷還是厚利少銷，都是商業手段，或者可以叫作爭霸市場的兩手策略。對嗎？」

「好！」莫兆雄舉起咖啡杯，同陳奇木碰杯，「阿木，老莫爲你高興！」

6 叔與侄

陳奇木辦起了華夏製衣廠！

七〇年代初的香港，小作坊很多。陳奇木的華夏製衣廠在摩星嶺下，由幾間木屋改建而成，也是個小作坊。所謂縫紉車間，只有幾個女工，包括邢茉莉在內。陳奇木身兼經理、廠長和設計師。幾個月來，產和銷都穩步上升。作坊雖小，前景卻看好。近期，陳奇木的重大決策是購進法國襯衫原料，準備大幹一場。

「寫字間」裡電話鈴聲響，陳奇木拿起話筒。聽著聽著，他的臉色由紅變白，由白變綠。他放下話筒，頹然坐下，喃喃自語：「六萬……六萬……」原來這批法國襯衫原料比他預期提前一周到達香港！「旺達」洋行通知他七十二小時內帶著六萬港元去提貨。他很清楚，如果逾期，貨提不來，預先交付的訂金也泡湯了，而眼下他手頭尚能周轉的資金連一萬都不到！他的錢都在外面客戶那裡飄著，最快也得一周才能入帳。刻不容緩，他馬上打電話給各個客戶……

媽祖廟近旁的邢記潮汕蠔烙店依然由邢伯操持，臨時雇了個小夥計。

這天，大街上走來一個人，望了望招牌，進了店堂。小夥計上前招呼。這位先生直往裡走：「我是來找人的……」

小夥計趕忙攔住：「先生，你走錯地方了……」

「沒錯。」先生一笑，「我找陳奇木。」

「啊！對不起！」小夥計道歉，「你隨我來。」把客人引進裡間。

「你是邢哥吧？」先生問邢伯。

「你是……」邢伯老眼昏花，不敢認來人。

「我是陳昌盛。」

「阿木的二叔呀！快請坐！從曼谷來？」邢伯張羅著。

「我在台北有一筆生意，辦完事順路來看看你們。」

依循一般人的思路，以陳昌盛這樣小有名氣的富商，只消一個電話，約侄子到自己下榻的賓館一敘，不是很便當的嗎？即使出門，能無秘書提著皮包跟隨左右？事實上，陳昌盛昨晚到的香港，下榻羅賓漢酒店，今天坐巴士到媽祖廟，從邢裡走著過來。富人偏節約！或許他童心未泯，想給侄子來個驚喜？或許他想玩玩微服私訪的把戲？陳昌盛見邢伯沒有閒空，只說了幾句話，定下個約會，打聽到華夏製衣廠的地址，便告辭出門，往摩星嶺去了。

陳昌盛到了華夏製衣廠，果然沒進陳奇木的「寫字間」，直奔縫紉車間，悄悄看著女工們做活。女工們手腳同時忙，嘴巴還不閒著，大概因爲有「軋軋軋」的機聲，她們從不小聲說話。

「哎！你們知道嗎？老闆沒錢取回進口原料，快倒閉了！」

「怎麼知道的？」

「『旺達』洋行來電話了！」

「咱們又倒楣了！」

「倒楣！倒大楣了！」「寫字間」裡，陳奇木愁眉苦臉對著邢茉莉，「我沒想到貨來得這麼快！資金還沒有周轉過來，我上哪兒去找六萬港元呀？沒錢取貨，我們預付的訂金就要讓人家吃掉了！」

「你說的『旺達』，就是香港代理法國廠家的那家洋行吧？託託關係請他們通融一下成嗎？」

「怕是不成。麥理浩上任港督，設立廉政公署，誰敢引火焚身呀？」

邢茉莉安慰著：「別發愁……」

「能不愁嗎？」

「愁也不管用。找老爸想想辦法吧！」

「老爸連『追加嫁妝』都拿出來了！我還有什麼臉面去找他？」

「我去找他呀！」邢茉莉站起就走。

陳奇木長歎一聲，走出「寫字間」，迎面碰見正在「考察」的陳昌盛，大吃一驚：「二叔！」

陳昌盛拿起一件成衣，顯然很行家：「襯衫設計很好，工藝也不錯，要是面料再改進就更好了，阿木，你的事業前程遠大呀！」

聽到陳昌盛的誇獎，陳奇木芒刺在背，強打精神：「二叔，你什麼時候到的香港？怎麼不通知我一聲？我好去接你呀！」

「我到台北，辦完事順便到香港。我已經見過邢哥了，跟邢哥約好，明天假座『潮州城』，請你們全家吃頓家鄉菜。」

「這……」陳奇木哪兒有心思吃家鄉菜。

「怎麼?二叔的一頓飯你都不吃呀?」

「不是的……我是說,二叔到香港,應該我來做東。」

「我不能久留香港,你那頓飯先寄存著。好了,我要回羅賓漢酒店休息了。明天,別忘了帶著小華夏,我要抱抱阿孫仔!」

陳奇木送走了陳昌盛,又走回「寫字間」,繼續打電話。

邢茉莉回到蠔烙店,擠壓老爸的油水。可憐這位文虎老闆天生帶著幾分文人氣質,不善聚財,隨掙隨花,擠壓了半天,也就一萬多港元。父女倆憂心忡忡,指望著客戶,又寄望於莫兆雄,但很快又否定了這種指望和寄望。客戶未到期限,怎麼會預先付款?莫兆雄是工薪階層人,哪裡有許多閒錢?邢茉莉無計可施,想了想,乘坐巴士到了九龍黃大仙廟。

黃大仙廟香火極盛,信徒甚眾。邢茉莉燒香捐錢,求得普濟壇靈籤一支,一看是「中吉」,本文寫著:

東園昨夜狂風急,
萬紫千紅一例傾。
幸有惜花人早起,
培回根本更娉婷。

占驗古人是「韓夫人惜花」。

她心想，靈籤吉凶之象甚明，「狂風急」、「一例傾」是險象，應著丈夫眼下處境，「回根本」、「更娉婷」是吉象，說的是逢凶化吉，後景更好，而這個化凶爲吉的「惜花人」到底是誰呢？是莫大哥？是哪位客戶？是「旺達」頭家？都不像！啊，會不會應在陳昌盛身上？

夜深人不寐。邢記樓上，一片愁氛。

邢茉莉掰著手指頭算：「加上老爸的，也只有二萬，還差著四萬呢！」

陳奇木歎息：「我打了半天電話，客戶那裡是一分也不給呀！人家按合同規定的時間付款，我們一點脾氣也沒有！」

邢伯也歎息著：「客戶就盼著你破產呢！他好賴帳。」

陳奇木說：「看來只好找莫大哥借去……」

邢茉莉搖搖頭：「莫大哥就是肯借，怕也沒有那麼多。」

「有多少算多少唄！」陳奇木起身欲走。

邢伯攔住：「今夜太晚了！你知道的，客人來的不是時候，就像心裡一塊石頭，攪了人家的心境，效果適得其反。還是明天去吧！」

陳奇木說：「要不，打個電話！」

邢伯也不贊成：「這種事，光打電話不莊重。」

邢茉莉拿出普濟壇的籤詩，給丈夫和父親看。陳奇木看了一眼就丟開了：「咳，我不信這些！」

邢茉莉急了：「你仔細看看！」

陳奇木只好又看了一遍，還是丟開：「盡是些模稜兩可的話，迷信把戲都是騙人的！」

邢茉莉沉不住氣了：「說得清清楚楚明明白白，怎麼會模稜兩可？你不信我信！我看這個『惜花人』就應在二叔身上！」

陳奇木沉默了半天，看了邢茉莉一眼：「你要我去求二叔？」

邢茉莉說：「不用求，是借錢。」

陳奇木想起自己在曼谷當陳昌盛的面說過的話，「我靠勞動自立！」當時是何等的氣壯山河！回香港後，還退回了陳昌盛的匯款，又說了斬釘截鐵的話，「不應該有銀錢上的信貸關係！」想到這裡，他迸出一聲：「我不去！」

邢茉莉大出意料：「為什麼？」

陳奇木說：「寧可向銀行貸款！」

邢茉莉嘲諷著：「你當你多大的面子呢，你貸得來款？」接著狠狠地甩出一句：「你等著破產吧！」

邢伯看見女兒女婿這個樣子，勸說哪一方都不好，只默默地吸著煙。

一隻貓跳上桌子，撞倒了那面猜謎用的棄置多時的小鼓，小鼓滾落地上，一直滾向樓梯口，竟「篤！篤！篤！」帶著悶聲滾到樓下。

第二天下午，邢伯一家應邀準時到了「潮州城」大酒樓。服務小姐引他們到定好的包廂就座，然後端上工夫茶。他們坐了好大一會兒工夫，東道主還沒有露面。陳奇木顯得焦躁不安，不時出外探看，邢茉莉也無心逗小華夏玩了。

服務小姐頻頻端上工夫茶，差點鬧個水飽。

邢茉莉忍不住出了怨聲：「二叔怎麼這樣！我們來了，他反倒沒到！說不定忘了！」

陳奇木沒有答話。

事絆住了，告罪！告罪！」

還好，正說話間，服務小姐引著陳昌盛進包廂。陳昌盛一進包廂就對邢伯抱拳：「邢哥，我有點小

邢伯要大家稍安勿躁：「商人講信用，他會來的。」

陳昌盛喝了茶，忙著抱過小華夏，高興地說：「瞧！我們陳家又添了一條好漢！」

邢伯看見陳昌盛汗津津的額頭，知道他必有急事，絲毫也不怪罪，笑著說：「來！先喝杯工夫茶！」

片、蟹粉燴菜苗、腰果鮑丁、護國素菜，還有炒糕果、炸豆腐、絲瓜烙、綠豆爽之類小食……

服務小姐指揮上菜，一席地道的潮菜：紅燉魚翅、清蒸金鯧、粉絲龍蝦爐、秘製沙薑雞、西芹炒螺

陳昌盛給邢伯夾菜：「邢哥，吃呀，別客氣！阿木，茉莉抱著小華夏不方便，你給她夾菜呀！」

陳奇木答應著，卻靈魂出竅。彷彿這裡是曼谷石龍軍路恒昌大金行，叔父誠懇地說：「阿木，這樣吧，二叔給你一筆錢做本……」侄子卻辭謝：「不不，二叔，你剛才一番話比錢更寶貴……」啊！我現在眞正遇著難處了，為什麼不跟他伸手？啊，不，不，說出去的話是不能收回來的！

「阿木，吃呀！別愣著。」陳昌盛為侄子夾菜。

「不不，二叔你吃，吃！」陳奇木忽然結結巴巴。

們好好謝謝二叔！」

邢茉莉看在眼裡，便說：「阿木，二叔也不是外人，還有什麼不好意思的？等二叔下次到香港，我

是張不開這張嘴啊！也怪，二叔怎麼也不問問我的生意呢？只要他一問，我也好張嘴呀！

陳奇木聽出妻子弦外之音，那是說，你為什麼不跟二叔借錢呢？哪怕以後加倍回報他！哎呀，我就

時間白白流失！宴罷，陳昌盛坐上「的士」，走了。

陳奇木一家無精打彩踏上歸途，路上，誰也不想說話。

莫兆雄在邢記小店已經等候多時了！這位俠骨義腸的莫大哥幾乎傾其所有，送來了二萬港幣。陳奇木再三感謝。「我還要趕去上夜班，告辭了！」莫兆雄匆匆出門，陳奇木直送到媽祖廟巴士站。

「還差著二萬……」陳奇木回到樓上，茫然失神。

邢伯頗爲感慨：「金用火試，人以義交，莫兆雄夠朋友！他不可能拿出更多了！」

陳奇木一臉無奈：「爸，看來，這批貨只好放棄了！」

邢茉莉頓時憤然，杏眼圓睜：「你爲什麼就不能跟二叔借錢呢？聽著，我說的是借，貸款，不是乞討！莫兆雄的錢你可以借，親叔叔的錢你就不能借嗎？你怕什麼？莫兆雄肯借給你，親叔叔就不肯借給你嗎？眼睜睜看著大好機會從眼皮底下溜走，你這叫什麼？婦人之仁！虧你還是個七尺男子漢！」說罷，自己落下了眼淚。

陳奇木無言以對，悽惶地望著邢伯。

邢伯長歎一聲：「阿木，我明白你的心思！你堅守諾言自然是對的；但是，如果不能審時度勢，靈活變通，被自己的話捆住了自己的手腳，導致事業的失敗，那不是眞正的男子漢！事已至此，不必難過，從頭再來，用你的話說，從零做起！」

陳奇木擦乾悔恨的淚水：「爸，我馬上找二叔去！」拔腿欲走。

邢伯拿起電話筒，遞給陳奇木：「先打電話！」

陳奇木接過話筒，急撥電話：「喂，羅賓漢酒店，請接九二四房間……」

邢茉莉和邢伯都緊張地等待著。

「什麼？走了……」陳奇木頹然放下話筒。此際，欲哭無淚。「爸，茉莉，請原諒我！我接受失敗，從零做起！」

邢伯沒有回答。邢茉莉更不作聲。小華夏卻哭了起來。

小夥計悄悄上樓：「陳先生，有兩封信。」他遞上信，復下樓去。

陳奇木接信一看：「『旺達』洋行來的……」復自嘲著：「預付的錢打了水漂兒了！」他慢慢打開函件，忽然大驚失色：「通知取貨！」

邢茉莉和邢伯急忙上前，圍看函件，上面寫著：「貨款付訖，速來取貨。逾期加收保管費……」

三人驚呆了。

「怎麼回事？」

「看看那封信！」

陳奇木急急拆信，一閱，淚流滿面，痛呼一聲：「二叔！」

邢茉莉接過信來，哽咽著念：「……請不要拒絕我的這點心意！感謝蒼天賜給我一個機會，讓我能夠彌補我的過失，償還我的良心債。願我敬愛的大哥九泉魂安……」她念不下去了，低聲飲泣：「二叔，你救了我們了！」

邢伯也老淚縱橫：「畢竟血濃於水！」

一如老話所說，陳奇木苦盡甘來！這次機會使他獲得了超出預期的成功。

此後短短幾年間，他的事業良性循環，蒸蒸日上。人們看到，「華夏實業公司」掛牌了，「華夏」牌襯衫的廣告上報紙了，莫兆雄棄職相隨出任副總經理了，商會會議上聽見「華夏」的聲音了，金融市場上看見「華夏」的身影了……陳奇木本人算得上香江一位頗具潛力的小財東了！然而，陳奇木沒有滿足，沒有止步，他夢想建立一個陳氏財團。他每每想起當年在南浦家中立下的誓言：「不發大財，絕不回家！」想起當年在深水灣富人豪華住宅區發下的宏願：「大丈夫當如此！彼可取而代之！」不過，他又對莫兆雄說，他之所以不停頓地追求財富，說到底，只是爲了證實他人生的價值！

躋身富人行列的陳奇木越來越思念親人。他聽知莫兆雄的一位親戚要去廣州，便託這人到南浦走一趟，或存或歿，務必給個消息，一定重謝。他又急切要報答他的兩位恩人：鍾老漢和郭姐。還是莫兆雄老謀深算，勸他別著急，聽說幾年前廣東那邊就在清理海外關係，出了什麼《六條規定》，機關幹部必須斷絕和香港的政治、經濟聯繫，如果寄信寄錢到海陬，弄不好還害了鍾老漢一家人。陳奇木覺得有理，便加緊尋找郭姐，在香港各大報上登出《尋人啓事》。他在摩星嶺下的新居裡，還特意給郭姐和她的兒女們留下一個小院。

新居是一幢別墅式的房子。陳奇木有意蓋在摩星嶺下，爲的是牢記昔日的苦難。家具、擺設自然都是新添置的，但那破舊的「藤甲必」卻要擺在客廳的最顯眼處，爲的是不忘父輩的精神。有一天，陳奇木回家時候，邢茉莉正在莳弄花草，陳華夏在一旁玩耍。陳奇木走了過來，抱起小華夏。

邢茉莉問：「找到郭姐了嗎？」

陳奇木放下小華夏，搖了搖頭：「原先的線索都斷了！我在幾家大報上登的尋人啓事，到現在也沒有回音！唉，從前只知道忘恩會使自己的良心受到譴責，現在才明白報恩無門也是一種深沉的痛苦！」

「阿木，我懂得你。你跟我來！」邢茉莉抱起小華夏，引陳奇木來到一個小房間。

房間裡供桌上立著郭姐的牌位，赫然大字：「郭姐神位。」正中擺著香爐，周邊是點心、瓜果之類。

「茉莉，謝謝你！」陳奇木喃喃地說，「如果冥冥之中眞有救苦救難的觀世音菩薩，我想郭姐就是觀世音菩薩瞬間的現身！要不然，滾滾紅塵怎麼會找不到她的蹤影呢？」他虔誠地上前，焚香膜拜……

陳奇木把這份虔誠藏在心裡。這天，在「華夏」公司寫字樓的總經理室，他與莫兆雄正在研究著開發東南亞市場，女秘書敲門入室，面帶喜氣：「總經理，郭姐的兒子來了！」

陳奇木十分意外：「快叫他進來！」

門啓處，走進一個少年——郭子。郭子直奔陳奇木：「阿木叔！」

陳奇木摟著郭子，熱淚盈眶。有頃，陳奇木拭淚：「你媽好嗎？」

郭子哭著說：「我媽去年四月初四故去了……」

陳奇木眼前一黑，幾乎站不住。

郭子收淚：「阿木叔，你怎麼啦？」

陳奇木站定：「哦，沒事。你媽這輩子太苦了！」

郭子趕緊說：「是呀！人家都說，四月初四這日子太不好了，又趕上星期五……」

莫兆雄一愣，悄悄走出門去。少頃，重又入室，默默地聽著陳奇木和郭子的談話。

「你們知道我的『華夏』嗎？」

「知道。」

「怎麼不來找我？」

「哦，我媽想回原籍，我爸我媽都是潮陽人。」

「我知道。爲什麼又不走了？」

「哦，我媽聽說那邊鬧紅衛兵，鬧武鬥，鬧下鄉插隊，汕頭的學生都趕到海南島種橡膠，我媽不去了。」

「哦！」陳奇木若有所思，又問：「你還會說潮州話嗎？」

郭子馬上改說潮州話：「阿木叔，阮食唔飽（我們吃不飽），慘絕呀！」

陳奇木點點頭：「那你有什麼打算？」

郭子一想：「我想擺個小攤，好養活弟弟妹妹。」

「也好！」陳奇木掏出鈔票，「這一千港幣給你做小生意。」

莫兆雄欲言又止。

郭子接過港幣，鞠了一躬：「多謝阿木叔！」退出門去。

過了一會兒，莫兆雄走了過來，拍著陳奇木的肩膀：「阿木，你上當了！你來看！」他拉著陳奇木到窗前，往外看……大街上，郭子一蹦一跳，歡呼雀躍。

莫兆雄搖搖頭：「你呀，居然讓小騙子給騙了！去年四月初四根本不是星期五！我這裡有《萬年曆》！」

陳奇木一笑：「你說得對，是個小騙子。他說的潮州話不是潮陽口音，是普寧口音，而且是普寧的流沙一帶的口音。我猜他很可能是前幾年從大陸過來的。」

莫兆雄愕然：「那你……你是情願送錢給小騙子了！」

陳奇木肅然：「莫大哥，這件事天知地知，你知我知，不要說破。我這樣做，不為別的，只爲給郭姐揚名，爲人世間的眞情摯愛唱讚歌。」

「哦！」莫兆雄又一愣。

「你想，富翁做善事，固然值得稱讚，可未必都有高境界！有的人不過九牛拔一毛，要不，一牛拔九毛，有的人說穿了是在拯救自己的靈魂，因爲他當初作了惡造了孽，如今內心惴惴不安，你看他邊做善事邊張揚，還是要圖個雁過留聲，人過留名！我沒說這些人不好，可是我更尊敬郭姐這樣的人，自己勒緊褲腰帶，擠出一口飯，去救助危難的人！她圖什麼？她什麼也不圖！她才是眞正高境界的人！眞正頂天立地的人！啊，我猜想，她一定還在人間，還在香港，可她不願意來找我……」

「你猜想她爲什麼？」

「她說過，人做事全憑本心。」

他倆默默地喝著咖啡，相對無言，郭姐眞是聖者，她在救贖庸眾。

過了一些時候，莫兆雄的親戚從廣州回來了，他給陳奇木帶來一個意想不到的好消息：番客嬸還在南浦臨江三巷，陳奇蘭去了海南橡膠種植場！陳奇木高興得手舞足蹈，他忘了莫兆雄的勸告，又要寄錢，又要寫信。還是邢茉莉來了個折衷：「我看就給阿娘寄錢，不要給阿蘭寄信了。」

陳奇木笑著說：「我盡寫些革命的話還不行嗎？」

「我怕你連革命的話都寫不出來。」

「我不能抄香港的左派報紙呀？」

「可是，你並不知道阿蘭的詳細地址呀！」

「哎！寄一封試試吧，死馬當活馬醫。」

「你可別把阿蘭給毀了！」

「這方面呀，我比你懂！」

第五卷　沉浮

1「拱豬」

這裡是海南島一望無際的橡膠林。晨霧未散，知青們已經在橡膠林中勞作。

陳奇蘭頭戴膠燈，用膠刀熟練地切開三分之一樹圍的樹皮，開出一道斜口，在口下方插進一個膠舌，下邊放置一個內釉外糙的膠碗。片刻，膠乳便從口子裡滲出，匯聚，順著膠舌滴進膠碗裡。三年來，割膠這套活計，她已經幹得很地道了。不僅活計幹得好，日常表現也無可挑剔。知青兵團的連長魏軍是個軍人，也是這個種植場的場長，心中有數，只因她家庭出身不好，哥哥又在海外，魏軍從不表揚她，她也泰然處之。同屋的知青許思梅倒是很同情她，時常替她講點公道話，她一笑置之。她感到棘手的是蔡鶯對她的敵意。

蔡鶯的敵意來自弟弟因放走陳奇木而入監獄這段公案，三年來一直耿耿於懷。近來蔡鶯發現弟弟似乎愛上了陳奇蘭，這使她既傷心又憤怒，一古腦兒歸之於陳奇蘭的「勾引」。陳奇蘭不明就裡，以爲自己出身不好，被人看低，心中並不理會，依舊落落大方，坦然行事。這似乎更激怒了蔡鶯，蔡鶯時不時找碴挑事。陳奇蘭總是趨避。蔡鶩憋足了勁，卻像是一拳打在棉花堆上。

一聲哨響，知青們歡叫著次第奔出橡膠林。今天是國慶日，照國家規定放假，只因割膠的作業不能耽誤，他們才又出了半天工。他們很興奮，還因爲今天連裡殺豬打牙祭！蔡怒飛看了看周圍，發現少了陳奇蘭，便逡巡著落在後邊。蔡鶩看出他的心思，大喝一聲：「快走呀！」蔡怒飛只好緊走幾步，趕了上來。蔡怒飛其實不必擔心，陳奇蘭自己會走出橡膠林。

茅草頂，泥巴牆，是女知青宿舍。門前，女知青們都在洗衣裳，彷彿這是生活中首選的大事，特別是在節假日。蔡鶩洗完衣服，有意將髒水往這邊一潑，幾點髒水濺到陳奇蘭身上。陳奇蘭一言不發，抱起洗衣盆，挪一挪地方，繼續淘洗。

知青小芬低聲說：「就兩件衣服，回屋裡洗吧！」

陳奇蘭微笑著搖搖頭：「屋裡有人。」

屋裡，魏軍正做許思梅的思想工作。

「狗屁！你給我做思想工作？」許思梅坐在木板床上，打著毛衣。

穿著軍裝的連長坐在那唯一的椅子上，笑嘻嘻地說：「不叫思想工作，叫談心，成不成？哎，這裡眞正的同鄉只有我和你！你找遍全兵團，沒有第二個人！」

魏軍說的不假。許思梅生在梅州陰那山下，長在潮州湘子橋邊，會說潮州話，也會說客家話；魏軍本是揭陽人，在豐順半客區長大，也會說這兩種方言。

「哎哎，這話你說過好幾次了！」

「你沒聽人說過，眞理不怕重複？」

「我就聽說過老太婆嘴！」

「老太婆嘴？」

魏軍故意癟起嘴巴，要博許思梅千金一笑，許思梅偏不笑，魏軍長歎一聲：「你就不能答應跟我……」

許思梅笑了，卻是冷的：「別做夢了！我不會嫁給你！」

魏軍厚著臉皮：「慢慢來嘛！功到自然成，鐵棍磨成繡花針……」

許思梅嘲笑：「是鐵杵！」

魏軍不怕見笑：「呃，差不多，差不多……」

許思梅忍住笑：「你走不走？」

魏軍似乎很驚訝：「今天不是放假嗎？」

「放假怎麼著？你走不走？」

「好，好，我走，我走……」魏軍很沮喪！他這連長，一瞪眼，全連低頭，一跺腳，全場亂顫，想不到對付一個許思梅卻是毫無辦法！

節假日沒事做也無聊。男知青在宿舍裡，正站著打撲克——一種稱作「拱豬」的玩法。一局終了。輸家高永戰站起要溜，蔡怒飛一把薅了回來：「喝涼水！」這是對輸家的懲罰。

「哎喲，疼死我了！你幹嘛這麼大勁？」

「你他媽的輸不起了！」

另外幾位跟著起哄：「快喝！快喝！豬！豬！豬！」

突然，院子裡大聲喧嚷：「豬跑了！食堂的豬跑了！跑進女宿舍了！」

男知青們一聽慌了，要緊的是牙祭！他們扔下撲克牌，趕緊出屋，尋棍覓棒，呼嘯而來。

一頭健壯的公豬竄進女知青宿舍沒有圍牆的院子，魏軍正指揮著一群男知青，揮舞著棍棒。那豬玀彷彿接到終審判決，瘋也似地亂跑。知青們圍、追、堵、截，揮棍子，扔石頭，狂呼怒喊，在力的拋擲中宣泄著一種說不清的欲望，不僅僅是吃肉的欲望。那豬玀喘著粗氣，瞪著血紅的眼睛，猛然衝向女知青堆裡。女知青們嚇得驚叫著直往屋裡躲。招來男知青們一頓臭罵：「還躲？吃肉時候躲不躲？一群廢物！」許思梅聽了很不服氣，抄起砍刀，走上前去。那豬玀挨了幾棍，更加瘋狂，連續拱倒、撞翻了好幾名勇士，有名有姓：蔡怒飛、高永戰，包括指揮官魏軍！許思梅悄悄繞到豬玀背後，那豬玀渾然不覺，大家屏聲靜息。許思梅猛然一砍刀下去！喝采聲起：「砍著了！砍著了！」那豬玀傻了！屁股上被削去一層皮肉——後臀部位一級肉上的皮和脂肪。猛然間，那豬玀掉頭衝向許思梅。許思梅驚退幾步。那豬玀卻不戀戰，突圍而去。知青們不甘心功敗垂成，怎麼可以沽名學霸王呢？宜將剩勇追窮寇啊！他們緊緊追趕，跑出院子，衝入橡膠林……

魏軍似乎穩操勝券：「敵人受傷了，跑不遠的！」他邊洗手邊開玩笑：「思梅呀！看你砍豬那個樣子，急了連人都敢砍！」

「哼！」許思梅冷笑一聲，「那可說不定！」

正說著笑話，小文書跑來：「連長，營指導員來了！」

魏軍隨小文書走了。

出乎人們的意料，那豬玀進山後硬是找不到！男知青們一個個垂頭喪氣。

「眞他媽的邪門！那黑傢伙能跑到哪兒去？」

「他媽的！牠也不叫喚？」

「肉沒吃著，倒耗了半天力氣！」

「這節過得眞他媽窩囊！」

女知青們說起風涼話：「你們平時不是老玩『拱豬』嗎？這回好了，把豬拱跑了！」

晚飯時候，高永戰吟唱著：「豬肉沒吃著，喝了冬瓜湯！豬肉沒吃著，喝了冬瓜湯！」他用筷子敲擊桌子，又用拳頭使勁捶床，發出鑼鼓的節奏，口中念著：「冬瓜、冬瓜、湯！冬瓜湯！冬瓜湯！冬瓜、冬瓜、湯！冬瓜、湯湯，冬瓜、湯湯，冬瓜、冬瓜、湯……」

蔡怒飛聽著心煩，忽然來一嗓子：「別敲了！」

高永戰瞪了一眼：「你怎麼啦？」

「我煩著呢！」

「你煩我不煩？不愛聽你出去！」

蔡怒飛果然一甩門，出去了。

還是有人耿耿於懷：「你們說，這豬能藏哪兒去？」

「哪兒不能藏？有山有水，有草有樹！藏一連人都行，別說一頭豬！」

高永戰說起怪話來：「廣闊天地嘛！」

「煉紅心嘞！」知青們哈哈大笑。

「哎！逮豬時候我看見許思梅簡直紅了眼了！平常老大姐似的，滿溫情的，誰知道還有這一面！」

「平時溫情不溫情，這得問高永戰……」

高永戰罵了一聲：「混蛋！」

「哎！你急什麼？能搞上許思梅也很不錯呀！連長拚命追她她都不幹！許思梅呀，就是厲害了點。」

「要說厲害，我們連裡這些女的都不是善良之輩！蔡鶩，兵團第一美人！可渾身帶刺，鐵蒺藜似的，誰敢惹她？」

「那是！人家當年在汕頭，是紅衛兵司令！」

「哎哎，我看陳奇蘭倒很溫柔……」

「哼，就數她心眼多，比那兩個都賊，不信你去試試，她會給你軟釘子吃！」

哨音驟響。

「集合啦！」

種植場有一間大房子，是會場。知青們坐在自製的馬紮或小凳子上，嘻嘻哈哈。魏軍大喝一聲，頓時安靜了。營指導員領著大家讀《語錄》，這《語錄》很短，只有八個字：「階級鬥爭，一抓就靈。」大家猜想一準出事了，屏住聲息。

營指導員的講話聲色俱厲：「……社會上的階級鬥爭是複雜的，我們兵團內部的階級鬥爭也是複雜的，在你們中間，就有人裡通外國！」

氣氛一下子緊張起來，頗有人人自危之感。

營指導員高聲一喝：「陳奇蘭！出列！」

陳奇蘭驚呆了，結結巴巴：「在……」她走出人群，低著頭站在一旁。

「你有一個哥哥叫陳奇木，是不是？」

「是。」

「他在哪兒？」

「我不清楚。」

「哼，不老實！」營指導員把手中信件一揚，「這是陳奇木給陳奇蘭的信！」

陳奇蘭欲哭無淚：「我眞的不知道，他失蹤好幾年了！」

「你不知道？怎麼給他寫信了呢？」

「我沒給他寫信……」

「這就怪了！你沒寫信，他又怎麼回信了呢？」

「我不知道怎麼回事……」

「你不老實啊！」營指導員慷慨激昂，「革命的同志們！陳奇木是個偷渡犯！他跑到香港，投奔資本主義！陳奇蘭隱瞞家庭社會關係，欺騙黨，欺騙群眾，從即日起，就地監督勞動……改造！」

會終人散。

只有陳奇蘭低頭站著，不敢擅動。當眾受批判，她還是頭一回，眞有點不知所措，然而此刻，她忽然感到大歡喜，哥哥在香港一定幹得不錯，她瞭解他，如果幹得不好，他不會同家裡人聯繫的！

魏軍和許思梅走了過來，魏軍下達命令：「許思梅同志，陳奇蘭由你監督改造！」

「是！」許思梅轉身對陳奇蘭大喝：「回去寫檢查！」

一個突發的事件，成了幾天的話題。

男宿舍裡，知青們紛紛議論著陳奇蘭：「我說過嘛，就數她最狡猾。看，裡通外國！」

蔡怒飛憤憤不平：「怎麼叫裡通外國？難道香港不是中國的領土？這是個政治性的錯誤！什麼水平？」

另一知青附和：「哎，給他上綱，可是反革命言論！」

高永戰反駁：「指導員說的沒錯！如果陳奇蘭的哥哥是美國特務、蘇修特務呢？那不就是裡通外國嗎？」

蔡怒飛嘲笑：「如果？革命的科學結論從來不建立在『如果』上！」

高永戰不甘吃癟，反唇相稽：「我知道，你正在追陳奇蘭！」

蔡怒飛激怒：「你他媽的混蛋！」

高永戰還擊：「你他媽的混蛋！」

二人由動口而動手，知青們趕緊勸阻。

「蔡怒飛！」蔡鷺大喝一聲，站在門口。

知青們打圓場：「他們鬧著玩的，不是眞打……」

蔡鷺不理睬，對蔡怒飛下命令：「出來！」

姐弟倆走到小溪邊，蔡鷺怒氣未消：「你爲她哥哥蹲了監獄，你還要爲她再蹲監獄嗎？」

蔡怒飛無語。

「我看得出來，你愛上她了！」

蔡怒飛仍無語。

「我告訴你，不許你愛她！」

蔡怒飛抬起頭來：「二姐，你怎麼這樣？」

蔡鷺忽然哭了：「爸爸媽媽把你交給我，我不能對不起爸爸媽媽……」

蔡怒飛難過地說：「二姐，我聽你的……」

蔡鷺擦著眼淚：「你回去吧！」

蔡怒飛走了。

蔡鷺回到自己的房間，越想越不放心，又走出屋門，一腳踏入陳奇蘭的房間。屋裡只有陳奇蘭一人，正在寫檢查。

陳奇蘭頗感意外，先打招呼：「阿鶯姐，你請坐！」

蔡鶯進了門，卻站著，冷語如刀：「叫我蔡鶯就行了，不要叫得那麼肉麻。」

陳奇蘭無語。

「你被大會批判，又監督勞動，是不是覺得很委屈呀？」

陳奇蘭想了想：「你找我來，是有什麼事呢，還是就問這個？」

「當然有事！無事不登三寶殿！不過我先要告訴你，有人比你委屈更大！」

陳奇蘭媒媒晦晦，一臉茫然：「誰？」

「蔡怒飛！」

「為什麼？怎麼回事？」陳奇蘭情不自禁流露出關切的神態。

蔡鶯看在眼裡，惱在心中，她決心痛下殺手：「我所以想告訴你，是希望你有點自覺，守點本分。」

陳奇蘭仍然沒有計較對方的態度，她心裡惦著蔡怒飛，急切地問：「到底怎麼回事？」

蔡鶯冷冷地說：「當初放走陳奇木，救了他一命的人，就是蔡怒飛！」

陳奇蘭驚呼：「怒飛怎麼救他的？」

蔡鶯嘲諷著說：「這就不必細說了！陳奇木偷渡到了香港，蔡怒飛卻替他受罪，蹲了監獄！這委屈比你大吧？」

陳奇蘭不由落下淚來，她不知道這中間還有如此曲折。

蔡鶯窩著氣：「你我兩家的家庭背景不一樣，這你心裡明白，不用我說了！你哥哥已經害苦了我們家，希望你不要害我們家第二次！」

陳奇蘭一聽這話，熱血奔湧，怒火中燒，但她心裡有個蔡怒飛，她還是忍了。

蔡鷙居高臨下教訓著：「當然，你會感到痛苦……」

陳奇蘭憤怒過後，恢復了常態：「不！我感到高興！」

輪到蔡鷙大吃一驚了：「什麼？高興？」

陳奇蘭平靜地說：「對！因爲第一，我知道了我哥哥的情況，第二，我曉得了蔡怒飛的爲人！」

蔡鷙愕然，暴怒：「無恥！我不許你打我弟弟的主意！」

陳奇蘭毫無表情：「請你出去。」

蔡鷙茫然呆立，片刻，出屋，將屋門猛力一關，砰然巨響。

陳奇蘭再也抑制不住一腔悲憤，淚流如注。

就在蔡鷙和陳奇蘭這番談話的時候，許思梅正在魏軍的連長辦公室裡。魏軍對許思梅說：「思梅呀，高永戰建議開批判會，批判陳奇蘭，教育蔡怒飛，你覺得怎麼樣？」

「你問我？我又不是頭頭！」

「你是班長，又監督陳奇蘭！」

「你自己的意見呢？」

「我不會開這樣的會的。」

許思梅頗感意外：「想不到你還有點右……」

魏軍慌了：「哎哎，這話不好亂講啊！」

許思梅問：「眞是高永戰建議的？」

魏軍點點頭。

許思梅罵了一聲：「混蛋！」

許思梅走出辦公室，回到自己宿舍，看見陳奇蘭第一次哭得這麼傷心，還以爲因她哥哥的事，便安慰了幾句。陳奇蘭彷彿見到親人，把剛才的事情和盤托出，越發哭個不止。

許思梅聽後好半天默默無言，忽然大喝一聲：「哭什麼？未必女人個個都要掉淚吧？」

經這聲棒喝，陳奇蘭馬上收淚。

依舊是橡膠林，依舊是冬瓜湯。又一個濃濃的夜，曠場上放映著彩色影片《紅色娘子軍》。人頭攢動，人聲嘈嘈。幾個知青在議論：

「這片子百看不厭！」

「呵！你還眞革命哩！」

「只有這片子看得見女人的大腿！」

幾個人輕聲笑了起來。

高永戰抑捺不住一股欲望，他一再向四下裡張望，悄悄走出人群。

陳奇蘭沒去看電影。她在燈下看書，一本不知從哪裡弄來的大學課本——《高等數學》。經驗告訴她，書能撫平心的傷痕。

輕輕的敲門聲響。陳奇蘭急忙藏起書本，取出預先備好的紙，那紙上早已寫著幾行字：「我的檢查……」然後平靜地問：「誰呀？」

門外來人回答：「是我！高永戰。」

陳奇蘭開門，高永戰進屋。

「你怎麼不去看電影？」

「我要寫檢查。你呢？」

「我不愛看這種電影。」

陳奇蘭無話，喝了一口水，忽然想起應該給對方倒水，便站起來，拿起熱水瓶……

「不用倒了。」高永戰也站起來，拉著陳奇蘭的手。

陳奇蘭輕輕抽回自己的手。

高永戰端起陳奇蘭的杯子，對準陳奇蘭剛才喝水時候杯口沾唇的部位有滋有味地喝起來，還給陳奇蘭一個飛眼。

陳奇蘭佯作無睹。

高永戰坐到陳奇蘭旁邊，又拉起她的手：「阿蘭，你的名字起得很好……」

陳奇蘭站起：「你有什麼事？」

「有點事。」

「那你說吧！」

「我很同情你……」

「我不需要同情！你回去吧！」她把門打開，無聲的逐客令。

高永戰走到門前，迅即關門，轉過身來：「別忘了你的成分，黑五類狗崽子。現在人都看電影去了，你喊破嗓子，也沒人來！」

「你用不著威脅我！我敢一個人待在屋裡，就不會怕任何人！」

「好樣的！試試吧！」他撲過去……

陳奇蘭「嗖」地掣起一把剪刀！

高永戰嚇了一跳，但他沒有退卻。

門被人踢開了。陳奇蘭一看，蔡怒飛立於門前。高永戰奪門而去。

不遠處傳來許思梅的罵聲：「王八蛋！」

蔡怒飛一聲不響地走了。陳奇蘭望著黑漆漆的夜色。

彷彿什麼事情都沒有發生，船過水無痕！只是此後陳奇蘭的洗衣盆裡多出了幾件男人的衣服。

這天，陳奇蘭又在洗衣服，蔡怒飛走了過來，一眼看見大盆裡有他的衣服，便說：「阿蘭，你又替我洗衣服！」

陳奇蘭頭也不抬：「你洗得不乾淨。」

「我不希望這是報答。」

「不是的。」

蔡怒飛無語，看著坐在小凳子上的陳奇蘭低頭洗衣的動作。他無意一瞥，目光及於陳奇蘭襯衫裡的乳溝，猛然一陣心跳，他把目光移開去，卻又不自主地移過來，貪婪地盯著那隆起的部分，想像著海上冰山沒入水中的五分之四的大部……

「怒飛！」蔡鷺喊著走過來，「你的衣服哪兒去了？」

「我洗過了。」蔡怒飛的瞎話顯然不高明。

蔡鷺從陳奇蘭的洗衣盆裡撈出一件衣服：「這是誰的？她哪兒來的男人衣服？」

陳奇蘭忍氣吞聲：「鷺姐，我看他洗不乾淨，順手替他洗了……」

蔡鷺依然刀子嘴：「他姐姐還沒死呢！」

陳奇蘭無語，繼續淘洗。

蔡怒飛心裡不忍：「二姐，你也太不厚道了……」

「什麼？我不厚道？」蔡鶯大怒，一會兒，自家傷心起來：「從六六年到現在，誰對我厚道過……」

蔡怒飛呆呆地站著。

陳奇蘭停下了洗衣服。

「豬回來了！」有人高喊著。

空地上，那帶傷潛逃的豬遊魂似的回來了，目光呆滯，傷口上已經長滿了蛆。隨著喊聲，知青們悉數出動。刀、棍、棒、石頭，加上不知從哪兒找來的破網……密匝匝鐵桶也似的包圍圈！一陣吶喊，棍棒交加，殘疾豬被活活打死。知青們歡呼雀躍，亞賽百團大戰奏凱。

豬肉是吃了，但許思梅、陳奇蘭、蔡怒飛、蔡鶯都不覺得香。他們聽說高永戰提拔到營裡當文書了。

這個高永戰，原名高新生，六六年縣裡第一批紅衛兵，改名高永戰，永戰嘛，永遠戰鬥嘍，一輩子跟黨去戰鬥！近期，他的父親「三結合」①了，進了家鄉的縣革委會。關係套關係，套來套去，套到了農場，這不，恩澤及於兒子了！

高永戰得意躊躇，約蔡鶯晚飯後出來談談心。蔡鶯一聽，肺都氣炸了！她根本看不起高永戰，出於摸底的心理，她決定虛與委蛇。

他們走到小溪邊，蔡鶯發問：「你有什麼事不能在屋裡談？」

高永戰笑著搪塞：「屋裡人太雜。再說，怒飛跟我不和……當然，責任在我！有機會我向他道歉……」

「用不著！你有什麼事？」

高永戰神秘地說：「營部調我去當文書了！」

「好呀！祝賀你呀！」

「臨走前我想跟你告個別！」

「呵！眞看得起我呀！」蔡鶯語含譏諷。

高永戰似乎沒有聽出微詞，一味地套近乎：「當然嘍！咱們連裡，眞正革幹家庭的只有我和你……」

蔡鶯故作驚訝：「我還眞不知道你家裡也是革幹！」她很強調一個「也」字。

「我爸爸是原縣委組織部長，剛剛結合了，縣革委會副主任……」

「那你可以走後門離開這裡了！」

「是呀！可就是捨不下一個人！」

蔡鶯故意狡黠一笑：「許思梅？」

「嘿，老太婆！」

「那是小芬？」

「山區農民！」

「一定是陳奇蘭了！」

「狗崽子！我能要嗎？」

---

①「文革」時期的權力機構──革命委員會，大致由三部分人組成：軍宣隊（工宣隊）、革命小將和革命領導幹部，稱作「三結合」。自然，都是上級黨圈定的名單，不曾有過眞正的選舉。

「那就猜不著了！」

「這個人就是你！」

蔡鷺哈哈大笑：「你沒聽說過我的外號？玫瑰花，鐵蒺藜！」

「嘿嘿，要奮鬥就會有犧牲！」

蔡鷺故意刺激：「口頭革命派！」

「我發誓！唉，我就知道你會懷疑我！這是我的信，也是決心書！」遞上事先寫好的信。

高永戰拉著蔡鷺的手：「往後你到營部找我！那裡有我單獨一個窩，幹什麼都方便！明白嗎？」

蔡鷺不想「摸底」了，兀自往回走：「天黑了，該回去了！」

蔡鷺狠狠一拳：「老實點！」

高永戰「哎喲」一聲：「你手勁眞重！」

蔡鷺命令：「往回走！」

高永戰調營部當文書的消息就像是長了翅膀，飛遍全連。罵的人居多。

夕陽如血。在橡膠林的邊緣，蔡怒飛手握「情書」，對著蔡鷺縱聲大笑。

許思梅和陳奇蘭走了過來。

「阿鷺，怒飛，什麼事這麼好笑？」許思梅問。

蔡鷺但笑不語。

「阿鷺，你別笑，我跟你說點事！正經事！」許思梅把蔡鷺拉到一邊。二人絮絮地說著。

這邊，蔡怒飛拿出那封信，偷偷給陳奇蘭看。

四個人又湊一堆。

許思梅怒形於色：「那混蛋先追我，後想欺負阿蘭，現在又打你的主意！」

蔡鷺不屑的口氣：「他做夢！仗著土掉渣的老子！」

「他老子是個『風派』！」許思梅發狠地說，「不能便宜這混蛋！」

蔡鷺問：「有什麼辦法？」

許思梅也問：「是呀！有什麼辦法？」

陳奇蘭不好意思地上前：「我倒是有一個辦法，不知道蔡鷺姐肯不肯？」

蔡鷺沒有表態。

許思梅說：「你先說說什麼辦法！」

陳奇蘭先跟許思梅說了，許思梅說給蔡鷺聽，蔡鷺又同蔡怒飛商量。四個人都點頭了。

陳奇蘭又說：「還得串連幾個人……」

許思梅贊成：「好！咱們一人串連三個人！」

蔡鷺笑著說：「思梅姐串連一個就夠了！」

許思梅問：「誰？」

蔡怒飛擠眉弄眼：「還能有誰？」

「死阿鷺你！」許思梅明白了，追得蔡鷺直求饒。

還是種植場那間大房子。一種異樣的氛圍，又似熱烈，又似緊張。魏軍主持歡送會，歡送高永戰去營部當文書。營指導員親自前來接人。高永戰格外風光。歡送會剛剛開頭，氣氛驟變。

許思梅站起來發言：「毛主席教導我們，政治路線確定之後，幹部就是決定的因素。請問魏軍同志，黨的幹部政策是什麼？應該提拔什麼樣的人？」

魏軍答得乾脆：「接班人五項標準嘛！這還不清楚嗎？」

許思梅繼續發難：「如果有人把一個女人叫作他心中最紅最紅的紅太陽，這算什麼問題？」

魏軍一笑：「這還用我回答嗎？群眾是眞正的英雄。大家說吧！」

會場頓時活躍起來，發言踴躍：

「反革命言論！」

「惡毒攻擊偉大領袖毛主席！」

「妄想推翻無產階級司令部！」

「惡毒攻擊無產階級文化大革命！」

魏軍擺一擺手：「兵團戰士們！不要搞假設敵了……」

許思梅搶過話頭：「什麼？假設敵？我們有證據！」

魏軍佯裝吃驚：「有證據？在哪兒？」

蔡鷺站起身來：「證據在這兒！」取出信來，交給魏軍。

魏軍看信，故作驚訝：「高永戰！」轉向高永戰，「是你寫的？」

高永戰低頭承認，渾身篩糠。

魏軍向營指導員請示，對方只好點點頭。一時間，口號聲炸響：

「誰反對毛主席就砸爛誰的狗頭！」

「打倒現行反革命分子高永戰！」

「毛主席萬歲！萬歲！萬萬歲！」

魏軍高喊：「把高永戰帶下去！」

知青們興高采烈，以為是一次比圍剿豬玀更加偉大的勝利，其實不過是一次小玩鬧！在知青群體的內部爭鬥中，有誰是真正的勝利者？

2 紅色的春節

眼見一年一度的春節快到了，知青們忙著準備回鄉，他們開始了倒計時。

家在潮汕卻不打算回去的只有三個人：魏軍是連長，部隊有紀律，工作離不開；陳奇蘭不因別的，只為沒有路費；許思梅家中是繼母掌權，回去肯定生閒氣，不如留下和陳奇蘭作伴。三個人中，因為不能回鄉而高興的是魏軍。他想，今年春節，說不定還能成就他夢寐中的一段姻緣呢！當然，夢想能否成眞，無妨拭目以待。

蔡家姐弟肯定是要回去的。他們怨恨著那片土地，卻留戀著那個家！蔡怒飛心裡很希望陳奇蘭能一道回去，但他不敢對二姐說，即使二姐同意，眞的回到家裡，說不定要重蹈當初大姐和林海文的覆轍呢！

除夕的汕頭，似乎失去往昔的活力，一派蕭疏景象。尙能透出傳統節日些許氣氛的是斷斷續續的爆竹聲，還有彌漫於大街小巷的火藥的異香。

蔡鶩在廚房裡忙碌著，煎炒烹炸。蔡怒飛擺桌子、放碗筷。他們事先商量好，不讓操勞了大半生的媽媽再為他們勞累，今年春節要讓媽媽吃幾頓舒心飯。方淑雲大概忙家務忙慣了，偏是閒不住，不斷進進出出於廚房和飯廳之間，又拿佐料又端菜。

蔡鶩生氣地說：「媽！你又來了！今天不讓你幹活嘛！」

方淑雲笑著說：「嗨！我就端個菜，累不著……」

「不嘛！媽媽！」蔡鶩都快急哭了。

蔡怒飛扶著媽媽到椅子旁邊：「媽！你就坐在這兒！喝茶，看報！」

「好好……喝茶，看報……」方淑雲拿起報紙，喃喃自語，「這是方蘇的習慣……」

飯菜齊了。

方淑雲放下報紙，忽又黯然神傷：「你爸到現在還沒『解放』，連過年也不讓回家……」

蔡鶩安慰著：「不是說過革命化的春節嗎？媽，西屋小沈夫妻不是也沒回來嗎？」

「是呀！」方淑雲勾起遼遠的回憶，「你們還記得嗎？那年，我們全家團聚，小沈兩口子送蠔烙來，牛伯送澄海豬頭粽、普寧老豆醬，我還喝了一口酒……」

那是多麼難忘的一頓飯啊！那情景歷歷在目……

蔡怒飛忽然想起：「哎！叫牛伯一起吃飯吧！」

方淑雲搖搖頭：「牛伯讓他女兒接到潮州去了。」

蔡鶩竭力做出高興的樣子：「媽！我的手藝呀，絕不比你差！在兵團炒菜，人稱蔡一絕！媽，我們吃飯吧！」

方淑雲答應著。

蔡怒飛開酒瓶，倒酒，舉杯：「二姐，祝我們親愛的媽媽身體健康！永遠健康！」

蔡鶩更加碼：「萬壽無疆！」

姐弟倆哈哈大笑。

方淑雲也笑著：「瞎說什麼？找挨鬥嘍！」

叮叮噹噹，三人碰杯……

「蔡鷺！蔡怒飛！」一個老女人的聲音。

三人放下杯子。

未等「請進」，老女人已經站在門口。

蔡鷺臉含慍怒：「有事嗎？」

老女人皮笑肉不笑：「哎喲，年三十我走門串戶，可不是閒著沒事做！我親自來通知你們，晚上八點鐘，到居委會開會！」

蔡鷺質問：「什麼會？」

「知青會！」老女人走了。

「×母！她還『親自』！」蔡怒飛禁不住口吐髒話。

蔡鷺問：「媽，這個老姿娘是什麼人？」

方淑雲搖搖頭：「我也不大認識，大概是居委會主任吧？」

蔡怒飛忿忿然：「不用問，一定是個芝麻綠豆頭頭，要不怎麼『親自』呢！」

剛剛做得的一碗湯裡，落入一隻蒼蠅，噁心了！

老女人果然是街道居委會主任！這片土地上該有多少這樣極能幹極有辯才的老女人啊！南浦有，汕頭有，哪兒沒有？

老女人頭八點就坐鎮在街道居委會，「親自」用食指點著到會的一個個人頭。

蔡鷲、蔡怒飛及一幫知青嘻嘻哈哈，說著怪話……

會開始了！傳達什麼文件，誰也沒聽清，只聽老女人扯開嗓門吼著，勝過戲台上善演彩婆子的潮劇名家洪妙：「……過革命化的春節！初三一律離開汕頭，回原單位鬧革命！初三不走，我們挨家挨戶查……」

一位知青當即反駁：「是中央文件嗎？拿出來我們看看！」

蔡家姐弟附和：「對！拿出來！」

老女人顯然胸有成竹：「上面傳達的，當然就是中央精神了！你們有本事，就到市革委會查去！」

又一位知青笑呵呵地問：「大主任，你認字麼？」

知青們哄然大笑。

「小臭老九！」老女人不含糊，吩咐另一個老女人，「叫工人民兵，維持秩序！」

那知青依然陰陽怪氣：「槍桿子裡面出政權嘛！」

老女人冷笑一聲：「想跟無產階級專政較量？」

另一位知青心想，硬的不行來軟的，他換了一副恭順的口氣：「大主任，我今天才趕回家的，你看，還未換衫褲，未洗浴……」

老女人居然反問：「你從勞改隊出來？」

那知青嘟囔著：「怎麼這麼說話？」

嘿嘿，我們的居委會大主任軟硬不吃！

蔡怒飛拉著蔡鷲的衣袖：「二姐，走！」

姐弟走了。

知青們群起效尤，一哄而散。

老女人氣急敗壞：「查！先查黑五類子女！」

老女人或許不曾想到，這幫知青也曾造過反，也曾挨過鬥，也曾扛過紅旗，也曾掄過鋤頭，不都是軟棉花捏的！他們一路上罵罵咧咧，嘎話連篇：

「這幫老姿娘哪，北京人給起了個外號，叫小腳偵緝隊！」

「爲什麼叫小腳？」

「剛剛解下臭裹腳布，那腳能大嗎？」

小巷裡一陣哄笑。

方淑雲在家裡悶坐著。她已經習慣了獨處！長年累月，偌大的家只有她一個人。淒風冷月的時候，她反省過，自己從前做過榮華富貴的夢，是多麼的不健康！如今，她什麼也不想了，只希望一家人能在一起過日子，怪不得老輩人常說，平安就是福呢！

看著蔡鶩和蔡怒飛走進家門，方淑雲大感意外：「挺快的嘛！我還以爲得過十點呢！」

「哼！要我們初三就離開汕頭！」蔡鶩忿忿地說。

「啊？才回來幾天？從前的革命隊伍可不是這樣的。」

「媽，我們不理睬她！知青都有探親假，每年十二天，那是國家規定的！街道居委會管得著嗎？」

「成嗎？初三她要是找到家裡來……」

「媽，初三我和二姐去看爸爸，初四去看小符。」

提起小符，方淑雲心裡有些不是滋味。當初黃東曉挨打時候，小符找上門來，她都沒去看看，後來簡直就把這父女倆給忘了。她彷彿自言自語：「小符這孩子也怪慘的，聽說她發了誓，一輩子不回汕頭……」

「爲什麼？」

「興許嫌她爸爸不關心她……」

「她小時候，黃伯伯可疼她呢！」

方淑雲歎了一口氣：「她不知道哇！老黃比你爸還慘，省裡有個大人物單單點了他的名！說是叫他到省幹校去勞動，可有人說，省幹校根本就沒見著有黃東曉……」

「難道黃伯伯……」蔡鷟猜測著。

「肯定關起來了！」蔡怒飛下結論。

「那小符一點也不知道？」

「誰敢告訴她呀？再說，那都是聽來的傳說。」

姐弟倆想起兒時的夥伴如此遭際，都不想說話。

方淑雲覺著大過年的，不該盡說些不愉快的事，便另起話題：「哎，你們不去三河看看你大姐？」

蔡鷟沉默片刻：「等過了初四吧。」

方淑雲說：「阿霞有孩子，出門不容易了！她想把孩子送到潮安江左村，讓祖母帶大，可財旺不同意，說是不能累著他母親……」

蔡怒飛一聽翁財旺的名字，便悄悄出屋，到小院散步。

蔡鷟嘲諷著：「呵！他還是個孝子？」

方淑雲急忙制止：「阿鷟呀，可別這麼說話！誰不心疼自己的母親？你們不是也心疼我嗎？哎！財旺和阿霞很想調到汕頭工作，可沒路子呀！」

蔡鶯依然不改她的奚落：「翁財旺可是三河革委會的大紅人，爲什麼要調呀？」

方淑雲白了女兒一眼：「古話說，長安雖好，不如故家。三河還不是長安，再好也比不上汕頭呀！」

蔡鶯繼續挖苦：「眞的到了汕頭，就不怕我們家染黑了他？」

方淑雲勸說女兒：「鶯呀，你這個脾氣稟性得改一改，要不將來要吃大虧的。可別總這麼說話，你怎麼總跟翁財旺過不去？」

母親的後一句話，叫女兒著實受不了啦！蔡鶯半天沒有說話。

方淑雲慌了：「鶯啊！你怎麼啦？媽媽說得不對？」

蔡鶯傷心地哭泣：「媽！你這是什麼話！是我跟他過不去嗎？自從我爸爸被人打倒，他一步也不登我們蔡家的門！小弟蹲了監獄，他沒有一點同情心，盡說些屁話，暗地裡還幸災樂禍！他是什麼人！」

方淑雲黯然：「鶯呀！你不懂得媽的心思。這年代，不落井下石，就是好人！媽知道，你和弟弟都反感他，可他到底是你們的姐夫，你們總要看著大姐的情分啊！你大姐落到這步田地，她好受嗎？」

「媽！你不知道，他還打過我大姐呢！我大姐沒敢告訴你……」蔡鶯止不住兩行熱淚。

蔡怒飛獨自在小院裡徘徊，可屋裡說的話，他全聽見了。

3 陽瘋病

這是三年前黃小符寫過的一頁歷史。

夕陽中的北邙圓寨，如同歷盡滄桑的古堡，披著最後的輝煌。那無與倫比的奇觀或許只有登上泰山，去秦皇漢武封禪處尋覓，或者遠渡重洋，到美洲印加帝國的廢墟上盤桓。黃小符扛著鋤頭歸來，遠遠望見圓寨，目眩神迷，她沒有想到泰山，也沒有想到美洲，她想到《天方夜譚》中金光熠熠的城堡。

她在圓寨三層的小屋裡住了三個多月了。這個棲身處除了床鋪桌椅，還有鋤頭、畚箕、扁擔、籮筐、棕蓑、斗笠之類，還有水缸、米甕、砂鍋、刀和砧、碗與箸以及馬桶。門外邊擺放著風爐（一種用黏土燒製的爐子，學名稱紅泥炭爐），靠牆堆放著木炭。她開鎖進屋，放下鋤頭，小解，洗手，然後起爐，淘米，切番薯，煮番薯粥……她開始適應圓寨的生活了！儘管她有時喜歡有時不喜歡，但她沒有笑，也沒有淚。

這天，黃小符剛剛吃完，吳隊長的妻子短手嫂來了。短手不是她的名字，是吳隊長的名字。不知吳隊長怎麼會有這個名字，他的手並不短，南邙的沈隊長就爲這個名字跟他比過，結果吳隊長比沈隊長還略長一點呢！吳隊長自己說小時候那手似乎是短了一些的，惜無記載。短手嫂本人姓甚名誰，寨裡人說不清楚，她自己也無意過細，她是作爲童養媳到圓寨來的。或曰姓鄭，可稱憑據的是老記工員的本子，上面寫著吳鄭氏。但好事人提出質疑，吳鄭二姓祖輩世仇，例不通婚。於是有人斷定是老記工員眼花，看錯了當年的紅契，極可能是邢或邱或鄧或鄒或邵或郭或鄺或郁的筆誤，右邊有耳朵則確鑿無疑。爭論曠日持久，沒有官方權威的說法，只好約定俗成，依舊叫短手嫂。短手嫂受吳隊長長期薰陶，革命道理略曉一二，她特地來對黃小符進行「再教育」：「……我們家大目叔老實忠厚，心眼可好呢！後山那一大片林子都歸他管，他整年在山上，你一定見過他的……」

黃小符想起來是有這麼一個人。那天，她挑著一擔山草，往坡下走，累了，放下擔子，坐石板上歇息。她發現草地上有一朵黃色的野花，開得很好看，便走過去，蹲下身子，觀賞著……忽然，眼前出現一隻大腳，大腳趾與其他四趾明顯分開。她嚇了一跳，抬起頭來。一個高個子的中年大漢兀立眼前。她後退幾步。那漢子用手輕輕一拔，黃色花連莖帶根散落著土，捏在漢子手中。他傻傻地笑著，要把花送給她。她慌慌張張挑起山草擔子走了。走了幾十步遠，好奇心促使她回頭望望。卻怪！那漢子還在原地站著，臉上現出痛苦的表情，「啊」的一聲，突然彎著腰……

短手嫂神秘地笑了起來：「他得了一種病，其實也不是病，是邪魔，嗨，也不是，其實是……」她湊近黃小符耳邊，嘀咕著……

黃小符只覺得噁心，她站起身來，厲言正色：「不要跟我說無恥的話！」

短手嫂並不氣餒，堅持「填鴨式」教育：「他是苦大仇深的老貧農！今年四十五歲了，還沒娶上老婆，這才得了『陽邪』，也叫『陽瘋』。那是舊社會的罪過，窮的！只有娶了老婆，才能祛邪驅瘋。符姑娘，你學雷鋒做好事吧！」

黃小符氣得發抖：「你走！你走！」連推帶搡把短手嫂趕走，關門，上閂，癱軟的身子倚在門後，多時不落的眼淚又潸潸泛流。

過了不到一頓飯的工夫，吳隊長風風火火上來，「嘭嘭嘭嘭嘭……」不停聲地敲著黃小符的屋門。

黃小符從來沒有聽過這樣粗魯無禮的敲門聲，她頓時怒火中燒，大聲罵道：「誰呀？是哪個有人生沒人養的混蛋這樣敲門！」

敲門聲突然中止。

吳隊長，一寨之主，在圓寨裡從來沒有挨人罵過，經這一罵，反倒清醒了，過了一會兒，恢復常態，緩緩地說：「是我，吳隊長。」

又過了一會兒，門開了。

黃小符冷冷地問：「什麼事？」

吳隊長開門見山：「符姑娘，這間房是我家大目弟的，你要是不同意跟他結婚，就搬到山上護林小屋去，看管山林。你想想吧！明天答覆我！」

黃小符鐵青著臉：「不，現在就答覆！」

「你同意了？」

「我搬走！」

「好！」吳隊長嘴角掛著一絲冷笑。

搬家極其簡單，只消半個上午。

護林小屋孤孤零零，坐落在群山之中。日未落山，黃小符吃了番薯粥，從小屋走了出來，爬上一塊大石頭，但她已經望不到那熟悉的圓寨了！四圍峰巒並不高遠，彷彿就在面前，卻如龐大無朋的蹲獸，一隻又一隻，默默地蓄勢，只待夜幕降臨，便要猛撲過來。她驀地害怕起來，小屋前不著村，後不著店，要是兩條腿的野獸來了怎麼辦？她眼前閃過吳隊長嘴角那絲冷笑。這時，她還辨得清方位！她極目向東，那是汕頭！爸爸，你在哪兒呀？你爲什麼不來救我呀？她又極目向南，最近是南邙！建華哥，你能救我嗎？啊，我得走，離開這裡！她急急下山。

與北邙田地比鄰的是南邙。南邙不是圍樓，是民居村落。從歷史上看，南北兩邙，向來是南富北貧；但從歷次運動看，南邙經常是整頓的重點，北邙卻往往扛得紅旗歸。因此，南北兩邙打了個平手。南邙姓沈，北邙姓吳，祖輩無世仇，婚嫁無障礙，只是北邙姿娘仔嫁南邙的多多，南邙姿娘仔嫁北邙的未之聞，使得吳大目們終竟得了「陽邪」或叫「陽瘋」。

黃昏後，黃小符來到南邙村林建華棲息處門前，敲門，再敲門，無人應聲。她發現門上原來掛著鎖。她輕輕歎息一聲，乾脆坐在門前等候。

此刻，林建華在沈隊長家呢！他正受寵若驚，因爲隊長請他吃飯！這破天荒的第一遭，多半是隊長的女兒沈春柳的主意，她願意嫁個城裡人。林建華卻猶豫著，他不願意放棄回城的一絲希望。今晚的飯菜雖說平常，可沈春柳的熱情顯而易見，她頻頻爲林建華夾菜。沈隊長似乎也默認。

林建華酒足飯飽，手電筒的光柱一晃一晃，晃向棲身地。

近了，黃小符猛然站了起來。林建華嚇了一跳。

「小符，來多久了？」

沒有回答。

林建華開鎖，進屋，點燈。

「小符，你有事？」

還是沒有回答。

「你怎麼不說話？」

「我搬家了。」黃小符總算說了話。

「搬家？搬哪兒去？」

「山上，護林小屋。」

林建華似乎意識到什麼蹊蹺，但他什麼也沒問，只說：「我明天看你去。」

黃小符點點頭。

「你還缺什麼東西？」

黃小符抬頭看看林建華，欲言又止，復搖搖頭。

「建華哥……哦，我該走了。」

「天黑了，把我的手電筒帶去。」

「還有六里路，你送送我，好嗎？」

「哎！好！」

夜，是思維之母，她生育了各種各樣的念頭，並以母愛使這些念頭行動起來：從戰神的決策到詩神的靈感，從盜賊的梟橫到情人的放縱。黃小符和林建華在這條崎嶇的山路上默默地走著。

「那邊有墳堆！」

黃小符忽然驚叫起來。

「你還迷信呀？」林建華似乎不解其中意。

「我有點怕……」黃小符似若無意地靠在林建華身上。

林建華怦怦然心跳，他努力控制著自己。

六里路，其實是六華里，路太短了！護林小屋已在眼前。黃小符只好摸出鑰匙，開鎖，進屋，卻不點燈。林建華摸出火柴，替她點上煤油燈。

「我該走了！」林建華說著就要出門。

「建華哥！」黃小符趕緊攔住，「你陪我說會兒話吧！」

「哎！好！」林建華坐了下來。

二人默然相對。

「建華哥，你爲什麼不問我……」

「問你什麼？」

「問我爲什麼搬家？」

「哦，你爲什麼搬家？」

此際，林建華是唯一的親人！黃小符悲悲切切地哭訴著，林建華默默地聽著，不敢插話。黃小符猛然一陣衝動，投入林建華的懷抱。林建華不由自主地摟著黃小符，他有生以來第一次和異性肌膚相親，似有一縷異香令他暈眩，他俯下頭來，吻著她早已等待著的雙唇。

黃小符激動得渾身發抖，哭著說：「建華哥，我給你，我給你……」她哭得更厲害了，自己解開衣扣……

太突然了！林建華茫然，似乎不知道發生了什麼事！秒把鐘後，他慶幸自己沒有失去理智，他心裡打著算盤，啊，我和小符是同學，有共同語言，可我們都是狗崽子，我們要是結合了，兩邊的隊長肯定不會放過我！我要是跟春柳呢？隊長家就是我的家，我再也不會受歧視了！連我的後代都會改變了家庭成分，變成紅五類！

黃小符已經脫去上衣，只剩下一副乳罩……

林建華彷彿倏然驚醒，一副精神陽痿的樣子：「不！不能！不能！」他站起來，倉皇出門。

黃小符望著墨一般黑的山野，惘然失神，不知道自己究竟是憤怒還是羞愧，是悲哀還是惶惑，她無淚了。過了好半天，她慢慢關門，上閂，又加了頂門杠。她躺在床上，睡不著，隔著襯衣，撫摸著自己的胸脯，一個可憐的自由身！

後半夜，半輪才出，無朗照，只朦朧著扶疏的樹影。

黃小符似乎做著夢，是噩夢，身子被重物壓著，忽然一種無法言喻的疼痛……她慘叫一聲，不是夢！她想抽出手來，卻無濟於事，手被按住了。木板床似乎處在地震的震央，上下顛簸著。隨著喘牛般一聲吼，一個男人滾下床來。一切歸於沉寂。黃小符死人般躺在床上。「吱扭」一聲，門開了。一個女人走了進來。她為黃小符穿好衣裳，蓋好被子，臨去，低聲地說：「你已經是他的老婆了！」

隨著一聲雞啼，夜的醜惡逃之夭夭！噴薄而出的紅日還以為乾坤原本就是這樣清清朗朗，天眞地炫耀自己無際的光焰。

吳隊長一家人在吃早飯。

短手嫂十分欣慰：「這下好了，生米做成熟飯。」

吳隊長下達指示：「你去南邨，問問小神仙，挑個吉日辦喜事。」

短手嫂答應著問：「五斤番薯？」

吳隊長無意間以手加額：「十斤吧！」要是讓那位已經作古的讀得古文的老記工員看見，還以為是額手稱慶呢！

大方的吳隊長正想和弟弟商量大事，忽然發現弟弟不在家，高喊起來：「大目！大目！咦，剛才還在這裡呢，怎麼轉眼不見了？」

「是呀！」短手嫂猛然一驚，「會不會又去了？哎呀，可不能再來了！積惡呀！」

吳隊長若無其事，微微一笑：「還眞說不準咧！這玩藝兒就像吃花生仁兒，越吃越想吃，越吃越愛吃，沒個夠！」

短手嫂到底是女人，總還留著女人的生理功能，她高聲罵道：「天殺的！那要衝了血脈的！」

吳隊長一愣：「那會不會絕後呀？」

「絕後？連命都沒了，還有什麼後！」

「眞的？得得！寧可信其有，不可信其無，趕緊去看看！」

短手嫂眉毛一揚：「我可告訴你，到了那裡，你只能在門外站著！」

吳隊長唯唯：「那是！那是！弟婦嘛！」

不出短手嫂所料，吳大目果然在護林小屋。屋裡，黃小符依然死一般地躺著。吳大目跪在地上，痛哭流涕，果然什麼「陽邪」、「陽瘋」全治好了！他猛然磕頭，一個，兩個，三個，頭都磕出血來。黃小符兀自不動，臉上淚痕已乾。吳大目一個勁臭罵自家：「我混蛋！我作孽！四十五歲，半截入土了，還糟蹋人家黃花女！我不是人！我是禽獸！」他看著自己的下身，「什麼『陽邪』！什麼『陽瘋』！都是你害我的！」他抄起一把鐮刀，對準自己的生命根，子孫袋，猛然一鐮刀下去！他慘叫一聲，倒在血泊中。

吳隊長和短手嫂悄悄來到小屋前。短手嫂把耳朵貼在門上，聽了聽，沒有聲息，又輕輕把門推開一條縫。她忽然驚叫起來：「不得了啦！」

吳隊長憂心忡忡：「眞的衝了血脈了？」

短手嫂大喊：「殺了人了！」

吳隊長破門而入，大驚失色，衝著黃小符怒喊：「是你殺了他？」黃小符紋絲不動。

吳大目呻吟著：「是，是我……自己……」

吳隊長高喊一聲：「上衛生院！」

東風公社衛生院的何醫生是「文革」前的大學畢業生，業務上當然有一套。他從手術室走了出來，吳隊長和他的老婆趕緊迎上前去：「醫生，有救嗎？」

何醫生一笑：「離死遠著呢！縫了幾針，歇個十天半個月就好了！」

吳隊長緊接著提出他最關心的問題：「那，那……」

「那什麼?」

「那傳宗接代的……我們吳家沒有男孩子……現在又他媽的搞什麼計畫生育!」

何醫生看了吳隊長一眼，似乎不著邊際地問：「你種過地沒有?」

吳隊長一愣：「呃，種過，現在不常下地了……」

「你割過稻子沒有?」

「咳，農村人誰沒割過稻子?」

「當了大隊長，革命工作多，不常割稻子了吧?你還記得鐮刀是彎的還是直的呢?」

吳隊長頗爲惱火，但他有求於人，也只好陪著笑臉：「自然是彎的。」

何醫生滿帶嘲諷：「對了嘛!一鐮刀下去，那彎頭挑破了腹部，那，那傳宗接代嘛……軟綿綿，火燒蔥似的，蔫了，根本沒碰著!回去吧!」

吳隊長和他的老婆千恩萬謝走了。

在場的醫生、護士笑了起來。

何醫生只覺得痛快：「平時把我們當臭老九，哼，沒有臭老九成嗎?爲什麼不找赤腳醫生?」

有人卻替何醫生捏把汗：「這些基層幹部都是土皇帝，姓吳的是寨主，當心他報復。」

何醫生說：「我家裡工人出身，不怕!」

護林小屋裡，又一番景象!桌子上擺滿了食物和水果，地上跪滿了吳氏宗族。黃小符依然一動不動。她整整一天一夜不吃不喝，原本蒼白的臉越發沒有血色。她是靜穆的聖女。

在這個保留著古風的圓寨裡，階級情抵不過骨肉親。吳氏宗族幾乎全體出動，吳隊長和短手嫂跪在最前面。充盈著這間小屋的是時斷時續的哀求聲：

「你吃口飯吧！要不就喝口水！」

「你是大慈大悲的觀音菩薩！你就饒了他吧！饒了他吧！」

「我們全寨人求你了！」

聖女紋絲不動。

吳隊長竟然痛哭流涕：「我們知道，你雖然落難，可你是金枝玉葉！是我們一時糊塗，坑害了你！我們有罪呀！作孽呀！你說該怎麼辦吧？是官了，還是私了？我們全聽你的一句話！你想回城還是轉隊？想單身還是再嫁？我們也全聽你的一句話！求你了！你就說一聲吧！往後，我們吳家全寨人世世代代給你立牌位！你說吧！就說一句話！」

女人們嚶嚶哭泣。

聖女在想什麼？誰也猜不出。整整一夜一天了！她是不是靈魂出竅？忽然間，只見她嘴巴動了動，終於吐出了三個字：「我、嫁、他！」

字字千鈞！跪在地上的人全都驚呆了！

一個月後，在南邙小神仙算定的日子裡，北邙圓寨響起了喜慶的鞭炮聲。

圓寨三層上的小房間粉刷一新，門上貼著買來的現成門聯：「翻身不忘共產黨，幸福感謝毛主席」。屋裡正中貼著毛主席像，兩邊也有對聯，卻是老詞新製作：「綠綺緯縭絲縎結締，紅絨納綵綱紀纏綿」。牆上貼著樣板戲《智取威虎山》的彩色劇照，旁邊貼有一張紅紙，寫著「麒麟到此」四字。屋子裡擺放著各種禮品，就中有一個熱水瓶，紅紙上寫著「林建華、沈春柳仝敬賀」，這個「仝」字頗有本鄉特色。

圓寨二層，擺有「喜桌」數張。

「新娘來了！」

黃小符由青娘母陪同，與吳大目一起來到「喜桌」旁，讓宗親們「派目」。潮俗青娘母即是伴娘。與外地伴娘不同的是，青娘母必得會「做四句」，亦即做四句詩，可以是順口溜、打油詩，平仄格律不論，合轍押韻就成。從前有成套的「水詞」可供參考，如今照抄不得，還須塗點紅色。

宗親們「派目」之際，嘖嘖稱讚。

青娘母嫻熟地「做四句」，只聽她高吟：

石榴花開朵朵紅，
新人生來是雅人。
麒麟到此添百福，
生仔革命接班人！

鼓樂聲喧，鞭炮齊鳴。新娘遵舊規，給賓客們敬檳榔敬糖敬茶，檳榔以橄欖代，糖則劣質糖果，只有茶是正經「大紅袍」。她機械地動作著，毫無表情。飲茶的賓客也遵舊規，紛紛送「紅包」，潮俗謂之「賞面錢」。

青娘母見機行事，又「做」了「四句」：

新娘移步出房中，
叔伯兄弟賀新人。

阿娘敬茶眞有禮，
革命江山萬年紅。

也許只有在北邙圓寨，人們才能見到這樣的婚禮！既有火紅年代的新標籤，又有本鄉本土的舊習俗，非驢非馬，卻斷然不是騾子。

黃小符和吳大目結婚的消息出乎林建華的意料，他藉口身體不舒服，讓沈春柳送去賀禮，自己躲在家裡發呆。他棲身的這間小屋原是廢棄多年的小祠堂，無法稽考屬何姓氏，但可以肯定不是沈氏宗祠。經過林建華一而再、再而三的改造，倒也像模像樣。這時候，他躺在床上，思緒翻滾。他想起當初在汕頭街上偶然遇見黃小符，給她父親買膏藥，想起駕著手扶拖拉機，把黃小符送到北邙，又想起在護林小屋裡他們的初吻……竟是打翻了五味瓶！他從床上坐起來，目光落在牆上鏡框裡的一張照片上，那是黃小符戴著紅領巾的照片。照片上的黃小符，活像發育不良的「蔫黃瓜」，但目光裡卻透著靈秀之氣，還隱約有一種剛強。林建華忽然生出惶惑，照片上那隱約的剛強突現出來，變成明顯的憤怒，又變成冷漠、鄙夷……他的心驚跳著，滾下床來，用顫抖著的手把鏡框翻轉個面兒。

沈春柳「通通通」走進來，興高采烈：「建華，到北邙看戲去！」

林建華定了定神：「北邙？我不想去！」

「吳隊長眞敢幹！為大目叔辦婚事，他請了一台戲！樣板戲《智取威虎山》，還是潮劇！」

「潮劇……哦，潮劇唱樣板戲，能唱得好嗎？」

「準錯不了！走吧！」沈春柳強拉著林建華出門。

圓寨內，臨時搭起一座戲台。雖然簡陋些，也算相當規模。此地山裡多竹，竹料易取，砍砍伐伐，並不費勁。沒有台毯，鋪上稻草，照樣表演。居然造起假台口，掛起橫標：「看革命戲，做革命人」。右上角還貼著一張大紅紙，上寫著「竹報平安」。

後台很淺。流浪藝人們正在化妝。仔細辨認，飾演楊子榮的是阿笙，飾演座山雕的是老梅，好戲梅來興，男旦金石宮沒有合適的角色，只好扮一個金剛，兼管音響效果。金石宮那尖細嗓子總是不甘寂寞：「阿笙兄呀！忠不忠，看行動！《打虎上山》可是樣板戲，不能走樣！楊子榮那段唱可是成套唱腔，特別是開頭的導板回龍，聽說是江青同志親自指導的，絕不允許偷工減料！」

阿笙瞪了金石宮一眼。

也許因爲油彩底色太濃，金石宮視而不見，繼續侃侃而談：「你聽！京劇樣板戲是這樣唱的！」他竟然唱起皮黃來：「穿林海，跨雪原，氣沖霄漢——！抒豪情寄壯志面對群山……」唱完又說：「後面的『迎來春色換人間』，這個『色』字是毛主席改的，你知道嗎？原來的詞是，『迎來春天換人間』。主席眞是偉大！大手筆！『天』哪有『色』好呀？『換人間』要唱好，關鍵是一個『色』字！」

阿笙乾脆不理睬金石宮，轉過身去。臨時抓來湊數的「底包」卻聽得津津有味。「金老師，你知道的東西眞多！」金石宮聽到誇獎，更加來勁，口若懸河，滔滔不絕：「還有呀！打虎前後都有舞蹈，蹬腿、蹉步、摔叉、旋子，特別是那個騰空擰叉，那是高精尖動作，不能豁免的……」

阿笙氣得把眉筆一扔，抽起煙來。

金石宮一愣神：「呃，笙兄，你怎麼啦？」

老梅擺擺手：「你不會少說兩句呀？怕人家把你當啞巴給賣了？」

金石宮恍然大悟：「哦，阿笙兄吃心了？咳，我沒要你和童祥苓比呀！」他轉過臉對「底包」們說：「你們知道小童嗎？童祥苓！就是演楊子榮的那位京戲演員！老童家可是京戲世家！嘿！全中國才一個童祥苓！人家國慶日還上天安門觀禮台哪！和毛主席握過手！毛主席那大手，大，眞叫大，暖，透心的暖！我們怎麼能跟人家童祥苓比呢？人家是頭臉，我們是什麼？我們是臍下三寸，那玩藝兒，嘿，大浪鳥，上下差著一丈二呢！」

「呋嘟櫥」鳴奏著。

老梅急忙制止金石宮：「得！別說了！快準備你的砸炮去。」

「哎！」金石宮應聲走開去。

戲台前，是熙熙攘攘的人群。爭座的，吵嘴的，吃糖嗑瓜子的，小孩子們則爭擠於棚下，打打鬧鬧。正中最好的座位上，端坐著黃小符和吳大目。黃小符毫無表情，一言不發。前後左右環繞著這對夫妻的，是吳氏家族中的嫡系和近親，他們緊張多於興奮，倒不是骨鯁在喉，卻分明提心在口。

鑼鼓開場，寨門關閉。寨民們興致勃勃地看著戲，彷彿在大家庭裡欣賞「堂會」。

戲台上，飾演楊子榮的阿笙賣力地唱著：

……願紅旗五洲四海齊招展，
哪怕是火海刀山也撲上前。
我恨不得急令飛雪化春水，
迎來春色換人間……

在邊幕蹲著的金石宮搖搖頭，嘖嘖連聲，自言自語：「味兒不夠……」

台上阿笙兒費了九牛二虎之力來了個旋子，騰空擰叉的高難動作自然是留待方家想像了。邊幕的金石宮一見又搖頭歎息：「樣板戲走樣了……」

台上阿笙兒掏手槍打虎，一槍打過去，卻不見響……台下發出哄笑聲。邊幕的金石宮急出一頭汗。台上阿笙無可奈何把手槍往盒子裡一插……誰知邊幕金石宮的砸炮響了。台下發出更大的哄笑聲。有人高喊：「手槍走火了！」有人附和：「楊子榮受傷了！」台上阿笙一慌神，腳下打滑，摔了個大跟頭。台下一片開心的大笑。

黃小符禁不住「噗嗤」一笑。這是黃小符到北邙以來的第一聲笑！如同天大的喜訊，吳氏家族低聲傳遞著一句話：「新娘笑了！」吳隊長一聽，喜出望外。他悄悄離座，直奔後台。

後台上，梅來興氣得要命：「金石宮，你怎麼搞的？一個砸炮你都弄不好！」

金石宮低著頭解釋：「我就慢了這麼一點點……」

「慢半點點都不行！那張破屁股嘴，整天山呼海嘯，指天說地，輪到自己……」老梅看見吳隊長來到後台，心想，壞了，寨主該發火了！急忙迎上前去，滿臉堆笑，連聲道歉：「吳隊長，出了這麼大的演出事故，實在不應該，不應該……」

吳隊長愕然：「什麼事故？」

金石宮搶過話頭：「呃，我的錯！我的錯！砸炮砸慢了……」

吳隊長高興地搖著拳頭：「很好啊！慢得好啊！」

老梅和金石宮都愣了，心想，寨主不是開玩笑吧？

吳隊長大聲說：「老梅，今天給你們每人增加二斤番薯！」

老梅緩過勁來：「眞的？」

吳隊長一瞪眼：「我說話還能有假！」

老梅拱手稱謝。

吳隊長走出後台。

金石宮頓時又活躍了：「嘿！歪打正著！」

老梅趕緊囑咐：「別說話了，快盯場！馬上八大金剛！」

又一陣上場鑼鼓。

戲台上，飾演楊子榮的阿笙上前行匪禮，飾演座山雕的老梅突然喊出黑話：「天王蓋地虎！」

阿笙回話：「寶塔鎮河妖！」

飾演八大金剛的金石宮等人怪叫：「么哈？么哈？」

阿笙把頭一抬：「正晌午時說話，誰也沒有家！」

老梅皺起眉毛：「臉黃什麼？」

阿笙一愣，心裡埋怨，老梅呀，你說錯詞了！不是「臉黃什麼」，是「臉紅什麼」！唉，我只好將錯就錯了！他把後面的戲詞往前提，答了一句：「防冷塗的蠟！」

老梅特投入，又問：「怎麼又黃了？」

阿笙心裡叫苦連天，老梅，你要了我的命了！這可是樣板戲，弄不好，要挨批鬥的！偷眼一看老梅，老梅正在得意，剛才說錯了，這回可沒說錯！他沒想到阿笙已經沒詞了！阿笙兄忽然急中生智，即興補上一句：「我，我又塗了一層蠟！」

觀眾耳朵靈！試想，八億人八齣戲。觀眾對樣板戲是再熟悉不過的，錯半個字都聽得出來。台下黃小符一聽，「噗嗤」一聲，又笑了。觀眾們醒悟過來，齊聲哈哈大笑。吳隊長一見，太高興了，他抑捺不住，在台下高聲吶喊：「每人加十斤番薯！」

台上的藝人們都忍著笑，一個個臉朝裡。金石宮低聲說：「老梅你錯得更棒！錯出了十斤番薯！」藝人們實在忍不住，一齊笑場。於是，台上台下笑成一片，眞是歡樂開懷呀！

唯獨台下的一個角落裡，一個男的悶聲地說：「回去吧！」

那女的還在傻笑著，不解地問：「挺好的戲，怎麼不看了？」

男的又說：「睏了！明天還要去挑灰呢！走吧！」

那女的無可奈何，邊走邊回頭，時或停步看幾眼。

這對男女終於一前一後向南邙走去。

黃小符三年前的這一頁翻過去了！今天，又到了新的一年，等待著她的是喜是悲，還是無喜也無悲？

4 新風舊俗

今天是大年初四，北邙圓寨仍沉浸在節日的歡樂中，時有「劈劈啪啪」的爆竹聲。農民辛苦了一年，也就這幾天能透透氣舒舒心，除非自己跟自己過不去，誰不在家樂一樂？照本鄉老例，今天還要賽神呢！不過，如今鬧「文革」了，吳隊長還敢嗎？

在通往北邙的山路上，走著兩個青年人，都是綠軍衣綠軍帽解放鞋，只不過洗了又洗，早已褪色。這是蔡鶩和蔡怒飛姐弟倆。他們按原先的計畫，來北邙看望黃小符。他們與黃小符分別已經三年多了，又聽說她嫁給了一個比她大了好多的農民，他們想像不出當年的女友如今會是個什麼樣子？

山裡倒是一派好風景！山林茂密，山石嶙峋，兩山之間夾有小溪，如白練，清澈見底。極目藍天，一無纖塵，時有飛鳥往返。姐弟倆走著走著，似乎迷了路，卻找不到一個可以問路的老鄉。他們無心觀風賞景了！正著急，蔡怒飛發現遠遠的山坡上有一個人，好像在割草。姐弟倆急急忙忙緊走過去。

果然有一個婦女在割草。蔡鷺老遠就喊話：「老鄉，到圓寨的路怎麼走？」

那婦女戴著竹笠頭也不抬：「拐過山包就看見了。」

蔡鷺聽這聲音有點熟悉，又是純正的汕頭口音，趕緊上前：「你是……」

那婦女抬起頭來，果然！

「小符！」

「小符！」

蔡家姐弟一陣情熱。蔡鷺拉著黃小符的手，跳著蹦著。

黃小符只淡淡一笑：「走，到我家去。」

「我家」，蔡鷺聽來有異樣的感覺。

蔡怒飛搶著挑山草，黃小符又淡淡一笑。

「怕我挑不動？」

「你走不了山路！」

蔡怒飛不管三七二十一，挑起山草就走。

一路上，蔡鷺盡量找話說，黃小符的回答極其洗練。

「這裡是山村，糧食夠吃嗎？」

「夠。」

「你身體很不錯，氣色挺好的！好像比原來胖一點了！」

「是。」

「不回汕頭看看去？」

「不。」

蔡家姐弟第一次看見圓寨，那感覺與當年黃小符是一樣的！多麼神奇！屋相連，廊相通，有公井，有共圃，雞犬之聲相聞，融融似一家。

蔡鶩驚呼：「這地方多有意思啊！」

黃小符似若無聞。

姐弟倆又細細地看了看黃小符的家，「麻雀雖小，五臟俱全」。

蔡鶩從挎包裡取出食品和日用品，無非是餅食、罐頭、蝦脯、魷魚乾之屬，還有一套工夫茶具。

黃小符沒有道謝，取出茶葉罐要去沏茶。

蔡怒飛眼裡有活兒，搶著代勞。

黃小符也不爭持。

蔡鶩拉黃小符到一旁，忽然支支吾吾起來：「你當初結婚……唉，不說了……」

黃小符卻大大方方：「說。」

蔡鶩猶豫起來：「怕你不高興。」

黃小符依然淡淡一笑：「不會。」

蔡鶩鼓起勇氣：「當初建華在南邙，爲什麼不跟建華……」

屋裡靜得沒有一點聲響。

蔡鶯後悔自己問得太冒失了，蔡怒飛也使勁瞪了姐姐一眼。

過了好半天，黃小符迸出一句話：「寧可餵了虎，也不餵了狗！」

蔡家姐弟一驚，無言以對。

這時候，吳大目剛好進門。他一見屋裡有人，急忙退出。

「回！」黃小符厲聲喊著。

吳大目乖乖地回屋。

黃小符對蔡家姐弟說：「他叫吳大目，其實眼睛也不大。」

吳大目憨厚地咧開嘴：「聽說生下來時候，還是滿大的……」

黃小符介紹：「老同學。」

吳大目直點頭：「是，是。」

黃小符吩咐著：「告訴大伯，我同學下午看賽神，留三個好座。」

吳大目諾諾連聲而去。

黃小符望著丈夫的背影說：「這人滿不錯的。」

蔡鶯愕然：「你？你眞的愛他？」

蔡怒飛又瞪了姐姐一眼，蔡鶯也自知失口。

黃小符若無其事：「愛？那是奢侈品，小說裡才有。」

蔡鶯心中湧起一股莫名的悲涼。

過了一會兒，黃小符對蔡家姐弟說：「我給你們做飯，你們到山上走走，這裡的風景很美！」

蔡鶯說：「不，我幫你做飯。」

黃小符搖搖頭：「山村飯你做不了。」

姐弟倆只好到山上走走，卻無心觀賞。

「想不到小符會變成這樣……」蔡鶯歎息一聲。

「不，小符比我們深刻！」蔡怒飛若有所思，「不記得是誰說過的名言，災難昇華了境界！」

圓寨內，曠埕上，賽神鑼鼓已經敲響。吳隊長畢竟敢幹！寨門一關，一切都是他說了算，賽神就是經他點頭的。當然，他會考慮到「文革」的情勢，他自有辦法，他不蠻幹。

彷彿主席台或觀禮台般的位置上，空著幾個座位。兩個小孩子好不容易鑽了上去，被吳隊長發現，「啪啪」兩巴掌打落下去。兩個小孩搗著肥幫子，很有些委屈。

旁邊的人悄悄地議論：「這兩個奴仔肉癢癢，找抽！欠打！那是給符姑娘留的座位。」

「怎麼留那麼多？」

「聽說還有符姑娘的同學。」

人們發現了盛裝的黃小符，興奮地耳語：「符姑娘來了！」

黃小符引著蔡鶯、蔡怒飛走了過來。宛如戲曲裡被陪襯、被烘托的主帥，不，更像生活中慣於遲來的大領導，接受全場的注目禮。

他們一到，賽神會便開始了。先是標旗走過，扛標旗的是化了妝的姿娘仔，身著綠軍裝，卻戴著墨鏡——潮汕姿娘仔有墨鏡情結，標旗上寫著「革命到底」、「鬥私批修」、「團結勝利」之類。繼而高蹺走過，有楊子榮、江水英、李鐵梅，也有武松、魯智深、濟公。跟著來的是舞獅，完全是傳統樣式。最後「壓軸」是鑼鼓班，奏著沒有變味的潮州弦詩。吳隊長果然有辦法，這是慶豐收，鬧革命！誰看見賽神來著？

黃小符和寨民們一樣興致勃勃。她頓時活潑起來，看見濟公的破葵扇掉在地上，一撿再撿撿不起來，她笑得前俯後仰，引得全場爆笑起來，她旁若無人，全不顧旁邊坐著蔡家姐弟，在蔡家姐弟看來，她如同變了一個人！蔡鷺竭力追尋記憶中的黃小符，卻徒勞，她對自己說：「她怎麼變成這樣？我眞想哭……」蔡怒飛卻像是個哲學家，心想著，小符，你的大不幸，未始不是你的大幸……

看完賽神，蔡家姐弟上路了。他們背起黃小符回贈的糯米、烏豆和番薯，與黃小符道別。看著他們漸漸走遠，黃小符忽然喊了一聲：「等一等！」飛跑過去。

蔡鷺和蔡怒飛馬上站住。

蔡鷺說：「小符，還有什麼事？」

黃小符懇求著說：「請不要對別人講我的情況……」

「爲什麼？」

「從前的黃小符死了，現在活著的是另外一個人！」

蔡鷺眼淚汪汪：「小符，不要講這些扎心的話，往後，我們還會看你來的……」

黃小符揚起眉毛：「不！你們不要來！」猛一轉身，頭也不回地走了。

5 巨蟹座

蔡家姐弟一直過了元宵，才登程離開汕頭。當他們回到種植場，發現整個兵團都沸騰起來了，原來前幾天剛剛傳達了上面的指示精神，要推薦工農兵學員上大學。大學，是多麼誘人的地方！上大學，是多少知青夢寐以求的目標！姐弟倆坐不住了，他們帶著三雙家鄉的鼠麴粿②去魏軍那裡摸底，誰知連長口風很嚴，滴水不漏。他們一想，到許思梅那裡掏掏「乾貨」吧！不巧，許思梅不在屋裡。

許思梅和陳奇蘭在小溪邊散步，正談論著上大學的事。

許思梅眞心實意：「我是推薦你的！論學習，你已經自修了大一的課程；論勞動，你樣樣拿得起……」

陳奇蘭卻嘻嘻哈哈：「論出身，我是華僑地主；論表現，我裡通外國！哈哈！」她心裡流著淚。

許思梅是個直腸子人，直溝放直水，她生氣了：「你當我是假招子？有成分論，不唯成分論，重在政治表現！」

陳奇蘭趕緊解釋：「不是。我從來不敢想能上大學，連裡的人都走光了，也不會有我！所以，我才要自修。哎，思梅姐，你爲什麼不想上大學呢？」

許思梅搖搖頭：「我呀，不是那塊料，也沒興趣！」

「讓連長給拴住了吧！」

「死阿蘭，我撕你的嘴！」

兩人打鬧著。

蔡鶩和蔡怒飛也來到小溪邊散步。

蔡鶩一廂情願打著如意算盤：「我估計應該推薦你……」

蔡怒飛搖搖頭：「憑什麼？不會有我的！再說，我走了，你怎麼辦？你一個人留在這裡，我不放心！」

蔡鶩笑了：「好小弟，你是不放心我呢，還是不放心別的女孩子？」

蔡怒飛一聽，心裡一陣欣喜，他知道這個「別的女孩子」指的是陳奇蘭，自從高永戰「情書」事件後，二姐和阿蘭的關係已經解凍了，他佯裝生氣：「二姐，你不相信親弟弟了？」

「我信，我信……」蔡鶩忽然看見許思梅和陳奇蘭正迎面走來，便笑著說，「哎，說曹操，曹操到！」

四人合成一夥，說說笑笑到了她們的宿舍。說來說去，也沒說出個所以然。

蔡怒飛回到男知青宿舍。這裡風格迥異！顯然不是執紅牙板，唱「楊柳岸曉風殘月」，這裡是鐵板銅琶，歌「大江東去」！

他們吼著：「推薦什麼？嘿，全是假的！」

「女生好辦，豁出去大屁股就行……」

「男生嘛，要不靠老子，要不靠錢！」

「不見得都這樣吧？」

②鼠麴粿，一種潮汕小食。

「不見得？走著瞧唄！」

這些知青大都覺著自己上大學「沒戲」，說說過頭話，不過泄一泄胸中的憤懣而已。細細一想，話雖過頭，卻沒說到點子上。所謂推薦工農兵學員，貌似革命，實際上取消了公平競爭的原則，它嘲弄知識，踐踏科學，在「民主集中」的幌子下，推行特權意志。對此最有體會的並不是「鐵板銅臣」的這幫哥兒們，倒是具體參與「推薦」的連長兼場長魏軍同志。

幾個月後的一天，魏軍忿忿然對許思梅說：「往後我再也不管這種事了！」

許思梅問他到底怎麼回事。魏軍點燃一支香煙，狠命吸了一口，猶有餘忿：「你想不出來，這幾個月就爲這一個工農兵學員的名額，有多少爛事、臭事！平時的革命口號全都是說給別人聽的……」

許思梅有心跟魏軍開玩笑：「哎，有人找你睡覺了？」

「嘿，我還不夠格呢！」

「哦，夠格就想睡嘍！」

「哎！說正經的！」魏軍苦笑著，「找睡覺的倒沒有，可送禮的，許願的，寫信的，打電話的，遞條子的，還有告我狀的，烏七八糟！我不明白，不就上個大學嗎？哪至於什麼破肺頭爛腸子全都翻騰出來！」

「哎！上大學可是一條出路呀！」

魏軍把煙頭扔了：「其實，我是瞎認眞，他們是瞎鬧騰！那名額早就定了！是上面點的名！」

「哦？誰呀？」

「你想不到！」

「反正不是我！你這壞蛋不會讓我走的！哎，到底是誰呀？」

「告訴你吧！你可要保密！」

「別廢話！不說我就走了！」

「呃呃，別走。告訴你吧，是蔡鶩！」

「啊？」許思梅大吃一驚，十分意外，「想不到蔡鶩的門子這麼硬！她爸爸還沒解放，她是哪兒來的路子？」

「我猜，會不會跟兵團哪個頭頭睡上了？」

「胡說！糟蹋人家！跟你呢？」

「我哪兒有那福氣……」

「什麼？你敢？吃著碗裡的，還惦記著鍋裡的！」

「哎！說句笑話嘛！」

「笑話？哎，要不要我給你拉拉線？」

「得！越說越離譜了！我是想，你給她通個氣，我把這個人情送給你，怎麼樣？」

「嗨！早晚她得知道！」

「其實，推薦蔡鶩，我沒什麼意見……」

「那你剛才還氣鼓鼓的！」

「我是氣那種作風，明明是長官意志，偏說是民主推薦！」

眞是喜從天降！蔡鶩一直認爲會推薦弟弟，想不到竟推薦了她，可那紙通知書上明明白白寫著：「北京師範大學歷史系」。她對弟弟說：「怒飛，我做夢也想不到有這樣的好事！」

「二姐，我猜，準有貴人相助！」

「我也想過，會是誰呢？」

「很可能是爸爸從前的老戰友，知道了我們的情況……」

「是很可能。不管是誰，將來好好謝謝人家！」

「現在就應該好好謝謝魏連長！」

「對！」

臨別的那天晚上，在許思梅的宿舍裡，聚集著魏軍、許思梅、陳奇蘭、蔡鷺、蔡怒飛和小芬。大家都來祝賀，把蔡鷺激動得熱淚盈眶。

「思梅姐，說實話，我一直想走，我想去部隊當兵，可沒敢想上大學，現在眞的要走了，又捨不得你們！連長，怒飛交給你了，你好好管教他，別出事！思梅姐，你好好保護阿蘭，別讓她受欺負……」

陳奇蘭一聽也哭了。

「阿鷺，你放心走吧，阿蘭，別哭了……」許思梅說著，自己也哭了起來。

魏軍笑著說：「看你們！高興事也哭？來，大家唱一支歌，歡送蔡鷺吧！」

「唱什麼歌？」魏軍緊抓頭皮：「眞沒什麼合適的歌……乾脆，唱《大海航行靠舵手》！」

屋子裡響起這支人人能唱的歌曲那雄渾的旋律。

蔡鷺被推薦上大學，眞是「走後門」嗎？會不會是一個特殊的例外？

北師大女生宿舍，八人一室的房間，靠牆的兩邊各有四個床位，分上下鋪，門與窗之間相併著四張桌子。一張桌子上，擺著蔡鷺在天安門前的留影。蔡鷺正在這張桌子上讀信。

信是蔡怒飛寄來的：「……我忽發奇想，大姐當初要是跟他好下去，也許家庭生活是融洽的。阿蘭知道他的工作單位是北京天文館，但沒有詳細地址，你無妨找找看，起碼多一個同鄉，免得你忘了家鄉話，變成一個女北佬……」

她一笑，收好信，正要出門，驀見一個人站在房門口，高永戰！

蔡鶩嚇了一跳，自從「情書」事件後，高永戰調到別的連隊，她一直沒見到他，這傢伙怎麼到這裡來了？她正疑惑著，高永戰卻大大方方：「蔡鶩，你好！」

蔡鶩驚疑不定：「你……到北京……」

高永戰一笑：「我在中文系。我是營部推薦的。」

蔡鶩不願答話，乾脆沉默。

高永戰似無惡意：「從前的事是我不對，我向你道歉！」

蔡鶩還是無話，是不知如何答話了。

高永戰頗爲感慨：「這裡潮汕人很少，也算是他鄉遇故知了！我住在中文系甲二樓二〇一室，有空過來說說話。不打擾了！」他伸出手來。

蔡鶩也伸出手去，心裡說：「這麼巧！」

師大和天文館同在西城，這段路，對於北京人來說，不遠。蔡鶩望見那圓形的屋頂，忽然有一種奇異的感覺。她到傳達室問訊。

傳達室老頭兒皺起眉頭：「林海文？這名兒……聽著耳生……哦，姑娘，我說不詳細……」

蔡鶩沒有失去希望：「老大爺，那你簡單點說。」

傳達室的閒人們哈哈大笑。

好心的老頭兒向經過門口的職工一一打聽，結果一無所獲。蔡鶩徹底失望了，她向老頭兒道謝。老頭兒說了聲「不謝」。

一個嘎小子接碴：「不卸（謝）就套上吧！」

老頭兒笑罵一聲：「混球！我媳婦兒沒把你帶順溜兒。」接著自個兒嘮叨：「我調傳達室也好幾年兒了，怎麼不知道有個林海文呢？林海文……林海文……」

傳達室外忽然有人發問：「誰找林海文？」

「我！」蔡鶯驚喜地回頭，可一見來人，卻愣了，來人不是林海文。

老頭兒詫異：「你是林海文？」

來人搖搖頭：「我不是。」

「唉！裹亂不是？你不是林海文，你答哪門子碴兒！」

「我不是林海文，可我知道林海文哪！」

老頭兒笑了：「嘿！遇著高人了！真別把豆包不當乾糧，把土地爺不當神仙！」

來人也笑了：「林海文調科學院好幾年了。」

老頭兒得意了：「我說呢！天文館哪個背旮旯兒有幾隻蛐蛐兒我都門兒清，還能不知道個大活人！」

「可你就不知道我不是？」

「呃……」老頭兒被噎住了。

來人很快撥通電話：「喂……小鬼，是我，老鬼……」

老頭兒一聽直樂：「瞧這倆名兒起的！趕上侯寶林郭啓儒說相聲了！」

來人是林海文的師兄，他對著話筒喊：「快來吧！越快越好！球到禁區了，注意，臨門一腳！」

老頭兒直搖頭：「怎麼侃足球了？」

「……讓她跟你說兩句話！」老鬼把話筒遞給蔡鶯。

蔡鶩接過電話，說起潮州話：「阿文哥，是我，蔡鶩……我在北師大上學……你過來吧！北京太大了，我不認識路……」

老頭兒恍然大悟：「我還當這姑娘是中國人呢！哦！鬧了半天，敢情是個外國人！聽她這話兒像是高麗人，哎，備不住是越南人，你聽，不用舌頭，盡用鼻子……」

老鬼笑得直不起腰，蔡鶩也忍俊不禁。

不大一會兒工夫，林海文騎著倒輪閘的破自行車來了。一見面就都認了出來。看林海文，老成了些，還是那樣文質彬彬。看蔡鶩，長得依然不大像她姐姐，卻豔若桃李，灼灼其華。老鬼建議林海文，請蔡鶩觀賞天象廳。

偌大的天象廳只坐著林海文和蔡鶩。他們仰著頭，繁星閃爍，是宇宙大師手中的棋子？是宇宙姑娘神秘的眼睛？天穹的景象美麗極了！

老鬼親為講解，他的聲音追隨著天穹上的光標：「……看，巨蟹座，有四顆星，亮度超過四等星，還有一個疏散星團M44，中名叫『積屍氣』，是『鬼星團』，名字不大好聽……這是雙魚座……寶瓶座，御夫座……看，就像馬車夫駕著車，最亮的這顆星α（阿爾法）星，中名叫五車二，是黃色的零等星，御夫座這個御夫的意思，是車夫，車手，可不是駕馭丈夫……」

蔡鶩一聽，「格格」笑了起來。

三人走出天象廳。

老鬼說：「你們今天是貴賓待遇啊！」

蔡鶩受寵若驚：「眞的？」

林海文笑了：「聽他的？票賣不出去！唉！這麼好的天象廳，沒人願意花兩角錢來增長知識！知識可悲啊！」

「好了，我不送你們了！」老鬼說罷，衝林海文擠眉弄眼。

林海文佯作無睹：「謝謝你，老鬼！」

蔡鷺跟著說：「謝謝你，老……」忽然打鋳兒。

林海文一笑：「老潘。」

蔡鷺忍著笑：「老潘！」

林海文看錶：「食堂沒飯了，在小館子隨便吃頓飯吧！吃完飯，哎，那邊就是動物園……」

蔡鷺不好意思吃請：「我還是回學校吧！」

「學校早沒飯了！哎，我記得那邊好像有一個廣東餐館。」

見到妹妹，不由得想起姐姐。林海文曉得老鬼的「眼語」，還有那「臨門一腳」，把話都說白了！但我心裡有沉重的十字架啊！

他們倆在動物園徜徉。蔡鷺朗聲說著傳達室的一幕，林海文開心地笑了起來：「阿鷺呀，老頭兒說『說不詳細』，那是老北京的客氣話，就是不清楚，不明白，不是什麼詳和略，複雜還是簡單。」

「怪不得傳達室的人都笑了！」蔡鷺也樂了，「阿文哥，我們在電話裡說潮州話，那老頭子硬說我是外國人……說我不用舌頭，是用鼻子說話……」

二人笑了一陣，來到猴山。林海文忽然問：「阿霞好嗎？」

蔡鷺稍停片刻：「還好吧！她在三河鎮衛生所工作，有一個男孩了。阿文哥，你還是一個人哪？」

「我這一輩子怕是要打光棍了！」

「哪能呀！哎，阿文哥，我給你找一個怎麼樣？」

林海文一笑，不置可否。

有頃，林海文轉移話題：「中僑委有不少老幹部是你爸的老戰友，你不去拜訪？」

「中僑委那些人有幾個沒被打倒？」

「也有在位的吧？」

「在位的也小心翼翼，誠惶誠恐，我不找他們，免得人家惹麻煩。老夫子，我看你好像生活在另一個星球上！」蔡鷺開著玩笑，那意思是說，也不看看當今的人情世態。

「哎，這正是我的希望。」他不無幽默。

「那……喜歡哪個星座？」她把玩笑開下去。

「巨蟹座。」

「爲什麼？」

「我七月初出生，屬巨蟹座。」

她驟時感到新奇：「那我呢？我六月底出生……」

「六月底，也是巨蟹座。」

「太好了！」她天眞地拍起巴掌，忽然想起老鬼說的「積屍氣」、「鬼星團」，不由沮喪起來，「可那裡有『積屍氣』，這個『屍』……多不好呀！」

林海文想了想，哄著說：「阿鷺，『積屍氣』有什麼不好？『尸』加個『至』是『屋』，有房子住，加個『曾』是『層』，還是樓房！加個『者』是『屠』，殺豬宰羊有口福！加個『徙』是『屣』，加個『雙人復』是『履』，加個『雙人妻』是『屨』，都是鞋子，加個『雙人支』是『屐』，還是廣東老家的趿拉板呢！你看，吃的穿的住的都有了，還不好呀？」

蔡鷺一聽笑了，她眞佩服阿文哥的捷思，心想著怪不得大姐到現在還忘不了他！她忽然要抖機靈，故意噘著嘴：「可就是沒有姿娘仔的衣服！」

林海文是難不倒的，他想了想說：「有！『尸』加個『古』是『居』，再加『衣旁』是『裾』，『裾』就是前襟，也指袖子，有前襟有袖子，就有衣服了！」

蔡鷺跳了起來，高聲喊著：「阿文哥，你眞棒！」

林海文也來了情緒，鼓動粲花之舌：「西方的星相學家說，巨蟹座的人心地善良，個性鮮明，有創造力，工作起來從不厭煩，也不知疲倦，只是有時好逞強，情緒容易急躁。」

蔡鷺心想，說得還眞對，自己就是這樣！「阿文哥，那別的方面呢？」

「別的什麼方面？」

「比方說……哦，未來……」她忽然支吾起來。

「啊，未來，好像沒有具體說，也許我看完書沒記住。」林海文直冒傻氣，蔡鷺也不再問了。

猴山上的猴子爲爭奪遊客拋擲的食物，打起群架。忽然，擠在一堆的遊客們轟然大笑，林海文和蔡鷺轉過頭來，猴山上有一隻孤獨的猴子正在「自慰」，林海文一眼看清，蔡鷺卻不明就裡，「怎麼回事？」直往前去，及至明白，只好低著頭紅著臉走開去。

過了一會兒，林海文接續剛才的話頭，感慨地說：「阿鷺，其實，我們和中僑委那些老幹部是一樣的人，都有自己心裡的十字架。我常想，人是個立體的鏡子，生活把人從多面體變成球體。」

「喲，多面體怎麼啦？球體又怎麼啦？」

「多面體，它每個鏡面的面積不一，形狀各異，它能正確地反映世界；但它也因此有稜有角，在與外力的摩擦、碰撞中，必定要傷殘甚至破碎！」

「那球體呢？」

「球體只有一個連續的曲面，人們從各個角度都能照見自己的影像，分明是自己，可又不全像，這就是球體魔術般扭曲世界的內在功能。球體沒有稜角，所以不會破碎，而總是被人欣賞！」

蔡鷺聽得入了神……

從此以後，幾乎每個星期天，蔡鷺都要去西郊科學院宿舍找林海文，致使高永戰到女生宿舍往往撞鎖。林海文有時也來師大找蔡鷺，有一次恰巧碰上了高永戰，居然互相都有些尷尬。因爲當時的大學有一條不成文的規定，在校讀書期間不允許談戀愛。

時光如水，悠悠逝去，眼看快放寒假了。這天，蔡鷺坐上林海文那輛破倒輪閘的「二等」，一起去頤和園看雪。他們步雪踏冰越過昆明湖，從十七孔橋來到知春亭，興猶未盡，又到後山，後山極靜，彷彿天地間只有兩個人，回頭一望，雪地上兩行履痕，是省略號，他們合寫的文章尚有虛缺……

當蔡鷺一胸春意返回宿舍的時候，校園裡正寒風呼嘯，白雪翻飛。高永戰站在宿舍門口，把大衣領子豎了起來，頗有些瑟縮。

蔡鷺發現了高永戰：「你找我？」

高永戰點點頭：「我是想問問你，放寒假回不回汕頭？」

「當然要回去嘍！」

「聽說火車票很緊張，我父親有個老上級在北京，他有辦法，我想託他買票，你要不要一起買？」

「太好了！我還聽說廣州到汕頭的車票更緊張。」

「放心吧！只要到了廣州，我就有辦法了！反正我們同路，我是汕尾，先下，你是汕頭，後下。哎，說不定我也去汕頭呢！」

「那就送人送到底了！」

「那我走了！託人的事不能偷懶。」

「哎！給你車票錢！」

「買了票再算吧！」

望著高永戰的背影，蔡鷥自語：「這人是變了！」

蔡鷥回到房間，洗臉，洗腳，坐了下來，想著頤和園之遊，忽然心跳得厲害，敢莫是愛上了他？不，不，她馬上否定。我把他當作哥哥，他也只是把我當作妹妹。可是，她又反問自己，世上有這樣的兄妹嗎？她不願再想下去。同屋的同學還沒回來，她早早地上床睡覺，偏又睡不著……

西城羊角胡同，一座四合院的南房小屋，老鬼和林海文在弈棋。林海文望著殘局，良久，推枰認負。

「再來一局！」老鬼叫陣。

「不了！一會兒嫂夫人回家，看見我們無所事事，又該不高興了……」林海文掏出香煙來，敬老鬼一支。

「唉！這年代，有幾個人有所事事？」老鬼收起黑白子，似乎舊話重提，「小鬼，你和小鷥怎麼樣了？」

「什麼怎麼樣？」

「你小子裝糊塗！」

「哎！她還是個小姑娘呢！」

「小姑娘？要在舊社會，早抱兒子了！哎，真格的！這種事永遠是男生主動，姑娘是不會自動投入你懷裡的，你呀，書生氣十足，臨門一腳總是跟不上！」

「別瞎說了，我們僅僅是同鄉！再說，你知道的，我跟她姐姐談過戀愛，吹了，怎麼可以跟妹妹……」

「嗯！這正是天作之合！我記得舊小說有什麼大姐魂遊完宿願，小姨病起續前緣，寫的就是妹妹嫁了姐夫。哎？明天你去師大找她！要抓緊時機，抓而不緊，等於不抓。」

林海文沉默良久，吐出一句淡話：「現在放寒假，說不定她已經回汕頭了。」

老鬼急了，彷彿不是林海文而是他在談戀愛：「不要停留在假設上，要求證！」

這天晚上，林海文，一個幹自然科學的人，忽然詩思洶湧，他寫了三首七絕：

寧把平生付闕如，
回風一掃又春初。
瓊樓五色迷雙目，
欲傍妝台做僕夫。

充耳不聞户外聲，
更無逸興看疏星。
苦拋文字償心病，
不爲功名爲性情。

客裡無端夢品茶，
中宵遽醒月西斜。
銀輝漫漶眞如水，
迷夢繽紛卻似花。

6 同鄉

女生宿舍裡空空蕩蕩，八個鋪位有七個捲起了鋪蓋。蔡鷺也已經收拾好了行裝。相併的四個桌面顯得十分寬敞，上面擺著蔡鷺買來的熟食和包子。

高永戰一陣風來了，他從挎包裡取出罐頭、熟食、啤酒和「二鍋頭」，還有蘋果，擺滿一桌。

蔡鷺看著滿滿一桌，搖搖頭：「你這是幹什麼？吃得完嗎？」

「剩了，明天帶到火車上吃，浪費不了，行嗎？」

蔡鷺把酒拿到一邊：「酒，我可喝不了！」

高永戰笑著把酒拿回原處：「我喝『二鍋頭』，這啤酒是專給你買的。」

「啤酒也不行！」

「這樣吧！你能喝多少算多少，剩下的我包了！」

「你可別喝醉了！」

「放心吧，前年國慶日，我和怒飛兩人喝了三斤米酒！」

「要死了，怒飛！」

「嘿，他不讓我告訴你！」高永戰笑著舉杯，「來，我乾了，你隨意！」

二人邊吃邊喝，情緒漸高。

高永戰一副神秘的樣子：「阿鷺，你知道你怎麼上的師大？」

蔡鷺一愣，儘管自己也納悶，但她還是理直氣壯：「連裡推薦的唄！」

「推薦？你眞的相信這一套？起碼在我們營，我敢把話說絕了，沒有一個不是走後門上大學的！」

高永戰說得斬釘截鐵。

蔡鷺氣餒了：「那你說是怎麼回事？」

「我說了，你別緊張，也別生氣。」

蔡鷺點點頭。

「有一個人幫了你的忙！」

「誰？」

「我！」

蔡鷺大吃一驚，迅即否定了，她不相信會有這麼一回事：「吹牛！」

「眞的，我起誓，我不騙你！」

看著高永戰認眞的樣子，蔡鷺猶豫起來：「那……你是怎麼幫的我？」

「是這樣的。我爸爸從縣革委會調到省裡去了，參加了今年招學員的工作班子……」

「就在海南？」

「不，是雷州。」

「那他怎麼管得了海南呢？」

「嘿，你這就外行了！雷州和海南可以交換的嘛！我給你辦一個，你也給我辦一個，互相都不用送禮……」

蔡鷲聽了很不舒服。

半晌，她問：「你爲什麼要幫我呢？」

「是呀！我爸爸當初也是這麼問我的！我說，她夠條件。我爸說，沒有特殊關係，不值得！我只好說，她是我的未婚妻……」

蔡鷲猛然站了起來：「你？你混蛋！」

高永戰沒有生氣，反而笑著說：「阿鷲，你還是從前那個脾氣。我不是說過了嗎？別生氣嘛！」

「不！我只相信連裡的推薦！」儘管她心裡更相信高永戰的話。

「可我說的是事實。」

「那你公開出去好了！」

「阿鷲，你別著急。我說『未婚妻』不過是一種策略，騙騙老子。你不願意，我絕不勉強！我眞心實意幫你，是因爲我確實愛你！」高永戰彷彿很眞誠，說的話也似乎入情入理，「特別是那次大會後，我眞正感覺到你在感情問題上是非常嚴肅的。唉，人就是這樣奇怪，挨了整，不恨，反倒更愛！」

這一來，蔡鷲的情緒鬆弛了下來，生活中這樣的事情似乎也有過，魏軍挨過許思梅多少罵，可他就是死乞白賴地追她，一點臉皮都沒有。想到這裡，她坦誠地說：「跟你說實話，我心裡有人了！往後，我們就做一個同鄉朋友吧！」

高永戰顯出憂傷的樣子，一句話也沒說，似若無心地拿起熱水瓶，晃了晃：「開水不多了，我去打壺水！」

「哎，我去吧！」蔡鷺搶過熱水瓶。

高永戰說：「等一等！」他上前爲蔡鷺戴上帽子。

蔡鷺嫣然一笑，走出門去。

高永戰拿起酒杯，盤算著……他橫下心來，把自己杯裡的「二鍋頭」往蔡鷺的杯裡倒了若許。

蔡鷺很快打水回屋。高永戰舉起酒杯：「阿鷺，我想通了！從前的事畫上句號，不再提了！兵團老戰友，大學新同學，我們從頭做起！來！乾了這一杯！」蔡鷺不知是計，皺著眉頭，乾了那杯啤酒。

過了不大一會兒工夫，蔡鷺直覺得暈眩，頭也疼了起來，她說：「我不行了，我醉了吧？」站起身來，搖搖晃晃。

高永戰安慰著說：「啤酒才十幾度，沒關係，醉不了，躺一會兒就好了！」他扶著蔡鷺上床，爲她脫鞋，除去外衣，蓋好被子。蔡鷺用目光表示感謝，不一會兒，便沉沉睡去。

高永戰眼見時機已到，關門，熄燈，撲上床去……

蔡鷺神志尚清，卻是一攤泥似的，無力反抗，耳邊隱約響起高永戰的聲音：「往後，你不跟我也得跟我了！」

第二天清晨，蔡鷺醒了過來，發現自己淚流滿面！我這一輩子讓他給毀了！跟他？不，絕不！我要控告他！可是……那樣一來，誰還能要我？我在師大待不住了，我家裡的人也會被人恥笑……難道就這樣算了？啊，不！現在是新社會，不是舊時代，我不能放過他！蔡鷺艱難地起床，穿好衣服，走出門去。她到了校革委會政工部門口，忽然猶豫起來，站住了，走了過去，走過幾步，又轉過來……

從政工部走出一個人，疑惑地看著蔡鶯：「同學，你有事嗎？」

蔡鶯搖搖頭，走開去。她迷迷茫茫回到女生宿舍，關起門來，任淚水不住地流。一會兒，她取出信紙，寫控告信，剛寫幾行就寫不下去，把信撕得粉碎。她又來到政工部門口。

裡邊的人在議論：「那個女同學又來了！」

「她一定有事！」

「叫她進來！」

蔡鶯被叫進政工部。

幾個鐘頭後，政工部的人把高永戰從火車站押回了學校。高永戰面對審訊他的專案組成員，毫無懼色，他的交代聽起來似無漏洞。

「……我是好心照顧同鄉！她喝醉了，我扶她上床，給她蓋上被子。她雖然醉了，神志還是清醒的，她還說過謝謝我的話呢！如果不是發生那樣的事，這時候我們已經登上火車了！我希望政工部立案調查。我不怨恨蔡鶯，她在黑暗中看不清那人的模樣，以為是我……」

專案組有人截住高永戰的話：「你別說了！你們是同鄉，又一同回廣東，為什麼不約齊一起走？」

這是明顯的漏洞！又有人致命一擊：「你既然不在現場，那麼你九點到十點這段時間去哪裡？證明人是誰？」

高永戰面無難色：「我在宿舍。宿舍的人都走光了，只有我自己證明自己……」

詰問者冷笑：「自己證明自己，結論永遠正確！」

高永戰覺得應該以攻為守了，他慷慨陳辭：「我是革命幹部子女，我是紅旗下長大的革命接班人，我對偉大領袖毛主席無限崇拜，我可以證明自己。蔡鶯就不同了，她父親是走資派，還是廣東地下黨叛徒集團成員，到現在也沒有解放，她是隱瞞了這段家庭背景上大學的，這種人的話是不能相信的。當然，她現在是受害者，亂攀亂咬；不過，也不能排除有別的同鄉乘機欺負她。」

「有誰？」專案組的人出於半職業習慣，對新線索特別敏感。

「林海文，科學院的。」高永戰懷著怨毒亂攀亂咬了。

林海文恰好來到師大，並不僅僅由於老鬼關於「求證」的一番鼓動。他今天特意換上一身新衣服，帶來幾本文學名著，準備送給蔡鷺。他輕輕敲著蔡鷺房間的門，一敲，再敲，終於喊了一聲：「有人嗎？」

蔡鷺披頭散髮，把自己關在房間裡。她猛然一驚，聽聲似林海文，她半晌無語，淚潸潸下。

林海文以爲無人，正要走開，隱約聽見房間裡有低低的哭泣聲，出了什麼事啦？他知道，與蔡鷺同屋的同學都已經走了，這哭聲只能是蔡鷺的！他著急了，大聲喊著：「蔡鷺，阿鷺，你怎麼啦？我是林海文！阿鷺，你開門！你出了什麼事啦？」

門裡的蔡鷺淚流不止，她自覺無顏與心中的兄長、知心人見面。門外的林海文心急火燎，連聲呼喚：「阿鷺，阿鷺……」

蔡鷺用盡平生氣力，迸出一句話：「你滾開！」

林海文驚呆，他不知爲什麼，也想不起屈辱或怨恨，卻有一種入地無門的感覺，他在門口站了一會兒，惶惶然離開。

蔡鷺聽見腳步聲漸漸遠去，猛然大哭。她的心泡著淚，阿文哥，阿文哥，我下輩子侍候你吧！

林海文低頭走路。他在想，是我說了什麼不得體的話？是我做了什麼不該做的事？沒有呀！可是，阿鷺怎麼會這樣呢？啊！基因是不會改變的，形態的變易，一般來自外力……她一定出了什麼事！林海文這樣想著，又轉了回來。

一個專案組的人正要找蔡鷺核實材料，看見林海文來回轉悠，頓時警惕起來，一問，恰好是林海文，不由分說把林海文帶到政工部。

蔡鷺在屋裡聽得清清楚楚，怎麼辦？我不能害了阿文哥，她馬上擦乾眼淚，起床，梳洗……

政工部屋裡氣氛異常。專案組成員在比較著兩個獵物——高永戰和林海文，看他們唇槍舌劍。

林海文責問：「……你有什麼證據證明我昨天晚上來過？」

高永戰反問：「你有什麼證據證明你昨天晚上沒來過？」

「荒唐！有這樣的推論嗎？」

「有！你拿不出證據來，就是你作的案！」

一個專案組成員發話：「林海文，你能說出昨天晚上九點到十點這段時間你在哪裡，證明人是誰嗎？」

林海文想了想：「昨天晚上九點到十點老鬼……」

「老鬼？」

「呵，叫慣了，我的同鄉同學，姓潘，叫潘新偉。那段時間，他在我宿舍裡聊天，下圍棋……」

「潘新偉是哪個單位的？」

「天文館。」

高永戰冷笑：「姓潘的是他的老同學好朋友，同他一路貨色，他的證明肯定是僞證！」

林海文怒不可遏：「混蛋！」

高永戰似乎抓住了把柄：「你敢罵人！你是什麼出身？」

他並不清楚林海文的家庭背景，但他估計，「文革」前的大學生多半不會是紅五類家庭，而這一點他絕對具有優勢。

林海文驀然氣餒：「這跟家庭出身毫無關係。」

高永戰心裡有底了，氣勢洶洶：「你爲什麼不敢報出身？同志們，他是黑五類狗崽子！」

林海文臉色驟變，恍如一張白紙。

另一個專案組成員從林海文的挎包裡翻出幾本書：《安娜·卡列尼娜》、《拖拉機站站長和總農藝師》、《被開墾的處女地》……他一想，這本，安娜肯定是個洋娘們……這本，處女，被開墾，什麼意思……他頓時驚呼：「黃色小說！」

林海文無力地辯解：「是文學名著……」

高永戰覺得穩操勝劵了：「破『四舊』這麼長時間了，他還藏著封資修，藏著黃色小說，還隨身帶著，他能幹出什麼好事來？這不是禿子頭上的蝨子，明擺著的嗎？林海文！你這個狗崽子還敢罵紅五類，你這是階級報復！」高永戰從腰間抽出皮帶。

專案組的成員們也都站了起來，一種鯊魚嗅到人血的亢奮。

高永戰舉起皮帶。林海文躲在牆角。

「高永戰！」一聲怒喊，蔡鶩出現在政工部門口。

鴉雀無聲。

高永戰一愣神，垂下手來。蔡鶩奪過高永戰的皮帶，猛然朝他臉上一陣抽打——這皮帶打人的工夫蔡鶩並不生疏。高永戰奪路而逃。

茫茫然的林海文喃喃呼喚：「阿鶩……」

蔡鶩扔掉皮帶，走出政工部，北國的風雪無情地吹打著她苗條且豐滿的柔軀……

專案組成員間交頭接耳，由一人發布：「林海文你回去吧！好好學習毛主席著作，積極改造思想！」

林海文答應著走了，他不敢討回那三本書，那書的命運也是明擺著的，只能是被沒收，被充公。

專案組成員議論起來：

「看樣子高永戰可能性大。」

「可也沒有過硬的材料。」

「高永戰是紅色政權的後代，蔡鶩是走資派子女，混進工農兵學員隊伍裡來，我們要考慮鬥爭大方向的問題。」

「我看這事不要再去糾纏了！就寫上八個字：事出有因，查無實據。」

寒假過了一星期了，方淑雲左等右等不到二女兒從北京歸來，她慌了，跑到了三河鎮大女兒家。蔡霞勸母親別著急，當即寫了一封信，寄給蔡鶩。可是又一個月過去了，還是沒有回音。直到第三個月頭上，方淑雲才接到蔡鶩的信。當母親的高興極了，可讀完信，方淑雲成了個淚人！

「……大學裡已經沒有我立足之地了！我不敢在校園裡露面，我無法忍受人們鄙夷的目光……我想告狀，我到爸爸的老戰友中僑委的謝伯伯家，拋開了羞恥，丟掉了臉面，請求謝伯伯幫我伸冤，謝伯伯說他很同情我，可是如今的公檢法已經癱瘓，他個人愛莫能助……可怕的事情發生了！我已經懷上了一個孽種……我不會溜冰，我在溜冰場上拚命摔自己……媽媽，你可憐可憐我吧！我只能回汕頭！媽媽，你能收留你的女兒嗎？媽媽……」

幾天後的一個晚上，汕頭汽車站一個昏暗的角落裡，方淑雲蠟人般地坐著。一輛廣州車疲憊不堪地進站。方淑雲擠到車站出口處。蔡鶩神情委頓地走過來。母女驀然相見，卻無語，只有眼淚串珠般跌落。

回到家裡，昏暗的燈光變得慘澹。還是母親打破了沉默：「鷺呀，我想好了，就說是黃疸性肝炎休學，這病能傳染，你可以不出門，也省得人家來看望……你……幾個月了？」

「快三個月了……」

「我跟地區醫院的姚大夫說好了……」

「姚大夫？」

「就是當初給你大姐做過手術的姚美卿大夫。姚大夫是個好人，她很同情你，聽到你的事，她都哭了，說等她值班時候，她親自給你做『人流』，不會有人知道的……」

蔡鷺一驚，驀然抬起頭來：「媽媽！」

「怎麼啦？你不用害怕。姚大夫人好，業務也好……」

蔡鷺艱難地開口：「我……我想要這個孩子……」

方淑雲大吃一驚：「什麼？留這個孽種？」

蔡鷺又流下苦澀的淚：「媽媽，我也不知道爲什麼，我現在想要這個孩子，孩子沒有罪……」

方淑雲也流下了苦澀的淚：「鷺呀！我懂！世上只有媽媽懂得女兒！可是，留下這個孩子，你將來怎麼嫁人？」

蔡鷺撲向母親懷裡：「媽媽，我今生今世不嫁人了！」

方淑雲緊緊地抱著女兒，任老淚縱橫，少頃，拭淚：「鷺呀，傻孩子！你才二十歲，後面的日子還長著呢！就是不嫁人，也要在人前行走呀！孩子，你聽媽媽的話。哦！」

蔡鷺走進自己的房間。

方淑雲取出蔡鷺的信，又看了一遍，劃根火柴，把信燒了。

突然間，蔡鷺在房間裡發出一聲淒慘的呼叫：「媽媽！」

方淑雲急忙奔入蔡鷺房間內，她明白了即將發生的事情，哄著女兒：「鷺呀，你忍耐一下，我馬上找姚大夫，千萬不要亂動。」她飛跑著出門去……

遠在北京的林海文自然不知道蔡鷺離開北京後所發生的一切。蔡鷺離京前給林海文寫了一封信，既無稱呼，也無署名，只四個字：「阿鷺死了。」這是一封特殊的「絕交信」！林海文一時欲哭無淚，茫然不知所措，他深深悔恨自己的懦弱，我配當一個男人嗎？他又替自己解釋，我的家庭出身害苦了我！啊，不，不是這樣的，我愛她似乎不及當年愛她的姐姐那樣刻骨銘心，她姐姐說過，她喜歡右派，右派都是有本事的人，曾經叫我感動得一塌糊塗，而妹妹從來不說這樣的話，就為這個，情感打了折扣？呀，似乎也不盡然，我是那麼渴望得到她，得到她的肉體……但是林海文依然不敢到師大去找蔡鷺，他只能託潘新偉到師大打聽，得知蔡鷺已經自動退學回汕頭去了。他把那封信看了又看，那四個字變成黑底白字，他絕望了，在那封信上寫著四句詩：

應憐身似秋天樹，
好雨催開夏令花。
收拾落英歸寂寞，
便從冰雪了生涯。

寫罷，劃根火柴，把這張紙燒了，算作心祭吧！他決心今生今世矢志搞科研，不管社會上是如何魚龍變化。

流產後的蔡鶩又變了一個人，只在屋裡呆坐著，若有靈犀一點，也只在偶然想起林海文的時候。

蔡家多了一口人，卻變得更加空寂。蔡鶩往往一天裡一句話都沒有。蔡方蘇還在「幹校」，蔡怒飛說要回來探親，還沒有到家。除了母親陪著，蔡霞也來探望妹妹，可蔡霞不能常來，她有沉重的家庭負擔。

在三河鎮，翁財旺和蔡霞的家是一間不足十二平方米的小屋，家具相當擁擠，一大床一小床一桌一椅，幾乎占滿了全部空間。踏進門去，無處落腳，只能坐在床上。約略一瞥，衣物不免零亂，這實在怨不得女主人。

時已中午。蔡霞急急開鎖進門，將挎包往床上一扔，即刻淘米，燒飯，洗菜……不一會兒，翁財旺進門，饑腸轆轆，長歎一聲：「都十二點半了，沒見過像你這樣慢手慢腳的人！」

蔡霞瞪了一眼：「你看我忙成這個樣子，就不能搭把手？」

翁財旺又歎息一聲：「唉！眞拿你沒辦法！做飯炒菜這樣簡單的事，教了你多少遍，也不見你有什麼長進！要科學安排工序，先淘米做飯，然後洗菜，炒菜……」

「我是這樣做的呀！」

「就是太慢！得了，我來掌勺吧，你給我打下手！」說罷，將炒菜鍋置火上，倒入食油，趁著油將熱的工夫，快速切菜，菜切好了，油也熱了，倒菜下鍋，「哧」的一聲脆響，冒起白煙……只聽翁財旺一會兒喊：「鹽來！」一會兒又喊：「味精！」蔡霞來回傳送，鼻尖上一串汗珠兒。

夫妻終於在小飯桌上吃飯。

妻子說：「今天是周末，下班後我要去郵局給阿鶩寄藥，你去幼兒園接小斌斌吧！」

丈夫說：「怕是沒工夫了！下午有個重要傳達，不知道會開到幾點，會後肯定還要我趕寫材料……」

「唉！那就算了。旺，下星期天我們去汕頭看看阿鷲吧！」

「呃，到時候再說吧……」

「到時候，到時候，都到過多少時候了！阿鷲流產後精神不正常，時好時壞，眼見成了廢人了！」

她停箸，傷心地落下淚來。

「哎！你別這樣嘛！我沒說不去，我是說要看工作安排得怎麼樣……」

她不說話了，和淚嚥下最後一口飯。

汕頭蔡家，屋裡靜得掉根針也聽得見響。小院裡，方淑雲在洗衣裳。

「媽！」蔡霞進門就喊。

「阿霞！」方淑雲意外一喜。

蔡霞欲進蔡鷲房間，方淑雲一攔：「還睡著呢！」

「妹妹好些了嗎？」蔡霞問著，坐下替母親洗衣裳。

「唉！還是那樣，時好時壞，好的時候明白著呢，還幫我洗衣裳、做飯，可有時候洗著洗著就發呆，又哭又笑……姚大夫告訴我，怕是得了癔症，可她是婦科醫生，她懂不懂……」方淑雲擦擦淚，轉換話題，「小斌斌沒跟你一起來？」

「來了。財旺帶他到中山公園看動物去了……」

「財旺也來了？」方淑雲十分意外，畢竟丈母娘疼女婿，「我去買點魚。」說著便往外走。

「媽！你不用去！財旺說他順路帶些魚和青菜。」

「那我給小斌斌買點吃的。」

「媽！不用你操心。財旺會買的，他不買，小斌斌也會纏著他買。」

方淑雲點點頭，搬了把小凳子坐在蔡霞身旁：「阿霞，聽說你爸爸的問題快解決了……」

「眞的？」蔡霞喜出望外。

「唉！人回來了才是眞的。這年代，一日三變，誰知道自己將來會怎麼樣！方蘇人緣好，沒有特別跟他過不去的人，可是上面有精神，廣東地下黨一律不能用。」

「太不公平了！」

「嗨，不公平的事多了！哎，財旺近來怎麼樣？」

「他呀，生不逢時。太能幹了，遭人嫉妒！這些年他一直懷才不遇。」

「到底是蔡家拖累了他！」方淑雲歎息著。

「外婆！」小斌斌突然跑來。後面跟著翁財旺。

方淑雲急速上前，抱住小斌斌：「斌斌，想外婆嗎？」

「想！想！」小斌斌吻著外婆的臉。外婆高興極了，緊緊抱著小外孫。

「媽！」翁財旺上前招呼。

方淑雲大聲應著，又看了斌斌：「財旺，小斌斌越長越像你了！」

翁財旺笑著：「斌斌，快下來，別累著外婆！」

「我不嘛！」小斌斌撒著嬌。

翁財旺問：「阿鶩呢？」

蔡霞回答：「她睡了。」

方淑雲一聽「阿鶩」二字，心上便泛起烏雲，她放下小斌斌，歎息一聲：「阿鶩這輩子算是毀了……」

蔡霞晾曬著衣裳，忿忿然：「媽！不能這樣子就算了！這狀要告到底！」

方淑雲彷彿息事寧人：「不算了又能怎麼樣？我們這樣的家庭！她自己是不能出頭了，方蘇、怒飛都不在……」

「我去，我就不信那壞蛋能逍遙法外！」蔡霞既悲且憤，挺身向前。

翁財旺一聽，很不以爲然，劈頭質問：「你懂法律嗎？她是事主還是你是事主？你告什麼狀？」

蔡霞頓時語塞。

方淑雲趕緊拉著蔡霞到屋裡去，回身對翁財旺說：「財旺，進屋裡說吧！」

蔡霞進了屋裡，心猶不甘，幽幽地說：「那就這樣算了？」但底氣顯然不足。

翁財旺點點頭，又以仲裁者的姿態宣講：「那個高永戰，有什麼能耐？他不過仗著他的『風派』老子進了省革委的一個什麼組，有點後台，就胡作非爲！那個高永戰是個十足的混蛋！可話說回來，阿鶯爲人向來鋒芒畢露，當初造反，當司令，風光了一陣，挨了鬥還不吸取經驗教訓！唉，平時大概也太浮了！他高永戰追你，這對你也算不得壞事嘛，女孩子長得漂亮，又有能力，人家能不追你嗎？你不願意，婉言謝絕或者不予理睬也就是了，你何必當眾公布情書，置人於死地，叫他關了禁閉威信掃地，還調到別的連隊？太過分了，太過分了！這不，鬧成了現在一報還一報！我看呀，阿鶯吃點虧，得點教訓也不是什麼壞事！就算是壞事，壞事不是還可以變成好事嗎！當然啦，病要治，要治好，將來還要工作、嫁人……」

說巧也眞巧。翁財旺語未畢，門口出現一個人——風塵僕僕的蔡怒飛，他從海南請假回鄉看望他二姐。

蔡霞見蔡怒飛一臉怒氣，情知不好，急忙拿話支開：「小弟回來了！來，先洗把臉……」她拉著怒飛往廚下走。

蔡怒飛一把甩開蔡霞，兩眼盯著翁財旺：「翁財旺！你這叫人話嗎？你給我滾出去！」一座震驚。

翁財旺強壓怒火：「好！好！蔡怒飛！你要爲今天這句話負責一輩子！」說罷把門一甩，傲然而去。

蔡霞追了幾步：「旺，旺呀！別走！有話慢慢說！」她緊緊拉住翁財旺。

翁財旺猛力甩開蔡霞，逕自走了。

蔡霞踉蹌幾步，她爲難極了，一邊是胞弟，一邊是親夫，她落下淚來：「媽媽！我……」含淚追出門去。

小斌斌害怕了，哇哇哭了起來。方淑雲抱起小斌斌，哄著：「斌斌，乖，別哭，媽媽跟爸爸出去給斌斌買好吃的，別哭，哦，乖，別哭……」轉臉對蔡怒飛怨艾地甩出一句話：「你長本事了！」掉頭入內。

蔡怒飛獨自一人無聲兀立，宛如一尊雕塑。過了一會兒，小斌斌怯生生地走到蔡怒飛身旁，忽然神秘一問：「小舅，小舅，你讓老師罰站了？」

蔡怒飛慢慢蹲下身來，抱著小斌斌，兩行清淚滴落下來。小斌斌很乖巧地偎在蔡怒飛懷裡，一會兒用小手爲蔡怒飛拭淚：「小舅，小舅，別哭，乖……」

冷不防一陣「嘻嘻哈哈」的笑聲。蔡鶯從裡面房間跑了出來，口中念念有詞：「眞好玩！眞好玩！」又繞著房間喊起口號來：「革命無罪！造反有理！革命無罪，造反有理！」邊喊邊踏步……

小斌斌害怕地緊緊摟著蔡怒飛。

蔡怒飛痛苦不堪，聲音也顫抖起來：「二姐！二姐！」他上前跪地，緊緊抱住蔡鶩正在踏步的腿：「二姐！我是怒飛！我是你的小弟怒飛！」他大聲痛哭。

小斌斌害怕地跑入房間內。

蔡鶩撫摸著蔡怒飛的亂髮，又去拭他的眼淚，柔聲地哄著：「小孩！小孩！別哭！別哭！媽媽買糖去，媽媽買糖去……」

房門口，方淑雲抱著小斌斌站著，猛然向天呼號：「天哪！這日子可怎麼過呀？」

第六卷　東山再起

1 博弈

香港華夏實業公司幾年間在商界嶄露頭角，近期漸漸呈現停滯趨勢。商海競舟，不進則退。剛剛步入不惑之年的總經理莫兆雄又添了幾莖白髮。

這天，在總經理室，莫兆雄同一位南越客戶已經洽談了兩個小時，似乎達成了某種共識。他們同時站了起來，握手道別。

莫兆雄走到窗前，看著這位客戶坐上的士遠去。他點起一支香煙，思考著……有頃，他掐滅香煙，拿起電話筒：「陳董事長，有一筆生意，數目太大了，我怕是做不了主……」

話筒裡傳來陳奇木的聲音：「我馬上到你那裡去！」

莫兆雄說：「不，不，還是我過去吧！喂，喂……」顯然對方已經放下電話聽筒。他在屋裡踱步。不足十平方米的總經理室，似乎太狹小了。

門開，陳奇木走了進來，低聲問：「莫總，數目有多大？」

莫兆雄沒有回答，取出一頁文字，遞給陳奇木。

陳奇木一看，嚇了一跳，半天沒有開口。

「價格上麼，估計談下來不成問題，純利可以翻上好幾番。客戶最執著堅持的只有一條，必須把貨運到南越一個指定的地點……」

「什麼地方？」

「客戶不肯吐露，說到時候再講，但從他的話裡話外推測，非常可能是南越靠近柬埔寨的某一個地點。」莫兆雄取出印支地圖指點著，「這裡有七號公路，十四號公路，十九號公路……」

陳奇木仔細查看著地圖，沉吟半晌，遞給莫兆雄一支香煙，改換了稱呼：「莫大哥，你看這批貨：盤尼西林、止血藥、脫脂棉、脫水紗布、膠布、繃帶……都跟戰爭有關！」

「我注意到了！所以，這樁買賣必須你一錘定音，不僅因爲數目大，而且牽涉到越戰。我看得出來，那位客戶很可能就是越共的地下交通員一類的角色，他說話時候偶爾『漏』出一個半個越共說慣了的政治術語。」

陳奇木指著地圖說：「越柬邊界有舉世聞名的『胡志明小道』，這送貨地點秘而不宣，大有文章！莫大哥，那位客戶是越南人？」

莫兆雄輕輕搖頭：「不大像，倒像是兩廣人，可粵語說得也不純正。會不會是個越盟分子？這批西藥會不會是供應越南南方游擊隊的？」

陳奇木點點頭：「有道理。那些紗布、棉花、止血藥合起來不就是急救包嗎？求購急救包目標太明顯呵！軍需品以民用醫藥的面目出現，就比較隱蔽。」

莫兆雄試探著：「假設買主就是越共，這生意做不做？」

同越共打交道，絕不會是輕鬆事！當然，人家公開身分是商人，或者說是居間的掮客，陳奇木尋思良久：「我傾向於做。我在大陸自學過《政治經濟學》教科書，曉得戰爭是政治集中的最高表現形式，商人可以把政治，當然包括戰爭，置之一旁。」

莫兆雄沉默無語，他不認爲商人可以離得開政治，股市都受政治的影響！而香港之所以繁榮，恰恰得益於一種特殊的政治。

陳奇木沒有領悟到莫兆雄的沉默：「你覺得太冒險？」

莫兆雄搖搖頭：「人生本來就不平靜，行船走馬三分險！即使十拿九穩，也還有一不穩呵！更何況商海，無風也有三尺浪！哪裡有不冒險就能成功的便宜事！但是，富翁與乞丐往往就在一著棋的成敗！所謂英雄成，英雄敗，一步之遙！我不擔心貨源，貨源可以組織，也不擔心資金，資金可以借貸，我擔心的是這批貨如何運到買主的指定地點？從香港運去，運費高低倒在其次，西貢海關萬難通過，從泰國運去，不靠政府行爲，就得靠黑社會勢力，在這方面，我們華夏公司是無腳螃蟹呵！」

輪到陳奇木沉默了。

「阿木，事關『華夏』的存亡呵！」莫兆雄遞給陳奇木一支香煙。

「我再想想。」陳奇木雙眉緊皺，走出總經理室。

摩星嶺下陳家的小花園裡，邢伯正逗著外孫小華夏玩。邢伯經營了三年，蓄起一部美髯。此刻，美髯被小華夏當韁繩揪著，邢伯只好乖乖地做「孺子牛」，任由小外孫牽著走。邢伯不復經商已經有年了，唯弄孫以娛情，不是「含飴」，是「獻髯」。

邢茉莉小有闊太風範，正在澆花，見狀立即嚴厲地喝斥：「華夏！放肆！」

門前小汽車聲響，陳奇木走了進來，面對這陶陶然的家居生活似若無睹，他逕自走向自己房間。

邢茉莉喊著：「阿木！」

邢伯制止：「不要叫他，他一準有事！」

書房裡，陳奇木坐在梳化沙發上，兩眼望著天花板，目光機械地巡視著那突起的花紋，彷彿在「掃瞄」。少頃，他的目光落在書架上，一本書引起他的注意：《一場曠日持久的博弈——越戰備忘錄》。他站起來，走過去，取出書，翻了幾頁，看了幾行，便放回書架。他的目光落在另一本書上，金庸的新派武俠小說——《笑傲江湖》。他取了出來，意欲消閒，藉以放鬆繃緊了的神經。他翻開這本《笑傲江湖》，從書裡掉下一張書籤，他撿起一看，不是書籤，是一張名片，被他當作書籤用的名片。驀然間，陳奇木眼睛一亮，這是當年泰國貿易部部長助理乃利猜送給他的名片！

「乃利猜？」陳奇木猛然跳了起來，彷彿鹹魚翻生，一局棋活了，他拿起電話筒，撥電話：「喂，莫大哥！到我家來……吃飯！……有心思……有興趣……我在門前恭候大駕！」

阿木這傢伙一定有新招了！這麼好興致！莫兆雄看見陳奇木頻頻舉杯，心裡想著，但他偏不發問。你為什麼不問問？陳奇木也在心裡盤算著。我等著你開口呢！我們倆看誰憋得住？莫兆雄心裡笑著。這是他倆幾年來養成的一種默契。沒主意的時候，你一言我一語地說個不休；有主意了，言語反倒顯得多餘。

邢伯成了局外人，嘴巴倒也不閒：「兆雄呀，你看今天這桌潮州菜味道怎麼樣？」

莫兆雄隨口一答：「好！」

邢伯說：「我看比唐山的潮州菜更……」

陳奇木插話：「更潮州菜！」

三個人都笑了起來。

莫兆雄問：「眞是這樣？」

邢伯點點頭，夾起一塊烤鰻，慢悠悠地說：「這潮州菜，不，如今香港的潮州菜，比唐山本土的潮州菜更貼近潮菜精髓！」

這話一出，馬上引起二位商界新進的興趣。

莫兆雄笑著說：「阿伯，你不要欺負我這個港客不是潮州人呵！『食在潮州』嘛，總不能說『潮菜在香港』吧？」

陳奇木也笑著說：「阿爸，這些年來潮汕物資匱乏，如果物資豐富了，恐怕還是本土的潮菜更地道吧？」

邢伯搖搖頭：「不然！不然！」他又夾起一口菜，那是紅燜蘆鰻。蘆鰻是一種淡水河鰻，又叫花錦鱔，狀似鰻鱺，棲息於坑溝石穴中。據說蘆鰻從坑穴上岸吃蘆筍，往返必同徑，人們利用它的這一習性，置刀片於途中，蘆鰻竟裂腹而死。蘆鰻不改初衷的行爲方式終爲人的詭計所乘。這道紅燜蘆鰻是潮州風味菜，工藝相當繁複，卻百十年來一仍舊慣，同蘆鰻一樣，狃於故轍，畫地而趨，倒是香港潮人別出心裁，花樣翻新。所以邢伯慢呑呑地說：「潮州菜的獨特風格，呶，菜餚清淡鮮美，烹製精巧，注重養生……它的形成經過了不知多少代人的努力，如同一塊粗糙的石頭打磨成藝術品！打磨是永遠不能停頓的，打磨一旦停頓，精髓就會凝固，缺乏生命力！」

陳奇木說：「你的意思是，要褒揚，不能墨守！」

邢伯點點頭：「是這樣的。潮州菜不是只做給潮州人吃！」

莫兆雄即興發揮：「阿伯，做生意怕也是這個道理吧？在香港做生意，眼睛不能只盯著香港市場，是吧？」

「自然！那是自然！」

酒足飯飽，談鋒猶健，移地小客廳。

陳奇木爲莫兆雄沖工夫茶：「莫大哥，那筆生意……」

「你決心做了！」

陳奇木哈哈大笑：「知我者，莫大哥也！」

莫兆雄卻嚴肅起來：「你找到了護身符？」

陳奇木點點頭，隨手取出一張名片，遞給莫兆雄，把當年在曼谷拉人力車載乃利猜送還公事包一段事，從頭到尾講了一遍。

「你想去泰國找乃利猜？」

「是的。莫大哥，我先頭說的話不全面……」

「什麼話？」

「我說商人可以把政治置之一旁。其實，商人不管政治，政治卻要管商人！與其被動受管，不如主動合作。商人的商場眼光還要仰仗他的政治眼光。」

「你看準越共游擊隊能成氣候？」

「是的。西貢政權遲早要垮台。同越共的這次合作如果成功，將來受益不淺！」

莫兆雄沉吟半晌，忽然把手一揮：「做！」

小睡了一覺的邢伯笑呵呵走來：「茶三酒四嘛！二人喝茶寡味，除非是小夫妻以茶當酒！」

莫兆雄也笑呵呵：「阿伯，那得是你們潮汕人的小夫妻，懂得工夫茶！」

「阿木，你們商量好了？」邢伯問。

「莫大哥老謀深算，還要探討出一套周密的做法……」

「對！對！神仙打鼓也有錯時候，你們可要想周全啊！我總覺著這趟買賣風險不小！」邢伯仍有擔心。

陳奇木彷彿成算在胸：「是風險不小，可就像二叔所說，富向險中求呀！阿爸，我見過徒手攀登的運動員，他們說稍有不慎就會粉身碎骨。我說這麼危險爲什麼還去攀登呢？他們笑話我不懂得生活的眞諦，他們說樂趣就在這危險之中。當然，他們並不是莽撞赴死。莫大哥，以我目前的資產，雖然列不上富豪排行榜，但也足夠我們夫妻倆，加上小華夏一生的花費了！不過，在我看來，經商除了賺錢，更有一種價值的估量，那就是我在這個世界上活著是有價值的。」

莫兆雄舉起小茶杯：「阿木！老莫爲你壯行色！」

陳奇木也舉起小茶杯：「謝謝你，莫大哥！」

經過一段時間的籌備，陳奇木懷著攀岩運動員的豪情，監押著卡車隊，從曼谷啓程，浩浩蕩蕩開出泰國，來到柬泰邊境海關前。柬埔寨海關人員查看了通行證，證上有已經提升爲泰國貿易部副部長的乃利猜的親筆簽名，海關人員又檢查了一遍車上貨物，指示放行。

車隊在柬埔寨崎嶇不平的公路上行駛著。陳奇木望著公路兩旁，遍地野草，顯眼的是椰子樹，但不成林，偶有小丘，皆綠，幾乎看不見田園和村莊。他無心觀賞，只期望能順利抵達目的地。車隊日夜兼程，第二天清晨，終於到了越柬邊境哨卡，一字兒停在公路上。南越軍隊的軍官盤查陳奇木的證件，士兵上車檢查貨物。只一會兒工夫，軍官指示放行。順利得出乎陳奇木的意料，他偷偷鬆了一口氣。車隊重新啓動，緩緩東行。忽然，美軍飛機呼嘯而過，迅即傳來轟炸聲。車隊只好停行。

哨卡內一名文職人員向軍官報告：「北部叢林發現中共運送軍需物資的卡車，卡車上有KM字樣。

美軍飛機正在轟炸。」

軍官馬上命令士兵截住陳奇木的車隊，又問這位文職人員：「你懂香港話嗎？」

文職人員回答：「能聽不大能講。」

士兵押著陳奇木前來。

陳奇木重又出示各種證件，特別指出幾張購貨清單：「這是貴國薄寮、金甌十二家醫院的購貨清單。」

文職人員權充翻譯。

軍官發出一聲驚歎：「噢！一筆大生意！你不怕落入游擊隊手裡？這一帶被外界稱作『胡志明小道』呵！」

陳奇木笑著：「我有政府軍保護嘛！」

「如果政府軍保護不了你呢？」

「我就破產了！」

「跳樓自殺！」

陳奇木搖搖頭：「不，從零做起。」

軍官不明白：「什麼？」

文職人員又翻譯了一遍。

軍官忽然懷疑起陳奇木的身分，他默默念著：「從零做起……不像是香港用語，倒像是中國大陸的用語。」他重新盤問陳奇木：「你叫什麼？」

「陳森。」

「國籍？」

「中國。」

「從哪裡來？」

「香港。」

「到哪裡去？」

「貴國的薄寮和金甌。」

「車上裝的什麼貨？」

「藥品。」

「什麼藥品？」

「盤尼西林、脫脂棉，還有病人常用的消炎藥。」

軍官心裡似乎明白了！唔，這些都是越共游擊隊急需的醫藥品！眼前這個人很可能就是越盟分子，即使僅僅是個商人，那也是個極其貪婪的商人，看他為了圖利，刀頭上的血也要去舔！他斷然下令：

「押走！」

陳奇木拚命解釋，無濟於事。

香港這邊，莫兆雄萬分焦急，早過了約定日期，陳奇木還是沒有消息，他意識到凶多吉少！近一周來，邢茉莉日日問訊，南越客戶軟硬兼施，把他弄得焦頭爛額。邢茉莉自然不敢埋怨他，只能到黃大仙廟求靈籤，在郭姐的牌位前焚香禱告，那位南越客戶就不同了，不但索討訂金，而且口氣很硬。莫兆雄隱約聽說越共在香港還有恐怖組織，也不知是真是假。近幾天，銀行開始逼債了，連本帶息，已翻三倍，原先的客戶紛紛撤走訂單，原先的債務人看著「華夏」危難又都打算賴債，四面楚歌啊！

今天，那位南越客戶又來了。莫兆雄點頭彎腰，滿面堆笑：「實在抱歉得很！請先生再寬限二十四小時，二十四小時後沒有消息，一定奉還訂金！如果屆時不能兌現，先生儘管砸我『華夏』招牌！」

客戶不語，面呈不豫之色，哦，豈止不豫，滿臉怒氣，隨時可能爆炸。莫兆雄想到，似乎香港有他們的組織，當然是被稱作恐怖分子的那些人！莫兆雄笑容可掬，親爲開門，送客戶下樓，直至大門口，招呼的士，目送客戶離去。

莫兆雄緩步上樓，一級一級，他似乎抬不起腳步，茫茫然，顫顫然，恍若攀岩，眼前突兀現出熟悉的街景，熱毒毒的天，一個西服青年恭恭敬敬站在他的櫃台前，青年輕輕一揮手，侍者端著工夫茶走來……他揉了揉眼睛，原來自家靠牆站著，短短的二十幾級台階，如同漫漫人生路，他走呀走呀，終於走到了盡頭，他一腳跨入總經理室……

一個人從梳化上猛然站立起來，嚇了莫兆雄一跳。原來是邢伯，他已經等了好一會兒工夫了。

莫兆雄一見邢伯，雙眉緊皺，只秒把鐘的思考，登時變臉，厲聲呵責：「誰讓你進總經理室？」

邢伯一聽，大感意外：「莫……阿木失蹤，沒有下落，我來問問公司負債情況，也好一起商量個辦法……」

莫兆雄不假思索大吼一聲：「你給我出去！出去！」

邢伯頓感屈辱，氣急語塞：「你！你怎麼……」

莫兆雄敞開總經理室兩扇門，再次怒喝：「出去！出去！」

因爲聲音太大，公司各室職員都聽到了，他們不敢擅離工作面，卻都豎起耳朵想要聽個仔細，不是爲著好奇，而是關心自身的前程。

莫兆雄見邢伯還不想走，更加大聲轟趕：「我是本公司總經理，法人代表，行使權利，負擔義務，一切事情由我處置！你是什麼人？你有什麼資格過問公司業務？你再不出去，我叫人把你轟走！」

邢伯大怒：「華夏公司是我女婿的產業，姓莫的，你想侵吞呀？你辦不到！」

莫兆雄一擺手，兩個保鏢上前，不由分說將邢伯拉走。

邢伯一路怒罵：「姓莫的！你忘恩負義！你出賣朋友！丟你老母鞋……」

莫兆雄關好總經理室的門，點燃一支香煙，卻任煙雲在手上繚繞，看來，「華夏」只有破產一途！陳奇木，你成了冤鬼，你的事業付諸東流了！似乎一瞬間，他的頭腦一片空白。他略事休息，提起密碼箱，望摩星嶺而來……

摩星嶺下陳家一時空寂如深山古寺！邢茉莉正在郭姐牌位前燒香禱告。

女僕輕輕走來：「太太，莫總來了，在客廳等候太太！」

邢茉莉起身，隨女僕走向客廳，遠遠看見莫兆雄一個人正襟危坐。

「莫大哥，阿木可有消息？公司的事……」邢茉莉竟不知說什麼好。

莫兆雄莞爾一笑：「阿木不會有事的，你大可放心！南越政權垂危，且夕要被越共取代，阿木同越共做生意，越共不會虧待他的。公司嘛，目前艱難些，過一段時間會好起來的。」說罷，取出密碼箱，遞了過去：「阿木不在家，我提取一些現金，作爲你日常用度，如果你同意，分一些給邢伯，老人家要是閒得發慌，就去經營邢記潮汕蠔烙。哦！時候不早了，我還要回家呢！」不等對方開口，逕自出門。

「莫大哥！」邢茉莉追喊著。

莫兆雄頭也不回地走了。

邢茉莉歎息一聲，打開並無密碼的密碼箱，滿滿一箱鈔票，可面値卻不高，還有散紙（零錢）。她不由思索著，不明究竟，便拿起電話，撥號碼……「喂，你是莫太太吧？我是茉莉，莫先生在家嗎?……哦,他沒回家……那好,我打到公司更樓……bye!bye!」邢茉莉重又撥電話號碼,卻無人接電話。她歎了一口氣,放下電話。

第二天,香港的晚報上,白紙黑字,是驚人的新聞:

「華夏公司宣告破產」;

「莫兆雄跳樓殉友」;

「捨命全交,莫氏堪比羊角哀」;

「古有范張雞黍,今有陳莫金蘭」;

「門前警方列長蛇,梁上君子獻薄技」……

邢伯放下報紙,老淚縱橫:「我眞是老糊塗了,怎麼看不出兆雄的用心……」猛然想起:「不好!這幢房子當初是作爲固定資產投入的,馬上會來查封!」

邢茉莉一驚:「爸爸,你等等!」她趕緊入室取首飾,連同那密碼箱,交給父親:「你從後門走,先回鋪子!」

邢伯急急逃逸。

果然,沒有一頓飯工夫,門前響起一片喧鬧聲,摩星嶺下這幢房子被查封了……

邢茉莉又回到父親的二層小樓,又與父親重操蠔烙舊業。這一回可不比從前!從前呀,父女二人日裡親餚饌,夜間射文虎,安貧守拙,其樂也融融;現在呢,「華夏」公司曇花一現,富伯闊太重歸升斗細民,邢家父女彷彿做了一場繁華夢。

歲月悠悠過了,又不知幾多晨昏!陳奇木一無消息,任千方百計打聽,杳如黃鶴。這天晚上,雨下個不停,點點復滴滴,亂人心緒。邢伯忽又想起莫兆雄,長歎一聲:「莫兆雄是個大丈夫,難怪報上稱讚他是現代羊角哀！茉莉，莫太太近來怎麼樣？」

邢茉莉搖搖頭：「不清楚。」

邢伯頗爲驚訝：「你沒去看望她？」

「沒有。」

「你一直沒去看她？」

邢茉莉不由低下頭來。

「啊？這麼說，當初莫兆雄送來的那筆錢，我讓你分一半給他的妻兒，你，你沒給她送去？」

邢茉莉沒有說話。

「茉莉呀，你捨不得？」

「爸爸，不是我捨不得。我想，你這間小鋪子能維持多久？小華夏上小學了，開銷會越來越多……再說，莫大哥既然給我們送錢來，他能不給自家留點錢嗎？」

邢伯勃然大怒，拍案而起：「能這麼做人嗎？茉莉！他給不給自家留錢是他的事，我們送不送錢是我們的事！就算是他給自家留了，我們該不該送呀？吃茶要有茶色，做人要有道德。不能只顧自己！」

「爸爸，你別生氣，是我錯了……」邢茉莉落下眼淚，「我分一半給莫太太就是。可往後，我們的日子，難了……」語畢黯然。

「大鳥飛高，小鳥飛矮，能飛就成呀！莫太太的日子肯定還不如我們。」邢伯長歎一聲，「覆巢之下無完卵呵！」

在一旁練字的小華夏抬起頭來：「外公，覆巢之下無完卵，可以做一個謎語！」

不知愁的孩子話音剛落，兩個大人都愣了神。一個一年級小學生，別說製謎，認得全這七個字就很不易！他們爲小華夏的天分驚詫不已。邢伯忘了眼前的處境，竟生出一種鉤沉的意興：「哦？覆巢之下無完卵，是謎面，那謎目呢？」

「打一個字！」

邢伯思考著，邢茉莉也不由自主地望著兒子發呆。老謎家下意識地捋著美髯：「哎呀，把我給難住了！」

「猜不著吧？媽媽也猜不著吧？」小華夏得意非凡，開心地笑了，「告訴你們吧！猜個『小』字！」

「小華夏，潮汕人猜謎語猜中了是要解釋的，解釋得不好可不能算猜中！」自己拿起鉛筆在茶杯上敲了三下，口裡還念著「咚咚咚」。

「哎呀，外公眞笨……」

「不許這樣說外公！」

「哎！童言無忌！」

小華夏噘著嘴：「就是嘛！外公，巢之下是個『果』字，無完卵，卵是蛋，蛋沒有了，就剩下個『小』字！」

邢伯笑了：「小華夏，那是元旦的旦，可不是雞蛋鴨蛋的蛋呵！」

「我知道，爸爸教過我簡化字，我說的是簡化字！」

「簡化字？雞蛋的蛋簡化成元旦的旦？沒有聽說有這麼簡化的，大陸沒有，新加坡也沒有……」

「他們沒有，我有！」

邢茉莉佯作生氣：「你瞎造！再說，覆巢的覆字哪兒去了？」

「覆字不要了嘛！」

邢茉莉一笑，直搖頭：『「小」字中間一筆也太長了！不通！不通！』

陳華夏生氣了，轉對邢伯：「外公你說這個謎做得好嗎？」

邢伯讚賞這孩子的夙慧，便哄著說：「好，好。」

陳華夏又得意起來：「等爸爸回來了，我讓他猜，不許你們偷偷告訴他！」說著伸出食指，強行與邢伯、邢茉莉拉勾，又問邢茉莉：「爸爸怎麼還不回來？」

邢茉莉黯然失神，阿木，你還活著嗎？你在哪兒呀？

2 落籍巴黎

彷彿是南浦鎮，陳奇木一身白西服，頭戴白通帽，手握手杖，一副標準的南洋華僑富豪模樣。身邊有一個保鏢，著香雲紗，腰紮紅綾，頭戴黑氈帽，腳踏布鞋。身後還隨著幾名肩挑行李的腳夫。街上的行人駐足觀看，向陳奇木投來羨慕的目光。番客嬸笑得合不攏嘴。陳奇蘭穿著一身素潔的旗袍，身邊是西服革履一位男士，也都微笑著。那邊一幢洋樓上，楊碧君笑吟吟向陳奇木招手。陳奇木不由自主地向洋樓走去，攀登一級一級的樓梯，那樓梯卻像是機場或車站的升降梯，總是逆向，他爬得十分艱難，氣喘吁吁，終於奮力一躍，上了二樓。那是一個幽雅的房間，從陽台上望得見大海，房間裡花香襲人，原來窗台上擺著幾盆茉莉。楊碧君半裸著身子向陳奇木招手。陳奇木猶豫地脫衣，上床……蚊帳外忽然出現鍾阿娥，她也半裸，卻一臉怒容。陳奇木驀地一驚，又一看，鍾老漢和金水，一個抱著彷彿圓頭的石獅子，一個駕著尖頭的機帆船，厲聲怒罵而來。陳奇木急急逃走，回頭一看，他們並不追趕。陳奇木回到自家「下山虎」老屋，番客嬸冷不丁抄起掃帚，劈頭蓋臉一頓怒打，陳奇蘭與那位西服革履的男士冷眼旁觀，嘴角泛起一絲嘲諷。民兵烏鼻、塗溜狂笑著走來，揚起手中的鐐銬。陳奇木拚命呼喊，卻喊不出聲音。迎面走來曲鐵柱，舉起一塊木牌，木牌上寫著「偷渡犯陳奇木」，還打上一個「×」。曲鐵柱把木牌掛在陳奇木胸前，爆發出一陣狂笑。陳奇木忍無可忍，極盡平生氣力，一腳踢向曲鐵柱下身生命根……

陳奇木驟然驚醒，他的腳踢在牆上，疼痛難忍。原來自己還在南越的監獄裡。他想起剛才的夢，彷彿眞事；看看眼前的處境，又彷彿做夢！他從平地爬到山上，用了好多年的時間，而從山上跌落深淵，僅僅一瞬。他猜想「華夏」公司肯定破產了，莫大哥會怎麼樣，妻子、岳父，還有兒子，又會怎麼樣，他想像出十幾種圖景，啊，不想了！眼下只有一個念頭，活下來，只要人在，從零做起，哈哈，我永遠「從零做起」，他又想起希臘神話裡有一個大力士，推巨石上山，快到山頂，巨石滾落，回到山下，他又奮力向上推，又快到山頂，巨石又滾落，又回到山下，如此這般，周而復始，這個大力士才是眞英雄啊，他叫什麼名字來著……忽然間，槍炮聲大作。他知道這是越南南方游擊隊與西貢政府軍在交火。他走到鐵柵欄門前，一看，幾乎所有囚犯都擠在鐵柵欄門前，往外張望，卻不見了看守。轟隆隆一連好幾聲巨響，這所監獄被炮火擊中了。大概有柵欄門被炸開，幾個囚犯跑了出來。陳奇木大聲呼喊，囚犯們把一個個柵欄門砸開。陳奇木跟著難友們越獄逃跑了。

難友們跑到叢林裡隱蔽起來，等待著夜幕降臨再行動。到哪兒去呢？陳奇木打算到西貢，由西貢回香港。難友中有好幾個唐山客家人，有一位原籍大埔湖寮鎮，姓龍，叫龍維元，他有親戚在堤岸烏梅街，他告訴陳奇木，堤岸那裡有很多潮汕人。陳奇木便和龍維元做一路。也怪，他們一上路，槍炮聲沒有了！後來聽說西貢已經被越共解放了，南北方統一了！

陳奇木和龍維元一路跋涉，好不容易到了堤岸，寄宿在烏梅街老龍的親戚家中。陳奇木自覺著他和越共做過生意，新政權一定會幫助他重返香港，第二天便迫不及待去找當局準備陳述經過，誰知一無結果，他連政府的門都進不去。他沒有氣餒，打算第三天還去。可是，就在這天夜裡，烏梅街的華人挨家挨戶男女老幼一個不剩全被趕上軍隊的大卡車，送往所謂新經濟開發區。陳奇木和龍維元因爲不在冊，急忙溜走。

他們望西而行，忘記了歲月，只記得進入柬埔寨時候，恰好夜半月出，寂靜的夜空突然響起刺耳的槍炮聲。原來越南軍隊入侵柬埔寨。陳奇木對龍維元苦笑著：「越南軍隊是在追我們吧？從西貢追到金邊！」他們在槍炮聲中繼續西行，又被同樣逃難的人群沖散了。逃難的人越來越多，都朝西走，潮水一般湧向泰國。

這裡是泰柬邊境，泰國一方，一個個帳篷連綿不斷，聯合國稱作難民營，而準確的名稱應該叫作被政治家的戰爭鞭子驅趕到陌生荒野的羊群的圈子。

難民們排成長隊，領取泰國救濟人員分發的食物。改名陳森的陳奇木，排在中腰，他顯得憔悴，疲憊不堪，唯一生動的是那雙眼睛，依舊閃爍著堅毅的光芒。他本想回香港，但考慮到那邊情況不明，又不敢貿然歸去，公司破產了，他拿什麼抵債？不如且做難民，聽說聯合國正在討論印支難民的安置問題。

有幾個潮汕籍的難民跑到隊列前面舒頭探腦，然後假裝瘋魔同前邊的人搭話，乘機夾塞兒，怡然自得，似乎占了便宜，用潮州話高談闊論。

被擠到這幾個潮汕人身後的難民憤怒了，高聲喊道：「到後邊排隊！」

這幾個潮汕人不理睬，裝聾作啞。後面的難民更加憤怒，再度高喊。這幾個潮汕人中有人大言不慚地說：「我本來就排在這裡！」

有人反駁：「胡說！你剛剛夾進來的！」

這個潮汕人居然撒謊：「我排了半個鐘頭了！我們站隊時候，你還在西貢呢！」另一個潮汕人更說起俏皮話：「不在西貢，在胡志明市！」幾個潮汕人哈哈大笑起來。

顯然被激怒的幾個難民上前把一個夾塞兒的潮汕人拉出行列。雙方推推搡搡，竟動起手來。「×你母！」一時間操潮州話的潮汕人不問情由，咸來助戰。人多勢眾，潮汕人占了上風。

「住手！」一聲大喝。

雙方回頭一看，是陳奇木。陳奇木走到戰鬥的中圈弧，不緊不慢地說：「請問，當越南人深更半夜闖入你們的家，假借查戶口把你們趕到大街上的時候，當越南人強盜一般沒收了你們的財產，把你們押上軍用卡車的時候，當越南人強迫你們在新經濟開發區做牛做馬的時候，你們有誰敢同他們動武？有誰敢從牙縫裡迸出半個『不』字？」

難民們被陳奇木的提問震懾住了，鴉雀無聲。

一個微弱的聲音在辯解：「越南人手裡有槍……」

陳奇木繼續說：「不錯！越南人手裡有槍，所以我們被迫當了難民！難民，就是我們共同的名字！不管你是潮汕人、客家人，還是閩南人，大名都叫作難民！難民這個名字表明大家的命運是相同的。我們難民之間有什麼理由打架鬥毆呢？我知道我們難民中有不少親友死了，有傷病死了的，有出逃死了的，我們這些倖存下來的人，難道不該活得堂堂正正嗎？」

難民們被陳奇木的道理說服了，默默地聽著。

陳奇木接著說：「我是汕頭人，我要對我們潮汕弟兄說幾句話。潮汕人幾百年前就飄洋過海，向來以奮鬥著稱，也以抱團出名。奮鬥需要團結，抱團是一種團結；但是抱團之上，還應該有公理在。爲了搶先一步得到人家救濟的一點食物而抱團打架，不應該是我們潮汕人的品行！」他對一個潮汕人說：

「阿弟，我看見你是後來才到的，請你到後邊排隊！」

那個潮汕人順從地向後走去。其餘幾個潮汕人也跟著向後走去。先頭那個潮汕人忽然回過頭來發問：「阿兄貴姓大名？」

陳奇木回答：「免貴，姓陳，陳森。」

一時井然有序。分發食物的泰方人員豎起大拇指誇獎陳奇木：「你是個首領！」

陳奇木的帳篷從此成了潮汕人的「會館」兼「門間」。

一個炎熱的中午，聯合國對印支三國難民的安置下達了，這裡的難民被安置在法國巴黎十三區！

潮汕人欣喜若狂，高喊著：「巴黎！巴黎！巴黎！」

「聽說巴黎是世界著名的花都！」

「聽說法國人都很富！」

「富是人家的，我們還不是草根？」

有人歡呼，有人應和，有人反駁，於是，七嘴八舌議論起來：

「聽說巴黎的十三區，最窮最破，法國人都不願意住！」

「那當然！你是難民，草根階層，還能讓你住高樓大廈？」

「聽說巴黎十三區還有黑社會的據點呢！流氓、小偷，還有吸毒，什麼人都有！」

「管不了那麼多了，先逃出去是正路！」

這時，陳奇木走了過來，大家一窩蜂圍住了他，要聽聽他的高見，這位阿森兄笑了笑：「潮汕人窮到分文無有都能活下去！只要人在，什麼都會有！到巴黎十三區，不過是……」他故意略作停頓，「又搬了一次家！」

陳奇木的話引來了一片贊許聲。

潮人的確是這樣認識的！聯合國做出決議，安置印支三國難民，數以萬計的潮汕籍華僑被安置在美洲、歐洲和澳洲。巴黎十三區成爲潮汕籍華僑的一個新的居留地。世界歷史上留下了一行文字：海外潮人大遷移。

塞納河蜿蜒穿過巴黎，兩座河心島令人神往，斯德島上有聞名世界的中世紀哥德式大教堂巴黎聖母院，聖路易島上有十七世紀建造的沉積著歷史文化的街道和屋宇，塞納河畔風光綺麗，著名的藝術寶庫羅浮宮就坐落在這裡，塞納河西岸的艾菲爾鐵塔是巴黎的象徵，東岸的巴士底廣場是大革命的聖地，而蒙塔特區遍布咖啡館和酒吧，則是夜生活的中心。巴黎美，最美塞納河！然而，對於只求溫飽的陳森他們來說，塞納河不啻咫尺天涯！他們必須在十三區這個藏污納垢的淵藪裡立足。

就在一座廢棄的倉庫內，陳奇木召集一群潮汕人在商議今後的生計。他說：「我提議成立互助會。老一輩華僑叫作雷公會。這是一種純屬民間集資的形式……」

「什麼叫雷公會？」

「最簡單的形式是大家把救濟金匯集到一起，先歸一人使用，以後每月一輪。」

人們議論開了：

「這辦法好！目前每個難民的救濟金是二百五十美元，節衣縮食，五十元夠了，拿出二百元來，十人二千，百人二萬，可以開個小店了！」

「對！竹籬（籬笆）扶起就是牆！有個小店也方便大家，錢還不外流！」

「哎！要是這錢歸我用，生意失敗了，我還債都還不起，還不跳進塞納河呀？」

「你這個人怎麼先想到輸，爲什麼不先想到贏？」

「這可說不好，不是想贏就能贏的……」

「是呀！人，各人各樣！有人高，有人矮，有人肥，有人瘦，十隻手指伸出來還有長有短呢！我看一切都是命裡註定，千斤力抵不上四兩命！」

「不錯！過番人哪個當初不慘？老輩人說，一溪目汁（眼淚）一船人，一條水布去過番。你們看，來時候都是一個市籃一甕水，可一二十年過後，你再看，有人做了大富翁，有人當了番乞丐。誰富誰窮，全在命！」

「哎，聽阿森兄說說！」

陳奇木笑了笑：「鄉親們信得過我，我就說一句潮汕的俗話……」

「什麼俗話？」

「欲拚正會贏！」

有人鼓掌。

陳奇木繼續說：「三分天註定，七分靠打拚，欲拚正會贏！全世界都知道潮汕人會耕田，雙季稻，加上套種、間種和輪作，一畝地可以打一二千斤糧食，澄海最高單產二千八百斤！可是未必有很多人知道潮汕人還會耕山，耕海，耕沙！」

「怎麼講？」

「山上植林，間種水果，這是耕山；灘塗養殖，飼魚放蚶，這是耕海；沙地換土，栽種柑橘，這是耕沙！」

「對！對！是這樣的！沙地上挖個大坑，塡上熟土，就可以栽柑種橘！」

「如今，我們在海外謀生，最快捷的辦法是要有一把刀！」

「什麼？一把刀？」眾人大吃一驚，似乎大惑不解。

陳奇木解釋：「當然不是去搶劫銀行，是一把菜刀，開飲食店！我讀過《猶太人賺錢絕招三十手》，第一招就是瞄準嘴巴！」

有人發出笑聲。

「餐飲業本小利大，當天下本，當天收利，資金周轉快。等到資本雄厚了，再投資地產、金融、信貸、保險、國際貿易，在世界商場上，沒有什麼行業潮汕人不敢做的！諸位，兄弟說得對嗎？」

一片鼓掌聲。

有人提議：「雷公會頭個月歸阿森兄了！」

「贊成！贊成！」

不到兩三天，巴黎十三區一隅，出現了一個華夏潮菜館，二十四小時燈火通明。

這天深夜，陳奇木正在算帳。店堂裡進來一個人，喊著：「阿森兄！」

陳奇木大吃一驚，原來是當初的難友湖寮人龍維元：「你是老龍！你也在巴黎？」

「是呀！我一看華夏潮菜館，就猜出是你！」

陳奇木趕緊讓座，沖茶。

「阿森兄，我和香港聯繫上了！」

「啊！眞爲你高興！我給香港的信還沒有回音。那，你想去香港？」

龍維元搖搖頭：「不發財無面目見江東父老呵！」說著取出一張舊報紙包著的兩個林檎，「這是香港親戚託人帶來的！這林檎是你們潮汕的土產，我轉送給你了！」

林檎，學名番荔枝，是嶺南佳果，潮汕所產以樟林一地為優，皮如積翠，肉似凝脂，甘甜滑潤，醇美清香。泰國、越南、柬埔寨有類似林檎而稱釋迦者，個頭比林檎大得多，十分可口。陳奇木看著林檎，忽然想起不知是誰寫的兩句詩：

佳果何曾珍李柰？

至尊一品是林檎。

他不由一陣心酸，眼淚欲流，驀然發現林檎上有紅漆書寫的字樣：「沈三」。這是果農的名號，這種習俗唯樟林獨有！他驚呼起來：「這是樟林林檎！」他想起香港，想起潮汕熱土，樟林離南浦不算遠，他頓時落下傷心的淚水，把林檎還給龍維元：「龍兄，你拿回去吧！我捨不得吃它！」

龍維元想了想，放下林檎：「那就放在你這裡吧！潮汕鄉親到你這裡就會看見它，就會記著我們的唐山！」

陳奇木點點頭，把林檎鄭重地供奉在關帝君的神龕前。龍維元告辭出門。陳奇木送走了朋友，無意間拿起那張包裹林檎用的舊報紙，是香港報紙，忽然間，標題上一個個漢字跳進眼裡：

「大陸『四人幫』束手就擒」……

「鄧小平東山再起」……

他驟時覺得那邊的天地正在變色。

3 北郎村

「哈哈哈……」正房客廳裡飛出一串串笑聲。原來蔡方蘇和鄰居小沈、小孫夫婦，還有牛伯，正在喝工夫茶。

似乎受主人情緒的感染，花木頓時茂盛，飛鳥也來啾啾。此情此景，一如王摩詰的詩句：

花迎喜氣皆知笑，
鳥識歡心亦解歌。

這座歷經滄桑的小院如今重睹芳華。噢，豈止這座小院，聽說古渡口的大榕樹如今又枝繁葉茂了，世間萬物都有靈性啊！

蔡方蘇已經回到地委副書記的崗位上來，他五十多歲了，雙鬢微霜，眼角也多了幾道魚尾紋。小沈（似乎不便再稱「小」了）四十上下，小孫年輕點也三十出頭了，牛伯呢，皤然「信天翁」矣！

只見小沈眉飛色舞：「聽說北京造反派鬥侯寶林的時候……」

牛伯人老了，反倒多話：「侯寶林是什麼大官？」

小沈笑了：「什麼官也不是！最會說相聲……」

牛伯直搖頭：「說相聲，招誰惹誰了？」

小沈接著說：「聽說侯寶林自己做了一頂高帽子，撐開了是高帽子，捏緊了是『香煙盒』。批鬥會剛開始，不用別人動手，他自己摸出『香煙盒』，撐開了，戴在頭上，逗得大家直樂。主持人剛喊完口號，高帽子突然『噌』的一下冒出一根雞毛，還挺長，大家又樂了，直笑得前俯後仰，批鬥會開不下去了……」

蔡方蘇一聽，哈哈大笑。

牛伯偏認眞：「那個侯什麼……會變魔術？」

小沈只能人云亦云：「聽說是裡邊裝著彈簧。」

小孫也不甘落後，或許是女性的緣故，她記住了女演員的軼聞：「哎，我聽說北京有一個戲曲演員，很出名的女演員，讓人鬥慣了，不在乎，有一回人家鬥她，要她交代反黨罪行，她說，『我熱愛黨，熱愛毛主席！』人家批判她說，『你說的比唱的好聽！』她說，『不，還是唱的好聽！』還眞唱了一句『蘇三離了洪洞縣』，這《蘇三起解》劇團裡哪個不會唱？這下子全場唱起《蘇三起解》來——

蘇三離了洪洞縣，
將身來在大街前，
未曾開言我心中慘，
過往的君子聽我言……」

「好嘛，批鬥會變成了演唱會！」

大家又笑了一陣。

蔡方蘇笑得直擺手：「胡編！胡編！那時候誰敢呀？不砸爛你的狗頭才怪呢！我挨批鬥，也不知道多少回了！只想著一件事……早一點散會！」

院子裡有人高喊：「方蘇！」

蔡方蘇一看，是黃東曉！高喊一聲：「東曉！」便跑到院子裡。

這二位風風雨雨幾十年的老戰友親熱地互相拍著肩膀。

「嘿！就像做了一場噩夢！」黃東曉感慨起來，「頭髮白了！腿腳也半殘了！」

蔡方蘇仔細一看，更有發現，黃東曉瘦削的臉上，鼻翼往下，多了兩道深深的騰蛇紋。他倆攜手進屋。

小沈、小孫和牛伯得體地告辭。

「來，換一泡白葉單叢！」蔡方蘇說著動手沖工夫茶。

「好呵！人生難得幾回心無旁騖喝工夫茶！」黃東曉品味著白葉單叢，卻又心有牽掛，「哎！是你把我召回來的吧？」

蔡方蘇神秘一笑：「我哪有那麼大權力呀？你是省管的幹部！」

黃東曉苦澀一笑：「屁！他媽的！我這個科級幹部還驚動過黃永勝，後來又不知道驚動了誰？貶到粵北連南農場，一去十年！名義上下鄉務農，實際上勞改！」

蔡方蘇拍著黃東曉的肩膀：「得了！這一頁翻過去了！從頭再來吧，向前看！」

嗚呼！這種貌似深明大義的說法，成功地淡化了歷次政治運動迫害人權的性質，阻止了歷史對於罪惡的清算。

黃東曉還想說些什麼，蔡方蘇卻不容分說，把他那「母親打兒子」的論調發揮到底：「你我都來日無多，得抓緊時間幹點實事了！所以我力主你出山抓抓商業。」

黃東曉是個直腸子人，未改昔日的豪爽：「我猜就是你鬧的鬼！」

蔡方蘇依然一本正經：「汕頭這些年發展太慢了！二十世紀初，汕頭就有鐵路，有電燈、電話，解放前，汕頭港的呑吐量穩居全國第七位，一度達到第三位，汕頭一直處在領先的地位！可是現在，你上街看看，擺攤的還用電石燈，家家戶戶離不開煤油燈，怕停電！工作不搞好，對不起前人，也對不起後人！」

黃東曉很快就投入了：「還對不起汕頭這塊寶地呢！哎，我在牛棚時候，通讀了《馬恩選集》，恩格斯在一篇文章裡說，汕頭是當時唯一有一點商業意義的口岸……」

蔡方蘇一喜：「是哪篇文章？」

黃東曉一想：「好像是談沙俄在遠東的成功那篇，題目記不住了，好查。」

蔡方蘇迅即找書，黃東曉查到了。

「當然！恩格斯是就當時已有廣州、上海而言，也是比較而言，但也說明恩格斯獨具慧眼……」

「好！我要讓地委的同志們都來學學這篇文章。汕頭，應該讓國人因她而自豪，爲她而驕傲！來，喝茶！」

方淑雲提著菜籃子進屋，滿面春風：「老黃來了！你喝茶！」轉向蔡方蘇：「怒飛來信了！」隨即把信遞給丈夫。

「哦，怒飛在哪兒？」黃東曉關切地問。

方淑雲臉上流溢出得意之色：「怒飛上中山大學了，是恢復高考考上去的！」

黃東曉點點頭：「嗯！這孩子有出息，我一直看好他！眞是三歲看大呀！」

方淑雲眉開眼笑：「是嗎？」

蔡方蘇收信，對黃東曉說：「東曉，你該去看看小符了！」

黃東曉歎了一口氣：「是呀！可我今天剛剛報到，過幾天吧，等工作安排好了就去看她。」

蔡方蘇搖頭：「不不不！明天是禮拜天，明天就去！我陪你去！」

黃東曉何嘗不想早一日見到自己的女兒！女兒插隊後不到一個月，他自己就被調離了汕頭，一去就是十年啊！有多少個不眠之夜，他思念著這世上唯一的親人。女兒嫁給吳大目的事，他還是事後很久才知道的！在粵北連南農場，他一直被看管著，連探親的機會都沒有！一想起這些往事，就有切膚之痛。「文革」，早該徹底否定了！他和蔡方蘇坐在一輛北京造的二一三吉普裡，默默地抽著煙，任吉普在山路上顛簸，下意識地看著嫋嫋青煙向車窗飄去，那青煙一出車窗，立時散逸。

這裡是潮汕的山區，丘陵地帶無高山，卻連綿。從南邙到北邙只幾里山路，卻迂迴曲折，上坡下坡，吉普車費盡氣力。山迴路轉，忽然傳來哀哀哭聲，由遠而近。是送葬的隊伍！隊伍一如舊時代的樣式，白幡先導，棺木在前，後隨披麻帶孝的家屬，再後是綿延不絕的送葬人群。爆竹聲猛然響起，出殯的行列迎面走來。

蔡方蘇吩咐司機停車路旁，待人群走過。

司機發現旗幡有字，低聲念：「騎、鶴、西、去……駕、返、瑤、池……」

蔡方蘇解釋：「死者是一位女性。」

黃東曉猜想：「這麼隆重，大概全村人都出動了，看來像是輩分很高的老祖母！」

蔡方蘇歎息著：「多年來我們一直提倡火葬，說起來容易，做起來很難。山區地方恐怕更不容易推廣。」

吉普車繼續行進，很快來到北邙圓寨。圓寨如空城，了無聲響。

司機發現簷下一個老婦人，便招手。老婦人沒有理睬。原來是盲人。司機只好上前詢問：「請問，吳大目家在哪兒？」

「上樓去，三層上，右手邊頭一間。」

司機引黃東曉、蔡方蘇上樓，三層上頭一間門前白紙黑字！三人大驚失色。

是吳大目？……可是，駕返瑤池分明是……黃東曉急急下樓，去問那盲老婦：「吳大目家裡，誰……去世了？」

「那好姑娘死了。」

「她叫什麼？」

「叫小符。」

黃東曉頓時踉蹌幾步，蔡方蘇和司機急忙扶住黃東曉。

過了好一會兒，黃東曉涕淚縱橫：「小符，我來晚了……」

蔡方蘇問盲老婦：「小符怎麼會……」

盲老婦歎息一聲：「難產！哎，也怪大目呀，犯了煞神，剋了符姑娘！」

黃東曉痛呼：「小符！」往外跑去。蔡方蘇和司機趕緊扶黃東曉上車。

二一二吉普跑了起來……

野山坡上，一丘新墳。遠遠望去，是密密麻麻的喪服。

黃東曉、蔡方蘇和司機奔上山坡。

「小符！小符！」黃東曉哭喊著。

喊聲驚動了肅穆的人群。

吳村長，就是從前的吳隊長，大隊撤銷，復改作村，隊長復歸村長，他怒目而視。

黃東曉撲向新墳。

吳村長上前攔住：「你是……」

司機解釋：「小符的爸爸。」

吳村長愣住了。

只見吳大目蹣跚走來，他似乎一下子蒼老了二十歲！他走到黃東曉面前，淚流滿面，「撲通」跪地。

吳村長緩過神來，低聲宣布：「鄉親們，這是符姑娘她爹！」

村民們一齊轉身，朝著黃東曉「撲通」下跪，齊刷刷、白茫茫一片。他們為自己心目中的聖女跪拜養育了聖女的偉大父親！

黃東曉始料不及，愣了片刻，緩緩回跪，止不住雙淚長流。

少頃，蔡方蘇扶起黃東曉。

黃東曉發出低啞的聲音：「請鄉親們起來吧！」

村民們如聞聖諭，緩緩站起。

蔡方蘇對吳村長說：「這麼大的事情，為什麼不告訴一聲？」

吳村長解釋：「去過人了，找不到呀！」

蔡方蘇指著黃東曉對吳村長說：「他是地委的幹部，為什麼不到地委找我們？」

吳村長低頭無語。

一個老人顫巍巍上前，激憤地說：「找你們？你們是什麼人？符姑娘到我們北邙多少年了，你們來過一個人嗎？符姑娘是好是歹你們過問過嗎？你們倒挑我們的理了！」

司機生氣了，大聲喝道：「他是地委蔡書記！」

吳村長一驚，急忙賠禮：「蔡書記，他是我爹，不懂道理……」

老人更加憤怒：「×母！你這刺仔！誰不懂道理？書記，書記怎麼了？書記也是父母生父母養的！我告訴你，符姑娘是我們北邙的女兒！你們不認她，我們認她！」

蔡方蘇感到愧赧：「老人家！你說得對！你大概不知道，那年月，我們都挨鬥，行動沒有自由。小符她爹不是不來看她，他是來不了呵！」

老人反問：「來不了？他在汕頭，也不在天邊，爬也爬得到！」

吳村長快急哭了：「爹，求你別說了！」

蔡方蘇沉痛地說：「老人家，他那時不在汕頭，他受『四人幫』爪牙的迫害，行動不自由呵！他的腿，也讓人家打殘了！」

老人一下子傻了，好半天沒緩過神來，他淚眼模糊望著黃東曉：「小符她爹，我錯怪你了！我給你……」說著就要跪下。

「不不！」黃東曉急忙扶起老人，「我感謝你們替我盡了一個父親的責任！」

眾人又向新墳走來。墓碑上只有五個字：「符姑娘之墓」。

黃東曉久久凝視著。有村民遞來紙錢，黃東曉取過紙錢，用手撚著，一張又一張，丟進火盆裡……

墳地上響起串串鞭炮聲……

司機扶著黃東曉進了吉普車。吳村長欲攔不得，他很想留住這位親翁，卻不敢堅持，只能絮絮地對蔡方蘇說著什麼。

車在山路上艱難地行進。車內，一無聲息。過了好半天，蔡方蘇不安地低聲：「東曉，那墓碑上的字不對吧……」

黃東曉沉吟：「沒寫錯。」

「符姑娘，變成姓符了……」

「就姓她媽媽的姓吧！我是個不稱職的父親！北邙人認她做女兒，供她神位，我感到安慰，我知足呀！」

從北邙回汕頭，回程頭一站是南邙。

村頭路邊，一男一女在爭論。

男的是林建華，爲難地說：「人家現在正遇著喪事，我怎麼張得開這張嘴？」

女的是沈春柳，訓斥著：「臭浪屎人！有什麼張不開嘴的？你不想想，這樣的好機會上哪兒找去？過了這村沒這店！靈精狗去吃隔夜屎，晚了，還不知吃得著吃不著呢！再說，喪事也是喜事……」

林建華吃驚地望著妻子：「你怎麼這樣說話？」

妻子卻是一副挑戰的神情：「怎麼？不對嗎？紅白喜事嘛！誰家都會遇上，這有什麼？少見多怪！」

吉普車從山坡上緩緩駛下。

沈春柳精神振奮：「看！車來了！」

林建華扭頭欲走，沈春柳一把拉住，推他上前。林建華死活不肯。車近了，沈春柳不再理睬丈夫，逕自大踏步站在路中央。

司機以爲沈春柳欲搭車，一邊擺手，一邊按喇叭，又見沈春柳紋絲不動，他只好停車，狠狠罵了一句：「不要命了！」

凶拳打不得笑面，只見沈春柳樂樂呵呵：「是黃東曉黃主任的車吧？哦，是林建華想見黃主任！」

黃東曉聞聲，探出頭來，一見林建華，便下了車。

林建華只好上前：「黃伯伯！小符她……」

黃東曉立時慘然，少頃，緩過了情緒：「哦，建華，你好嗎？」

「嗯，還好吧，還好……」

「好什麼呀？」沈春柳搶上前來，「黃伯伯，我替他說了吧！哦，你不認識我，我是他愛人。他想請你幫忙落實政策……」

「建華的？」

「是呀！回城。他祖父早死了，祖母前幾年死的，父親今年也病死了……」

黃東曉歎息一聲：「建華，你家裡還有什麼人呀？」

「我媽，大哥，還有一個妹妹。」

黃東曉沉吟著：「按照政策規定，你祖父、你父親的工作崗位，子女是可以頂職的……」

沈春柳急忙搶過話頭：「那就麻煩黃伯伯費神給我們落實啦！」

黃東曉想了想：「只要符合政策，我會盡力的！」

沈春柳笑容可掬：「謝謝黃伯伯！」

林建華也跟著說：「謝謝黃伯伯！」

吉普車又上路了。

望著滾滾車塵，沈春柳神采飛揚：「你看，你看看，解決了！哼，人家動一動嘴，賽過你跑細了腿！」鐵姑娘做了個走狗的樣子。

林建華苦笑：「我成了狗啦？」

「你還不如狗呢！狗還能汪汪幾聲，你連屁都不敢放！哼！我不攔車，能這樣痛快嗎？你呀，讀了那麼多年書，管個屁用？書理通，人理不通！」

「我讀的那些書，早就還給老師了！」

夫妻倆調侃著往村子裡走。

吉普車上了公路，飛跑起來。一路無話。黃東曉回憶著女兒，從她呱呱墜地到十六歲去北邙插隊，十年，她今年該是二十六歲，白髮人哭黑髮人，他不由流下了傷心淚……突然間，他想起妻子符英芬，阿芬死的那年，也是二十六歲，也是死於難產！彷彿冥冥之中有一種無法抗拒的力量！他突然大叫一聲，暈倒在座位上。

蔡方蘇大驚失色：「你怎麼啦？阿東！阿東！」

黃東曉恍恍惚惚，似乎身在普寧大南山上的茅草叢裡，心口中了一槍，腿肚子被彈片打了個洞，汩汩地冒著血，他想這次大概要「光榮」了，仰頭望天，天是那麼藍，跟藍寶石似的，雲是那麼白，跟新棉花似的，四圍是那麼靜，靜得出奇……他忽然聽見有人叫「阿東」「阿東」！是游擊隊遇著麻煩，還是游擊隊打了勝仗？他突然醒轉過來，他幾十年沒聽見有人叫他「阿東」了！他茫然失神：「誰，誰叫阿東？」

蔡方蘇鬆了一口氣：「是我，阿蘇。」他也不知道自己爲什麼突然稱呼起戰爭年代各自的名字。

「阿蘇！」黃東曉哭了起來。

蔡方蘇也止不住流下熱淚。過了一會兒，他對司機說：「小韓，明天你送黃主任到地區醫院，讓醫生給他做全面體檢。」

司機顫聲應著，分明帶著哭音。

4「落辦」

隨著汕頭市區的擴大，南浦已經納入市區，改爲區的建制。曲鐵柱官復原職，又成了區委曲書記。他也五十多歲了，頭髮灰白，但精力依然旺盛，這大概得益於能吃能睡。「文革」時候他沒少挨鬥，可他沒有失去信心，他說他就是不信羊上樹，信那份邪呢！他料定那幫造反派鬧騰不出個大天來，嘿嘿，兔子尾巴能長得了嗎？看著造反派掌權時候經常鬧笑話，他開心極了，對楊碧君說，瞧瞧，要是兔子能駕轅，要大騾子大馬幹什麼？楊碧君怕他惹事，勸他少說話，他一笑置之，照吃照睡不誤。造反派說他是廁所裡的磚頭，又臭又硬，他竟哈哈大笑。南浦人背地裡不得不承認，曲鐵柱是一條硬漢子，不吐軟話。近年來中央撥亂反正，他大刀闊斧整頓南浦，工作幹得有聲有色。南浦的刁民也賤，不來橫的啥事也辦不了，給幾棒子他才舒服。此刻，他正在批閱材料，還有相當數量的政策落實工作等著他去處理，其中自然也有叫他感到棘手的事。他坐著坐著，忽然覺得那座位不大舒服，頗有異樣之感。他站起身，察看椅子，並無異物，又坐下。少頃，他猛然想起，自家點點頭，高喊：「小蕭！」

辦事員小蕭迅即進屋：「曲書記！」

曲鐵柱追憶著：「我原來那把藤椅哪兒去了？高高的靠背，長長的扶手，扶手上還有一個小圓洞，可以放茶杯……我記得是梅縣出產的，好像花了五塊錢，哎，那時候五塊錢不得了啊！」

他指著跟前這把木椅：「這把椅子怎麼看怎麼彆扭！」

小蕭十分爲難，「文革」前的東西早沒有了！曲鐵柱心裡明白，擺一擺手：「嗯，算了！哎，林海陽的媳婦來了沒有？」

「張青筠在傳達室等了半個鐘頭了，沒你的同意，她不敢來。」

「快！叫她來！」

有頃，張青筠來到區委書記的辦公室。曲鐵柱爲張青筠倒了一杯白開水。張青筠慌張地站了起來，誠惶誠恐。

「坐吧！坐吧！林嫂呀！這些年苦了你們了！現在是苦盡甘來呵！我代表區委宣布，從今天起，林耀祖同志、林海陽同志的右派分子問題改正了！」

張青筠目瞪口呆，半晌：「摘……摘帽子了？」

「豈止摘帽，是改正，改正了！沒問題了！」

張青筠登時感激涕零，嗚咽不能成聲。這個張青筠，也算個小知識分子，身處社會底層，只看到官方編織的謊言，對社會制度的改變根本不抱希望，她的目標只是盡量避免更多的災難，她永遠馴服地接受現實。

看見張青筠激動的樣子，曲鐵柱忽然感到內疚，當年反右，在大祠堂……那一幕幕活劇歷歷在目，分明是「引蛇出洞」啊！他不知自己該不該道個歉，便安慰著說：「林嫂，從前的事一風吹了！」

張青筠邊拭淚邊道謝：「感謝黨！感謝人民政府！感謝曲書記！」

曲鐵杜眞的惶恐了：「哎！感謝黨，感謝政府，是對的，感謝我就不對了！落實黨的政策，是我應盡的義務！」

多好的人話！張青筠想起「文革」中曲鐵杜落難，挨過鬥，遊過街，走到今天也眞不容易，她由衷地感謝曲鐵杜：「曲書記，你前些年也沒少受罪，還這樣關心我們！」

「應該的！應該的！」曲鐵杜主動提出具體問題，「哦，你兒女的工作……」

「老二建華在南邙十多年了，他希望回南浦，曲書記你看……」

「林嫂，你放心吧！我這個區委書記可不能光吃人民的大米飯！」

小蕭抬進一把轉椅，直喘粗氣：「曲書記，你看這把轉椅怎麼樣？」曲鐵杜左看看右摸摸，又坐下來轉一轉，點點頭：「唔，新的更好！眞是舊的不去新的不來！」

張青筠見狀，不便說什麼，便起身告辭。

曲鐵杜喊住：「林嫂，你還有什麼意見和要求？」

張青筠直擺手：「沒有，沒有。」

還是曲鐵杜想了起來：「哦，經濟上一些問題，去落辦找劉主……」

張青筠糊塗了：「落辦？劉主？」

張青筠不熟悉時尙的官方語言，就連「公家人」也時常跟不上形勢，因爲官方用詞豐富而簡約，變化尤其神速，幾乎到了「爆炸」的臨界，諸如「兩個堅持」、「三個反對」、「四個必須」、「五個不要」之類，還有什麼「掃黃」、「批污」、「嚴打」、「深挖」等等，中央有正當的傳媒管道，層層貫徹，地方自然也有辦法效而仿之，比如林嫂聽不懂的這個「落辦」，就是地方上的一例創造。

曲鐵杜一笑：「落辦嘛，就是落實政策辦公室，劉主……你認識的，『文革』前在我手下跑腿，小劉！哦，這樣吧，小蕭，你帶林嫂去找劉主任，劉主！」

張青筠千恩萬謝，隨小蕭而去。

曲鐵杜坐在轉椅上，一種舒適之感油然而生，當然，棘手的事還有，慢慢來嘛！他抓起電話筒，撥號：「喂，碧君，晚上給我燒幾個好菜……拜託夫人了啊！」

張青筠從區委大院出來，順便在街上買了香、蠟和紙錢，這些當年的「迷信品」如今又時興起來。她回到橫街轉角的家。

林家這幢二層半的蠡廬是半年前由林建中出面討回來的。廬中格局雖無大變，細部卻迥異從前。門窗戶扇的金漆木雕不見了，當年林耀祖最爲得意的是二樓客廳通往陽台的隔扇，那是八幅多層次鏤空的透雕，也叫通雕，如今代之以一窗一門一堵薄牆。樓下的隔板和「樓棚仔」被拆除了，半人多高的大灶也被拆除了，張青筠記得一九五〇年解放大軍進城，曾經借用過這個大灶，大鍋煮餃子，用完後留下一大碗餃子給林家，婆婆吃後直誇北方的餃子好吃。不過，蠡廬的主人如今相當滿足，雖非完璧，到底歸了趙。

樓下，供桌上擺著香蕉、橘子、束砂、米潤、山棗糕、煙和酒等祭品。張青筠明燭焚香，拜祭公公，告慰丈夫。她拿起一疊紙錢，呆呆地看著，這是潮汕地區特有的紙錢，紙的兩面都刷上長方形的錫箔，其中一面還刷上黃梔水，畔黃畔白，稱「銀紙」，也稱「祖公錢」，她不知道這黃白是不是代表金銀，她更希望這是寄往另一個世界的書信，替她傳遞右派改正的消息。她把一張張冥紙點燃，投入舊鐵桶內，口中不住地念念，臉上淚水交流。

林家的小女兒林明子放學回家，看見媽媽的樣子，知道又是拜祭阿公和阿爸，她悄悄放下書包，默默地跟著母親燒紙錢。

「媽！」樓上傳來一聲喊。

張青筠沒有理睬。

「媽！」林建中喊著下樓梯，看見母親還在燒紙，只好站在樓梯半腰。

張青筠祭畢，擦乾眼淚，抬起頭來：「建中，什麼事？」

「媽！建華什麼時候回城？」

「快了！快了！落辦，劉主……答應以最快的速度……」

「他住哪兒？」

「住哪兒？自然是住家裡。」

「自然？家裡住得下嗎？你，明子妹妹，還有小光，住樓下，我們夫妻住樓上，哪兒還有地方了？」

「那你說建華和春柳，還有小亮，該住哪兒呀？」

林建中以一種毋庸商量的口氣，斬釘截鐵地說：「讓他們出去租房！」

張青筠驚呆了。她望著祭案，父是天，母是地，吃著果子憶著枝，你不來祭公祖也就算了，可你……她望著眼前這位長子，這位當初因爲「政審不合格」考不上大學便毅然與家庭「脫離關係」的長子，彷彿陌路相逢的陌生人！她，不想說話了。

一時沉默著。祭案上，香在焚心，蠟在流淚，紙錢成灰……

落實政策的工作困擾著各種各樣的人！

汕頭地委蔡方蘇的辦公室裡，曲鐵柱正在彙報：「……林家的問題全部落實了，林建華頂職，到了夢谷中學，他文化水平不夠，沒辦法，也只好安排到行政組打打雜了……」蔡方蘇點點頭。

一個棘手的問題擺在蔡方蘇和曲鐵柱的面前，這就是陳奇木的問題。曲鐵柱爲難地攤開雙手：「蔡書記，唯獨陳奇木的問題最辣手……」

蔡方蘇一笑：「棘手。」

曲鐵柱有些尷尬：「對！棘手！這詞我老記不住。陳奇木，當初沒有正式戴過什麼帽子，他又沒有正式工作，實在難辦！監獄說坐牢的事早已結案，別的事他們不管；夢谷中學說陳奇木是臨時工，沒做多久就走了，他們也不肯接手辦理……」

蔡方蘇想著，曲鐵柱說的是實情，但問題是怎麼造成的呢？當然，也不能推到曲鐵柱個人身上。只聽曲鐵柱繼續說：「……『文革』中鎮委的檔案讓造反派給毀了！沒有原始材料，就更難著手啊！」

「你的意見呢？」蔡方蘇問。

曲鐵柱想了想：「陳奇木跑到香港，有人說發財了，有人說破產了，有人說死了，反正這個人已經不算中國人了……」

「怎麼？他入了外國籍？」

「這……不知道。」

「要是入了外國籍，那就更麻煩了！」蔡方蘇彷彿認眞起來。

「哦，不會的，不會的。我是說，他……人不在大陸了，是不是就掛起來？」

「要掛到什麼時候？他人不在大陸，可他的家屬在大陸呀！他母親掃了多少年大街！他妹妹受了多少委屈！」

「是呀！不過，他母親番客嬸早已經不掃大街了，老太太身體滿棒，繡花的活計也滿不賴；他妹妹陳奇蘭考上華南師院，好像和怒飛……是同一年考上大學的吧？」曲鐵柱忽然意識到什麼，走了神兒，聽說陳奇蘭和蔡怒飛在搞對象，陳蔡兩家有朝一日變成親家，陳奇木再回到汕頭……

「老曲，怎麼啦？」

「呵，蔡書記，你放心，我一定落實，落實陳奇木！不，陳奇木落實！」曲鐵柱有些語無倫次了。

曲鐵柱走出地委，回到家裡，還有些心神不定，往床上一躺。

小飯廳裡，飯桌上擺著幾樣菜。

楊碧君已經三十幾歲了，花容半凋落，風韻尚依稀。她腰繫圍裙，從廚房端上一碗湯，喊道：「吃飯了！」

曲鐵柱走了出來，習慣地坐在上首，吃了幾口菜，發現只他自己一人：「哎，小丫頭呢？」

楊碧君在廚房裡應聲：「出去玩去了。你先吃吧！」

曲鐵柱忽然想起要跟妻子談點什麼，大嗓門高喊：「碧君，一起吃吧！」

「你吃你的！」

「你在廚房幹什麼呀？」

「我把這條魚收拾出來，鍋台髒了也得擦，再把剩菜熱一熱。」

「你來吧！我有事問你呢！」

「是急事嗎？」

「那倒不很急。」

「不急吃完飯再說。我這裡忙著呢！」

等楊碧君忙完，曲鐵柱已經吃完了，他到小客廳裡又看電視，又聽組合音響，又張羅著工夫茶。

楊碧君吃完飯走了過來：「什麼事呀？」

曲鐵柱笑嘻嘻地說：「也不是什麼大事。你去番客嬸家串個門，怎麼樣？」

「做什麼?」

「拉拉關係唄!」

「我不去!」

曲鐵柱點燃起一支煙:「唉,碧君,這是工作嘛!」

「工作?這是你的工作,不是我的工作!我有十多年沒登陳家的門了!我不去!」楊碧君說罷逕自入內室。

曲鐵柱追了進去:「碧君,我琢磨著,蔡怒飛和陳奇蘭要是成了夫妻,骨邊肉,枕邊話,那蔡家還不把我當成仇人?」

楊碧君一臉冰霜:「仇人不仇人是你的事,與我何干?」

曲鐵柱死皮賴臉:「你不是我的夫人嗎?」上前摟抱楊碧君。

楊碧君奮力掙脫:「你走吧,走吧!我要午睡了!」

曲鐵柱沒趣地自言自語:「什麼時候添了毛病了?還午睡!唉!」他重新踱回小客廳,似乎百無聊賴,自家沖起工夫茶,工夫卻不到家,忙亂之中,茶甌打破了茶杯,他歎了一口氣,又抽起煙來。陳奇木呵,是我欠了你的債還是你欠了我的債?

楊碧君躺在床上,睡不著,兩眼直愣愣地望著天花板,十多年前的事翻了上來,纖毫畢現……

蔡方蘇回到家裡,又是一番情景。他有他的苦衷!二女兒精神失常,眼看快成了廢人了!他吃完午飯,正坐在沙發上看報,忽然想起公事包裡還有一封信:「哦!有一封給阿鶯的信,寄到地委,讓我轉交。在我的公事包裡。」

方淑雲去公事包掏出信來:「像是照片,你看看。」把信遞給蔡方蘇。

蔡方蘇摸了摸，點點頭：「是照片。幸虧沒弄壞。」

「誰寄的？」

「北京。」

「誰呀？」方淑雲取過信，「沒名沒姓！」說著便要拆信。

「別拆別拆！」蔡方蘇制止。

「唉！給她也沒用，她連你我都分不清楚，還能讀信？」

「是呀……可這是孩子的隱私權，我們應該尊重。送去吧！她願拆就拆，不願拆就放著，隨她去好了。」

方淑雲拿著信走進蔡鶯的房間，看著女兒正熟睡，把信放在床頭櫃上，輕手輕腳地走了出來。

「爸爸！媽媽！」蔡霞喊著進門。她已經三十幾歲了，消瘦且憔悴。乍一看，像個操勞過度的家庭婦女，很難想像出當年的粉雕玉琢，更遑論沉魚落雁，閉月羞花了！世人要想瞭解女性衰老的速度，蔡霞可為鑒。

「阿霞，吃飯沒有？」

「還沒有呢！」

「還好，飯菜都有。你看看夠不夠，不夠還有兩個『老媽宮』粽球。」

「媽，你不用管，我自己來！」

蔡霞草草吃完，從挎包裡取出筒裝奶粉、香煙等物品，盡量說得虔誠：「爸爸，這是財旺孝敬你的！」

蔡方蘇微微皺眉：「哎呀，你們經濟上也不寬裕，為什麼要破費？奶粉、香煙……汕頭都買得到嘛！」

「爸爸，這是財旺的心意嘛！」

蔡方蘇目光如炬，他已經洞燭了精明的女婿的心思，一定是有求於他了，便問：「財旺近來工作怎麼樣？順心不順心？」

「批他？爲什麼批他？他也不是革委會頭頭。」

蔡霞歎了一口氣：「『文革』後，他讓人家批了好幾次！」

「說的是嘛！可有人嫉妒他！」

聽到女兒這話，蔡方蘇沉默了，他對大女婿原本不乏認識。

「爸爸，財旺想調到汕頭。你現在官復原職……」

「怎麼？想進地委？」

「不，他說他不再過問政治了，想幹老本行，當醫生。爸爸你知道，他的醫術很高明的。」

「畢竟荒廢了好多年了！」

「他很聰明，再撿起來不難，用不了多久，他就得心應手了！」

蔡方蘇又一次沉默，少頃，他望著女兒：「既然這樣，回三河鎮人民醫院不是很好嗎？」

蔡霞似有一肚子怨艾：「好什麼呀？爸爸，三河是個小地方，又破又髒又窮又苦，簡直是個鬼地方，我們一天也待不下去了！」

蔡方蘇聞言作色：「你說什麼？」

「我說三河這鬼地方我們待不下去了！」

蔡方蘇勃然色變，厲聲喝道：「誰給你權利這樣糟蹋三河！中國革命史上誰不知道有一個三河壩！

從三河壩激戰到潮汕『七日紅』，是我們韓江人的驕傲！我就在三河鎮上搞過地工，如果沒有三河群眾的掩護，我這條命早死在國民黨的槍口下了！爲了翁財旺，你簡直成了……」

方淑雲急忙上前：「方蘇！」用手摀住丈夫的嘴巴。

蔡霞十分委屈：「爸爸看你，開口一把火，從前，你不是這樣的脾氣……」

蔡方蘇自我調控，終於平息了怒氣：「阿霞，我理解你們，希望到大地面來，汕頭又是家鄉，科研條件比三河要好得多，可話不能那樣說！三河人爲革命做出貢獻，他們聽了你那樣的話會難受的。」

「爸爸，我認錯還不行嗎？」

「阿霞，當爸爸的，能不疼愛你們嗎？我希望你們好，對翁財旺也一樣，有毛病就改嘛！」

「你答應把我們調入汕頭了？」

「哎！我只能說有這種可能，『文革』後汕頭的科技人員也奇缺；可是我不能打保票，而且我不會走什麼後門。」

「怎麼？你對女兒也打官腔？」

「什麼叫官腔？瞎說！」

蔡霞不滿地站了起來：「真想不到！你可以親自出馬爲南浦林家落實政策，從頭落實到腳……」

「林家的冤案，你不瞭解嗎？當初……」

這個「當初」深深刺痛了蔡霞的舊傷口，儘管她「當初」沒有怪罪父親，可是今天聽來，卻教她無法平靜，她憤怒了：「我瞭解！我瞭解怎麼著？我就是不明白林建華的戶口可以從農村落實到城市，而我們卻不能從三河落實到汕頭！親生女兒的事情當父親的不管，這就是好父親嗎？」蔡霞說著，哽咽起來。

方淑雲勸說著：「阿霞，有話好好說嘛！」

蔡霞嗚咽著：「媽媽，你們就當沒有我這個女兒吧！」

蔡方蘇深感痛楚：「阿霞，我看這些話不像你該說的話……」

蔡霞抬起頭來，頗爲慌亂：「不是財旺教我的，不是，不是。」

蔡方蘇長歎一聲：「阿霞呀阿霞，你越大越蠢了！」

蔡霞一雙大眼茫然失神。

蔡方蘇與方淑雲相對無言。

不知不覺中，裡邊的房門開了，蔡鷥走出房門。她身著一襲淺黃色的寬鬆睡服，朦朧著苗條的身材，素雅，清純，聖潔……

蔡方蘇、方淑雲和蔡霞吃驚地望著蔡鷥，不知所措。

蔡鷥慢慢走到三人跟前，輕聲呼喚：「大姐！爸爸！媽媽！」一個也沒有喊錯。

三人驚得目瞪口呆。

蔡鷥舉起照片，指著照片說：「這是北京天文館天象廳的天穹星圖。」

三人不由湊上前來。

蔡鷥口齒清楚，聲音流暢，若瓶中瀉水：「這是巨蟹座，這是御夫座，這是雙魚座，這是摩羯座，這是人馬座，這是天鵝座，這是寶瓶座……」

三人齊聲：「阿鷥！」喜淚涔涔，泣不成聲。

蔡霞去庭院摘了幾朵花，送給蔡鷥。

「大姐，謝謝你！」蔡鷥四望，尋找花瓶。

方淑雲忽然想起，從屋裡找出一只瓷瓶，那是當年「破四舊」時候，她偷偷藏起的那件寶貝。蔡鶯把花插在瓷瓶上，左右欣賞著，又問：「媽，好看嗎？」

方淑雲含淚點點頭：「好看，好看！」

蔡方蘇低聲問方淑雲：「這花瓶是我祖父傳下來的，『破四舊』時候沒有……」

方淑雲得意一笑：「我偷偷藏起來的。」

蔡鶯忽然插話：「媽，你藏在哪兒我知道，其實當時我也挺喜歡這個花瓶的，心想著有一天拿它來供花……」

蔡方蘇趕緊說：「這不，今天供上了！」

蔡鶯忽然不好意思起來：「爸，媽，姐，你們做什麼老看著我呀？怪不好意思的！」

蔡方蘇忽然活躍起來，居然口角春風：「鶯呀，老爸看看是花美還是人美？」

「笨蛋！」方淑雲笑罵一聲，轉頭來曲意逢迎，「自然是我女兒美了！」

「是……」蔡方蘇一連七八個「是」字。

蔡鶯嫣然一笑。

是什麼力量使蔡鶯身上出現了奇蹟？

5 重賞小偷

據說，美國有一位著名的經濟學教授說過，世界上只有兩個人會做生意：一個名字叫猶太，一個名字叫潮。自然，這說法未免誇張。

時已後半夜，巴黎十三區街上，一片空寂，獨有幾處燈火通明，那是華人的商店，霓虹燈跳躍出「華夏購物中心」，「不夜天酒樓」等等商號，一律法漢兩種文字。

一輛賓士牌小轎車駛過，車中人發出尖刻的議論：

「這些中國瘋子！休息日不休息，而且全天候！」

「他們是一部以利益驅使爲馬達的機械裝置。」

「不，是一部吃鈔票的機器！」

「不，是一群不知疲倦的牲口！」

小轎車停在一所大房子前面。大房子隱約可見「小天使」餐館的法文店名。如果是白天，顧客還可以看到這樣的廣告畫：一對男女在戀愛中，女的說，你要眞愛我，就請我到「小天使」！男的驚呼，太貴了！

從車裡走下四個人，喬治和他的妻子、兒子、女兒。兒女尚小，手裡拿著從旅遊地買來的玩藝兒。他們剛剛度假歸來。喬治開門，一家人進屋。車子就停在馬路牙兒。

一切重歸寧靜。

「小天使」斜對面的「華夏」購物中心是陳奇木又一處產業。陳奇木自從領了「雷公會」第一個月的集資，創辦了「華夏」潮菜館，生意日漸興隆，不到兩年光景，潮菜館改建爲「不夜天」酒樓，又新建了這座中型的購物中心。奇蹟的出現並不如喬治一家所說那麼簡單，僅僅因爲「不休息」、「全天候」，或者還有「誠實信用」，從主觀上講，是陳奇木嶄新的商業思維得到酣暢淋漓的發揮。他的經商素質和經商技能都是一流的，尤其精於經商關係學，他掌握高超的用人之道，能巧妙協調人際關係，能輕鬆愉快獲得合作，又能恰如其分保持友誼。近期，他運用「請君入甕」的陷阱術，又在商場競爭中獲得了成功。

那是幾個月前的事。有一天深夜，他又在研讀《孫子兵法》，他反覆琢磨《計篇》中的一段話：「兵者，詭道也。故能而示之不能，用而示之不用，近而示之遠，遠而示之近。」又對照了《軍爭篇》上的話：「兵以詐立，以利動。」他點了點頭。

幾天後，巴黎市政府幾個與稅務有關的部門先後收到質問信，質問他們爲什麼不徵收十三區「不夜天」酒樓的營業稅和個人所得稅，力稱這家酒樓每天「流水」如何量大。稅務員查了查，並無漏稅行爲，緊接著又有幾封質問信，一周內質問信不斷，稅務員不得不重視起來，實地調查取證，一時間鬧得沸沸揚揚。這一來，十三區內外許多人都知道十三區有個「不夜天」，生意很好，紛紛前來光顧。「不夜天」知名度一下子提高了，財源滾滾。不言而喻，那些質問信都出自陳奇木手下職員的手筆。

這天，又是後半夜，在「華夏」購物中心親自「坐更」的陳奇木，接到早已加入「不夜天」的龍維元的電話，他大吃一驚：「老龍……什麼？蒙塔特，基度山旅館，一桌潮州菜……我想想……老龍，答應他，一個鐘頭內送到！……對，凌晨五時！」

原來基度山旅館有一個新聞傳媒的沙龍，幾位報人爲一個命題爭論起來：「巴黎的夜生活有沒有東方色彩？」他們從日本的歌舞伎說到中國的潮州菜，於是有了這樣一個電話。陳奇木一聽，馬上意識到這是一個機遇，新聞傳媒的挑戰正是他求之不得的！

在「不夜天」酒樓的廚房裡，陳奇木給主廚師打下手。龍維元和幾個華人夥計——都是當初從泰國難民營一起來巴黎的難民，有準備送貨車的，有正在打包裝的，有穿好送貨服的，繁忙而有序。

這時候，基度山旅館的客廳裡，這些新聞界的活躍人物，如博輪盤賭，正等待著大針停在哪裡。他們悄悄校對手錶。

「還差一分鐘，就是凌晨五時，巴黎時間！」

「其實，我並不眞想吃東西！不過跟中國人開個玩笑，他們能這麼快速？除非第二宇宙速度！」

「我倒是眞想吃，可蒙塔特的早餐不在凌晨五時！」

古老的座鐘響了：「噹！噹！」

「哈哈！中國人遲到了，我們當面羞辱他！」

座鐘響了第五下，客廳門口一聲高喊：「潮州菜到！」門啓處，陳奇木西服革履，引二侍者立於門前，正中是一輛漂亮的送貨小車！

客廳裡的法國人拋棄成見，熱烈地鼓起掌來。

誠然，機遇只光顧有準備的頭腦。「不夜天」名聲大噪。當天的報紙出現了多少帶著譁眾取寵的標題：《「不夜天」的魔術師》、《墨菲斯特的餐館》，還有「花邊」新聞之類的玩藝兒。

街對面「小天使」的老闆喬治歎息一聲，扔下報紙。他給陳奇木打來電話，表示敬意。從電話裡，陳奇木得知喬治的小兒子患了感冒，服西藥不見效果，便勸他試試服用中藥：「……喬治，你將爲中藥的效力感到神奇，如果你拋開成見的話……哦，無妨試一試，這兩天你們到海濱旅遊，據我推測，小喬治不過是小感風寒，哦，就是說，略有感冒……好的，我馬上派人送去。」

他放下電話，說到做到，叫龍維元送去感冒丸。他不曾意識到這正是古往今來成大事者所具有的悲天憫人的胸懷，這種胸懷也正是他所熟知的美國人卡內基曾經指出的避免商場樹敵的良方。一位東方佛教法師在談到政治時說，政治好比一串念珠，串聯念珠的絲帶是宗教精神，也就是悲天憫人的胸懷。政治如此，經商並無二致。

僅僅過了一天，喬治來了電話，說小喬治病好了，還說他要來面謝。

喬治是個英國血統的法國人，頗有英國紳士派頭。他和陳奇木面對面坐著，開門見山，沒有客套話。

「陳，感謝你的東方神藥！我還要祝賀你，你將得到我的『小天使』……」

「什麼？『小天使』餐館，你不經營了？」

「陳，你天才的商業頭腦，哦，還有，你牛馬一般的運轉，魔鬼也會認輸的。我把『小天使』賣給你了，我想這應該是你求之不得的。」

「我給你最優惠的條件，喬治。」

「不過，我要提醒你，陳，十三區是一個形象惡劣的街區！到處都是……人渣！」喬治十分誠懇。

「謝謝你，喬治！在對付人渣上，你非常有辦法，看你的車夜裡就停在馬路牙兒，沒人敢碰，喬治，在這方面，你絕對是我的……」

「教練！」喬治笑著說。

十三區的商場是一個能將各種品德攪成一鍋湯的地方。「華夏」購物中心內，幾個小偷、流氓或隱或顯作案。商場一側，有小轎車在。這些小偷流氓將竊得的大小物件悄悄送入車內。司機坦然開車離去。

幾個小時後，這夥人出現在「不夜天」酒樓的包廂裡。餐廳是一個將萬物奉獻給一種動物的悲慘場所。只見這種接受奉獻的稱作「人」的動物張開血盆大口，壯志饑餐，笑談渴飲，如撲食餓虎，吸海長鯨。華人侍者送上一盤大龍蝦，一蝦二吃，有生有熟。他介紹著：「這是陳先生特地奉送諸位的！」一時譁然，鼓掌……

少頃，侍者送上最後一道菜——一大盆各色水果。陳奇木隨之出現。梁上君子們齊聲歡呼，說著生硬的漢語：「你好！陳！」

陳奇木笑著說：「先生們，我還要奉送一道菜！」

小偷們頗感意外。一個小偷摸著圓鼓鼓的肚子，搖搖頭：「愛麗舍宮已經住進德斯坦總統了！」

陳奇木一笑，揮一揮手。包廂內的電視螢幕映出了另一番景象。在座的小偷們看得目瞪口呆。原來螢幕上出現了他們作案的全過程。小偷們勃然色變，掏出匕首，圍住陳奇木……

喬治走了進來，語帶嘲諷：「先生們，你們的手藝太業餘了，不入流呵！看，多笨拙！」他指著螢幕畫面，又拍拍陳奇木的肚子，「這裡硬得像皮革，切不動啊！」

陳奇木鞠了一躬：「請諸位回去向禿鷲先生致意，我奉送錄影帶，請他光臨『不夜天』！」

小偷們驚異：「你不報告警察局？」

「當然不！我們是朋友了！」

「朋友！陳！」梁上君子們紛紛伸出手來，與陳奇木握手。

電視螢幕上交替出現貓王和瑪丹娜。小偷們跳起迪斯可。眞是個「不夜天」！

一連串的成功，使陳奇木深受鼓舞，他思考著並著手準備更大的舉動。他希望岳父能參與進來，破天荒第一次打了個越洋電話到香港，叫全家到巴黎遊覽。

自從兩年前通了音問，邢伯看著女婿的事業蒸蒸日上，欣喜之餘也有新的考慮，他對女兒說：「阿木畢竟是人中龍，他在巴黎站住腳了！不過嘛，巴黎到底是法國人的巴黎，我的意思是勸他回香港發展……」

邢茉莉似乎更瞭解丈夫：「爸，巴黎是世界大都會，要是能在巴黎發展，何必再回香港？阿木不到香港看我們，而叫我們去巴黎，他一定有他的考慮！」

正說著話，已經是初中生的陳華夏匆匆上樓，掏出一疊港幣：「媽，這個星期天收穫空前的豐富！」原來是他去高爾夫球場替人撿球掙的錢。

邢茉莉點一點數：「呵！九十八！」

「來，湊個整數！」邢伯掏出二元港幣。

「謝謝外公！」陳華夏向邢伯鞠了一躬，「外公，我們什麼時候到巴黎？」

「外公希望你爸回香港做生意……」

「哎！外公！巴黎做成功了，再回香港做嘛，香港做成功了，再回大陸！」

「嘿，這小華夏有志氣！將來肯定超過阿木！」

「外公，你不是說一代要比一代強嗎？」

「嗯……好，去巴黎！」邢伯點點頭。

老小三代一家人在巴黎十三區團聚了。陳奇木引著岳父和妻兒在「華夏」購物中心穿來穿去，看這看那。邢伯尤其興奮，整整轉了三個小時，精神依然健旺。晚餐就在自家的「不夜天」酒樓，包廂內早安排好了一席家宴。

邢伯舉杯，感慨萬千：「阿木呀！眞想不到今天這個局面！『華夏』已經有相當規模，『不夜天』也生意看好！來，老爸敬你一杯！」

「爸！謝謝你！」陳奇木也舉起酒杯。

邢茉莉、陳華夏也一起舉杯。

邢伯一飲而盡：「我放心了！死也瞑目了……」

陳華夏忽然站起來：「外公該罰酒！」

邢伯一愣：「爲什麼？」

「不許說不吉利話，是你立的規矩！」

「哦，哦，好，外公認罰，外公認罰！」邢伯說著自斟一杯。

「爸，你不能再喝了！忘了血壓高了！」邢茉莉搶過酒杯。

「可是，人重一諾，一言九鼎呵！」

「我代替了！」陳奇木端過酒杯，一飲而盡。

家宴上洋溢著祥和的氣氛。

「過幾天我和小華夏先回香港，學校該開學了……」

「外公，你不是說要帶我到馬尼拉玩玩嗎？」

「是呀，是呀！」邢伯說著，轉向女婿，「阿木，你下一步的目標是什麼？」

「想經營房地產。」陳奇木說出了想法，顯然胸有成竹。

「在十三區？」邢伯大吃一驚，搖了搖頭，「阿木，你不是說，這十三區本來是個罪惡的淵藪嗎？誰肯在這裡居住？西方人洋迷信，十三這個數字是最忌諱的……」

「不是說十三區作案率最高嗎?巴黎人既然遺棄了十三區,他們還會再來住嗎?」邢茉莉頗有同感。

「你們的擔心不無道理,十三區所以少人居住,根本原因是缺乏安全感。如果我們變不安全為安全,不就有人肯來居住了嗎?其實,不安全感不獨十三區存在,其他社區也不同程度存在著……」

「談何容易!憑你個人的力量就能改變不安全感?」邢伯很不以為然。

「可以改變!當然,不是我個人,但我的策劃至關重要!」

陳奇木壯志凌雲,可在邢伯聽來,卻是大言不慚。他覺得應該提醒女婿,保持清醒的頭腦:「太冒險了!眼下這份家業得來不易……」

「永遠需要冒險!要不,世上怎麼會有一種人稱作冒險家?」陳奇木依然自信。

邢伯本來已經反感,加上酒的刺激,他控制不住自己的衝動,嗓門也高了:「你不要被眼下的成就沖昏了頭腦,你忘了越南的教訓了,你忘了莫兆雄是怎麼死的了!」

一聽到莫兆雄的名字,陳奇木心如刀剜,他今生今世再也遇不到這樣的朋友了!他多次為莫兆雄痛哭過,他讓妻子尋找莫兆雄的遺孀,妻子也落力搜索,沒想到如同當初的郭姐,也消失在香港這彈丸之地的滾滾紅塵之中!他自覺愧對莫兆雄,只有事業的不斷成功能夠告慰九泉下的英魂!他想到這裡,一股難以言喻的痛楚變成沖天的怒氣,儘管壓抑著,還是噴發出來:「阿爸,我請你到巴黎,是希望你和我一起做房地產,我想聽的是你的計策,不是你的教訓!」

邢伯頓時愕然,片刻,站起來,離席。

邢茉莉急忙攔住,怨艾地望著陳奇木。

邢伯慢慢地說:「我累了,想休息了!」

陳奇木頓生悔意：「阿爸，請原諒我的失禮！我的工程已經啓動了，潮州俗話說，爬上虎身就得騎……」

邢伯歎了一口氣：「阿木，照你的意思辦吧！我回香港，經營蠔烙店，你們什麼時候失意了，回到香港，還能有一口飯吃。我不當伍子胥，懸頭於國門之上，看著夫差失敗歸來；我只想當烏江亭長，渡楚霸王過江，捲土重來。」

陳奇木心中悶悶不樂，也只能隱忍了。

這頓家宴在悒鬱中結束。

生性狷介的邢伯任誰說破嘴皮也不肯稽留巴黎，他帶著小華夏到他的出生地馬尼拉旅遊散心，儘管他對馬尼拉毫無印象，那裡也沒有一個親友。

這天，他記不清什麼日子，他和外孫來到馬尼拉郊外的華人公墓——「義安義山」。一老一小向公墓方向走來，一路上，所見唯街區，縱橫有裡巷，皆別墅式房屋，有中國式的，也有西班牙式的，奇怪的是似乎都沒人居住，說它荒屋吧，又都修葺一新。他很納悶。

「外公，公墓在哪裡？」

「再往前走走。」邢伯回答不上。

同行掃墓的華人笑著說：「這些都是公墓。」

「啊？」邢伯大驚，「這些不是別墅？」

那人又笑了：「你老人家進去看看。墓主家人歡迎參觀！」

這天，恰好是陰曆七月十五，盂蘭盆節，掃墓人甚多，還有西方遊客。邢伯拉著陳華夏隨遊客走進一座墓園。鐵柵欄門內，是一片花圃，越過花圃，抬頭可見正門上有「汾陽佳城」字樣。邢伯明白，這是郭氏墓園，昔汾陽王郭子儀之孫郭嵩入閩開基，後裔又入潮衍派，故潮人郭氏有此郡望。人們入正門，進正廳。邢伯看見地面上隆起圓塚，感到驚奇：「墓葬不在地下，卻在地上，什麼緣故？」

看門人解釋說：「墓主是潮汕人，希望有朝一日能移葬唐山，墓葬在地面上，方便二次葬。」

邢伯點點頭，感慨著：「樹高千丈，葉落歸根啊！」

陳華夏指著中堂掛著的肖像：「外公，這就是墓主人吧？」

邢伯點點頭。

陳華夏忽然喊起來：「外公，兩邊都有房間，你看，好大的房間，房間裡什麼家具都有，電燈、電話、電視機、空調機……還有電梯！真棒，我都想住這裡了！」

邢伯和藹地制止：「不許亂說！」

忽然，不知哪座墓園響起迪斯可音樂，那熱烈且躁動的節奏，打破了還算肅穆的氛圍。又有哪座墓園傳出卡拉ＯＫ的聲響。陳華夏跑出墓園，邢伯隨之走來。只見街巷裡花圃中，青年人跳起狂熱的迪斯可。

邢伯問看門人：「這樣做……合適嗎？對祖宗是不是有些不敬……」

看門人一笑：「老伯，你不知道，這叫作與祖宗同樂，今天是盂蘭盆節嘛！」

陳華夏一聽，也加入了跳迪斯可行列。

邢伯樂呵呵地看著，喃喃自語：「但願我有這樣的歸宿……」忽然一陣暈眩，踉蹌幾步。

一位中年人上前攙扶：「老伯，你怎麼啦？」

邢伯艱難地說：「血壓高……」

那中年人替邢伯取出「降壓靈」，又扭開礦泉水，服侍邢伯吃藥。

邢伯復原，連聲感謝，問那人：「你是……」

「廈門來的……」

原來這中年人和他的同伴是地方政府派來談生意的。他們對邢伯介紹了大陸近幾年來的情況，邢伯聽傻了，這特區，那特區，他雖然不大明白怎麼個「特」法，但他感到一種急遽的變化，他興奮地高喊著：「小華夏！」

陳華夏聞聲跑來。

「回香港馬上給你爸寫信，汕頭辦特區了！」

其實，現代傳媒多樣，更兼多方管道，汕頭辦特區的消息，陳奇木早就知道了，但他只是靜觀，他眼下全副精神在十三區的房地產經營上。當陳華夏的信飛到巴黎的時候，巴黎的一家報紙上出現一條奇特的廣告——「重賞小偷」：凡竊得「茉莉花園」之家具、擺設、日用品者，一件獎賞十萬法郎，二件獎賞三十萬法郎，三件獎賞整座「茉莉花園」。廣告一登，市民譁然：

「這個中國人真的瘋了！」

「茉莉花園是座公寓樓房，花園是香港中國人的叫法，他一定有一套保安措施，但未免太誇口了！」

「分明是廣告術，只是太冒險了！」

「他眞有把握嗎？」

小偷、扒手們也興奮起來：「陳向我們挑戰！」

「華夏」購物中心門前，新聞記者圍住老龍：「對不起，我們要採訪陳先生！」

「很抱歉！陳先生去了香港！」龍維元的回答滴水不漏。

在「不夜天」酒樓的廚房裡，陳奇木身著工作服在洗菜。龍維元跑過來，低聲說：「阿森兄！成了！轟動效應造起來了！」

「好！看看下一步，『茉莉花園』和小偷。」

「茉莉花園」是一幢精心設計精心施工的現代化住宅樓，豪華而雅致，樓前的道路早已修好，還栽上了美麗的花草樹木。此刻，樓裡正接待著後半夜來訪的不速之客。他們帶著各種現代化的作案工具，東張西望，察看地形，又搜索報警器，確信無礙，一個個魚貫而入，穿庭踱室，小心翼翼，掏出工具，次第作案，終於竊得日用品三件。他們慶幸得手，潛行出室，至牆邊，欲翻牆，手觸牆壁，似有電擊，無法攀登，試將藏有贓物的挎包拋向牆外，卻怪，挎包騰空，不知去向。不速之客自歎晦氣，只好搖頭，試著觸牆，卻無電擊感，便翻牆而去。

監視螢幕前，喬治、禿鷲和他手下的小嘍囉望著陳奇木哈哈大笑，開心極了。

巴黎的報紙大肆渲染：

「茉莉花園保安第一！三百竊賊，無一得手」；

「茉莉花園，超級豪華，舒適更安全」；

「茉莉花園——巴黎的香格里拉」……

沒過多久，又爆出新聞：

「茉莉花園樓房銷售一空」；

「木蘭花園開始出售樓花」；

「雛菊花園指日可售」……

更有關於陳奇木的報導：

「陳森——十三區的傳奇英雄」；

「陳森——一個夏天的童話」……

巴黎十三區已非昔日可比！是一個個陳森造就了一個空前繁華的新十三區。就中，一座高樓拔地而起，名曰「華夏購物天堂」。

陳奇木依然白天忙碌著，夜裡思考著。他的寫字間的寫字台上，擺著幾份中文報紙，他喃喃自語：「汕頭特區……」忽然電話鈴聲響。他拿起話筒，大吃一驚，對方竟是久違了的乃利猜，泰國貿易部副部長。

6 何日彩雲歸

「敝國政府願與陳先生聯手，重建東南亞服裝市場……」乃利猜的電話給陳奇木留下一個懸念：該不該向泰國投資？

曼谷機場的出站口，一位穿著民族服飾的泰國小姐把紫荊花環套在遊客胸前，然後同遊客合影，是一種歡迎儀式，也是一種商業行為，不過不是立刻收費，而是在照片洗印出來裝上框架之後。

陳奇木抱著考察投資環境的目的，飛到泰國。一下飛機，就被乃利猜接上小轎車。他望著芭蕉、棕櫚和遊客，望著與遊客合影的泰國小姐，心想，泰國的旅遊業是很發達的，泰國人自己說，因為他們有四個S：sunshine（陽光）、seabeach（沙灘）、seafood（海鮮）和sex（性）。

曼谷街上，交通依然擁擠，甚至比起從前更加堵塞得厲害。小轎車一再等候，仍不能穿行。忽然小轎車熄火，司機急得滿頭大汗。乃利猜心想，糟了！宴會已經安排好了，貿易部部長出席今天的宴會！陳奇木望著滿街的車輛，除了汽車，還有不少機動或腳踏的三輪車，只是看不到當年手拉的人力車了。小轎車熄火，乃利猜卻冒火，訓斥司機誤事。陳奇木略懂泰語，只作不知。忽然間，他發現街邊停著一輛人力車，或者是碩果僅存了！他一陣興奮，說不上是懷舊，還是敝屣莫棄，他下了車，掏出一疊美元，買了那部人力車。人力車夫喜極而泣，急急逃逸，生怕買主反悔。乃利猜莫名其妙地看著這一切：「陳先生，你這是……」

陳奇木笑著說：「我來拉車，你快坐上！」

乃利猜驚訝得直擺手。陳奇木強拉著乃利猜坐下，乃利猜跳下車，陳奇木又拉乃利猜坐上，乃利猜又跳下車，反覆者三。考慮到時間緊迫，乃利猜只好上車。人力車終於上路。陳奇木笑著說：「坐飛機坐汽車時間長了，得活動活動筋骨！乃利猜先生，這回可不能再丟掉公事包嘍！」

乃利猜也笑著說：「這回的車費，不管多少你都要拿呵！」

陳奇木西服革履拉著車，引來行人駐足觀看，他旁若無人，一路小跑，這是故地重遊啊！他熟悉這裡的街道，抄近路，走小巷，很快來到唐人街耀華力路酒樓。

乃利猜下車。陳奇木略略整理衣履。一前一後向大門走去。門口的門衛認得乃利猜，必恭必敬請進。陳奇木到了門口，卻被門衛攔住。乃利猜回頭不見陳奇木，見狀趕了過來，對陳奇木雙手合十，又側身讓其先行。酒樓經理急忙趕來，「啪啪」兩記耳光，打得門衛踉蹌了好幾步，轉身向乃利猜賠笑致歉。乃利猜二話沒說，手攙陳奇木，向電梯口走去。那被打的門衛吐吐舌頭，自認倒楣。

宴席上，賓主壺觴交錯，無非外交辭令。最後，貿易部長向陳奇木敬酒：「這裡是唐人街酒樓，照你們潮人的習俗，這杯殘酒要喝淨了，這叫……叫什麼？」

「叫門前清！」

「好！門前清！」

貿易部長起身：「啊，陳先生，餘下的細節由乃利猜全權代表和陳先生一起磋商，希望儘快簽下協議書。我告辭了！」

貿易部長走後，乃利猜和陳奇木又磋商了一陣。乃利猜興奮地站起來：「陳先生，我給你介紹兩個人……」

「什麼人？『水晶晶』？」泰語稱女孩漂亮爲「水晶晶」，陳奇木以爲乃利猜先生要給他介紹兩位女郎。

乃利猜神秘一笑：「你隨我來！」

陳奇木只好隨著乃利猜到另一個房間。

房門打開，陳奇木一驚，原來是陳昌盛和陳奇石。二人應召而來，已經等候多時了。

陳奇木感到意外：「二叔！大哥！」

陳昌盛和陳奇石也熱烈地呼喊著。

乃利猜笑著說：「陳先生，下一個節目由你自己來演了！」他告辭而去。

叔侄三人送走了乃利猜，叔叔說：「還是回家吧，家裡說話方便！」

還是石龍軍路恒昌大金行，還是那個客廳！雖然舊記憶無法抹去，卻如西洋油畫，舊記憶上又塗上新記憶的油彩，陳奇木眼前是一幅新油畫！叔侄三人品飲著工夫茶。

陳奇木望著陳奇石：「大哥，我很高興你和二叔走到一處來了……」

陳奇石赧顏：「阿木，說來慚愧！二叔對我們一直是很好的。那年我生意失敗，連過年都過不了啦！是二叔找上門去，給了我一筆錢，我才把工廠支撐下去，才成就了今天這麼個小小的局面！」

「畢竟血濃於水嘛！阿石有今天，是他自己奮鬥的結果！」陳昌盛轉換話題，「阿木呀，泰國貿易部對你特別感興趣，他們認為你是個經濟奇蹟。誰也不會想到，僅僅幾年的光景，你從一無所有的難民變成巴黎的富豪！他們要我和阿石介入，是想讓我們勸你入夥，他們想借用你的腰包呢！」

「阿弟，他們要你投資，重建東南亞服裝市場，是打著如意算盤的，他們既不花錢又能得利，還不承擔風險！」

「當然，他們有他們的想法，這不奇怪。要緊的是你自己！我和阿石都覺得你首先要從自身的利益考慮。」

「阿弟，乃利猜是你的好朋友了，但生意場上講的是實際利益。」

陳奇木一笑：「大哥，二叔，我考慮過了，同泰國貿易部合夥做生意，他們得利，我也得利呀！他們可以借用我的腰包，我也可以借用他們的圖章呀！其實，做什麼事情都得互利，僅僅一方得益，生意是做不成的。」

「自然，這只是阿石和我的擔心，大主意你自己拿。不過，我想提醒你，大陸才是廣闊的市場，為什麼不到大陸投資呢？大陸市場開放了！」

陳奇木兩眼一亮，又漸漸黯淡下去。「大陸」，這兩個字叫他百感交集！

陳奇石顯然有備而來：「阿木，我有個想法，成立一家陳氏叔侄公司到大陸投資，你六成，二叔三成，我一成，由你出任董事長！」

陳昌盛沒有說話，顯然在等待。

陳奇木沉吟片刻：「我看還是不合夥的好……」

陳奇石和陳昌盛均感意外。

「大哥，你剛剛講過，生意場上是講實際利益的，可是親戚之間有時候分不了那麼清楚……」

「那有什麼！該怎麼分就怎麼分！老話說得好，親兄弟，明算帳！」

「話是這麼說，可做起來並不容易！我當董事長，可我又是侄子，又是弟弟，如果為錢上的事，鬧生分了，反為不美！這種教訓是有過的。再說，我喜歡一個人接受挑戰……」

陳奇石怒形於色：「你一個人？你渾身是鐵，能撚出幾個釘子？你忘了當初是二叔給你墊付的貨款！哼，做著按察面就烏，一闊臉就變！」

「哎哎！阿石！你說哪兒去了？太離譜了！」陳昌盛急攔，轉對陳奇木，「希望你理解二叔的深心。做商人嘛，眼睛總是盯著市場，大陸這個大市場是誰先投資誰得利，不用說香港，就是日本、美國、西德，連台灣商人都去投資了！不過，我也考慮過你的情況，你是跑出來的，那邊記不記仇呀？事實上我也猶豫，我們是唐山人，過番多少年，不幫助唐山反倒去賺唐山的錢，心裡也過意不去……」

陳奇石覺著陳昌盛好像要打退堂鼓了，趕忙插話：「二叔，你錯了！我們雖然賺了唐山的錢，可是我們也給唐山振興實業，安排就業人員，訓練技術骨幹，甚至讓他們致富啊！」

陳昌盛擺擺手：「喝茶！」

陳奇木愣著神，慌忙伸手：「請！」

陳氏叔侄公司的構想沒有談成，多少生出某些誤解，陳奇木和乃利猜也只是草簽了一個「意向書」，沒有法律效力。陳奇木此次泰國之行，欣然而來，卻惆悵而歸，原本還想到芭提雅曬曬陽光，嘗嘗海鮮，看人妖歌舞，還有，去珊瑚島看海底世界，去水晶島看西洋「木瓜」，或者去沙美島消閒幾天，也因為乏了興致，自我取消了！

回到巴黎家中，一連幾天，不知爲什麼，鬱鬱寡歡。巴黎的家是一座別墅式建築，比當年香港摩星嶺下那座豪華得多。他獨自一人坐在中式客廳裡，閉目聽歌，那是一曲《故鄉的雲》：

歸來吧，歸來哟，
浪跡天涯的遊子！
歸來吧，歸來哟。
我已厭倦漂泊！
我已是滿懷疲憊，
眼裡是酸楚的淚……

他忽然明白了，這些天來縈繞在他心頭揮之不去的是他的家鄉情結！他離開家鄉已經十多年了，他思念白髮倚閭的母親，思念青春枉度的妹妹，他雖然寄過錢，寄過信，卻都如石沉大海，他可以隨時飛到世界的任何地方，唯獨到不了自己的家門！他流下酸楚的淚……

花園裡，邢茉莉獨自漫步。鐵柵欄門前，一輛「的士」停定，從車裡走出邢伯。邢茉莉愕然，不敢相信自己的眼睛，她慢慢走到門前，果然是父親！她驚呼：「爸爸！也不打個電話，我好到機場接你呀！」

「我成心叫你們嚇一跳！」

「老頑童！」

邢伯忽然認眞起來：「老丑說白話，我是學著老廉頗的樣子，來向阿木負荊請罪的呀！」

「瞎說！」

「眞的！阿木的房地產生意成功了！我心悅誠服！」

「爸爸！」陳奇木聞聲跑了出來。

邢伯欲行大禮，陳奇木急急攔住。

「當初要照我的話做，阿木就沒有今天！阿木，老夫落伍了，落伍了！我還說了一些不好聽的話……」

「爸！你的話從另一個角度，激發了我的鬥志，也促使我極端重視每一個商業環節。那重賞小偷的廣告術，正是從變不安全爲安全這個中心環節引發出來的！我應該感謝你呵！」

三人邊說邊走進客廳。少不了那百喝不厭、一世相隨的工夫茶。

邢伯呷了一杯茶，興奮地說：「阿木，此次來，不光是負荊請罪，更要緊的是通風報信！」

「什麼信息值得你不遠萬里？」

邢伯從舊挎包裡取出一疊香港報刊，有《大公報》、《新晚報》、《中報》、《明報》……

邢茉莉催促：「爸，你快說呀！」

邢伯又呷了一杯茶：「告訴你們，南浦就在汕頭特區裡頭！」

「哦？這我還眞不知道！汕頭特區是四個特區中面積最小的一個，南浦居然在特區裡頭！」陳奇木說著取出一幅廣東地圖，凝視著。

「還有，你看！南浦八項工程招標，泰國鱷魚落戶汕頭，李嘉誠鉅資興辦汕頭大學，汕頭架設空中橋梁，航線四通八達……」邢伯在報紙上指指點點。

晚上，陳奇木在公司的寫字間專心致志地閱讀香港報刊，竭力捕捉信息，用紅藍原子筆圈圈點點，寫寫畫畫。報刊上的漢字因爲有了精彩的組合與排列，發出了強烈的脈衝，陳奇木心中產生了強烈的感應，一個聲音轟鳴著：「我是潮人！」他想起二叔的話，過番多少年，不幫助唐山反倒去賺唐山的錢，心裡過意不去……想起大哥的話，可我們也給唐山振興實業，安排就業人員，訓練技術骨幹，甚至讓他們致富……他們的話不無道理！他又想，可我是逃跑出來的，會不會……呵，我已經不是陳奇木，我是陳森了……

輕輕的敲門聲。進來的是龍維元。他拿著一張請柬，遞了上來。陳奇木一看，是歡迎汕頭南浦潮劇團赴法演出招待會的請柬，簽名是巴黎市長雅克·希拉克。

「阿森兄，你是潮人旅法同鄉會副會長，應該撥冗出席的……」

「你說得對，我應該去，應該去！何況這請柬還是市長簽發的！」

較之其他劇種，潮劇出國訪問演出是尋常事。東南亞一帶潮人集中的地區，諸如泰國、馬來西亞和新加坡，當地就有潮劇戲班，交流演出活動更爲頻繁。海外潮人戀鄉土，潮音海韻最能激起思鄉之情。潮人足跡遍及全世界，潮劇弦歌也響遍全世界。巴黎十三區由於潮人的到來，潮劇也隨之而來。這次是南浦潮劇團，對於陳奇木來說，更多了若許特殊！他早早來到十三區這座臨時改裝的劇場，坐在前排觀眾席上，認眞地翻閱《汕頭南浦潮劇團介紹》的畫冊，不肯漏過任何一張劇照、任何一行文字。他足足看了兩遍，不無遺憾地輕聲歎息。

舞台上演著潮劇《陸文龍歸宋》。只見少年英雄陸文龍威風八面，殺得宋兵丟盔卸甲，斷臂的王佐向陸文龍訴說陸文龍的出身和陸家的慘史，陸文龍反戈一擊，毅然歸宋……不知觸動了陳奇木的哪一根神經，他潸然淚下。

後台，隨團訪問演出的姚乃剛和謝丹菊冉冉老矣，仍立於邊幕「把場」。

觀眾席上爆發出掌聲。

戲散了，陳奇木猶豫著走向後台，他似乎想瞭解點什麼，卻又折了原路，終於悄悄出了大門。他想，明天不是還有招待酒會嗎？

這是一次潮式雞尾酒會。人們端著盤子來回走著，交談著。在夾菜的時候，姚乃剛、謝丹菊夫婦碰上了陳奇木。雙方一愣。生性變得拘謹的姚乃剛不敢相認，他試探著問：「先生是……原籍是……」

陳奇木想了想：「澄海十五鄉。」

謝丹菊問：「十五鄉，哪一個鄉呀？」

陳奇木笑了，沒有說話。

兩夫妻自家卻說開了：

「哎！十五鄉是個鎮名，不是十五個鄉里！」

「我怎麼沒聽說過……」

「那是你孤陋寡聞！潮州前七賢的張夔就是十五鄉人，編潮汕十五音的張世珍也是十五鄉人。」

陳奇木笑著問：「這位女士原籍不是潮汕吧？」

「福建雲霄。」

「二位是南浦潮劇團的吧？」

姚乃剛點點頭，掏出名片。陳奇木同這兩夫妻交換了名片。姚乃剛默念著：「……陳森……」

「陳先生，昨天看戲了嗎？」

「看了，看了，很好，很好，這回作秀，恐怕是最佳陣容了吧？」

「是的，最佳陣容！哦，你說作秀，就是演出吧？陳先生成了香港人了！」

「根還在潮汕！哎，聽說有一位藝員，青衣花旦『兩門抱』的……」

「陳先生很內行呵！」

「談不上內行，喜歡，喜歡就是了。內行看門道，外行看熱鬧，我是看熱鬧的！不知道那位『兩門抱』的藝員來了沒有？」

「叫什麼名字？」

陳奇木想一想：「哎呀，不記得了！」

謝丹菊屈著手指對姚乃剛說：「會『兩門抱』的只有一個演員，她當了書記太太，早不唱了！別的演員……秀芳，青衣行花旦不行，小萍，花旦行青衣不行……」

「是呀！這種人才不好找了！」姚乃剛說。

「陳先生喜歡看家鄉戲，何不到南浦投資？南浦現在是特區了！陳先生要是到南浦辦工廠，我們天天請你看戲！」謝丹菊似乎變得很健談，彷彿要把前半生節約下來的話統統揮霍掉。

「好呀！」陳奇木似若無心應了一聲。

「我看投資不如捐贈！」姚乃剛倒是認眞起來，「投資容易得失家鄉人，還要受當地大小幹部的管，你成了他們的子民了嘛！捐贈就不同了，人人念你的好，大家扶脚扶手，你做阿公嘍，何必做阿孫仔？」

「可不是嗎？」謝丹菊情不自禁接著發揮，「你投資一個項目，賺了賠了都不好，賺了人家說你剝削家鄉人，賠了你自己也不願意不是？捐贈嘛，好一些，也有麻煩，最好是一筆清，一次清。要不，囉囉唆唆，今天改預算，要追加，明天原材料漲價，又要追加，就像是沙渠，那水還流不到頭，就都滲進沙裡去了！特別是不能雇貓掌櫃櫥，雇賊掌厝屋……」

「哎，也不全是這樣！個別現象什麼時候沒有？也得辯證看問題……」姚乃剛趕緊往回找補幾句。

「辯什麼證？我不怕唯物論，就煩辯證法，他變來變去，你就沒法了！」謝丹菊偏不認帳，「一回唐山，那幫親戚、本家，你就惹不起！三大姑八大姨的，什麼勾來掛去的番薯藤親戚全來了！你不給，他罵你；你給了，他嫌少還罵你；就算是他滿意了，船過水無痕，人走茶就涼。嘿，你是金山銀山，也會掏空的！」

「哎哎，丹菊呀，你這張嘴怎麼變成炮筒子？」

「叫我也當一回右派？」

「那可說不定，三十年河東，三十年河西！」

「嗯，有時月明，有時星亮！」

說罷，兩夫妻笑了起來。陳奇木也跟著笑笑，可深心裡免不了憂悸。

一會兒，姚乃剛一本正經地說：「陳先生不要聽她亂說，陳先生是富豪，又是僑領，如果有這個意向，我回南浦，向領導上反映！」

「好的！」陳奇木痛快地答應，「地址電話，名片上都有！」

謝丹菊舉杯：「祝陳先生事業興旺發達！」

陳奇木與謝丹菊、姚乃剛一一碰杯，告辭而去。

姚乃剛與謝丹菊悄聲議論著：「這個陳森就是陳奇木！」

「你能肯定？」

「一起勞改的人，燒成灰也認得出！」

「難怪他打聽青衣花旦『兩門抱』，他還惦記著楊碧君呢！碧君要是跟了他，福氣了！」

「嘿！人哪，各有各的緣分，說不定什麼時候升天，什麼時候入地！」

「哎！你眞的要跟他拉線呀？」

「拉楊碧君？」

「胡說！捐贈的事。」

「當然！回去我找曲鐵柱。」

「你可不能說是陳奇木！」

「我懂！還用你教？」

「那可說不定！」

「說得定！」他的口氣斬釘截鐵，少頃，仰頭望天，「乃剛此生絕不會再揭發別人了！」

姚乃剛回到南浦，眞的馬上向曲鐵柱彙報。曲鐵柱彷彿十分賞識地拍著姚乃剛的肩膀：「老姚呀！巴黎演出，不虛此行呀！陳先生捐贈的事很好，不過，我們黨歷來主張自力更生，這事我拿不準，還得向上面請示。但是，不管領導怎麼說，我都給你記上一功！」

姚乃剛受寵若驚：「謝謝領導栽培！」

第七卷　弄潮兒

1 薄奠

林海文忽然得到一次回鄉的機會！剛剛成立的汕頭大學有意邀他到不久後就要招生的汕大物理系任教。

精明的家鄉人相當瞭解遠在京華的林海文的學術成就。林海文眼下已經是北京物理學界一位小有名氣的物理學家了！他有幾篇論文榮獲科技進步獎，其中有一篇還引起國際物理學界的注意。去年，南京紫金山天文台發現了一顆永久編號爲三一三九的小行星，正向國際天文組織提出申請命名爲汕頭星，可巧，林海文也是這顆小行星的不同地點的觀測者之一，心裡自然高興。與眾位同行不同的是這位物理學家酷愛文學。「文革」後，他發表過一篇散文《天問》，奇譎的構思，瑰麗的想像，斑爛的文采，令文學界刮目，他偶爾也有新詩見報，只是從不發表舊體詩詞，儘管寫得滿好。潘新偉對他開玩笑，乾脆改行幹文學算了，作家名頭大，稿費也多！他哈哈一笑，文學永遠是業餘，不過我不會放棄。他始終覺得科學與藝術密不可分，起碼對於他來說是這樣。赫胥黎說過，科學與藝術就是自然這塊獎章的正面與反面，一是用思想，一是用感情，都在表述事物永恒的秩序。李政道說得更簡練，科學家與藝術家都在追求眞理的普遍性。科學界有先例的，北宋沈括的《夢溪筆談》既是科學著作，又是文學作品，俄國的羅蒙諾索夫既是傑出的科學家，又是優秀的詩人。

汕大的邀請使他動心，還因他思念家鄉。他最後一次回鄉至今也有十年了！家鄉有教他魂牽夢繞的一點情愫在。他年屆不惑，依然單身。他是單位食堂的基本群眾，有一天日高口渴，他路過居民樓，聞到大米粥香，立刻想起家鄉潮州的白粥；有一次無意間從收音機裡聽到一曲潮州音樂《柳青娘》，他竟然淚流滿面，不能自已；一個寒冷的冬日，他爲了一場重新放映的潮劇影片《荔鏡記》，冒著大風雪，騎車數十里到郊區影院，不爲欣賞，只爲痛痛快快流一回思鄉淚。他想起「家」字，本人稱自家，別人稱人家，眾人稱大家，何人稱誰家，還有廠家、商家、田家、漁家、公家、私家，甚至親家、冤家……爲什麼？家是社會的細胞！既然家鄉有人邀請，他沒有理由不興匆匆登程！

他來到汕頭，一見高樓林立，工程遍地，豐亨豫大，氣象萬千，果然是「一闔一開謂之變」！他趁便回到南浦，原先街道三橫一豎的「王」字格局，由於城邊路外側蓋了一座大商廈，已經變成「主」字了。眼下，與大商場相對，正在興建一座大酒樓，沿江新開一條濱江路，預期明年完工。據說，不久以後，由中軸線橫街向外延伸，古渡口旁邊將出現一座橫跨韓江的大橋，對岸分出兩條反向的大道，一條通海疆，一條通腹地。倘若航拍，南浦不是「工」字，不是「土」字，不是「王」字，不是「主」字，是「美」字。南浦人歷來好虛榮，撿到豬糞就有話說；他們傲然宣稱，起碼在潮汕一帶，這是獨一無二的美妙布局！

蠡廬依然舊貌。林海文的到來使老屋驟時生機勃勃，林家如同過節一般。有的親戚不知道從哪兒聽來消息，說阿文到汕大不是副校長，起碼也是系主任，說得有枝有葉，有鼻子有眼，令家裡人浮想翩翩，走道如駕雲。林建中是夜班，白天在家，擼胳膊挽袖子宰鵝，妻子鄭秋萍當助手，燒水退毛，忙個不亦樂乎。林建華和妻子沈春柳、兒子小亮住在夢谷中學，小家三口也提著馬鮫和滷味早早回到蝸廬。吃飯時候，二位侄媳尤其殷勤：

「小叔公，北京吃得到獅頭鵝嗎？北京有芥藍菜沒有？有眞珠花菜、西洋菜、護國菜沒有？」

「小叔公，金槍魚、金龍魚、馬鮫吃不到吧？還有，魷魚、墨魚、籤筒、鎖卷、珠蚶、扇貝、泥螺，還有，哦，菜脯卵、烏橄欖……」

「哦，吃吧！吃多多的！」

晚飯後，一家人到二樓小陽台沖工夫茶。天南地北閒話，從暹羅說到豬槽。林海文忽然想起許多年前一些久違了的人物：「阿嫂，還記得那個謝爾蓋嗎？」

張青筠笑了起來：「你還記得謝爾蓋！」

林明子覺得新奇：「謝爾蓋？蘇聯人呀？」

一座笑了起來。

「塗虱巷謝木匠的兒子。他早就不在南浦了，聽說在惠來一個什麼機關做事，『文革』時候當了造反派頭頭，後來打派仗失蹤了。」

「哦！哎，烏鼻、塗溜這兩個活寶呢？娶老婆了吧？」

「老婆？去墳裡找！世上有白來豬、白來羊，無白來雅姿娘！」

「還雅姿娘哪？當乞丐了！」

「是嗎？這我還不知道。怪不得好久沒見著這兩條野狗了。」

「聽說有人在揭陽車站見過他們，瘦骨落肉。也怪，那麼瘦，還沒死！」

「瘦，不見得就得死呀！」林海文笑著，突然想起一句土話，「肥壯大健，欲死無定。」

一座笑得前俯後仰。這句土話是說肥胖的人未必長壽，本無可笑之處，偏是從已經變成北佬又是斯斯文文的林海文嘴裡說出，土和文的對比，潮人與北佬的反差，產生了一種奇特怪異的效果。

「小叔，你還記得這句土話哪！」林明子笑得特別開心。

「我也不知道怎麼還記得，要是不回南浦，我大概一輩子也想不起來！」

一家人正在說笑，在樓下洗碗的沈春柳、鄭秋萍齊聲高喊：「媽，來客人了！」

張青筠趕緊下樓，林海文也隨之下樓。

「哎喲，我們哪是什麼客人呀？老鄰居！」是當年常來騎樓下納涼、曾經在繡花組替張青筠說過公道話的幾個老姐，如今都做祖母了，拉著小孫子過來串門。

「阿文，是雪華姐，阿芳姐，桂瑩姐。」張青筠介紹著。

林海文一一叫著。

老姐們高興得合不攏嘴，七嘴八舌湊個墟市：「看阿文又高又大，像個北頭人了！」

「聽說阿弟出名了，老姐爲你歡喜呀！」

「要是阿姆還活著，她該有多高興啊！還有……」

老姐們看見張青筠神色慘澹，趕緊收口。

「上樓喝茶吧！」林海文招呼著。

「勿呀，勿……」老姐們直擺手，在她們的觀念裡，工夫茶似乎更親近男人。

一個老者悄悄進來：「聽說阿文回來了！」

張青筠趕緊迎上前去：「阿伯公來了！阿文，是同年伯公。」

只一瞬間，林海文拂去記憶的微塵，來人是父親童年時候結拜金蘭的同年兄，是他有一年回家在街上碰見的那位同年伯，那位避而不見踅入淡水巷的同年伯。因爲這位長輩，他初涉人生體味到一句成語，「人情冷暖」。他隱隱生出一種厭惡。然而，當他看到同年伯的一頭稀疏白髮，看到他手中的桂竹拐杖，他開始反省自己狹隘的胸襟，啊，那不該是同年伯的過錯，他那萎縮而且全駝了的肩背如何承擔得起一個時代的愆尤？他走上前去，叫一聲「同年伯」，請他上樓喝茶。

林建中、林建華兄弟大概常到同年伯公家串門，很是熟落。茶未三巡，林建中拉著林海文往外看：「小叔，你看這兒！老黃家又砌起了一層樓，他家的牆壓在我們家的院牆上！你看看，本來是共牆，現在變成了他家的己牆了！」

林海文一看果然。

林建華接著說：「今天伯公也在，伯公是見證。小叔，我們兄弟打算跟黃家打一場官司，不知你同意不同意？」

林海文沒有說話。

「從前我和建華兩兄弟因爲公父都是右派，從小就受人欺負，臭頭雞，任人啄！在夢谷高中，我是班裡前三名，可大學就是不取，一想起來我就恨得咬牙！現在不同了！我們一點也不比別人矮，我們不能再受氣了！老黃家來文的來武的，我們都奉陪！」

「建中，能文的，就不要武的了！」同年伯說著咳嗽起來。

「同年伯說得對，打架鬥毆不能解決問題，倒把事情弄壞了。」林海文說了話。

「那就文的。小叔，你現在是有身分的人了，只要到市委說一說，我們的官司準能贏！」

林海文心裡好笑，我一介窮書生，我有什麼能耐？即使有大貢獻大名聲，在強權面前照樣是脆弱的，雖說黃家未必有什麼背景。爲幾寸牆，共牆還是己牆打得兩敗俱傷，值得嗎？他忽然想起六尺巷的故事，便問：「院牆有一尺厚嗎？」

兩兄弟搖搖頭。

「共牆的一半也就幾寸吧？」林海文轉對同年伯，「同年伯，你還記得清朝康熙年間安徽桐城張、方兩家六尺巷的典實嗎？」

「記得的，那是一段佳話。」同年伯明白林海文的意思，他其實也不想介入這門官司，便講了起來，「張方兩家爲蓋房砌牆鬧了起來，張家白天砌的牆，晚上就被方家拆了，方家砌的牆也一樣，張家如法炮製。眞叫互相拆牆呀！這兩家還都有背景，張家在朝有尚書，方家在朝有侍郎。張家爲了壓倒方家，給張尙書寫信求援。這個張尙書就是一代名臣張英，官拜文華殿大學士，兼禮部尙書，他看信後回了一首詩，哎呀，這首詩我怕是背不下來了……阿文，你從小記性好，你來背！」

「好！這首詩是這樣寫的——」

林海文清清朗朗背了出來，一點不打磕絆。

千里修書只爲牆，
讓他三尺又何妨？
長城萬里今仍在，
不見當年秦始皇！

「對，對，到底是年輕好記性！這樣，張家讓了三尺，方家一見不好意思了，也讓了三尺。兩家的房子中間變成一條六尺寬的路，當地人叫作六尺巷。」

「我還知道另一件事。五〇年代，毛主席接見蘇聯駐華大使尤金博士，針對當時的中蘇關係，對尤金講了張英的這首詩……」

「哦，是呀？」同年伯十分驚訝，「阿文變成京城人，見多識廣！」

張青筠早已送走老姐們，與明子悄悄上樓，聽到這裡，她說話了：「建中建華，我看這事就算了，海水闊闊，船頭還有相遇的時候，何況低頭不見抬頭見的鄰居！」

「建中建華，你媽說得對，千金買屋，萬金買鄰，金鄰居，銀親戚。」同年伯說著又咳嗽起來，他長出了一口氣，「唉！樹老枝屈，人老病出。我走了！」

林海文送走了同年伯，直覺得這位長輩活得不容易。

「小叔，我該上夜班了！」林建中無奈地出門走了。

「小叔，我們也該回去了！」林建華攜妻兒也無奈地出門走了。

鄭秋萍帶著小光上二樓睡覺。林明子原睡小閣樓，因爲小叔回家，便騰出小閣樓，在樓下和媽媽擠一床。

林海文一看手錶，剛剛九點，便在樓下同嫂嫂說話。潮汕俗語有云：

無父兄爲長，

無母嫂爲娘。

他從錢包裡拿出一百元孝敬嫂嫂：「這錢你留著自己用。」

張青筠不肯拿，林海文硬塞給她。張青筠手捏著錢，眼淚撲簌簌滾落下來。林海文知道嫂嫂又想起哥哥來了。

林海陽死得很突然，是腦溢血。林海文接到噩耗時，林海陽已經下葬，他給張青筠寄了一筆錢，流著淚寫了一封長信，信中還夾著面値共五十斤的全國糧票。信款寄出後，心緒依然壓抑，又塡了兩首詞。過了好幾個月，才發現那信根本沒接到。他心疼糧票，更心疼那滴淚的文字，但也無能爲力，郵局規定，平信不准夾帶糧票，而他當時僅僅爲了節省幾角錢的保價信郵費，因爲他每月工資才五十五元，叫他奇怪的是從前平信並不丟失，偏偏夾有糧票就丟失？

「阿陽說，他如果能夠摘帽，就是人民隊伍裡的人了，他要做的第一件事就是到北京找你，可他……他沒能活到今天……」張青筠又哭了。

林海文也在抹淚。

林明子悄悄下床，眼淚汪汪：「媽，別說這些了，叫小叔難受。」

張青筠點著頭，過了一會兒，對林海文說：「有件事想告訴你，你別說我迷信。最近一個月，我好幾次夢見阿陽，有一回我記得清清楚楚，他說他屋頂漏雨，我覺得奇怪，他說不信你來看，我一看，地上果眞擺著大缽小缽，還有臉盆水桶，我嚇壞了，怎麼像長溪那間破廟？我醒後告訴建中、建華，叫他們到長溪山上看看他爸那墳風水。建中、建華就是不肯去，說等清明再去掛紙也不遲。明子倒是想去，可她是姿娘仔……」

說來也怪，林海文也夢見過哥哥，還有父母親，在夢中他發現哥哥和父母親原來都還活著，而且知道他頗有成就，非常高興，還說了一句話，「我們的希望沒有落空！」這句話他聽得清清楚楚。他與奮極了，要領他們逛北京城……忽然醒了，聲像俱失，抬頭一望，夜空半輪冷月。他怕嫂嫂聽了越發傷感，沒敢說出他的夢，只是說：「我本來就打算去長溪，星期天，我和明子一塊去。」

長溪的曹支書不當支書了，村裡人依然敬畏他，叫他曹伯。曹伯熱情地招待了林海文和林明子。提起林海陽，曹伯唏噓不已，杏桃落下了淚。老兩口都說：「要是趕上如今這個年代，林老師不會過世的。」林海文讓侄女奉上備好的手信，老兩口堅留叔侄倆吃午飯。飯後，曹伯親自把年輕的族侄、當今的村長找來，當著林海文的面，叫村長派個後生仔帶把鐵鍬給林老師培土。直到一切停妥，林海文三人上山，曹伯望不見人影兒，才回家喝工夫茶。

林海文仔細察看了哥哥的墳塋，相當完好，沒有任何人工毀損的痕跡。後生仔幫著培了培土。林明子拔拔墳埕的雜草。林海文取出一包煙，謝過小青年，讓他先下山，自己默默地站在墳前，良久，掏出兩張紙，那是當初接到噩耗時寫的兩首《金縷曲》，低聲念著：

兄也歸天早！
忍相拋，
異鄉胞弟，
故園家小。
四十九年方盛壯，
更有珠璣懷抱。
竟撒手、紅塵中道。

料得臨終應飲恨，
算平生曲折知多少。
非與是，
從茲了。

青山白石長依靠！
念英靈，
浩然正氣，
堂堂一表。
比似凡庸多腐朽，
獨有書生骨傲。
且冷眼、風侵雨掃。
菽水承歡泉壤下，
便三生結草銜環報。
酸痛語，
向兄告。

念完第一首，林海文似乎無力再念下去。林明子接了過來，繼續往下念：

弟亦人將老。
者些年，
千災萬劫，
窮愁潦倒。
心血一腔隨逝水，
命蹇時乖運攖！
況遠隔、雲山飄渺。
空有孝心酬父母，
未纖毫福澤被兄嫂。
腸百結，
唯詩稿。

夢魂每向家山繞。
月明中，
高丘淨土，
離離春草。
異路幽明長已矣，
無復音容笑貌。
但一念、後來人好。

竭盡餘生殫盡力，
只興衰得失終難料。
兄閉目，
弟祈禱。

林明子念畢，也似乎一點力氣都沒有了。林海文接過詞稿，在墳前默默燒了。忽然一陣風來，將紙灰捲起，至半空，卻又紛紛揚揚散落，未及地，又一陣風來，將紙灰吹向山林深處，終至無影無蹤。叔侄二人不由自主地望著遠處山林，只見山林裡飛出一隻不知名的小鳥，子彈一般射向雲端，過了一會兒，一切又都還原。

林海文依照家鄉習俗，將白色紙條置墳頭和墓地四周，用土塊壓緊，潮俗謂之「掛紙」。墳頭上的那一疊紙條被山風吹打著，發出「嘶啦啦」時斷時續的輕微響聲。

林明子好奇地問：「小叔，為什麼這紙不燒？」

「聽說古代寒食節禁煙火，清明掃墓在寒食節期間，所以不能焚化紙錢。潮汕人掃墓除了清明，還有冬至，叫『過冬紙』，也依清明的規矩。我們這次來，既不是清明，也不是冬至，就依舊俗吧！」

「小叔，你離開南浦好多年了，怎麼還記得這麼多事？」

「童年的印象最深刻。」

「為什麼？」

「因為童年是人生的第一站。啊，不管是什麼事，總是第一次印象最深刻！」

林明子忽然想起：「小叔，你真的要到汕大當教授了？」

林海文搖搖頭。

「那……二嫂說，她的工作沒問題了，小叔起碼是主任，她到汕大當個職工還有什麼難的？她還說，汕大新校址在桑埔山下，她去看過，那片地方可大了，整座山都給包在大學裡頭，在那兒工作眞舒心，錢多，活兒少，環境還好……」

「哈哈！還沒拉屎先喚狗來吃。」林海文又冒出一句土話。

林明子一聽樂壞了：「小叔，你再住幾天，土話全都蹦出來了！」

林海文也笑了，有頃，認眞地說：「明子，我不想在汕大教書。」

「科研條件不好？學術空氣不濃？學生水平不高？」林明子一連串發問。

「不全是……」林海文搖搖頭，「我那天去汕大，一位什麼副書記接待我，他原是市委宣傳口的官，調到汕大來的。從他的介紹裡，我發現招來的人裡頭，大都同校同師同門。實踐證明，不管科研還是教學，同一學派的近親繁殖是非常可怕的，你稍有突破，便會被人家視爲異端。如果行政領導也是近親繁殖，那就什麼事情也做不成了！所以，我寧可放棄高工資和好房子，對不住大富翁李嘉誠了！」

高中生的林明子有點明白了。

回到南浦，林明子悄悄告訴了媽媽。張青筠正在高興小叔能回到汕頭，她不敢企望林家重振家聲，她只是盼望早日有個小嬸，阿文屬龍的，都四十了！可當她轉念一想，阿文的考慮也有道理，大世界都闖了，還回小窩裡鬥個什麼勁？再說情勢說變就變，如同海上的雲彩，當人家說它像一條大龍的時候，你抬頭一看，已經變成一條小蟲了！她拿不定主意，偷偷去城邊路找瞎子老六算命。

晚上，張青筠乾脆到小閣樓找小叔商量。她聽了林海文的想法，點了點頭。

「阿文，俗話說，潮州無好兄弟山。又說是，簍底蟹，咬自己①。」

「嗯！這就是北京人所說的窩裡鬥，書面語言叫內耗。」

「要是一隻鷓鴣占了一個山頭，就更難了。」

「是呀！一山不容二虎。哦，我離開潮汕幾十年，這裡的人都把我當作外鄉人了！我上街買東西，小販跟我說普通話，那普通話我聽不到三成，我說，你還是說潮州話吧！他笑了，問我，你在汕頭工作好多年了吧？我支吾著，同他開玩笑，看我不像潮汕人是吧？他又笑了，你的個子眞高，不過，潮州話說得還不錯……」

「什麼叫還不錯？阿細叔是標準的潮州話呀！」

「啊，離家時間太長了，有時候是有些磕磕巴巴的，那天說起『笊籬』，誰都聽不懂，我忘了『笊籬』在潮州話裡該怎麼說了，用手直比畫，跟啞巴似的，還是沒人懂，急得我啊，抓耳撓腮的……」

「是不是『飯撈』？」

「就是『飯撈』！」

林海文說得嫂嫂笑了起來，笑得有些辛酸，他忽然長歎一聲，「潮汕人在異地他鄉相遇可親熱呢，可抱團呢，一回到老家就不是那麼回事了！」

「阿文呀，我找老六給你算過命了！他不知道我算的是誰。他說，這個人命裡大貴，看，龍年龍日龍時生人，四柱中三柱辰龍，如果月柱也是辰龍，那就……他悄悄地說，皇帝命呀！這話嚇了我一跳。他聽見我叫了一聲，就說，阿嫂，勿驚，勿驚，是個好命。不是四腳龍，是三腳龍，不是九五尊，是錦繡人！又說，阿嫂，問什麼？我說，問前程。他用手指伸屈點節運算，說，好！不過，在北不在南。我問他怎麼講？他說，北方玄武，屬水，龍在水，你說好不好呀？南方朱雀，屬火，火烤龍，你說受得了嗎？阿文，他算得還眞準哩！」

林海文學天文的，自然曉得所謂四方五行之說，古書上有記載，記得《淮南子》就明確地說，北方水也。他忽然想起多年前他經過曠埕時候聽到的那個聲音，那老女人唱著古老歌謠「月娘月光光」的聲音，難道這裡眞的是一片神秘的土地？看看庵觀寺廟，處處媽祖宮，土地廟，臨水聖王，安濟聖王，三山國王②，龍師火帝鳥官人皇，神荼鬱壘泰山石敢當，潮汕人祭天地，祭日月，祭風雨雷電，祭山川河海，祭鬼祭佛祭仙道，祭聖祭賢祭英豪，從孔夫子、韓昌黎到潮州八賢，從文天祥、陸秀夫到陳元帥、許夫人③，乃至飛禽走獸，花妖木魅，連大榕樹下都香火不斷，人的命運眞的是掌握在冥冥之中？他竭力回憶那歌謠，「秀才郎，騎白馬，過陰塘……」這秀才郎是我嗎？「欲食好茶哩來煮，欲娶雅嬤哩去冠隴山……」雅嬤，美妻也，是誰？是她……是她嗎？還有，將來，「去時草鞋共雨傘，來時白馬掛金鞍……」草鞋雨傘，是窮，這同我相類，難道未來是白馬金鞍？哎！我胡思亂想什麼？我是研究自然科學的人，怎麼跟嫂嫂一樣迷信起來？可是，雅嬤的歌謠彷彿神示，總叫他惶惶然。他想來想去，猶豫不決，終於沒上蔡家的門。

---

①潮州俗諺有「簍底蟹，咬自己」之說，竹簍裡只有一隻螃蟹，它能夠憑藉自身力量爬出竹簍；倘若多隻，便會「疊羅漢」，下面拉拽上面，又攀又咬，結果哪隻也爬不出。人間世亦如是，破壞、搗亂、拆台、打壓，致使優秀人才無法脫穎而出。這就是簍蟹文化。潮州俗諺還有「潮州無好兄弟山」、「一隻鷓鴣占一個山頭」、「一山不容二虎」等語，意思略似，都從另一視角評說「醜陋的潮人」。

②臨水聖王、安濟聖王、三山國王，均爲民俗信仰的偶像，象徵地頭神。

③陳元帥、許夫人等源於眞人實事，亦爲信仰偶像，象徵地方保護神。

幾天後，他回到北京。一踏上十里長街，馬上找回感覺，輕鬆，自在，浩浩乎如風如水。似乎只有北京，才是他心儀的故鄉！可他沒有想到，他和潘新偉見面還沒說上幾句話，就遭到師兄的一頓搶白。

潘新偉得知他沒有去找蔡鶯，怒氣沖沖：「虧你還算是個現代人，滿腦子封建貞操觀念，說白了，你不就是嫌她不是處女嗎？」

「不不，你誤解了，我沒有那麼想……」

「我把路都給你鋪好了！我替你把天穹圖照片給蔡鶯寄去了……」

「什麼？你寄去了？那信封上寫著我的姓……」

「信封上沒寫你的姓，也不是我的筆跡，我用打字機列印後貼上去的。」

「你怎麼不告訴我呢？」

「可我叫你這趟回汕頭一定要去找她呀！」

其實他們都不知道蔡鶯病而後癒的那段曲折。對於林海文來說，不知也好，少些痛苦。此刻，林海文無可奈何低下了頭，他想，豈止失之交臂，而且平添誤解了！

眞的平添誤解了！蔡鶯病癒後由蔡方蘇的手下人安排到汕頭圖書館當管理員，有一天，在與汕大圖書館管理員的交談中，蔡鶯無意得知林海文要到汕大任教的消息，她估計林海文會來找她，一回家便翻出壓箱底的衣服，試了又試，她等待著那生關死劫之後艱難的一面。可是她完全失望了！她再次見到汕大那位管理員的時候，知道林海文沒有應聘，已經回北京去了。她於是產生了如潘新偉那樣的誤解，他一定嫌我……潮汕人太看重「初夜」，他也不能免俗！她把天穹圖照片付之一炬。她的情感枯寂了，唯一想做的事是吃齋拜佛，她身體恢復了健康，靈魂卻遊走了，此所謂「哀莫大於心死」！

2 簍底蟹

《詩經》有云：「兄弟鬩於牆，外禦其侮。」如果更改句序，「兄弟外禦其侮，鬩於牆」，意思還是那個意思，由於著重點的轉移，含義上也會有微妙的變化。林家第三代兄弟之間近來的摩擦，使人們領略到句序更改後含義上的變化。

自從林海文講了六尺巷的故事，時間跌跌撞撞又走了一程。有道是「雞蛋密密有痕縫」，四鄰八舍都知道了林、黃兩家共牆糾紛的事。又道是「公理終須在」，鄰里們都誇獎林海文畢竟是首都人，好胸襟，也都稱讚林家兄弟明白事理不糊塗，連黃家的人也覺得自家做得不合適，主動賠笑同林家人搭話。誰知林家兄弟卻給自家找不自在！

這座當年曾經風光了一陣的蠡廬如今越發顯得寒磣，與當今不斷興建的別墅式民居相比，如同乞兒之於王子，讓它把著橫街轉角這個城鎮門面，直教風光減色！再看蠡廬的內部裝修，你會懂得什麼叫作「將就」，可憐的蠡廬似乎連粉刷一新的氣力都沒有。然而，就爲這座蠡廬，林家兄弟由「共牆」的合力變爲「鬩牆」的紛爭。

原來林建華返城時候，兄弟間就爲蠡廬發生過一次衝突，由於夢谷中學人事處出面給林建華解決了一間不足十平方米的小屋，蠡廬的衝突暫告消停。林建華自覺身爲人弟，既有房子住也就算了，沒想到沈春柳是個強主兒，又住慣了南邙的大院落，直覺得憋屈得很，一定要鬧騰。

有一天夜裡，沈春柳對林建華嚷嚷著，定要林建華去鬧分家，分蠡廬。林建華一聽，這？客廳吊草席——不是畫（話），便好言相勸，勸著勸著，兩人吵了起來，還動了手，把兒子小亮嚇哭了。好在兩夫妻床頭打架床尾和，過不了一會兒，竟然生出欲火，親熱了一陣之後，沈春柳舊話重提：「不是我做老婆的挑唆你，老實人受人欺，軟土深掘啊！我先不說房子，就說每個月給你媽的錢吧，我們是孝敬老人的，可你媽自己能吃多少？就算上小姑，又能吃多少？不都讓他們家大人奴仔給吃了嗎？你想想！」

林建華睏倦得厲害，朦朧中一想，有道理，怎麼辦呢？沈春柳有主意，讓小亮吃住都在螽廬！林建華覺得是個辦法。沈春柳笑著說：「你記著，往後就得厲害點，火不燒山地不肥，人不梟橫無人畏！」

第二天，林建華跟媽媽一說，張青筠很樂意。林建中明知棋失先手，輸了一著，也只好隱忍，鄭秋萍心裡窩火，也只能甩幾句淡話，時或指桑罵槐，打雞罵狗。

這天，螽廬門前，郵遞員高喊著：「張青筠！拿圖章來！掛號！」張青筠顧不上淘米，在圍裙上擦一擦手，應聲走出廚房。郵遞員替張青筠蓋上圖章，遞過取款單，又取出一張報紙——《光明日報》，遞了過去，騎單車走了。

張青筠高喊：「明子！你的《光明日報》！」

林明子下樓，取過報紙，邊走邊看，正要上樓。

張青筠叫住：「明子！小叔寄錢來了！」遞過取款單。

鄭秋萍和小光、小亮都圍了上來。

林明子念著匯款單上簡短附言：「二百元給嫂嫂過年用度，一百元給明子交學雜費……」

鄭秋萍驚呼：「三百元！這麼多！小叔發財了吧？」

林明子冷冷地說：「小叔能發什麼財？小叔四十出頭了，還沒結婚呢！」

張青筠一聽倏地黯然，轉身上樓去了。林明子也隨著上樓。

鄭秋萍不滿地「哼」了一聲，一望廚房，嘟囔著：「米不淘，菜也不洗了！」

小光喊著：「我淘米！」跑進廚房。

小亮也喊著：「我洗菜！」也擠進廚房。

鄭秋萍煩躁地推搡著小亮：「去去！到外面玩去！」自個兒坐著淘米洗菜。

二樓上，張青筠對林明子絮絮述說著：「……小叔原先的女朋友是蔡霞，就是市委蔡書記的大女兒，後來蔡霞嫁給翁財旺了……」

「翁財旺，我聽說過這個人，現在是市委辦公室的一個科長。小叔那麼好的人，蔡霞還嫌呀？」

張青筠搖了搖頭：「她什麼也不嫌！是她媽媽嫌我們林家出身不好……」

「可蔡家『文革』時候不是也讓人鬥得很慘嗎？」

「唉！那是後來的事。」

「這樣的岳母，不成也好！」

「看你說得輕巧！人哪，眞愛上了誰，一輩子也忘不了。」

「難道小叔一輩子獨身？」

「那倒不會……大概沒有合適的吧？」她們並不知道林海文還有過和蔡鶯的一段感情糾葛。

樓下傳來孩子們的哭鬧聲。張青筠站起身子，林明子按著母親坐下：「媽！不要管他們了，吵吵鬧鬧不是家常便飯嗎？」

「老大那媳婦呀……」張青筠把下半截話嚥了回去。

樓下擺開了迷你型戰場。小光把小亮打哭了。小亮哭喊著：「媽媽！媽媽！」

也眞巧，「嘭」的一聲，大門開了，沈春柳快步跑來。小亮一見媽媽，撲了過來：「媽媽，小光打我！」

沈春柳厲聲斥問：「你爲什麼要打小亮？」

小光爭辯：「他玩壞了我的小飛機！」

小亮抗言：「小飛機是從前小叔公買給小姑玩的，不是你的！」

小光頗不講理：「就是我的！」

小亮有了母親壯膽，毫不退讓：「不是你的！」

小光嚷嚷：「就是我的！你是小鄉下佬，你不是南浦人，你滾回鄉下去！」

沈春柳氣血上湧，「啪」地一記耳光打了過去。

小光愣了一下，捣著臉哭開了，高喊著：「媽媽！媽媽！」

鄭秋萍早已走出廚房，指著沈春柳的鼻子：「沈春柳，奴仔打架，你大人憑什麼動手？」

沈春柳並不示弱：「是打架嗎？是你兒子欺負我兒子！」

「就算是我兒子不對，也該我來管呀！用得著你來管嗎？」

「你在廚房裡裝聾作啞，你管嗎？你看著心裡高興！」

「我心裡高興不高興你怎麼知道！我告訴你，沈春柳，你今天不給我兒子賠禮道歉就不行！」

「賠禮道歉？鄭秋萍，你別做夢了！你去打聽！沈春柳什麼時候向人低過頭！」

「你今天就得低這個頭！你以爲南浦是你們南邵呀？如今你爹土農民不吃香了！」

「好呀！你罵到我爹頭上來了！我爹招你惹你了？你不是人！」

「你才不是人呢！你是牲口！」

「你臭不要臉！」

「你是雞！」

「你是坐單車尾的等外雞！」

「你得癌！」

「你得愛滋病！」

似乎應著一句俗話，先說就贏，慢說輸三成。於是，戰爭升級，沈春柳與鄭秋萍由動嘴而動手。小亮與小光各爲其母，也捉對兒廝打。

「太不成體統了！」張青筠走下樓梯，「別打了！像個什麼樣子！」

沈春柳與鄭秋萍異口同聲：「媽！你不要管！她不是人！」

突然一聲大吼：「都給我住手！」

林建中下班回家，出現在門口。到底是男人豪壯，一鳥投林，百鳥噤音。沈春柳和鄭秋萍都住了手。

「你們還嫌不夠亂是不是？我在街上就聽見又哭又喊的，現世丟人！」林建中轉向鄭秋萍，「你忍一忍不就過去了嗎？」

「哎！你怎麼食碗內粥說碗外話？她打了小光，我不能開口，是不是？俗話說，打狗還要看厝人呢！有她這樣蠻不講理的嗎？」鄭秋萍忿猶未釋。

林建中話裡帶刺：「你是城裡人，應該懂道理，爲什麼要跟她一般見識呢？」

沈春柳走上前來：「大伯，聽話聽音，鑼鼓聽聲！我們鄉下人就那麼沒見識？就該死？你老婆，哦，你愛人的爹不也是從鄉下出來的嗎？還是從深山溝裡出來的！就那麼有見識？牛屎菇，你看作靈芝草！」

「哎！你扯上秋萍她爹幹什麼？」

「是我扯上還是她扯上？你去問問，問問你愛人！不，你老婆！」

鄭秋萍跳了起來：「你沒完了是不是？有臉不知收煞。哼，你沒來林家，我們上上下下和和睦睦，你一來，林家就不得安寧，你純屬一根攪屎棍！」

林建華手提一尾魚悄悄進屋。

沈春柳一見林建華到來，登時來勁：「建華，你聽聽這叫什麼話！」

林建華將魚放下，沒有回話。

沈春柳嗓門逐漸放大：「要趕我們走了！哼！沒那麼容易！這房子就該有我們二房的一份！我們回南浦好幾年了，一直忍讓著，我們夫妻擠在夢谷中學一間小屋裡，我們沒說什麼，媽，你說是不是？」

張青筠支吾著。

沈春柳竟然落下淚來：「媽！你想，那間小屋才八點九平方米呀，翻身撞著壁，下地踢著門！我不怕媽你笑話，我們夫妻夜間都不敢做那事，哪像人家，開大燈，起颱風，鬧地震！這才把小亮送到家裡來，就是這麼一個奴仔，他們都不容呀！媽！」

林建華歎了一聲：「唉！眞是人善被人欺，馬善被人騎呀！」

沈春柳突然高聲：「不！今天不走了！住定了！」

林建華附和著：「對！對！」

林建中擺出老大的架式：「對什麼對？我問你，你現在要回來住了？『文革』時候，你爲什麼不回來住呢？老丑說白話，那時候你怕了！你躲到鄉下廣闊天地沈隊長的保險箱裡去了！現在苦日子熬到頭了，我把房子討回來了，是我！是我！是我！知道嗎？沒錯吧？我求爺爺告奶奶的，我豁出去做阿孫，才要回這厝屋，現在，你想摘桃？不行！」

「什麼？這房子成了你的了？溪沙壩看作自己業！」林建華被激怒了，「哼！我下鄉受苦受罪，沒早沒晚，風吹日曬，臉朝黃土背朝天！你呢，你在城裡享清福！阿爸的單車你騎了，媽媽的私房錢你花了，我連一分錢都沒見到……」

張青筠勸阻：「建華，不要提那些日子的事了……」

「媽，你別攔我。這些話不說我憋得難受！」林建華轉向哥哥，「我問你，我每次進城，挑青菜，擔番薯，你吃過沒有？可你給我們送過什麼呢？……」

「哼！都餵了狗了！」沈春柳冷嘲。

「媽！她罵你是狗！」鄭秋萍挑撥。

「別亂了！」林建中喝住妻子，衝著弟弟，「好呀！老二，你有臉說出這種話來！這些年來，媽跟我們一起過，是我們服侍著媽，媽才有今天！我問你，媽病的時候你在哪兒？你來過家嗎？是誰帶媽上醫院的？是誰給媽煎湯熬藥的？……」

張青筠急忙擺手：「哎呀，別扯我了！扯上我做什麼？你們都別說了！」

可是，鑼做鑼敲，鼓做鼓打。

「媽，不是我願意說這些事，是他逼的！」林建中意猶未盡，轉向弟弟，「你摘桃就摘桃吧，當哥哥的沒說過什麼……」

「我摘什麼桃了？」弟弟憤怒地質問。

「你敢說沒有？爸爸的崗位是誰頂了？是你！」

「我，我爲什麼不可以頂職？」

「現在我告訴你，阿公的崗位該輪到我們了！」

「你沒工作？」

林建中指著鄭秋萍：「她沒工作！」

林建華也指著沈春柳：「她有工作？」

沈春柳指著鄭秋萍：「她是表現不好，讓工廠開除的！」

鄭秋萍也指著沈春柳：「她造謠！她是鐵姑娘隊長，『四人幫』的爪牙！哪個單位也不會要她的！」

林建華抓起一個茶杯往地上一摔：「混蛋！」

林建中更冒火，也抓起一個茶杯狠狠一摔：「混蛋！」

張青筠來回勸說，無濟於事。她傷透心了！當年受苦受難的時候，兩兄弟日東月西，一見面兩眼淚汪汪，如今到在一處了，卻鬧起簍底蟹咬自己的衰把戲，好日子不得好過！難道眞的是播下龍種，收穫跳蚤？

「吵夠了嗎？」是一個好聽的聲音。

眾人循聲望去，林明子，一個看上去十分清純的高中女生，站在樓梯口上。彷彿四兩撥千斤，眾人沒了話了，愣愣地望著林明子，他們實在想不出這個姿娘仔將要說出什麼話來。

林明子開口了，語如韓江水，時急時緩，汩汩滔滔：「……說穿了，就爲這幢房子！這幢房子，是阿公的財產。阿公不在了，該是爸爸和小叔的財產，他們兄弟一人一半吧？爸爸不在了，該是媽媽和三個子女的財產，你們兄弟能分多少？」

大哥愕然：「你也想分？」

小妹反詰：「怎麼？憲法規定子女享有同等權益，我怎麼就不能分？」

大哥語塞。

「按法律規定，你們兄弟每人只能得$\frac{1}{2}\times\frac{1}{2}\times\frac{1}{3}=\frac{1}{12}$，對嗎？」

兩兄弟無言以對。

「當然！小叔在北京，以小叔的人品，他是不會回來分房子的，可按法律規定，應該有小叔的一半！告訴你們，我將來也不會跟你們分房子的，儘管也有我的十二分之一！」林明子略作停頓，「人要有志氣！去蓋新房，那才是本事，守著祖宗留下的這點東西，還你爭我奪，算什麼出息？」

一座驚詫不已。他們的小妹一下子變得陌生了，彷彿陡然長了十歲！

「再說頂職吧，怎麼就都想到你們的夫人呢？爲什麼不想想你們的妹妹？我將來高中畢業，要是考不上大學又就不了業，我就不能頂阿公的職嗎？政策照顧首先是直系親屬，我是林耀祖的孫女，林海陽的女兒，我怎麼就沒有資格？還是那句話，有本事就出去闖蕩去，那才像個男子漢！窶底蟹算什麼能耐？從前，你們埋怨家庭出身不好，害了你們，你們還罵過阿公，罵過阿爸……」

張青筠雙淚「刷」地滾落：「明子……」

兩兄弟齊聲：「你！」

林明子語調平靜：「有沒有？不承認？現在阿公、阿爸右派改正了，國家改革開放，南浦是特區，客觀上條件有了，你們又怎麼樣？你們是哥哥，就不想著給妹妹留個好表率？你們是父親，就不想著給兒子留個好榜樣？」說罷，緩緩上樓。

眞是軟藤縛硬柴。眾人都呆了，一動不動。過了一會兒，是神歸宮，是佛歸廟，蠡爐悄無聲息。

3 尋根問祖

廣汕公路上，一輛長途汽車行駛著。這是一輛行將退役的司各達大轎車，歸私人承包。車內改裝成一種臥鋪式結構。隔著一條窄窄的過道，一邊是單鋪，一邊是雙鋪，尾部則是五個床位相連的通鋪，俱分上下層。陳奇蘭和陳華夏居第一排上層雙鋪，蔡怒飛居對面下層單鋪。陳華夏佩戴著華南師院附中的校徽，舉著一架萊卡相機，「咔嚓咔嚓」，聲聲快門響，照了窗外照車內，一通狂拍。蔡怒飛和陳奇蘭已經確定了戀愛關係，只待大學畢業就結婚，眼下屬所謂大齡未婚青年。此刻，他們同其他乘客一樣，都在聽司機和助手「侃大山」，不時發出開心的笑聲。

「哎哎，老兄弟夥不要笑，啞巴、口吃、大舌頭、失聲戲子，當不了司機，當司機的嘴巴就得呱呱叫！要不，一打瞌睡，一車人就……呃，車上不能說不吉利話！」

公路上有人攔車。司機對助手說：「原價！」助手猶豫：「都走了五分之一路程了！」司機罵了一聲：「笨蛋！」把車停在路旁。幾個外省打工男女上車。助手同他們討價還價，終於逼出他們的錢來。幾個外省仔嘟囔著向後鋪走去。

時已入夜，公路旁一家飲食店門前，站著一位笑容可掬的人——飲食店的老闆。司機把車停在一旁，高喊：「下車吃飯了！」乘客們紛紛向飲食店走去。

陳華夏取箸拿匙，擦桌子，相當熟練。

陳奇蘭說：「小華夏，你很在行呀！」

「小姑你忘了，外公開蠔烙店，我給外公打過工！」陳華夏說罷去取麵條。

蔡怒飛誇獎：「小華夏根本不像個富家子弟，將來肯定有出息！」

「哎！」陳奇蘭轉換話題，「鶯姐當了圖書管理員，心情好不好？」

「還好吧？愛讀書了，特別是對佛道方面的書！想不到探春變惜春！」

「哎，大姐夫呢？」

「這人太能幹了！醫生當得滿不錯的，又棄醫從政，最近剛剛提拔，市政府辦公室副主任！」

陳華夏學著跑堂的腔調：「粿條一碗！閃身，閃身，潮汕風味，來了！」惹得食客們都笑了，他得意地四顧，似乎出足了鋒頭。

陳奇蘭吃了幾口，連聲說：「好吃！好吃！」望著蔡怒飛。蔡怒飛會意，將碗移了過去，陳奇蘭把自己碗裡的粿條又挑又撥，多半給了蔡怒飛。蔡怒飛吃了一口，望著陳奇蘭：「特別好吃！」陳奇蘭含情地看著蔡怒飛狼吞虎嚥的樣子。陳華夏裝作無睹，故意「提溜提溜」吃得山響。

雅座裡，司機和助手，海鮮七八樣，吃完嘴一擦，走出雅座高喊：「上車嘍！」

乘客迅速上車。陳華夏占據了蔡怒飛的下層單鋪。蔡怒飛讓他到上層雙鋪去。陳華夏故意裝睡。蔡怒飛順水推舟，上了上層雙鋪。黑夜裡，車在行進，忽然顛簸起來。蔡怒飛乘機摟著陳奇蘭，接了一個響吻，陳奇蘭打了一下蔡怒飛的手，也發出一聲脆響。

助手笑著對司機嘀咕，司機哈哈大笑：「這不新鮮！只要天一黑，什麼歪事邪事風流事都做得出來！」

聽到司機的調侃，陳奇蘭臉上通紅，虧得天黑，誰也看不到，她狠狠地擰了一下蔡怒飛的手，自然，不是眞狠。

突然，一個女孩子驚叫起來：「司機，我的錢包讓人掏了！裡面有身分證和七十元錢！」

司機一聽，打開車燈，全車通亮。司機大聲宣告：「誰拿了阿妹仔的錢包，現在不好意思拿出來，等一會兒悄悄塞給我。要是不拿出來，我把車開進派出所，每個人搜身。」

無人答腔。

片刻，司機改口：「要不，就把身分證悄悄塞過來，你拿走人家姿娘仔的身分證也沒用！錢你拿走算了，好不好？請自動點，不然到時候大家不得下車。」

乘客們「嘿嘿」笑著，低聲議論。

司機無可奈何：「阿妹仔！別難過！讓偷錢的賊下車給狗咬死！」

乘客們笑了起來。蔡怒飛悄聲對陳奇蘭說：「司機這傢伙到底是個好人！」

番客嬸盼著小孫子，天天倚閭而望。陳家還是那間「伸手」，沒有隨時代振興，不過，花木多了起來，除了悄然綻放清芬的茉莉，還有芝蘭、石榴和鳳仙花。今天，番客嬸終於盼到了小孫子！她看著陳華夏，酷肖陳奇木，一聲「阿孫仔」，摟過陳華夏，熱淚交流，蓄勢數十年的辛酸作一時傾瀉。

陳華夏從大包小包裡取出各種東西。一個收錄音機被放在桌子上。陳華夏放上錄音磁帶，頓時響起潮州戲《金花牧羊》的腔調：

金花牧羊哭哀哀，

劉永做官未返來……

番客嬸破涕為笑。

陳華夏又取出一副老花眼鏡，給番客嬸戴上。說：「祖母，你看看，清楚嗎？」說罷拉著祖母到天井看花。

番客嬸高興地笑了，曾經朦朧了多少時候的世界忽然間朗朗然：「看，那茉莉花生出新骨朵了！」

陳奇蘭引領著陳華夏在小屋裡轉來轉去，一一介紹：「這是你爸從前睡覺的床！」

陳華夏望著木床上那長方體的瓷枕，十分驚訝：「這是枕頭？那麼硬，怎麼枕呀？」

番客嬸笑著說：「那才涼快呢！」

陳奇蘭又指著一把椅子：「你爸就坐在這把椅子上讀書，吃飯時候就這樣彎著腰。」她做了一個姿勢。

陳華夏試著坐在那把椅子上，覺得十分彆扭，歎了一聲：「難為老爸了！」

番客嬸和陳奇蘭笑了起來。

陳華夏四下裡張望，一種說不出的獨特而又奇妙的感覺湧上心頭，他喃喃自語：「爸爸的故事就從這裡開始！」

番客嬸望著陳華夏，又想起陳奇木，心中掠過一陣烏雲：「阿蘭呀！也不知道你哥的事情什麼時候有個說法？」

「阿娘，不要焦急，遲早總會解決的。」

「他是逃跑的，只怕難呀！」

「阿娘，右派都改正了……」

「他還不抵右派呢！林耀祖和林海陽的右派帽子一風吹了，還補發了好多錢，海陽的二兒子全家回南浦了，老二也頂了職，在夢谷當職工。海陽嫂一提起就高興得直掉眼淚，聲聲句句感謝共產黨，感謝人民政府……」

「哈哈哈！」陳華夏突然大笑起來，「怎麼還要感謝呢？」

「阿孫仔，是要感謝呵！你不知道，林家從前有多慘……」

「這在法國，恢復名譽是當然的事，還要賠償多少萬法郎呵！」

「哎喲，阿孫仔，可別亂說。」

陳奇蘭拉過陳華夏：「你到華師附中插班也快一年了，你應該懂得中國的事情和西方不一樣。」

陳華夏詭秘一笑：「懂，懂！我懂得兩個字：國情。對嗎，姑姑？」

過了一會兒，陳華夏指著床、桌、椅，對祖母說：「這些東西可不可以賣給我？」

番客婶愕然：「什麼？賣給你？」

陳華夏點點頭。

番客婶茫然：「你……做什麼用？」

「帶回巴黎，老爸一定感到安慰，媽媽和外公也一定會珍惜它！」

番客婶淒然淚下：「阿孫仔，說什麼賣？你拿走吧！」

「祖母，我給你買一套新的家具。我有錢，自己的錢，我在香港在巴黎都打過工，不用老爸的錢……」

「你也打工？」番客婶惘然，彷彿不可思議。

陳華夏點點頭：「祖母，你太苦了，爸爸寄過那麼多錢，你爲什麼不生活得好一些呢？」

「什麼？你爸爸寄過錢？」番客婶和陳奇蘭都愣住了。

「是呀！在香港寄過好幾次了，每次最少也有幾千港幣……」

「眞的？」陳奇蘭不敢相信自己的耳朵。

「眞的！差不多每次都是我陪媽媽去寄的。那時候我還小，我說當媽媽的保鏢，媽媽笑得直不起腰……」

番客嬸搖搖頭：「不對！」

三個人面面相覷。

陳奇木那邊，確實寄過好幾次錢，雖然沒有回信，卻斷然不會想到這邊收不到，因此日後來信中沒有提及；番客嬸和陳奇蘭這邊，只是在陳華夏回國內念書的近年裡，才知道了陳奇木的確切消息，而且陳華夏已經把父親的錢親手交給她們了，因此她們也無心去問從前有否寄過錢。這樣一來，兩邊都想不到還會有丟錢這麼一回事！現在陳華夏無意中說破，眞相大白，可不是小事一樁！番客嬸心想，從前番客寄錢，叫番批，有專送番批的批局，批局是私人辦的，最講信譽，分文都要送到，如果吞掉番批，叫沉批，就是犯了殺頭罪，官府一定要殺他頭的！從前還眞沒聽說過哪個批局敢沉批！

這時，「下山虎」門前，楊碧君和曲鐵柱一前一後走來，相互推諉著。楊碧君拗不過曲鐵柱，她敲響了「伸手」的門。

「誰呀？」屋裡問。

「番客嬸，是我，楊碧君。」

門啓處，番客嬸看見楊碧君身後的曲鐵柱，大吃一驚：「曲……曲書記！」

曲鐵柱笑容可掬：「番客嬸你好呀！」

「好，好……請屋裡坐！」

陳奇蘭和陳華夏也起身讓座。

習慣於唱主角的曲鐵柱明知故問：「這小夥子是誰呀？」

「阿木的兒子。」

「哦！大小夥子了！上初中？」

「不，高三。」

曲鐵柱一聽，真的吃驚了：「十六歲上高三？在我們老家，十六歲還在放羊呢！」他打著響舌嘖嘖連聲；「真是自古英雄出少年！在哪兒上學？」

「華南師院附中。」

「好，名牌！名牌！哦，阿蘭也快畢業了吧？」

「今年夏天。」

「好！好！」曲鐵柱轉向番客嬸，「今天休假，碧君說，老街坊，多時沒有走動了，來拜候拜候。」

番客嬸心中有數，便順水推舟：「碧君你也太客氣了。從你媽過世後，我就沒去拜候你，是阿嬸缺禮呢！」

楊碧君勉強地笑了一笑，卻癡癡地看著陳華夏，彷彿當年的阿木哥！那眼睛，鼻子，嘴，特別是說話的神氣……在大街的電線杆下，在解放劇場裡，在韓堤上，在郊外的荒塚邊，在這間「伸手」內，處處都有阿木哥……她忽然一陣心酸。

一個粗嗓子打斷了楊碧君的思路：「我們不打擾了！你們母女祖孫好好聊聊！」曲鐵柱在告辭。

番客嬸客氣地挽留：「再坐一會兒吧！」

「不了！阿嬸呀！給阿孫仔做點好吃的，潮汕特產什麼的。哎，碧君，要不你留下，幫阿嬸炒幾樣菜，露露手藝。」

楊碧君爽然應聲。

番客嬸急忙辭謝：「哎呀，哪裡敢勞動碧君呀！家常便飯就行了……」

「祖母，我就想喝潮汕白粥，煎鹹帶魚！」

曲鐵柱見機行事：「哎，巧了！我們家正好有煎鹹帶魚。碧君，一會兒送來，誤不了飯口！」

番客嬸連聲推辭。

曲鐵柱告辭出門，和楊碧君一起走出了巷口。

楊碧君低聲說：「家裡哪有煎好的鹹帶魚？」

曲鐵柱笑罵：「傻瓜蛋子！不會去買呀？多貴也買！」

楊碧君嘮叨：「那倒貴不到哪兒去……你想巴結陳家是不是？還不如請小華夏到我們家來作客呢！」

「哎！這個主意好！」曲鐵柱笑嘻嘻，「到底是夫人有辦法！」他居然用了一句半生不熟的潮劇念白：「娘仔！」

楊碧君笑罵了一聲：「討厭！在大街上不三不四，你還是個書記呢！」

二人說笑著遠去。

曲鐵柱夫妻走後，陳奇蘭百思不解，等到晚上，陳華夏睡下了，她悄悄對母親說：「阿娘，姓曲的從來不登我們家的門，這裡一定有文章。」

「我也這麼想的……會不會知道了你和怒飛的事？」

「嗯！他怕陳蔡聯姻對他不利，要報復他……」

「唉！陳家有幾個膽敢報復別人？」

「他怕惹不起蔡家。」

「哎！阿蘭呀！眞的，你們什麼時候辦事呀？瞧你都成老姑娘了……」

「阿娘，你著什麼急？我們大學還沒畢業呢！」

「畢業後就辦！」

「阿娘，不說這個了！我想，姓曲的這次登門，八成和哥哥的事情有關……」

「那他是……嘴甜甜，背後一把彎鉤鐮！」

陳奇蘭搖搖頭：「不是那個年代了！姓曲的也不是先頭那個樣子了！『文革』時候他也吃了不少苦，人嘛，遲早總要變的，有變壞了的，也有變好了的。」

「那你說爲什麼……」

「我猜想，也許太離譜。好像同哥哥的匯款有點關係，可從時間上看，又不大對得上……不管怎麼說，這裡有一個大疑點，曲鐵柱心裡有鬼！鹹帶魚送成鹹馬鮫，鹹馬鮫自然比鹹帶魚貴嘍，可也說明他不是剛好家裡有，而是現買的！他要是心裡沒鬼，用不著這麼早就巴結我們，我和怒飛還沒結婚呢，說不定還吹了呢！不過，他既然笑臉來，我們就該笑臉相待，冤家宜解不宜結。」

聽了陳奇蘭一番分析，番客嬸大爲感慨：「阿蘭，你是能幹大事的人，爲什麼偏偏生做姿娘？」

陳奇蘭笑了：「阿娘，我要是生做男人，怒飛還能愛我？」

「死阿蘭！」番客嬸笑著走開去。

陳奇蘭脫衣上床，可睡不著。番客嬸在廚房裡勞作，她爲小華夏精製糯米糍。遠處隱隱傳來卡拉OK之聲，那是一曲《燭光中的媽媽》，陳奇蘭思前想後，潸然淚下。

晨曦中的汕頭，披一襲霞光。陳奇蘭一大早就去蔡家。小院花木蔥蘢，儘管時屬冬令。客廳裡，翁財旺在寫著什麼，一見陳奇蘭，主動打招呼：「阿蘭呀！這麼早？」

「財旺哥，你更早，寫材料呢？」

「是呀！習慣了。笨鳥先飛，夙興夜寐，此生無福睡懶覺呵！」翁財旺依然粲花口舌春風面，「哦，怒飛大概還沒起床！」

「懶鬼！日上三竿，太陽都曬屁股了！」陳奇蘭笑罵著。

「誰說我是懶鬼？」蔡怒飛身著睡服，趿著拖鞋，走出房間，「懶鬼會拖人！」他把陳奇蘭拽入房內。

翁財旺善意地笑笑，復埋頭寫材料。

房內傳出吃吃的笑聲。陳奇蘭輕輕拍打蔡怒飛：「別鬧了！我告訴你，昨天曲鐵柱突然到我家來了……」

客廳裡的翁財旺不由得一愣，側耳諦聽……

房內，蔡怒飛無語，來回踱步，少頃，點點頭：「嗯，很有可能是曲鐵柱呑了匯款……」

「聽阿娘說，從前侵呑番批的人是要槍斃的……」

「他害怕了，所以上門拉關係……」蔡怒飛忽然搖頭，「不，不！這事還得分析。阿木哥在香港時候，曲鐵柱已經被打倒，又批鬥，又監督勞動，他摸不著錢呵！」

「是呀，我也這麼想過。可是，他家目前的擺設絕不是他的工資所能支付……」

「文革後他官復原職，阿木哥還在巴黎奮鬥呢！」蔡怒飛依循著自己的思路。

「聽華夏說，我哥到巴黎後沒有寄過錢……」

「爲什麼不寄錢了呢？」

「大概是覺得在香港期間寄的幾十萬港幣足夠花的了，又一直得不到我們的回信，怕也放心不下。」

「那麼，曲鐵柱要侵吞匯款，只有一種可能，那就是當初的香港匯款！」

「也有可能是香港匯款的餘款！」

「哦！這些都只是猜測！也有可能根本不是爲了錢。我們倆的關係他不會不知道，陳蔡兩家做成親家，他怕你哥報當年迫害之仇，奪妻之恨！」

「可我哥的問題還沒做結論呢！」

「曲鐵柱不是傻瓜，他知道遲早會有結論。香港富商李雲路，原籍潮陽，當初也是跑出去的，現在回來捐資，政府不計前嫌。這件事曲鐵柱不會不知道。」

客廳裡，翁財旺嘴邊掛著一絲莫測高深的笑意，他拿起原子筆，低頭寫材料……

4 縱橫捭闔

汕頭龍浦經濟特區管委會，一個日益顯現出其特殊意義的領導機構，設在一所簡陋的二層樓房的幾個小房間裡。門口掛著「汕頭龍浦經濟特區管理委員會」的木牌，門既小且矮，過道尤其狹窄，一切都帶著草創的印記。

會議室內，正開著一次聯席會議。主持人是管委會副主任黃東曉。這位當年的游擊隊長阿東如今又煥發出青春！那年全面體檢，除了個別零件，半殘的腿，勞損的腰，整部機器尚能正常運轉，他高興地說，只要腦袋健全，呼吸順暢，就要繼續幹下去。與會者有南浦區委書記曲鐵柱，市府辦公室副主任翁財旺以及有關負責人。議題寫在記錄員的記錄本上：「法國華僑陳森先生捐資興建南浦中學問題」。爭論顯然很激烈，焦點是能否接受這種捐助。

一室煙霧繚繞。

翁財旺舉起手來：「黃主任，我說幾句。」他理一理垂額的長髮，慢條斯理地說：「我想占大家一點時間，先講前些時候在汕頭海關發生的一段故事。泰國著名潮人僑領余耀光先生回鄉探親旅遊，進入海關時候，海關人員照章檢查他的行李，他們粗暴地抛擲箱子裡的衣物，各式女裙、旗袍、襯衣、華服、化妝品，琳琅一地呀！然後皺起眉頭問，『爲什麼帶這麼多女人衣服？』又浮起頗有深意的冷笑。余先生當即反問，『有什麼規定不能帶女人衣服嗎？』海關人員搖搖頭，『規定倒是沒有……』『那爲什麼？』海關人員竟然說出這樣的話來，『因爲你是男的！』余先生憤怒了，『國內除了男的，就沒有女人嗎？』海關人員沒有退卻，『你發什麼火？難道不能問？』余先生更加憤怒，『難道你不知道這種問話有損人格？』他強抑怒火，做出解釋，『我女兒被我送到夢谷中學讀書，高中快畢業了，這是給我女兒帶來的衣服，還有一些是打算給親友的……』海關人員擺一擺手，示意放行。余先生草草鎖好箱子，帶著怒氣走了……」

黃東曉用抖動著的手夾起一支香煙，猛烈地吸著。

翁財旺繼續說：「余耀光先生此行的初衷是藉旅遊、探親，來考察投資環境，一怒之下，只住了三天，就回泰國了！」

黃東曉激動地說：「同志們，國門打開了，本來是好事；可是如果國門是令人生畏的，甚至是令人生厭的，開它有什麼用？不如關起來免得髒人耳目！」

翁財旺接著說：「黃主任說得好！如果只是鐵板一塊，開放的道路就會被自己堵死！我們的一些同志觀念陳舊、僵死，是搞不好改革開放的。泰國曼谷的余耀光先生走了，現在來了法國巴黎的余耀光先生，這就是陳森！陳先生不是投資，是捐資，捐資興建南浦中學，難道我們又要把他趕走嗎？我的話講完了。」

一位老同志似乎不把年輕的翁財旺放在眼裡：「話不能這樣說！我們黨歷來是團結海內外愛國僑胞的，但在經濟建設上還應該堅持自力更生的方針，這是毛主席一貫的教導。當年蘇聯人卡我們的脖子，我們堅持自力更生，度過了三年暫時困難時期，原子彈照樣爆炸！一九七六年唐山大地震，外援我們分文不取，沒幾年唐山不是照樣站了起來！」

翁財旺針鋒相對：「老李同志，毛主席從來沒有把自力更生和接受外援對立起來。廣東這幾年有過風災，有過洪澇，省委並沒有拒絕過香港愛國同胞的捐贈！陳森先生捐資辦學，是出於拳拳愛國心，拒絕了他，傷害的不僅僅是陳先生一人，而是廣大愛國僑胞的感情！我認爲這是政治問題。從孫中山反清，到我們黨反蔣，海外僑胞始終站在革命一邊，就連中國羽毛球隊在世界羽壇上的崛起，稱霸，也是印尼歸僑侯加昌、湯仙虎開創的局面！我們沒有理由不歡迎海外僑胞！我們要給海外僑胞一種感覺，那就是家鄉的盛情呼喚，是對他們的人生價值的一種認同，我們從事特區工作的人有責任使他們有一種回歸母體的自豪！」

黃東曉點頭稱許，復向曲鐵杜：「老曲呀，你是南浦區委書記，你說說！」

曲鐵杜突然現出忸怩：「我沒有什麼高見，我覺得雙方說得都有道理……」

翁財旺開著玩笑：「毛主席可是反對搞折衷主義的呵！」

曲鐵杜尷尬一笑：「我不搞折衷。我只有一個擔心……老百姓常說，拿人手短，吃人嘴軟，我怕到時候……他們的尾巴翹上了天，還要討功念勞呢！」

翁財旺笑著說：「曲書記你怕什麼？陳森沒有任何附加條件，爲什麼要懷疑呢？至於手短呀嘴軟呀，那要看怎麼拿怎麼吃，什麼樣的手，什麼樣的嘴！總而言之，統而言之，社會主義不能再搞什麼『窮過渡』了！」

在新理論上曲鐵柱顯然相形見絀，他心中頗爲惱火，但他曉得翁財旺的背景，蔡家女婿呵！此刻應該敬鬼神而遠之。他幽幽地說：「我是爲黨的形象考慮。讓華僑來建校辦學，會不會讓外界覺得我們共產黨無能呀？我確實有這個顧慮。」

翁財旺笑著：「曲書記，請問你在南浦當了幾年書記了？」

曲鐵柱不由一愣，這小子怎麼冒出這樣一句話來，和本題有關嗎？可他還是做了回答：「哦！前後兩段，加起來有十幾年了。」

翁財旺笑貌依然：「這十幾年你靠自力更生建了幾所中學？」

曲鐵柱啞然，少頃，解釋著：「我是想建，政府不撥款呀！」

翁財旺追問：「你打過報告嗎？」看著曲鐵柱語塞，他窮追不捨：「那麼，你向社會籌過款嗎？」

「從前不允許呵！」

「現在允許了！」

曲鐵柱只好承認：「沒有籌過……」

翁財旺流露出勝利者的微笑：「這就是了！好書記，你失職呵！」

曲鐵柱已經忍無可忍，還是忍了。強人自有強人敵，番薯怕霜，霜怕日。

一時冷場。黃東曉思考著，都什麼年代了，還堅持著那樣陳腐的觀念！不過，話說回來，觀念的變化不是三天兩早晨的事……但是特區建設的步子不能放慢，更不能在等待中錯失良機，讓曲鐵柱繼續擔任特區裡一個片的書記，無論從觀念、從能力，他都不能勝任愉快了！想到這裡，黃東曉宣布休會。

黃東曉心情悒怏回到了家。還是那條巷子，那扇門，那「黃宅」字樣。據說他把分配給他的新屋讓給別人，說自己「戀舊」。

黃東曉後腳剛進門，翁財旺前腳也到了。翁財旺先對房子做了一番品評。黃東曉笑著說：「新屋雖好，不如舊居。我就像老母雞下蛋，離了舊窩，什麼材料、報告都寫不來，連讀文件也讀不好！」

翁財旺報之一笑：「黃伯伯換了一種幽默，更顯得風格高。」

黃東曉沒有心思聊閒篇，他知道翁財旺此來必有會上不便說的話：「財旺，你在會上說的那些話，我聽起來，似乎有弦外之音。」

翁財旺點點頭：「黃伯伯，我正要向你彙報呢！曲鐵柱如果只是保守僵化，那還只是個思想觀念和作風的問題……」

黃東曉一驚：「你是說他有更嚴重的問題？」

「經濟問題，貪污！」

「財旺呀，你有證據？」

翁財旺詭秘一笑：「貪污的定性不存在隨意性。黃伯伯，我已經做過調查，他侵吞過陳奇木匯到南浦的匯款！」

黃東曉大吃一驚：「你從頭說。」

翁財旺敘述著：「陳奇木自『文革』以來，前後六次匯款給番客婶，總共二十萬港幣，折合當時市價是八萬人民幣，這批錢全部被郵局扣留並上交當時的南浦鎮革委會……」

黃東曉激動起來：「郵局怎麼可以這樣做？犯法的呀！」

「黃伯伯，你忘了，郵局當時也是被造反派掌握了的！就因爲陳奇木被造反派定爲反革命！黃伯伯，『文革』中什麼事情都可能發生，我寄給江左老家的錢和糧票，因爲夾在信裡，都讓江左村的郵遞員給吞了！那個年代，誰能擔保郵局就沒有敗類？哦，陳奇木的那批錢被那幫造反派揮霍得差不多了！到『文革』後，曲鐵柱接手當區委書記時候，只剩下八千元。曲鐵柱在區委會上做了決議，把八千元派作活動費，由他本人掌管，但他卻用這筆錢購置了電視機、洗衣機、電冰箱、組合音響，當然他自己也添了錢。」

黃東曉憤然：「蠹蟲！蠹蟲！蠹蟲！」

翁財旺則安靜下來，他把那份由於他的才幹而營建起來的得意，深藏在內心。

黃東曉馬上指示：「你寫個材料，立案審查！」

「是！我馬上回去寫！」翁財旺答應著，欲去又返，「黃伯伯，從前侵吞華僑『番批』是要槍斃的。舊時代尚且如此，新時代更不能寬容！至少也要從書記的寶座上拉下來，清除出黨！」

黃東曉沉吟：「處理問題是日後的事。」

翁財旺告辭而去。望著翁財旺的背影，黃東曉感慨著，這一代中年人，經過「文革」的摸爬滾打，不得了呵！

如水的月光萬古不變，夜生活卻永遠更新。曲鐵柱這個家庭此際別有一種躁動。客廳裡，曲鐵柱坐在沙發上抽著煙，一支接一支。另一房間裡，驟然爆出迪斯可音樂。曲鐵柱大吼一聲：「煩死人了！」

女兒曲易木穿著睡服，扭著豐臀走出房門。她是曲鐵柱和楊碧君的獨生女，也就十七八歲，因爲考不上大學，早早就參加工作了。近來，一次偶然的機會，曲易木認識了比她大上好幾歲的戴凝雪。這個戴凝雪是戴寒水的妹妹，也是戲校學員班出身，因爲業務條件較差，被刷了下來，當了售貨員，不安分，自稱電視大學中文系畢業，會寫電視劇，儘管編劇的大名沒有叫響，傍大款的聲譽卻乘時鵲起。她對遠嫁湖南的姐姐戴寒水說：「從政有什麼意思？打打殺殺，最後衰自己，臭通街！不如撈點錢實在。你沒聽人說呀？金錢不是萬能的，可沒有金錢是萬萬不能的！」話粗理不粗，戴寒水只好點點頭，自恨生早了。曲鐵柱夫婦對女兒的這位好友戴凝雪實在不敢恭維，苦口婆心勸女兒遠離這號人，須知近朱者赤近墨者黑！曲易木偏是不聽，和戴凝親雪如同胞姐妹。此刻，曲易木聽見父親大吼，衝著父親一努嘴：「煩死你！」

曲鐵柱站了起來，舉起手：「你！」

曲易木伸長脖子，挑釁地說：「你打呀！打呀！有本事你打呀！」

曲鐵柱的手無力地垂了下來，頓時改了口氣：「你看你，像個什麼樣子！整天哼哼唧唧，什麼愛呀，恨呀，愁呀，你懂什麼？」

「你懂！你懂！哼！」曲易木扭著扭著，走進自己的房間。

迪斯可音樂戛然而止，換上一支通俗歌曲……

「什麼歌！唱的叫什麼玩藝兒！」曲鐵柱又吼叫起來。

楊碧君著睡服走出房間，勸慰著曲鐵柱：「你就當沒聽見……」

「當沒聽見？那是唯心！你聽聽那歌詞，叫個什麼東西！」

「唉！現在呀，眞叫人莫名其妙了！這種庸俗無聊的歌詞也能唱！還能錄音，能出售！」

曲鐵柱忿忿然：「黃色嘛！」

楊碧君走入女兒的房間：「易木，別聽了，別唱了，你不覺得那歌詞噁心嗎？」

曲易木不以爲然：「曲子好聽！我愛聽！」

楊碧君只好忍讓：「好，好……可現在是夜裡十一點鐘了……」

「十一點鐘，在外國，夜生活剛剛開始……」曲易木彷彿見多識廣。

曲鐵柱衝到房門口，大喊：「這是在中國！」

曲易木撒起嬌來：「媽！你看爸爸呀，總衝我嚷嚷！他準是在外頭挨整了，回家來衝女兒撒氣！」

曲鐵柱一聽，癟了氣了，呆呆然坐回沙發。

「別瞎說，現在改革開放了，不會再整人了！睡吧，明天你們區婦聯不是還要歡迎什麼女明星參觀嗎？」

曲易木一擺手：「咳！什麼女明星？不是跟大官睡覺，就是跟大款上床！」

「不要糟蹋人……」

「媽，你不懂！」

「你懂！」

「當然！什麼叫作三位一體，你知道嗎？嘿，不知道吧？告訴你，三位一體，就是權、錢、色！你和我老爸呀，土八路！」

「土八路？我還不配呢！得了，睡覺吧，哦！」楊碧君走出房間，看見曲鐵柱一個勁地呑雲吐霧，忍不住發了話，「你也睡吧，哦！都幾點鐘了！」揮手除煙霧，「哪天抽死了算，我們被動吸煙，還得陪著你得肺癌！」

曲鐵柱不理會。

楊碧君慍怒：「別抽了行不行？」

曲鐵柱掐滅了香煙：「碧君，我跟你商量點事……」

「有事明天再說吧！」

「不！現在就得說，性命交關呵！」曲鐵柱拉著楊碧君進了臥室。

兩天後，黃東曉在辦公室裡細細閱讀曲鐵柱的檢查材料。他心裡特別難受！他太瞭解曲鐵柱了，從五〇年代到現在，近三十年了，他深知寫檢查的這個人是大家公認的硬漢子，以往生活上並不貪，打牙祭不過是烙餅捲大蔥，豬肉燉粉條，他政策水平是差些，有時確實很「左」，這點本人是深有體會的，可他怎麼會去貪污呢？黃東曉又仔細讀了檢查中的一段話：「……人家從走私貨中得到好處，家裡早就『電氣化』了，可我一個書記家，那麼寒酸，就憑我的工資，要到驢年馬月……」啊，曲鐵柱說的是實話。怪不得有人倡導高薪養廉！他放下材料，喃喃自語：「曲鐵柱承認了，還主動退賠……」他點燃一支香煙，踱著步，拿起電話，撥號：「方蘇呀，曲鐵柱的問題，有新情況……我馬上到你那兒，詳細彙報。」他匆匆走出辦公室。

幾天來，楊碧君在家中坐立不安，彷彿熱鍋上的螞蟻。今天她又在等待消息。忽然，開門的鑰匙聲響，楊碧君趕緊去開門。原來是曲易木！楊碧君連招呼都不打，沮喪地往回走。曲易木看著楊碧君失望的神情，竟然跟母親開起了玩笑：「媽！你一定不是在等我！會不會是陳奇木？」

楊碧君頓時無明火起，一記耳光打了過去。

曲易木愣然，正要發作，猛然看見楊碧君潸潸淚下，覺得自己確實太過無禮，悔恨地說：「媽！請原諒我，我不該跟媽開這種玩笑。媽！你不要傷心，我以後改……」

楊碧君拭淚：「孩子，你太不懂事了！你爸爸又落難了……」

「爸爸怎麼啦？」

楊碧君歎了口氣：「唉！等你爸回來再說吧！回你屋裡去。」

曲易木一下子變乖了，答應著回到自己的房間。

楊碧君坐在沙發上，閉起雙目。

又一聲鑰匙響，曲鐵柱垂頭喪氣走了進來：「他媽的！一落到底！」他一屁股坐在沙發上。

楊碧君強打精神安慰著：「到底就到底，不當官就當老百姓，沒什麼不好。你想想，『文革』挨鬥，掛牌，遊街，不是也走過來了嗎？」

曲鐵柱望著楊碧君，忽然眼睛濕潤：「碧君你眞好！這些年，我虧待你了！」

楊碧君掏出手絹爲丈夫拭淚：「老夫老妻了，說這些做什麼？」

曲鐵柱愣愣地問：「你不嫌棄我？你還跟我過？」

楊碧君「噗嗤」一笑：「不跟怎麼著？我再去找老頭？」

曲鐵柱急著應聲：「你不會的，不會的！」說著給楊碧君倒了一杯開水。

楊碧君長歎一聲：「你還不瞭解潮汕女人。你看林家張青筠嫂子……」

「嗯，林海陽的老婆。」

「海陽哥被打右派時候，她才二十幾歲，模樣又好，多少人勸她改嫁，她客客氣氣把介紹人轟走；困難時期餓死人，差點插草標賣兒賣女時候，三十斤糧票換一個老婆，她寧可挨餓不離開林家門；『文革』時候更慘，我們都知道的，她還是跟著丈夫走了過來……」

曲鐵柱長歎一聲：「是呀！」

是的，這就是潮汕女人！姣好的容貌，苗條的身段，柔情脈脈，善解人意，吃得了苦，耐得住寂寞，絕不背叛丈夫！是忠貞不渝的觀念造就，卻又是嫁雞隨雞嫁狗隨狗的傳統劣根使然。

曲鐵杜動情地抱住楊碧君：「碧君，我老曲有了你比當個受人整治的官兒強呵！蔡家那個大女婿夠狠的，把我的一點一滴都抖落出來，聽說還提出把我清除出黨……」

「阿霞的丈夫……」

「嗯，翁財旺！咳，我是個從東北打到廣東的人，嘿嘿嘿，開除？」曲鐵杜慘然而笑，「倒是他岳父，還有黃東曉，網開一面，降職處分，調到旅遊局當個副科長。」

曲易木突然從房內走出，立於客廳。

「你都聽見了？」曲鐵杜問。

曲易木沒有回答。

「易木，別難過。」楊碧君上前拉過女兒。

「不，我不難過。」曲易木的話說得相當平靜，但從她起伏的胸脯發出的信息看來，她顯然有不平之氣，「我只是覺得老爸太笨……」

「什麼？」父母都覺得驚訝。

「老爸越混越不行了，唉，區委書記變成個小科長，還是個副的，沒有比你再低的了，芝麻綠豆都不如……」

楊碧君制止女兒說話。

曲易木不服：「我說得不對嗎？才八千塊，就這樣啦？人家八萬塊都沒事！」

楊碧君重又制止：「易木，別胡說！」

曲易木望著父母的眼睛：「胡說？」不可思議似的搖了搖頭：「好，不說，不說！」

她走開去，隨手扭開組合音響，驟時響起香港歌星張學友的歌聲……

「哈哈！我說過嘛，我跟張學友有緣！」她說著便跟唱起來。

曲鐵柱上前關了組合音響，歌聲戛然而止。

「怎麼啦？」曲易木怒目而視。

「我要賣掉它！」曲鐵柱沒有好氣。

「爲什麼呀？」

「退賠！」

誰也不想再說話了。

曲鐵柱從南浦區委書記的位子退了下來，取而代之的是翁財旺。這天，翁財旺親自指揮手下一班人重新布置辦公室。原先各種獎狀，如「抗災先進集體」、「計畫生育先進單位」、「愛國衛生運動標兵」之類，被一一取了下來，代之以大幅山水畫《江山如此多嬌》和兩幅名家書法複製品，似乎是李白和蘇東坡的詩。

翁財旺指揮著：「辦公桌放在這邊！」

手下人移動著那笨重的玩藝兒，累得不亦樂乎！

翁材旺宣講著：「不要正對著門……」

有人附和：「正對著門，風水不好！」

翁財旺糾正：「不是什麼風水問題，正對著門，群眾看著有舊衙門之感！現在，斜對著門，群眾會感到親切，群眾看得見我，我呢，也看得見群眾，這樣一來，關係就融洽了！」

又有人附和：「對呀！從前那種布局不合理，背朝門，好像有什麼事要背著群眾似的，不光明正大！」

翁財旺笑著點點頭。

更有人大拍馬屁：「翁書記就是不一樣！新思維，新作風！」

翁財旺明察秋毫：「哎！你們可不能給我戴高帽呵！把我捧上天，不知道什麼時候又把我摔下來！哈哈哈！」

拍馬屁者尷尬地笑著。

「呵！我是想，辦特區嘛，要在『特』字上做文章。特區特在哪裡？最重要的是特在觀念上！絕不僅僅是政策的特。」翁財旺說畢，把手一揚，「大家先去洗洗手，休息一下，不要喝工夫茶，我們沒有閒工夫！一刻鐘後，到會議室開會！」

眾人應聲而去。

南浦的工作在翁財旺的領導下，果眞大有起色。僅僅半年，別的不說，陳森先生捐資的那所中學的教學大樓主體工程已經粗成。

這天，翁財旺領著區委一班人幾乎跑遍全區，最後來到這裡。他一馬當先踏上尚未完工的樓梯，健步如飛。那一班人氣喘吁吁地跟著，個別人竟然戰戰兢兢，生怕從沒有扶手的混凝土上摔下去，全然一副狼狽相。翁財旺登高望遠，忽來興致，問著這一班人：「哪位記得王安石有一首登塔的詩，其中有兩句名句？」

這一班人都愣住了。

忽然，一位勇敢分子氣壯如牛：「我記得！『欲窮千里目，更上一層樓』！」

翁財旺一笑：「不！那是王之渙的。」

一時靜場。一位老秘書模樣的人小心翼翼開口：「是不是『晴川歷歷漢陽樹，芳草萋萋鸚鵡洲』呀？」

翁財旺但笑不語。

一位大學生模樣的人斷然否定：「不是！我記得是『三山半落青天外，二水中分白鷺洲』，中學課本上有，老師說過那是名句……」

翁財旺仍不語。

一位機靈鬼笑嘻嘻打破僵局：「翁書記，你把我們都『烤糊』了，快亮答案吧！」

翁財旺這才慢悠悠地說：「你們說的都不是王安石的詩，前兩句是崔灝的，後兩句是李白的。王安石的詩是這樣兩句——」他高聲念了出來：

不畏浮雲遮望眼，
只緣身在最高層！

翁財旺念罷，又解釋著。

有人掏出小筆記本記錄著，嘖嘖連聲：「好，好……」

翁財旺興致更高：「走！再上！登上最高層！」說罷，率先登樓。翁財旺和他的一班人站在頂樓的水泥地面上，四周一無依傍，果然天低吳楚，眼空無物。但覺風聲颼颼，那冷熱空氣形成的玩藝兒從褲管裡直鑽到心窩，原先戰戰兢兢的主兒如今變成瑟瑟縮縮了。翁財旺似若無睹，決心讓這一班人望一望遠景，他揮手一指：「看！那邊是未來的游泳池！」

這一班人又伸長脖子望去，腳步卻不敢前移。

「翁書記，中學有游泳池，可是夠氣派的呵！」

「將來還要搞成配套！」

「什麼配套？」

「就是中學、小學、幼兒園！成一個完整的體系，或者稱作梯隊！」

這一班人議論紛紛：

「了不起！」

「南浦起飛了！」

「前無古人的事業！」

翁財旺率領他的一班人回到區委會議室，只聽他侃侃而談：「剛才大家說得很好，南浦起飛了！我請大家參觀這座建築，雖然沒有完工，但已經可以看出它的規模了！希望大家樹立起信心，努力工作，爲特區，爲全省，爲全國做出個榜樣來！大家還有什麼問題？」

有人問：「翁書記，這所學校的校名怎麼稱呼？」

「我已經請示市委領導同志了，這所學校的校名就叫陳森中學！」

「陳森中學……」

「對！華僑是講臉面的，特別是我們潮汕籍的華僑！潮汕人好勝嘛！潮汕俗話說，潮汕人臉上無光就好比死了老爸……」

「是有這麼一句俗話！」

「好勝，固然容易導致盲目的衝動，甚至導致無謂的爭鬥；但是，好勝也能成爲一種志氣，成爲一種動力，可以幹出一番驚天地泣鬼神的事業來！」

有人頻頻點頭。

「老話說得好！人過留名，雁過留聲。你用了他的名字，他花上百萬美元也開心。大家說是這個道理不是？」

「對對對！」

「所以嘛，吸收外資，不管是捐資，是投資，也不管是合資，是獨資，都有利於我們特區的建設。這樣的大好事，我們何樂而不爲呢？」

一班人鼓掌。翁財旺示意不要鼓掌，又接著說：「今天一共跑了八個點，花了整整一天，大家都很累了，特別是老同志，怕有些吃不消吧？老許同志，怎麼樣呀？」

那位被點名的老許提起精神回答：「沒有問題！」

翁財旺繼續說：「好了，今天的會不能再開了，我們的工作很緊張，可是再緊張也得講勞逸結合呵！謝謝大家！散會！」

一班人散去了。翁財旺最後一個離開，他騎著單車往家走，多少有些疲勞。

這是一幢公寓樓四層上的一套三室一廳的住房。顯然是新居。擺設並不豪華，卻相當雅致，有一種舒適感。

蔡霞急沖沖開門進屋，挎包往床上一扔，外衣往衣架一掛，取出圍裙繫上，迅即下廚房，淘米，煮飯，切菜……一聽見鑰匙開門聲響，蔡霞急忙走出廚房，迎上前去。

翁財旺一臉倦容走了進來。

蔡霞趕緊爲翁財旺脫去風衣，取出拖鞋。

翁財旺往沙發一靠：「累死我了！」

蔡霞心疼地說：「足足一天了，能不累嗎？快歇息吧！」說著爲丈夫脫了皮鞋，換上拖鞋，又趕緊去廚房沖了一杯熱咖啡，她知道丈夫的口味近來有點洋化，她端了過去。

翁財旺一按開關，煙盒裡彈出一支香煙，他取過，點燃，深深地吸了一口……

5 鄉心

昨天夜裡，陳奇木做了一個夢，夢見阿娘死了，從夢中哭醒。邢茉莉安慰他說，夢是反的，阿娘一定很健康，過幾天小華夏回巴黎，你一問就知道了。他呆愣愣地沒有說話。今天大清早，陳奇木一個人來到這間恍如文物展覽室的小房間裡，看著陳華夏從汕頭寄來的這些家中舊物。他記得這張眠床，這頂蚊帳，這副假玳瑁的帳鉤，還有這個長方體的瓷枕。他拿起瓷枕，無意間晃了一下，裡邊發出輕微的響聲，把他嚇了一跳，他沒有放下，又搖了幾下，裡邊聲聲悶響……他忽然想了起來，裡邊有一根銀簪！是阿娘的銀簪！童年的回憶紛至沓來！大概是六七歲時候吧？他病了，躺在床上玩起這瓷枕，長方體的兩個側面各有幾個小孔，透氣用的，他拿起阿娘的銀簪，去挑這些小孔，一不小心，銀簪掉進裡邊，怎麼晃也晃不出來，他知道做錯了事，心裡害怕，又存僥倖，指望不被發現，誰知阿娘第二天清早就發覺丟了銀簪，滿「伸手」裡找，他看著阿娘著急的樣子，只好坦白，心想，至少也要挨頓臭罵，想不到阿娘說，「不要再晃了，晃不出來的，晃不好瓷枕掉地碎了，做事情可以錯頭一回，不能錯第二回。」呀！

四十年了吧？一種鈎沉的喜悅忽然湧上心頭，多麼溫馨的童年辰光！他走到桌子旁邊坐下，這張桌子是他當年讀書、寫字和吃飯的地方，他猛然想起，那一年，他從海陬急煎煎回到南浦，就在這張桌子上，擺著一鉢米飯，他坐在旁邊，狼吞虎嚥著這鉢從一鍋粥裡撈出來的乾飯，而阿娘和妹妹卻在廚房裡喝米湯！就在這張桌子旁邊，他發誓不發大財絕不回家！想到這裡，他淚流滿面，哽咽著：「我要回家……」

邢茉莉熟知自己的丈夫，她料定他會來到這間陳列舊物的小房間，她不是來勸慰，她給丈夫帶來一個好消息，龍維元剛剛送來南浦寄來的邀請函，陳奇木捐資的中學即將落成，當地的官員邀請陳奇木回去剪綵。

陳奇木一聽，又落淚了。他急急接過邀請函，上面端端正正寫著四個大字：「陳森中學」。他興奮地意識到，大陸變了！一所中學以私人的名字命名，這在解放後簡直不可思議！當初姚乃剛的一席話，他不過姑妄聽之，想不到一個叫翁財旺的官員果眞來了一紙公函，他喜出望外，連什麼合同都沒簽，就吩咐老龍把錢匯到南浦，這還是他從商以來第一次這樣做，憨得可以，眞像是大陸的雷鋒，連名字都不想留！可人家記著你，偏以你的名字命中學名！他對妻子說：「我去！我一定去！」

「還有哪，小華夏來電話了，他後天到巴黎……」

「好！我們父子一起去剪綵！」

他離開南浦將近二十年了！儘管回去剪綵是以陳森的身分，但畢竟能夠踏上這方牽腸掛肚的鄉土，他可以悄悄溜到「下山虎」，看看他苦難的母親，甚至可以悄悄約會阿蘭和怒飛！如果政策果眞變了，他乾脆亮明身分，再去看看四流水庫，田螺洲，蟹嶼和西濠，當然，一定要在海陬山上住一宿，摩娑著石獅子，聽師父的水煙筒發出「咕嚕嚕」的悅耳響聲……

「阿木，你跟我來！」邢茉莉把丈夫帶回臥室。她早就盼望著這一天，她已經準備好了給婆婆的禮品：一雙玉鐲，一對金耳環，還有幾套高級料子的衣服。陳奇木又驚又喜，他想不到平素女秀才氣十足的妻子原來這般心細。

「阿木，你看這些手信（禮品），阿娘會喜歡嗎？」

「會的會的！潮汕阿婆都喜歡戴手鐲，特別是玉鐲！」陳奇木頻頻點頭。

「這些是給阿蘭的。」邢茉莉打開另一個首飾盒，裡面有一條金項鍊，鍊墜是一顆心，有一枚金戒指，鏨著小兔——阿蘭的屬相，都是特意在香港周生生金店定做的，「明天，我去買幾套時裝，買幾盒巴黎香水。」

「茉莉，你心地眞好！」陳奇木大爲感動，「哦，收起來吧。茉莉，我這趟回國，除了圓夢，還有新夢。」

「新夢？怎麼講？」

「我想到大陸投資……」

「這不算夢，港商曹光彪早在一九七八年就『飲頭啖湯』了，現在港商、台商，各國華人實業家，到大陸投資的多了！」

「是多了，但我估計不管獨資還是合資，模式上大體還是東方式家庭作坊，這是現代企業經營的一大障礙……」

「你想把西方的科技和管理引進現代企業！」

「對！但不完全。我還想把中國儒家的思想引進企業管理……」

「哦？這很新鮮！」

「比如說，儒家認爲禮、義、廉、恥，是立國之四維，難道商業活動中不需要這四維嗎？也許可以叫作『四維儒商』……當然，我的構想還沒有成形，我已經考察了西方國家，我想趁這次機會，也考察一下自己的祖國。東西方的文明有碰撞的一面，也有親和的一面，我想應該可以在交融中獲得新的啓示，除非大陸的現實與我美麗的想像完全相反。」

「不會的！連我都有信心。」邢茉莉充滿愛意地仰望著自己的丈夫，「阿木啊！我就愛你這種永不停步的奮鬥精神！」她說罷狡黠一笑，「今夜來個金人捧玉露……」

「不，玉樹後庭花！」

「討厭！」

陳奇木哈哈大笑，「來，沖工夫茶！」

他搬出茶具，以茶當酒。

第三天，陳華夏回到巴黎。全家四口在自家花園裡設席，雖說家常便飯，然而把酒臨風，齒牙春色，別是一番瀟灑。

陳華夏在深圳大學讀企業管理，儼然新秀，講起話來，滔滔不絕。他報告了南浦老祖母康泰，新房已經擇地，又介紹了姑姑和姑父辦起了養鰻、烤鰻「一條龍」的銀曼集團公司，生意前景看好……

「哦？你姑姑，你姑父……他們這麼快就要『發』了？」

「嘿，我看著離不開蔡書記的『人脈』！」

「蔡方蘇插手了？」

陳華夏搖搖頭：「用不著『親臨』，他的『關係網』本身就是無形資產！嚴格地說，姑父屬於地方『太子黨』的一個成員！」

眞實一針見血！陳奇木打量著自己的兒子，才幾年長成大人了，果然後生可畏啊！

陳華夏講了自己的想法，他打算深大畢業後到南浦投資，他從宏觀到微觀，條分縷析，成敗利鈍，頭頭是道。

「哎，當初你不是還想得到博士學位嗎？」邢伯問。

「我不打算將來當教授了！我想進實業界，還是早日去實際操作積累經驗的好，老爸你說是嗎？」

陳奇木笑著點點頭。

邢伯和邢茉莉彷彿看到了當年的阿木，更比阿木多了一份從容。

「長江後浪推前浪啊！」邢伯舉杯，「希望我外孫比他老爸更有出息！」

陳奇木和邢茉莉也跟著舉杯。

陳華夏起立遜謝：「祝外公和爸媽健康長壽！」

大概因爲邀請函的鼓舞，陳奇木喝了不少酒，心中湧起一個念頭，其實也是耿耿於懷的念頭，要是遇到當年的對頭星曲鐵柱會怎麼樣？自然，他是陳森，不是陳奇木了。他問兒子：「你兩次到南浦，你聽說過曲鐵柱這個人嗎？」

「爸，我見過他！」陳華夏把經過說了一遍，特別說了曲鐵柱貪污八千元匯款的事情。

陳奇木惱恨過後長歎一聲：「眞沒想到，這個人錢上也貪！哦，這麼說，他早已經下台了！」他不由乾了一杯酒。

「爸，我一說破，你一定以爲遇到外星人了！你知道嗎？整倒曲鐵柱的這位現任區委書記翁財旺是誰嗎？就是姑父的大姐夫！」

陳奇木大吃一驚，想不到他還有這樣一位「親戚」！高興之餘，又感困惑，翁財旺這個人整起人來眞不含糊啊！這個人似乎很有學問，很有能力，同時也很有心計，很有手段。他很想知道這位「親戚」

究竟是個什麼人。

「爸，說實話，我不喜歡這個翁財旺。姑父和他向來不和，蔡家和他也只是維持一種表面的關係，我看得出來……」

「可別亂猜，更不能亂說！」邢茉莉囑咐著。

「眞的嗎？」陳奇木問。

陳華夏點點頭。

「你瞭解到什麼了？」

陳華夏一笑：「他結婚前巴結蔡家，『文革』中蔡家倒楣了，他是造反派……」

一聽到造反派，陳奇木心裡就不大舒服：「怎麼？他鬥蔡家了？」

「那倒是沒有。可姑父的老爸被打倒後，他一步也不進蔡家的門，等到姑父的老爸官復原職，他卻打著蔡家女婿的旗號，走後門調入汕頭。我看這個人很會見機行事，他能畫出一個圓，圓心是自我，半徑是利益。」

「一片帆使八面風！」邢伯頗爲感歎。

陳奇木想起此前翁財旺給他寫過的一封信。那封信寫得熱情洋溢，相當有文采。談到南浦的騰飛，稱讚陳森先生的拳拳愛國心。信的結尾似若隨意地提起他在美國讀書的兒子，含蓄地要求陳森先生給予經濟上的支援，並暗示他將在國內報以實惠。信中當然沒有「交易」或「交換」之類的詞語，但收信人可以從「借重鼎言」、「玉我以成」來解讀他的求助，可以從「田夫獻曝」、「一芹之微」來詮釋他的回報，儘管這些成語比較冷僻，讀來頗爲模稜，似無定解，但似乎不是信手拈來，而是經過了一番選擇。他接信後沒有理會，此刻想起，有些惶惑起來，這個人身爲南浦區委書記，一旦知道愛國僑領陳森原來是偷渡客陳奇木，他會怎麼樣？俗話說，不怕老虎當面坐，就怕人前兩把刀。陳奇木忽然間感到一種難言的沮喪……

「哦，華夏，陳森就是陳奇木，你沒告訴任何人吧？」陳奇木問。

「沒有，連祖母、姑姑都不知道！這是五角大樓的絕密！」不識愁滋味的兒子還在揮霍他的幽默。

陳奇木想，我完全可以以陳森的身分出現在南浦，但是，萬一被人認出來呢？像翁財旺這樣的「親戚」恐怕是靠不住的！蔡怒飛能第二次救我嗎？他怕是沒有這個權力，不，我不能害他！還有蔡方蘇，他不會顧慮一個微不足道的「親戚」而放棄布爾什維克的原則的。啊！

莫道晴空千萬里，
應知霧靄幾多重。

邢伯和邢茉莉都明白陳奇木情緒上的起落。他們耳聞目睹的事情太多了！不變的故鄉情結與萬變的政治風雲，做成了海外潮人千般無奈、百結愁腸。

這時候，傭人送上一疊報紙：「陳先生，剛到的港報。」緩緩退下。

讀報紙是全家人飯後的習慣。正好大家都不想說話，唯聞翻閱報紙的「刷刷」聲。

陳奇木看著看著，忽然一聲驚叫。

「阿木，你怎麼啦？」邢茉莉趕緊走過來。

「你看，這條消息……」陳奇木臉色煞白。

邢茉莉看了標題：「四十年舊案不放過……」她把報導讀了一遍。原來是一個原籍山東的國民黨特務，臨解放時候跑到台灣，最近隨歸國旅遊觀光團到大陸，回老家膠東探親，被當地政府逮捕，還判了刑。她讀完心裡不免「格登」一下，但她不願意拿丈夫跟國民黨特務類比。她說：「那人是個特務，或許還有血債，抓起來判刑，也是可能的；你是個清白人，怎麼拿自己跟特務相比類呢？」

「我當然不是特務，可，可人家，要說我是偷渡犯呀！」

「你怎麼自己把話說反了，要說偷渡，你是偷渡客，不是偷渡犯！」

「就怕事情說不清楚，我進過監獄……」

「你自己怎麼會說不清楚呢？你進監獄是冤案，應該給你平冤獄！」

「不好說呀！我不知道……大陸對我這樣的人有……有什麼政策……」

「唉！」邢茉莉長歎一聲，她改說理爲勸慰，「阿木，港報的話，不可不信，也不可深信。眞的也有，假的也有，親共也有，反共也有，不管它了！」

若在平時，邢茉莉的話都應該是從陳奇木嘴裡說出的話；此刻，陳奇木竟完全變成一個庸人！看他怯弱的神色，紊亂的思維，無倫次的言辭，誰能相信這是一個有著天賦才華、堅強意志、開拓精神和敏捷思維，且風度翩翩的成功企業家和僑領！邢伯似乎第一次看見女婿這樣狼狽的形骸，他心中的悲哀更在女兒之上。他低聲地說：「阿木，我們爺兒兩個，到屋裡談去！」

陳奇木隨岳父進了小客廳。邢伯擺弄工夫茶。茶過三巡，邢伯靜下心來，同女婿一起研究。

「阿木，港報的消息只是給了你一個偶然的刺激。不管它是眞是假，對與不對，我們拋開不談。我想，沒有港報的消息，你深心裡，還是有餘悸的，是不是？」

眞讓岳父一語挑破了！陳奇木點點頭。

「現在我們要研究的是大陸今天的政策！大陸要搞開放，搞建設，只能向前看，不能找後帳。我看鄧小平先生這樣的政治家應該是有胸懷的，他有無胸懷我不知道，但我想他應該有！他自己在『文革』中不也是挨整的嗎？他懂得挨整的滋味！所以，從政策上看，不應該對你怎麼樣……」

「不好說呀！在大陸，經濟上的開放搞活和政治上的專制獨裁可以並行不悖。就算我們信得過鄧小平，可我擔心的是下面執行政策的人！在大陸，歪嘴和尚亂念經的事，是常有的……」

「是呀！這也是我最擔心的。從歷史的經驗看……」

「歷史的經驗？我知道的除了反右，就是『文革』，如果照這兩個運動，回去等於自投羅網！」

「是呀！共產黨說話不靠譜，政策總變，一會兒建設，一會兒運動，叫人拿不準。」

「現在看來，政策應該是不錯的，我怕的就是變！」

「嗯，更能消幾番風雨，匆匆春又歸去！」邢伯吟哦著，彷彿在做結論，「看來目前還是穩妥為宜啊！人家歡迎送錢的陳森，人家未必接受偷渡的陳奇木！」

陳奇木默然無語。有頃，他承認：「爸，你說得對，我還是不回去為好。我只是覺得對不起阿娘，阿娘七十歲的人了……」他低下頭來。

邢伯無言以對，他理解有家歸不得的淒涼。

於是，陳奇木以健康為由，派遣公司的龍維元，作為陳森的私人代表前往參加南浦陳森中學的落成典禮。老龍走後，陳奇木一連好幾天情緒懨懨，當真病了起來。醫生查不出是什麼病，只開了幾劑調養的藥，陳奇木心裡卻清清楚楚，是心病，自名懷鄉症。

6 水月庵

汕頭特區龍灣街上，烈日當空，又一個桑拿天。陳奇蘭騎著單車，看一看手錶，把單車停在臨街一個小飯店門前，鎖好單車，走進小店，要了一碗魚粥。

「阿蘭！」有人在喊。

陳奇蘭回頭一看，是一個步入中年的婦女，略胖。細細辨認，原來是海南燎原橡膠種植場同室戰友許思梅！她驚呼：「思梅姐！」

「還不錯！認得出患難姐妹！」許思梅乾脆把一大碗粿條端了過來，與陳奇蘭同桌，回頭招呼魏軍：「過來！」

「連長……」陳奇蘭習慣了老稱呼。

「狗屁連長！現在也就是一頭大狼狗，看家護院！」許思梅笑著貶低丈夫。

看著陳奇蘭不解的神色，魏軍點破：「在紅星農機廠當保衛幹事。」說著找把椅子坐下吃粿條。

許思梅上下打量著陳奇蘭，嘖嘖讚歎：「阿蘭，你還是那樣苗條！瞧我，胖了，老了！」

魏軍插話：「誰讓你吃那麼多！不吃到頂脖子，絕不放下筷子！」

許思梅不臊不惱：「怎麼？嫌棄了？不像當初在海南那陣子死皮賴臉追我了？」

魏軍皺眉：「怎麼一下子上綱上線？」看來此公依然懼內，長聞河東獅子吼。

許思梅不依不饒：「就你這個樣子，又窮又老，想找個小蜜傍家，誰跟你呀？阿蘭，這傢伙從前那麼『左』……」

「我還不算太『左』吧？」

「嘿，現在可好，一百八十度大轉彎！罵官僚，罵物價，罵大款，罵痞子，罵雞，罵鴨，罵兔子，沒有他不罵的！絕了，比右派還右派！」

「哎！你們兵團老戰友見面，盡數落我做什麼？」魏軍訕訕地說，低頭吃粿條。

陳奇蘭笑了。

許思梅轉換話題：「阿蘭呀，我聽小芬說了，才知道你和怒飛結了婚。眞有你的！結婚了，也不請請老戰友？」

陳奇蘭賠著歉意：「幾年前那會兒很匆忙，也不知道你們回汕頭了……」

許思梅咬耳朵說話：「準是先弄得肚子大了，才……」

陳奇蘭擰了一把許思梅：「像你呢，我現在也沒有孩子！」

「哎！那可不是鬧著玩的，趕緊生一個，有了孩子就能拴住男人！」

兩個女人神秘地笑了起來。

「你們倆在一個廠？」陳奇蘭問。

「是呀！他是廠保衛幹事，我當個屁大的工段長。國營企業，效益不好，我看呀，總有一天，垮了算！」許思梅歎息一聲，「不像你們呀！我看《特區報》，怒飛現在是企業家了！」

「咳，別聽記者瞎吹！說不定哪天垮台，負債跳樓！」

「瞎說！說這樣的喪氣話，不怕怒飛搧你嘴巴！哎，你們的生活肯定高級嘍，這麼熱的天，你怎麼跑到街邊店吃魚粥？哎哎，聽說現在興吃『情調』？」

「什麼『情調』，我趕不上回公司了，隨便吃點，填飽肚子。」

「哎，講講你們創業的經過，也好讓魏軍取取經。魏軍，這桿老槍！別老抽煙了，抽死你！好好聽著！」

魏軍無語，輕輕搖頭。

陳奇蘭放下筷子：「一言難盡！還不知道什麼時候要破產呢！『銀曼』是養鰻、烤鰻生產『一條龍』，哪個環節出問題，賠錢不是幾千幾萬，而是論百萬！」

許思梅不悅：「別騙我了！暹羅象再瘦也比唐山水牛大！破船還存三斤鐵呢！你們拔根汗毛比我們腰桿粗！」

魏軍顯然缺乏興趣：「哎！不談生意經了，還是敘敘友情吧！」

許思梅瞪了魏軍一眼：「你呀！哀形！你這輩子算交代了，給你錢你也做不了買賣！哪像一個男子漢！」

陳奇蘭一看錶：「我們邊走邊談吧！這裡離我們公司不遠，到公司喝杯茶。」

許思梅和魏軍高高興興接受了邀請。

幾分鐘後，「銀曼」的小會客室裡，一壺清茶，三個談客。

「我做夢也夢不到這氣派呀！」

「思梅姐，我們哪裡談得上氣派？在特區的企業裡，我們不過是個小老弟！」

「思梅呀！不要談生意了吧？你就不問一問蔡鶯？」

「嗯！這傢伙說了半天，還就這句話有點斤兩！真的，阿鶯怎麼樣了？」

「她當圖書管理員好幾年了！特別愛讀書，整天抱著書本……」

「哎！我告訴你！」許思梅忽然想起，興奮不已，「那個高永戰死了！」

陳奇蘭愕然：「怎麼死的？」

「得癌死的！那混蛋惡人有惡報！」許思梅咬牙切齒怒罵。

「他老子也早就下台了！」魏軍補充說。

陳奇蘭慰然復惘然，她思謀著該不該告訴蔡鷺……

許思梅提議：「阿蘭，哪天你帶我們去看看阿鷺……」

「好！」陳奇蘭答應著，「等怒飛閒空，弄輛車，和二姐一起出去玩玩！」

「哈哈！太棒了！」許思梅歡呼雀躍起來。

「哎，哎……也不看看什麼地方？」魏軍悄悄提醒。

「是，是……兵團老毛病。」許思梅直衝著陳奇蘭檢討。

陳奇蘭莞爾一笑。

公司裡，蔡怒飛正爲職工勞動紀律鬆散犯愁！他們吃慣了「大鍋飯」，最要命的是手下掌班的人，缺乏責任心，不敢管。陳奇蘭便勸他休息日出去散散心。

這天，一輛小麵包車順著韓堤行駛。蔡怒飛開著車。司機旁邊的位子坐著魏軍。許思梅、陳奇蘭坐在前排。蔡鷺獨自坐在後排。魏軍對蔡怒飛問長問短，一會兒是「賓士」、「豐田」、「皇冠」、「標緻」、「桑塔納」，孰優孰劣，一會兒是汽車拉力賽，如何跋山涉水過沙漠，如何驚險，還有義大利車手身亡。許思梅一聽，大不吉利，猛然怒喝一聲：「魏軍！開車時候別跟司機說話！」魏軍頓時啞口。

一路上，韓江景色盡收眼底，水中的漁舟、竹筏，岸上的古塔、寺廟，紛至沓來，汽車如行山陰道，美不勝收。許思梅和陳奇蘭說著悄悄話，不時發出輕輕的笑聲。蔡鷺默默坐著，不發一語。魏軍打著呵欠。許思梅大喝一聲：「魏軍！你別坐那位子了！你不知道嗎？打呵欠是會傳染的！」

魏軍十分尷尬：「昨夜睡得太晚……我換個位子……」

蔡怒飛一笑：「不礙的！快到了。」

這裡是蟹嶼。島上有一處名勝，水月庵，是民初創建的一個尼庵，歷史不算很長，卻頗靈驗，是故香火不斷。遠遠望去，竹林中隱隱一座建築，周圍一帶粉牆包裹，向陽兩扇八字門，門前一道溪水，十分清幽。

蔡怒飛和魏軍一撥，陳奇蘭、許思梅和蔡鷺一撥，溜溜逛逛。不一會兒，走散了。蔡怒飛和魏軍缺少雅興，無非走個過場，陳奇蘭和許思梅只顧說話，各處勝景，也不過走馬觀花。出得庵來，互相找不著人，重又進庵搜尋，抓了蝦，走了蟹，好不容易湊齊了，卻發現少了蔡鷺。

原來蔡鷺虔誠地合十膜拜，捐了十元錢，跟住持攀談起來。也不知談了多久，只見住持一臉祥和之氣，微微一笑：「施主很有慧根！」

陳奇蘭走進庵堂，悄聲說：「二姐，他們都在等你呢！」

蔡鷺合十告辭住持，隨陳奇蘭走出水月庵。

大家重新上車，依舊是原先的座位，這是慣性使然。許思梅逼問魏軍：「你還坐那裡呀？打不打呵欠了？」

「不打了！不打了！」魏軍急忙聲明，話未說完，又打了個呵欠。

大家一陣好笑。

「沒出息！」許思梅笑罵了一句，低聲對陳奇蘭說，「這傢伙昨晚上……」

陳奇蘭吃吃地笑著：「什麼話你都好意思說！」

獨有蔡鷟默默，她回望水月庵，紛紛煙色，依稀白雲鄉，隱隱鐘聲傳來，又分明禪關清梵，她彷彿入定了。

近午，他們一行驅車來到島上一座酒樓前，店號通俗淺白，卻有趣，叫「好再來海鮮酒家」。門臉上直書四行漢字，自右至左：狗肉牛鞭，生猛海鮮，野味山珍，滷鴨燒鵝。魏軍端詳了半天，大惑不解：「怒飛，你看，滷野生狗，是什麼風味？狗，還有野生的……」

許思梅搶白：「怎麼沒有？野狗嘛！家養的是家狗，野養的就是野狗了！」

魏軍還是納悶：「可這野生……」

蔡怒飛忽然笑了起來：「哪裡是野生狗！它這是自右至左，直行，是這樣的！狗肉牛鞭，生猛海鮮，野味山珍，滷鴨燒鵝！」

大家一看也都笑了起來：「滷野生狗，鴨味猛肉，燒山海牛，鵝珍鮮鞭……」

「鮮鞭？」蔡怒飛笑對魏軍，「你的鮮！」

「我老了，你才鮮呢！」

二人相視，哈哈大笑。

陳奇蘭忽然覺得奇怪：「狗肉牛鞭，狗肉知道，牛鞭是什麼？」

「大概是打牛的鞭子吧？」許思梅望文生義，忽又心中無底，自家嘮叨著，「可鞭子怎麼能吃呢？」

蔡怒飛和魏軍忍俊不禁。魏軍招呼許思梅上前，低聲解釋。許思梅一聽，罵了聲「混帳」，復向陳奇蘭低聲解釋。陳奇蘭一下子臉紅到耳根。

蔡怒飛笑著說：「就是這家了！走！進去！」

「好再來」的服務員十分殷勤。蔡怒飛看在眼裡，提防斬客。五人圍坐一桌。等到點菜，推來讓去，最後還是蔡怒飛拿起菜譜，一一點菜。大家舉杯，向蔡鷺致意。蔡鷺說了聲「謝謝」，飲了一口椰子汁。魏軍從盤裡夾出一塊肉，對蔡怒飛笑笑，放到蔡怒飛碗裡。蔡怒飛夾回給魏軍。魏軍又夾回。

許思梅看不過去：「一塊肉夾來夾去做什麼？」

魏軍笑了：「你不知道這塊肉有多寶貝！」

「不就是肉嗎？」

「肉跟肉可不一樣！這是剛才阿蘭問的那塊肉！」

「要死了你！討厭鬼！」

「思梅姐，吃我們的！別理他們！」

蔡怒飛與魏軍相視，開心地笑了。魏軍三杯落肚，豪放起來，話也多了，當起了「侃爺」：「到底是改革開放好呀！要像從前那樣，搞窮過渡，大家的嘴都得支起來，喝西北風！不說別的地方，就說這蟹嶼，我小時候來過，呵，荒山禿嶺，除了石頭，還是石頭！莊稼種不起，草也不長，兔子拉屎都不找這地方！」

服務小姐走來。蔡怒飛付帳。魏軍偷眼一看，直吐舌頭，對許思梅耳語。許思梅驚呼：「花這麼多錢！怒飛，太破費了！」

蔡怒飛一笑：「該花的錢就得花！還好，還不算斬客。」

魏軍附和：「對！要轉變觀念，要有新的消費觀！」

許思梅瞪了丈夫一眼：「得了吧！你消費去！還新消費觀呢，你？」

陳奇蘭笑了：「其實，不該花的錢，我們一分也不花。」

蔡鷺始終默默。大家知道她患過病，也不勉強她交談。

午後，又到石洞參觀，又去海濱浴場，足足玩了一天。歸途中，看見小青年一對對在小溪沙壩上，「敲土窯」，吃燒烤。大家忽然覺得這世界將由新一代人占領了！

蔡怒飛和陳奇蘭有自己的小家，一幢公寓樓上二室一廳。兩人說著說著就說到公司的事情。蔡怒飛又說起勞動紀律問題，陳奇蘭笑了起來。

「你有招了？」

「我給你找到兩個幫手。」

「誰？」

「魏軍和許思梅。」

蔡怒飛不語，踱至窗前。

「你不同意？」

「阿蘭，幹事業可不能感情用事。照顧老關係往往弄得自己很被動！到頭來，事業受損失，你就是揮淚斬馬謖也無濟於事！」

「我想聽你說說，他們怎麼不夠格？」

「魏軍這人很『左』，你忘了在海南批判你的時候，他那副『左』的樣子？許思梅嘛，有股衝勁，但是婆婆媽媽，現在又添上絮絮叨叨，淪爲小市民了！」

「怒飛，找不到毛病的人是沒有的。我們就沒有毛病嗎？可我們幹事業用的是我們的長處，而不是毛病！魏軍從前是比較『左』，那有個時代背景問題，他批判我，又讓思梅姐監督我，實際上是保護我！你別忘了一個基本事實，魏軍曾經領導過一個一二百人的橡膠種植場！『文革』期間，沒死過一個人，沒糟蹋過一個女知青，這在當時就相當不容易了！我相信他有能力管好勞動紀律！許思梅是有些變化，但是她堅持原則，是非分明，敢於鬥爭，不徇私情，這些都是當今企業管理中極爲難能的品質！」

蔡怒飛點頭默認。

「至於他們的毛病，他們在工作中可能出現的差錯，主要還不是看他們如何，而是看我們如何，如何掌握，如何處理，你說呢？」

蔡怒飛笑了：「他娘的！」

陳奇蘭也笑了：「怎麼罵人？」

「這是喜歡的罵！特區的書記應該讓你來當！」

「讓非黨員當書記？」陳奇蘭開心地大笑。

「哎，就不許有黨外布爾什維克？」

蔡怒飛忽然端詳起妻子來，她一襲睡衣，寬鬆中隱隱曲線，薄而透，該凹的部位凹，該凸的部位凸……他猛然抱起了她，往床上一放，急著寬衣解帶……

陳奇蘭笑罵著：「急什麼？又不是偷的！流氓！」

「就『流』你了！」

一串笑聲飛出窗外。燈窗明了又暗，暗了又明……

忽然門鈴聲響。蔡怒飛罵了一聲，問：「誰？」

「怒飛，是我！」

「怒飛，是大姐！快去開門！」

蔡霞進門，忍著眼淚：「阿鶯失蹤了！」

蔡怒飛和陳奇蘭一時驚呆。

他們三人急急趕回父親家。家裡一派肅穆。方淑雲淚流不止。

蔡怒飛打破了沉默：「登報尋人吧……」

「上電視更好，電視覆蓋面廣，現在一般家庭都有電視……」陳奇蘭說。

蔡方蘇卻拿不定主意。

蔡鶩失蹤的消息傳開了，好多人都幫著尋找。眼看兩天過去了，沒想到許思梅粗中有細，她叫著魏軍一起到了水月庵，果然一找就找到了，蔡鶩在水月庵削髮出家！

「她去當尼姑？」方淑雲總算放下心中一塊石頭，「在就好，在就好……可她，她這是做什麼呀？」

水月庵的庵堂裡，法名慧淨的蔡鶩一襲緇衣，光著頭，手敲木魚，口誦經文。

蔡家人，還有魏軍、許思梅佇立一側，苦苦相勸。只見方淑雲哽咽著：「阿鶩，跟媽回家去吧！媽給你跪下了！」說罷，「噗咚」跪地。

蔡鶩閉目誦經，不爲所動。蔡霞扶起母親。蔡方蘇漸漸憤怒了：「阿鶩，你以爲只有你下過地獄嗎？不！經過『文革』，哪家不是一本苦澀的大書！世上的不幸有千萬種，有的甚至橫越千古！但是世上的人不苟活，不逃遁，永遠頂天立地！阿鶩，你聽著，水月庵絕不是你的歸宿！」

蔡鶩依舊漠然。

「走！」蔡方蘇拉著方淑雲走出庵堂，其他人後隨著。

蔡鶩蒼白的臉上微微痙攣，眼角滲出一滴淚水……

一行人回到家裡，心中又酸痛起來，默默反省自己這些年來對親女兒、親姐妹究竟傾注過多少關心。他們相對無言，一籌莫展。

蔡霞忽然欲言又止，蔡方蘇似乎注意到大女兒瞬間的變化：「阿霞，你有主意？」

方淑雲歎了一口氣：「她能有什麼主意？」

這位母親錯了！事實上，最能解讀蔡鷺的恰恰是她的姐姐！蔡霞曉得妹妹的遁世只爲著一個人——林海文。這是一個教女人一旦愛上就一生忘不了的男人！這個男人有著魁梧的體魄和英俊的面龐，然而教女人傾心的是他那豐富多彩的內心世界，一俟探知了他的內心世界，再抬頭看他的外表，那外表更透出生動的內涵，愛即時生根，如同地下奔突的筍芽，只消一場春雨，便森然破土，蔚然成林。如果不是這樣，蔡鷺怎麼會奇蹟般地恢復健康？這時候，蔡霞沒有想到自身，心中只有妹妹，她聽慣了母親的貶詞，她不計較，她對父親說：「爸爸，你還記得當初阿鷺的病是怎麼好起來的嗎？」

蔡方蘇追憶著：「她是看見林海文從北京寄來的那張天穹星圖……你是說，還得找林海文？」

蔡霞沒有回答，默然走開去。

方淑雲眼睛一亮，「柳暗花明又一村」！她忽然想起當年反對蔡霞與林海文結合，頓生愧意，低下頭來。

蔡方蘇彷彿自語：「寫封信給林海文，請他回來勸勸阿鷺……即使林海文不能來，我們也應該把阿鷺的事情告訴他……對，應該這樣……人不能忘舊……」

方淑雲忽然懇求大女兒：「阿霞，你給林海文寫封信吧？」

蔡霞終於想到了自身，想到了她那沒有死滅的初戀，二十年前的苦澀，延宕至今，做一次迸發：「不！」雖然只有一個音節，卻耗費了她通身氣力，她癱了一般跌坐在椅子上，苦淚欲流。

方淑雲又只好低下頭來。全家人不作一語。過了好半天，蔡怒飛似乎靈機一動：「何不先打個長途電話？」

蔡方蘇點點頭：「怒飛，你給林海文打個電話吧！知道他的電話號碼嗎？」

蔡怒飛搖搖頭。

陳奇蘭插話：「可以查電話本。」

「我們家哪有北京的電話本……」

「公司裡有。」陳奇蘭拿起電話，撥號，復問：「喂，魏軍嗎？請給我查一查北京中科院的電話號碼……中國科學院物理研究所……怒飛，拿支筆來……好，好，記下了。bye！bye！」

蔡怒飛接過電話，撥號。一家人緊張地等待著……

「喂，中科院物理所……請找林海文……什麼？林海文出國去了……訪問學者……美國……謝謝，再見！」

一家人頓感失望。

7 合資

眼下南浦經濟上的熱點是合資企業。這一點連番客嬸都看出來了！她浮想著，要是阿木也回南浦投資呢？但她自己馬上否定了，阿木是偷渡的，他不能回來啊！轉念又一想，「下山虎」整座房子已經歸還給陳家了！不就是說陳家也「一風吹」沒事了嗎？她望著修飾一新的正房、廂房、門樓和天井，又覺得阿木回來不該有凶險……

門外小汽車聲響，陳華夏西服革履走出小汽車，走進「下山虎」。

番客嬸認出陳華夏，大吃一驚：「阿孫仔，怎麼不打個電報？」

「我成心讓老祖母嚇一跳！」

「阿孫仔，又長高了！」

「我都二十歲了，還能不長個子？」

「唔，是呀！二十三，還要躥一躥呢！」

「我一米八十，再躥一躥，改行打籃球了！」

祖孫說笑著入室。小保母端上工夫茶。

「老祖母，新房怎麼樣了？」

「地基打好了，房子正在蓋呢！」

「太慢了！簡直是蝸牛速度！可不是特區速度！」

「哎！急什麼？我也不急著住。慢有慢的好處，慢工出細活！」

「就怕慢工出粗活啊！」

「哪能呀？有你姑姑、姑父的面子，活粗不了！」

「那倒是！在大陸，沒面子還是不行呵！」陳華夏彷彿自語。

「哎，小華夏，你這就大學畢業了？」

陳華夏點點頭。

「這次來南浦，是來看老祖母的？」

「專門來請老祖母參加一個活動！」

「活動？怎麼活動？像街心花園裡那些人，打太極拳？還跳什麼老年師弟……呵，我叫不上。」

「哈哈！老年迪斯可！」

「我可不要！」

「不是那些活動。」

「那是什麼？」

「保密。」

「小鬼頭！」

保密的全部意義屬於時間，而時間總要跟保密喊再見的。這天，在南浦鴻鵠大酒樓的娛樂大廳，大型的招商活動正在進行著。小舞台上方懸掛巨幅橫標，上寫：「南浦招商大會簽字儀式」。台上有人正在講話。陳華夏陪著番客嬸坐在來賓席上。番客嬸心中忐忑不安，偷眼看，西裝領帶，全是有身分的人，就我一個老姿娘！她轉頭對陳華夏說：「阿孫仔，我回家去！」

陳華夏急忙攔住：「別走，一會兒我送你回去。」

一位服務小姐端著盛滿「粒粒橙」、「雪碧」、「可口可樂」之類飲料的盤子走了過來，輕聲細語：「請用飲料！」

番客嬸下意識地辭謝。

「祖母，喝吧！」

「阿孫仔，你想喝？」

陳華夏點點頭。番客嬸取了一杯，向腰間掏錢。服務員小姐友善一笑：「阿婆，不用花錢的。」番客嬸目瞪口呆。陳華夏替祖母作答：「謝謝！」服務員小姐莞爾一笑：「先生請用！」陳華夏也取了一杯。

番客婚大惑不解：「這大酒樓，我平時走過，望都不敢望一眼，原來吃東西還不用花錢呀？這不是敗家嗎？」

陳華夏笑了起來：「祖母，你放心吧！酒店老闆賺大錢呢！」

「再賺錢也不能這麼糟蹋呀！他家有聚寶盆？」

「有！」

「眞的？」

「酒店就是聚寶盆。祖母，等回家了，我再跟你細說。」

番客婚仍舊不解，搖了搖頭。

台上，主席高聲宣布：「第八項，龍浦珠繡服裝有限公司……請外方巴黎華夏實業集團公司代表陳華夏先生……」

陳華夏站起，上前，登台。番客婚睁大眼睛望著，望著她的阿孫仔神氣地站在台上，她還看到女婿的大姐夫翁財旺，還有好幾個人也同時登台。她茫然莫解。台上，翁財旺及其他有關人員站成一列。其前，陳華夏與中方代表坐下，簽字，交換文本，握手。掌聲起，相機拍，陳華夏與後排的翁財旺等人一一握手。又是掌聲和照相。

忽然一束強光照射在來賓席，似乎偏偏對準番客婚。番客婚下意識用手遮擋。一會兒，強光移向別處，終至收光。旁邊有人悄悄對番客婚說：「阿婆，這是電視台錄影，今天晚上你看看電視新聞，裡面準有你！」番客婚茫然失神，疑爲夢寐，有頃，她對陳華夏說：「阿孫仔，這就是你說的活動呀？下次我可不來了！」陳華夏笑了一笑。

龍浦珠繡服裝有限公司買下兩層商品房，掛起了招牌。樓下，一張桌子上放置著一塊硬紙板，上有「報名處」三字。大約有十來個女孩子盛妝濃抹，聚於「報名處」前說東道西。她們是前來競逐總經理秘書這個席位的。無心扎堆、稍稍遠離這一群體的是一個約莫二十歲上下的女孩子，她是林明子。

總經理陳華夏走來。有幾個女孩子馬上圍了上去，爭相討好。這位陳總少年得意，春風滿面，彷彿一日看遍長安花，他說：「靜一靜！這名女秘書嘛，她必須能替我抄抄寫寫……」

一個女孩子逢迎：「這是最起碼的！一個好的秘書應該又是智囊！」

陳華夏又講了幾個條件，忽然笑了起來：「還有，她有時還必須陪我跳舞……」

女孩子們更加興奮，七嘴八舌：

「這不用說！女秘書當然得會跳舞……」

「要跳得好才行！」

「最起碼的公關手段嘛！」

「國標舞，現代舞，迪斯可……」

林明子悄悄拿起手提袋離席而去。

陳華夏發現了這個與眾不同的人，喊了一聲：「等一等！」

林明子站住，轉身，面對陳華夏。

陳華夏倏然一驚，他被對方身上一種高雅的氣質所震懾，頓時生出一種預感，這是一個不平凡的女孩子，看她輕衫素面，風神秀爽，迥異於所有的女孩。

「你……不考了？」

林明子點點頭。

「爲什麼？」

林明子不語。

「因爲你不會跳舞？」

林明子搖搖頭。

「那爲什麼？」

「因爲你的招聘廣告沒有寫明招聘秘書兼舞伴！」林明子冷然嘲諷，「不要以爲錢能指揮所有的人！」說罷，轉身而去。

陳華夏追了過去：「小姐！」

林明子又只好停步。

「小姐，請原諒！」陳華夏高聲，「我現在鄭重宣布，本公司招聘的是具有大專文化程度、略懂英語口語的女性秘書！」復轉向林明子，「請問小姐是大專文化程度嗎？」

林明子點頭。

「哪個學校？」

「韓山師專。」

有幾個女孩子在竊笑。

「爲什麼不上名牌大學？是分數不夠？」

「不！」

「你考了多少分，還記得嗎？」

「當然記得，七百七十九。」

「嘩！你的分數可以上中山大學！爲什麼報了師專？」

「窮！」

陳華夏沉吟片刻：「小姐，希望你跟她們競爭！我主張 fairplay（公平競爭）！」

「Well, I think I can do it.」（嗯，我想我能行。）

一個麗日，龍浦珠繡公司會議室權作考場，包括林明子在內的七八名女孩子在靜靜地寫答卷。陳華夏坐在一旁看報，他把報紙打開高舉，遮住了眼前，他其實並不看報，報紙中縫被預先挖出一個小洞，他透過中縫小洞窺視著應考的女秀才們。女秀才隊裡也有弄虛作假，可以引發科場案者！一個女孩子似覺炎熱，撩起裙子，低頭看大腿，大腿上密密麻麻寫滿了文字和數字。果然是巾幗不讓鬚眉！陳華夏微微一笑。女秀才們紛紛交卷。陳華夏收起卷子，很有禮貌地說：「請諸位小姐回家等候通知。」這群小姐嘰嘰喳喳散去。

又一個麗日，在龍浦珠繡公司的總經理室內，陳華夏和林明子面對面坐著，正在進行所謂面試。

「我看了你的卷子，各方面都合格，唯獨一個不大不小的問題，令人遺憾。」

「哪個問題？」

「在回答爲什麼想進龍浦珠繡的問題上，你看看，幾乎眾口一詞，爲了龍浦珠繡的興旺發達。而你呢？你的回答是爲了自己。」

「在沒進入龍浦珠繡以前，我只能想到自己。」

「這……那麼進了龍浦珠繡以後呢？」

「也還是爲了實現自身的價值。」

陳華夏彷彿有些惱火：「那你就不爲龍浦珠繡著想？」

林明子很平靜：「我在實現自身價值的過程中，必然爲龍浦珠繡創造出效益。」

「你很現代，尤其誠實！但是，你是否想到，這種誠實可能要失去主考官兼雇主的感情分？如同體育比賽中的體操、跳水，感情分上的微小損失很可能斷送了金牌。」

「感情分？那是主考官兼雇主的事！我雖然沒有做過商業，但我知道誠實是商人最可寶貴的品質。」

「哈哈！難道你沒聽說過『做生意，三分賊』、『無商不奸』這些話？」

「聽說過。賊商也罷，奸商也罷，都不是眞正意義上的商人！難道你沒聽說過『誠招天下客』這句老話？」

「當然聽說過。」

「華人首富潮州人李嘉誠成功的秘訣，一如他的名字：『誠』！」

「小姐！你被錄取了！」陳華夏歡呼起來。

8 龍浦珠繡

陳華夏和他的秘書林明子一起走進公司的設計室。設計室裡的設計師和技術人員紛紛起立：「陳總經理好！」

「諸位不必客氣，請就座。」陳華夏說罷拿起一張圖紙，又要來成品和計算尺。林明子心領神會，取出幾份資料。陳華夏就資料中的產品規格、品質標準詳細進行核對，然後打開一台電腦，操作著，並將一些主要數據，記錄在他的一個專用本上，最後滿意地點點頭走了。

設計師們儘管人在崗位，心卻在測算。測算有了結果，這是一位精明的總經理，年輕有為的贊詞絕非一般化的客套。

陳華夏接連走了幾個工作面和車間，都很滿意，他看著手錶，對林明子發出邀請：「林小姐，可以共進午餐嗎？」

林明子有分寸地答應了邀請：「好的，謝謝。」

他們上了鴻鵠大酒樓。服務小姐引他們到一個包廂跟前，包廂門楣上有兩個字：「紫微」。

「紫微……林小姐知道紫微的意思嗎？」那語調像是考問，又像是請教。

「我隱約知道，紫微宮、紫微垣是天文名詞，天區名或者星官名，紫微省、紫微郎是古代的官署名和官名，是這樣嗎？」

陳華夏大吃一驚，其實他自己也知之不甚詳，便「哦」了一聲：「你怎麼會知道這麼多？」

林明子莞爾一笑：「湊巧了，我聽我小叔講過。」

「你小叔是……」

「物理學家，中國科學院的。」

菜只數樣，沒有鋪張；飲料兩聽，無非點綴。電視螢幕上卡拉OK歌曲是一支舞曲，中速華爾滋。陳華夏大大方方邀請林明子跳舞，林明子也沒有一絲忸怩，二人起舞，至曲終。歸座，陳華夏誇獎說：「原來你的舞跳得很好！」

女孩子其實比男孩子更愛聽奉承話，林明子心裡十分舒服，便幽他一默：「我說過我不會跳舞嗎？」

陳華夏也忽起機鋒：「我沒有招聘舞伴，卻認識了一個極好的舞伴！」

二人相視而笑。

「唱一支歌好嗎？」

「請便。」

陳華夏點了一首〈水手〉，又大大方方地唱了起來。雖非專業，卻也有些韻味。

林明子鼓掌，脫口而出：「我還以為你唱什麼歌呢……」

「哦！你以為我會唱那些愁呀，恨呀，風花雪月的？」

「呵，不，嗯……」

「其實，眞正的風月存在於奮鬥之中！你或許以為我生於富貴之家，長於婦人之手吧？事實上我曾經十分貧窮，我是靠撿高爾夫球，打各種雜工，讀完小學的。因此，我特別喜歡鄭智化這支〈水手〉。」

林明子內心一震：「哦，我也很喜歡這支〈水手〉，它有一種深邃的自省意識，更有一種積極向上的力量。」

「我們合唱一遍怎麼樣？」

紫微宮裡飄出了自省，飄出了力量：

他說風雨中這點痛算什麼，
擦乾淚，
不要怕，
至少我們還有夢！
他說風雨中這點痛算什麼，

擦乾淚，

不要問，

爲什麼……

南浦是盛產閒人的地方，改革開放了，成了特區，閒人依然有後，且綿延。有時，閒人就在你身邊。

「哎！別沾手了！我這兒快弄完了。春柳呀，你風風火火，什麼事呀？」

鱟爐裡，張青筠正在剖魚。沈春柳興匆匆走進家門：「媽！媽！我來吧！你歇著！」急欲代勞。

「媽！小姑有對象了！」

「瞎說！」

「眞的！媽，你知道是誰嗎？」

「誰呀？」

「就是那個小帥哥！」

「咳！什麼帥哥不帥哥？」

「就是龍浦珠繡的總經理陳華夏！」

張青筠一愣：「阿木的兒子……春柳，可別瞎說了！番客嬸家現在可不比從前了！讓人家聽見了，該說我們攀高枝，蘿蔔糕，一面熱！」

「媽！眞的，不騙你！有人看見他們倆，一起跳舞，一起唱歌，卡拉ＯＫ呢！」

張青筠無語，她不曾想到會有這種事，不由停下手中的活計。沈春柳乘機取過婆婆手中的魚，剖肚去鱗，邊拾掇邊說話：「媽，你讓小姑給我辦了……」

「辦什麼？」

「辦到龍浦珠繡！媽，讓我到那裡，做什麼都行！上次祖公的崗位讓老大媳婦頂職了，我們可沒說什麼，這次怎麼說也該輪到我了！」

「上次人家單位要有文化的，秋萍好賴是初中畢業，你才小學三年級，不是當婆婆的有偏有向，是人家單位定下的規矩。」

「媽，從前的事不計較了。你跟小姑說，肥水千萬不要流到別人田！他們兩個將來結了婚，陳總經理就是小亮的姑父，陳總經理也得管我叫二嫂不是？」

「春柳，別亂說呀！明子是個有主見的姑娘，這麼多年了，你也知道她的稟性，她要拿定了主意，九頭牛也拉不回。你呀，還是等她晚上回家好好跟她說吧！」張青筠說罷，便要去淘米做飯。

沈春柳忍下心中的不悅：「媽你歇著吧，我來做飯。」

蠡廬裡沈春柳那廂是緊著張羅，珠繡公司林明子這邊是什麼也不知道！她正走進總經理室，只見陳華夏在電腦前操作，似乎遇到了難題，雙眉緊皺，仰頭靠在轉椅背上。

「陳總，有什麼事？」

「明子，我有個難題，請你幫幫忙。」

「喲，一向胸有成竹的陳總，年輕有爲的企業家，今天不恥下問了！」

「明子，你別挖苦我了！我們這批珠繡毛衣，還有珠繡手袋，從設計到製作都是成功的，銷路估計也不會有問題，部分已經簽了合同；但是廣告宣傳沒有及時跟上，弄不好會出現積壓！我想不出一種快捷有效的補救辦法。」

「快捷有效……」林明子也覺得棘手。她努力開動腦筋，正向思維，逆向思維，結果呢，不是被對方否定，就是被自己否定了。她歎了一口氣：「我可沒辦法了！」

「其實你剛才說的都是辦法，只是我們這地方太土，沒有那麼些現代化手段。」

林明子忽然眼睛一亮：「哎！有個土辦法，不知道可不可以？」

「只要是辦法，管它是土是洋，不是說不管白貓黑貓，抓住老鼠就是好貓嗎？」陳華夏等待著。

林明子調皮地眨眨眼：「面授機宜，附耳上來！」

陳華夏趕緊湊了過去，卻將臉有意無意貼在對方臉上。

「要的是耳，不是臉！」林明子故做生氣狀。

「哦，不要臉了！」陳華夏故作糊塗調侃著。

「去！我不說了！這時候，還有心思瞎鬧！」林明子撒嬌。

陳華夏輕輕掌嘴巴：「破嘴破嘴！」

林明子「噗嗤」一笑：「別鬧了，你不是有正經事嗎？」

陳華夏乖乖地附耳諦聽。林明子悄聲說話。陳華夏跳了起來：「好！好！諸葛亮二世！明天一早，你帶頭！」

「我可不帶這個頭！」林明子直擺手。

「那我陪你去！」

這一番周折，已經是夜裡十點鐘了。

「走，吃消夜去，完了我送你回家！」

螽廬燈火已熄，只十四吋黑白電視機熒熒亮。張青筠陪著沈春柳堅守著。

門聲響。沈春柳驟來精神，站起身來，一看，是林建華，她頓覺失望：「我當是誰呀！」

林建華不予理會，催促著：「都幾點了？還不回家？」

「你別嚷嚷，深更半夜的！」沈春柳把林建華拉到一旁，低聲敘述著。

林建華直搖頭：「你自己去試試吧！」說罷坐下看電視。

隱隱汽車聲響，這回是林明子回家了。

沈春柳一臉笑意上前招呼：「小姑回來了！」

林明子一見對方笑臉便知有事，答應了一聲，卻對母親說：「媽，明天一大早公司有事，你六點半鐘叫醒我，別讓我睡過頭，誤了公事。我上樓睡覺去了！」

張青筠答應著：「去吧！」

沈春柳急忙上前，滿臉堆笑：「小姑呀，有點小事麻煩你，呵，跟你商量一下，就耽誤你幾分鐘……」

「幾分鐘？」

「嘿嘿，就幾分鐘。」

「那好吧，你說。」

「我想去龍浦珠繡做事，什麼工種都行。」

「龍浦珠繡全是技術活兒，你沒文化，怕是不行的……」

「也有不需要什麼文化的，給食堂跑採購呀，給幼兒園管孩子呀，哪怕是車棚看車，傳達室送信送報紙……」

「據我所知，這些部門都滿員了！」

「哎，雞蛋密密還有縫兒呢！只要陳總點點頭，安插個把人那還算個什麼事！」

聽了沈春柳的話，林明子頓感不悅，便打了「官腔」：「那你找陳總經理去吧！他每周兩天接待外邊客戶、用戶和來訪，周二周五下午兩點到五點半。」

沈春柳「嘿嘿」地陪著笑臉：「小姑呀，說這話就見外了！聽說陳總和你……」

林明子一驚：「和我怎麼樣？」

「和你好唄！將來要是……那還不是老林家的女婿了？」

「誰說的？」林明子勃然色變。

「呃，呃，聽說……」沈春柳仍然賠笑。

「聽誰說？」

「這，這……怎麼說呢？……」沈春柳十分尷尬。

林建華爲妻子解圍：「明子，你急什麼？有就有，沒有就沒有，光明正大，何必隱瞞？」

林明子強壓怒氣：「二哥，你眞無聊！你妻子要是眞想進龍浦珠繡，就去應試，跑採購也好，管孩子也好，看車送報紙也好，只要有空額，公司總會量才錄用的！我進龍浦珠繡，不也是考進去的嗎？她想走我的後門，可惜公司不是我開的，就是我開的，也得量才錄用！」

二樓樓梯口，林建中和他的妻子光著腳，探著腦袋諦聽著，頗有幾分幸災樂禍。

沈春柳失望了，甩出一句閒話：「唉，翅膀硬了，六親不認了……」

林建華惱火了，其勢洶洶：「你就沒有一點兄妹同胞情分！」

林明子感到委屈：「二哥，這是兩碼事，別攙著一起說！」

沈春柳加油添醋：「建華，走吧！她不認你這個哥哥，我這個嫂嫂就更不用說了！我們也高攀不起，人家靠上財東，財大氣粗，我們是草民，賤民，我們認命吧！」

林明子氣得說不出話來。

半天沒有說話的張青筠不能不說話了：「春柳呀，你說話也得留點分寸！明子還是個姑娘哪！外面的風言風語，你帶回家裡散，教街坊鄰居聽著，面子也不好看！」

沈春柳反唇相稽：「有什麼不好看的？自由戀愛，搞活開放，在鴻鵠大酒樓又吃又喝，跳舞唱歌，敢做就得敢當！」

林明子一聽，轉身上樓，臉上掛著淚痕。

張青筠傷心落淚：「建華，你回學校吧！回家欺負你妹妹，你算什麼能耐？」

林建中在樓梯口上大喊：「媽！十一點了！關門睡覺吧！明天一早明子還得起早呢！小光也得上學！」

沈春柳大聲嚷嚷：「走就走！建華，把小亮叫醒，都走，都走！」

林建華推著沈春柳：「行了，行了！走吧！」

張青筠哀怨地搖著頭：「孩子有什麼罪？」

張青筠看著二兒子二兒媳走了，關好大門，眞是「生意做輸只一時，老婆娶錯誤一世」呀！她忽又想起丈夫，低聲飲泣：「海陽，海陽呵！你爲什麼死得這麼早？留下我一個人……你看見了嗎？你一生清白，怎麼會有不爭氣的兒子？海陽呵！海陽呵！」淚如雨下。

林明子悄悄下樓，來到母親身邊，安慰著：「媽，你別哭。不怨天，不怨地，只因爲他們沒文化。」

「明子！」張青筠斷斷續續地說，「你不該生做女兒，你該生做兒子……」

「媽！」林明子泣涕漣漣。

第二天清早，陳華夏株守在龍浦珠繡公司會議室門前，他看見林明子匆匆趕來，急忙迎上前去，忽然有所發現：「明子，你的眼睛好像有點腫。」

林明子心裡明白，男人如果不是對你有愛意，他不會這麼細心的。她想起昨夜二嫂的閒話，不知爲什麼，忽然想哭。她輕輕搖了搖頭，什麼話也沒說，走向更衣室。

一個個姿娘仔穿著珠繡毛衣，挎著珠繡手袋，婀婀娜娜走來，宛如時裝模特隊登場表演。

陳華夏望著身邊的麗人，神清氣爽，口角春風：「小姐們！特區的麗人們！今天你們轉換角色，當一名顧客，到各大商店逛逛！買不買東西隨小姐們的雅興，公司只要求小姐們把幾個大商場都逛遍。別太分散，也別扎堆。小姐們，特區的麗人們！你們一個賽一個漂亮，漂亮姑娘穿戴什麼服飾都會成爲新潮，何況你們穿戴的是龍浦珠繡！」

這時，林明子從內室走出，華貴而高雅，清新而飄逸，國色天香，豔冠群芳。眾人齊聲喝采。陳華夏看呆了。

林明子款款行來：「陳總，你知道嗎？我們姑娘們有兩大愛好：一是穿漂亮衣服，二是逛商店。姑娘們，我說得對嗎？」

這幫姿娘仔眾口一詞：「對！太對了！」

「今天，這兩大愛好都滿足了！」

於是如鳥噪林，聲聲清脆：

「我們願意天天不上班，當活廣告！」

「對！我們不收廣告費！」

陳華夏哈哈大笑，少頃，認眞起來：「小姐們，這樣的招數可一不可再。如同諸葛亮唱空城計！我鄭重宣布一個決定：這套衣裳和手提袋，都歸你們自己了！」

一片歡呼聲。

陳華夏下令：「出發！」

於是，汕頭的超級商場裡，購物中心內，賓館酒樓中，出現了穿珠繡毛衣挎珠繡手袋的珠繡女，惹得顧客引頸，行人駐足，售貨員也忘了本職工作，癡癡復癡癡……現代羅敷們演出了一幕幕《陌上桑》活劇！

西服革履的陳華夏和一身珠繡的林明子來到一家星級酒樓，在咖啡廳裡喝咖啡。一位大腹便便的外商前來攀談……

酒樓門外不遠處是一個小市場。沈春柳停下單車，去青菜攤選購蘿蔔，一番爭貴論賤之後，終於成交，貨款兩訖。沈春柳趁小攤商不備，順手牽羊把一個小蘿蔔丟進單車前頭的車筐裡。剛好小攤商回頭發現，大加斥責，把蘿蔔撿了回來，卻撿錯，把大蘿蔔當作小蘿蔔。沈春柳豈能吃虧？一場舌戰爆發了……

可巧，陳華夏與林明子出了酒樓，正攜手行來。沈春柳驀然發現了他們二人，驚呆了，竟忘了爭吵。林明子也發現了沈春柳，卻作無睹，挽著陳華夏，昂首而過。路上行人嘖嘖稱讚這一對靚女俊男。林明子坦然接受四方投來的羨慕目光！沈春柳喃喃自語：「服了，服了，我服了你了……」小攤商以爲在跟他說話，便搭了腔：「這沒什麼，沒什麼，還買點什麼嗎？」沈春柳瞪了一眼：「誰跟你說話？」扭身走了。

林明子的辦法成功了。本地的，廣州、深圳的，還有香港的，那一張張被鉛字污染的紙，人們稱作報紙的玩藝兒，變得好看起來：

「珠繡上市，目迷五色」；
「珠繡——時裝開了新生面」；
「民族神韻，地方風情」；
「珠繡走向世界」……

陳華夏看著國內外客戶的訂單，像模像樣地對林明子深深鞠了一躬，林明子忍俊不禁。他又從抽屜裡取出兩個信封，交給林明子，說了聲：「回家再拆封吧！」

林明子猜出其中一個，那是紅包，另一個呢，她回家後，拆開一看，是一首詩！題目叫作《擬》，是首新詩：

高山上的一輪月
疊岫中的一片雲
夜空未央的一顆星
春田乍蘇的一絲雨
天際的一點白帆
山間的一汪潭水
大海的一枚珍珠貝
清溪的一方五彩石
水潺潺響著的一板橋
風瑟瑟掠過的一蓬竹

簷下丁東的一串風鈴
雲表鏗鏘的一支牧笛
佳公子寄情的一粒紅豆
美人兒遮面的一把團扇
遊俠掣出的一柄劍
良工奉上的一塊玉
馬致遠低吟的一闋小令
杜牧之高唱的一首七絕
莫泊桑構築的一部短篇
契訶夫營建的一齣獨幕劇……

呵
一個濃縮的宇宙
一個袖珍的天地
造化偶然洩漏了神機
生命刻意創造了奇蹟……

她反覆琢磨著，「擬」是什麼意思？她竭力尋找弦外之音，言外之意，她做出種種猜想，時而肯定，忽焉否定，不過，她始終覺得這是一首寫得很美的詩，雅淡清新，含蓄有韻味。是他曲折的表白嗎？她自己好端端地惆悵起來，其實也沒有什麼大喜大悲，只感到飄飄忽忽，身如浮雲，不時地撫弄著一些模糊不清的念頭。也許，這正是一種柔情吧？

這天，當他們兩個在總經理室的時候，陳華夏憋不住，終於自己揭開了底：「這詩不是我寫的，是從報紙上抄下來的，我覺得寫得很美，我不曉得詩人的原意是什麼，但我以爲藉它來『擬』你，也很合適。不知道你肯不肯接受？」

林明子原先以爲這首詩是陳華夏寫的，聽他一說，不由有些失望。她正在妙齡，不免有著過多的幻想，以爲自己的意中人該是會寫詩的，拜倫、雪萊、普希金、萊蒙托夫，或者近年來的朦朧詩人北島、舒婷、顧城，當然，舒婷是女的……啊！原來她以她小叔林海文的標準來衡量別人！她沒有說話，悄悄離開了總經理室。

望著林明子的背影，陳華夏第一次生出了挫折感。有頃，他把窗簾全部拉開，讓光線盡情奔來；他打開電唱機，聽舒伯特一八一九年創作的《鱒魚》……

面對龍浦珠繡的成功，最受鼓舞的人不是陳華夏，是陳奇木！

陳奇木返回大陸的願望越發強烈，他急著要見他的親娘，七十多歲的老母親頭髮全白了吧？她還能帶著我到竹木市場買一把「椅仔」嗎？她還能順路給我帶來一塊油炸的「紅麴桃」嗎？她還能對我嘮嘮叨叨好半天嗎？我從前是那樣缺乏耐性，總是打斷她的話，如今思來那話語竟如音樂一樣好聽，我聽不夠……

自然，商人的目標並不止步於親情。這些天來，一個思想在陳奇木的腦海裡時而模糊，時而清晰，那經營的模式，既不是東方式的家庭作坊，也不是西方的經管理念。他曾經對妻子說，他想把「儒學」引進企業管理，成一家「四維儒商」，禮、義、廉、恥……在這方面，港商鄉人李嘉誠似乎差近……

陳奇木在自家書房裡獨酌工夫茶，順手去架上抽出一冊台灣版的《四庫全書》，一看，是一冊司馬遷的《史記》，翻到《貨殖列傳》，上有一句話：「人棄我取，人取我與……」這不正是經商之道麼？哦，廢話，貨殖說的就是經商！他笑了，又抽出一本姚鼐的《古文辭類纂》，這回翻到的是歐陽永叔的《朋黨論》，看著讀著，警句撲面而來：「所守者道義，所行者忠信，所惜者名節……」他站立起來，恣意拉開窗簾，眼望窗外，啊，經商如同競技場上角逐，最後的勝負取決於品位的高低。

他踱回寫字台，草擬了一紙密函，發給陳華夏。

第八卷　胡不歸

1 元宵聯誼會

翁財旺在南浦的成績有目共睹，人們無不佩服這位年富力強的區委書記的才幹。兩個月前，南浦傳說著翁書記即將提升市委書記，翁財旺知道南浦閒人多閒話多，開始沒有理會，無奈傳說紛紛攘攘起來，他不能不理會了，便試著探探黃東曉的口風，誰知對方到底是老幹部，平日疏可走馬，此刻密不透風，他又教蔡霞去她老爸那裡巧妙地摸底，結果同樣一無所獲。漸漸地，傳說消歇。他想，可能是卡在哪一個環節上吧，也可能只是傳說而已，他沒有太大的挫折感，反而感到某種欣慰，即使是閒人閒話，也是一種民意啊！不料近幾天又有新傳說，打破了他的心理平衡。據說因爲蔡方蘇還沒有離退，翁婿不能同任！他頓時悵然若失，想不到令他一路綠燈的翁婿關係突然變成紅燈，成了他提升的障礙、前程的攔路石！他想，我能怎麼樣呢？我什麼也不能說！岳父似乎過六十了，還幹得挺歡，根本沒有想要離休的意思！平時說得好聽，培養年輕人啦，提拔新幹部啦，可到了自己頭上，還不是……他想著想著，忽又警告自己，這種情緒千萬不能流露，流露出來連旁人都不會同情。既然已經這樣，還是面對現實，記不清哪位名家說過的話，權位的爭鬥，說到底是年齡的較量，我有年齡優勢，再耐心等一等，大丈夫能屈能伸，當然不是消極等待，而是再幹出一二政績，到時候自然瓜熟蒂落水到渠成。翁財旺畢竟有辦法。他思考著應該騰出一隻手來抓一抓精神文明建設，最顯山露水的是文藝，如果能鼓搗出一台好戲，上北京演出，再得一個什麼獎……哦，聽說北京文藝圈裡有幾位潮人是「大腕」級的，一位著名的劇作家，一位著名的戲劇理論家，中國文聯、中國劇協這些勞什子機構裡也有幾位和上面說得上話的主任副主任一類人物，通過他們的幫忙，再花點錢，南浦有這麼多企業，還有海外潮人，弄它幾十萬上百萬，不成問題，聽說別的省市也是這麼幹的，頗見成效……他忽然想起南浦潮劇團退休的老編劇江之驪給他呈上的報告，他打開抽屜，翻了半天，翻出報告，粗粗一看，馬上打電話，約見江之驪。

江之驪頭髮全白了，彷彿戲台上衰派老生把白髯口錯當了頭套。其實人家二十多年前頭髮就黲白了，那時是少白頭。江之驪美譽「南浦一支筆」，加上馬齒增進，頗有劇壇老頭子之尊。他的報告是要求成立南浦詩社，辦個詩刊。

這天，在翁書記的辦公室，江之驪謹慎地把報告內容複述了一遍，特別說明經費自籌，只希望得到區委領導的支持。

「區委當然支持嘍！這也是精神文明建設嘛！」翁財旺以他特有的瀟灑揮一揮手，「刊物就叫《南浦風》怎麼樣？」

「太好了！翁書記，你給題字吧！」

翁財旺只是笑笑：「老江，你還有餘熱，爲什麼不寫個好劇本呢？」

江之驪長歎一聲：「翁書記，眼下戲劇不景氣啊！城裡青年愛唱通俗歌曲，不愛看潮劇，下鄉嘛，農村人愛看老戲不愛看新戲，只能演『老爺戲』……」

「什麼？老爺戲？」

「哦，就是鄉里逢年過節，賽神祭祖，找個戲班，熱鬧熱鬧，演給『老爺』①看的戲，自然都是老戲，老傳統戲……」

這種情況，翁財旺多少有所瞭解，但他另有見解：「老戲好看，經得起時間的考驗，這是事實；但是潮劇不能不發展，不能永遠停留在《陳三五娘》、《蘇六娘》和《桃花過渡》上，我們潮劇工作者不能躺在前人身上吃現成飯，我們有責任寫出無愧於我們偉大時代的好作品來！現在領導上提倡現代戲，為什麼不寫寫我們的新南浦呢？寫寫南浦這幾年翻天覆地的變化嘛！區委給你們創造條件，當好參謀，當好後勤！你把我的話帶給李團長，南浦潮劇團可以走出大陸，到香港、泰國、巴黎演出，為什麼不能走出廣東，到北京演出呢？我們應該有這樣的雄心壯志，讓首都掀起一陣潮劇旋風！」

一席話說得江之驪心裡熱乎乎，馬上站起來：「翁書記，我這就去找李團長！」

「哦！詩社哪天成立，告訴我一下，我去捧捧場！」

「謝謝翁書記！」江之驪鞠了一躬。

南浦詩社除江之驪外，還有幾位中堅。一位叫韓長笛，原名韓福祿，據說讀了唐人趙嘏的名句「寒星數點雁橫塞，長笛一聲人倚樓」才改的名，趙嘏被杜牧之叫作「趙倚樓」，韓福祿則自稱「韓長笛」，他是一家公司的職員，三十多歲，人很聰明，曾在韓師進修了一年，出來後，忘了自己原先的身分，只

①百越之地，從古以來崇尚鬼神，誠如梁啓超所云，「風習異，性質異」。潮人稱民俗信仰之偶像為「老爺」，祭神為「拜老爺」，賽神為「營老爺」，此類風俗於今尤烈。「老爺戲」云云，名為以娛樂奉老爺，實為藉老爺以娛樂。

好在名片上寫著「詩人」、「民俗學博士」，於是乎半推半就地讓人請了好幾頓飯，海景樓的自助餐，炮台鎮的貓肉席，汾水關的全蛇宴……另一位是戴凝雪，戴小姐無業，略有色，近期傍大款失敗，傷心了好幾天，跑到廣州一家賓館追那大款，不料從洗手間出來，邂逅了紅牛影視公司的大導演文璽，一飯之後，雙方宣稱極有共同語言，做成鶴交頸，啊，鶴頸交，錯了，是刎頸交，是莫逆交，也是忘年交，嗨，反正是「交」了，管它什麼「交」，怎樣「交」。還有一位是曲鐵柱的女公子曲易木，她已經從區婦聯調到文藝科當科員，翁書記並沒有因爲乃父曲鐵柱的問題而難爲她，恰恰相反，上下級關係很平等，人們稱讚書記大度。兩位女士尚未有處女作問世，但是詩社缺少不了她們，詩社的經費正是她們拉來的！小姐們確實有辦法，她們打聽到龍浦珠繡的老闆陳華夏近來酷愛詩歌，便搖動三寸不爛舌，挖來了三萬元贊助費，一寸頂一萬。

詩社成立這天，假座鴻鵠大酒樓。南浦詩壇老少咸集，群賢畢至。有些是熟人，有劇團前團長業已退休的蕭先生，有退休後當上區政協委員的姚乃剛，更多是生面孔，有退休的中學老師，有家在南浦的汕大學生。當然，最顯赫的人物，首推翁書記，次爲掏錢的陳華夏。

社長兼主編是江之驪，副主編是韓長笛。由韓長笛宣布第一階段戰役的八大專題，爲：「南浦新風」、「特區新人」、「山水勝跡」、「時令竹枝」、「鄉土放歌」、「赤子情懷」、「先賢遺韻」和「海外潮音」。社員們鼓掌通過。

翁書記只做了簡短的講話，當場揮毫寫下「南浦風」三個字，掌聲潮湧。翁書記請陳華夏也講幾句。陳華夏雖然年輕，頗識見官之道，他不但淡化了未必盡人皆知的某種親戚關係，而且隱蔽了自己的某種成見，他懂得作爲投資者，一定要從內心表現出對地方長官有足夠的尊重，他的講話更短，只一句：「我是個詩學徒，謝謝大家給我機會。」翁財旺點點頭，他覺得這位「親戚」很得體。

南浦詩壇果然藏龍臥虎，《南浦風》半年出了六期，發表詩詞近千，遠遠超過蘅塘退士《唐詩三百首》加上舒夢蘭《白香詞譜》的總和。這刊物寄贈、交流、存檔，不外賣。社員們評職稱、調工資、找工作，似乎都用得上。陳華夏並非全然不懂這些押韻的玩藝兒，只是讀來讀去，未得佳趣，他怕自己不識貨，請林明子寄一套刊物給她小叔鑒賞。沒多久，林海文覆信至，林明子將有關段落另紙抄給陳華夏。

「……《南浦風》第二期《端陽節》一詩的首句，『薰風八面賽龍舟』，這『八面』雖然威風，也許還……還玲瓏，但未能脫離語病。因爲薰風只有一面，即東南。《呂氏春秋》中說到『八風』時指出，『東南曰薰風。』龍舟如何八面都有薰風呢？或者是龍捲風式薰風，只是未之聞。莫非龍舟原地高速旋轉，八面輪番領受薰風，可是我不敢作如此猜想，因爲句中有個『賽』字，原地高速旋轉不是賽龍奪錦，倒是陀螺表演了！第三期《清明節憶蒙師》一詩，恐怕連韻腳都不妥了。『寒冬』、『辛酸』和『芬芳』，如何得以通押？『冬』屬上平聲『二冬』，『酸』屬上平聲『十四寒』，『芳』屬下平聲『七陽』，這是寫詩常識啊！我想，潮州方言多有轉音，上述三字通過轉音，或可通押，如是，作者去寫潮州歌冊，豈不更好？以上不過隨手拾來，倘毛舉，更費時費力費筆費墨，犯不上，中止了。然意猶未盡，塡散曲一首，博愛侄一哂！」

這首散曲是《南曲雙調過宮·步步嬌》，曰：

詩伯多於雨後筍，
風雅成脂粉，
何來情性眞？

可憐逢節必詩，
酬唱啼鴉陣。
豈識得快意即陽春？
霜毫點染雲箋潤！

林海文的這些評論本是私人信件，信筆塗鴉，竟由陳奇蘭傳到蔡怒飛，被翁財旺無意間看到。翁財旺一查，前一首是副主編韓長笛的，後一首是主編江之驪的，他搖了搖頭，沒有說話。幾天後，翁財旺在區委又一次約見了江之驪，聽取他的劇本構思。

江之驪是努力的，而且虛心。他和韓長笛合作寫出一個劇本提綱——新編歷史潮劇《風流翁萬達》八場大綱。翁萬達，又名翁仁夫，號東涯，是潮人先賢，明嘉靖進士，文武全才，勇於任事，累官至兵部尚書，史稱「嶺南第一名臣」。江之驪本來要寫現代戲的，只因韓長笛聽說翁財旺曾在區委會上講過翁萬達，又說翁財旺本人似乎就是翁萬達的後裔，便聽從了韓長笛的勸說，棄今取古，改步改玉。他們抱著必勝的信念揮毫潑墨，而且計畫著「龍蝦生熟兩吃」，先由江之驪執筆寫潮劇，後由韓長笛敷衍成電視劇。

翁財旺耐著性子聽完了他們的構思，提出一個問題：「你們覺得我們今天的業績比起翁萬達如何？」江、韓二位一下子懵了，說不出話來。「爲什麼你們的興奮點不在今人而在古人？」儘管江之驪和韓長笛一再表示改換題材，重新構思，翁財旺對他們已經失去信心，孤老院中選壯丁，麻瘋寮裡挑勇士，也就這樣的貨色！

「老白毛拍馬屁拍到馬蹄上了！」南浦又有閒話流傳。

最興奮的是詩社的社妹戴凝雪。她對曲易木說：「韓長笛嫉妒我，搞電視劇不找我，想一個人獨吞，活該！」

曲易木一聽偏生有了主意：「哎，你叫文導文大哥來搞呀！」

「嗯，好主意！」

正當翁書記感到南浦文藝上不去的時候，文璽文導演一如櫻桃桑椹，應節上市了。

這位紅牛影視公司的大導演，雖非粵人，更沒來過潮汕，卻自稱酷愛潮汕，他曉得潮汕有工夫茶，還曉得潮汕古代有紅頭船，學識不算不淵博。自然，戴凝雪事先已經做了大量的鋪墊，介紹他從前是北京電影學院的高材生，如今是電視劇「得獎專業戶」，得過什麼獎，記不清了，因爲多如紅牛之毛！見面那天，文導對翁財旺敘述電視劇的社會效益，頭頭是道，從現代傳媒手段的無法替代，到覆蓋面的精確統計，從策劃操作炒作的社會網絡到曲徑通幽獲獎如探囊取物，最後，文導說了一段十分精闢的話：「我就是不寫傷痕，不拍向後看的東西，有人罵我就會歌功頌德，我一笑置之，我就是要理直氣壯當『歌德』派！歌改革開放的功，頌共產黨人的德！有什麼不好？」

翁財旺點點頭，當即下指示，就寫南浦近幾年的新變化！文導風趣地做了一個軍人立正的動作：「是！保證完成任務！」逗得一座都笑了。

文導很有現代意識，迥異於儒生，他有著極強的社會契約觀念，接到任務後，便要簽合同。他提出創作啓動費六十萬元，而他那個創作班子的稿費可以不向區委支取，由拍攝費用中自行解決。翁財旺想了想，砍掉六分之五，剩十萬，叫區委宣傳部部長同文璽簽了一紙意向書。文璽表示爲了南浦的文藝事業，他們可以做出個人利益上的犧牲。於是，文璽和戴凝雪住進區委安排的蟹嶼金沙灘大酒樓，並電告他的創作班子速來「碼字」。第二天，展光、卜世韌、單駢垠、汪一帖「四大寫家」踩著「急急風」的鑼鼓點，接踵來到「金沙灘」，見面之際，額手稱慶，鳧趨雀躍，開始了封閉式寫作。

翁財旺畢竟精明，他讓企業家掏錢，而把電視劇的運作始終置於他的監管之下，成為政府行為，他是總監製啊！但是，他又畢竟隔著行，他對這幫編導的能力不甚瞭解，兩個月了，他只知道劇名叫《南浦新潮》（暫定），計畫寫三十集，兩三個月了，他仍然看不見片紙，而「金沙灘」的食宿費、娛樂費和機票、車資之類，已經超過十萬！他嘗到了「觸電」的滋味，不得不收斂對外界的宣傳。

「金沙灘」裡的這幫男女編導，因為封閉式寫作，對外保密，誰也難得一見。聽服務小姐說，他們經常爭論，大聲百喉，晚睡晚起，消夜不能沒有，早餐從來不吃，看來寫作滿辛苦的，有時候寫得迷迷糊糊，還鬧出了笑話，文導就有幾次夜裡走錯了房間，撞進戴凝雪的屋裡去，竟睡到大天亮。不過，這些大編劇大導演的精神狀態一直滿好，他們寫作之餘，還滿有興致打撞球、搓麻將、卡拉ＯＫ呢！服務小姐神秘地說，聽戴凝雪老師用本地話偷偷講，這些編導是當今中國電視劇界的精英哩！

南浦眞是一塊寶地，不但匯集著江之驪、韓長笛、戴凝雪這些本地的文藝精英，而且吸引著文璽和展、卜、單、汪這些外來的文藝精英！這塊寶地雖處海濱，卻是有特色的高原。在這裡煮水，用不著一百攝氏度，只須七八十攝氏度，水就開了，而且開得嘩喇嘩喇響個不停，因為這裡的外界壓強不到一個大氣壓，沸點低。所以，人們在這裡可以看到一種水沸蒼穹的高原奇觀，而後歎為觀止。無名氏有詩為證：

弄潮滄海皆滂霈，
煮水高原盡沸揚。
欲效微勞文士意，

無傷大雅達官腔。

翁財旺顧不上曠日持久的電視劇，他眼下更有一個壓頭的任務，特區管委會決定元宵節在南浦舉辦迎春聯歡活動，邀請海內外南浦籍的知名人士前來參加，目的是加強聯繫，敦睦鄉誼，廣交朋友，交流信息，集娛樂、經貿、旅遊於一體。翁財旺高度重視這次活動，一定要在海內外來賓的心目中矗立起南浦的新形象，物和人。

春節過後，元宵將至，南浦「美」字形的街道布局果眞顯現出她的美來。街道不但整潔，而且張燈結綵，新建的跨江大橋如天上垂虹，江中盪著音樂船。入夜，燈影樂聲，紅男綠女，不遜當年秦淮河！被邀請的國內知名人士中，居然還有林海文。這名單是翁財旺敲定，上報黃東曉審批的。國內名單中人的往返路費、食宿均由南浦慷慨提供。林海文對家鄉本有一個情結，愛恨交加的情結，他想起少年時候曾經發過誓，就是死了，屍骨也不埋在南浦，所以南浦來人採訪，他藉茬推託。師兄潘新偉開導說，我看你有些名氣了，倒是應該大度些，時代不同了嘛，再說，管吃管住管路費，幹嘛不去？就算是公費旅遊一趟嘛！人家當官的吃香喝辣，你也沾點腥羶！說得林海文逌爾而笑，林海文於是又回到了闊別有年的家鄉。

正月十五這天晚宴，區委區政府在鴻鵠大酒樓大宴會廳擺下了八十八桌，海內外鄉親濟濟一堂，港澳台、星馬泰的鄉親地位很突出。東道主翁財旺詼諧的開場白，首先營造了一個寬鬆的氛圍：「……我們潮人本來是中原世族的後代，有良好的遺傳基因……」

一聽這話，滿大廳活躍起來。

翁財旺笑著往下說：「我們潮汕自韓愈教化、趙德助學以來，人文昌盛，美稱海濱鄒魯。就在我們腳下的這塊土地上，歷史寫出一頁頁的輝煌，『前七賢』、『後七賢』、『嘉靖四俊』！進入現代，更加人才輩出！中國第一個蘇維埃政權的締造者彭湃，享有國際聲譽的大音樂家馬思聰，國學大師香港大學者饒宗頤，當今華人首富李嘉誠，還有港澳台、星馬泰以及北美西歐大洋洲的潮商僑領們，諸如陳慈黌、謝易初、謝國民、鄭午樓、林百欣、謝慧如等等，他們是潮人的驕傲！他們使地球上每一個潮人都感到身爲潮人的自豪！不是因爲別的，是因爲他們身上閃耀著潮人的精神，開拓、進取、堅忍不拔、百折不撓、不達目的絕不罷休的偉大精神！」

全場報以熱烈的掌聲，經久不息。有些海外來賓激動地流下了熱淚。

「大家知道，潮汕的面積只有一萬平方公里，占全國九百六十分之一，人口一千多萬，占全國百分之一吧，還有海外僑胞一千多萬，我們地少，人也不算很多；可是，我們的事業是成功的！我這裡有一份最新統計資料，世界華人富豪排行榜上潮汕人實力最強，超級富豪只有五十名，而潮汕人占了十二名，將近四分之一！女士們，先生們，這說明什麼？這說明我們潮人是可以爲我們國家爲我們民族做出大貢獻的！我提議，爲潮人精神乾杯！」

翁財旺富有感染力的講話激起了一座人的鄉情，果然「露從今夜白，月是故鄉明」！黃東曉和海外來賓相繼講了話，有一位泰國潮人當場捐資一千萬爲南浦修路，翁財旺和黃東曉交談了幾句，當即宣布這條路以捐資者的名字命名，一座掌聲雷動。

宴會氣氛熱烈而祥和。

翁財旺即興發言：「鄉親們，我們潮人不但有大富豪，而且有大學者、大教授、大作家、大藝術家！大家知道我們頭頂上有一顆編號三一三九的小行星嗎？這顆星命名爲汕頭星。在發現汕頭星的天文學家中有一位是我們南浦人……」

一座人都很驚奇，低聲探詢著。

坐在第十八桌的林海文忽然有些慌張，實在是始料不及。

「這就是中國科學院的林海文先生！」

林海文只好站了起來，向前後鼓掌的賓客鞠躬，再鞠躬。

「歡迎林先生給大家講幾句話！」翁財旺帶頭鼓掌。

林海文和翁財旺之間，因爲蔡霞，曾有過微妙的關係，那是許多年前的事了！今後，或許因爲蔡鶯，還會有某種關係？他不想做不切實際的假設，雖然他此際忽然想起蔡鶯。他深知翁財旺的爲人，但他也佩服這個人的才幹，看他在一千人的宴會上能如此從容應對，威儀棣棣，他以演說家的口才，領導者的風度，調動起一千人的情緒，無疑是個大手筆！林海文自然知道宴會上的講話都是事先安排好的，但是翁財旺卻可以即興，可以破格，這不僅說明了他不拘一格的思維，而且分明表示出他個人友好的姿態！林海文頗爲感動，不能謝絕。他在熱烈的掌聲中走上台去講話：「鄉親們，我是學物理的，只會談物理；物理談得太專業，大家聽了沒興趣。翁書記讓我講幾句，眞難爲我了！」

一座友善地笑了。翁財旺趕緊插話：「小平同志講，科技是第一生產力。林先生就講點淺顯的吧！大家聽了也長見識。」

「那好吧！大家上中學時候都學過連通器原理。一根U形試管，不看底部，好像是兩根，倒進水去，兩根管的水平面完全一致。我們潮人就好比連通器，這一端是本鄉本土，那一端是外地外國，不管相距多遠，我們的愛國心、我們的奮鬥精神完全一致，因爲我們的血脈永遠相通，我們都是潮人！這就是潮人的連通器原理……」

一座熱烈鼓掌。

宴會後，翁財旺又主持了觀燈觀煙火活動，他調度有方，揮灑自如，博得海內外來賓一致的稱讚。林海文把自己新出版的一本學術著作恭敬地送給翁財旺。黃東曉也因著翁財旺的出色表現，對作爲「社會關係的綜合」的人，有了進一步的認識，他做著哲學上的思考，人的內心好比天空，濃雲迷霧是眞實的，麗日和風也是眞實的，二者的轉換在於條件。

深夜，住滿來賓的鴻鵠大酒樓漸漸安靜下來，唯獨五一三房間依然燈火通明。這裡匯集著南浦的文藝精英，江之驪、韓長笛、姚乃剛、蕭團長，還有正在麻戰的新進作家和大報小報的記者。

一邊喝著工夫茶，一邊擺開龍門陣，這對於南浦文人說來，是再愜意不過的事了！蕭團長退休有年，近日才加入文人行列，急著要貢獻點什麼，他說：「我不編故事，我是紀實文學。那年北京的交響樂團到汕頭演出，大家想看都找不到票，首長有票卻沒有工夫，把票給了老保母……」

「他媽的！」麻將桌上有人罵了一句，大概是牌運不佳手氣背。

「……老保母回來直皺眉，有什麼好看，像踩水車一樣，咿咿唉唉，無歌無曲，一個個頭歪歪，頷下塞塊枋，有一個肥壯大健的，肚凸凸，拿根細竹枝，企在頭前，八成還沒睡醒，正張開雙手伸懶腰，後面就『嗡』的一聲，把老肥嚇了一跳，氣死了，伸出右手叫右畔靜一靜，右畔不理他，成心鋸響響，他又伸出左手叫左畔靜下來，左畔也不理他，也成心鋸響響，老肥兩隻手在空中亂抓，誰也不理睬他，拚命地拉鋸，老肥氣得踮起腳尖，頭搖成橫的，還是沒用，老肥一隻手指天，一隻手指地，也沒辦法，最後，老肥狠心了，雙手舉高高，畫了個大圓圈，這幫傢伙才歇手。你猜怎麼著？老肥使了最後一招，給他們畫符了！這可不怨老肥手狠……」②

一座都笑了。

「和了！看看，自摸，門前清，清一色，一條龍！嘿嘿，青龍漫步！」

「這傢伙是不是趁我們聽笑話，偷偷換牌了？」

韓長笛不甘落後，也要做貢獻：「我說一個，也是眞事。可得是『甄士隱』去，用『賈雨村』言……」

「你怕什麼？外號韓大膽！吃喝嫖賭抽，坑蒙拐騙偷，你什麼不敢？」

「不是怕，是沒必要，犯不上。就說某縣吧，有一個文化局長，出了一趟泰國，回來查出愛滋病，死了，全縣震動！」

「中國第一例？」

「那倒不會。可笑的是全縣震動，跟這位局長有關係的女人怕極了，沒有關係的女人也怕極了，女的怕，男的更怕得厲害，上班沒心思，又不敢上醫院檢查，傢伙得要，面子還不能丟……」

「哎哎，等等，沒關係的女人怎麼也怕？男的又怎麼更怕得厲害？」

「你自己想去吧！」韓長笛狡黠一笑。

過了一會兒，一座爆發出會心的大笑。

打麻將的收攤了，一位新進作家加入了「侃」團：「浙江有一個貪色高官搞了一百零七個女人，加上老婆，一百單八將！」

「嘿，現在有個新詞叫『採處』，知道嗎？」

「什麼？『採處』？」

---

②老保母說的純屬潮州方言，且多有土語，注釋不能味其韻，潮人讀來覺得搞笑，非潮人自然囫圇吞棗了。

「『處』就是處女！山東一個高官留有『血帕』，雅稱『猩紅錦』，提出向一百個處女進軍！」

「現在當官的眞他媽的王八蛋！外省有一位寫了《品花錄》，姓名，年齡，身高，生理特徵，交媾感受，外省還有一位專門收集女人陰毛的，已存二百三十六份……」

「本省就不王八蛋了？省會有一位溫文爾雅的儒官被稱作『雅性人』，跟主持人，跟名演員，同時也沒放過野雞！」

「好嘛，通吃呀！」

「咳，我們本地不照樣有『二奶街』，有『廣場尾』野雞寮嗎？」

只聽江之驪幽幽地說：「這些當官的其實都不精明，倚官仗勢，大把花錢，還不如當今的電視劇導演機靈呢！韓大膽，問你個問題，什麼東西要藏起來暗地裡用，用完後再暗地裡交給別人？」

「是照相底片……」

「錯！是潛規則！」

「我懂！什麼他媽潛規則？話說白了，你想上戲，就得跟我睡覺！」

「沒錯！兩相情願，勝過嫖娼，既不犯法，又無花銷，被人發現也不怕，配偶鬧事就離婚！」

「這就叫……你聽聽！」有人背起順口溜：

一不偷，

二不搶，

三不反對共產黨；

又省油，

又節電，

自己的設備自己幹；

不生女，

不養男，

不給政府添麻煩；

他甘心，

我情願，

組織來人乾瞪眼！

「當然嘍，我說的是一些導演，一些導演，可沒有一句禿驢罵了整座和尚廟……」江之驪補充著說。

「哎，現在的電視劇導演多過蚊蚋，吸了血也就算了，還要嗡嗡營營地叫。北京人有個笑話，有一天，中央電視台頂樓上掉下一根大木頭，砸死了四個人，誰也不認識死者，查查身分吧，一看名片，四個人裡頭有三個是導演……」

「那一個呢？」

「那一個是總導演！」

一座又笑了起來。

「不過，當導演的小打小鬧而已，大手筆還得是高官，特別是太子黨，人家國外資產動不動的，得以億算！」

「高官你我夠不著，導演倒是見過一二，比如文璽……」

「哎！你們知道文璽是什麼人嗎？」韓長笛一說，大家來神了，特感興趣，韓長笛彷佛掌握了國家機密，悠悠地往下說，「這傢伙連高中都沒畢業！」

「不是說北京電影學院高材生嗎？」江之驪極想探幽索微。

「狗屁！連進修都沒有！我想到電影學院進修，問過他電影學院的校址，他說在北京自新路，後來我一打聽，自新路是中國戲校！」

「哎，他不是得過一個什麼獎嗎？」

「嘿，拉關係，走後門，用錢鋪路！往後也沒有了，一回虎咬豬，還回回虎咬豬呀？」

「哼！痞子加騙子！」江之驪忿忿然，「翁書記這樣的才子怎麼看不出來那夥人的眞面目呢？」

「誰知道他看出看不出？他的目的是爲自己樹一塊德政碑！」韓長笛不愧「韓大膽」。

姚乃剛悄悄站起身來，提起熱水瓶，走出房間，到了服務台，輕聲吩咐值班的服務小姐給五一三房送開水，逕自回他的五〇七房。蕭團長一見送來開水的是服務小姐，明白了姚乃剛的心思，他伸個懶腰，連聲呵欠，也離開了是非之地。只有那位新進作家還硬撐著，默默地喝茶。江之驪其實是老薑，他當然不敢在背地裡議論區委第一把手，土地爺喲，西天佛祖也不如他，不過，江之驪又不想掃韓長笛的興，眼下他倆同遭際，同命運，和衷共濟，今晚又同住一室，於是，他選擇了一個圓通的套路，對那位新進作家笑一笑：「喂，小萌，想不想聽古？」此地有古風，講故事叫講古，聽故事叫聽古。

新進作家頓時來情緒，他知道江之驪的故事無非「飲食男女」，而且「男女」多於「飲食」：「得是葷的，越葷越好！」

韓長笛也笑了：「這小子！還人類靈魂工程師哪！」

大家一樂，進入後半夜……

也許是南浦的慣例，凡有重大活動，總有一批文人與會，或採訪，或座談，或幫閒，於是，賓館的某一二房間便成了文人的「閒間」，集散著消息，交換著情報，玩玩麻將，發發牢騷，免不了還要講古，關於性。

三天後，迎春聯誼活動結束，外地來賓陸續離開南浦，只有林海文居家小住。這天，在林明子的攛掇下，他獨自一人，登上蟹嶼，來到水月庵。

蔡鶯依舊一襲緇衣，木魚經卷，古佛青燈。林海文信步行來，近了，忽然止步。蔡鶯一眼認出林海文，心一動，作無睹，繼續念經。林海文走至一側，捐了錢，虔誠地跪在蒲團上，合十膜拜。蔡鶯雙目有餘光，窺得眞切，她告誡自己，花落萬枝空……但心中卻難以平靜，敲木魚的節奏有些紊亂，誦經文的語氣也有些含混。忽然，林海文持籤詩來到蔡鶯跟前，懇切地說：「請法師指引迷津。」

蔡鶯略微猶豫，接過籤詩，一看，是七言四句：

造化由來不負儂，
立心正直自圓通。
洛陽三月風光好，
身在天香玉苑中。

判詞判云：「百事如意。」

她沉吟片刻：「施主好福氣，這是上上籤！」

「請法師詳解。」林海文一躬身。

「施主問何事？」蔡鷺低首回禮。

「問境遇。」

「立心正直，造化不負儂。」

「法師，這個『儂』字，在漢語裡可以指我，也可以指你，也可以指人，究竟是第幾人稱？」

「立心無人不察，造化無處不公。」

「那麼，我問事業。」

「洛陽帝都，春光正好。」

林海文想了想：「如果……哦，問婚姻？」

蔡鷺遲疑片刻：「天香玉苑，家庭美滿。」

林海文微微一笑：「弟子還未成家。」

蔡鷺心中一震：「雖未成家，成必美滿。」

林海文虔誠地合十：「多謝！弟子禪理不明，可否向法師請教？」

蔡鷺還禮：「施主不必客氣。」

「請問法師，時間不盡，空間無窮，人處不盡無窮之中，最難認識的是什麼？」

「自己。」

「爲什麼？」

「北宋黃龍祖心禪師說過，『大凡要窮究生死根源，必須認清自家的一片田地。』可知自己最難認識。」

「那麼，最易認識的是什麼？」

「自己。」

「爲什麼還是自己？」

「唐代慧安禪師道譽遠播，僧徒問道，『什麼是祖師西來意？』慧安禪師反問，『何不問自己意！』可知自己意最明。」

「多謝法師！」林海文又問，「佛家常講有眼無足，有足無眼，不知何意？」

蔡鷺依然一臉枯寂：「單明自己，不悟目前，叫作有眼無足；只悟目前，不明自己，叫作有足無眼。」

「那麼，既明自己，又悟目前，就叫作有眼有足了，是嗎？」

「是的。」

「換句話說，主客觀要統一，對嗎？」

「施主悟性很高。」

林海文繼續問難：「曾聽佛說，『萬古長空，一朝風月。』請問法師如何解釋？」

「這是牛頭宗第六世崇慧禪師所說，意思是長空萬古不變，風月朝朝不同。」

「是不是說，時代變化了，就該與時代同變化，立足現在，放眼未來，於變易中求永恒，對嗎？」

蔡鷺聽出弦外之音，反詰：「施主既知佛理，請問施主，如何以變易求永恒？」

林海文胸有成竹：「在心目。剛才講到的崇慧禪師說過，『一切自看。』」

「那麼，如何做得到？」

「在腳下。隋代僧璨禪師說，『誰人縛汝？』唐代道通禪師又說，『青山不礙白雲飛！』」

蔡鷺不語，額上熱汗津津，復閉目誦經。

林海文雙手合十，緩緩退出，離了水月庵。

蔡鶩的心無法平靜了！想不到他受的苦難比我多，他的禪理也比我通得多，可是他沒有遁入空門，他對生活依然充滿信心！這位慧淨法師的眼前驀地出現天穹星圖，巨蟹座，積屍氣……

林海文在南浦等了一周，沒有等到蔡鶩還俗的消息，只好悵然北還。

春天還沒有過去，垂暮。

北京西城一條胡同裡的一落四合院，院門敞開著，行人窺得見院內一棵棗樹，幾盆花，特別是那大盆石榴，枝繁葉茂。

一位三十出頭的女人，暗紅色頭巾，玄色衣褲，外披紫色風衣，苗條而豐滿。她在這條胡同裡來回走著，東望望，西瞧瞧。

街道居委會的覺悟很高的李大媽走了過來：「幹什麼？」

女人感到奇怪：「什麼幹什麼？」

李大媽覺悟高，口才也好：「我瞅你半天了！你來回轉悠，我又不是你肚子裡的蛔蟲兒，我知道你幹什麼？」

女人平靜地說：「我在找人，啊，找門牌，二五六號。」

「胡吣！」警惕的李大媽不信任地搖了搖頭，「這胡同地根兒就沒有二五六號，攏共才六十九號！」

女人取出小紙條：「您看！」

李大媽看過紙條，又氣又笑：「什麼二五六號，是乙五十六號！這五十六號有甲五十六，還有乙五十六！我還當你眞的識文斷字呢！哦，你找誰呀？」

「我找……老鄉。」

「誰？」

女人一愣，怎麼刨根問柢呢，仔細一看那主兒臂上掛著袖標，什麼「員」之類，她不想引惹事端，便直說：「林海文。」

「知道！科學院的！」

女人點點頭。

李大媽開「侃」：「頭年落實知識分子政策，他們單位夠牛的！一下子給了他三間大北房！一個人，三大間，嘿，這下子，鞋幫子做帽簷，破襪子改雨傘，屎殼螂變知了，一步登天嘍！林師父可眞是小孩子坐飛機，老太太摸電門，抖起來了！」李大媽把手一指，「呃，就這個門兒！」

「謝謝！」

李大媽熱情得很，尾隨著進了乙五十六號院，高喊：「林師父，有老鄉找您！」

林海文聞聲出屋，一見來人，愣了，是蔡鶯！他半天說不出話來。

倒是李大媽到得去，連聲說：「林師父，快請客人進屋吧！」

「哎哎！」林海文把蔡鶯讓進屋裡。

還未落座，蔡鶯喊了一聲：「阿文哥！」抱住林海文，淚如雨下……

2 喬裝

元宵聯誼會過後，陳華夏迫不及待給老爸去電話，要老爸馬上回南浦來，至少來看一看，看看再走也無妨。他給老爸神說了一通聯歡節的熱鬧景象，有一句話叫陳奇木動心了：「當年從南浦到台灣的國民黨老兵都回來了，還特別受到地方政府的禮遇，他們謹謹愼愼地來，風風光光地走！」陳奇木心想，這些老兵不就是當年被胡璉拉走像我哥哥陳奇石那樣的人嗎？說不定他們也當過「水鬼」呢！他們能去，我怎麼就不能去？現在正是時候，打鐵趁熱爐，不能再等待了！可是，一人主張不如二人商量，他把想法告訴岳父和妻子。邢茉莉力主成行，邢伯多少還有些顧慮，但也沒有太過反對。陳奇木決心下定了，爲愼重起見，仍以陳森的身分出現，因由是贈送陳森中學圖書館一套台灣版《四庫全書》。

南浦區委書記翁財旺接到巴黎蒼龍實業公司總裁陳森先生要到南浦贈書的電報，正是他準備去廣州到省委黨校學習的時候，他帶著公函到特區管委會找黃東曉商議。

「陳先生本月十八號從香港到深圳，我去廣州的日期再拖也只能拖到十六號……」

「你放心走吧，接待的事我來操辦。你對陳先生此行有什麼想法？」

「我覺得陳先生送書不過是個由頭，當然，《四庫全書》非常有價值；我以爲他恐怕是來考察投資環境的，是商人就要賺錢，他不會在捐資上止步。我希望在他逗留期間能草簽一二個項目，哪怕是意向書也好。」

「你說得對！我們力爭最好成果。」

翁財旺本來還想打聽市委派他赴省學習的意圖，一轉念不打聽了，黃東曉就是知道也不會透露的。

轉眼到了翁財旺離汕赴穗的日子。這天，天剛蒙蒙亮，他已經坐在沙發上吃早點，茶几上擺著牛奶和珠江三角洲那些縣份出產的「曲奇」、「克力架」之類以洋名聚財的食品。

蔡霞為丈夫檢查行裝，思量著還缺少什麼，她突然想起：「要不要帶蛇傷藥？」

「哎！到省黨校學習，要什麼蛇傷藥，眞有蛇了，還不讓我們給吃了！」

「要是到野外考察什麼呢？」她尋找著蛇傷藥，裝進旅行袋的暗兜裡，「旺，放在這裡呀，別忘了！」

他已經吃完，默默地吐著煙圈。她也終於忙完，看著自己的成績舒了一口氣。冷不丁，他不冷不熱地開口：「你瞧你，頭髮亂得像雞窩！」

她下意識掠一掠頭髮：「剛起床，忙的……」

他歎了一口氣：「混同鄉下婦女了！你看現在的姿娘仔都講究修飾，化妝，美容！到底是契訶夫說得好，人的一切都應該是美的，外貌，心靈，語言，衣裳！大意是這樣的吧？唉，我們也不是買不起這霜那粉的！」

她彷彿有些愧赧，解釋著：「盡假貨，弄不好傷了皮膚，你沒看報紙上登的？有的姿娘仔用了假化妝品，美容倒成了毀容，打官司哩！再說，小斌斌在美國讀書，我們明年去美國看望兒子，還不得積攢點錢呀？」

他一擺手：「你呀，強調客觀因素！你根本不修飾自己，也不保持體型！練練健美操，打打太極拳，學學香功什麼的，用得著花錢嗎？唉！眞拿你沒辦法！頭髮白了也不去染，那染髮水能花幾個錢？」

她勉強笑著：「是沒幾個錢……唉，我是忙的，白天醫院上班，晚上幹家裡的事，看電視都發睏……」

他頗不耐煩：「行了，別說了。」

她討好地說：「好，我聽你的。今天下班就買染髮水，染得又黑又亮……」

他忽然幽她一默：「『黑又亮』是擦皮鞋油！可別買錯了！」

她卻高興了：「討厭鬼！貧嘴滑舌。」

他收回了笑容：「東西都收拾好了？」

「就差你的手提袋。」

「手提袋我自己來。」

她搬過一把椅子，坐著，喝牛奶，吃餅乾：「這次到省黨校學習，上面的意圖是……」

「爲什麼不去問你老爸？」

「他呀，問了也不會告訴我。」

他忽然神秘且得意：「我不問他，我有別的管道！一般情況，去黨校學習，不過鍍層金，回來要提拔的！當然，我是眞想學的，不讀書不行呵！」

她一陣欣喜，又一陣隱慮，面部呈現出複雜的表情，她彷彿自言自語：「現在是南浦區委書記，再提拔要到哪兒去？市委副書記？書記？」

「誰知道哇？」他一聳肩膀。

忽然，汽車喇叭聲響。她立刻放下餅乾，去陽台瞭望，又奔回屋裡：「旺，小車來了！」

他提起箱子，接過她手中的旅行包，走了。她獨自站在門前，悵然若失。

一個知識女性，當她還是如花少女的時候，她有著過多的幻想，她曾經期望事業成功；當她對事業成功缺乏信心的時候，她摒棄幻想，曾經期望嫁個成功的男人；然而，便成功了，這男人一定靠得住麼？她又寄望於孩子；孩子多半是靠得住的，成功卻未必，即使將來成功了，他還有他的孩子呢！時光荏苒，她老了，她病了，她走到生命的盡頭。這大概是許多知識女性的一生。蔡霞似乎並不例外，她偶爾也曾重溫昔日夢幻般的柔情，可留下來的卻是淡淡的惆悵。

翁財旺走後的第三天，陳奇木踏上歸途。他從香港入境，過了羅湖橋，忽然看見高高飄揚著的五星紅旗，他木然站住，啊，腳下就是我的鄉土，夢寐中的鄉土啊！不知從哪裡飄來一曲《故鄉的雲》，呀，又是「故鄉的雲」：

……歸來吧，
歸來喲，
別再四處漂泊，
踏著沉重的腳步，
歸鄉路是那麼的漫長！
當身邊的微風輕輕吹起，
吹來故鄉泥土的芬芳。
歸來吧，
歸來喲，
浪跡天涯的遊子！

歸來吧，

歸來喲……

他再也抑制不住自己的感情，兩行熱淚滾落下來。

黃東曉走上前來，他看著這位長髯飄飄的老者，猜想他就是陳森，臉上浮現一絲不易覺察的笑意，他客氣地問：「冒昧了！請問，你就是陳森先生？」

「是。你是……」陳奇木一眼認出黃東曉，但他裝作不認識。

「我是黃東曉。陳先生，你好！」

「黃主任，你好！」

黃東曉驅車幾百里親自到羅湖橋畔來迎接客人，這行動本身就足以讓陳奇木感動的了。陳奇木意想不到，連聲稱謝。

小轎車載著黃東曉和陳奇木，離開深圳，一路奔馳而來。車上，自然是要說話的，陳奇木盡量避開一些敏感問題，黃東曉也不深問。眼看潮汕的風物漸次呈現，山，水，房屋，田疇，香蕉樹，荔枝林，鄉音和人，多麼熟悉，又多麼陌生！陳奇木越發激動，黃東曉一一介紹。陳奇木忽然心跳加速，害怕起來，當眞是「近鄉情更怯，不敢問來人」？南浦到了！但見街上樓群林立，看板高聳，摩托車穿梭往返，且馭者多爲妙齡女郎，一道奇異的風景線！陳奇木從車窗往外看，眼發直，口微張，呀，曾日月之幾何，而江山不可復識！

忽然，響起少先隊儀仗隊的洋鼓聲：「咚乜乜乜咚乜乜乜咚乜咚乜咚，咚乜乜乜咚乜乜乜咚乜咚乜咚……」伴著洋鼓聲，洋號聲繼起。小轎車緩緩行駛。陳奇木詫異，他發現一個熱烈的場面，儀仗出列，夾道盡是歡迎的人們。他依稀憶起少年時候光景……南浦區的高區長走到小轎車跟前。車門開處，黃東曉下車，與高區長一起請陳奇木下車。陳奇木如夢初醒，驚問：「今天趕上歡迎哪位首長吧？」

黃東曉與高區長相視而笑，黃東曉為做介紹：「這位是南浦區高區長！」

高區長伸出手來，握住貴客：「陳森先生！不是歡迎哪位首長，是歡迎你呀！」

「歡迎我？」陳奇木簡直不敢相信自己的耳朵。

「是的！你是法國華僑領袖，蒼龍集團公司總裁，又是捐資建設家鄉的愛國人士，家鄉人民歡迎你呀！」

鼓號聲大作。陳奇木熱淚盈眶，不知該說什麼，他呆呆地望著高區長和黃東曉，又望著高喊「歡迎，歡迎，熱烈歡迎」的孩子們，他眞想走上前去抱著這些孩子們，說一聲，我是南浦人！我在這裡長大，我們是鄉親！可他哽咽著，說不出話來。黃東曉和高區長引領陳奇木一路行來。驟然間，大氣磅礴的潮州大鑼鼓如同大海波濤奔湧而來，那無比熟悉又恍若隔世的旋律震撼著陳奇木的心！他再也控制不住自己的感情，如水庫崩閘，長河決堤，他淚雨滂沱。黃東曉和高區長也受到感染，眼圈泛紅。

突然間，烏雲驟至，雷聲響起，天落下急雨。歡迎的隊伍紋絲未動。鑼鼓聲與雷電聲交錯混響。黃東曉高聲對陳奇木說：「你看，蒼天無語也垂淚呵！」

陳奇木泣不成聲：「多謝黃主任！多謝高區長，多謝家鄉父老鄉親！」他深深鞠躬，再而三，他突然從地上抓起一把土，站立雨中，任雨水和淚水在臉上交流……當然，很快來了一位「小跑腿的」，給他打傘。

入夜，陳奇木站在汕頭金海灣大酒樓三五二七房的陽台上，星漢燦爛，風雲眼底。故鄉的海一派輝煌，近處是海濱長廊燈的河，遠處是角石景區燈的山。他思緒萬千，心隨波濤翻滾，激起沖天浪！如果他們知道今天出動儀仗夾道歡迎的，不是愛國僑領陳森，而是二十多年前從這裡偷跑出去的陳奇木，他們會怎麼樣？歡迎？我當然不敢奢望；拘捕？我想也不至於……只是那樣一來，南浦人該有熱鬧看了！我留，不自在；我走，不風光。「啊」的一聲，他不無痛苦地低下了頭。少頃，他悄悄走出客房，下樓，出大門，上大街。他確信無人盯梢後，叫了一輛的士，鑽了進去，低聲吩咐司機：「南浦，臨江三巷！」

臨江三巷的「下山虎」經過一番修繕，彷彿煥然一新，不比從前了，實際上，回光返照而已。偌大的院落，只正房亮著燈光。番客嬸獨自看著電視。這是南浦電視台的新聞節目：南浦人熱烈歡迎著名僑領陳森先生。番客嬸看著畫面上的歡迎場面，喃喃自語：「這人有骨相，翹楚……」

敲門聲響。小保母隔著大門問：「是誰？」

門外，陳奇木猶豫了一下：「姓陳。」

「哪一位？」

「龍浦珠繡公司的，哦，是陳華夏……總經理叫我來的。」

小保母徵求聞聲前來的番客嬸。番客嬸點點頭。門開，客進。番客嬸見著有些面熟，卻想不起：「你是……」

陳奇木警覺地看了看小保母，番客嬸引來人進正房。陳奇木看著母親，輕聲呼喚：「阿娘！」

番客嬸一驚：「你是……」

「我是阿木！」

「阿木……」番客嬸不敢相信。

陳奇木扯下長鬍。

番客嬸疑爲夢寐，把兒子拉到電燈下，左看右看，挲頭摩額，忽然悲切切低聲呼喚：「阿木，我兒……」強抑著沒有哭出聲來，可淚水卻奪眶而出。

「阿娘！」陳奇木也淚如泉湧。

唯聞電視上的廣告半通不通的聒噪：「……威力牌洗衣機，夠威夠力……」

陳奇木定一定神：「阿娘，我在外面，好想你呵！我偷偷跑來，我怕……我化名陳森。」

「陳森？就是剛才電視上那個陳森？南浦人當作財神歡迎的那個陳森？」番客嬸又端詳起兒子來，果然翹楚！眞想不到陳森就是我兒子阿木！從前那個靠牆牆倒、靠壁壁坍的阿木，今天出息成大鑼大鼓夾道歡迎的陳森！但得有今天，不枉我爲他受苦受罪一輩子了！她又流下了喜淚，又去搴頭摩額，她看著看著，忽然目光直了，恍惚生出疏隔之感，她愣愣地站著，搖了搖頭，驚慌地走開去，喃喃自語：

「人家歡迎的是陳森，愛國僑領，不是陳奇木，陳奇木是個偷渡犯……」

「阿娘，就爲著『偷渡犯』這三個字。我才用了化名，才能回來見你一面……」

番客嬸趺趺撞撞坐在椅子上：「這麼說，小華夏知道底細了……」

陳奇木點點頭。

「那……阿蘭呢？」

「我沒有告訴妹妹，我怕蔡家知道了，不方便……」

「可是，能有不透風的竹籬嗎？」嚴硬的番客嬸驟時憂心忡忡。

「阿娘，要是人民政府能恕了陳奇木的過錯，我就恢復原名；不然，我就永遠叫作陳森，法國巴黎的華僑。」陳奇木語罷黯然神傷。

番客嬸垂下頭來，低聲啜泣：「阿木，兒呀，你害苦了我們，也害苦了你自己！我怕人家發現了你的底細，是禍是福，不敢保準呀！你回外國去吧！阿娘心裡頭有你，阿娘身邊還有你的兒子小華夏，阿娘滿足了，滿足了！阿娘七十歲的人了，老骨頭好敲鼓了……」哽咽不能語。

「阿娘，是兒子不孝，連累了你，你責罰我吧！」陳奇木雙膝跪地。

番客嬸長歎一聲：「還責罰什麼？都過去了！就當是一場夢，夢醒了……人有三衰六旺，什麼也不用說啦！今夜能見上一面，也是陳家祖上積德。阿木，你還是回外國去吧！阿娘不怨你，你也是九死一生，受夠了罪的人！回去吧！往後勿忘了唐山，捐些錢來做些善事，積陰功！你走吧！快走吧！別讓人家看見！」

母親催促著兒子。兒子無可奈何站立起來，灑淚出門。母親望著兒子遠去的身影，重又悲悲切切，老淚闌干。她走到小「伸手」的牆角，焚香膜拜……

「金海灣」三五二七房的這位房客一夕無眠。他想，是癤子就要出膿，心病還是早些了卻爲好，不要諱疾忌醫……

清晨，長髯飄飄的陳森來到特區管委會辦公室，要求和黃主任單獨談點私事。黃東曉取出工夫茶具，拂去塵埃，又用開水燙洗了一遍：「好久沒喝工夫茶了吧？」

「呃，呃，沒閒空……」

「今天清閒一下如何？」

「好，好……」

黃東曉利索地沏工夫茶，迅即一股濃香沁人心脾。

茶過兩巡。陳奇木究竟有事人，便開了口：「黃主任，我有幾句心裡話，憋了好多年了！」

黃東曉一聽，心中有數。他起身關了屋門，鼓勵著：「陳先生信得過我，我一定洗耳恭聽！今天的形勢同以往任何時候都不同呵，你有什麼問題、要求，我們都會認眞答覆的，陳先生不要有顧慮。」

陳奇木扯下長髯：「我不是什麼陳森！我是陳奇木！黃主任，你認識我的，當年你在夢谷中學當教導主任，我是圖書管理員，你還讓我找過書……」

黃東曉點點頭。

「黃主任，陳奇木是當年的偷渡犯，政府該怎麼處置就怎麼處置吧！」陳奇木說罷起身，一旁鵠立。

黃東曉哈哈一笑：「陳先生，你的情況我們早就知道了！」

陳奇木愕然。

「說起來，是一個時代的悲劇！陳先生，你當時偷渡，有一個客觀背景的問題，不能簡單看成什麼罪，什麼犯，而且你去了香港，到了巴黎，從未做過不利於祖國的事情，近些年來你不斷捐資贈款，對特區建設做出了重大貢獻，你沒有罪，你有功呀！」黃東曉漸漸激動起來。

「黃主任！」七尺漢子陳奇木感動得哭了起來。

「共產黨人應該有最寬闊的胸懷！應該有最高尚的人情味！應該有的！啊，我說的是『應該』！陳先生，不要再背包袱了！如果你願意繼續使用陳森的化名就繼續使用；不然，改回陳奇木，照樣是我們眼裡的愛國僑領！」

這些話對於黃東曉來說，已經夠大膽、夠深刻的了，其實遠非實事求是，更談不上是眞理；然而，這些話對於陳奇木來說，又已經夠意外、夠感動的了，其實又大可不必，人活在天地間，不該有點人格尊嚴嗎？有意思的是陳奇木忽然止淚，半晌，認眞地說：「黃主任，謝謝！謝謝！我想，我再捐資辦一所醫院，好嗎？」

「怎麼不好呢？不過，我的意思……先不著急。我和高區長商量好了，如果你不反對，明天區委派人陪你參觀特區建設，爲陳森中學圖書館剪綵，後天市政協和旅遊局派人陪你參觀潮汕家鄉的名勝古蹟，你看……」

陳奇木想了想：「明天我應該去，後天遊覽……哦，我想先到海陬走一趟……」

「也好，讓怒飛陪你去吧！他會開車。」黃東曉徵詢著，「中午到我家吃頓便飯，可以嗎？」

「呵，不，不，還是我做東吧！我是晚輩，理當我來做東……」

「不！你是客，我是主。而且，你是我負責接待的最後一位客人呵！」

「最後？」

「對！六十開外了！本該離休，市委把接待你這項特殊任務交給了我，任務完成後，我就引退了！怎麼樣？這頓飯該不該我請呀？」

「那只好客隨主便了！」陳奇木笑著答應。

「好！我把方蘇也請來！」黃東曉說著抄起電話……

陳森還鄉，成了南浦人的熱門話題。在龍浦珠繡的總經理室，陳華夏正向林明子布置任務：「區委通知我們，巴黎著名僑領陳森先生蒞臨南浦，要我們公司做好迎接客人參觀的準備。到時候，黃主任也陪同客人前來。」

「是。我馬上去布置。」林明子有些好奇，「華夏，這位陳森先生似乎是個傳奇人物，看來並不老，怎麼留著長鬚？」

陳華夏詭秘一笑，表示無可奉告，還是那個動作：攤開雙手，一聳肩膀。

隔日，黃東曉陪陳奇木來到龍浦珠繡公司。在生產車間的流水線前，林明子爲陳森先生講解，心裡卻奇怪陳森先生怎麼突然剃盡了長鬚。走出車間，陳奇木對陳華夏耳語。林明子詫異地觀察著。一會兒，只聽陳華夏鄭重宣布：「朋友們，陳森先生原名陳奇木，南浦區臨江三巷人氏，巴黎蒼龍集團公司總裁，也是我生身的父親！」

原來如此！話音剛落，眾人鼓掌，一時議論紛紜，氣氛活躍起來。

陳森變成陳奇木，南浦又爆出了新聞。閒人們忙活起來，紛紛然蜂釀蜜般演繹著這位傳奇人物的傳奇故事。有把年紀的人，一夜之間成了搶手貨，當起無榮銜的顧問。因爲他們是目睹陳奇木長大的人，說出話來特權威。他們講起阿木小時候的逸聞，諸如爬樹最快，泅水最遠，一泡尿能泫過小溪，金環蛇銀環蛇見著他都不敢動彈，等等等等，神乎其神，結論是「自古英雄出少年」。

於是，到臨江三巷觀瞻「下山虎」的人絡繹不絕，都驚歎好風水。

一位半老的夫子講開了：「年輕人不曉得，風水又叫堪輿，堪爲天道，輿爲地道。這可不是迷信！做什麼都要講來龍去脈！來龍去脈是什麼？龍爲水勢，脈爲山勢，陽宅重龍，陰宅重脈。你們看這『下山虎』，水從後面一邊徐徐來，聚於前，再繞過另一邊緩緩去，水如財源，聚財呀！你們再看，這『下山虎』坐北朝南，前低後高，相宅是大有講究的！『坐北朝南，子孫聖賢』；『前低後高，世代英豪』……」

又一位老者插話：「說得對！你們看看這『下山虎』的格局，兩廂陪房，外段向內收了三分，這是斂財聚寶啊！如果外段又敞又趵，成簸箕形，必定瀉財無疑！再看看東廂比西廂房間多，這又是什麼講究呢？這叫作『寧叫青龍出頭，不叫白虎開口』，『寧叫青龍高一丈，不叫白虎壓一頭』！怎麼？不明白？青龍是東方宿神，白虎是西方宿神嘛！」

「還有呢！這庭植也大有文章啊！你們不要小看這房前的榕樹、房後的竹林，這叫作『前榕後竹』，也就是『前成後足』，前有成而後富足也！」

老神仙們口若懸河。

新聞也到了曲鐵柱家……

曲易木哼著張學友的歌，在梳妝打扮。楊碧君提著菜籃進屋，發現曲易木還沒去上班，呵責著：「易木，都什麼時候了……」

「日上三竿，太陽曬屁股了，是不是？」

「你這姿娘仔！上班不能總是這樣吊兒郎當……」

「我才不稀罕上這個班呢！文藝科，文藝科，鳥事最多，排座最尾，一年賺不了兩個鼠麴粿！」

楊碧君歎息一聲，提菜籃進廚房。

曲易木追了過去：「媽，你知道前天大街上『歡迎歡迎，熱烈歡迎』的陳森先生是誰嗎？」

楊碧君默然無語。當電視裡出現長髯飄飄的陳森的時候，全南浦只有她一個人，第一眼就認出陳奇木！她的心怦然驚跳，忽然一陣頭暈，過了一會兒，悄悄去衛生間，獨自飲泣，喃喃自語，阿木，你為什麼要回來……

「陳森原來就是陳奇木！陳華夏的老爸，你的……你的老……鄰居……」

楊碧君依然不作聲。

「他呀，摘掉假鬍子，年輕得很呢！看上去也就三十多歲，他又高，又壯，挺博學的，還特有情趣……」

楊碧君一驚：「你見過他啦？」

「當然，只要我想見誰就準能見到。那天我去『金海灣』三五二七房，一敲門，他就出來，我還教他潮州話……」

「他不會說潮州話？」

「會說。可有的南浦土話他忘了。那天我說了一句土話，他一聽開心極了，像奴仔一樣笑得前俯後仰的……」

「他知道你是誰嗎？」

「我冒充服務小姐……」

「你？他會不會當你是……」

「雞？哎！不會的！他見得多了！再說，雞哪裡有我這樣高貴、文雅的氣質！媽！我走了！」迅即走出屋門。

楊碧君繼續洗菜，心不在焉……

突然，開門聲響，曲鐵柱進屋。

楊碧君走出廚房：「你怎麼回來了？不是要去潮州嗎？」

曲鐵柱點燃一支香煙，悠悠地說：「不去了！那富翁不去潮州，要去海陬，他改日期了，我也不想去了！你知道旅遊局讓我這個副科長陪同的富翁是誰嗎？」

楊碧君一聽已經明白了，她不作聲。

「是陳森，也就是陳奇木！」

楊碧君仍不作聲。

「我說我不舒服！我就是不陪同！反正這幾天我就要辦離休手續了，也不用怕得罪哪一位頭頭了！」

楊碧君依然不作聲。

「碧君，你怎麼不說話？唉，現在他有錢了，走運了，又有大官做後台，想報復我就報復吧！我落到這步田地，成了死豬，也好，死豬不怕開水燙！燙不燙的，就憑他的良心了……」曲鐵柱一個勁地嘮叨著。

「二十多年前，你的良心放在哪兒呀？」楊碧君突然迸出一句。

曲鐵柱愕然，少頃，走到楊碧君跟前，賠著小心：「碧君！」

楊碧君淒然的目光向著窗外。

3 石獅吼

大石山如今是個人跡罕至的地方，彷彿成了禁區。山前的海陬村，連著幾里外的耕濤鎮，流傳著一個現代神話：石山上三十六隻石獅子成精了！

老輩人說，這是當年一個老石匠留下來的，三十六隻都沒有雕刻完成，都差著最後一道工藝，石獅口裡的石球不能滾動。這對於老石匠說來，不過舉手之勞，可對於一般石匠說來，比登天還難！老石匠為什麼不做舉手勞？原因很簡單，須在買主講定後。三十六隻石獅子被棄置至今二十年了！村裡人沒人去碰它，寧願餓肚子，也不願在它身上摳食。二十年雨打風吹日曬，石獅子發黑了，有的還長了青苔，長了灰蘚，四周圍遍生著芒、荻、香茅、狼尾草、毛莨、劍麻、龍舌蘭，山上原來無樹，如今也有了不少，還爬滿黃藤，似乎為石獅子營造棲息之所。老輩人說，石獅子一定是吸了日精月華，三十六又應著天罡之數，能不成精嗎？

每逢月白風清之夜，大石山上總會傳出低低的沉悶的吼聲，絕不是風吹草響，是獅吼。須知動物的叫聲頗有講究，虎是嘯，龍是吟，鶴是唳，馬是嘶，狼是嗥，犬是吠，雞是啼，羊之聲咩咩，貓之聲喵喵，魚之聲唼喋，鳥之聲啁啾，而燕子聲呢喃，唯獨獅子是吼！只因為嘴中銜物，有口難張，咆哮轉成沉悶。

有一年，一個耕濤鎮人回家途中迷了路，轉來轉去出不了山，幸有月光，辨得「白水黑泥紫花路」，他走了又走，走累了，爬上一塊大青石板，打算休息片刻，忽然，眼前的景象把他嚇壞了！數不清的獅子一隻接一隻向青石板走來，他屏住聲息，不敢稍動。那些獅子成一長列，每隻間隔一丈多遠，無聲地走著，眞萬幸，獅子們未到青石板就掉了頭，改為小跑，依然保持間隔，不一會兒，到了遠端，再回頭變成兩列，又一個來回，變成三列，又四列，至六列方陣，並發出低低的沉悶的吼聲。原來六六三十六隻！這個人看呆了，渾忘身處險境，他覺著獅子們似乎在操練陣形！正琢磨著，獅子們又變了隊形，分成四個方陣，狂奔起來，散向四方，仰天悶吼，聲如隱雷，接著交叉換位，雷聲不息。最後，圍成一個圓圈，悄然無聲。這人看得眞切，圓圈中心巨岩上，立著一個人，紋絲不動，彷彿抽著水煙，發出「咕嚕嚕」輕微的響聲……雞啼，天亮，聲光色影，轉瞬皆虛。這人揉揉眼睛，認得是海陬村後的大石山，便要往山下走，忽然愣住了，不遠的前方立著許多石獅子，還有一座破草寮！他不由得上前細看，竟大吃一驚，石獅子身上滲出水珠，掛著草籽，一數頭數，整整三十六！他走到寮前，又見地上幾許煙灰，彷彿是新灰，他整個人傻了，難道不是幻象？他渾渾噩噩回到耕濤鎮，私下對熟人們透露，熟人們都勸他到醫院神經科檢查。

海陬村人沒有耕濤鎮人有知識、講科學，大都以為眞事。海陬人說：「我們信！別說是大月亮地裡聽得見吼聲，大風雨天吼聲更大！誰能使喚這些精靈？只有我們的老爹！他的神靈就在大石山上！」

果然，不久後眞就出了一件不可思議的咄咄怪事。

有一天夜裡，狂風暴雨大作，子時時分，「轟」的一聲巨響，驚醒了沉睡中的海陬村。村民們趕緊起床，察看自己的家院，又互相詢問，知道什麼損失也沒有，也就回去睡覺了。到了天亮，風停雨住，有人發現村後那片竹林裡落下三塊巨石，砸死了三個人。這三個人都是外鄉人，穿著雨衣，顯然是在避雨，眞巧，一石砸死一人。村裡人馬上報了案，派出所一查，這三個人原來是在逃的殺人犯！巨石最大的一塊有三四百公斤，砸的正是三犯中的主犯。

大家拍手稱快：「報應！人不報應天報應！」

這三塊巨石顯然是從大石山上滾落下來的。

派出所的幹警帶著村民們上山察看，原來山頂的山岩上有一根老黃藤，藤根盤繞，扎入岩體，因雨水滋潤而膨脹，脹破了山岩，滾落下巨石。海陬村人卻有自己的解釋，是老爹布下獅子陣，爲國效忠，爲民除害！要不然怎麼能這樣巧？千年風雨，石頭不動，偏偏這時候滾下來，還不多不少滾下三塊，一塊石砸一個人，最大石砸最惡人，砸死了壞人卻又不傷著村民、住房、牲口，連竹子都沒傷著一竿……

從那以後，大石山越發神秘。村民不忍去，是怕打擾；盜賊不敢去，是怕得報應。大石山眞的成了不是禁區的禁區。只有一個人不曉得大石山二十年來的變化，始終把大石山當作夢寐中的天國，他就是陳奇木。

在金海灣大酒樓三五二七房，陳奇木佇立窗前，瞭望大海……呵，大海，你是證人！我可以不見許多人，但我不能不見他！

門鈴聲響，進來的是蔡怒飛。啊，小蔡書記！

怎麼回事？一周前，市委決定給南浦區派去代理書記。

那天，蔡怒飛風風火火走進父親的新居，從皮包裡取出一紙調令，放在桌上：「爸爸，怎麼回事？也不事先談談，就下調令了！」

蔡方蘇悠然無事似的：「倒是跟我談過，趙書記……」

「你是你，我是我，你代替不了我呀！怎麼可以……」

方淑雲走過來，她總是「無事忙」：「怎麼回事？」

「市委下調令，調我到南浦當區委代理書記！」

「這不是好事嗎？」

「好事是好事，可我是下海的人了！」

蔡方蘇維護市委的決定：「可你首先是共產黨員！」

「是，我首先是共產黨員。難道『銀曼』集團公司不是黨的事業？這個公司眼前正處在開拓的關鍵時刻，轉換新的商業觀念，肯定會出現新的問題，要通過實踐去摸索！再說，房地產子公司很快就要開張，阿蘭這幾天忙得不可開交……」

「具體情況你可以找市委領導談一談，我的看法，緩幾天去是可以的，工作上要有個交接，但不能不去，還不能拖拉。財旺到省黨校學習去了，南浦區委要有人馬上去主持工作！市委派你去，是因爲你熟悉南浦，主觀上也具備一定的條件。南浦是特區，它的重要性你不會不知道，這是組織上信任你，絕不容許推三諉四的！」

蔡怒飛平和一些了：「爸爸，你應該考慮另一個關係問題。當初把我分到市委，我不想從政，有一個重要原因是你我父子同在一個大部門工作不方便……」

蔡方蘇點點頭：「是這樣的。老趙找我談話時候，我也是這麼說的，但是老趙說，『方蘇呀，你和怒飛的情況我都瞭解，這樣安排有利於工作，舉賢不避親嘛！』……」

方淑雲突然興奮起來：「當初我也是這麼說的……」

「媽，你別攙和了！」

「好，好，不說了。」她退到一旁，卻仍然用心地聽著。

「老趙還說，『方蘇呀，你也快離休了！你一離休，縱有說閒話的，也掀不起什麼浪來。市委決定派怒飛去南浦區委，並不因爲他是不是你的兒子！』你聽，我這有什麼話好說！」

蔡怒飛沉吟：「看來是非去不可了！」

蔡方蘇撫摸著蔡怒飛厚實的肩膀：「兒子，去吧！現在黨內不少同志首先不是想著黨的需要，而是考慮自己的得失，這很不好。我希望你在這方面做個榜樣！」

「公司那裡……」

「公司那裡，我看阿蘭的能力絕不比你差！」

方淑雲忍不住又迸出一句：「阿蘭的遺傳基因好！」

蔡家父子「哈哈」大笑。

蔡怒飛回到自己的小家，一幢公寓樓上二室一廳。

陳奇蘭聽了丈夫的敘述，「哈哈」大笑起來：「什麼遺傳基因？眞有經商細胞，也早傳給哥哥了，女的能得到什麼？」

「哎！時代不同了，男女都一樣！」

原來有過這一番曲折！

陳奇木望著蔡怒飛，十分的愧疚：「怒飛，我眞不知道該怎麼感謝你才好！我剛剛知道你爲我蹲過大獄……」

「那一頁翻過去了！」

「阿蘭也不告訴我！」

「是我不讓她說的。人不能總沉浸在舊事裡！」

「可我有一件舊事就無法忘記，也不能忘記！」

「知道，所以我今天開車陪你去海陬。」

海邊公路上，北京二一二吉普疾馳而去。

「照迷信的說法，我來還一個願！」

「人類最美好的一種感情，叫感恩。談不上迷信。」

海陬村到了。這個村子二十年來未有大變化。蔡怒飛依著陳奇木的提示，轉動著方向盤，吉普車繞來拐去，終於在一處荒地上停了下來。

「這裡哪有房子呀？」蔡怒飛搖搖頭。

「不會錯的！我記得就在這裡，屋後這株金鳳樹還在呢！」

一個割山草的婦女驚奇地看著兩位不尋常的外來人。

蔡怒飛走到婦女跟前：「請問，海陬村的鍾老爹住在哪裡？」

婦女反問：「鍾老爹，姓鍾的？」

「是呀！」

「海陬村全村都姓鐘！」

「鍾老爹會刻石獅……」

「海陬村人都會刻石獅！」

「鍾老爹刻得最好，石獅子嘴裡含個石球，石球會滾動。哦，他的女兒叫阿娥，阿娥的丈夫叫金水……」

婦女一聽，默默片刻，問：「你們是老爹的什麼人？」

「我姓陳，鍾老爹是我的師父，我是他的徒弟。這位是我的妹夫。」

婦女歎息起來：「他死了！阿娥和金水跑了，二十年了，怕也死了！」

「呵？」陳奇木驚呼。

「好多年前的事了！他們家偷了生產隊一條船給了一個偷渡犯，讓政府給查出來了，鎮革委會來村裡開會鬥爭金水，把金水打得皮開肉綻，阿娥聽知，來到會場，跟人家拚命，阿娥會拳腳，打傷了好幾個民兵，到底是姿娘人，又是單人，也讓人打得鮮血淋漓。虧得老人趕到，他把事情都攬過來了……」

陳奇木悄然落淚。

「鍾老爹也挨打了？」蔡怒飛問。

「沒有。他輩大，村裡人敬重他，他又說自己甘願去坐牢。鎮上來的人看著那兩個被打成那樣，也不願意他們死了，他們是貧下中漁，就讓他們三口先回家，等候處理。誰知第二天他們家著大火了……」

「他們自己放的火？」

「是的。阿娥和金水不見了，老人吊死在山上草寮。這家人就這樣絕戶了！」

「能帶我們找村長嗎？」

婦女點點頭，帶著陳奇木和蔡怒飛到了村長家。一進門，那婦女便喊：「老個！來人客③了！」原來這婦女是村長的妻子。

陳奇木說明來意。這婦女也做了介紹。村長精明，一眼看出兩位客人都是有身分的人，便笑著說：

「我老婆的嘴是漏斗，有什麼話都存不住，全漏給你們了！」

「村長，我想看看我師父的墓。」

「哪有什麼墓？就一個小墳頭！」村長忽然靈機一動，「哎，你當徒弟的要給師父修墓呀？」

陳奇木點點頭。

「走！」村長自告奮勇帶他們上山。

三人行至一處，果然有一個小丘，沒有墓碑，墳頂春草離離，墳後樹木高未盈丈。

村長喊了一聲：「伯公，我帶人客看你來了！」然後放下一小包煙絲。

陳奇木觸景傷情，跪在小丘前，伏地飲泣。

村長又引他們來到破草寮跟前，他對三十六頭石獅子抱拳一揖：「獸王輕健！」他懷著敬畏之心問候獸王健康。

陳奇木胸中充塞著奇特而又難言的痛楚，難道這就是他日夜思念的地方？沒錯，就是這個地方！草寮的竹竿上還留著他當年刻下的字，那是一個繁體的鍾字，金旁加個重字，記得當時只覺得師父的姓特別好，師父的恩情如金重！啊！他就在這裡遇見鍾老漢，受鍾老漢一飯之恩，向鍾老漢傾心吐膽，拜鍾老漢為師，他就在這裡對鍾老漢長跪不起，請求鍾老漢幫他逃走，他就在這裡指天發誓，絕不違背鍾老

---

③潮州方言把「客人」稱作「人客」。

漢的三條約法，最後一次，他就在這裡悄悄取走獅子嘴裡那粒橄欖核，在夜幕的庇護下向海邊走去……如今物在人亡，幽明殊路，他又傷心落淚……

回到村長家，村長爲客人沖工夫茶。

「村長，你看村裡人來修墓，需要多少錢？」

「錢嘛，總得要的，先生既然想修，就得破費點嘍！」潮汕的鄉下人也不乏陶朱公經商理財的頭腦。

「那是當然！」

「先生你想吧！這裡是窮村，件件東西都得到外頭買！棺木，洋灰，石碑……得多少錢呵！勞力倒是現成，可當今沒有義務的了，商品經濟嘛，是不是？」

「工料合共多少錢？」

「哦，這裡講迷信，還要請風水先生，觀陰陽，卜吉凶，探地龍地脈，看風門水勢，定羅盤，測方位，擇地點穴，擇日動土……也不能沒有錢啊！」村長不算老，也就四十上下，老習俗似乎很精通，那雙小眼睛忽閃忽閃，露出狡黠的光。

「風水先生，還有村長送給管事人的紅包，合共多少，你開個價。」

村長咬咬牙，來一口狠的，咋著膽說：「少說也得五千元！」

「幾時可以完工？」對方眼皮也不眨一下。

「怎麼也得一個月吧！」

「能提前半個月完工嗎？」

「這很難說呀，村裡人都有自己的活計。」

「再加點加班費。」

村長轉悠著小眼睛：「那再加一千元！」他等待著「冤大頭」的回答。

「好！」陳奇木十分痛快，更有出乎村長意料的大言，「我給一萬元，限半個月內完工。先付半數！」

村長喜出望外，心都快蹦出來了：「先生，簽個字據吧！」

「好的！」陳奇木爽快地答應著，他望望石山，又望望大海，「現在還有沒有雕刻石獅的人？」

「全村有點年紀的人都會雕刻，但是像伯公那樣手藝的，口裡滾珠，少，再說也沒人買呀！」

「是不是價錢太貴？」

「貴？也不能算貴呵！連工帶料不過五百元。」

「哦！因爲無人收購，村裡人有這個技術的也不願去雕刻石獅了，是不是？」

「是這樣的。」

「村長，我想買一對石獅，像鍾老爹雕刻的那樣……」

村長小眼睛一閃：「嗯，嗯，你說下去！」

「……放在鍾老爹墳前。如果眞有做得像鍾老爹那樣的，我翻一番，一隻給一千，一對給二千元！」

村長拚命睜大那雙小眼睛：「眞的？」

「不假！當然，一定要夠上老爹規格！」

「先生，我們還是白紙黑字吧！千年的文書會說話，是不是？」村長笑嘻嘻地說著。

「好！」陳奇木又是痛快地答應著，「還有一些雜事，我會派人和你聯繫的。」

十分鐘後，村長熱情地把客人送上公路，他望著滾滾車塵，喃喃自語：「今天遇著財神爺了……」

4 絲恩髮怨

海陬村村長其實是個大能人，比他那些已經作古的前任，書記、隊長等等「文革」人物強得多了！僅僅用了十二天，一座大墳就造好了。他派人報告了陳奇木，又擇定了吉日。陳奇木離鄉多年，對家鄉喪葬習俗，尤其是二次葬的禮儀並不精通，也便聽由村長安排了。

這天，華燈初上，陳奇木給蔡怒飛打了個電話，約他明天再到海陬走一趟。蔡怒飛答應了，還說帶著釣具，到那裡釣魚。陳奇木放下電話，去陽台做了一套健身操，憑欄眺望海景，思悠悠，如夢。

門鈴聲響，陳奇木沒有理睬，門上分明亮著「請勿打擾」的指示燈！門鈴又響，他有些惱火了，忽一想，會不會是服務小姐，他只好前去開門。

來人立於門口，是曲鐵杜！而且是氣勢洶洶的曲鐵杜！陳奇木大吃一驚，愣住了。

曲鐵杜怎麼會到「金海灣」？這要從曲易木的金項鍊說起。

有一天，曲鐵杜看見女兒戴上金項鍊，以爲是假的，女兒堅持說是千足金九九九。這下子引起了曲鐵杜的懷疑，女兒每月工資都不夠自己花銷，哪兒來的幾千塊閒錢？一再逼問之下，女兒終於說出了是陳奇木的饋贈。曲鐵杜一聽火冒三丈，認定陳奇木用金錢做手段玩弄了他的女兒，以此對他進行報復。女兒堅不承認，一口咬定是君子交。曲鐵杜不容分辯，大喊大叫。虧得楊碧君下班回家，吵鬧才告平息。楊碧君認爲以陳奇木的爲人，他要報復的是曲鐵杜，他不會那樣下作去玩弄他們的女兒。楊碧君有著女人特殊的敏感，她心中明白，陳奇木送她女兒金項鍊，完全因爲女兒的模樣酷肖當年的自己，她內心湧起幾多欣慰，也湧起幾多苦澀。誰知曲鐵柱反倒誤會了妻子的意思，以爲她舊情未泯，刻意維護昔日的戀人。父女倆剛吵過，夫妻倆又吵了起來，鬧得不可開交。

曲鐵柱盛怒之下單槍匹馬來到「金海灣」。

雖然時隔二十年，陳奇木仍然一眼認出曲鐵柱，那氣勢洶洶的樣子，使他一下子想起他們之間的最後一次對話，當時，他被眼前這個人轟出鎮委大院，從此走上監獄之路，外逃之路……這個曾經叫他刻骨痛恨的人，現在居然找上門來，而且一臉怒氣！混帳！你奪我所愛，毀我家園，害得我嘗遍了人間的苦難，讓我半生背負著不光彩的名聲，漂泊無路歸國，富貴不敢還鄉，我不找你算帳，已經是大度了，你來幹什麼？你想幹什麼？我還以爲你負疚了，悔悟了，原來你還是從前那樣梟橫！陳奇木不由得怒火中燒，本來禁錮在心中的怨恨，隨著時間的推移、境遇的轉換，已經變淡變薄，這時，突然一下子又變濃變厚了！

兩個人在門口僵立了一會兒。

曲鐵柱打破了沉默：「姓曲，曲鐵柱。」

陳奇木冷冷地說：「不認識。」順手關門。

曲鐵柱猛然把門推開：「總該認識我的女兒曲易木吧？」

「曲易木？你的女兒？」陳奇木感到茫然，搖了搖頭，「不認識。」

「裝蒜！」曲鐵柱冷笑一聲，「我女兒的金項鍊是誰送的？」

「我根本不認識你的女兒！」陳奇木又要關門。

「等一等！」曲鐵柱忽然感到有些蹊蹺，但他不甘心，「那你送給誰金項鍊了？」

也許習慣了巴黎的生活，陳奇木對這種有悖隱私權的質問十分惱火：「這是我的私事！你有什麼權力過問？」

「我就是要過問！我女兒的金項鍊是你送的！」曲鐵柱言之鑿鑿，他覺得對方分明在迴避。

陳奇木強壓著怒火：「我送誰金項鍊，本來完全可以不告訴你，爲了澄清事實，我就告訴你吧，我送給一位服務小姐，她不姓曲，姓楊！」

曲鐵柱猛然回憶起來，他聽妻子說過，女兒曾經冒充服務小姐同陳奇木在一起，他登時火氣暴升：「你跟姓楊的小姐上床了？」

陳奇木勃然大怒，厲聲：「你出去！」

曲鐵柱瘋了一樣：「你一定要交代！」

「你污辱我的人格，我要控告你！」陳奇木高喊。

「我要給你立專案！」曲鐵柱拉開官員的架式。

就在這時，曲易木陰沉著臉走了進來。原來她發現父親不在家，猜想他有可能來到這裡，不料來晚了一步，眼看著積蓄了二十多年的衝突終於爆發了！

「易木！」曲鐵柱叫著女兒。

曲易木沒有理睬父親，卻向陳奇木鞠了一躬：「陳先生，我不姓楊，我姓曲，叫曲易木，請原諒我沒有說出我的眞姓名，我不是成心欺騙你，我知道你和我父親之間有宿怨。陳先生，我接受了你的禮物，不僅因爲你是一個傳奇英雄，是我心目中的男子漢，還因爲你心中一直保留著二十年前的一份眞情。我敬重你，所以我請求你的原諒！」

陳奇木一下子懵了！眼前這個女孩子雖然有些膚淺，但是她的內心善良而正直，她果然是楊碧君的女兒……

曲易木轉向她的父親：「爸爸，我為你的行為感到羞恥，你不聽從媽媽的勸告，更不為你女兒的名聲著想，你在污辱陳先生人格的同時，也在污辱你女兒的人格！」她突然掩面而泣，走出房間。

「易木！」曲鐵柱追了幾步，沒追上，茫然走回三五二七房，他終於清醒了，他幹了一件「捧屎塗臉」的大蠢事，本以為在維護自己的女兒，結果卻傷害了自己的女兒，本想向老對手興師問罪，結果卻成了無理取鬧，不但打了啞炮，而且舊恨之上又添了一段新仇！他這一輩子很少反省自己，這次不得不反省了！他深感不安，又進退不得，想了想，好漢做事好漢當，他終於鼓起勇氣，對陳奇木鞠了一躬：「陳先生，對不住你了！我向你道歉！」

陳奇木沉默了片刻，他想不到曲鐵柱會坦然認錯！眼前這個人是從前那個曲鐵柱嗎？他頓時有些茫然……他反轉來替對方設想，啊，曲鐵柱一定以為我在他女兒身上尋報復，所以才氣勢洶洶興師問罪，他顯然出於誤解，而造成他誤解的那種社會現象也確實存在過，也許，當下仍然存在著。陳奇木的心漸漸平靜下來，俗話說，殺人不過頭點地！他終於開口，本來要叫「曲先生」的，孰知聲音出唇還是舊稱呼：「曲書記！」

「哦，我已經不當書記了！」曲鐵柱尷尬地做了更正。

「我接受你的道歉！」陳奇木平靜地說。

「你一定更恨我了！」曲鐵柱有些無奈，訕訕地說。

陳奇木已經出離了憤怒，他搖搖頭：「我原諒你的莽撞。」

事實上，他不原諒又能怎麼樣？何況曲易木一番話已經給他的人品做了鑒定，他於是補充了一句：「也理解你的血性。」

曲鐵柱一愣，愣然望著陳奇木，他不相信這是一種大度，忽然迸發出一陣慘笑：「如果眞是這樣，那是因爲你現在成了富豪，衣錦還鄉，這裡的人把你當作財神爺，扶手扶腳，你要顯示你的大度，樹立你的形象。」

陳奇木驀然無語，片刻，爲避免尷尬，他伸手示意：「請坐！」

曲鐵杜似乎恢復了自信，二人分賓主坐下。

「你很直爽，但是，你不能理解一個從萬劫不復的深淵掙扎出來而且獲得成功的人，他最追求也最珍惜的是什麼？」

「什麼？財富！名聲！」

「不，是胸懷，包容一切的胸懷！」

曲鐵杜忽然覺得面前坐著的人，不是陳奇木，是陳森！他渾身燥熱起來，脫去外衣，摘下帽子，熟練地掛上衣帽鉤。他依然有著壯健的身板，偏偏頭上華髮早生。陳奇木愕然望著曲鐵杜一頭花白髮，這個人老了，從前那個人依稀難辨了！他心中掠過一陣莫名的悲涼。曲鐵杜沒有覺察到對方心理上的變化，猶自冷笑，他降低了音量：「我是個當兵出身的人，說話直來直去！我不明白你說的是什麼樣的胸懷？我承認我從前整過你，整得你好苦，你如今看著我混慘了，難道不感到開心？」那語調說不清是自嘲？還是嘲人？

「不！從另一個角度講，我應該感謝你！」

「感謝我？」

「是的，是你激發了我的奮鬥精神……」

「你在諷刺我？」

「不！黃主任說得好，有個時代背景問題。那是一個時代的悲劇，在那樣一個背景下，個人品質的好與壞實在是無關宏旨。」

曲鐵柱默然無語，他歷來厭談理論，他崇尚實幹，不過此刻，他忽然覺得陳奇木這幾句話很有分量。

「今天就不一樣了！既然我從前的行爲可以得到政府的原諒，爲什麼你從前的行爲不能得到應有的理解？何況你後來也歷盡了劫難！」

曲鐵柱依舊沉默，但心中卻不平靜，他愧對陳奇木，他願與陳森交往。

「喝工夫茶吧！」陳奇木說著，擺弄著茶具。

工夫茶能融洽氣氛，果然！

「陳先生，我承認，你確實很有胸懷，所以你能成就一番事業！」曲鐵柱飲罷，坦誠地讚賞，他到底是帶過兵打過仗的一條山東漢子。

「過獎了！不知曲書記……」

「叫我老曲吧！」

「哦，習慣了。不知近況……」

「我退休了，啊，不，離休了！日子嘛，緊巴點，還好。」

「這裡的物價好像也不比香港便宜，就說海鮮……」陳奇木聊起家常。

「他娘的！物價就像坐上了火箭！處處是高消費，洋煙洋酒不說，熊掌敢吃，連大象鼻子都敢吃！好像街上人個個都是大款！其實，眞有錢的人並不多！離退休的人，就憑那點死工資……」曲鐵柱猛然覺著說過了線，急忙往回收，「當然嘍，那點工資過日子還是沒有什麼大問題的。」

陳奇木覺得他應該重新評估曲鐵柱，他忽然想起魯迅的詩句：「相逢一笑泯恩仇。」他沉吟片刻，彷彿有了新的構想：「老曲同志，我看這裡不少人退離休後還掛個顧問什麼的，有的乾脆下海經商了，鬧得很紅火的。你身體很好嘛，為什麼……」

「我身體滿棒，有餘熱，可是……其實，管一個小企業並不難！」

「是呀！區鎮你都管過，一個區鎮該有多少企業！」

曲鐵柱放下茶杯：「哎呀，眞是不打不成交呀！好了，不打擾了！」站起要走。

「啊！等一等！明天我到海陬村走走，一起去好嗎？」

「這……」曲鐵柱猶豫著。

「蔡怒飛書記也一起去，還帶著釣具，他說你們很熟悉。」

「是呀！他的『銀曼』是我們旅遊局的參觀定點單位！唔，好吧，明天早幾點？」

「八點吧？晚些也行！反正我們在這裡等你。」

雙方都想不到，幾十年的宿怨，因為吵了一頓架，反倒瓦解冰消了。

陳奇木又到陽台上眺望海景。他心中承認，他初次見到化名小楊的曲易木，確實以為是楊碧君。他最後一次離開楊碧君的時候，楊碧君正是這個樣子！彷彿楊碧君只是到哪個神仙洞府轉了一圈，世上便過了二十年，要不就是睡了一大覺，這一覺整整二十年。陳奇木明知眼前人不是他從前的戀人，依然喚起他美好的回憶。他知道時間是一種奇妙的過濾器，只濾去假惡醜，而留下眞善美。他常常從曲易木的臉上讀出楊碧君的信息儲存，就為這點信息儲存，他送給曲易木一條金項鍊。

第二天近午，海陬村口大榕樹下，村長早已鵠立等候，小眼睛瞇成一條細線。公路上奔來一輛吉普，村長立馬迎上前去。陳奇木、蔡怒飛和曲鐵柱先後下車。村長眉開眼笑：「陳先生眞講信用！」

「村長，你也是！」

村長天生是外場人，看見這次多了一個人，像是個領導幹部，便轉向曲鐵柱：「這位領導……」

陳奇木搶過話頭：「是我從前的老上級，老革命幹部！」

村長打量著曲鐵柱，連聲說：「好，老幹部好，怪不得那麼艱苦樸素！」

曲鐵柱頗感不自在，只笑笑，有些尷尬。

「陳先生進村喝茶吧？」

「不了，先上山吧！」

大石山上，一座墳塋傍山而築，巍然高聳。由南往北，迎面是牌坊，鐫刻著陳奇木所撰楹聯：

是處丘山埋鐵骨，
異時雨夜顯威靈。

過了牌坊是墓道，令陳奇木意外驚喜的是村長將鍾老漢未完成的三十六隻石獅子置於墓道兩側，不似翁仲，勝似翁仲，頓添雄渾氣象。再往前是墓碑，只「鍾公墓」三字。最後是龐大的穹塚。

陳奇木一看，非常滿意，當即塞給村長一個紅包。

這時，一個風水先生模樣的人，在墓前吟哦著宣講：「……地處分水嶺之上兮，乃山之脊，岳之梁，陽光普照之帶，白雲之鄉……坐北朝南，面海背天！龍脈通，風水正，子孫興……」忽又補充：「鍾氏無後，長蔭陳氏……」

村長陪著陳奇木以三牲、果品、紙錢祭獻。鞭炮聲震天價響。蔡怒飛和曲鐵柱旁立著。有頃，陳奇木突然驚問：「那對石獅子呢？」

村長一笑：「隨我來！」他率領一夥人行至高處，眾人登高一望，驚呆了！但見早已雕成刻就的石獅，豈止一對，足有百十之多，一尊尊排列成陣，宛若石林，勝似秦俑，蔚爲壯觀！

陳奇木一動不動，曲鐵柱低聲詢問蔡怒飛，蔡怒飛爲之解釋。

「陳先生，你是行家，再驗驗獅口的滾珠吧！你挑一對最好的……」

「剩下的呢？」

「他們自己處理唄！我可管不了那麼多！」村長說罷，引眾人到石獅子陣前。

陳奇木一一摆弄石獅子口中滾動的石球。曲鐵柱也興致勃勃，褒貶一番。

村長適時地問：「陳先生挑中了嗎？」

陳奇木點點頭：「海陬絕藝！」

「那麼……」

陳奇木指著近旁二座：「把這兩座運到師父墳前，其他的……」

「其他的你有銷路嗎？」

「按原定價，我一律收購。」

「真的？」村長大喜過望，低聲吩咐風水先生，風水先生撒腿飛跑回村。

村長家是海陬村的心臟。風水先生遵照村長的指示，已經布置落實了。工夫茶濃香四溢。幾位村姑略帶羞澀地招待著客人，遞煙送茶剝香蕉。陳奇木和村長在低聲商量。蔡怒飛在一旁檢查釣魚竿。曲鐵柱被幾位村姑包圍著，正嘻嘻哈哈。

村長大吃一驚：「怎麼？你真的打算……」他回頭瞪了幾個村姑一眼。

村姑們頓時鴉雀無聲。

「陳先生，我同意，你，你，你再說一遍！」

「我打算在此地開辦一個石雕公司。」

陳奇木話音剛落，一室歡呼聲鵲起：「太好了！」

蔡怒飛和曲鐵柱都暗暗佩服，互換眼色。

陳奇木走到曲鐵柱跟前：「如果我們的老書記不反對的話，我想聘請你當這個石雕公司的總經理。」

曲鐵柱驚呆，一時說不出話來。

蔡怒飛卻馬上反應過來，高聲地喊：「好！」

村長的小眼睛瞇得緊：「蔡總，啊，蔡書記說好就一定好！」

那煞有介事的風水先生也來湊趣：「我擇個吉日，讓曲總經理好上任呀！」

曲鐵柱樂呵呵，連聲表示：「既然陳先生和同志們信得過我，我一定努力！」

一陣掌聲。

只聽陳奇木侃侃而談：「海陬是塊寶地，海有漁鹽之利，山有岩石之藏，再建石雕廠，銷往星、馬、泰、港、澳，那裡的華僑商人講風水，喜歡在商店門口擺一對石獅子，鎮宅呀！我斗膽預測，不出三年五載，海陬富甲一方！」

又一陣掌聲。

村長趁熱打鐵：「陳先生，諸位貴客就在海陬用飯吧！急不如快，如果方便，馬上拍板成交！」

陳奇木看著曲鐵柱：「你看……」

曲鐵柱沉吟：「還是先簽個意向書吧！」

陳奇木點頭：「好！」

村長附和：「也好。」

飯後，一行人去海邊釣魚，村長和「半桶水」的風水先生也陪著去。曲鐵柱十分快活，他又釣到一尾一斤多重的魚！實際上，大家都高興，因爲看到了一個輝煌的前景。南海之濱，綺霞滿天，夕陽給翱翔的鷗鳥染上金色的翅膀。

看看日頭將落，蔡怒飛悄悄對陳奇木說：「我有件事找你商量……」

蔡怒飛已經把「銀曼」完全交給陳奇蘭，他這個代理書記並非只是陪著玩玩，他和黃東曉商量好，他們參詳了一個大動作——鼓動陳奇木爲南浦興建集裝箱碼頭！

蔡怒飛恍惚搖身一變成了說客，他免不了要說些振興實業、報效國家的套話，但說得最多也最實際的是雙方的收益。他希望法國蒼龍集團與南浦港務集團合作，成立合資公司，包攬港口裝卸、倉儲、運輸業務。頭十年利潤全歸「蒼龍」，十年後五五分成、三七分成、一九分成，二十年後完歸「南浦」。

陳奇木眼下的思路只在捐資，沒想做實業，他隱約想起，在巴黎時候姚乃剛和謝丹菊兩口子說過的話，你做實業家，鄉人會說你回來賺家鄉人的錢，好煩人！他想婉拒，又架不住巨大利益的誘惑，十年收益？憑直覺，這樣優惠的條件，根本不需要十年，弄好了三兩年就能收回投資，還要什麼五五分成、三七分成，還一九分成！這是個難得的機會，可謂稍縱即逝！當然，他需要必要的考量……

「怒飛，這是好事！要做就只能做好，不能搞砸！我還得跟巴黎總部協商。」

曲鐵柱提著塑料桶笑嘻嘻走來：「海陬大捷！看！」

村長大聲討好：「曲總好手段呀！」

「你們回去吧，我今晚在山上過夜，明天讓華夏來接我。」

「爲什麼？你還有事？」大家不解。

「我想陪我師父過一夜。」

吉普車終於駛上公路。車內，一個紅色塑料桶裡盛著足足三十斤海魚。曲鐵柱看著特別舒心，不時過去撥弄兩下，一派兒童情趣。

當司機的蔡怒飛高喊：「老曲，你越撥弄越死得快！」

「反正你會釣魚，死了明天再釣！你不是本事大嗎？」

「哎，釣魚算什麼本事？真本事還得數陳老闆，看今天的事，辦得多漂亮！怪不得他能發財！原來他眼裡到處是錢！」

「你也不含糊！『銀曼』集團出了名了！唉，說來說去，就是老曲沒本事啊！」

「哎，『銀曼』不是我的了！」

曲鐵柱是一根筋，正欲詰問，忽然收口，官與商的關係，他搞不懂了！

只聽蔡怒飛高聲大喊：「現在是曲書記施展本事的時候了！」他塞進一盤磁帶，馬上飛出貓王的歌聲。他自己也隨著節奏扭動著上身。

「哎哎，換一盤吧，一會兒車也扭起來了！我還要老命呢！」曲鐵柱大聲嚷嚷。

兩個人都笑了起來。一會兒，車內悠揚著潮州音樂《過江龍》。

5 寬邊草帽

二十年前的大石山，有割草的，有砍藤的，有捕蛇的，有打鳥的，弄得荒山賽過禿和尚。鍾老漢歎息著：「天地間山水草樹飛禽走獸都有靈性，眾生相安無事，連杜猴（螻蛄）還不吃洞口草呢！壞就壞在兩條腿的畜生上！哪裡有它，哪裡遭殃！」二十年來，大石山絕了「大腳獸」的蹤跡，本來地處亞熱帶，雨水豐沛，草長藤生，叢莽抽條，大些的樹木已有碗口粗。白天裡，滿山黛色的花崗岩如緇衣老僧一個個入定在綠蒲團上，仔細一看，高一些是毛莨、劍麻、龍舌蘭麻，矮一些是莎草、狼尾草、竹節草，貼著地皮的還有鋪地錦，龍舌蘭的葉叢已抽出高大的花莖，頂上綻開無數小花，粉蝶兒在那裡翩翩。夜裡，山上流螢點點，升沉飄忽，周遭似乎很靜，只有風聲、蟲聲，細聽來，又似乎精靈在低語，那風聲是草的吟嘯，那蟲聲「唧唧」復「唧唧」是問答，是唱和，聽樹在抽枝，草在拔節，種子在發芽，長藤與柔條擁抱，露水共碩葉相親。大石山是綠野仙蹤的國度！

今夜月色朧明，陳奇木踏著夜露上山，來到鍾公墓前。他緩緩擺下祭品，只三樣：茶葉、煙絲和水煙筒。他跪在墓前，默默禱告。半個鐘頭過後，他站起身來，從市籃裡取出紅泥小炭爐、小銅壺、木炭、礦泉水、茶葉，還有茶具，一切停妥，便生起爐火，沏起工夫茶。茶成，四小杯中，濃濃的暗紅。陳奇木微微點頭，同時做出延請的手勢：「師父請！」少頃，他端起一杯茶，酹於墳埕，又端起一杯，自己飲了，接著又是一酹一飲。

「師父，味道怎麼樣？這是嶺頭白葉單叢，眼下很搶手的，聽說北京新開的茶館裡就數這種茶貴，價錢比花茶高出二十倍！師父你笑話我了！我現在是買賣人，說什麼總離不開錢字，渾身銅臭了！可是，師父，眞正的商人是講禮義廉恥的！」他忽然想起他此前在巴黎有過的思考，那是關乎經商模式的理念，他對妻子說，他想成一家「四維儒商」，四維者，禮、義、廉、恥也……他還記得司馬遷《史記》上的話——「人棄我取，人取我與」，他還記得歐陽永叔《朋黨論》上的話——「所守者道義，所行者忠信，所惜者名節」。

南浦的集裝箱碼頭不就是一個「大實驗」的轉捩點嗎？碼頭頗有象徵性，迎來送往，迎新送舊，一手托著內陸，一手托著海外，有轉運之義，是的，經商如同角逐，最後的勝負取決於商人品位的高低。啊，可以用蒼龍旗下韓三角港口有限公司的名義……

他又是一酹一飲，一酹一飲，過三巡，又說話了：「師父，換一泡吧！黃枝香怎麼樣？哦，師父想喝大紅袍！我帶著呢！這種茶如今不大時興了……哦，是的，人不能忘舊！」他換了大紅袍，同樣一酹一飲，一酹一飲，以茶當酒，望幻邀虛。

「師父，我一想起來，心裡就難受啊！我這一生遇見過多少好人，絕好絕好的人，師父你，郭姐，莫大哥……可你們都走了！世上最痛苦的事未必都是有冤不得伸，有仇不得報，倒是熬過苦難之後報恩無門！現在誰來同我共享成功的果實？不，我不該享有！是你們的生命換來了這份成功！師父，你現出你的金身吧！我想見你！我想見你……」

四圍靜悄悄，只有疾徐的風，偶爾「唧唧唧唧」的蟲鳴。他望著夜空，星星忽閃忽閃，乍有乍無；他望著夜海，航標忽閃忽閃，或明或滅。他想起師父黑夜裡抽水煙的情景，那燃燒的煙鍋也是忽閃忽閃，時隱時現。天地間只有這三種閃光最美好，它鑿空了沉沉夜幕，透露出希望的信息。他不由看看祭台上的煙筒，這是一種野嶺上的山柑桿子做成的奇特煙具，雖然不是珠江三角洲的那種水煙筒，到底差近，而且現在已經很難見到了，虧得耕濤鎮上還有出售。他正在暗自慶幸，忽然想起忘了帶紙撚了！紙撚此地叫紙媒，用一種草紙搓成細長條，一端著火，慢慢燒著，點煙時候，嘴對著紙媒吹氣，吹氣有講究，氣出後急斂，「呼」的一聲，隨出一蕊火焰，以此點煙。師父用慣了紙媒，可現在根本見不到紙媒了。用火柴替代吧，他取出一盒火柴，供上了祭台。

他端詳著這盒火柴，火柴盒漸漸變大，變成龐然大物，呀，是集裝箱！千百個集裝箱，在南浦港碼頭上列隊，每一個集裝箱的右上角都有一條騰飛的蒼龍，那是公司的標誌，韓三角港口有限公司原本在蒼龍旗下……

早過了子時，後半夜了！他靠在墳埕一側，閉目養神，恍惚間，這些千年巨石緩緩移動著，周圍的草木也跟著晃動起來，莫非地震？他站了起來，想看個究竟，巨石卻靜止了。他無意回頭，嚇了一跳，三十六隻石獅子不見了，卻隱隱聽見沉悶的吼聲。他尋聲行去，來到一處可以稱作壩的地方，一群獅子正在那裡玩耍，就像過年時候老百姓耍獅子那樣，忽高忽低，忽前忽後，呀！如果不是親眼得見，怎麼會相信海陬人的傳說？他看呆了。忽然，有一隻獅子發現了他，狂奔而來，他慌了，跑是跑不掉的，乾脆閉起眼睛……一陣風聲過後，沒有動靜，他睜眼一看，那隻獅子蹲在他面前，很馴服的樣子，他不再害怕了，也看看這隻獅子，它的鼻子不是扁的是直的！他突然悟到了，這是他雕刻的獅子！記得當年師父說，這不是獅鼻子，倒像是人鼻子，可又沒法改了。他辯解說，鼻子直一點，也是獅子，也能打敗老虎。師父笑了，那就給它起個名，叫勝虎吧！他想到這裡，脫口而出：「勝虎！」這獅子趕緊偎在他身上。他撫摸著勝虎的頭，發現他頭上多了一塊墨綠色的痣。

「勝虎！」分明是遠處的呼喚聲。勝虎一聽趕緊跑入獅群。他抬頭一看，遠遠的巨岩上站著一個人，忽閃忽閃的光點，「咕嚕嚕」的水音，是師父！他驚喜萬分，心想，我還以為師父不在了，原來師父還活著！哦，阿娥呢？金水呢？「師父！」他喊著，卻喊不出聲音，他跑著，卻邁不開腳步。師父看著他，似乎沒有表情，一會兒，慢慢舉起手來，在眼睛部位左右劃著，又在鼻子部位上下劃著，他看著師父的動作，茫然莫解，「師父……」師父卻模糊起來，連同這些獅子……

他恍恍惚惚，心「突突突」遽跳著，他定一定神，眼前還是黛色的石，連綿的山！他清清楚楚記著師父的手勢，又是一個啞謎？他琢磨了半天也猜不透，看看天色已經蒙蒙亮，近山鳥叫，遠村雞啼。他從墳埕走到牌坊，又從牌坊走回墳埕，就在墓道上來回走著，置身於石獅子之林……「獅子林」！他忽然停步，他悟到了，那是一句禪語，叫「眼橫鼻直」！彷彿是古代蘇州獅子林禪寺的禪師說的，意思是說，佛法本來沒有什麼玄妙，只要各人知道眼睛是橫著的、鼻子是直著的就完事了。他感到一種莫名的疲乏，靠在一隻石獅子身上，下意識地撫摸著這隻石獅子，呀！它正是勝虎！他重新仔細觀察勝虎，突然驚叫起來，勝虎頭上有一塊青苔！

當他下山的時候，他覺得自己變了一個人，不是去過爛柯山的樵夫，就是去過桃花源的漁人。直到陳華夏把他接回「金海灣」，他還在參悟「眼橫鼻直」。

他吃過午飯，洗完澡，睡了一覺，精神恢復了，坐沙發上抽煙、讀報。篤！篤篤！輕輕的敲門聲響。他覺得奇怪，有門鈴不用？又是輕輕的敲門聲，節奏分明：篤！篤篤！他心中一震，這是廢棄多年的暗號，難道是她？他遲疑著，走去開門。

來人閃身進屋，又急急關門，摘下寬邊草帽，露出眞容，正是她——楊碧君！

陳奇木看著眼前這個女人，這張臉變大了，不再是瓜子臉，臉上網著淡淡的蛛絲，不再是吹彈得破，與當年的她，與今天的曲易木，判若二人，除了輪廓，只有眼神彷彿當年。二十年來，他無數次想起這個女人，愛她又恨她，看人家謝丹菊可以跟著姚乃剛跑到南浦，你爲什麼投入曲鐵柱的懷抱？可當他冷靜下來，他發現有恨恰恰說明自己還在愛著，所以抹不掉她的影像，他又反省自己，爲什麼不能設身處地替她想想呢？她能跟我一起跑到香港嗎？……此刻，他想起前天的事，我能容得下曲鐵柱，爲什麼容不下自己刻骨銘心愛過的人？他默默低下頭來。

從楊碧君眼裡看來，陳奇木臉上沒有大變化，頭髮依舊濃密而烏黑，啊，永不更易的是他的神情，那獨特的自信的神情，任他如何喬裝改扮，她都認得出來！二十年來，她也無數次想起從前的濃情蜜意，只有傷懷，只有落淚，她怨恨命運的撥弄，她是潮汕女人，今生今世只能跟著曲鐵柱，那份深藏著的愛只能寄向來生來世……這些天世情的變化太突然了，這世上與她最有關聯的兩個敵對的男人居然走到一處，她心上的陳奇木竟然對她身邊的曲鐵柱大發善心，爲什麼？她自命瞭解陳奇木，這是一種獨特的報復！這個結只有她能解開。她的愛向著當年的阿木哥，阿木哥呀，你的命如今厚重了，你的胸懷也應該寬闊才是！碧君願意你永遠是當年的阿木哥！她考慮再三，終於草帽遮顏來到「金海灣」。

「我來這裡是有求於你。」

「求我？」陳奇木茫然莫解。

楊碧君點點頭，開門見山：「求你不要報復曲鐵柱，這樣做對你自己並不好！」

「報復？」陳奇木感到意外。

「是報復！你用一種與眾不同的手段在報復他，那就是金錢的羞辱。」

陳奇木明白了，他的好心連同創意被扭曲了，而且是被他愛過的人扭曲了！他沉默著，只一瞬間，二十年前的愛飛向九霄雲外。

「因爲你富了，他窮了！你讓他當石雕廠的總經理，名義上很好聽，實際上他是你手下的雇員，你可以騎在他的頭上發號施令，而且可以隨時炒他的魷魚！你的意思很明白，你要把從前的上下關係顛倒過來，你要讓他嘗嘗你從前嘗過的滋味！他從前用的是權，你現在用的是錢，他從前是明來，你現在是暗做，你比他更巧妙！」

半晌，陳奇木問了一句：「曲鐵柱也這樣認爲？」

楊碧君搖搖頭：「他很高興。唉，這正是他的愚蠢，也是他的悲哀！可這也恰恰說明，他雖然粗野，也曾經梟橫，但是他並不奸詐！他懷著對你的感激之情落入你的圈套！在南浦這個地方，只有我最瞭解你！你對曲鐵柱有一種刻骨銘心的怨毒！現在，你把怨毒變成行動了。」

陳奇木心中的愛飛走了，禪機佛性也飛走了，他默然無語。

看著陳奇木一言不發，楊碧君口氣緩和下來：「你已經成功了，你還會有更大的成功，你不應該有這樣的心胸。」

陳奇木依然沉默，他的心受到無法理喻的傷害。

「難道我說錯了？」

陳奇木不願回答，逕自走到窗前。

少頃，楊碧君拿起寬邊草帽……

「別走！」陳奇木忽然轉過身來，抑制著內心的忿懣，「我承認，我對他是有一種怨毒。在我成爲盲流的時候，在我強迫勞改的時候，在我九死一生逃跑的時候……不，還有！在我被囚禁在越南監獄滿身血污的時候，在我傾家蕩產淪爲難民走向巴黎十三區的時候！儘管我知道那應該歸咎於一個無法抗爭的時勢，但悲劇畢竟也假借了曲鐵柱的手！我失去了政治生命，失去了溫馨的家，失去了夢寐中的愛人……」他哽咽著。

她不由自主低聲飲泣。

「……不錯，我確實有過報復的想法，我甚至想殺了他，我寧肯自己被殺頭！但是，挫折滋養了我，苦難造就了我！我的生活目標不是清理舊帳，是創造新天地！我不願意爲了清理舊帳，自己畫地爲牢，浪費了有限的生命。啊，我也告訴你，我有我自己的行爲方式，我不理會別人是理解還是誤解！」

她抬起頭來，嘴巴動了動，卻沒說出話來。

他似乎平靜下來：「只爲葉落歸根的情結，我希望有生之年能夠回到家鄉。當我一腳踏入家鄉的土地，從前的恩恩怨怨便越來越模糊，最終消逝了……」

「家鄉的人歡迎你，以你爲榮……」

陳奇木沒有理會，似乎禪理又回到心中，他彷彿自語：「曉得『眼橫鼻直』就夠了，該怎麼做就怎麼做吧。」他轉向楊碧君：「我和你丈夫到了海陬，不知道他跟你講沒講過鍾老漢一家人？」

楊碧君點點頭：「這家人很慘……」

「鍾師父是我的恩人，我內心浸滿淚水，僅僅因爲鍾家，我也要爲家鄉盡一份孝心，一份力量！這次到海陬，我發現本來富庶的潮汕家鄉，從前竟是拿著金盆去討飯！就在海陬那樣的小地方，村後是大石山，有取之不盡的花崗岩，門前是大海，有用之不竭的漁鹽資源，更有鍾家父女那樣俠骨義腸，而且身懷絕藝的人物，海陬沒有理由窮，海陬應該富，海陬人應該生活得好，生活得光彩！至於我和曲鐵柱之間的絲恩髮怨，早已隨著韓江，流向南海，無影無蹤了！」

楊碧君望著一臉正氣的陳奇木，惶惑起來：「請原諒我！我錯怪你了！整整過了二十年，我才眞正理解你！」

「謝謝你的理解。」

飛去的，又飛回來了，是二十年前的舊情。

「你知道嗎？這些年來，你一直在我心中！」女人到底鍾情。

陳奇木轉過身來，沒有說話，楊碧君迎上前去，閉上眼睛……

陽台上，陳奇木望著楊碧君急行的身影漸漸消逝。他慢慢踱回屋內，無意發現地上的寬邊草帽，他取過草帽，輕輕地撫摸著，捫弄著……

6 集裝箱碼頭

寒來暑往，一年又一年。

這次，陳奇木從香港來到南浦。南浦集裝箱碼頭是他「四維儒商」的實驗基地。當初他與黃東曉簽了合同，又得到蔡怒飛的大力協作，集裝箱碼頭順利建成。投入使用一年來，吞吐量成倍增長，眼下已經突破十萬標箱，果真起到了沿海樞紐港的作用。陳奇木旗下的柯總經理說出了豪言壯語：「壟斷創造效率！我們的使命是致力於直航航線的開闢，並不滿足於近洋航線的經營，在條件成熟的情況下，我們開闢遠洋航線的計畫將水到渠成。」而陳奇木本人看重的是他的實驗能否開花結果，目前正在過程中。

時光荏苒，不覺一個多月過去，陳奇木明天要回巴黎了。南浦有關部門派人派車安排他遊覽潮州，倘若安排不到位，科股長們將無法向上級交代，陳奇木見他們說得懇切，只好答應。

蔡怒飛聽知便來作陪，他已回歸「銀曼」，據說是上面來了文件，官員不得從商，「下海」與「從政」擇一而事，蔡怒飛選擇了前者。

曲鐵柱得知消息，也找蔡怒飛商量，二人決定人各半天陪同出行。曲鐵柱是旅遊局的老領導，和潮州關係甚佳，又恰好怒飛上午臨時有事，分身不得，潮州之旅便由他負責。

小轎車一路奔馳，一行人來到開元寺。寺前，狹窄的空場，停著幾輛小車。行人與單車爭道，差點捋袖揎拳。幾個皖籍乞丐糾纏著施主。小轎車騰挪良久，方得停妥。陳奇木、曲鐵柱等人剛一下車，這幫不挑肥揀瘦的自由人、諳熟韓信點兵法的實踐家，馬上如影隨形，如響效聲，更如蜂釀蜜、蠅爭血，嗡嗡營營圍了上來。陳奇木似項王之困垓下，幸有曲鐵柱殺入重圍，若秦叔寶之救秦王李世民，陳奇木這才入得故唐開元年間建造的這座大廟。皖籍乞丐窮追不捨。潮州的陪同人員見狀怒喝：「走走走走走！」一口氣五個疊字，連推帶搡，轟趕失了勢的朱皇帝的同鄉。落魄的朱洪武們雖說鳳凰無毛不如雞，倒也留得一張鐵嘴：「你橫眉立目轟我們幹什麼？我們討我們的，你們討你們的，誰也不礙誰的事！」

路人聞言一愣怔，隨即轟然大笑。

曲鐵柱低聲罵了一句：「他娘的！」與陪同人員一起悻悻入寺。

幾個鐘頭後，陳奇木與蔡怒飛及汕頭的陪同人員出現在蟹嶼鎮上。

雖然集裝箱碼頭就在蟹嶼，距離小鎮仍有相當路途。望著海上往來的船隻，陳奇木感慨萬千。這個曾經叫他希望破滅的地方如今大變樣了！除了原先的水月庵，擴建了的船塢，又多了些賓館、酒樓、海濱浴場、度假村、神奇宮、南海樂園，還有興建中的高爾夫球場。他草草逛了一圈，來到石洞，這洞如今有了名號，叫「石府洞天」，算是一景。

陳奇木曾聽說這裡是海盜的藏金窟，如今一看倒成了有閒人的銷金窟。「石府」門前，有慣見的兜售贗品假貨的各種小攤，有射擊、投沙包、套圈等遊戲攤，有科技新產品電子算命攤，有明是體育暗爲賭博的撞球攤，球手多赤膊，或因天氣，或因心火，自然，小食攤、水果攤之類，與口腹有關，更不可少。「洞天」裡面，氣象又大不同！有一個魔幻宮，據說專門製造恐怖，女郎不敢單獨闖關，須有男士陪著，一旦恐怖到來，女郎便尖叫著往男士身上一倒，男士於是救美，特有英雄感；有一個遊藝室，分裡外兩間，外間是「魂鬥羅」、「赤色要塞」、「坦克大戰」之類，裡間是擅長吃錢的「老虎機」；有一個錄影廳，正放著錄影，不知放些什麼；有一個健身房，各種器械似乎很不少，瘦人幾位，在那裡齜牙咧嘴；叫人嘖嘖稱奇的是洞中竟然有桑拿浴室，還有足浴，還有按摩——中式按摩，泰式按摩……因為時間緊迫，不能窮盡「洞天」之美。陳奇木出了石洞，還在納悶，那些污水怎麼排放？蔡怒飛不能回答，但他肯定裡邊不會有污水處理裝置，大概只好就地藏與納了。

一行人正要上車，突然跑來一個求乞的小女孩，肥大的衣服，骯髒的臉。她看著陳奇木，只伸手，不說話。陳奇木驀地一驚，這是一張熟悉的臉，梳洗後會很俏麗的臉！他彎下身來，和藹地問：「你叫什麼名字？」

小女孩竟有些靦腆：「我不告訴你！」

蔡怒飛湊過來：「你不說就不給你錢。」

小女孩咬著嘴唇：「叫阿細。」

這小名表明她是家中最小的孩子，當然，也可能長得瘦小。

陳奇木又問：「姓什麼？」

小女孩看著鈔票：「姓金。」

「你阿爸叫什麼？」

小女孩彷彿有受騙的感覺，轉身走了。陳奇木追過去，把一元鈔票給了她。小女孩似乎在回報：

「我阿爸叫金水。」

「金水？」陳奇木驚叫了一聲，抱過小女孩，「你阿爸在哪兒？」

「老了。」

在此地，「老了」就是「死了」，陳奇木腦袋裡「嗡」的一下，懵了，是馬達轟鳴聲，「嘎嘎嘎」水鳥叫聲，「夜昏東，眠起北」的口訣聲……

「你阿媽呢？你阿媽叫什麼？」是蔡怒飛在問。

「我媽叫阿娥，吶，就在那兒！」小女孩小髒手一指，不遠處有個邋遢的女人正在向遊客行乞。

小女孩掙開陳奇木，跑了過去，高聲喊著：「阿媽！個銀（一元錢）！個銀！」

陳奇木追了過去，果然是她！鍾阿娥！他登過報紙，尋人啓事，一直沒有下落，他幾乎絕望，啊，當年尋找郭姐，還有一個冒牌的郭子，給他一個虛玄的慰藉，而今天的阿娥在哪兒呀？想不到阿娥竟以這樣一種姿態出現在他面前……他顫抖著叫了一聲：「阿娥！」

阿娥瞪著眼睛，似乎在看稀有動物：「你是乜人（什麼人）？」

「你不認識我了？我是陳奇木！阿木！」

阿娥端詳著陳奇木，竭力追尋遼遠而淡薄的記憶，半晌，她忽然喊了起來：「嘩！阿木哥，大番客了！發大財呀！富死呀！」她急忙走到小轎車跟前，摸一摸鋥亮的車身，又叫了起來：「這只『烏龜殼』雅死，是你的吧？是從暹羅開來的吧？」她看了看蔡怒飛一行人，神秘地低語：「他們是你的保鏢吧？哎，是得雇呀！這裡來了好多北佬、外省仔，梟橫死，凶死呀！專搶有錢人，他們一大幫，有刀，還有槍哩！」她又端詳著陳奇木，看他一身富貴氣，打著響舌：「嘖嘖，阿木哥，富、雅、賢，你占全了！」她忽然四顧，又有新發現：「阿太沒有一起來，她還唱戲？唱戲有乜用（什麼用）？不用唱了！哦，我知，我知，你是娶了番姿娘了！哈哈哈哈哈！阿木，阿木，風流仔弟呀！」

陳奇木想不到阿娥成了這個樣子，只有模樣還依稀幾分略似。苦淚在他心裡流，不知道該怎麼好，他掏出身上的零錢，足有一千元鈔票，正遞過去，阿娥迫不及待一把抓了過來，手沾唾沫一張張數著，興高采烈：「哇！這麼多呀！」趕緊藏進內衣暗兜裡，拉著小女兒奪路欲走。

「阿娥……」陳奇木止不住落淚，哽咽著。

阿娥驚異地睜大眼睛：「阿木哥，你做呢耶（爲什麼）？大富人，也流目汁（眼淚）？」

「你等等！」陳奇木拭淚，走進小轎車。

蔡怒飛估計他還想送錢，急忙招呼民警轟趕阿娥。阿娥並不知道陳奇木還想送錢，她懂得見好就收，對民警一鞠躬，拉著小女兒急忙跑了，有財不能露眼啊，還不趕緊離開石洞、離開蟹嶼！等到陳奇木下車，阿娥早沒影了。陳奇木登時大怒，衝著蔡怒飛嚷嚷：「你怎麼把她趕走呢？」

民警走到陳奇木面前，敬上一禮：「先生，是我把她趕走的！此地不准乞討！」

陳奇木辯解：「她不是乞丐，是我的恩人……」

民警感到莫名其妙。

蔡怒飛和陪同人員扶陳奇木上車：「有話車上說！」

小轎車一溜煙走了。陳奇木上得車來，一言不發。蔡怒飛同他搭話，他也不理睬。

「阿木哥，我知道你心裡難受，我理解你！可是你不能這樣做。難道你看不出來嗎？她已經不是從前的阿娥，她變了，她自己當乞丐，還叫女兒當小乞丐！」

「她是變了……可她是怎麼變的？是我連累了她，是我害了她呀！」陳奇木痛苦地低著頭，「不，不，我要讓她變過來……」

「你怎麼讓她變過來?用錢嗎?」

「那……你說用什麼?」

「幹活!」蔡怒飛又補充,「誰都得打工吃飯!」

「她怕是不肯了!」陳奇木似乎深知乞丐的習性,「你有辦法?」

「我剛才想,讓海陬村長把她領回去,請老曲破格收留她。她是鍾老漢的女兒,她不會不懂石雕……」

「嗯,她懂點,她雕刻過。」

「你看這樣做怎麼樣?」

陳奇木點點頭:「我明天要回巴黎,這事就託付你了!」

「你放心吧!哦,下次什麼時候來?」

「中秋吧!團圓節,拜月娘,全家都來。」

「好!正好南浦中秋又有聯誼活動!」

小轎車繼續在海岸奔馳。

蔡怒飛閉起眼睛,昏昏欲睡;陳奇木卻滿腦子阿娥,略無倦意。

忽然間,前面海邊驚現一個小碼頭,正在卸貨,他思索著,什麼碼頭?小轎車繼續行進,又出現一個又一個小碼頭,他感到問題有些嚴重了,急急叫司機停車。

「怒飛,我和黃東曉主任簽署的合同裡規定,為保障『蒼龍韓三角』的收益,蟹嶼五年內不得新建碼頭的呀!」

「嗯。」

陳奇木拉著蔡怒飛前去看看究竟。

小碼頭的打工仔對陳奇木的問話不感興趣，工頭走過來，一聽問話更不以爲然。

「小碼頭也就是『小小貓，跳跳跳』，省城話講『濕濕碎』啦，哪兒比得上人家『韓三角』！老渡把大錢都賺走了！」

「老杜？誰是老杜？」陳奇木問。

「老渡，老偷渡犯嘛！」

陳奇木一聽語塞。他早已不理會什麼偷渡不偷渡了，他滿腦子只有合同！怎麼可以這樣做生意呢？信用是最起碼的社會契約，合同簽過也就一年，怎麼可以……當然，他犯不上跟小工頭們生氣。

「上車吧！」蔡怒飛催促著。

翌日，陳奇木不回巴黎了，他找到黃東曉。黃東曉在特區辦公室還保留著一張桌子，時不時來坐一坐，因爲市委關照他，當個無榮銜的顧問，把新班子扶上馬，再送一程。陳奇木把多方搜集的情況和盤托出。黃東曉好半天沒有言語，當他聽到這些小碼頭都有政府頒發的營業執照，而且這些執照無一不是行賄搞掂的，他開始汗顏了，以他的經驗判斷，情況多半屬實，他不便立時表態，對著明擺著的事實，他違心地推託：「我離休了……」

看著陳奇木遠去的背影，他心生愧疚，一拳砸在桌子上，是我同他簽的合同啊！我能夠一推了事嗎？這合同具有法律效應，他可以打官司的呀！南浦要賠償他的損失……幹這種無理勾當的是頂替蔡怒飛的張寰，這個張寰在深圳當副市長，出了經濟問題，還有權色醜聞，狼狽下台，調到南浦，降職使用，來的時候還是我同他談的話……

「……老張呀，集裝箱碼頭的事怕是不合適吧？當初是我跟陳奇木簽的合同，寫的是五年內蟹嶼不得建新碼頭，考慮到將來發展，就是建的話，也得好好規劃，『小、土、群』可不行，只能添亂……」

「老領導，現在情況不同了嘛！」電話裡的對方根本不想聽老領導的話，「特區建設的步伐不能受制於一張紙啊！這是形勢發展的需要！發展經濟需要競爭，不是壟斷，我們不能搞強制性的貨源集併，而且是集併給外商！」

「老張呀，不是那樣的，合資搞建設，合同要遵守，這是一；便說競爭，也要有序，變成內耗，就會流失貨源，這是二；將來大發展，達成共識，清晰定位，同樣要防止同質化競爭，程序公正，專項立法……」

「老領導，別著急上火，你眞是離而不休呀，還要多多保重身體，健康第一。」

對方掛斷了電話。

如此無禮！這個人！他忽然想起他見過這個人與翁財旺一起打過高爾夫，私下關係很不錯，而翁財旺呢，黨校畢業了，聽說要回汕頭，肯定是提升……這官場錯綜複雜呀！他歎了一口氣，忽又想起一則民間幽默，問，一個東西剛剛挨了一棒，沉入水中，過一會兒在不遠處穿著馬甲又探出頭來，是什麼？答，烏龜……錯！是犯錯免職又調任異地的官員。黃東曉自家「噗嗤」一樂，這些年來，他練得幾分「納氣」了，可是再怎麼超脫，他仍無顏面對陳奇木。

陳奇木以大舅子身分急急來到蔡怒飛的私宅，他失望地告知了蔡怒飛，蔡怒飛當然心中有數，卻半天無語，這個蔡怒飛倒比黃東曉沉穩……

「眞想不到！想不到！」陳奇木嘮叨著，「那些小碼頭是政府審批的，政府怎麼可以出爾反爾……」

蔡怒飛聊充和事老：「這些年來大陸變化挺大，有變好的，也有變糟的，情況你不大瞭解，說句難聽話，在官場裡混的沒有幾個是好東西！所以我下海了。眼下，黃伯伯離休了，我爸爸也離休了，你找誰去？」

陳奇木低垂著頭：「眞想不到……」

好半天，蔡怒飛悠悠地說，顯得有些詭秘：「有一個辦法，你肯不肯幹？」

「什麼辦法？」

蔡怒飛做出點票子的動作。

陳奇木不言語了，腦袋裡轟然一聲巨響，他懂！他什麼不懂？

……是暹羅的沙美島吧？海灘上的細沙如珠粉似玉屑，陳奇木和已經當上貿易部副部長的乃利猜仰臥著曬太陽，他剛剛知道乃利猜的祖上也是潮州人，本姓余，潮州黃岡人，他不無逢迎地套著近乎，彷彿同鄉一般的稔熟，就在那天晚上，他悄悄往乃利猜的皮包裡塞進一個數量可觀的大紅包，因爲那天下午他得到了乃利猜親筆簽署的通行證，第二天他得知乃利猜不辭而別，人家畢竟是政府官員，來如風，去如雨，他滿懷喜悅準備上路，忽然發現自己的皮包裡躺著一個大紅包，一數，分毫不差，他傻了，泰國官場向來以貪腐著稱的喲，乃利猜是個例外……

陳奇木眼望著天花板，這裡不是天天在講「兩個文明」嗎？我還以爲如今風氣好了呢！他忽然生出莫名的失落感……

「說實話，某些方面比之從前，更有過之！大家都這麼幹著，習以爲常，你不幹就等著倒楣吧！當今沒有這個東西就辦不成事！」蔡怒飛果然很有體會，「我認識一位縣委書記，當年北京農業大學畢業的，從技術員幹到提幹，連公家信封信紙都不占，潔身自好，老百姓也誇，可結果呢，兩代人住兩居室不說，兒子硬是找不到工作！」

是的，是我自己把家鄉理想化了！這個地方，不會因爲是我的家鄉就變得比其他地方好一些。我太一廂情願了！所以家鄉要給我當頭一棒！

「這個張寰，是我的繼任，從深圳調來，有前科，喜好RMB！」

陳奇木點點頭。

「在你們香港，這種事也不是沒有！」

「嗯，別說香港，法國、美國都有，不過……」

「我知道你的『不過』是什麼意思，你會說，不過人家有遏制貪腐的機制，比如議會、司法，還有陽光法案什麼的，可你別忘了這是在大陸，這裡叫『中國特色』，有兩個字如同菜籃子，什麼東西都可以往裡扔……」

「哪兩個字？」

「國情！」蔡老總說來特輕鬆，「我的大舅呀，既然比比皆是，何妨一試？恐怕只有這樣，才能夠盤活一局棋……」

陳奇木驚異地看著蔡怒飛，皺眉又閉眼，他心動了。

蔡怒飛壓低了聲音：「我把話說徹底了吧，經濟上可以開放搞活，體制永遠是一堵高牆！他張寰本人算不得什麼，需要就上，不需要就下，可他也是高牆裡的一塊磚！與其打他，不如拉他……」

陳奇木信服地點點頭。

7 中秋

這一年的中秋節，南浦陳、林、蔡三家似乎要大團圓了！陳家的新居已經進住，番客嬸的生壙也早建成，陳華夏與林明子已經訂婚，邢伯和邢茉莉即將到來；林家的老二建華分得一套一室一廳，鑫廬也裝修了，聽說林海文又應邀來汕頭參加一個學術會議，妻子蔡鶩隨同回南浦探親；蔡家的蔡怒飛夫婦上了富豪榜，又在南浦開發房地產，大姐蔡霞新調南浦醫院，最風光的是大姐夫翁財旺，省黨校畢業後升任汕頭市委書記，據稱，豈止是汕頭第一人，還是省裡最有人脈的「新秀」……三家人從南浦走出去，又回到南浦來。只有蔡方蘇和方淑雲老兩口離退休後依然住在原先的房子，不過離南浦也就是幾里路。

公寓樓前有一片綠地，三五退休者在做晨課，或練氣功，或習武術，構成這座現代都市的一道風景線。方淑雲打著太極拳，觀其套路和推手，已非一日之功，從手法、步法，特別是從架式、勁式看來，似習孫派，綳、擠、按、採，柔和緩慢，貫串圓活……黃東曉拖著一條微瘸的腿，慢慢走來，遠遠駐足。方淑雲收功，用手指著樓上，點了點頭。黃東曉向樓門走去。

樓上室內，蔡方蘇在練書法，非顏非柳，聽到門鈴聲響，匆匆擱筆，前去開門。黃東曉入室，也不招呼，望筆墨紙硯而來。他端詳著墨蹟未乾的「大好風光」四個大字，誇獎著：「大有長進啊！端莊雄渾，氣勢開張，頗得顏魯公神韻……」

「瞎吹！一會兒該說鐵畫銀鉤，書中鍾王了！」蔡方蘇嘴上這樣說著，心裡卻美不滋滋，眼睛不由得瞟了一眼自己的大作；但他畢竟有自知之明，他知道老朋友多半是在鼓勵他，便歎了一口氣，「小時候不聽大人管教，偷懶，這書法沒有童子功，到底不成……」

「嘿，字無百日工夫，現在沒有童子功的書法家多得是！有些人，大小是個官兒，到處題字，滿街送人，那字呀，邪、浮、俗、賴，全了，只配跑碼頭，擺地攤，可人家就是敢辦書法展覽，還出版成書呢！」

「大概不會是花自己的錢吧？」蔡方蘇笑了起來，「嘿，寫字可是硬工夫，不是誰當官誰的字就寫得好！」

黃東曉一聽開懷大笑，離休後的蔡方蘇似乎也敢說怪話了，二人對著四字評頭論足，其樂也融融。

方淑雲開門，走了進來，二人渾然無覺。

「這個『光』字最後一筆走了神了……」

「這得怨你！」

「嘿，和我有什麼相干？」

「你一按門鈴，我就走神了！」

「得！泅不過河怨小二哥擋水！」

「瞧你這老革命盡說粗話！」方淑雲冷不丁插嘴。

黃東曉發現方淑雲，趕緊抱拳致歉。

「這算什麼粗話！哎，你們韓江詩社最近有活動嗎？」蔡方蘇問。

「我介紹你入韓江詩社怎麼樣？」黃東曉顯然是老資格的詩社社員了。

「我哪兒夠格呀！再說，你們遇事有詩，逢節有詩，參觀也詩，開會也詩，我可跟不上！我已經幾十年不摸那玩藝兒了！」蔡方蘇直搖頭。

「現在離休了，正好摸它！」

蔡方蘇把紙筆攤在黃東曉面前：「你先摸個榜樣讓我看看！」

「讓我獻醜？嘿，我這人呀，還就是不怕丟醜！好！我贈你一副對聯吧！」黃東曉提起筆來，略加思索，揮毫寫下一聯，瀟灑地擲筆。

任老子婆娑風月，

看兒曹整頓乾坤。

蔡方蘇讀罷聯語：「好！好！東曉你眞行，超過曹子建了，不是七步才，是七秒才！」

黃東曉哈哈大笑：「是偷古人的成句，我哪裡有這樣的快才！」

方淑雲也笑著說：「不沖工夫茶了？」

「沖！沖！」二人異口同聲。

蔡方蘇搬出一套工夫茶具。

「我來沖！」黃東曉反客爲主，他一看茶具，大吃一驚：「呵，這麼高級！新瓷都！潮州楓溪出的……太精緻了！方蘇，怕不是買的吧？就你那點工資！」

一聽這話，蔡方蘇顯出幾分尷尬。

黃東曉似乎很不顧惜老朋友情面，半眞半假地開著玩笑：「準是什麼人孝敬老書記的吧？」

方淑雲頗爲不滿，嘲諷著：「老黃呀，你是汕頭第一清官吧？」

黃東曉笑了起來：「哦，不敢不敢！」

蔡方蘇解釋著：「是人家送給財旺的，蔡霞拿了來。」

「財旺……」黃東曉點點頭，欲言又止。

三人無語，喝起工夫茶來。

翁財旺當上市委書記，工夫茶具算個毬蛋！聽說他收集的玉器、青瓷和名人字畫那才叫寶貝呢！說來眞叫邪性，也許其間有奧妙，誰知道呢，買進來時候分明是贗品，經過行家法眼鑒定，竟然是眞傢伙，一脫手賺了幾百萬！據說古玩界有不成文的法規，玩意兒一經賣出，不退不換，不開發票，不留記錄，或賺或賠，都是天生的運氣！翁財旺的工資不算很高，卻多有稿酬，他的書法與金石的工夫十分了得，他爲官場人士、商界名流題字刻章，隨著官階的遞進，潤筆一路飆升。當然，也有嫉妒他的，就在官場，也編排了不少流言蜚語，諸如送禮進貢、權錢交易乃至桃色事件，有鼻子有眼，方淑雲忿忿然，衰！那都是紅眼病！

「哦，聽說省裡好幾個頭頭都誇翁財旺……」

未等黃東曉說完，方淑雲急忙插嘴：「誇財旺什麼？」透出來丈母娘疼姑爺——實打實！

「誇他刀法好。」

「怎麼？領導病了？財旺給領導做手術了？」

黃東曉笑著搖頭。

「哦！我弄錯了！一定是吃飯時候，財旺露手藝了！他不管切肉切菜，刀法很不錯的！」方淑雲做了個動作，以爲示範。

「不，是篆刻的刀法。他給頭頭們刻圖章。」

「哦，是刻圖章……」方淑雲尷尬地笑笑。

蔡方蘇卻笑不出來。

黃東曉對翁財旺不過是善意的調侃，無傷大雅；翁財旺眼下的動作卻將使不少人狼狽不堪。其間也包括黃東曉，也將頗爲尷尬。當然，翁財旺主觀上絕無叫老游擊隊長難看的意圖，只是爲了打狼免不了要碰碰羊犄角！到底咋回事？黃東曉還蒙在鼓裡呢。

一樁海關賄賂案發生了。一方主角是鉅賈陳森（陳奇木），另一方是南浦書記張寰與南浦海關關長及以下處長多名。事件其實很簡單，陳森行賄，數額高達百萬，要求保護其集裝箱碼頭收益；張寰等人受賄，對南浦碼頭進行強制性貨源集併，以保障陳森的收益。近日，中央批覆，省裡轉發，一個反腐倡廉的生動案例即將誕生，而市委書記翁財旺居功至偉。要想解讀這篇大塊文章，關鍵詞只二字，曰政績。

「哦，對了！怒飛和阿蘭約我中秋晚上到陳家新居去……」黃東曉重啓話題。

「去吧！一起去！」蔡方蘇努力表現出熱情。

中秋是個充滿吉祥和詩意的節日，因爲月團圓，所以人也希望團圓。這天晚飯後，林蔡兩家人陸陸續續到了陳家新居。

林海文和蔡鶯都不喜歡熱鬧，不願意早早去到陳家，便一起來到海濱長廊。只見草坪中有火星爆射，狀若火麒麟，原來是露天茶座。紅泥爐，木炭火，精巧的工夫茶具，鍍鉻的桌椅，四周點綴些蠟燭，既有一種祥和的氛圍，又有一種浪漫的情調。林海文和蔡鶯相視會心一笑，坐了下來，相對品飲工夫茶。

不知哪個茶座，有人輕聲唱起潮語方言歌《潮州工夫茶》：

潮州工夫茶，
一杯快平生。
濃勝葡萄液，
香飄四鄰家……

陳奇木因爲兒子和林明子陪邢伯和邢茉莉遊覽蟹嶼未歸，也來到這海濱長廊，許是被這種氛圍所吸引，他慢慢走著，忽然，他發現眼前這對中年男女與眾不同，看樣子都是有學問的人，像是夫妻，卻又很少說話，他定睛一看，像是林海文和蔡鷲，便試探著問：「請問先生是本地人嗎？」

林海文抬頭一看，彷彿陳奇木：「你貴姓……」

「我姓陳。」

「阿木！」

「阿文！」陳奇木轉過身來，「是阿鷲！」

「阿木哥，你好！」蔡鷲點頭致意。

陳奇木高喊：「夥計，換一包茶，要最好的！」

服務員走來，低聲：「這位先生，最好的一斤得上千哪！」

「哎，拿來就是！」

服務員諾諾連聲退下。

「阿文，我聽說你來開會，阿鷲也回來了，我叫阿蘭今晚一定要請到你們，沒想到在這裡遇上了！」

「一別二十多年了！」

「阿文，你一定也吃過不少苦！」

「能不吃苦嗎？哎，今天晚上就是賞月，月餅香茶！」

「好！」陳奇木說著，接過小銅壺，邊沖邊侃茶經，「要這樣沖，不能沖破『茶膽』。」他做著示範動作。

「阿木不但會做生意，沖茶也有一套呀！」

「當初在香港跟老泰山學的！他這輩子可活得瀟灑，第一是猜謎，第二是品茶！」陳奇木似乎驟來興致，「哎，阿文呀，這工夫茶裡邊有好多故事呢！」

「你講一個聽聽！」

「你想聽？阿鶩也想聽？」

「想聽！」

鄰近幾桌茶客饒有興味地往這邊瞧瞧。

「故事是老了點，可有新意呀！」陳奇木呷了一杯茶，慢慢講來：「從前潮州有個富翁，嗜好工夫茶。有一天，富翁正在喝茶，門外來了一個乞丐。這乞丐對富翁說，『聽說府上茶道很精，今天特來討一杯品嘗。』富翁一聽，哈哈大笑，『乞丐也懂茶道？』乞丐解釋，他原先也是富翁，因爲嗜茶破的家。富翁想了想，斟了一杯茶給他。這乞丐喝了茶，咂咂嘴，拔腿就走。富翁一把抓住，問他茶味如何。乞丐反問，說眞話還是說假話？」

「富翁當然叫他說眞話嘍！」鄰桌一個青年人插嘴。

「不錯，富翁是這麼說的。」

「那乞丐怎麼說？」青年人又插嘴。

「哎，聽人講嘛！」有人制止青年人。

陳奇木一笑：「乞丐說，『茶是好茶，但味道不能盡美！』富翁一聽，臉變長了……」

「嘿，人有錢了，就聽不得眞話。」又有人評論。

「乞丐說，『一定是新壺沖的茶！』富翁半信半疑，『這壺有那麼大學問？』乞丐笑著從懷裡掏出一把茶壺，說是傳家之寶，每逢外出，必帶此壺，人可以餓死，壺不能丟！富翁看那茶壺，普普通通，也沒什麼驚人的地方。乞丐說無妨試試。誰知一試，可不得了……」

「怎麼啦？」青年人急問。

「剛剛篩出，滿室飄香，才一沾唇，神清氣爽啊！富翁喜出望外，馬上要買壺。乞丐開始不肯，後來實在磨不過，就說，『不能全賣，只能賣一半。』富翁連連搖頭，『荒唐！荒唐！壺能劈開兩半賣嗎？』」

「這倒也是呀！」有人低聲嘀咕。

「乞丐說，『這壺價值一千兩銀子，你給我五百兩，我回去安排妻兒生計，然後再到你府上，和你品茗清談，共用此壺，怎麼樣？』富翁一聽，十分美事，又得到寶壺，又得到茶友，買賣成交了。從此二人成了至交……」

一個老者沉吟著：「這不是孟臣罐的故事嗎？」

林海文莞爾一笑：「阿木，你這個故事，《清稗類鈔》、《清朝野史大觀》都有記載，這個故事還有續篇呢！」

陳奇木一驚：「還有續篇？這可不知道。哎，你說說！」

茶客們也興奮起來，紛紛聚攏來：「先生，說吧！讓我們飽飽耳福！」

林海文看了看蔡鶩，彷彿得到默許，便打疊精神侃侃而談：「那個乞丐安排好妻兒生計，天天泡在富翁家，樂不思蜀。誰知樂極生悲，小偷探知他家秘密，趁他不在家，偷走了銀子，拍花賊又拐走了他的小兒子，他妻子無奈，棄家出走，下落不明。這下子乞丐著了急了！他自思自想，家破人亡都因爲嗜茶，於是，痛下決心，戒掉茶癮。可是，他除了品茶，沒有別的本事，一不能當官，二不能『下海』，品茶沒有出場費，不是大腕，更成不了大款……」

一聽這些新詞，大家都笑了。

「乞丐的老本行倒是輕車熟路，他又討飯去了。有一天，他討飯到了一個大戶人家門口，工夫茶的濃香撲鼻而來，一陣又一陣，把他戒掉的茶癮又勾了回來，思想鬥爭十分激烈，最後還是投降了茶癮。他厚著臉皮跟人家討了一杯茶。誰知茶一入口，他驚叫起來……」

「怎麼啦？」

「他向主人家討老婆！那主人一聽，氣死了，『給你茶喝已經夠賞你臉了，你還來情緒了，得寸進尺，得隴望蜀，登鼻子上臉，人心不足蛇吞象，小的們，給我打了出去！』乞丐趕緊說，『慢來慢來！敢問老爺，這茶是你自己沖的嗎？』那主人見問得奇怪，如實說，『是新來的女傭人沖的。』乞丐猛然大哭起來，『這個女傭人就是我老婆！全世界一百多個國家和地區，只有她沖得這手好茶！』主人驚疑不定，叫出女傭人，一認，果然是夫妻！」

茶客們開心大笑。

陳奇木笑著說：「這續篇怕是物理學家自己編出來的吧？物理學家可以改行寫電視劇了，來錢呀！」

林海文笑了：「不敢掠美！不敢掠美！我是從汕頭大學出的一本書上看來的，頂多算是改編。」

一位老者徐徐開言：「諸位不要以爲這是無稽之談！前一個故事是說工夫茶具十分要緊，所謂『未曾泡茶，先要養壺』，實在是至理名言；後一個故事是說工夫茶沖篩的工夫也是有學問的。我們潮汕工夫茶講究精、潔、和、思四個字，這是文化呀！茶道盛，國運興，茶道之中有國家氣象、民族精神的！」

摩托車聲由遠而近。

兩位騎士，一女一男，在人群中尋找。男騎士夾克衫，牛仔褲，英姿勃勃；女騎士披肩髮，花襯衫，牛仔褲，別一種嫵媚風流。二人來到茶座前，摘下頭盔，原來是蔡怒飛和陳奇蘭！

「看！都在這裡呢！」蔡怒飛高喊著。

陳奇木站起，付了款，又招呼一輛的士，與林海文夫婦上車走了。

陳家的新居是一座別墅式三層樓房。樓前寬敞的綠地上，有一座業已壘成的瓦塔。番客嬸和邢茉莉婆媳早已拜了月娘。此刻，樓上樓下多處擺放著各式月餅和柚子、林檎、紅柿、香蕉等水果，工夫茶一巡又一巡，「請！」「請！」禮讓之聲不絕於耳。陳、林、蔡三家老少咸集。邢伯和蔡方蘇、方淑雲可稱老年組，陳奇木、林海文、蔡怒飛是中年組，陳華夏、林明子是青年組，蔡家姐妹和陳奇蘭是婦女組，還有到處亂跑的孩子們，熙熙攘攘，鬧鬧烘烘。番客嬸由張青筠和邢茉莉陪著，她歲數最大，頗有老壽星的風光，她實在想不到黃藤苦刺也有開花時，她一直笑著，合不攏嘴。

小汽車聲響，翁財旺開車進院。他請來了黃東曉。

蔡方蘇迎上前去：「哎呀，我打了幾次電話請你你都不來，怒飛、阿蘭請你你也不來，看來還是財旺有辦法！」

黃東曉開著玩笑：「那是！書記！一把手嘛！我敢不來？再說，我剛剛聽說，保密！財旺又要……」

他做了個上揚的手勢，「不是說保密嗎？別問了！人家財旺書記禮賢下士，我敢不識抬舉？」

蔡霞自我感覺良好：「黃伯伯，看你說的！」

翁財旺談笑風生：「黃伯伯有幽默細胞，一定長壽！」

不知是誰喊了一聲：「燒瓦塔嘍！」於是，草坪上頓時歡騰起來。這座瓦塔有兩層樓高，整磚整瓦，標準柴草，煙火、鞭炮、海鹽無算。燃燒起來，果然壯觀，看它烈焰騰空，直欲與明月爭輝。

蔡鶯悄悄對林海文說：「我覺得這麼豪華的瓦塔，已經失去原生狀態，沒有當年那個味道了！」

林海文點點頭：「刻舟如何尋得劍？逝者如斯！」

這時，翁財旺指揮小保母端出香檳，他舉起一杯香檳，一一祝福，特別祝福黃東曉健康。

黃東曉也舉起酒杯，卻走到蔡鶯跟前：「今天中秋佳節，我特別祝阿鶯健康！」

座中除了邢伯和邢茉莉，誰都知道黃東曉祝酒的內涵。

蔡鶯熱淚盈眶：「黃伯伯，我祝你長壽！」

忽然間，蔡怒飛匆匆走來：「二姐，番客嬸摔倒了！怕是……」

「啊？」一座人慌了，紛紛返身進屋。

只有翁財旺在綠地上悠閒踱步，他摸出香煙，點燃，深吸一口，想起即將公布的「粵東第一案」，心裡覺得好笑，果然是王安石說得好，「不畏浮雲遮望眼，只緣身在最高層」，百年逐鹿也罷，千里鏖兵也罷，總在帷幄運籌之中，紅塵滾滾，人海茫茫，在決策者看來，浮生哀樂，遞嬗不過轉瞬！他把煙蒂扔進路旁的地漏裡，順便吐了一口痰，也返身進屋。

8 走出圓寨

天上的一輪慘白了。

團圓夜轉成嚎喪日！番客嬸這一跤不過是一個由頭，她應該算作無疾而終；然而，對於陳家來說，畢竟斷腸悲痛，好日子剛剛開頭，何以無福消受！說來也怪，新居在建之時，番客嬸心裡就沒了著落，終日提不起精神，說病又沒病，可吃不香、睡不著了，她捨不得「下山虎」的小「伸手」啊！眼看著大房子，敞亮亮，又空蕩蕩，華夏和明子不來入住，阿蘭更難得來吃一頓飯，進來出去只有她一個人，雇了個保母，明裡侍候，暗裡偷摸，換了幾個保母，都是一樣的貨色，她也懶得過問了，她越發思念小「伸手」的日子，苦是苦，心裡有著落，即使「下山虎」正房住著「好成分」的人家，不免有些「虎視」，到底教人聞到人氣味啊！番客嬸悒悒怏怏，終竟跌一跤而嗚呼哀哉。

陳奇木幾天幾夜沒有合眼，守著母親的遺體，想起她苦難的一生，從喝米湯想到掃大街，從親眼目睹的瑣事想到輾轉耳聞的消息，一樁樁，一件件，一幕幕，他忽然有一種萬念俱灰的感覺，他感到奇怪，這種感覺此前不曾有過，即使在他身陷越南監獄的時候，他也沒有間斷過對於未來的信念，唉，我怎麼變了？他歎了一口氣。

白天人來人往，弔唁者絡繹不絕。到了夜間，清靜多了，今夜偏有客來。

林海文不帶蔡鶯而由林明子引領，來到陳家。一番拜祭之後，林海文排開眾人，與陳奇木一起，另室獨處，烹茶談往……

他們談些什麼，無人知曉，只識得工夫茶從深夜喝到天亮。

林海文臨走前，陳奇木心情大好，開了一句玩笑：「今晚上，要有記錄，公布出去，你別當研究員了，進北京的秦城監獄吧！」

林海文還他一句：「你這個老渡！」

「哈哈哈！」二人開心地大笑起來。

林海文和陳奇木，自是精明，卻誰也不知道，一場反腐倡廉的鬥爭在悄然進行著……啊，中秋夜的上場人物，除了翁財旺書記，沒有一位不是蒙在鼓裡。看翁書記運籌帷幄，決勝千里，假如再有一次朝鮮戰爭，或者對越自衛反擊戰，翁書記可以當將軍，而且是儒將。

那晚，番客嬸猝死。一陣忙亂過後，蔡怒飛開車把黃東曉送走。到了黃宅的小巷口，車子不能進巷。黃東曉告別了蔡怒飛，慢慢走進小巷。

平時只須走一二分鐘的路，今晚走來特別漫長。他沒有感歎番客嬸的猝死，他滿腦子只有女兒小符，她的音容笑貌，她獨特的個性……他渾渾噩噩來到自家門前，門前忽然站起幾個人，把他嚇了一跳。看樣子是幾個農村人，是找我訴冤的？告狀的？可惜我已經退下來了！他正在想著，猛然一聲：「阿爸！」

他覺得荒唐，認錯人了吧？仔細一看，似曾相識，又想不起來。

「阿爸，我是吳大目！」

「我是大目的哥哥！」

「他外公！」站在兩個男人身後的婦女手中抱著一個入睡的孩子，擠上前來，然後搖著孩子，「快醒醒，叫外公！」

孩子朦朧地叫了一聲「外公」，又接著睡去。

黃東曉一下子懵了，疑是做夢，他揉揉眼睛，大人是認識的，怎麼出來一個外孫？一會兒再問吧！他連忙開門，把親戚讓進屋裡：「你們等多久了？」

「沒多久。」吳短手回答，他不當村長了，沒了官稱。

「吃飯了沒有？」

「呃，出來時候吃了。」

「先吃飯再說事！」黃東曉趕緊去廚房。

短手嫂把孩子交給吳大目，急忙到廚房去：「他外公，我來煮點粥吧！你歇著。」

「吃乾飯！冰箱裡肉和青菜都有。」黃東曉吩咐後回到小廳裡，指著孩子，「這孩子是……」

「是符姑娘的！」

「啊？」黃東曉大吃一驚，「我怎麼一直不知道？」他顯然憤怒了。

吳大目「撲通」跪在地上。

黃東曉嫌厭地仄過頭去：「男兒膝蓋有黃金！站起來說話！」

「阿爸……」吳大目結結巴巴叫著，抖抖索索站起來。

「他外公，你別生氣。」吳短手替弟弟敘述，「是這樣的，符姑娘過身後，我爹怕你把孩子要回去……」

黃東曉一聽，輕輕搖頭歎氣，仰靠在椅背上。

「阿闖是我們這一房頭單傳獨苗啊！我們一直聽爹的話，沒敢讓你知道。誰知爹臨過世時候，眼睜睜，神定定，對我們說，短手呀，大目呀，你們一定要把阿闖送還他外公，前幾天我才知道他外公就是當年游擊隊的阿東，阿東是個大好人，他這一輩子太慘了，他不能絕後！你們要是不把阿闖還給阿東，我死不瞑目……」吳短手哽咽著說不下去，過了一會兒才又接著說，「我們到南郘問小神仙，請他擇個日子，他說今年八月中秋月圓時分送去。其實，依我們兩兄弟的意思，早就想送了，頭兩年怕你工作忙，照管不了阿闖，又怕人家說我們的閒話……」

「什麼閒話？」

「多年不行走的親戚，驟時來了，人家會說吳家攀高枝。現在好了，你也退休了，有個奴仔，不影響工作，還能作伴……」

黃東曉已經不再生氣了，他心如麻亂，理不出頭緒來，他對圓寨人的觀念和情感還缺乏瞭解。他望著熟睡中的外孫，覺得這孩子該是新的一代，不該走他上輩人的路。

短手嫂悄悄行來：「他外公，粥熟了。」

「你們吃吧！叫阿闖也吃吧！」

短手嫂端來一缽粥，還有幾碟菜脯、鹹菜。

「怎麼不炒菜？」黃東曉去廚房取來香腸、肉捲、蝦脯、牛肉乾之類。

圓寨人客氣了一下，也就吃開了，肚子實在餓。吳短手看著老婆吃得稀溜稀溜的，直衝她瞪眼。她尷尬地低下了頭。

黃東曉端詳著阿闖，小模樣真有幾分像小符，油然而生隔代人的愛憐，拿起筷子往他碗裡夾肉捲、香腸。阿闖也機靈，衝著黃東曉笑：「外公眞好！」

「你上學了嗎？」

「我是一年級小學生了！」

短手嫂趕緊誇侄子：「阿闖可聰明呢！」

「外公，我雙百！」

「語文、算術都考一百，是嗎？」

「嗯！」阿闖點點頭。

黃東曉心算著，阿闖有七八歲了吧，才上學，太晚了！

短手嫂又誇：「老師也誇阿闖聰明……」

半天沒有說話的吳大目冒出一句：「像他娘！」

吳短手白了兄弟一眼：「虧得像他娘，要像你就毀了，『鳥銃』④了！」

黃東曉看著他們吃完了，便沖起工夫茶，問起北邙的情況。吳短手連聲說：「變了，變了，大變樣了……」

北邙確實變了，變化還不小！起因是人口翻番，圓寨住不下，陸陸續續有人搬出圓寨，到寨外蓋房，新房多了，正對寨門成了一條街，有了街就有人開店鋪，跑買賣。前幾年，爲了便利山貨外運，南北兩邙合資修了一條從北邙直通南邙的公路。這樣一來，跑買賣的人更多了，有從外面進來的，也有從北邙出去的，他們都不願意在圓寨裡做交易，不隱蔽嘛！放個屁，滿寨臭，炒個辣椒，滿寨咳嗽，來個生人，屁股沒坐穩，寨裡人全知道，所以都願意在寨外辦事。生意人不喜歡圓寨，年輕人也抱怨！女朋友來了，全寨人看耍猴似的，都來評頭論足，小夫妻繾綣，閨房那點樂事第二天全給抖落了，老輩人還時不時規勸幾句，你說煩不煩？近幾年來，到寨外居住的人越來越多，正對寨門的這條街足有一里地，起名新開路。新開路上現今有商店、飯店、衛生所、郵局、儲蓄所，還有一所小學，村政府也搬到這裡辦公了。

吳短手介紹了北邙的變化，感慨地說：「時代變了，是變了，變好了，我要不是歲數大了，我也要出來闖一闖的！」

「他這人哪，虎老雄心在！」短手嫂奉承著丈夫。

黃東曉對這位從前的村長刮目相看了！他興奮地說：「再來一泡！」

「我來！我來沖！」吳短手熟練地燒水，沏茶。

黃東曉看見阿闖又睡著了，把他抱上床，脫鞋，脫衣，蓋被，彷彿二三十年前的功課又從頭做起，他感到心酸，也感到安慰。

吳短手相當精明，他把這一切都看在眼裡：「他外公，阿闖不能再待在圓寨了！」

「是呀！在圓寨娶不到好老婆！」短手嫂急著插話。

「哎！人家在說正經事，你盡說無影跡話！」

「娶老婆也是正經事，做呢就無影跡啦？」短手嫂低聲嘟囔。

「我想，阿闖得走出圓寨，到汕頭，將來到廣州，到北京！」

黃東曉頻頻點頭。

「我想，他的戶口要能入汕頭最好，我們願意花這筆錢。我們聽說了，外公是個清官，沒多少積蓄。不管幾百，幾千，幾萬，我們刻苦掙，刻苦賺，一定要把阿闖培養上中學，上大學，出落成個人才，要不，我們對不住符姑娘在天之靈啊！」

④烏銃，潮州方言，意味完蛋。

短手嫂先自哭了起來，吳大目也直流淚，黃東曉止不住老淚縱橫……

半晌，黃東曉止泣：「阿闖是跨世紀的人，我也希望他將來有出息，比我們都強！到汕頭讀書的事，我再想想辦法。哦，我記得小符當年好像沒遷戶口，因爲按政策她可以留城的……」

「嗯！好像是戶口沒下來……我回去查一查。」吳短手的記憶也靠不住。

「這戶口有什麼關係？」短手嫂不解。

「你不懂！奴仔的戶口隨阿娘！」

「哦，哦……」短手嫂做出明白了的樣子。

「不過，有一件事要求外公，不知外公肯不肯答應？」吳短手認爲是件大事，所以先做鋪墊。

「你說嘛！什麼事？」

「老師給阿闖起個學名叫克家，你看成嗎？」

「哎！名字不過是個符號，克家，克家子，繼承祖先事業，好嘛！」

「有人說有點封建……」

「封建不封建在人不在名。『四人幫』時候，江青就愛給人家改名，管什麼用？中國有個詩人就叫臧克家。」

吳短手高興了：「阿闖就叫黃克家了！」

黃東曉一驚，搖了搖頭：「哎！不必了！還是叫吳克家吧！」

「不！我們求你了！」吳短手帶頭跪下，吳大目和短手嫂也跟著跪下。

「起來！起來！什麼年代了，怎麼動不動就跪下呢？老吳，你是共產黨員！」

吳短手一聽，只好站起來，那兩位也跟著站起來。

「要不，就叫符克家吧！」吳大目又冒出一句。

「哎！這成！」吳短手望著黃東曉，看他並不反對，「就叫符克家了！」

「喲，天亮了！」短手嫂驚叫。

9 不速之客

一場反腐倡廉的鬥爭持續半年多，終於有了結果了！

黃東曉怎麼也想不到，向他報告這個消息的人是林海文、蔡鶯這對世外夫妻！今夜來到黃東曉家的，就是這對不速之客。

黃東曉住的是一套老式的三室一廳，擺設簡單，除了書畫，更無長物，這景象與林海文原先想像的清官陋室十分接近。

大名符克家的阿闖，已經住進外祖父家。這孩子乖巧，有眼力，左一個「鶯姑姑」，右一聲「二姑姑」，叫得親熱極了，不由蔡鶯不愛。他面對著一床文具和玩具，上竄又下跳，大呼又小叫，蔡鶯只好悄悄低語什麼，阿闖聽話地搬起文具玩具到隔壁小房間……

這廂，茶几前，林海文用最簡練的語言敘述了發生的一切，物理學家條理分明，尤其注重結論，啊，張寰等人因受賄被「雙規」查處，陳奇木因行賄碼頭易手……

「等等！怎麼講？集裝箱碼頭改主了？」

林海文只好就他聽到的複述一遍。原來事發之後，市委命令南浦碼頭及有關單位、部門停業整頓，先是學習文件，領會中央精神，繼而檢查工作，統一認識，最後是具體落實，重建新港。這樣一來，小半年過去，亞熱帶氣候偏生多雨，碼頭棄置多時，居然雜草瘋長，宛若死港。市委又下令，工程隊開進，除雜草，清道路，寫標語，刷口號，改招牌，增廣告，這般兒停而後建，舊貌換了新顏，外企變了國營，私產也就歸了政府了！翁書記稱作「一案一碑」、「一停一建」，特區人大筆寫新篇。「一案」是受賄案，「一碑」是德政碑，「一停」指停業整頓，「一建」指重建碼頭，這些都是特區的政績。

林海文照直說來，此案牽扯人員頗多，其間也有蔡怒飛前書記和黃東曉老主任，此二人引進外資，動機可勉，問題是過於照顧外商利益，經查沒有發現經濟問題，而且一個已經離開政界，一個已經離休賦閒，不再點名批評……

黃東曉猛然站立起來，少頃，輕吁了一口氣。

林海文默然無語。

黃東曉內心如何做得平靜！他沒有想到陳奇木會行賄，可是，他，他陳奇木為什麼要行賄？一個重要的原因是投資環境逼的嘛！張寰之流不過是整個投資環境裡的一個小官僚，一個有前科的「穿著馬甲」異地露頭的「水族」！他掌控著自己的情緒，驀然發問：「林先生光臨寒舍，是受人之託吧？」

「是的。」

不消說得，是蔡家！黃東曉心裡明白，蔡怒飛是省裡什麼幾十強的企業家了，蔡家如今要靠他，從前的權力轉換成今天的財富！蔡方蘇，你當了一輩子的「不倒翁」，把「不倒翁」發揮到了極致！他歎息一聲，我自己已經無所謂了，蔡家的「乘龍快婿」還可以吹噓是「放一馬」呢。他忽然覺得這案件中最離譜也最不幸的人當屬陳奇木，陳奇木肯定灰頭土臉，他畢生追求的禮義廉恥「四維儒商」，成了對自己絕大的諷刺！他關切地問：「你與陳奇木是多年好友，你可知道他現在的情況？」

林海文當然知道陳奇木的心理歷程！

就在陳奇木守靈的那天晚上，林海文便用嘲笑的口吻批評所謂「四維儒商」的理念：「十足的烏托邦！大陸高喊什麼口號並不要緊，要緊的是施行什麼『潛規則』，在大陸，『商』沒有『官』做背景，就寸步難行！而『商』要靠『官』，只能用『錢』鋪路！」

「啊！」陳奇木十分失落，「這種話，蔡怒飛也點撥過我……」

「蔡怒飛當然有體會！你是他的大舅，他是我的小舅，他算個地方上的『太子黨』吧？別說蔡怒飛，幾乎所有『太子黨』都難得有經商理念、經商思維和經商能力，他們不如你陳奇木，也不如我父親林耀祖，可是他們都發財了，他們的資產動輒以百萬千萬計算，他們憑什麼？哦，聽說中央大人物講過，『允許部分人先富起來，我們的孩子們爲什麼不能先富？』多麼理直氣壯！」

陳奇木默然無語，他無意探詢這個大人物到底是誰，回想起來，他也曾聽說過某一位大人物的公開言論，「高幹子女爲什麼不能當高官、高管？他們也是人民一分子嘛！」他當時只覺得好笑。他無意探究箇中的奧秘，一個念頭開始湧現，迅速膨脹，漸次清晰，我應該從此地脫身，同大陸告別！呀，不幸成了幸事，母親不在了，我也盡了孝道了，現如今，我與這廂熱土斷了牽掛了，他猛然湧起一陣悲哀，恍惚想哭……

林海文未必盡知陳奇木的想法，但他通過假設→求證→證明的三段法，也能猜個八九不離十。此際，面對黃東曉的探問，林海文自然不會把他和陳奇木的感受和盤托出。

「哦，聽說翁財旺找陳奇木談過話，鼓勵他失敗了再幹，繼續投資，條件相當優惠……」

「他答應了？」

「滿口答應！」

「眞的嗎？」

「嗯！可是第二天悄悄返回香港了！」

「沒再簽合同？」

「他妹妹陳奇蘭透露，他不辭而別，把全部生意悉數交給他兒子陳華夏，發誓永不再入大陸。」

黃東曉愣了半天，他感到意外，且不合邏輯：「他？他不是一個經不起風浪的人呀，這點挫折對於死過好幾回的陳奇木來說，簡直『濕濕碎』嘛，眞是不可理喻，不可理喻！」

林海文沒有插話。

「哦！也許他看透了什麼……哀莫大於心死……」黃東曉自個兒念叨著，他轉向林海文，「林先生，陳奇木心裡有個扣吧？」

「也許，有個扣，不可解的扣！」

「是什麼？」

「恕我直言？」

「林先生，我敬重你，你說什麼我都聽得進去。」黃東曉客氣地站起身來。

林海文也客氣地站起身來，緩緩地說：「制度！」

黃東曉一時語塞，哎呀，一個當年冒死逃離大陸的陳奇木，一個不顧風險奔向大陸捐資投資的陳奇木，今天又是一個發誓永不踏入大陸的陳奇木！黃東曉不想責備任何人，一股悲涼湧上心頭，他忽然想哭，想痛痛快快哭一場……

看見黃東曉如此神色，林海文知趣地上前告辭……

「不不，別走別走！」

「黃老，還想知道？哦，只要我聽到、見到的……」

「我想知道陳奇木現在哪裡？哦，我不想同他聯繫，只是問問，也有點好奇……」

「他在北美。他先到了加州，住在洛杉磯，他喜歡那裡的氣候，又到了東部，現在到了加拿大，他昨天給我發來電報，是三首詩，阿木好灑脫！」

「啊？可以『奇文共欣賞』嗎？」

「陳奇木的詩文，簡稱叫『奇文』，自然可以『共欣賞』嘍！」

黃東曉哈哈大笑，一覽，是三首七絕，用的是「四支」的險韻：

峽谷

峽谷於今草木滋，
但聞清響不聞獅。
遙知印第安人徑，
曾有飯牛擊壤詩。

大瀑布

萬千狂暴鬼神滋，
勢若奔牛猛若獅。

到得平湖無激響，
一天水霧朦朧詩。

忽憶

彌天權勢泯還滋，
貓有虎形狗也獅。
看透峨冠眞醜態，
便從風月弄歪詩。

「只怕阿木另有寄託吧？」

「古人說，『詩無達詁』……」

「對！詩無定解……」

一時沉默。

「啊，你知道翁財旺書記是否上調……」

蔡鶩領著阿闖進屋，阿闖依偎著二姑姑，不肯稍離。

「聽說調令已經下來，榮升副省長。」林海文平靜地說。

「傳說不虛呀！」黃東曉不勝感慨地點點頭，忽然冒出一句，「他不能算作三代貧農了吧？哈哈！」

他轉向蔡鶩，「哎，二位今後有什麼打算？」

「也沒有更多打算，嗯，想去旅遊。」

「到哪兒？」

「阿鶩的意思是第一站——埃及！」

「重上文明第一課。」蔡鶩補充。

阿闖得意洋洋：「我舊年就上了第一課了！」

一座哈哈大笑，這個符克家，克家子！

【餘韻】紅頭船博物館

潮汕的歷史可以遠溯至秦，更上溯，至新石器時代，迄今發現的貝丘遺址五處，台地和山崗地文化遺址四十八處。自秦漢至隋唐，潮汕的農業經濟已有相當規模，人文也已開化。然而，爲潮人所尊崇、引爲先師的是唐代的韓愈。唐憲宗元和十四年（西元八一九年），刑部侍郎韓愈爲諫迎佛骨事，被貶爲潮州刺史，心情十分壓抑，但他到任後，雖只八個月，卻爲潮州百姓做了一些實事，比如驅逐惡鱷，延師興學，釋放奴婢，獎勵農桑等等，受到百姓的讚頌。後人爲了紀念韓愈，著令山川改姓，於是有了韓山、韓江。韓愈的業績在民間廣爲流傳，人們出於崇韓的心理，夜雨秋燈，瓜棚豆架，不斷演繹著近乎荒誕的神話。其間，有一則詩鬼的淒美故事。

潮州有一個秀才，癡迷於詩，每出門，必背詩囊，得佳句，即投囊中，回家後整理成篇，樂此不疲。有一天，他來到一處湖邊，但見湖水悠悠，湖光如鑒，一陣風來，清波泛起細漣。他觸動詩思，吟出上聯：「綠水本無愁，因風皺面……」詩人自家很是得意，可下聯怎麼也想不出來，看看黃昏，只好回家，茶飯無心。第二天，他又來到湖畔，轉了一天，還是想不出下聯，只好又回家。一連三天，他醒悟了，自家已經江郎才盡了！一個人，昨天寫出詩來，昨天他是詩人，今天寫不出詩來，今天他就不是詩人了！秀才縱身一躍，滄波埋魂。然而終有餘恨，於是，每逢天陰雨濕，偶或明月好風，湖面上便飄過淒淒的吟哦聲：

綠水本無愁，
因風皺面……

有一天夜裡，韓愈勸農歸來，路過此地，聽見吟詩聲，覺得奇怪，要尋找吟詩人，當地隨從只好告訴他詩鬼的故事。韓愈一聽，十分感慨，如今世風日下，人心不古，有多少冒牌詩人，活得有滋有味，而此人竟然爲詩而死，這般執著，如斯癡迷！他聯想自己犯顏苦諫，換來貶謫，依舊心繫生民社稷，也是一樣的執著和癡迷！秀才困於綠水，如同自己當初困於藍關，無愁亦愁，不老亦老啊！他記得自己寫過的詩，「雲橫秦嶺家何在，雪擁藍關馬不前」，呀！有了！他高聲應了下聯：

青山原不老，
爲雪白頭！

湖面一時沉寂，少頃，飄來一聲：「妙對呀！」此後再也沒有詩鬼作祟了。

傳說終歸是傳說，有心人無須去查對《昌黎先生集》，那裡沒有這副對聯，果有興趣，倒是可以到潮州城湘子橋東去參觀肅穆的韓祠，飽覽生於空濛的韓山，俯視來自蒼莽的韓江，韓祠、韓山和韓江是人工與自然共同建構的一座大博物館，是一頁潮人開化史。問歷史是什麼？一個合乎邏輯的回答，歷史是博物館。

閒話休敘。這年夏秋之交，白玉蘭颱風從南浦登陸，新興的城市任憑颱風肆虐，巋然不動，出乎人們意料，唯獨「下山虎」坍塌了！一時蠡測紛紛，莫衷一是。

閒人們質問有把年紀的智者：「你不是說，那是好風水嗎？」

智者歎息：「蓋了新房，把好風水給破了！搬家的時辰也不對，『六臘月不搬家』嘛，那後生仔不懂陰陽啊！」智者畢竟是智者，難不倒的，馬齒就是資本，人家食鹽多過你食米，行橋多過你行路！

不料颱風剛過，「下山虎」又有新聞傳出，說是「伸手」地陷，露出一個陶罐，罐裡沒有金銀珠玉，只有一些嘉慶通寶，穿銅錢的繩子朽了，還有一塊鵝卵石，刻著四個字：「暹羅川資」。這一來，閒人而兼茶客的群體擺開了龍門陣：

「陳家的祖先為什麼不留下金銀財寶呢？」

「這正是他的遠見！如果子孫不肖，敗了家，金銀財寶再多也是坐吃山空！」

「對！川資就是路費，他給後代指了一條明路，過番，到暹羅！」

「如果子孫眞的不肖，不去暹羅呢？」

「不會那樣的，潮州人要是落到這步田地，揀豬糞都願意做，有路費還能不去暹羅？」

「哎！你們說，那陶罐為什麼單單埋在『伸手』呢？」

「嗯，我估計他考慮到子孫破落賣房，總是先賣大房、好房，是不是？」

「有道理。陳家的祖先料事如神，陳家一家不就都到了暹羅才發財的嗎？神！」

「下山虎」倒塌後不久，南浦又出了一件大新聞：一艘紅頭船出土了！如果說「下山虎」的倒塌只是一家一戶的私事，那麼紅頭船的出土則是全南浦的公事了，不但本地的政府部門當作大事來抓，而且省裡和北京的專家也專程趕來考察。一時間人人爭看紅頭船，家家傳說當年事，南浦紅頭船成了新聞熱點。

說起來事出偶然。陳華夏購買了南浦靠海的一大片荒地，計畫建一座生產洗衣機的大工廠，奠基後平整土地，鏟土機剛挖到幾米，便趕巧碰到桅杆。這艘紅頭船屬最大型，三桅，五層艙，船身長四十多米，寬約十五米，從船頭至船尾有五十多片壁板，整船用楠木製成，全部用大型銅釘緊固。令船舶專家感興趣且以為神奇的是船頭紅漆猶在，青漆鉤字「南浦恒昌」居然可辨。實物證實了清代檔案的文字記載：「出海商、漁船，自船頭起至鹿耳梁頭止，大桅上截一半，各照省分油飾……廣東用紅油漆，青色鉤字。」令史學專家感興趣卻大惑不解的是紅頭船沉沒的原因，沉沒地點分明在港內，從壁板的空洞看來，這船是鑿沉的，且是從外面鑿的洞，還有一個疑點，三桅餘二，最粗最長的中桅反倒不翼而飛。

就在「紅頭船熱」升溫的時候，古渡口那株有著數百年樹齡的大榕樹悄然枯萎了！這株大榕樹曾經是南浦的標誌，無論乘船還是乘車，遠遠望見大榕樹就曉得南浦到了，特別是客夢秋風、羈旅窮愁的遊子，更有一種情熱，至於番客歸來，不用說，無不熱淚飄灑！南浦人開始了挽救大榕樹的努力，澆水，除蟲，培土，施肥，修枝，摘黃葉，無濟於事，善男信女傾城出動，明燭焚香禱告，大榕樹下蠟淚成丘，香灰盈寸。然而，大榕樹還是一天天走向生命的終點。

消息傳到香港，陳奇木輾轉反側，難以入睡。恍恍惚惚，似夢非夢，來到南浦江邊古渡口，看見大榕樹果然枯萎了，只是那樹冠依然龐大，看著看著，樹冠上彷彿站著一個人，一個清朝人，他心裡突然一動，他依稀記起母親講過，那是他陳家的祖先。他呆呆地望著這位祖先，不敢向前。祖先也看著他，微笑著向他招手。他慢慢地走過去，膽怯地問：「你是祖先？」

祖先點點頭：「我是南浦陳家第十二代，你是第十八代。你看見鵝卵石了嗎？」

「看見了，上面刻著『暹羅川資』四個字。」

「明白祖先的用意嗎？」

「明白。人生如趕路，有路費，就能到達目的地。到了目的地，就要看自己的本事了！學藝行裡有一句話，師父領進門，修行在各人。」

祖先點點頭，又問：「如果你是象棋盤中的一粒棋子，你願意當什麼？」

陳奇木想了想：「卒子。」

「爲什麼？」

「卒子永遠向前衝，一直到死。」

祖先又點點頭，三問：「如果叫你撐船過河，你願意一個人撐還是兩個人撐？」

「我願意一個人撐。」

「爲什麼？」

「一心一意。」

祖先笑了：「懂得你的意思。你不想問我什麼嗎？」

陳奇木興奮起來，高聲發問：「祖先，我現在有很多很多的錢，夠陳家子孫幾代人花銷，可我還想掙，永遠掙下去，直到死，人家說我貪得無厭，可我不是的！祖先，你能明白我的心思嗎？」

「當然明白！你和我一樣，只是想告訴老天爺，我天生來不是廢物。」

「祖先，你當初賺錢的秘訣是什麼？」

「也和你一樣，自己得利，讓對方也得利。」

陳奇木想了想說：「啊！祖先，我曾經思考過一個大關目，在大陸獨資辦企業，是獨資不是合資，我必須引進西方的科技和管理，但我又想發揚中國傳統的美德，中西文明一定會碰撞，也會交融嗎？」

「你聽過一句俗話吧？不打不成交。」

陳奇木滿心歡喜，原來是這麼淺顯的道理！「啊！祖先，我把這個理念叫作『四維儒商』。我還有一個顧慮，嬰兒離開母體，就是另一個人了，這是好事？是壞事？」

「只有這樣，才能生生不已！」

陳奇木還想再問，發現樹冠上已經沒有祖先了，他又恍恍惚惚離開古渡口，向濱江路行去，突然，路到了盡頭，路斷了，一片深淵，他大吃一驚……原來是個夢！醒來猶然大汗淋漓。

陳奇木沒把夢告訴任何人。

陳華夏當然不知道父親的夢，這幾天，他接待著一批又一批的客人。

紅頭船的歸屬成了新的熱點。一種意見是歸國家。理由很簡單，國土下面的一切都歸國有，陳華夏購買的只是一定期限內地皮的使用權；另一種意見是歸陳家。理由是出土文物分明寫著「恒昌」，晚清筆記小說《水東雜俎》（陳阜冬著）上又有一筆，「尤以陳氏之恒昌可稱巨艨」，近期發現的《南浦陳氏族譜》宏遠公一支排到陳昌發、陳昌盛，而陳華夏正是宏遠公嫡傳。漸漸地，後一種意見占了上風。陳氏是南浦的大姓，族人紛紛向政府有關部門反映情況，陳述理由。有關部門舉棋不定，急忙向上級請示。

陳家新居一夜燈火通明，想必是陳家人在緊急磋商。

第二天，陳華夏在家中庭院裡召開了記者招待會。出乎人們的意料，陳華夏宣布陳家無意占有出土的紅頭船，建議就在現場建立一座紅頭船博物館，所需經費由陳家負擔。新聞傳媒馬上公布了這一消息，政府有關部門鬆了一口氣，又把陳華夏的建議向上級做了彙報。各方人士熱烈贊成，儘管陳姓族人中也有大搖其頭者。

與此同時，陳華夏到政府有關部門懇談，提出把蒼龍公司在南浦的資產全部捐獻給國家。接待的官員聽傻了，以為合資出了問題。陳華夏笑著解釋，他和妻子林明子要到香港中文大學進修中國哲學。

「不再從商了嗎？」

「不，三年後重蹈商海。」

僅僅半年時間，全世界獨一無二的紅頭船博物館落成。南浦的有心人做了精確的考證，從紅頭船沉沒到紅頭船出土，恰好歷經二百八十年。有心人感慨萬千：「三個甲子一輪迴！」

典禮這天，各界名流咸來助興，盛況空前，小小的南浦因之揚名。陳華夏、林明子夫婦出面邀請林海文、蔡鷟夫婦參加剪綵。林海文即席演講，卻只說了一句話：「迄今為止的人類歷史是一座座博物館。」

二〇一〇年九月一日於北京西郊伴月園

INK PUBLISHING 文學叢書 317

潮人

作　　者　郭啓宏
總 編 輯　初安民
責任編輯　鄭嫦娥
美術編輯　陳淑美
校　　對　呂佳眞 鄭嫦娥

發 行 人　張書銘
出　　版　INK 印刻文學生活雜誌出版有限公司
新北市中和區中正路800號13樓之3
電話：02-22281626
傳眞：02-22281598
e-mail:ink.book@msa.hinet.net
網　　址　舒讀網 http://www.sudu.cc

法律顧問　漢廷法律事務所
劉大正律師
總 代 理　成陽出版股份有限公司
電話：03-3589000（代表號）
傳眞：03-3556521
郵政劃撥　19000691 成陽出版股份有限公司
印　　刷　海王印刷事業股份有限公司

港澳總經銷　泛華發行代理有限公司
地　　址　香港筲箕灣東旺道3號星島新聞集團大廈3樓
電　　話　852-2798-2220
傳　　眞　852-2796-5471
網　　址　www.gccd.com.hk

出版日期　2012年 3 月 初版
ISBN　978-986-6135-52-1

定價　699 元

國家圖書館出版品預行編目(CIP)資料

潮人／郭啓宏著. - - 初版. - - 新北市：
INK印刻文學，2011. 10
744面；15×21公分. - -（文學叢書；317）
ISBN 978-986-6135-52-1（平裝）

857.7　　100017610